伏 罪

渡十鸦 著

湖南文艺出版社　博集天卷

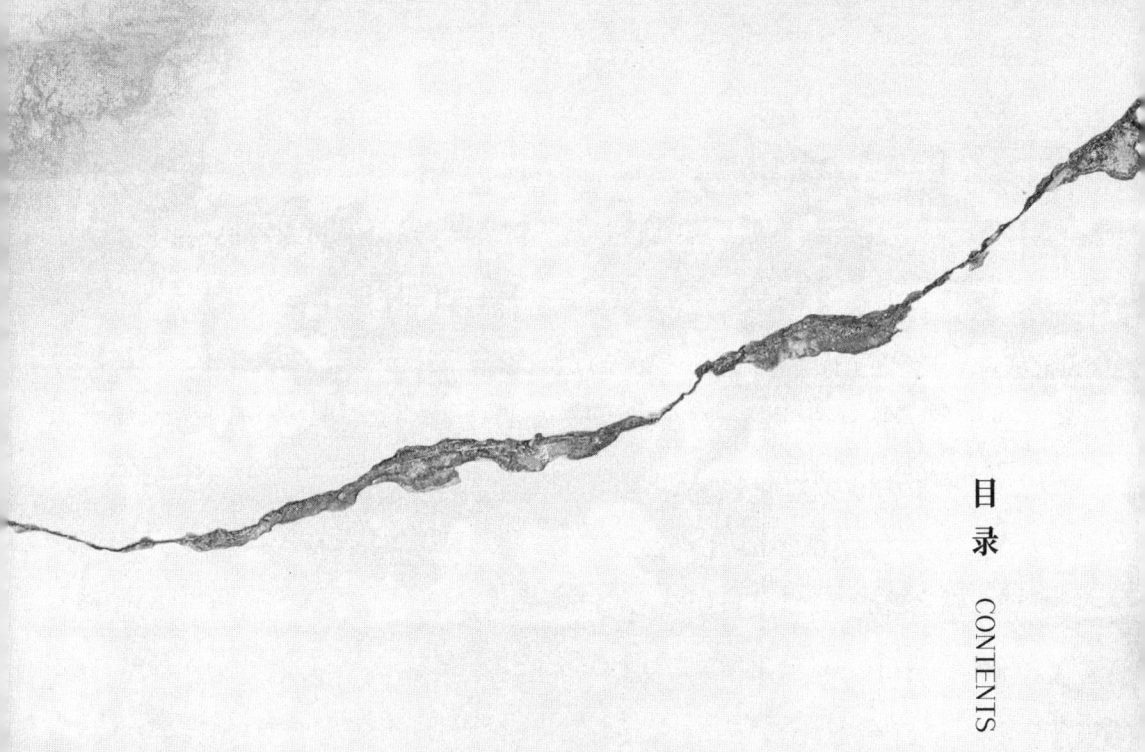

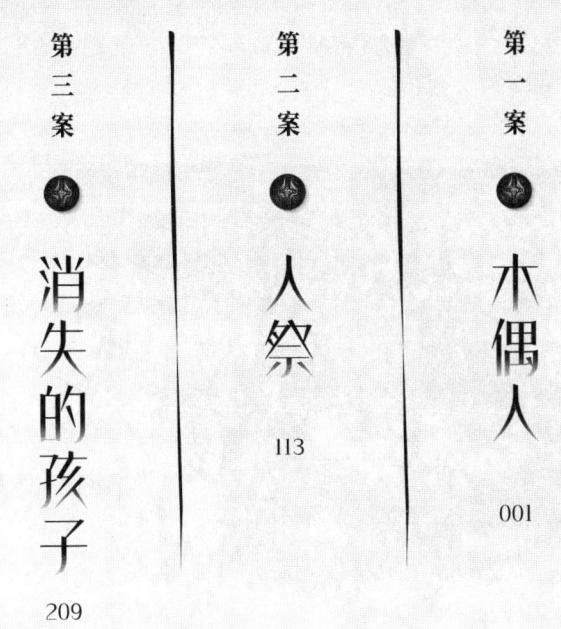

目录
CONTENTS

第一案 ● 木偶人　001

第二案 ● 人祭　113

第三案 ● 消失的孩子　209

CONTENTS

第四案
雪人藏尸
243

第五案
日落黄昏
301

番外
373

第一案

木偶人

伏罪

PLEAD GUILTY

- 01 -

南城的大雨突然而至，下了大半夜，仿佛想要将笼罩在这座小城市上的阴霾洗刷干净。

"插播一条本市最新消息，就在刚刚，环城小区发现了一具无头男尸，死状惨烈，警方已将现场进行封锁……"

位于环城小区对面的公寓楼三楼的一间公寓内，没有开灯，只有一台老式黑白电视机播放着本地晚间新闻。

微弱的光线下，一个身穿黑衣的娇小身影窝在沙发里，精致的脸蛋上呈现出有些病态的苍白。她保持着蜷缩抱膝的姿势，也不知坐了多久，直到小腿传来微麻的酸意，才换了动作。

姜安拂了拂宽大的衣袖，从桌上拿起一根棒棒糖，动作利落地拆开包装纸，把糖放进嘴里。

她的目光从电视机上移开，最终定格在桌上，那里放着出版不久的《木偶人》上册。直到甜味在舌尖四散开来，她才喟叹了声："好日子要没了……"

姜安吃完这根糖，借着电视机的光线起身。许是坐了太久的缘故，她晃了晃身子才站定。她将沙发上的背包简单收拾了下，又将剩余未拆封的棒棒糖一把抓起放进兜里，然后戴着帽子出了门。

夜色渐深，街边行人寥寥无几，很是稀少。两旁的路灯将姜安的影子拉得修长，她拢了拢衣帽，虽然是夏天，但深夜依旧泛着丝丝凉意。

姜安住的公寓就在环城小区的对面，两边仅仅隔着一条街。即便这么近的距离，姜安走过去也花费了不少时间，她生来性子慢，走得也慢。

环城小区案发现场附近的路灯早就被凶手毁坏，物业说找人来修，但迟迟不见动作，就像不知道有多少住户反映过，小区后面那堵墙矮得随便一个人都能翻进来，物业却一直没找人去加高一样。

此时的姜安伫立在那堵矮墙之下，琢磨着要怎么翻过去。虽然那堵墙只比她高一个头，但对身材娇小的她来说，想要翻过去还是有点困难。这堵墙后面，就是案发现场，从那边隐隐传来吵闹声和警察喝止的声音。

姜安不知从哪儿搬来了一个废纸箱，踩着纸箱翻上了墙头，这个位置能够让她更清楚地看到案发现场。警方已经拉起了警戒线，在周围搭起了灯架，现场有好几名警察，还有一名身穿制服的法医。围观群众都被驱散了，现场没有多余的人员。

"死者是一名男性，年龄初步判断在30岁到35岁之间，脖子上有明显勒痕，身上的其他刀伤应该是死后所刺。尸体脖子和四肢处的切口整齐，应该是用利器把头颅和四肢割下的，另外，死者的肝脏也都被带走了。更具体的信息，需要等尸体被详细解剖之后才能知道。"

陈末一边做记录，一边汇报。他先粗略地检查了尸体，饶是他这样见惯了血腥场面的人，也忍不住蹙眉。尸体的头颅、手脚均被利器割下带走，肚皮被整个掀开，肝脏也全被拿走。这该是怎样的深仇大恨才能做到这种地步？

凶手甚至冷静地清理并布置了第二案发现场。

是的，这不是第一案发现场。第一案发现场还没有找到，他们也是突然得到消息，说环城小区发现了无头尸。

"老大，陈医，你们说这凶手也忒残忍了吧！我在南城当警察都五年了，还是第一次见到这样的杀人方式。"

陈末点点头，合上了笔记："这确实有点匪夷所思，但当务之急应该是找到第一案发现场，否则尸体缺了那么多部位和器官，会影响鉴定结果。"说着，他抬头望向一直蹲在那里巡视案发现场的男人："傅队，你有什么看法？"

姜安趴在墙头，白皙的脸蛋因为戴了帽子被遮住了大半，手心被薄汗浸湿，她突然觉得口干舌燥。案发现场和新闻播放的照片一样。尸体的摆放位置、切割方式，死者身上残留的衣物颜色，无论哪个细节，都和《木偶人》中写的一模一样！

有人复制了书里的杀人情节。

姜安额头有冷汗沁出，就在她再度看向案发现场时，冷不丁地对上了一道深沉冰冷的目光。

姜安吓得一抖，身子一歪，从墙头掉了下去。

"砰！"硬物撞地的声音。

"哟——"姜安吃痛地呼了一声，摸着自己负伤的屁股，疼得眼泪都快出来了。

"谁在那里！"一瞬间，周围几个人全被墙角的声响吸引住了目光。

姜安闻言，趴在地上，不光身体痛，心里更痛。

丢人！姜安闭着眼睛，正在发愁要不要装死，耳边突然响起了一道声音："需要帮忙吗？"

姜安几乎下意识地回答："不用了！"她虽然动作慢，但脑袋转得很快。她说完之后立马抬头，自己已经开口了，装死行不通了。

啪的一声，姜安感觉左手手腕被什么东西束缚住了，很快，她被人拉了起来，准确地说应该是被拽了起来。

姜安的手机掉在了地上，屏幕朝上，正好照亮了他们这一小片区域，姜安看到了声音的主人。

那是一个男人，很高的男人。姜安需要仰着头才能勉强看到他的下巴。

"你是谁？"姜安想往后退，跟男人拉开一些距离。但她一有动作，左手就被牵制住。她低头看了一眼自己的手腕，明晃晃的银色金属物件。

姜安嘴角抽了抽，声音中难得有一丝怒气："警察先生，我不是罪犯。"

男人眉梢微挑，眼神里多了些意味不明的感觉，嗓音低沉，清清冷冷的，出奇地好听："是吗？"

"老大！这女的三更半夜鬼鬼祟祟地出现在案发现场，穿着一身黑衣服，还戴着个帽子，我看她很可疑！"有警察走过来喊道。

姜安被"鬼鬼祟祟"四个字惊到了。

"先生，我想你误会了。"姜安深吸一口气，努力将头又抬起几分，试图替自己辩解，"我只是散步走到这里——"

"是不是误会，你到公安局再解释吧。"那名警察丝毫不给姜安说话的机会。

姜安觉得跟这人说话形同鸡同鸭讲，她决定和那个高个子男人谈一下："警察叔叔，你听我说，我真的是——"

"带走。"男人的态度一如他说出来的话，简明扼要。

- 02 -

公安局里，姜安坐在椅子上，对面坐着刚才抓她进来的那两名警察。

姜安的注意力全部在那个沉默地翻看文件的男人身上。直到现在，她才看清他的相貌。他的一双眸子如黑曜石般深邃，浑身都透着一股冷淡的气息。

他不属于这里，姜安的直觉告诉她。

"姓名？"矮一点的警察包子率先开口。

"姜安。"

包子敲了敲桌子："把帽子摘了，咕哝啥呢，听也听不清！"

"噢。"姜安应了一声，只好将帽子摘下来。

包子："姜安是吗？这么晚了，在那里鬼鬼祟祟地干什么？"

"警察哥哥，我都说了，我是在散步。"姜安很无奈。

"在墙头上散步？你这爱好还挺特别。"

姜安一时语塞，转而换了一个说法。"我听说那里发生了命案，凑巧，我是一个好奇心比较重的人。"见那警察不说话，姜安接着道，"像我这样柔弱娇小的女孩，犯罪这种事做不了。我真的只是散步走到那儿，听到动静，一时好奇。"

姜安个子不高，身上有股淡淡的书卷气，不说话的时候看着很乖。

怎么看，姜安都不像是那种半夜三更干坏事的人。

包子迟疑了几秒，扭头看向那个一直坐在旁边翻看文件的男人："老大，要不把她放了吧？我看她好像还没成年呢。"

"我 22 了……"姜安弱弱地插了一句。

包子："……"

男人翻文件的手指一顿，缓缓抬头，声音一字一句地传来："姜安？"

姜安仰起小脸，喉咙滚动了下，对上男人的眼睛，重重地点了点头。

"职业？"

"码字工——就是写小说的。"

包子听到这里，忍不住插话："你不是学生吗？"

姜安神色僵硬了一下，而后漫不经心地理了理衣角，朝包子微微一笑："我辍学了，警察哥哥。"

包子"哦"了一声，表示理解，现在不读书的孩子其实挺多的，只是眼前的这个女孩给人的感觉就是三好学生。

"老大，我去接水。"包子起身，"要帮你带一杯吗？"

"不用。"男人淡淡开口。

"帮我带一杯！我渴了。谢谢警察哥哥。"姜安见包子要离开，赶忙说道，"公安局有毯子吗？我有点冷。"姜安说着还怕他们不信，晃了晃修长的双腿。她没想到今天会在外面滞留这么久，出来时只简单套了件黑色 T 恤，下身穿着一条热裤。现下已是后半夜，她的小腿早就没了温度。

包子一时不知道说什么："……你怎么不干脆让我给你拿床被子？"

姜安歪着脑袋，若有所思："那太重了，不方便。"

包子："……"

包子离开后，偌大的办公区域一下子安静了很多。

姜安不自觉做出吞咽的动作，她很紧张，这份紧张感，源自对面的男人："那个……警察叔叔，我什么时候可以回家啊？"姜安舔了舔唇，小心翼翼地问。

文件啪的一声被合上。

男人轻轻抬眼，骨节分明的手指有一下没一下地敲着桌子，也不言语，似乎在等着什么。

姜安很快就沉不住气："警察叔叔，你们不能利用职权乱抓人啊。我作为一个好公民，我散步——不是，我爬墙没什么错吧。"

"非法入侵，妨碍警方办案，破坏案发现场。"男人顿了顿，好整以暇，"你想以哪一条被拘留？"

姜安呆住，脑壳隐隐作痛，她咬着牙，一张小脸气得青白，腮帮子鼓鼓的："傅晋寒！你……"姜安想了好半天，都没找到什么粗鲁的词汇，最终气势变弱："你不能这样，警察叔叔。"

男人双眸微眯，泛出一丝危险光芒："你刚刚叫我什么？"

"警察叔叔啊。"姜安很快回答，然后像想起来什么似的，她露出小虎牙，讨好地点了点桌子上散落的文件，"嘿嘿，这底下有签名呢。字写得这么好看，名字又好听，肯定是警察叔叔你啦！"

傅晋寒挑了挑眉梢，不置可否。

这时，包子端着两杯水回来了，手上还多了条毯子。

"刚刚那尸体好可怕啊。"姜安接过水杯，小口喝着，若无其事地问道，"那人是死在那里吗？"

包子三两下就将水喝完，擦了擦嘴，闻言皱眉道："你问这么多做什么？"

姜安撇撇嘴："随便问问嘛，毕竟我是因为这个才被你们半夜抓来的。"

包子没回答，反而苦口婆心地教育她："你一个女孩，大晚上的可千万别乱遛了，幸好碰到的是警察，要是碰到凶手呢？"那样的死亡现场，连他都不想多看尸体几眼，这女孩居然还这么好奇，人看着不大，胆子倒不小。

姜安把头点得跟小鸡啄米似的："嗯嗯，以后不会了。"说完，她又看向那个一脸冷漠的男人，试探道："我可以走了吗？"

"嗯。"傅晋寒淡淡说道。

姜安如获大赦："谢谢警察叔叔！"

"你回去之后不要再偷偷摸摸地去案发现场了，否则，下一次就不会这么轻易放你走了。"包子不放心地交代。

"好的。"姜安点头，将毯子放回椅子上，转身就往外溜。

傅晋寒目送那个娇小的身影消失在视线里，修长的手指在手机屏幕上滑了几下。半响，他道："把她的背景信息查一下。"

"啊?"包子以为傅晋寒是担心女孩的安危,"不用了吧老大,咱们公安局在闹市区,出门就能打到车了,那女孩应该不会有事。"

傅晋寒没说话,只是将手机递给了包子。包子面露疑惑,顺着手机屏幕的亮光看过去,神色逐渐变得凝重。屏幕上是杨乐发来的报告,以及一本书的封面图。

封面上有两个醒目的大字:姜安。

- 03 -

包子放下了手机,面色沉重:"看来这丫头是在电视上看到了案发现场,所以才半夜去查看。"

"嗯。"

"老大,接下来怎么做?"

"找到第一案发现场。"

包子点了点头,以前不是没发生过参照推理小说杀人的案件,只是这次的手法过于凶残了。尽管这样,《木偶人》也只能作为一个线索去调查。现在的首要任务是找到第一案发现场。可要命的是,这本书写到凶手作案完就结束了,现在也只出版了上册,下册还未发行。凶手会如何选择书上没有出现的第一案发现场,成了一个谜。

"老大,我先去查一下那丫头的资料。"不管怎么说,这个案子,姜安已经被牵扯进来了。

傅晋寒微微颔首,似乎在思考什么,末了,他突然道:"我老吗?"

"啊?"包子愣住,诚实地摇摇头,"老大,你一点也不老。"他们老大才28岁,正是男人的黄金年龄,不光不老,反而因为长得帅,看上去更年轻了。

包子干刑警这几年,接触过形形色色的人,傅队是自己见过最酷的男人,他的举手投足都带着一股贵气,像天生的王者。

傅晋寒黑眸幽深,淡淡说道:"去工作。"

"哦,好的老大。"

夜很深了,空气中弥漫着一股闷热的湿气。南城这座小小的城市浸泡在潮湿黑暗的夜里。

姜安坐在窗台的书桌前,窗帘遮住了大半的夜色,桌上的一盏老式油灯散发出橘黄色的光芒。她手上拿着铅笔,在洁白的A4纸上不停地画着什么。过了许久,直到那张纸被画满,她才放下铅笔,往后一靠,陷入沉思。

纸上是一幅和环城小区发生的命案现场一模一样的画。

从公安局回来后,她就坐在这里,保持着一个姿势,直到将这幅画画完才换了动作。

A4纸旁边放着那本《木偶人》。

姜安脸上难得带了一丝凝重,如水雾般的眸子盯着那张画纸一动不动。

那是第二案发现场。在公安局时,她问了被害人是死在那里吗,那名刑警的神色透露出了一切。

姜安端起茶杯,抿了一小口暖了暖胃,伸手将口袋里剩下的最后一颗糖拿了出来,剥开糖衣,把糖放进嘴里。甜味可以驱散她内心的不安。一颗糖吃完,她才坐直了身子,掏出手机拨通了一个号码。

"姜安,你舍得开机了?我给你打多少个电话了!你到底什么情况,《木偶人》下册什么时候交稿?你要是再拖下去,我明天就去你家门口蹲着!"

电话刚接通,姜安就被劈头盖脸地骂了一顿,她咂了下嘴,委屈道:"编辑大人,你还没睡啊。"

那边的编辑李木然闻言差点被气死:"你还好意思说这话?要不是因为你,我能这么晚了还没休息?安安,你能不能有点良心?"

"我之前给你发的大纲,你还给谁看过?"姜安问道。

李木然虽然不知道姜安为什么突然问起这个,但还是对着电话如实地说:"没有了,只有我看过。怎么了?你要修改《木偶人》的故事主线吗?"

姜安沉默了几秒,回道:"没有,我就是问问。"

"你别跟我扯这些有的没的,赶紧把下册写完,出版社那边已经催我了。"

"好,挂了。"

姜安握着手机,神色有些疲惫。

对于李木然,她是信任的。《木偶人》下册的故事大纲没有被泄露出去,凶手按照上册的作案手法在现实生活中呈现了一场谋杀,并且和书里最终章写的一样,那是第二案发现场。

如果……

姜安眸色深了深,如果第一案发现场和她未发表的下册……

不!

姜安猛地摇头,不可能,凶手不可能知道还没问世的书中的情节。

"不会的,姜安。这只是一次简单的模仿。"良久,姜安喃喃着,像是在安慰自己。

南城连续好几天都阴雨绵绵，空气潮湿沉闷。

不管是电视新闻还是报纸媒体，似乎都对环城小区凶杀案空前关注，将这座宁静的城市撕开了一道巨大的口子。警方受到来自被害人家属、环城小区业主、媒体舆论三方的压力，正焦头烂额。

然而，两天过去了，警方没有丝毫的进展，或者说，就算有进展，警方也没有透露任何消息。公安局大门外围堵了一大堆媒体记者。

包子好不容易从侧门挤进去，一进门就遭到了同事杨乐的调侃。

"包子，你这是在逃难吗？"

包子没好气地瞪了他一眼："头发乱成那样，你进来也没少费劲吧。"

两人一路互相调侃着上了楼，走到一半，就看到傅晋寒从拐角处往下走。

"老大，怎么了？"包子停住问。

"第一案发现场找到了，包子跟我去现场，杨乐去一趟鉴定科，把尸体鉴定资料整理好发给我。"傅晋寒叼着烟，双手插在兜里，迈开双腿，绕过两人。

"是，老大！"两人同时答应。

姜安是上午在电视上看到第一案发现场的，那些无良媒体的长焦镜头对准了作案地点，画面清晰无比，只在极其血腥的地方打上了马赛克。

姜安看着黑白的电视屏幕，出神了许久。直到下午，她才起身，拿起了背包出门。

公安局。

因为上午的发现，整个公安局陷入了忙碌的状态，这次的案子上面十分重视，一方面是因为案件本身的凶残程度，另一方面是因为外界舆论的施压。

说来也怪，这些媒体不知道是从哪里得知的消息，总是能够迅速地出现在事发地点。

傅晋寒他们前脚刚到，那些媒体后脚便围了过来。警方动用了一半警力，才将他们驱赶到警戒线外。

彼时二楼的独立办公室内——说是独立办公室，其实地方很小，仅仅容得下一张桌子和两把椅子，傅晋寒坐在电脑桌后，揉着眉心，紧盯着在犯罪现场拍摄的照片。

门外有敲门声响起。

"进来。"傅晋寒淡淡应了一声。

开门的是包子。

"老大，上次那个小姑娘要见你，一直在公安局门外等着呢。"

"谁？"

"就是那个姜安啊。"包子答道。他也是刚才进门的时候碰巧看到她，问了一句，没想到她居然是在等他们老大。

傅晋寒头也没抬："不见。"

"好的老大。"包子迅速带上门，他虽然跟着傅队的时间不算长，但也清楚傅队的习性，向来说一不二。傅队说不见，那就是不见。

包子负责地下了楼，找到姜安，告诉她，他们老大不打算见她。当然，他说得比较委婉。

"没关系，你去忙你的吧，包子哥。"姜安道。在刚才的交谈中，她已经知道了之前说她鬼鬼祟祟的那名警察叫包子。

包子想了想，出于一名警察天生的责任感，他还是教育了她几句："我们干警察这一行的，都是刀口下过生活，尤其是傅队，你别看他长得帅，但他毛病可多了，还总是办一些危险的任务。何况，你年纪这么小，我们傅队都一把年纪了，你们真的不合适。"

在包子心里，这孩子怎么看都跟他们傅队不般配，能配上他们傅队的，只有那位肤白貌美、身材性感的犯罪心理顾问。

姜安："……"心想，你们傅队知道你在背后这么编派他吗？

"总之，你还是回去吧。"包子最后做了一个总结。

姜安点点头，没出声。

包子以为她都听进去了，朝她比了一个大拇指，转身上了楼。

等待的时间总是很漫长。

天色渐渐变暗，姜安蹲在地上，右手食指在地上无聊地画着圈圈，看着那些记者散开，又看着一个个警务人员从这扇象征着正义与责任的大门离开。

姜安看了看时间，晚上9点。这个人今晚是打算睡在公安局里吗？她思绪刚落，就瞄到一个身量颀长的男人安静地倚在大门门框上，是傅晋寒！

姜安一喜，连忙站起身。她因为在地上蹲了太久，脚有些麻，本能地扶住身侧的柱子，但膝盖以下已经没了知觉，光是站起来，就花了她不少力气。

姜安无奈地撇撇嘴，委屈地看向不远处的某人。"警察叔叔，我腿麻了，你能过来一下吗？"话音刚落，又加了一句，"我有话要跟你说。"

傅晋寒平静地看着她，他的眼睛在灯光下亮得惊人，眼神却格外冷漠。

他站直身子，往前走了几步，最后在离姜安还有一米远的地方停下。

"说。"

姜安腿上的麻意散了一些,她并不在意傅晋寒冷漠少言的说话方式,抬头看了他一眼:"警察叔叔,可以加个微信吗?"

傅晋寒蹙起了眉,看了她一眼,背过身。

姜安见他要走,赶紧道:"你别误会,我想给你发个文档,是关于环城小区那个无头尸的。"

这话起了很大的作用,傅晋寒再次转过身,眉宇间似有探究。过了几秒,他伸手从口袋里将手机拿了出来,点开了二维码。

姜安动作麻利地扫码添加,看到好友添加成功后,她立马将文件传送过去,态度非常诚恳:"这是《木偶人》下册的内容,你不用全看,看第二章就好。"说完,她扶着双腿往前迈了一步,踮着脚,歪着小脑袋凑近傅晋寒,滑了一下男人的手机屏幕。"喏,就是这里。"

傅晋寒不动声色地往后挪了一步,拉开两人的距离。看完手机里的内容,他淡声开口:"你想说什么?"

姜安惊了,这个男人难道不应该很惊讶吗,为什么这么淡定?但她很快整理好情绪解释:"《木偶人》下册还未发行,今天上午关于第一案发现场的报道我看到了,想必你刚刚也看了我书里后续有关第一案发现场的内容。它们一模一样,不是吗?"

"然后呢?"

"然后?"姜安隐隐抽了抽嘴角,耐着性子继续说,"然后这本书没人知道,大纲我只发给过编辑,即便从他那里泄露出去,也不可能做到连细节都和我写的一样。"

姜安举起了三根手指:"我发誓,这本书的具体细节只有我和我的电脑知道。"

傅晋寒睨了她一眼:"如果你要自首,公安局现在还有人值班。"

"……"姜安不淡定了,她瞪大眼睛,一脸不敢置信的表情,"警察叔叔,你在说什么?!我没有杀人为什么要自首?"

"诚如你所说,本案的第一案发现场和你未发表的书中的情节一模一样,细致到场景布置、尸块掩埋地点。"傅晋寒低头看向震惊不已的姜安,声调不冷不热,"目前你是最大的犯罪嫌疑人。"

姜安蒙了,她今天在家里纠结了半天。她也害怕,害怕这些书里的章节一旦暴露,自己将会成为最大的嫌疑人。可人命关天,她即使害怕,也还是来了,来找傅晋寒。因为她本能地信任这个男人。但现在她最担心的事情,全被这个叫傅晋寒的男人给说了出来,并且,他还让她自首。

姜安自认脾气很好,从小到大,她很少生气。

她深吸一口气，目光灼灼："首先，那是一名男人，从尸体看，他的年纪应该在35岁左右，身高估计在一米八左右，体重一百七十斤左右，左臂有刺青，手臂上有明显的肌肉，说明他经常锻炼并且很不好惹。其次，切割尸体的是利器，凶器应该和我小说里写的一样，是家用切割机，那种机器很占地方。"

姜安一口气说完："试问，我一个一米五八的小姑娘，哪儿来的力气去杀害一个一米八且力气很大的男人。还有，我家里只有四十平方米，没有多余的地方放那破机器。"

姜安恨恨地想，自己以后千万不能被美好的表象所迷惑了！

"光线那么暗，你是怎么看到他手臂上的肌肉的？"傅晋寒没什么表情地开口。

姜安咬着牙："我眼神好！"

傅晋寒漫不经心地扫了她一眼："董老带出来的学生，的确有些墨水。"

姜安的身子僵了一瞬，脚底的麻意又蹿了上来，她扯了扯唇："你调查我？"

"我只是调查一切可疑的东西。"

"我不是东西。"姜安反驳，继而察觉出自己失言，脸上因气恼泛起红晕，她努努嘴，"警察叔叔，我已经从A大申请退学了。"

"明天把你的电脑带到公安局。"傅晋寒从口袋里掏出烟，点了一支，烟雾在门灯下若隐若现。

"啊？噢！"姜安点头，狐疑地看向他，"你相信我？"

他没有让她自首了，而是让她把电脑带去公安局。《木偶人》下册的内容没人知道，唯一能够泄露出去的渠道只有那台电脑。

思及此，姜安的眼神中隐隐透了些感激。

傅晋寒对上她莹亮如星的眸子，吸了口烟，神色淡淡的。

"我只相信证据。"

姜安的一腔热情被浇灭，好吧，是她自作多情了。

南城的阴雨天似乎在今日结束了。夜空皎月悬挂，星星挤满了银河，驱散了连日的阴闷。

姜安这些年来深居简出，早已养成了自然醒的习惯。昨晚她特地调了闹钟，想今天早一点赶去公安局，但还是被一阵敲门声提前吵醒了。

她没有起床气，脾性很好，所以只是抱怨了几声就麻利地起床穿衣。她开门的时候眼睛还是半睁不闭的，没办法，昨天睡得太晚，今天早上实在太困。

门外的两名警察在门打开的一瞬间都怔住了，面面相觑。谁也没想到声名大噪的悬疑小说作家居然是个女孩。

"是姜安吗?"他们很快反应过来,出示了手里的警察证,并询问道。

"是。"姜安应了一声,睡意消失了些。

"我们怀疑你跟一起谋杀案有关,请配合调查。"

"什么?"姜安彻底清醒了。

"你涉嫌一起谋杀案,请跟我们去一趟刑侦大队。"

- 04 -

刑侦大队审讯室。

很多人一辈子也没来过公安局的审讯室,这里总是给人很重的压抑感。审讯室四面都是大白墙,中间有一块单向玻璃。

姜安坐在椅子上,虽然感觉不放松,但也说不上紧张。她对面是一名女警,两人中间隔了一张桌子。女警手上拿了个本子,很显然,她已经提前记录好了问题。

"姜安,5月28日那天晚上9点到12点你在哪里?"

姜安审视了一眼年轻的女警,缓缓答道:"在家里睡觉。"

"有谁能证明吗?"

"没有,家里就我一个人。"

"也就是说你没有不在场证明?"女警仿佛抓住了什么关键点,连本子都没看就开口问。

姜安乖巧点头:"是啊。"

女警皱眉,按了一下耳边的无线耳机,将一沓资料递给姜安。

姜安扫了一眼,原来《木偶人》下册的内容已经被泄露到网络上,引起了巨大的轰动,难怪一大早就把她抓过来。

姜安失笑,现在好了,真成犯罪嫌疑人了,估计现在编辑大人正在疯狂找她。

女警见她居然笑出声,不由得皱眉:"你应该清楚,你目前是最大的犯罪嫌疑人。"

姜安垂着眼角,脸上似有笑意:"如果你们足够聪明,现在调查的应该是我的电脑,而不是我这个人。"

女警略微诧异,无线耳机里传来声音,她迟疑了几秒,拿出了另外一个文件袋:"这是环城小区案件的卷宗,你看一下。"

"我不想看。"姜安本能地拒绝。

"你想违抗吗？"

姜安不情不愿地翻开卷宗。

死者叫李湛，35岁，身高一米八二，体重一百七十斤，身材强壮，是一名健身教练，社会背景复杂，家里只有妻女。根据他妻子的描述，死者脾气暴躁，生前树敌不少。

死者后脑勺部位有遭重击的痕迹，是死前造成的。尸体颈部有明显勒痕，死因为窒息，初步推测凶器为充电线，前胸部有灰色棉质衣物残留，残留衣物呈干燥状，疑为被害人死亡后凶手为其穿上的，其余部位赤裸。尸体有经过二次转移的痕迹，在第一案发现场附近发现了死者消失的头颅、四肢、部分内脏，脚腕上戴着锁链，还发现了一辆被烧毁的车；在第二案发现场发现了死者的尸体躯干。死者身上的十八处刀伤为死后伤。

死亡时间为5月28日晚上9点到12点。卷宗的最后是死亡现场的照片。

"作案手法、抛尸地点、案发现场的布置，这些都跟你的书《木偶人》上下册完全重合。"女警冷冷地说着。

姜安指了指卷宗的最后几行："这里，不一样。"

"什么？"

"我书里没写死后刺的这十八刀。"

女警狐疑地看了一眼单向玻璃的方向，很快，她说道："但大部分都是一样的，不是吗？"

姜安认可地点头："是呀，但这不代表是我杀的啊，动机呢？"

她对上女警审视的目光，继续说："哦，我是说杀人动机。我压根不认识这个男人，为什么要杀他？另外，虽然我家里没人，但我的小区设施比较完善，你们可以查一下监控，我要没记错的话，那天我一整天都没出门。"说完，她微微一笑："所以，警察小姐，我可以走了吗？"

审讯到这里已经差不多可以结束了，女警似乎从耳机里接到了什么指令，将文件收拾好，起身离开。

姜安身体往后靠了靠，看了一眼单向玻璃的方向："好玩吗，傅晋寒？"

片刻，审讯室的门再度被打开。

进来了三个人，恰巧，姜安认识其中的两个。

为首的是一位老头，站在正中间，一身警服，正气凛然。他的身侧是傅晋寒，同样是警服，傅晋寒却穿出了一种不羁的味道。

还有一个人。

她一袭红色紧身裙，勾勒出性感的身材，秀发披肩，五官精致。细看之下，她的轮廓和姜安竟有些相似。此刻，她正一脸笑意地盯着姜安看，像是把她当成了展示品。

姜安不喜欢她赤裸裸的目光，皱起眉头："这么多年不见，你还是这么风骚。"

红衣女子丝毫不在意姜安话里的讥讽，嘴角是恰到好处的笑容："也就三年而已。"

那名老警察很是诧异，问道："姜浅，你们认识？"

姜浅甩了甩长发，看向姜安，说得漫不经心："傅晋寒，你应该认识。"说完她指了指那位老警察："南城公安局副局长，张成，张局。"她接着向张局和傅晋寒说道："介绍一下，这是我妹妹。"

轻飘飘的几个字，惊得张成说不出话。

姜浅毕业于全国顶尖政法大学Ａ大，是著名犯罪心理学教授董老的关门弟子，她不光在南城，在全国那也是知名度颇高的人。

姜浅出国深造四年，今年才回国，年初突然从Ａ市调来了南城，配合南城刑侦大队破获不少案子。而比她名气更大的，就是她那位从不露面的妹妹。

姜安16岁考入Ａ大，是董老最得意的学生，被外界称为天才少女，跟着董老不知道破了多少悬案。然而，就是这样一位传奇人物，在三年前销声匿迹。

张成暗自擦了擦汗，今年南城是怎么了，净来些大人物，先是心理侧写师姜浅，再是旁边这位傅家大少爷傅晋寒，现在又来个天才少女姜安，还全是从Ａ市过来的。

张局抑制住内心的震惊，干咳一声，打破沉默："那个……姜安，你不要紧张。我们知道你不是杀人凶手，带你过来只是例行调查。"

姜安点头，眼神里多了些希冀："张局，我能理解，那我可以回去了吗？"这种阴森压抑的地方，她不是很想多待。

张局为难地看了一眼身边那两人，姜浅接下了话茬儿："姜安，傅晋寒将你发他的文件打了报告交给了上面，他是警察，你的书算是线索的一部分，必须上报。"

"嗯，然后呢？"姜安说着，偷偷瞄了一眼一直靠在墙上不说话的某人，见他还是那副老神在在的模样，不由得噘了噘嘴。自己这么信任他，他倒好，把她安排得明明白白！

姜浅似乎看出了姜安的想法，她难得解释了一句："把你未发表的书爆出去引起轰动，是我的主意。"

姜浅顿了顿，接着说："凶手是一个心理素质很好的人，他既然根据你书里的作案手法杀人，说明他要的就是引起轰动，满足自己的虚荣心。那我们就把他这份虚荣心满足到极致。只有极度得意忘形，才能让他露出马脚。"

姜安瞳孔急剧收缩，咬着牙看向那罪魁祸首："所以，这就是你让自己的亲妹妹变成众矢之的的理由？"

"是啊。"姜浅轻描淡写地回答。

姜安一张小脸绷得紧紧的，面颊气得通红，她半天才顺过来气，死死盯着姜浅："这么多年过去，你真是一点都没变！"

姜浅言笑晏晏："你也没变，还是这么容易炸毛。"

姜安咬牙切齿，她的脾气其实真的很好，前提是面前这个嚣张的女人不出现在她的视线范围之内！

姜安像是想到了什么，紧绷的表情放松下来，巡视了一圈，重新坐回椅子上，缓缓开口，语气里带了点小得意："姜浅，我劝你回去多看看卷宗，好好做一下心理分析。"

"你什么意思？"姜浅秀眉蹙起。

姜安做作地耸了耸肩："身为南城刑侦大队犯罪心理顾问的是你，不是我。"

姜浅脸色难得正经，她快步走出了审讯室的门，从女警手里拿过卷宗，从头到尾又仔细看了两遍。

审讯室内，张局和傅晋寒并肩而立。后者神情漠然，眼神扫过姜安，平静地说："你觉得凶杀案是过家家吗？"

姜安起身的动作顿了下，旋即若无其事地拍了拍衣摆上并不存在的灰尘，笑容天真："傅警官，我只是一介平民，破案是你们公安应该做的事，和我有什么关系？"她与两人擦肩而过，不忘和张成打声招呼："张局，再见。"

"哦，再见。"张成象征性地挥挥手，等人走了，才皱眉问："姜安的电脑查了吗？"

"查了，有被入侵的痕迹。"傅晋寒想起女孩刚才那张看似天真无邪的脸，冷声说，"技术科的人正在查对方的 IP 地址（网际协议地址），没这么快。"

姜浅走进来，神情严肃："张局，傅队，这十八刀刺的范围都聚齐在胸腹，形状不规则，明显是乱捅一气，我猜凶手应该是在泄愤。如果凶手是为了泄愤，那他的真实目的就不是为了模仿小说杀人引起轰动，我的判断可能失误了。"

张局说："那么多种杀人手法，凶手为什么偏偏选择了最能引起轰动的一种？媒体每一次出现的时机都恰到好处，好像是提前就知道了消息。如果只是为了泄愤，凶手没必要做到这样。"

这太矛盾了。

审讯室内一时陷入沉默。

这起极其残忍的谋杀案，凶手抹掉了一切痕迹，警方根本无从下手。

这时候包子敲了敲门："老大，痕检科那边出结果了，那辆在案发现场被烧毁的车是一辆大众车，在车轮轮毂发现少量血迹，经鉴定和死者DNA（基因）相同。车牌号经过复原，确认为本地车牌，车里发现的残余纤维是一种PU（聚氨酯）材质的合成纤维，应该是凶手分尸时穿的防护服。"

傅晋寒立即迈步离开审讯室，比起毫无根据的推理，他更相信实质性的证据。

"监控查了吗？"

包子跟在后面："我们的技术人员刚刚排查了28日晚上9点到29日早上9点的道路监控，一共拍到被烧毁车辆十六次。车辆一直沿着京川大桥往西，最后一次出现是在306国道上。"

傅晋寒问："没抓拍到正脸？"

"没有。"包子说，"凶手全程戴着黑色帽子和口罩，不过车主倒是找到了，你说巧不巧，车主居然在一家电子厂上班。"

"去找他。"傅晋寒言简意赅。

两人立刻从市局出来，准备直奔三十多公里外的电子厂。

午后阳光炙热，晒得人心浮气躁，市局门口蹲了不少记者，好在傅晋寒的车停在后门。

包子拉开车门，余光看到一抹纤细的身影，对方正在剥棒棒糖的糖纸，大概是察觉到有人看她，缓缓地抬起了脑袋。

姜安笑着朝他挥手："包子哥！"

包子看了一眼旁边的男人，尴尬而不失礼貌地笑笑："姜安？你怎么还在这儿？"

姜安走近，眼睛弯成了一弯月牙："哦，我忘记说了，其实还有一点和我小说里写的不一样。"

包子立刻问："哪里不一样？"

姜安说："我小说里写的是拿棒球棍打晕死者，不是高尔夫球杆。"

"高尔夫球杆？"傅晋寒冷冽的声音像是腊月的寒风，让姜安胳膊上起了一层鸡皮疙瘩。

姜安继续无视那张冰块脸，眼睛看着包子的方向，很轻地"嗯"了一声。"包子哥，我先走啦。"

包子挠了挠脑袋："老大，她怎么不搭理你啊？"

傅晋寒摸出一支烟衔在嘴角，抬手拍了一下包子的后脑勺："哪儿那么多话。"说完，他把目光投向姜安离开的方向，挑了一下眉。

小姑娘还挺记仇。

与此同时，包子接到了一个电话。

片刻后，包子抬起眼："陈医那边尸体缝合完成，尸检报告出来了，后脑勺的钝器伤确定为高尔夫球杆所致。"

傅晋寒面无表情地上车："先去电子厂。"

信安电子厂坐落在南城东郊的开发区，养活了附近三分之一的人。

张开就在这三分之一中。

眼下正是午休时间，张开一边和同事说着一些低俗玩笑，一边吃饭，他穿的工服上到处都是被染上的机油。他脸色蜡黄，看上去一副长期营养不良的模样。

线长走了过来："张开，跟我过来，有人找你。"

整条产线中，操作工最讨厌的人非线长莫属，但最想巴结讨好的人也是线长。

张开谄媚地端着盒饭小跑着跟上去："线长，谁找我啊？"

线长说："废什么话，过去不就知道了！"

张开背着他翻了个白眼，没再吭声。

张开被领到了工厂保卫科，隔老远他就看到里面站着的一高一矮两个人，个子高的那个看上去就不好惹。

包子问："你就是张开？"

张开点点头："你们是谁啊？"

"警察，有点事问你，请你如实回答。"包子拿出一张照片，"这是不是你的车？"

张开伸长了脑袋，照片里的车已经被烧得只剩车架，但车牌他认识，是自己的车没错。他顿时变得愤怒："我的车怎么烧成这样了?! 半个月前刹车坏了，我就把它送到修理厂了，为什么会出现在荒郊野外?!"

包子抓住重点："你说你半个月前把车送去修理厂了？"

"对。"张开看上去气极了，"警察同志你稍等一下，我给修理厂打个电话。"

"不用打了，你跟我们走一趟吧。"傅晋寒说。

一小时后，审讯室。

张开抓着桌角，心里既紧张又忐忑："警察同志，为什么要把我抓到这里来？

我什么都没做啊,那车跟我没关系,不相信你们可以去问修理厂。"

包子敲了敲桌子:"叫什么名字?"

"张开。警察同志,我是冤枉的!"

隔壁房间内,傅晋寒和姜浅静静地看着审讯室里面,目光带着审视。

"5月28日晚上9点到29日早上10点这段时间你在哪里?"

"晚上的时候在宿舍,早上7点30分开工,电子厂的员工和我的室友都可以为我证明,我真的是冤枉的,我什么都没干啊。"

傅晋寒抬手按住了蓝牙耳麦:"问他柜子里为什么少了一套防护服。"

"你在5月13日的时候为什么又申请了一套防护服,你原来的那套呢?"

"我去修车的时候落在车里了,修理厂离得远我就没回去拿,重新和线长申请了一套。"

姜浅环抱着双臂:"这未免太巧合了点。"

傅晋寒继续对着耳麦说道:"问他,以他四千五的工资是怎么买得起那辆十几万的大众的。"

"以你四千五的工资,是怎么买得起那辆十几万的大众的?据我们调查,你父母都是农村人,还有个上大学的妹妹,家里条件艰苦,根本没法供你买车吧?"

张开做出一副苦哈哈的表情:"借钱买的,不犯法吧?"

"借谁的钱?"

张开明显顿了下,说:"我老乡的。"

傅晋寒压低声音:"他在撒谎。"

姜浅侧眸,眼神里带了几分意外。

包子听到"撒谎"两个字,语气立刻严肃起来,使劲拍了一下桌子:"我劝你最好说实话!"

出于天生对警察的畏惧,张开身体抖了下,改口道:"真的是我老乡的,他叫李湛,我看电视上新闻报道他死了,所以不敢说,我怕你们以为是我杀了他,毕竟……毕竟这车是我的。你们一来找我给我看照片,我就猜到你们肯定是因为湛哥来找我的……"

张开的声音越来越小:"警官,真的和我没关系,那车我送去修理厂之后就没开过了。你们可以去查厂里的监控,我这段时间都没出去过!"

这段时间经过媒体的大肆报道,案件细节几乎都被披露出来,张开知道这一点并不意外。

包子问:"李湛在你眼里是个什么样的人?你和他关系怎么样?"

张开低下头:"半年前我骑电瓶车追了他的车的尾,就加了微信说后续赔偿的事，后来他知道我和他是同乡就没让我赔钱了。因为我们是同乡嘛，联系渐渐就多了起来，时不时会约出来喝点酒什么的，哦，电子厂的工作也是他帮我找的。"

说到这里，他似乎有些感慨："湛哥人其实挺仗义的，就是脾气不好得罪了很多人，我经常听他说谁谁谁看他不爽想要揍他。这个时候湛哥的下一句往往都是：呸！一群杂碎，也就只敢在脑子里想想！"

"李湛有跟你提过这些人的名字吗？"

张开想了想，说："王大力，好像是叫这个名字。"

"就一个？"

"不止，但他是湛哥提过最多的，其他提过一两次的人我也不记得了，都是喝醉了说的，我记忆力哪有那么好。"

审讯室隔壁，傅晋寒和姜浅的眼睛紧紧地盯在张开脸上，似乎想要从上面找出一些蛛丝马迹。

"最后一次见死者是在什么时候？"包子问道。

张开回答："就半个月前吧，我车坏了之后不方便来市区。那天湛哥好像很不高兴，喝了好多酒，我问他怎么了他也不说，最后我找代驾给他送回去了。"

"傅队！"门被推开，杨乐走了进来，"刚联系过修车厂老板，确实和张开说的一样，张开半个月前把车送到修理厂之后再没去过。修理厂门口的监控显示在5月27日凌晨2点，张开的车子因为修理厂员工忘记拔出钥匙被偷走了，第三天上午9点老板发现车辆丢失后报案，但那个时候凶手已经作完案了。"

"为什么中间隔了一天？"姜浅问。

杨乐说："老板说修理厂的车太多，没有注意到，第三天要交车时才发现的。"

"够巧的啊。"姜浅勾着红唇，看向傅晋寒，"傅队，你怎么看？"

傅晋寒的指尖在桌上一下一下地敲着，不管是修车厂老板还是张开都有合理的不在场证明，然而他们无意间制造的巧合却给凶手提供了所需的作案工具，把李湛推向了死亡。

傅晋寒掀开眼皮："既然车主是张开，防护服也是他的，先把他关上二十四小时再说。杨乐，其间你和包子轮流审他。"

杨乐答道："好。"

姜浅挑眉，心想这人的行事作风怎么和她那顽梗不化的妹妹这么像？

- 05 -

夏季的白天很长，下午6点多了天还大亮着。环城小区位于老街区，路上电瓶车四处乱窜，完全不把红绿灯当回事，往来的轿车拼命鸣笛避让。正值下班高峰，绿灯一亮，人流涌动，路口黑压压的一片。

姜安挤在人群中间，在绿灯的最后一秒结束时到达了马路对面。从这里开始散步，走两圈再回家，运动量正好。

姜安抬头随意瞟了一眼不远处的交通摄像头，很快又低头把手机从口袋里拿出来，叹了口气后还是选择开机。躲得了一时，躲不了一世。

屏幕刚亮，李木然的电话就打了进来。

"网上传的到底是什么情况？你现在人在哪儿？《木偶人》下册还没发行怎么会泄露出去？你还发给谁了？"李木然急道，"说话啊，姜安！"

姜安无奈："你一下子问这么多问题，我要先回答你哪个？"

李木然回道："一个一个答！"

姜安沿着环城小区旁边的小道动作缓慢地挪动："我去了公安局，不过你别担心，只是例行问话。我现在在家附近，至于《木偶人》下册为什么泄露，不是你的电脑的问题，就是我的电脑的问题。"

李木然沉默片刻，说："今天有刑侦大队的人来我家了，问了我几个问题后把我的电脑拿走了。"

"嗯，猜到了。"姜安踢了踢路边的石子，"《木偶人》下册——"

"姜安。"身后有人出声，嗓音带着轻薄的傲慢。

姜安背脊一僵，转身，对着手机那边说道："我这边有点事，先挂了。"

姜浅的细高跟鞋在地面上发出嗒嗒的声音，跟踩在姜安脚上似的，让她忍不住后退两步。

环城小区治安不太好，绿化却出奇地多。一棵棵大树并排生长，枝繁叶茂，树影在夕阳下摇晃，映照在斑驳的墙面上，和树下的两道人影重叠在了一起。

姜浅嗓音偏细，听起来多了几分刻薄："你打算在这里待到什么时候？"

姜安撇嘴，看，这就是姜浅，说话永远直来直去，不懂得先铺垫一下。姜安慢吞吞地说："不知道。"

说完又补了一句："和你好像没什么关系吧？"

姜浅的眼睛是上挑的狐狸眼，不做表情的时候看起来非常冷艳："我的调令下来了，下周六回A市。"

"噢。"

"我和张局说了，之后由你来接替我的工作。"

姜安大吃一惊，瞳孔迅速放大，那双大眼睛里充满了愤怒："你凭什么替我做决定？我有说过我要去刑侦大队吗?!"

"你已经在南城躲了三年，还想再躲几个三年呢？姜安，你不能永远做只缩头乌龟。"姜浅目光平静，语气松缓下来，"上周我去A市的时候见了老师，他让我转告你，人都会犯错，不要因一时的错误铸就一生的错误，而且你当年已经做得很好了，他一直都为有你这样优秀的学生而感到骄傲。"

姜安脸颊肌肉微颤，双手垂在两边紧握成拳，似乎是想起了一些不好的事情，眼睛里闪过一丝痛苦。

姜浅抬起头，眼睛看向远处的高楼大厦，但依然对着姜安说："你看，南城这座城市只有A市三分之一的面积，很小，对吧？但就是这样一座GDP（生产总值）连国家标准都达不到的城市，犯罪率却是全国最高的。这里好像总是出一些穷凶极恶的罪犯。"

她扭头看向姜安："你不想抓住他们吗？"

晚上8点，街边的摊贩开始了夜间的行动，叫卖声不绝于耳，充斥着一整条街，环城小区凶杀案好像并没有影响到大家的生活，完全看不出有个人前不久刚死在这附近，尸身就被扔在他们身后的小区里。

姜安站在十字路口，身后是环城小区，穿过面前的马路就是她居住的公寓。

你不想抓住他们吗？

姜安在心里问自己。

夜，静悄悄地来了，带走炎热和光明。

姜安在路灯下飞快地奔跑，她很久没有跑得这样快了，所以停下来的时候气喘吁吁的，"南城市公安局"几个大字在夜间格外地亮，和姜安的眼睛一样。

傅晋寒叼着烟从大厅出来，头上的浓云被风吹开，露出半个月亮，瞥见姜安时，他只稍稍挑了下眉，神情依旧是冷漠的。

女孩脸色红润，粗喘着气，身形单薄瘦弱，眼睛却闪闪发亮，一步一步朝他的方向走来，步伐沉稳。

傅晋寒恍了下神，他皱了皱眉，迅速收回视线，从姜安身边走过。

"你好，重新认识一下。"姜安叫住他，"我叫姜安，毕业于A大心理学专业，主攻犯罪心理，三年前曾就任A市公安局。"

淡青色的月光洒在傅晋寒宽阔的肩膀上，他的脸半明半暗，手指还夹着烟头：

"不是说退学了？"

"我是在研究生期间退的。"

傅晋寒难得哽了一下。

姜安两颗眼珠又圆又黑，看着他直截了当地说："我可以协助你们破案，但我有一个条件。"

傅晋寒掸了掸烟灰："开出条件之前，你应该考虑的是如何说服我让你加入。"

"你不知道吗？姜浅已经和张局说过我会接替她的位子，只要我答应，手续马上就下来。"姜安诧异地看着他，眼神中充满疑惑，"所以，我为什么需要说服你？"

傅晋寒："……"

小丫头不光记仇，还挺会气人。

傅晋寒吸了一口烟，说："随你。"

随你？随你是什么意思？

姜安怔住的时候，傅晋寒已经走远，她小跑着跟上去，在他身后不悦地说："我的条件就是今晚你给我找一间干净的房子，我有轻微洁癖，不住酒店，别问我为什么不去姜浅那儿，就算世界上只剩下一间房子，我也不会和她住一起。"

她叽里呱啦地说了一堆，男人都没有搭理她的意思。眼看着他拉开车门打算上车，姜安急道："拜你们所赐，我的公寓门口全都是记者，我现在有家不能回！"

傅晋寒单手支在车门上，扔了烟头，眼角似笑非笑："你这是在向我提出邀约？"

姜安纠正他："不，我是在让你向我发起邀约。"

"不怕我做什么？"

"不怕，你是警察。"姜安肯定地说。

傅晋寒半眯着眼："怎么不去找包子？"

姜安说："因为你比较有亲和力。"事实是姜安通过观察，觉得公安局里的这些人只有傅晋寒最爱干净。

傅晋寒朝她温和地笑了笑，说："公安局比我更有亲和力，那儿多的是椅子，你可以慢慢挑一个称心如意的。"说完他面无表情地上车，油门一踩，走了。

姜安目瞪口呆，嘴角抽动了几下，没忍住，骂出声："小气鬼！"

不远处的黑色吉普车车里的人似乎听到了什么，将车缓缓倒了回来。车窗落下，露出傅晋寒那张冰块脸："上车。"

傅晋寒把人带回了家，果然如姜安所料，屋子被打扫得整洁干净，一尘不染。

姜安满意地坐在沙发上，然后说："我可以明确地告诉你三点：一、凶手不止一个人；二、凶手和死者之间肯定认识并且很熟；三、凶手一定不会打高尔夫球，所以你们不用浪费时间在高尔夫球场上找人。"

傅晋寒不紧不慢地烧水，并没有急着接姜安的话，等水烧开后，倒了两杯热水，把其中一杯放在姜安面前。

姜安把杯子推过去，从包里拿出一个保温杯朝对面的人晃了晃："谢谢，我自己有。"

傅晋寒看着姜安手里长着兔子耳朵的保温杯，视线慢慢移到她的脸上："那十八刀刀口杂乱，刺得不深，和凶手残忍冷静的作风不一致，不难看出有协同作案的可能。死者体形健壮，临死前却没有任何反击和防备行为，为什么？从被烧毁车辆后座提取的衣物残留可以看出死者当天穿的是西装，他要见谁？谁值得他特意换上平常从来不穿的正装？不管这个人是谁，他肯定与李湛认识。"

傅晋寒微微后仰，姿态闲散："我们可以从物证上直接得出和你一样的推理结果，所以你凭什么觉得你能够协助我们破案？"

姜安听出来他在"协助"两个字上加重了语气，眼里是淡淡的轻慢。

"那第三点呢？"姜安反问。

傅晋寒说："现在你可以说一下你的第三点，它的结论能让我判断你有没有资格来刑侦大队。"

这个男人让姜安感到一种无形的压迫感，却也让她提起了足够大的兴趣。

她缓缓开口："第三点，打高尔夫球的人习惯朝上挥杆，而我那天看到的照片伤口是横向平移的，也就是说凶手挥杆的动作和手臂持平。"

"就像这样。"姜安做了一个示范动作，"但如果是一个经常打高尔夫球的人，那他的挥杆动作一定是从下往上，死者后脑的伤口应该在现在伤口向上三厘米的位置。"

"姿势说明不了什么。"

"不。"姜安解释，"我要跟你说的不是姿势问题，是习惯问题。一个人的习惯是下意识的，不会轻易改变，就算杀人也一样，就好像一个杀人犯是左撇子，他会在杀人的时候用右手拿刀杀人吗？"

"不管他用左手还是右手，他都买得起那把刀。"

"是，高尔夫球杆价值不菲，凶手的收入一定很高，是个上流人士。李湛是个粗人，学都没怎么上过，他会在什么情况下认识一个上流人士？我认为，一个在办卡一年才需要七百块钱的健身房当健身教练的人应该是认识不了什么上流社会的人吧？"

傅晋寒眯起眼，立即给包子打电话。

那边包子刚从公安局出来："怎么了老大？我刚整理完资料。"

傅晋寒说："查一下李湛在做健身教练之前是干什么的。"

"好，我马上查。"包子又说，"入侵姜安电脑的 IP 地址查到了，是一个境外 IP。"

傅晋寒皱眉："境外？"

包子继续说："嗯，而且技术人员追踪到这个 IP 地址之后，发现对方又迅速换了地址，也就是说对方利用了漏洞随意篡改了 IP 地址。"

这句话的潜在含义是：IP 地址的线索断了。

姜安打开保温杯仰头喝了一口，脖子上细腻的肌肤滚起了一条曲线，傅晋寒淡淡扫了一眼，将电话挂断。

"回到我们之前的问题。"姜安说，"凶手不打高尔夫球为什么会选择用高尔夫球杆打晕死者呢？"

傅晋寒眯了眯眼："栽赃嫁祸。"

姜安歪头笑了笑："这个只是暂时的猜想，也有可能只是因为凶手虽然不打高尔夫球，但平常可以接触到这类东西，杀人之前随手从别的地方拿了一个。"

"不。"傅晋寒沉声道，"凶手的每一步都很缜密，杀人手法复制了你的小说，唯独换了高尔夫球杆，这不合常理。"

姜安惊讶地看了傅晋寒一眼："你知道你刚刚说的叫什么吗？从心理学上来说，这已经是推理的范畴了。"

傅晋寒冷冷地回道："这是基于物证之上的合理质疑。"

姜安："……"

姜安忽然放松下来，她靠在沙发上撑着下巴看傅晋寒，灯光打在他硬朗的五官上，窗外天色依旧昏暗。

姜安发现傅晋寒的五官非常深邃，尤其是眉骨那里，整张脸给人的观感就是一个字：帅。

大概是她的眼神太过炽烈，傅晋寒双手抱胸，眉头拧成的川字显示他此刻颇有些不耐烦。他从口袋里摸出一盒烟，抽了一支夹在指尖，但没点燃。

姜安自动无视了他眉宇间的不悦，露出两颗小虎牙："你以前当过兵吧？"

这个问题实在突然，傅晋寒原本不耐烦的神色顿时变得冷静，片刻后他又恢复了之前慵懒闲散的姿态，反问道："怎么看出来的？"

姜安学着他的样子双手环抱在胸前，一字一句地说："你每次站着的时候背都会不自觉地挺直，你的房间整理得一丝不苟，办公桌上的文件按时间顺序摆放，这是军人常年养成的习惯。当然你也可以说是强迫症之类的，但你在其他地方很明显没有这种症状。而且你手腕上戴的手表是军用手表，一般是部队统一发放。此外，你还戴了一条子弹项链，这是真的弹壳，对吧？我猜你把它戴在身上，这枚子弹应该对你有一定意义。"

她像是在自问自答："什么意义会让A市傅家的长孙跑来南城这小地方当名小警察呢？情人？战友？以你的背景，退役后有更好的选择，哪怕是来南城也不一定只能当警察，那你选择警察的理由是什么呢？是要查案吧。往前追溯二十年，南城发生的大案小案，悬而未破震惊全国的只有十二年前的日落黄昏连环杀人案。"

姜安看着面色冰冷的人，缓缓地说："还要我继续说下去吗？警察叔叔。"

就在姜安以为对方会因为她这些挑衅的发言而震怒的时候，傅晋寒只是淡淡笑了下，似乎对她的推理很感兴趣的样子："我很好奇，在你的故事里，我是一个什么角色？"

姜安想了想，说："大概是……乐于助人的好警察？"

进入6月，蝉在树梢间叫了一夜，不知疲倦。

姜安第二天一大早就蹭傅晋寒的车去了市局。

昨晚两人的谈话以不算愉快的方式结束，傅晋寒让她睡了卧室，自己则睡在客厅的沙发上。姜安躺在陌生的床上，意外地睡得挺好。

到了市局，傅晋寒就把姜安撇下了，她自己找到张局的办公室，姜浅也在里面。

看到姜安，姜浅没有丝毫意外："我就知道，你一定会来。"

姜安抬起头，和姜浅的视线在空中相撞，她平缓又温和地说："我来不是因为你的话打动了我，而是因为从一开始，我到这座城市就不是来当缩头乌龟的。我今天过来，仅仅是因为时机到了。"

姜浅没想到姜安还在为昨晚的话介怀，心里又觉得这样较真的姜安有点可爱，但她一向不会夸赞自己的妹妹，她冷冷地说："哦，你的申请报告我已经帮你交了，手续很快会下来，其他的你跟张局谈。"

张局在旁边听了半天，压根就没听明白这两姐妹在说啥，见谈话涉及自己，张局适时开口："其实没什么好谈的，眼下最要紧的是破案。"

姜安点头："我想再了解一下案件具体细节，上次的卷宗太过笼统。"

张局答道："可以，跟我来。"

出门时，姜安回头看了一眼里面老神在在的姜浅，到底还是没忍住，问她："这个案子你不跟了？"

姜浅甩了一下头发，看起来格外潇洒："我什么时候说过我跟这个案子了？我没跟你说我上个月就递交调任申请了?"

这句话信息量太大,然而姜安几乎瞬间就明白了。

姜浅从一开始就是故意的,故意把《木偶人》下册内容泄露出去,提前为她交了申请报告,以老师的名义游说……

在姜浅的计划里,自己一定会入局。

姜安关门之前偷偷瞪了姜浅一眼。她跟在张局后面走进电梯,一路上升,最后进到刑侦办。

刑侦办的格局很简单,不足四十平方米的房间,潦草放置的几张办公桌上杂乱地堆积了一些文件,后排有一块很大的白板,上面写满了人名。

姜安的视线缓缓扫过每一个人。傅晋寒有一个单独的小型办公室,用隔板简单地和外面隔开,但还是能清楚地看到他正皱着英挺的眉翻阅档案。包子嘴里咬着豆浆的吸管,不停地接电话。还有一名年轻人,戴着一副黑框眼镜,瘦瘦小小的,姜安认得他,是那天审问时负责记录的小刑警。坐在拐角处有一位看上去岁数比他们都大的中年人正在收拾东西,看样子是打算出去,姜安之前还没有见过他。

姜安的到来没有影响到他们任何人的工作,她是谁?来干什么的?好像没人在乎。

最后还是张局干咳一声打破了沉默:"大家停一下手里的工作,这位是姜安,接替姜浅成为我们局新的犯罪心理顾问,都过来彼此认识一下。"

这些人里面,包子最为震惊:"姜安?!"

小刑警走过来伸出手:"杨乐。"

那位中年大叔接着说:"李德伟,大家都叫我老李。"

"姜安。"姜安露出两个甜甜的酒窝,"李叔这是要出去?"

老李答道:"我打算再去抛尸现场附近找找有没有目击证人。"

姜安说:"等等吧,先聊聊案子,聊完我应该能帮你缩小一下走访范围。"

老李还是第一次听到有人这么坦然又自信地说话,感觉稀奇的同时又觉得这小姑娘挺有意思:"成,先聊案子。"

提起案子,屋内霎时间安静下来。

傅晋寒扫了一眼几人,从隔间出来,靠在办公桌上,整个人懒散又不羁:"杨乐,你来跟我们新的犯罪心理顾问说说。"

杨乐开始介绍:"死者李湛在 5 月 28 日晚上 6 点 08 分被路边监控拍到从健身房附近的路口出来,环城小区十字路口的监控在晚上 6 点 28 分再次拍到他穿过十字路口后左转进入环城小区。晚上 8 点 05 分死者换了一身衣服从环城小区大门出来后，根据监控显示他又折回了健身房。晚上9点10分死者从健身房出来之后消失。

"我们的人去健身房附近调查过，在死者从健身房回家的这段路上有一个监控死角，死者进入这个死角后就再也没出现过了。"杨乐扶了扶眼镜，"其实杀人过程没什么好说的，因为是模仿小说情节杀人，所有步骤和姜安——姜顾问的小说都对得上。"

老李开玩笑道："凶手很会选小说啊，这简直就是一场完美谋杀。"

在场的人包括张局在内，神色都沉了下来。

姜安在小说里详细写了凶手如何处理现场，这也加重了他们现在查案的艰难程度，因为证据太少，凶手留下的痕迹基本等于没有。她甚至写了监控的摄像头的拍摄范围、像素范围，以及在多远的距离之外这些监控就会犹如废弃的机器。

姜安摸了摸鼻子，轻声道："这个世上没有完美的谋杀，书中警方最终破案了，现实中也会一样。"

傅晋寒看向姜安，盯了两秒之后移开目光，接着杨乐的话补充："李湛在做健身教练之前一直在给一位叫齐昌义的人当司机。"

"齐昌义？"姜安问。

包子说："我刚跟他的秘书通完电话，约了下午见面。"

姜安再度提出疑问："死者为什么要在换好衣服之后又折回健身房？"

杨乐继续说："根据死者妻子何丽的说法，死者回家之后换好衣服，说今晚不回来了就走了，她也不知道他出门之后为什么又回健身房了。"

"李湛没跟他老婆说要去哪里，见什么人？"

"没有，何丽说他们夫妻感情不是很好，李湛去哪儿一般都不会主动跟她交代，她自己也懒得问。"杨乐解释。

姜安没有接话，从包里拿出自己的兔子保温杯，拧开喝了一口水润了润嗓子，然后才慢慢地说："齐昌义约在下午是吧？"

包子不明所以，但还是点头回答："对。"

姜安说："那我们上午先去一趟死者家里吧。"

老李露出一抹苦笑："何丽那边我去了五趟了，什么都问不出来。"

姜安透亮的眼睛看着老李，声音俏皮又可爱："李叔，你问不出来，不代表我问不出来呀。"

老李："……"

扑哧一声，包子和杨乐没忍住笑了出来。

傅晋寒压着嘴角，大概是在想，总算不是只气我一个人了。

张局捂着嘴清了清嗓子:"上面对这起案子高度重视,外界媒体每天都在施压,咱们必须尽快破案,大家该干什么就去干什么,我那边还有事要处理,先走了。"

"知道了,张局。"

姜安"嗯"了一声:"我想看看你们审讯张开的录像,还有环城小区大门的监控。"

杨乐看了一眼傅晋寒,见对方没说什么后才开口:"你跟我来。"

姜安刚想跟上去,手腕被老李拉住:"姜顾问,你是不是忘了什么?"

姜安不是很喜欢和人接触,她挣脱开,忍着肌肤上传来的不适感:"你可以试着去健身房多打听打听,看看死者那段时间的情绪和行为有没有什么异常,哦,还有问问他的同事他们夫妻感情状况怎么样。对了李叔,以后叫我名字就行啦。"

"姜顾问"这三个字,她怎么听怎么别扭。

老李应了声"好",拿上包就出去了。

有警察进来敲门,说王大力带过来了,现在正在审讯室。

傅晋寒和包子去审王大力,姜安因为要看录像就跟着一起去了。

姜安站在单向玻璃前观察了会儿审讯室里的情况,小幅度地摇了摇头,不感兴趣地收回视线,对杨乐说:"带我看录像吧。"

张开因为有充足的不在场证明,关了一夜后,一大早就放出去了。

包子和杨乐来回审了一晚上,张开反反复复都是那几句话:不知道,不是我杀的,我冤枉啊。

杨乐又找到拷贝下来的环城小区大门的监控录像,点开放给姜安看。

姜安找了个椅子坐下,眼睛始终盯在屏幕上,不知道看了多久,她忽然出声:"杨哥,倒一下,对,再倒,停!就这里。"

杨乐盯着画面,好奇地问:"有什么发现吗?"

姜安说:"环城小区是个'老破小',突然出现一辆豪车你们没觉得奇怪吗?"

杨乐推了推黑框眼镜,他低声说:"这辆车晚上8点05分进入小区,第二天凌晨4点才从小区开出去,作案车辆也并不是这辆车,这辆车没有疑点。"

姜安摇头:"查一下这辆车的车主吧。"

杨乐皱起短粗的眉,正好傅晋寒从审讯室出来,他连忙问:"傅队,姜安说这辆车不对劲,要查吗?"

王大力那儿什么有用的线索都没问出来,傅晋寒正烦着,闻言冷着脸说:"你作为一名警察没有自己的直观判断吗?这点小事也要请示我?那我要是不在呢,你问谁?"

杨乐做事仔细谨慎，唯独没有主见，做什么之前都要问问别人，这对警察这个职业来说不是一件好事。

傅晋寒有意想改了他这个毛病，语气严厉了些："杨乐，你是警察，你在查案，你觉得自己能放过任何一条有可能破案的线索吗？"

他们傅队板着脸的时候气势挺吓人的，杨乐红着脸低头："我知道了傅队，我马上去查。"

杨乐走后，傅晋寒看向屏幕中暂停的画面，一辆奥迪 A8，车价都快抵得上环城小区的房价了。

姜安支着下巴问："王大力怎么说？"

"不是他。"傅晋寒眉心深拧，这个案件似乎陷入了一个怪圈，警方排查了所有和李湛有过节的人，但这些人里面有作案动机的嫌疑人全都有不在场证明，没有作案时间。

那么李湛究竟为什么会死？抛开仇杀，谁会无缘无故模仿小说杀人？犯罪总要有个作案动机。

姜安从椅子上起来："走，去环城小区。"

傅晋寒盯着她，过了几秒淡声问："姜安，你是不是没弄清楚到底谁是队长？"

"……"

傅晋寒一米八八的身高足以让他的视线和姜安的位置形成一个微妙的俯视，有种居高临下的压迫感。

"还不走，等我请你过去？"傅晋寒迈步走在前面，剑眉微挑。

傅晋寒个高腿长，走得很快，姜安得小跑起来才能跟上。

两人拉开一大段距离后，傅晋寒停下来双手插在裤兜里，说出来的话有些不近人情："何丽每天早上 9 点 30 分要出门去十公里外的培训班教钢琴，我们还有一小时的时间。"

姜安一顿，立即加快步伐。

- 06 -

环城小区离市局不算远，之前抛尸的地方被警方围了起来，周围放了警示牌，路过的时候，姜安多看了几眼。

李湛家在小区最后面那栋楼，那儿采光不好，房价最便宜。

傅晋寒和姜安到的时候，何丽正在做早餐，见到来人似乎并不意外，侧了侧身让他们进来。

姜安的视线在何丽身上转了几圈，何丽是一个很普通的女人，衣着、长相、举止都没什么特别的地方，属于在人群中一定不会被注意到的类型。

"你们还要问什么吗？知道的我都已经说了。"何丽一边说，一边回厨房关火。

何丽解开围裙从厨房出来，姜安注意到她的头发被随意盘起，身上穿着简单的白色短袖，那双手因为常年干家务掌心都是粗糙的茧子，实在看不出这是双弹钢琴的手。

何丽看向傅晋寒身后的姜安，语气有了一点起伏："姜作家？你怎么也来了？"

姜安从傅晋寒背后探出一个脑袋，睁大眼睛问："您认识我？"

"我女儿是你的书迷。"何丽扯出一丝笑说。大概是因为丈夫突然被杀，何丽的黑眼圈很严重，整个人的精神状态看上去不太好。

姜安点点头："那我给您女儿签个名吧，家里有我的小说吗？我可以在那上面签。"

"呃。"何丽想说那倒是不用，但看着作家认真的表情，她又不好意思说了，"有的，在她的房间，就是那间小卧室。"

傅晋寒抬手按住姜安的脑袋，强迫她转了个方向，姜安不满地撇嘴，然后朝何丽笑笑："那我可以进去看一下吗？顺便签名。"

何丽茫然地看了他们两秒："可以的。"

姜安挣脱开傅晋寒的掌心，朝小卧室走过去。

傅晋寒的眼神不经意地扫过她，转身和何丽一道坐在沙发上，例行问一些问题。

直到姜安再度出现在客厅，傅晋寒淡淡地瞥了她一眼，不动声色地收回视线："今天就到这儿吧，我们——"

傅晋寒的电话铃声突然响起，他说了一声"抱歉"后接起电话，眉心微微拧起。挂断电话后，他问何丽："你认识齐昌义吗？"

何丽明显一顿，瞳孔微微放大，过了两秒才低声说："认识，他是我老公之前的老板，我老公以前给他当过一阵子司机。"

傅晋寒迅速接着问："那你之前怎么没说过？"

何丽张了张嘴："之前……之前我觉得李湛换工作都很久了，那么久之前的事没什么好提的。"

傅晋寒站起来后，气势有些逼人："你们家和齐昌义的关系怎么样？"

这其实是一个问话陷阱，因为他用的词不是李湛，而是你们家。

何丽攥着手指，显得有几分局促："他……他和李湛是同乡，李湛从老家出来后就投奔他了，一直给他当司机。因为有同乡的这层关系，他对我们家一直都挺好的，平常很照顾我们。"

傅晋寒眯了眯眼。

又是同乡。

他的肩膀微微放松下来，仿佛刚才的威压根本不存在一样，朝何丽露出一抹安慰的笑容："放心，我们一定会抓住杀害你老公的凶手。"

何丽愣了下，不太明白这位长相帅气的刑警变脸怎么这么快，但还是点头说了声"谢谢"。

从何丽家出来之后，姜安坐在车子上，闭目沉思。

何丽的家里很干净，干净得不像是住过李湛那种五大三粗的糙汉的家，李湛的生活痕迹太少了，根据之前小区门口的监控记录和健身房同事的说法，李湛每天晚上都会回家，很少有在外面过夜的情况，哪怕是喝多了酒。

但家里又有不少"直男"审美的物品，比如两人的主卧梳妆台上摊开的首饰盒里放着的一条奇丑无比的项链。夫妻关系不好吗？不好的话，李湛怎么会经常给何丽买礼物？还有，他们的女儿李幼微的房间里为什么会有她的悬疑小说？为什么会在最后几页的杀人手法上特意做了备注？李幼微果真像何丽说的，是自己的书迷吗？这一系列情况是巧合还是有意为之？

张开和李湛是同乡，李湛和齐昌义也是同乡，那张开和齐昌义彼此认识吗？齐昌义那天晚上开车进环城小区到底是为了什么？何丽又为什么要撒谎？

姜安想着想着忽然坐直了身体，拨通了一个电话："喂，12315吗？我要投诉环城小区的物业。对！小区里面放置虚假监控，还有他们的墙，墙头那么矮为什么不去加高？这对业主的人身安全很不负责！出了事——什么？哦，我不是业主啊，不是业主就不能投诉了？"

傅晋寒差点一脚滑下油门，偏头意味不明地扫了姜安一眼，突然觉得有点头疼。

姜安浑然不觉，沉浸在投诉失败的恼怒中，过了好大一会儿才缓和心情，重新开口："何丽在撒谎，她和齐昌义的关系不一般，世上没有那么巧合的事，齐昌义那天晚上去环城小区一定是去找何丽。"

傅晋寒斜着看了她一眼："在房间发现什么了？"

姜安糖瘾犯了，偏偏今天来的时候她没带包，舌尖在口腔里卷了又卷，才忍下想吃糖的冲动："何丽的家里很奇怪，李湛的生活痕迹太少了，更何况李湛每晚都会回家。哪怕夫妻关系再不好，一个人的生活痕迹是不会被完全抹去的，除非在李湛死后，何丽特意清理了李湛的东西。"

傅晋寒朝她递了一个眼神，示意她继续，姜安便接着说了下去："李湛应该在纪念日的时候都会给何丽准备惊喜，因为窗台有凋谢的玫瑰，房间的首饰盒里装着一堆女主人从来没宠幸过的首饰。这些起码能说明李湛对何丽是有感情的，不然他这样一个粗人没道理这么细心。"

"还有一个重点。"姜安说，"何丽在提起李湛和齐昌义的时候，对齐昌义用的是'他'，而对李湛则是直呼其名。"

傅晋寒问："你怀疑齐昌义和何丽有不正当关系？"

姜安说："嗯，暂时只是猜测。不过那辆车是在晚上 8 点 05 分进入小区，第二天凌晨 4 点才离开的，就算这两个人有染，那很大概率也是李湛晚上要去赴约，和他老婆说不回家了。然后何丽就打电话给齐昌义，两人在家里偷情。"

傅晋寒见她一个半大的小姑娘把"偷情"两个字说得跟"今天中午吃什么"一样坦然，挑了挑眉："假设两人有染，那齐昌义并不具备作案时间。"

姜安哼道："那可不一定，你别忘了环城小区里面的摄像头是坏的，墙又那么矮，翻墙出去杀人也不无可能啊。"

傅晋寒剑眉横了下："你的意思是两人合伙作案杀了李湛？"

姜安直视他："凶手有协同作案的可能不是吗？陈医也说了死者死后的那十八刀刺得很浅。当然，还有最重要的一点。"

姜安缓缓靠向后座，俏皮地眨了眨眼："何丽在面对一个间接导致她老公被杀的小说作家时，表情没有丝毫异样，这可不符合一个被害人家属的表现。"

傅晋寒将车停在市局后门旁边的空地里，他并没有马上下车，而是单手扶着方向盘，指尖一下一下地点着："你的推理很精彩，但我接下来要告诉你比较可惜的一点。"

姜安歪头："什么呀？"

傅晋寒嘴角勾起弧度，故意放慢语速："何丽的确有一段婚外情，但对象不是齐昌义。"

姜安的表情顿时变得难看起来，像是受了惊的兔子。

傅晋寒盯了两秒觉得她这表情挺有意思，让人忍不住想在上面掐一把，好在这个念头只是在他脑子里短暂地过了一下，很快他就当无事发生一样地说："那辆车的车主查出来了，是株安有限公司董事长的宝贝儿子陈斯礼。另外，在他的通讯记录中查到，他曾经多次和何丽有过联系，那天晚上去环城小区的人不是齐昌义，而是陈斯礼。"

姜安瞪着他："你刚刚怎么不说？"非得等她进行完一场头脑风暴，欣赏完她的表演后，才漫不经心地说出车子的真相。在何丽家里，傅晋寒问出齐昌义时，她理所当然地觉得那辆车是齐昌义的。

傅晋寒长腿一伸,从车上下来:"只是觉得这个陈斯礼出现得莫名其妙。"所以想听听你的想法。

不过后面那句傅晋寒懒得说。

姜安还在生气,她不高兴的时候通常不愿意开口说话,闷着头一直往局里走。

傅晋寒跟她保持了一段不远不近的距离,就这么盯着小姑娘的后脑勺看,点烟的时候没忍住想:真气着了?

局里今天人来人往,大家显得格外忙碌,姜安透过楼梯口的窗户往外瞧了一眼,前几天围着的记者已经散去大半,这不正常,除非又发生什么大新闻了。

她拦下一名正在往楼下跑的警察,好奇地问:"发生什么事啦?"

警察说:"护城河那儿发现一具溺亡的女尸,我们得抓紧过去!"

南城地方不大,这几年又在搞文明建设,到处都在修路,尤其是围绕市中心的这一圈儿,老城区和新的开发区遥遥对立,这就形成了护城河南边是一派繁华的高楼大厦商贸圈,北边是半拆不拆的老小区、老街道的情况。

在护城河里捞出来的尸体一年也有好几具,这里面有殉情的,有自杀的,有失足落水的,还有被人恶意推下去的。护城河算是南城恶性案件的高发区。

这会儿不到早上10点,包子拍着衣服上在护城河那儿蹭到的灰,叫苦不迭地往刑侦办走:"老大,这个月可一定要给我加点奖金,我这一个人都当十个人使了!"

姜安隔老远就听到了包子的声音,她从傅晋寒办公室里探出一颗脑袋:"包子哥,你去哪儿啦?"

包子一股脑儿地吐苦水:"还能去哪儿,护城河呗!那儿今天又溺死了一个。咱好歹也是市公安局,多招几名警察不行吗?李湛那案子都够我忙得焦头烂额了,还得赶过去处理护城河那个女孩。"

杨乐在说话之前习惯性地先推推眼镜:"又有命案了?"

"命什么案啊,是自杀。"包子叹气,"估计又是个想不开的,这案子交给二队了,咱也甭操心了。"

包子说了一堆才发现他们傅队人不在这儿,不由得问道:"老大呢?"

"被张局叫去了。"杨乐说,"好像是王局休假结束了,针对李湛那个案子要开个会吧,估计是上面又施压了,咱们得赶紧把这案子破了,给市民一个交代。"

包子一脸蒙:"合着我刚说涨工资的事白说了啊——"他话还没说完,头顶就被人用力拍了一下。包子惨叫一声,回身看到傅晋寒,赶紧闭上嘴巴,讪笑道:"老大,开完会了?"

傅晋寒叼着支烟，模样痞得很："一天到晚就是涨工资，掉钱眼儿里了？"

"没没没，我这不是随便说说嘛！"包子没出息地把傅晋寒手里的文件接过来。

傅晋寒边走边问："护城河那儿怎么了？"

包子收起笑脸，说："一个女学生，昨晚跳河了。今天早上被附近钓鱼的老头发现后报警了，护城河那儿看热闹的人太多，现场人手不够，我就跟着二队一起去了。"

刑侦办的地方小，压根就放不下姜安的桌子，所以她理所当然地坐在傅晋寒的位子上。傅晋寒开门后就看到坐姿规矩乖巧的姜安正抱着她那兔子保温杯喝水。

傅晋寒和包子说话的时候，时不时就会瞥过去看两眼："和齐昌义约在几点？"

"下午2点30分，齐昌义可是个大忙人，我打了三次电话才让他的秘书转接到他本人。"包子想进去问问姜安关于何丽的事，奈何他们老大人高马大地堵在门口，一点缝隙没给他留，他只好又抬头看傅晋寒，"老大，那个陈斯礼要不要找来问问情况？"

傅晋寒半抬着眼："你知道陈斯礼是谁吗？"

包子还真不知道。

对上包子茫然的眼神，杨乐好心地给他解释："陈斯礼是陈富的儿子，陈富是咱们南城的首富，捐了多少款，盖了多少学校，去年还被评为南城最具影响力人物，是咱们市人人爱戴的慈善家！你在没证据的情况下仅凭一辆进出小区的车就把人家宝贝儿子弄来公安局，我看你这警衔是不想要了。"

包子："……"他哪儿知道这陈斯礼来头这么大。

姜安慢慢拧上杯盖，乌黑的眼珠子朝包子看过去，表情真诚地说："包子哥，你这种不畏强权的精神可太酷了！"

"啊？"包子摸着后脑勺，他还是第一次被女孩当面夸，耳根有些红，"嘿！王子犯法与庶民同罪嘛！但现在没证据，咱确实也不好强硬地把人带来。"

姜安站起来，一本正经地说："咱们也可以不把他带来啊，你亲自去一趟株安会一会那个姓陈的，我相信以包子哥的实力一定能问出点什么来。"

包子被这波莫名其妙的彩虹屁吹得很不好意思，害羞地说："别这么说，其实我的实力也就一般般吧。"

姜安摇头，眼神坚定："包子哥，你太谦虚了，我给你写几个问题，你照着我写的去问他就成。"

包子的大脑还处于被崇拜的飘飘然中，姜安把写好问题的本子递给他："加油包子哥，你是最厉害的！这关乎能否破案，只有你去我们才能放心。"

包子顿时正经起来，郑重地接过本子："姜顾问，等我的好消息！"

"嗯！"姜安使劲点头。

傅晋寒双手插在裤子口袋，好整以暇地看着。

杨乐都看呆了。

等包子走后，姜安才摸了摸鼻子，感慨道："包子哥好纯情啊。"

"是你太坏了。"傅晋寒眉梢微动，淡声说。

姜安想起早上的事，扭头瞪了傅晋寒一眼："没你坏！"说完就气急败坏地往外走。

杨乐好奇地问："姜顾问看着心情不太好，谁惹她了？"

傅晋寒"啧"了声："干你的活。"

市局这几日因为被记者围堵，门窗封得紧，空气里总有一股消散不去的潮湿气。因为早上护城河有人溺亡的事，市局里人来人往，大办公室门一开，飘着一股烟味、泡面味，跟那潮湿气混在一起。

姜安嗅觉敏感，这味道闻着实在不大好受，她几乎是捂着鼻子在走廊上走动。这个位置和二队的办公室离得不远，越靠近越能听见会客室里传来的喧闹声。

"我女儿不可能自杀！她一定是被人害死的……"

姜安偷摸着走近，扒在窗户上朝里看，会客室的门不隔音，叫骂声和哭声交杂在一起，隔着门传到她的耳朵里。

"我们家若若是三好学生，从小就懂事，没让我们操过心，前天……前天我们还通过电话，她说她这学期的奖学金下周就下来了，她那么优秀，怎么可能……怎么可能自杀！"一个满头白发穿着普通的妇人哭着趴在桌子上，不停地抓着自己胸口的衣服，一直重复着一句话："我女儿不会自杀的，她一定是被人害的！"

妇人身边的男人穿着破旧的短袖，长裤裤脚破了好几个小洞，脚上的那双布鞋上全是黄色的泥点子。他说话比那妇人要冷静很多，但眼神同样悲痛："警察同志，我和我女儿前天才通过电话，电话里我们聊了很多，她很正常，根本不像要自杀，你们一定要查清楚，还她一个公道！"

二队的警察把电脑搬到他们面前，头疼地说："我理解你们的心情，但我们身为警察，都是按规章程序办事，如果没有证据，我们也不会随意判定你女儿是自杀溺亡。这是你女儿昨晚在湖边的监控录像，这监控总造不了假吧。"

监控清晰地捕捉到了林若的画面，她独自在护城河边走了一个多小时，之后没有任何预兆地跳了下去，水面上泛起一圈涟漪，这个花一样年纪的女孩再也没有露出水面。

直到第二天尸体漂到了下游，被钓鱼的老人看见。

桥上是喧闹的世界，桥下是终结的生命。

林若母亲范小萍在看到女儿跳下去的一瞬间忽然站了起来，抱起桌子上的电脑猛地往地上砸，嘴里哭喊着："我女儿绝对不会自杀！你们就欺负我们是农民，欺负我们什么都不懂！你们赔我女儿的命……"

"哎！你怎么能损坏公物呢！"会客室里的两名警察连忙把林若母亲按住，还有一个赶紧把电脑从地上捡起来，看看还能不能抢救一下。

林若父亲林强把老婆拉到自己身后，那张风吹日晒的脸上写满了一个农民的沧桑和丧女的痛苦，他抹了把脸，似乎终于接受了事实："我们回去吧，幺儿在水里泡了那么久肯定很冷。"

这话让林若母亲骤然失声痛哭，几名警察面面相觑，却也知道在这种时候说什么都没用，只能让这对父母自己慢慢消化。

年纪小的警察叹了口气，说："我送你们出去吧。"

会客室的门被推开，尖细的哭声在走廊上回荡，姜安慢慢从窗户上挪开，朝人群里看了一眼。

就是这一眼，正好和林若母亲浑浊的眼睛对上了，范小萍猛地挣扎起来，从人堆里扑出来，一把攥住姜安的手，绝望的眼神中渐渐生起了一丝希冀，她像是抓住救命稻草一般："你是那个很出名的作家姜安对不对？我女儿很喜欢你的小说，她房间的墙上还有你跟她的合照，你一定认识她对不对？"

范小萍抓得很用力，姜安细白的手腕红了一圈，她没动，任由范小萍抓着，朝跟过来的警察轻轻地摇了摇头，示意他们不用过来，然后带着范小萍去旁边的长椅上坐下。

姜安目光沉着，即便她根本就不记得林若是谁，依旧温柔冷静地说："嗯，你女儿来过我的签售会现场，我们有过一面之缘。"

范小萍手上抓得越发用力："你救救我女儿，我了解她，她一定不会自杀的，她肯定是遇着什么事了！"范小萍说得无比笃定，但监控是铁的事实，林若跳河的时候身边没有其他人，她的确是自杀。

她为什么要自杀呢？姜安想。

姜安拍了拍范小萍的手背，温声说："你可以去你女儿学校问问她的室友，或者和老师打听打听，不过我建议你最好从你女儿的室友和朋友入手，看看她最近是不是遇到了什么事。如果她是因为被欺负了或者别的外力因素导致她选择自杀这条路，你到时候可以再来一趟公安局。"

范小萍哭得断断续续，不停点头："对，对！老头子，我们去学校！幺儿肯定在学校受欺负了！"

"傅队，按照姜安说的几点我去问了李湛在健身房的同事，他们都说李湛平日里对他老婆不错，没听过两个人感情不和。不过我从健身房的保洁那儿打听到李湛在一周前见过一名律师，那律师是专门打离婚官司的，李湛找他写了一份离婚协议书——前面怎么了？"老李刚从外面回来，跟在傅晋寒后面汇报工作，抬头就看到前面围了一大群人，他们弱小又无助的犯罪心理顾问正被一个妇人生拉硬扯。看那架势，老李都怕那小胳膊被扯断喽！

老李刚想上前看看，眼前就闪过一抹高大的身影，速度快得老李差点没看清。

傅晋寒大步上前，二队的警察下意识地让开了一条道。他从后面单手拎起姜安的衣领，把人拽到身后。

范小萍哆嗦着松开了手，没敢再去拉扯姜安，眼前的男人气场过于强大，她往后退了几步拉住林强的衣袖，像是在找人庇护。

姜安跟个小鸡仔似的被傅晋寒拎着，不悦地反抗起来。

傅晋寒目光一扫，姜安顿时老实了，由着他宽大的手掌拎着自己的后衣领，冷冽的声音猝然响起："怎么回事？"

二队的人连忙回道："这两位是今早护城河溺亡死者的家属，非要说他们女儿不是自杀的，这会儿抓着姜顾问在闹呢。"

林强隐忍地说："我们没闹，我们就是想要一个公道！"

二队的人不约而同地看向傅晋寒，然后劝林强和范小萍赶紧走，迫不及待地要把人送出去。

傅晋寒皱了皱眉，冷冷地道："对死者家属客气点。"

"是，傅队！"

范小萍和林强被二队的人带着往前走，范小萍不甘心地回头一直盯着姜安看。

姜安朝她笑了笑，范小萍低下头，眼泪又涌了出来。

老李凑上来："小姜，你这胳膊都被抓出指甲印了。"

姜安低眸看了一眼，无所谓地笑笑："没事的李叔，不疼。"

傅晋寒的眼神扫过她纤细的手腕，眉头皱了下，不过他的目光并未多停留，转身朝会客室走去。

姜安背着手跟在他身后。

里面那名小警察还在摆弄电脑，抬头看到傅晋寒来了，赶忙起身："傅队！"

傅晋寒问他："死者的遗物呢？"

小警察搓了搓手，说："都交给家属了，就手机和钱包。林若跳河前把这两样东西放在岸边，今早尸体捞上来的时候就有人赶到公安局把东西送来了。"

傅晋寒"嗯"了声："手机查了吗？"

"没有……"小警察愣住，摇了摇头，说完又想补救，"但我们查了监控，林若确实是自己跳下去的！"

傅晋寒没有搭话，脸上不见喜怒，眯眼盯着电脑里重复播放的画面。

林若在跳河前绕着护城河岸走了一圈，其间还和一个小男孩进行过交谈，从姿势来看，她是在哄他。没过多久，男孩的母亲来了，弯着腰不知道和林若说了什么，大致是"谢谢"之类的话。等女人抱着孩子离开后，林若独自在岸边待了几分钟，之后毫不犹豫地跳了下去。

"她很善良。"姜安轻声说。

在男孩靠近之前，林若已经做好了跳下去的准备，从她放下手机和钱包这点就能看出来。但当走丢的孩子不停地大哭时，林若脸上闪过了一丝犹豫，她走过去安慰了那个孩子，陪着他等到了他的妈妈。等确定孩子的位置看不到她的时候，她才往下跳。

她在害怕和担心自己的死亡会给孩子带去阴影。

傅晋寒突然说："老李，拦住林若父母，把林若的手机交给技术科进行修复。"

多年老警察的经验让老李在听到命令的一瞬间就已经飞快地往楼下跑。

姜安抬头，看到了傅晋寒清晰的下颌线。

老李跑下去的时候，林强和范小萍正佝偻着背一步一步往前走，每一步都走得极其艰难和用力，丧女的悲痛将他们在黄土上磨砺出来的坚硬背脊彻底压垮。

"你好，我是李德伟，警察。"老李走上前自我介绍了一番，说，"我们需要检查您女儿的手机，希望您两位可以配合。"

范小萍抬起胳膊抹干眼泪，粗粝的麻布料子磨红了眼皮，但这点疼比起女儿的死亡不算什么。"你们是要调查我女儿死亡的原因吗？你也相信她不是自杀的是不是？"

相比于范小萍的激动，林强镇定很多，他从怀里掏出两个密封袋，里面装着林若的手机和钱包，双手颤巍巍地把东西递过去："警察同志，只要你们查出害死我女儿的真凶，要我们做什么都行！"

老李接过来，说："你们可以先回去了，有什么消息我们会通知你们。"

范小萍双眼空洞地盯着女儿的遗物看，眼泪又不受控制地从眼眶往下流。

林强攥着拳头，低着头说："我知道你们在查环城小区的无头案，为了我女儿的案子，我们这样闹，我们……我们是不是浪费你们的时间了？"

老李说："你们没有浪费任何人的时间。"

老李把林若的遗物送到了技术科，傅晋寒没在那边等，开着他的吉普车出了市局。

城南中学的初中、高中建在一起，这会儿都在上课，校园里空空荡荡的。学校附近有不少奶茶店和小吃店，傅晋寒走进其中一家，排队买完奶茶后才进到校内。他表明来意，老师很快就带来一个孩子。是李幼微。

李幼微个子不高，看上去要比13岁的同龄人矮一个头，办公室内老师太多，傅晋寒把人带去了空旷的操场。

李幼微始终没有抬过头，手指紧紧地攥着衣袖，非常拘谨。

傅晋寒随便找了块空地坐下，拍了拍旁边的位置，说："来坐。"

李幼微警惕地看着他，眼神里充满戒备，或许是对方的长相唬人，她犹豫片刻从口袋里拿出纸巾在地上铺了一层，然后才慢慢坐到他身边。

傅晋寒把手里的奶茶递给她："草莓味的。"

李幼微抬头，没有接奶茶。

傅晋寒也不介意，把奶茶放到她面前，唠家常似的说："听你们老师说你的成绩是年级第一？"

李幼微以为这位警察会问自己关于爸爸的事，但对方好像并没有这个意思，她低头看着自己的鞋面回答："嗯。"

"平常学习累吗？"

"还好。"

"没补课？"

"补。"李幼微低声说，"我爸爸给我报了很多辅导班。"

傅晋寒将视线落在她身上，略有深意地看了两眼，随即又转开："你是住校吧，下了课还要赶在宿舍门禁之前回去，时间来得及吗？"

"来得及，我爸爸会开车接送我。"

傅晋寒说："你爸爸对你还挺关心啊。"

他口气很轻松，像跟朋友聊天，一点没有在公安局时冷漠、难接触的样子。

操场的风吹散了女孩的紧张，李幼微稍稍放下防备，点了点头。

"那你爸爸没时间去接你的时候，你妈妈就叫你张叔叔去接你吗？"

李幼微忽然抬起头，那双和李湛一样狭长的眼睛瞪得有点圆："你……你怎么知道？"

想要知道这些事太简单了，张开所在的电子厂一个月就两天假，他车的油费却远远超支。老李去过李幼微的补习班问过老师，也确认了张开偶尔会在厂里下班后，特意开车去市里接李幼微。

所有碎片化的信息一旦经过整合，不难看清事情的原貌，比如张开不光认识李湛，跟何丽也很熟。

傅晋寒笑道："我们可是警察，什么都能查得到。"

李幼微沉默几秒，忽然问："那害死我爸爸的凶手呢？"

傅晋寒反问："你想让我们查到吗？"

李幼微眼底快速闪过一抹挣扎，这一瞬间的失神被傅晋寒清楚地捕捉到，他眼睛稍微眯了眯，把地上的奶茶塞到她手里："我们会查到的。"

傅晋寒站起身拍了拍腿上的灰尘，随口转了话题："怎么这么久都不回家？"

李幼微摇摇头不愿说。

傅晋寒也没勉强，告诉她："你爸爸的尸体还放在冷库，等凶手落网，你和你妈妈就能接他回去了。"

李幼微把装奶茶的塑料杯捏得有些变形，她瞳孔猝然变大，紧紧地盯着面前这位高大的警察："张叔叔跟我说，这世上所有坏人的结局一定是恶有恶报，如果正义和法律惩戒不了他们，那总有一种方式能够让他们为自己的恶行付出代价。"

她下一句说："我想问问你，除恶便是善吗？"

头顶烈日当空，傅晋寒嗓音冷冽："世界上没有绝对的恶，也没有单纯的善，这两者总是并行不悖。当善良披上了罪恶的外衣，试图凌驾于法律之上，那这件外衣就已经和皮肉粘在一起，撕不掉也扯不烂，成了一团糜烂肮脏的腐肉。你觉得，这块腐肉是恶还是善呢？"

傅晋寒没有等到李幼微的回答，她始终低头沉默。

下课铃声骤然响起，教室门口拥出大批大批的学生，他们趴在走廊的台面上探着头往操场看，十几岁的孩子正是好奇心强的时候。

傅晋寒拎着剩下的那杯奶茶闲庭信步般走在校园的小道上，拿出手机拨通了一个电话："把5月28日晚上7点30分后城南中学附近所有路口的监控调出来，包括离环城小区最近的泗里街站台。主要排查李幼微那天有没有出校门，如果出去过，她去了哪里。另外，派两个人再去找一趟张开。护城河那女孩的手机检查出什么来了吗？"

公安局里，杨乐戴着白色手套在林若的手机屏幕上滑了几下："林若的死或许真的不是自杀那么简单，有人在她投河前一天发了一百多条辱骂短信，大部分内容都是诅咒她，质问她怎么还不去死。"

傅晋寒拉开车门，发动车的时候才觉得手里的奶茶有点碍事，他轻拧着眉把奶茶放到一边。

吉普车在马路上疾驰而过，车身经过留下的仿佛不是汽车尾烟，而是随风而逝的时间和生命。

傅晋寒眼神微凛："现在手机号码都是实名制，查一下谁给她发的这些信息。"

杨乐："已经查到了，是林若同校的男朋友，叫宋远。"

傅晋寒立即掉转车头，准备去南城大学。

杨乐却说："姜顾问去南大了。"

傅晋寒一个急刹，身体惯性前倾，皱眉问道："她去南大了？"

"是的。"

傅晋寒抬起手腕看了一眼，又把方向掉转回去，往市局开。

路上忽然飘起了细雨，傅晋寒踩着雨水走进局里，在地上留下一长串湿答答的脚印。

杨乐跟在傅晋寒后面做着汇报："城南中学附近的监控都调出来了，我一帧帧地看了，还真的发现了李幼微。她在晚上9点10分被张开送回学校，晚上10点30分左右她再度从学校出来上了502末班车，在泗里街站台下车，沿着公园路回了环城小区。"

傅晋寒神色一凛，脚步顿住："你说张开送她回的学校？"

杨乐点头："对，学校路口的监控拍到了他。"

"张开人呢？"

"在审讯室，老李在审他，这小子嘴巴严得很。"杨乐想到张开那副油盐不进的样子皱了皱眉，"另外，搜查队那边沿着抛尸点找了二十多公里都没找到凶器。哎，傅队，你说姜安怎么就没把小说写完呢？要是写完我们现在是不是就能找到凶器了？"

一旦找到凶器，就意味着离真相不远了。

傅晋寒淡淡地说道："凶手的目的不仅仅是杀人这么简单，他的作案手法也不全是按照推理小说，找不找得到凶器和姜安写不写完小说没什么联系。"

"啊？"杨乐不解。

傅晋寒说："一直以来我们都认为凶手是在模仿小说，其实这是错的。那么多本推理小说，为什么凶手独独就挑中这本《木偶人》？因为这本书中的被害人生前作恶多端，死有余辜，所以书中的凶手为他绑上了脚镣。凶手觉得自己高于一切，甚至高于法律，那根脚链是在告诉众人：看到了吗，我才是真正的审判者。"

杨乐怔了怔神，他忽然想起捆在李湛脚腕上的锁链，眼中充满不可置信："难道杀死李湛的凶手觉得自己是在惩恶扬善？"

傅晋寒瞳色偏深，看久了就能看出里面藏着与生俱来的傲气："人人都以不触犯法律为荣，可他们从没想过，每一条法条都是对人类道德准则的最低限制。正义？这个世界上总有一些人以它的名义做着违法乱纪的事，他们给自己构建了一座看似宏伟的正义城堡，城堡底下是碎砖烂瓦，内里是无知和愚蠢。他们连自己最低的道德界限都无法坚守，还妄想成为正义的化身。当他们拿起刀，那座城堡连一滴血的重量都承受不住，因为早在构建的那一刻开始，恶就超过了善。"

说话间，两人已经到了审讯室外，隔着单向玻璃看着里面瘦弱狡猾的青年。

- 07 -

张开连衣服都没换，还是穿着那身破旧的工服，戴着顶工作帽，面色蜡黄，看上去萎靡不振。

"我都说了跟我没关系，我认识李湛又怎么样？他又高又奖的，你们觉得动起手来我能打得过他？我上次和他见面都是半个多月前了，你们为什么要盯着我不放，我还得回去上班呢！我不认识什么齐昌义，也不认识何丽，要我说几遍啊！"

张开被折磨了一夜，刚回去没多久又被带到公安局，这会儿心态早就绷不住了。

傅晋寒长腿一迈，推门进了审讯室。老李一看他来，立马起身："傅队。"

"嗯，你先出去吧，我来审。"傅晋寒拉开椅子坐下来，没跟张开多说废话，直接把手上的照片甩到他面前："不认识何丽？"

张开看到照片后身体后缩，神色肉眼可见地慌张起来，支支吾吾地开口："我……是湛哥让我接的。"

"撒谎！"傅晋寒修长的手指在照片上点了点，"那天晚上他从健身房回去是打算接李幼微的吧，可他没想到自己会在路上被人杀死，所以李幼微在补习班门口没等到自己的父亲，反而等到了你！"

张开瞪大眼睛，愤怒地反驳："胡说！他那天本来就打算和何丽提离婚，事先约好了时间，来不及赶去补习班才叫我去接微微的！我没有撒谎！"

傅晋寒眯起眼睛，问："没有撒谎？那为什么李幼微跟我说是她妈妈让你去接的呢？张开，你如果再不说实话，你就是本案最大的嫌疑人。"

张开两天一夜没合过眼，紧绷的神经随时都可能断掉，他被这句"嫌疑人"刺激到了，双手握成拳捶在了桌子上，两只眼睛通红："李幼微不可能告诉你们！她答应过我……"

"答应过你什么？"傅晋寒紧追不舍，鹰隼般的眼神盯着他。

张开意识到自己激动之下说错了话，颓然地往椅子上一靠："对不起，我不是故意撒谎的，我只是太怕了……"

张开捂着脸啜泣起来："那天晚上我刚下班，丽姐给我打电话说联系不到湛哥了，让我去接一下微微。我……我就去了，我也不知道那会儿湛哥已经……我真的太害怕了……湛哥死得太惨了，我做梦都是他拎着血淋淋的头来找我，血滴得满地都是！太可怕了……我害怕和这个案子扯上关系，我就……就……"

傅晋寒问："你在怕什么？你和李幼微达成了什么协议？为什么这么怕我们知道你和李幼微接触过，怕我们知道你认识何丽？"

张开眼底有浓烈的惧色，似乎是想到了什么人，他使劲摇头："不能说，我不敢说，我……"

"张开！"傅晋寒厉声打断他，"你是不是知道何丽出轨了，半个月前李湛找你喝酒的时候说过他和何丽的事吧，他说了什么？"

"他……他说他想把丽姐杀了，说他对丽姐那么好，什么都给她，她还要背叛他，还说要让背叛他的人下地狱！"张开哆嗦着开口，眼神中满是挣扎。

傅晋寒立即问："何丽出轨的对象是齐昌义吗？"

"不……不对！"张开额头冷汗直冒，局促不安地说，"是……是株安的小陈总。"

张开认命般闭上眼，权势滔天的陈家，他一个普通的打工人怎么敢得罪，可直觉告诉他，眼前的这名年轻刑警看上去比陈斯礼还不好惹。

张开颤抖着嘴巴开口："我不想得罪陈斯礼，也不想卷入这起杀人案中，所以我让微微帮我瞒着。那天晚上一开始的确是李湛给我打电话喊我去接微微，但后来我又接到了一通电话，是何丽打的，她说联系不到李湛，让我去接微微。我和何丽真的不太熟，就见过几次面，但她知道李湛一直有让我去接微微，所以那天晚上才会打电话给我吧。"

傅晋寒的眼神如利刃一般在他身上划过，似乎是在考虑这个胆小怕事的青年话中的真实性。

过了会儿他站起身从审讯室出来，朝杨乐说道："让包子不用谈了，直接从株安把陈斯礼带过来。"

杨乐惊讶地说："傅队，你还真打算把陈斯礼弄来公安局啊？"

"不然呢？"傅晋寒斜着扫了他一眼，"人证有了，带来问话是正常流程，合理合法。"

老李在后面笑："那我就辛苦点，去一趟环城小区吧。"

傅晋寒边走边说："张开的供词疑点还有很多。"但今天多半是问不出来了。

老李沉默片刻后说："我问过健身房保洁，她说李湛遇害当晚折回去拿了一份文件，如果按照张开的说法，那李湛折回去拿的很有可能是离婚协议书。所以李湛那天是打算跟何丽和她那个奸头摊牌？"

杨乐说："那陈斯礼的嫌疑很大了，会不会是他和何丽联手作案？"

傅晋寒冷声说："事情没这么简单。"

杨乐叹了口气，也觉得不会这么轻易就破案了："那张开呢，还要继续扣着他吗？"

"扣着，什么时候全部交代了，什么时候放他走。"

雨势越来越大，雨点噼里啪啦地敲打着窗户，一声比一声急促。傅晋寒抬眸看了一眼窗外，皱了皱眉："我出去一趟。"

杨乐和老李异口同声道："你怎么刚回来又要走？"

傅晋寒迈着大长腿已经走远，只剩下声音在走廊回荡。

"去找齐昌义。"

南城大学校门口。

姜安冒着大雨在路上缓慢地挪动，她觉得眼前像是有条绳子，所有的谜团在这条绳子上打了一个死结，冥冥之中好像有一只手在操控着，决定把这个结系紧还是系松、绕长还是剪短……

姜安浑身都湿透了，她却像完全感觉不到似的，漫无目的地朝前走着，瞳孔中没有焦点。

忽然，她的胳膊被人拉住，整个人朝右边跌过去，落入了一个坚硬的怀抱。

姜安吓了一跳，总算从思绪中回过神来，抬起被水珠沾湿的睫毛，茫然地看着比她高很多的傅晋寒，莫名其妙地问："你拽我干什么？"

她是真的不知道为什么，自己在大马路上走得好好的，这人上来就扯她一下，她差点摔倒了。

打在身上的雨点消失了，黑色的伞罩住了她的全身。

傅晋寒低眉敛目，神情冷峻："下雨了你不知道吗？"

姜安表情有些呆，懵懵懂懂地点头："我知道啊。"她又不傻，下雨了还能看不出来吗？

傅晋寒眉心轻跳了下，不再跟她浪费时间，直接把人拽上了车。

姜安老老实实地坐着，看他弯腰给自己系安全带，她鼻子很灵，从傅晋寒身上嗅到了一股好闻的味道，是淡淡的烟草味和清爽的皂香。

她往前凑了凑，吸了吸鼻子。

傅晋寒英挺的眉挑高了些，伸手挡住她："只有小狗才会这么闻。"

姜安："……"

姜安撇撇嘴，脑袋缩了回去，把手机屏幕点开递给了傅晋寒。

"一周前有人在南城大学的校园网上发了一条视频，是林若和好几个男人的性爱录像，里面的几人把林若……"姜安顿了顿说，"把她当成了一个玩具，或者说是高尔夫球。"

人体高尔夫，多么新鲜的词。

他们轮流用高尔夫球杆在林若身上挥杆，女孩四肢伏地像条狗一样听着他们带着嘲笑和轻蔑的命令，从床上一直爬到卧室外、楼下、客厅，再到室外草坪上被特意打造出来的能容纳一个人大小的洞口。伴随着更大声的笑，他们高举酒杯庆祝自己的进球。

女孩的尊严被践踏得一文不值，她就这样光着身子一遍又一遍地来回爬着，像行尸走肉般面无表情，双眼空洞，如同被操纵的木偶人。

而凌虐她的人们，开了一瓶又一瓶昂贵的香槟，开始了一轮又一轮的游戏。

傅晋寒目光沉沉，盯着屏幕久久没有开口。

"这条视频里林若的脸太清晰了，她在这一周的时间里遭遇了数不清的恶意。同学、老师、男朋友，学校里的每个人都用嫌恶的眼神看她，她如芒在背，寸步难行。"姜安深吸一口气，压下心底的不适，"对林若来说，天已经塌了，除了死，她别无选择。"

傅晋寒沉默了太久，就在姜安以为他不会再开口时，他问："宋远有什么奇怪的吗？"

姜安诧异："你知道我去找宋远了？"

傅晋寒把手机扔给她："把视频发给杨乐，让他通知技术部的人查一下IP地址，这是校园网，很容易查出来。"

姜安垂眸："我没有他们的联系方式。"

傅晋寒扭头看她："你来局里第一件应该做的事就是加同事的微信以及工作群。"

姜安抿唇不语，她不喜社交，更不擅长维系人际关系。

傅晋寒一脚踩上油门，不悦地说："你是来工作的，别把你在A市的那一套搬来南城。你这样只会让信息滞后，影响破案时间。"

姜安蹙眉，刚想要反驳，傅晋寒下一句话却让她怔在那儿。

- 08 -

傅晋寒瞥了一眼她耳边滴下的水珠，眉心微拧："身为一名犯罪心理师，到现在连尸体都没去看过。姜顾问，如果你觉得自己不能胜任这份工作，完全可以请辞，没必要勉强自己。"

傅晋寒的嗓音一如既往地冷漠，面上看不出什么情绪起伏，可姜安从他的语气里听出点生气的意味。

他在生气什么？生气自己没去看尸体？姜安不解，但也不打算深思，执拗地说："不是只有从尸体才可以看出——"

"尸体是通往真相最快捷的途径。"傅晋寒打断她，"同样，逃避也不是解决问题的有效途径。"

姜安抓着衣摆的手指紧了紧，半晌，她问："我们现在去哪儿？"

"找齐昌义。"傅晋寒的态度一如往常，像是压根没说过刚才的话一般。

姜安是学心理的，但眼前这个人却让她感觉难以捉摸。

车子开到株安，因为陈斯礼刚被公安局带走，这会儿株安的员工人心惶惶，议论声不绝于耳。

齐昌义的办公室在十九楼，现在离预约时间还有十分钟。傅晋寒却没有要等的意思，他径直走进去，拿出警察证："警方办案，希望配合。"

姜安紧跟在他后面，戴了一个很大的黑色鸭舌帽，盖住了自己将近一半的脸，和齐昌义对视的时候，那双黑曜石一样的眼睛仿佛能洞穿人的灵魂。

齐昌义人过中年，十几岁就从农村来到南城打拼，现在俨然成了一位职场精英，完全没有半点市井气，身材保养得当，待客时嘴角的笑容也是恰到好处。

"老实说，李湛这事我也挺意外的，我们是老乡，他来南城之后就一直跟着我干。后来他要娶媳妇了，就辞了在我这边的工作。他人其实挺不错的，忠厚老实，也讲义气，我是真没想到他会被……"

姜安打量着齐昌义，他西装革履，名牌傍身，但内搭的衬衫看起来却很廉价，头发打理得一丝不苟，坐下时露出的一截脚腕上袜子起了很多球。

一个努力把自己包装成上流社会人士的中年男人。

姜安的目光随意扫过这间办公室，装修和家具看起来风格杂乱且色系不搭，但无一例外都是大牌。

用钱堆出来的品位。

傅晋寒漫不经心地瞧了一眼姜安，话却是朝齐昌义问的："李湛一个月前账户上突然多出来的一百二十万是你转的吗？"

齐昌义给两人沏了杯茶："一个多月前他来找我借钱，说是想换一套环境设施好点的房子给老婆和女儿住，我跟他这么多年的交情，这点钱肯定得借。只是没想到最后这房子没换成，人也没了，唉！"

姜安抿了口热茶，这才觉得身体暖和了些："这年头敢借这么多钱给他，看来你俩关系确实不错。"

齐昌义说："虽然这几年关系淡了点，不过毕竟是老乡，他有困难我这个当大哥的总不能坐视不管。"

傅晋寒用指头敲了敲杯盏："他都要离婚了怎么还想着给老婆孩子换房子？"

齐昌义眼皮跳了下，震惊道："离婚？难道他发现了何丽和陈总的事？"

姜安忙追问："你知道何丽出轨陈斯礼？"

齐昌义面露难色，缓缓皱起眉："之前陈总约几个朋友去打高尔夫，让我帮他们安排场地。他们聊天的时候我就在旁边，你们也知道男人之间能聊的无非就是事业和女人。后来陈总说着说着就提到了何丽，说她虽然年纪大但在床上很会玩……总之是一些不堪入耳的话。陈斯礼这个人年纪小，家里有钱，所以口无遮拦。我当时听到也很惊讶，回头就想和李湛说，可老话不是说吗，宁拆十座庙，不毁一桩婚，我最后忍住了。"

说了一圈，齐昌义又绕了回来："估计他是在借完钱之后才发现老婆出轨的吧。"

姜安忽然伸手从书架上取下一本书，十分讶异："你对推理小说感兴趣？"

齐昌义摆摆手说："我都一把年纪了哪有看小说的爱好，我平常都是看一些财经杂志什么的，这小说是陈总给员工买的，每个人都有，说是为了支持他喜欢的作家帮她冲销量。"

傅晋寒神色不明地扫了姜安一眼，姜安摸了摸鼻子："帮我谢谢你们小陈总。"

齐昌义惊讶地说："你……你是……"

姜安笑笑："我就是这本小说的作者，姜安。"

齐昌义惊了惊，半天才说："真没看出来原来姜作家这么年轻。"

一阵铃声响起，打断了几人的对话。傅晋寒站起身："抱歉，接个电话。"

杨乐的声音听起来很急："傅队，IP地址查出来就是宋远，他全交代了，校园网的视频还有那些威胁恐吓的短信都是他发的。他还说他亲眼看到林若上了陈斯礼的车，说包养林若的人就是陈斯礼！"

傅晋寒眉头倏地拧紧："他从哪儿弄来的那段视频？"

杨乐回答："一个色情网站，里面全都是这种视频，专门满足一群有特殊癖好的人。网站规模还不小，光是会员用户就有两千多人。宋远的室友拉着宋远一起看，结果宋远在里面看到了自己的女朋友……"

案件越来越扑朔迷离，所有的证据都指向了陈斯礼。由于陈家在南城的社会地位高、名望大，审问陈斯礼的事连媒体都不敢大肆宣扬。陈斯礼本人这会儿坐在审讯室里，倒是看不出紧张担忧的情绪。

他穿着颜色亮丽的西装，扣子扣得松松散散，胸口露出大片皮肤，坐姿也不端正，一头粉色短发极具冲击性："警官，我就是睡个已婚妇女，充其量也就是道德败坏，不犯法吧？"陈斯礼邪邪地笑着，一脸吊儿郎当。

包子把一沓照片扔过去，语气有些愤怒："这照片上的人是你吧，你跟她什么关系？"

陈斯礼瞅了一眼："不认识。"

"不认识你开车去她学校接她？"

"帮朋友忙呗。"

"哪个朋友？"

"我朋友那么多，我怎么记得是哪个？再说我一天那么多事，谁记得一个女学生的名字？"

包子气愤地说："这女孩昨天自杀了你知道吗？！"

陈斯礼听到"自杀"两个字顿了下，很快又露出大刺刺的笑："她自杀关我什么事啊？又不是我杀的。"

包子见陈斯礼这副态度，火气噌噌地往上蹿："我劝你老实交代，积极配合警方调查！"

陈斯礼不以为然地拿起照片看了眼："哦，我想起来了，她好像是叫林若？这照片哪儿来的，该不会是她那个孬种男朋友拍的吧？啧，把我拍得这么丑。"

"陈斯礼！"包子气得拍桌。

陈斯礼勾唇笑了笑，态度就像他那头张扬的粉色短发一样："你们知道林若为什么要出去卖吗？"

他突然提起这个，包子差点没反应过来，皱着眉头说："审讯室不是你卖关子的地方。"

陈斯礼抿唇，觉得这个负责问话的警察太无趣了，他悻悻然道："那天确实是朋友让我去接她，我正好顺道就把她带到了荆西别墅园区，人送到我就走了啊，她的死跟我可没关系。"

包子问："你刚说她为什么要出去做这个？"

陈斯礼伸了个懒腰，语调也变得懒洋洋的："还能为什么，像她们这种女大学生出来卖不就是为了钱嘛。不过林若特别一点，她是为了养她男朋友。"

天空乌云翻滚，大雨一阵接着一阵，雷声平地炸起，惊得街上的行人四处乱窜。马路上的车辆比平常少了很多，车子开到低洼的时候，轮胎溅起高高的水花，行人大多远远避开，姜安也不例外。

她蹦跶到傅晋寒身后，十分自然地拉起他的胳膊给自己挡住即将喷溅到身上的脏水。

"幸好……"鸣笛声渐远，姜安松了口气，从傅晋寒身后蹿出来，一扭头就看到男人裤腿上的泥垢，她眼皮跳了下，"呃，抱歉。"

傅晋寒扯了扯嘴角，冷哼了一声，步伐迈得很大。

姜安赶紧跟上去："你有没有发现好像每个人都对李湛的死表示很遗憾，可他们的眼中一点伤心都看不到？齐昌义、张开、王大力，甚至他老婆何丽，在他们的眼睛里，我没有看到一点悲伤、难过、愤怒的情绪。人都是感性动物，是什么让他们表现得这么漠然？或者说李湛做了什么让他们这么漠然？"

上了车，姜安继续说道："我们从头梳理一遍，一个月前李湛找齐昌义借钱买房，半个月前李湛发现老婆和陈斯礼出轨，想不开，和张开喝酒买醉，一周前李湛准备了离婚协议书打算和何丽摊牌，案发当晚李湛发现离婚协议书落在健身房，所以折返拿走，回家途中被杀。按照何丽的说法，她不知道李湛出去做什么，那李湛拿着离婚协议书是去和谁摊牌？他要见的到底是谁？陈斯礼吗？"

傅晋寒微一沉眸，淡淡说道："你去见姘头还随身携带离婚协议书？告诉姘头：'你赢了，我打算和老婆离婚，恭喜你上位'？"

姜安："……"她发现傅晋寒这人有时候挺欠儿登的。

可紧接着，傅晋寒又慢慢开口："如果是见陈斯礼，他不会特意折返取走离婚协议书。"

姜安说："何丽在撒谎。"她的尾音被吉普车的轰鸣声盖过，车窗外的景色在眼前飞逝，浓云大雨，城市被阴霾笼罩着。

姜安突然有种预感，南城的天要变了。

市局审讯室。

傅晋寒和姜安一道走进去，杨乐抬头时吓了一跳："姜顾问，你这衣服怎么全湿了？傅队，你裤子上怎么全是泥点子啊？你俩这是刚逃难回来？"

傅晋寒眼睛扫过去："找个女警带姜安去换身干净衣服。"

姜安立刻拒绝："我有洁癖，不穿别人的衣服，而且我不冷，不需要换。"

杨乐担忧地说："你这样很容易感冒的。"

姜安无所谓地说："不会，我打小儿体质就——阿嚏！"

杨乐无奈地看着她："……你确定不用吗？"

"不——"

"带她去。"傅晋寒径直打断，语气不容置疑。

最后姜安被杨乐硬拖着走了。

包子从审讯室出来，面色凝重。傅晋寒见状皱了皱眉："怎么了？"

包子望了一眼里面嚣张的陈斯礼，牙齿咬紧了说："这人就一混球！"

傅晋寒嗤了声，能让素来好脾气的包子气成这样，看来里面的人确实非同一般。

包子说："我跟他说林若因为视频曝光自杀了，你知道这小子说什么吗？他说是林若自己选择了出来卖这条路，当然要承担这个选择的后果，还说她死了跟他有什么关系，难道阴沟里死了只老鼠也要把他带来审一审吗。"

把人命比作阴沟里的老鼠，包子就没见过这样猖狂无知的人，简直丧尽天良！

傅晋寒拍拍包子的肩，从烟盒里抽出一支烟递给他："别义愤填膺了，有没有问出来什么有用的口供？"

包子接过烟，没点，眉头皱得很深："根据陈斯礼的交代，他和何丽是在三个多月前搞到一起的，而且是何丽主动的。案发当晚他接到何丽的电话就开车去了环城小区，不过他说自己那天晚上在何丽家喝多了什么也没干，凌晨四五点醒了之后直接开车走了。"

傅晋寒从桌子上拿起陈斯礼的档案，一边看一边问："他和何丽是怎么认识的？"

"陈斯礼的小侄女在何丽的培训班学钢琴。"包子抬头，"对了，宋远说他亲眼看到陈斯礼去学校接林若，但陈斯礼说他是帮他朋友接的，送到了荆西别墅园区后就走了。他还说林若做这些事完全就是为了养活宋远，宋远这个人好吃懒做不说，还心比天高，考研失败后就一蹶不振，天天和一群狐朋狗友吃喝玩乐，为了装大方请客，借了一堆网贷。那些网贷的催债电话打到了林若手机上，林若为了还钱，才走上了不归路。"

包子叹了口气说："林若本来有大好前程，都拿到株安的录用通知了，结果就被这么个渣男给害死了！"

傅晋寒啪的一下合上文件："找人去荆西别墅园区走访调查以及调取近一个月的监控录像，还有，把陈斯礼口中的那个朋友带到公安局审一下。另外，让技术部找到那个色情网站的创办人,这很有可能是一条庞大的色情交易链。"

"什么?"包子一震,"交……交易链?"

傅晋寒沉声道:"找一下南城近几年18岁到23岁的失踪人口和死亡人口,重点查看从各大高校辍学的女大学生……"

"为什么突然找这些?"杨乐看着坐在电脑前的姜安,扶了扶黑框眼镜,不解地问。

姜安穿着不太合身的短袖长裤,坐在电脑前,她指着屏幕里的画面:"看到了吗?这些女孩都有一个共同的特征。"

电脑里播放的东西实在太辣眼,杨乐耳根都红了,但思维还在线:"年轻。"

"对,年轻。"姜安脸不红心不跳,这些画面在她眼里和一堆乱码没什么区别,"她们年纪相仿,穿着朴素,和林若一样,看上去都是涉世未深的学生。"

杨乐意识到问题的严重性:"你说这里面的女孩全都是在校大学生?"

姜安轻轻地点了下头:"你让包子哥把这上面的女孩都查一下,我看八九不离十。"

杨乐继续问:"我还有一个问题,为什么只有女孩露脸?男人却戴着面具。"

姜安沉默一瞬后说:"因为他们不是在拍摄,而是在记录。"

杨乐怔住,瞳孔缩了下。

他一直以为这些东西都是刻意拍出来的,但姜安说这是在记录,如果是记录,那视频里的这些女孩就都变成了受害者。聚众淫乱、性虐待、钱色交易,林若不是第一个,也不会是最后一个!

杨乐脸色沉下来:"我去找傅队。"

姜安站起来:"一起吧。"

傅晋寒刚从审讯室出来,和迎面找来的姜安、杨乐撞了个正着。

杨乐连忙上去把刚才姜安的想法和傅晋寒说了一遍。

包子在旁边说:"傅队已经让人去查了。"

杨乐看上去很呆:"啊?"

姜安朝傅晋寒看了一眼,他实在太高了,她得仰头才能看到他的脸,这样的仰视姿势让姜安心里产生了一种微妙的嫉妒。

没事长那么高做什么?显得她多矮似的!

姜安走上前,拉住傅晋寒的胳膊:"我有事跟你说。"被姜安那双黝黑的眼睛盯着,让人很难拒绝她的要求。

傅晋寒撩了下眼皮，瞥了一眼搭在自己胳膊上细白纤长的手指，慢悠悠地拿文件在上面拍了一下："松开。"

姜安听话地放开手。

两人一前一后朝前走，包子和杨乐在原地站着。

杨乐推推眼镜："怪不得傅队没有女朋友。"

包子没听明白，挠着头说："啥？"

杨乐嫌弃地瞅了眼包子，甩头走了。

包子在后面追："你刚说啥？"

- 10 -

楼梯间内，傅晋寒顺手将门关上，空间顿时变得逼仄。

姜安往后退了两步，直到靠着墙，觉得那股来自身高的压迫感消散了些，她才缓缓开口："我在李幼微的房间里发现了我的小说，最后几页她在上面用红色的笔做了标注，有几行还划破了纸张，说明她当时的状态很紧绷。墨水干涸程度不深，应该是标注上去没多久，可是学校那边却说李幼微这段时间一直在学校，没有请过假，何丽也说李幼微没回来过。这不符合常理，她爸死了，她不应该请假回来看一眼？"

傅晋寒慢条斯理地摸出一支烟，用眼神询问。

姜安面无表情："介意，别抽。"

傅晋寒轻哂了声，又把烟塞回去："继续。"

姜安说："刚刚是我要跟你说的第一点，我觉得李幼微有问题。第二点，两桩案子都和陈斯礼扯上关系，他和林若的死有没有直接关系我不清楚，但他一定不是杀害李湛的凶手。"

"嗯。"傅晋寒饶有兴味地听她说，小姑娘的声音娇娇软软的，一本正经地说话的时候还挺好听。他道："陈斯礼是不是凶手，得看证据。"

这点姜安表示同意，她目光幽幽："我想跟你一起去审何丽。"

"这就是你要跟我说的事？"傅晋寒斜靠在墙上，姿态懒散随性，偏偏骨子里又生出些傲气，让他整个人的气质看上去又痞又野。

姜安一直觉得傅晋寒这个人难以捉摸。他在办案时冷酷且不近人情，尤其表现在他指挥人的时候，仿佛是狼王，周身散发出一股不容别人拒绝的压迫感，在走访时却又能放下架子，除去那张招人的脸，他能快速地和群众融为一体，仿佛他就属于市井，是路上的甲乙丙丁。

当他像现在这样半掀着眼皮，用一种略带审视的目光看着她时，姜安没来由地瘆得慌，她觉得自己就像躺在法医解剖台上正在被他解剖。

姜安皱了皱眉，又重复了一遍："我要跟你一起去审何丽。"

傅晋寒算是看出来了，这丫头一根筋。他动了动，站直了身体，转身打开楼道门，音色低沉如暮鼓："李幼微那晚确实回去过，张开送她回校后，她独自一人折回了环城小区，但她没有进家门。至于她那晚到底在环城小区哪里，又看到了什么，那就不得而知了。"

环城小区里没有监控，如果李幼微想要撒谎太简单了，这个孩子有超出同龄人的智商和洞察力，想要从她身上突破没那么容易。

审讯室内。

何丽坐在椅子上，穿着简单朴素，容貌普通，双手因为长期干家务布满了厚重的茧子，但这样的手却可以弹出优美的旋律。

这个女人身上似乎有着致命的吸引力和神秘感。男人都喜欢神秘、不由自己掌控的事物，姜安想，怪不得阅女无数的陈斯礼会看上何丽。

何丽低着头，神色平静，她朝姜安笑了笑："姜作家，又见面了。"

姜安点了点头，回以微笑："没想到是以这样的方式。"

何丽却说："挺好的。"

傅晋寒指骨微屈，敲了敲桌子："姓名？"

"何丽。"

"年龄？"

"36岁。"

"工作地点？"

"艺琴培训班。"

"和死者李湛的关系？"

"夫妻。"

"陈斯礼是你什么人？"

何丽停顿一秒："我和他睡过。"

她承认得很快，又或许是知道坐在这里，已经没有隐瞒的必要。

傅晋寒目光淡漠："说一下你和陈斯礼是怎么认识的。"

何丽双手交叉握在一起，慢慢地叙述起来："三个多月前吧，他送侄女来学琴，一来二去我们就有了联系方式。然后就像你们查到的，我们在一起了。后来李湛看到了我和陈斯礼的聊天记录，知道我出轨了，他发了很大的火，还扬言要把我和陈斯礼杀了泄愤。"

说到这里，何丽露出一抹苦笑："其实我和李湛的夫妻感情并不好，他这人脾气大，又凶又狠。他喜欢喝酒，一喝醉就会辱骂我，甚至动手打我，我实在受不了他了，跟他提离婚他也不同意，为了女儿我只能继续和他生活在一起。李湛出事那天晚上，我们大吵了一架，我再次和他提出离婚，他说我就是个贱人，还说陈斯礼就是跟我玩玩。我怎么会不知道陈斯礼是跟我玩玩呢？他那样的大少爷怎么可能会看上我这样的中年妇女？"

姜安盯着何丽的脸："可是李湛经常给你准备礼物和惊喜。"

何丽抬头，声音悲愤："你知道什么是打一顿再给颗糖吗？你看到的那些礼物和惊喜都是他每次对我施暴后的补偿！那些礼物有多贵重，就证明他打我有多狠！有多少次惊喜，就代表他打了我多少次！李湛就是一个烂人！所以我背叛他怎么了？我有什么错？我和陈斯礼在一起，他好歹还能给我钱，我用这些钱可以给我女儿更好的生活。李湛能带给我什么？他给我的只有无尽的伤痛和身体的摧残！"

她像是把这么多年的怨念都发泄了出来，身体放松地靠在椅子上："那天晚上和李湛吵完，我想报复他就给陈斯礼打了电话，不过陈斯礼那天晚上有事没来。"

傅晋寒双眸微眯，眼神锐利："你说陈斯礼那天晚上没去？"

何丽说："没有，怎么了？"

傅晋寒和姜安对视一眼，彼此都读懂了对方眼里的意思。

何丽和陈斯礼究竟谁在撒谎？

傅晋寒把视线重新挪回何丽身上："我们查了环城小区的监控，他在晚上8点05分开车进入小区，你却说他没去？"

何丽讶然，语气坚定地说："不可能！那天晚上我就在家里，他根本就没来过！"

陈斯礼说喝多了睡在何丽家，第二天醒来自己开车离开。何丽却说陈斯礼压根就没去过她家。小区的监控确实拍到了陈斯礼的车，如果何丽没有撒谎，那陈斯礼开车进入环城小区直至再次开车离开，他中间消失的几个小时去了哪里？可若凶手真的是陈斯礼，他为什么要撒一个轻易就能被戳破的谎言呢？难道他笃信何丽一定会帮他做假口供，证明他去过她家？

姜安和傅晋寒从审讯室出来，外面的大雨依旧没有停的意思，市局里透着一股阴冷的气息，姜安拢了拢胳膊，还在想审讯室里何丽说过的话。

傅晋寒瞥她一眼："现在还确定陈斯礼不是凶手吗？"

姜安笃定地抬眸："确定。陈斯礼这样的二世祖就算是杀人也没必要亲自动手,更何况是把人大卸八块。他对生命如此漠视,把人分成三六九等,怎么可能让自己那双高贵的手沾上他所谓的那些低贱的血?"

傅晋寒眼皮翕动,看向姜安的眼神多了几分耐人寻味的审视。

姜安抿了抿唇,为自己刚才的言行解释:"我是站在陈斯礼的角度说话。"

傅晋寒头转回去,薄唇轻轻勾起,不知在笑什么。

姜安有些烦躁,开始后悔自己刚才迫不及待的解释。

迎面有人走来,西装革履,文质彬彬,他朝傅晋寒伸手,从容不迫地说:"傅队是吧?你好,我是陈斯礼先生的代理律师,我姓陈,陈斯仪。"

- 11 -

陈斯礼被保释出去,他顶着一头粉红色的头发站在陈斯仪旁边,笑得人模狗样:"不好意思啊傅大队长,我先走一步,就不在公安局陪你们玩过家家了。"

人命关天的案子在他眼里是过家家,姜安忍不住多看了他一眼。

陈斯礼看到姜安,眼里神采闪烁,语气颇为激动:"你是姜安?我很喜欢你写的小说,你写的'罪恶'全系列我都有买,我可是你的书迷呢!"

姜安的目光在他身上停驻两秒,轻描淡写地说:"你知道人在撒谎的时候通常都会出现类似表演型人格的症状吗?你刚刚就很符合这个特征,当然,我们也可以把它称为:虚伪。"

陈斯礼愣了下,继而夸张地大笑起来,他把胳膊搭在律师肩上,笑得直不起腰:"姜作家还真是率真幽默,我喜欢。"

陈斯仪随意扫了陈斯礼一眼,后者立刻站直了身体,脸上浮夸的表情消失,取而代之的是不符合他这个年龄的阴沉。

陈斯仪看向傅晋寒,笑容可掬:"傅队长,人我先领回去了,之后查案有什么还需要问的,我们一定竭力配合警方。不过今天就算了,斯礼妈妈还在家里等他吃饭,我们得抓紧时间赶回去。"

傅晋寒伸手握住陈斯仪伸出来的手,非常友好地说:"下次见。"

陈斯仪嘴边挂着的笑容僵了一瞬,很快恢复自然:"地点我挑。"

傅晋寒笑着说:"这市局就不错,茶水管够。"

陈斯仪也笑:"相比于茶,我们更喜欢咖啡。"

两个笑面虎你来我往,看得姜安啧啧称奇。

等陈斯仪和陈斯礼走后,姜安才问:"刚刚那位律师是谁?长得和陈斯礼有点像。"

傅晋寒面色平淡地扔出一个炸弹:"陈富流落在外二十年的私生子,八年前陈夫人松口,陈斯仪得以认祖归宗。"

姜安惊道:"陈斯仪28岁,但陈斯礼不是才22岁吗?"

而且礼仪一词,礼字在前,仪字在后。

傅晋寒停下脚步,挑着眉看她:"有钱人家的私事,你八卦那么多做什么?要是闲得没事干,你不如好好找找环城小区无头案的突破口。"

姜安撇撇嘴,忍不住小声吐槽:"可我看陈斯礼好像很怕他这个私生子哥哥。"

傅晋寒皱着眉回头:"你嘀咕什么呢?"

"啊?没什么啊,我说你看起来比陈斯仪要帅一点。"

姜安没头没脑的话叫傅晋寒顿了下,几秒后轻哂:"姜顾问,这里是公安局,不是让你评价男色的地方。"

姜安:"……"

夜色将至,一队的人还在加班,没人主动离开。

今天大家在外面跑了一天,每个人眼睛里都裹上一层倦色。疲惫和昼夜不歇的忙碌,饶是傅晋寒这样上天眷顾的颜值都经不住摧残,眼睛底下一片青灰,嘴角胡子拉碴,看上去老了好几岁。

姜安借宿在傅晋寒家里,他没走,姜安也不好走。

晚上10点,傅晋寒又去了一趟审讯室,何丽和张开还关在里面,老李刚审完张开出来,朝傅晋寒摇了摇头。

傅晋寒推门进去,张开熬了两三夜,趴在桌子上上下眼皮直打架。

听到动静,张开无奈地开口:"李警官,该说的我都说了,你们没有证据这样关着我不符合规定吧?"

傅晋寒走到他面前坐下:"该说的都说了?"

张开一听到声音立即抬头:"傅队?你为什么要一直扣着我?李湛不是我杀的,我什么都不知道,我不是都交代清楚了吗?!"

傅晋寒靠在椅子上,手指一下一下地敲着桌面,敲得张开心里发慌。傅晋寒话也不说,就这么直勾勾地看着张开,眼神犀利,直逼人心。

张开被他看得瘆得慌,不自在地扭过头:"你们什么时候放我出去?"

傅晋寒双手插在裤兜里,表情嘲讽地看着张开,不答反问:"你觉得'惩恶扬善'这个词怎么样?"

张开神情一窒,扯了扯嘴角:"我就一破打工的,哪儿懂这些成语,傅队您问我不是白问吗？"

"不懂？"傅晋寒嘴角勾着笑，"教李幼微那些大道理的时候，我看你小子挺懂的啊。"

张开神色慌张，他不自觉挺直身体："微微跟你说了什么？"

傅晋寒神态自若，语气漫不经心："也没说什么，你不用紧张，要真说了什么我还能过来问你吗？我就是挺好奇的，你说何丽跟你也不熟，怎么就放心把女儿交给你呢？她自己又不是不能去接。"

张开状态松弛下来，他讪讪地道："我之前不是说过了吗？湛哥经常喊我去接微微，这事何丽也知道。"

傅晋寒嗤笑了一声，若有所思地点了点头："这样啊，成，那你继续在这儿待着吧，什么时候打算跟警方说实话了，什么时候就会放你走了。"

张开眼瞅着傅晋寒起身要走，他气急地叫住："傅队！你们没权力这样一直关着我！"

傅晋寒回头看向张开，目光里的深沉让张开打了一个激灵。

傅晋寒拍了拍张开的肩，笑着说："放心，我是警察，不干不符合规定的事，你就安心在局里好好休息休息，明儿一早咱们再见。"

张开精神极度紧绷，听到明早还不会放他走，尤其当他看到傅晋寒那副淡淡的样子，像是真打算跟他耗到底。张开的心理防线终于破了，他朝傅晋寒的背影嘶吼："你们到底有完没完！不就是死了个人吗？又不是老子杀的！为什么要把我关在这儿，我犯了什么法？是何丽让我去接的李幼微，你们怎么不审她？我看你们这群警察就是无能，想找个替罪羊……"

傅晋寒权当没听见身后不断传来的谩骂，大踏步离开。

他一路回到刑侦办，杨乐和老李已经下班，包子正在收拾东西，迎面看到傅晋寒，惊讶地问："老大，你怎么还没回去？"他还以为老大刚才出去是回家了呢。

傅晋寒的视线绕了一圈："姜安呢？"

包子忙跟着四下看去，没瞅到人影，挠了挠头说："不知道，刚才还在这儿呢，估计先回家了吧。"

傅晋寒说："嗯，你先走吧。"

包子问："老大，你不回啊？"

傅晋寒朝里走："回，拿个东西。"

包子放下心来，这都快晚上11点了，再熬下去人要秃了，和傅晋寒说了声"再见"，一溜烟跑了。

偌大的办公室此刻显得空荡荡，只有冰冷的桌椅放在那里。傅晋寒一只手从烟盒里拿烟，一只手拧开自己那间简易办公室的门。

啪嗒一声，打火机火苗直窜，傅晋寒垂眸点烟，不经意间瞥见本就逼仄的办公室拐角处蹲着一个人，圆圆的脑袋斜斜地歪在一边，长睫垂落，铺下一层阴影，瓷白的脸蛋在昏黄的灯光下显得更加透亮。

傅晋寒剑眉微挑，走过去踢了踢姜安的小腿："醒醒。"

姜安本就睡得不熟，她是等他等得太累了才找个地方眯一会儿。耳畔传来熟悉的声音，姜安一下子就醒了。

姜安迷迷糊糊地睁开眼，抬起胳膊揉了揉惺忪的睡眼，支吾道："你忙完了吗？"

姜安刚睡醒时的声音软软的，听得傅晋寒耳根有些痒，他本能地往后退了一步："局里有休息室，怎么不在那儿睡？"

姜安蹲在那儿，五官皱成了一团："不喜欢陌生的地方。"

傅晋寒眉头拧得更深："那你还去我家？"

姜安抬起眼，似是而非地说："我们不算陌生人。"

傅晋寒来不及揣摩她话里的意思，就听她又在叫唤："傅晋寒，扶我一把，腿……腿麻了。"

傅晋寒眼皮一跳，面无表情地伸手把人扶起来。

姜安挂在他的胳膊上，好在他力气大能架得住她，不然按照她现在下半身失去知觉的程度，估计早摔了。

原地缓了好一会儿，姜安小腿上的酸麻感才逐渐消失，她试着站直身体："张开还是什么都没说吗？"

傅晋寒收拾桌子上的东西，闻言"嗯"了声。

姜安站在他身后，颇为无奈地说："傅大队长，您打算什么时候下班？"再不下班，天都亮了。

傅晋寒把U盘插进电脑，修长的手指在键盘上敲了几下："你家门口的记者连着两天都蹲不到你，应该不会继续守株待兔，所以我再收留你最后一晚。"他收起U盘，转身朝外走，半天没听到动静，他回头看她一眼："不是急着走？"

姜安忍了忍，还是没忍住，她扯出一抹标准的微笑："既然您这么为难，那我就不劳烦您了，再见。"说完笑容立刻消失，快步绕开人高马大的男人往前走。

傅晋寒轻皱眉头，一把攥住她的手腕："你去哪儿？"

姜安皮笑肉不笑："睡大街。"

傅晋寒："……"

他微叹了口气，软下声音："这么晚了瞎折腾什么？"

姜安不想讲话，被他拖着走也没反抗。

车上，两人谁都没有说话，气氛压抑。

姜安侧眸看着窗外飞逝的景色，忽然问："你知道南城有多少条大大小小的街道吗？"

没等傅晋寒回答，她就自顾自地说："刨去乡镇，一共28条。我在三年的时间里走遍了南城的大街小巷，了解这里每一个时间段的路况。"

傅晋寒以为她是想到了什么案发细节，神色认真起来："怎么？"

姜安看了他一眼，语气不急不缓："如果你继续按照这个时速行驶下去，接下来我们将一路红灯。"

傅晋寒："……"他猛踩了一脚油门，车速霎时变快，一路畅通无阻地到家。

两人站在门口，傅晋寒把手放在密码锁上却迟迟没有按下，而是状似不经意地瞥向姜安。

后者一脸迷惑："怎么了吗？"

傅晋寒朝她扬了扬手，示意她转过去。

姜安蹙眉，神情不屑："六个1也值得你藏着掖着的？"

区别于在局里的警服，傅晋寒白衣黑裤，懒懒散散地抱着手臂侧身靠在墙上，屈着一条腿："你怎么知道我家的密码？"

姜安的眼神闪躲了一下，嘟嘴说："昨晚你输的时候我看见了。"

傅晋寒意味不明地扫了她几眼，随后挑着眉站直了身体输入密码，门啪嗒一声开了。

姜安身形纤细，门一开，她就弯着腰从傅晋寒推门的胳膊底下钻进去了。

房子里只有一个卫生间，出于绅士风度，傅晋寒让姜安先洗，姜安今天淋了雨，好在是夏天，燥热的空气把她身上因为淋雨产生的寒气都烘干了，没感冒。

现在的建筑商偷工减料，住宅几乎都面临同一个问题：楼层板太薄，隔音效果奇差。

姜安躺在床上能够清楚地听到浴室传来的水声。她把被子往头上一拉，鼻尖嗅到了一股淡香，和傅晋寒身上的味道一样。

姜安思想放空，她努力让自己从这香味中抽离出来，闭着眼开始思考环城小区无头案的事。和从前不一样，她这一次并不打算从尸体上寻找答案。当年就是因为她太过自负，所以才会犯下致命错误，放走凶手。

三年的时间足以磨掉姜安曾经的棱角，如今的她比起假设性推理，更愿意从证据的角度出发，进行更准确的推理。

卧室里有一扇不算大的窗户，外面漆黑一片，透不进一点光。后半夜又开始下雨，风雨声夹杂着蝉声蛙鸣，这是夏天独有的听觉盛宴。

姜安忽地从床上坐起，翻身下床，动作一气呵成。

她穿着拖鞋跑去客厅，借着手机自带的手电筒功能准确地找到傅晋寒的安身之处，三两步走过去蹲在沙发前面。

傅晋寒穿着纯棉短袖和长裤大刺刺地躺在沙发上，手臂搭在胸前，睡姿松散。客厅里没有空调，再加上南城接二连三的雨天，空气里弥漫着潮湿和闷热的气息，他脖子上沁出一层薄薄的细汗。

姜安伸出手，想要叫醒他。在掌心快要碰到结实有力的臂膀时，男人突然翻身一把抓住姜安的手腕，用力一扯，将人压在身下。他力道不轻，姜安被摔在沙发上，后背隐隐作痛，她眸中含着因为疼泛出来的水光，实在想不通他不就是个子高了点、身材奘了些，力气怎么就这么大。而且刚刚几乎只有两三秒，两人就对换了姿势，速度快到姜安根本来不及反应。

姜安的手机摔在地上，发出砰的一声，背面朝上，手电筒的光照亮了两人的脸。

傅晋寒是特种兵退役，对周遭的变化一贯警觉，刚才不过是本能反应，看清人后，他眉心拧了拧。

姜安的胳膊被反拧过来，傅晋寒精瘦结实的大长腿压得她小腿都快疼麻了，她呼吸不畅，嗓音沙哑，眼神又倔又气："松开啊！"

傅晋寒这才慢慢放开钳制住她的手，从她身上起来淡定地坐到了一边，顺手摸出一支烟点燃，这次他没问姜安介不介意，皱眉抽着。

姜安呛得咳了好几声才缓过气来，埋怨地瞪了傅晋寒一眼，可很快她又想起自己找他干什么来了，眼睛闪闪发亮："傅晋寒，我有新的发现。"

傅晋寒叼着烟看她，女孩穿着短裤，露出来一截雪白的大腿，皮肤一看就娇嫩，大腿内侧通红一片，腿上有凹下去的一块圆形印记，和他工装裤上的那枚纽扣形状一样。

他掸了掸烟灰，问："发现什么了？"

提起案件，姜安无暇和他计较刚才的事，赶紧说道："那些女孩还有一个共同点——出身。"

姜安有些口干舌燥，咽了咽口水继续阐述："视频里的女孩皮肤都不算白，脸上的特征非常明显，都经过长期的风吹日晒，当然，更重要的一点是她们身上有着同一种气质：质朴。农民的质朴，她们和林若很像，林若就是农村人。"

这只是一种直觉，姜安反复思考了大半夜，对这个结论越发笃定。
　　傅晋寒静静地听她说完，窗户开着，风吹进来，他才觉得心里的燥热消散了点。他吸了口烟，说："你知道现在几点吗？"
　　姜安不明所以，但还是捡起手机看了一眼时间："3点20分。"
　　傅晋寒看向她："凌晨3点20分，你跑过来吓醒你的上司，神神道道的，就是为了说这些？"
　　姜安秀气的眉毛动了动，后知后觉地意识到这个点是这座城市休憩的时间，而且傅晋寒已经连续熬了几个大夜了。
　　她低着头沉默半晌，然后轻声道歉："对不起，打扰到你休息了。"
　　傅晋寒曲着背，双臂搭在膝盖上，抬手揉了揉眉心，无奈地笑了下："就算她们是农村人又能代表什么？"
　　姜安抬起脸，默默地从沙发上下来，站起身和傅晋寒对视："农村信息滞后，这些农民大多没文化，什么都不懂，就算孩子在外面死了、失踪了、退学了，他们能做的只有报个案。他们不会闹大，更不会找律师起诉，不会为孩子维权，不会追根溯源。他们只能接受警方给的结果，顶多闹个两三天就算了。"
　　因为无知，所以好骗。
　　傅晋寒夹着烟，指尖的烟头忽明忽暗。
　　姜安说："你刚不是问我代表什么吗？代表有人身在高楼坏事做尽，却什么责任都不用承担，有人费了几代人的心血从深沟里爬出来，最后依旧落了一身锈。"
　　沉默良久，傅晋寒抽完最后一口烟，轻声说："林若的案子现在归二队管，昨晚王局刚下的命令，让我们一队专心破李湛的案子，不要掺和。"

- 13 -

　　翻滚的乌云笼罩在市局的上方，阴沉沉的，仿佛随时都要压下来。
　　傅晋寒刚踏进市局大门，包子就迎面跑过来，急匆匆地说："老大，重大发现！我们查了南城近几年18岁到23岁的失踪人口，结果还不少，近几年光是南城本地的就有六个大学生报过失踪，外地户口的有三个。其中两个确认死亡，还有七个至今还是失踪人口。"
　　傅晋寒皱着眉："人到现在没找到不接着往下找？"
　　包子摇头："失踪案一直都是二队负责，找了一段时间没找着，最后不了了之了。"

姜安咕噜咕噜吸着豆浆,闻言抬起头:"她们是不是都是农村户口?"

包子讶异地说:"你怎么知道?"

傅晋寒略一挑眉,瞅了一眼姜安,对方朝他露出一抹稍显得意的笑,他淡淡地把视线转了回去:"这些人曾经的行踪轨迹有相同的地方吗?"

"有。"包子迟疑一秒,看向傅晋寒,"她们几乎都去过荆西别墅园区。"

姜安终于把豆浆喝完了,随后将袋子抛进了不远处的垃圾桶,划出一条完美的抛物线。她满意地拍了拍手:"这么明显的线索二队不会不清楚啊,是找不到人还是不想找?"

她这话说得直白,包子慌里慌张地四下看了一眼,见没人听到才松了口气,他压低声音说:"这种话你可别乱说,咱们都是警察,能找得到还能不找吗?"

姜安"哼"了声,没搭话。

包子有些尴尬地摸了摸鼻子,他说起这事来其实也心虚。

当这么多受害者的行踪轨迹出现重合,想要说和荆西别墅园区没关系都说不过去。但这事也确实不归他们管,案件的细节根本无从考究,鬼知道这中间到底是怎么回事。

傅晋寒瞥了他们两人一眼,大踏步离开。

他步伐迈得快,包子险些跟不上:"老大,给句话啊,这事怎么弄?"

傅晋寒冷声说:"我让你调的监控呢?"

"荆西别墅园区的监控是杨乐去调的,但今天一早已经被王局拿走了。"包子面有难色,"看王局的意思,这案子是真不打算让咱们插手了。"

傅晋寒脚步顿了一下,很快又往前迈出:"杨乐人呢?"

"这会儿应该和老李在审应朝吧,"包子解释,"就是昨天陈斯礼说的那个朋友,也是那天林若真正要见的人。"

傅晋寒"嗯"了一声:"找人跟着陈斯礼。"

包子道:"行不通,刑侦大队人手有限,王局明令禁止咱们插手林若的案子,如果我们再派人私自跟踪陈斯礼,到时候——"

傅晋寒没什么耐心地打断包子:"找江辰去,他最近不是闲着呢吗?"

包子一拍大腿,顿时茅塞顿开:"对啊,他是辅警,又不归王局管,咱们去不了,他可以去啊!"

姜安跟在他们后面,用手机点开南城大学校园网,想要再找一下关于林若的信息,然而翻来翻去发现"林若"两个字已经从南城大学校园网消失了,包括之前被广为传播的视频链接也全都无法点开,每个链接点进去都显示网址错误。

姜安敏锐地察觉到一丝不寻常。

这个荆西别墅园区里究竟住着什么人，能让媒体、学校、警察三方保持缄默？

姜安不光是个犯罪心理专家，她同时还是个小说家，对这种危险而又神秘的东西最感兴趣。她悄悄放慢脚步，和前面的两人拉开一大段距离后，一个转身消失在走廊拐角。

等包子和傅晋寒发现时，姜安早就溜得没了影。包子抓了抓头发："姜安呢？她怎么不见了？"

傅晋寒淡淡地扫了一眼身后，嘴角勾起一抹似讽非讽的弧度："找小说素材去了。"

"啊？"

"啊什么啊？"傅晋寒一巴掌拍向包子的后脑勺，"赶紧跟我再去一趟抛尸现场。"

市局外的十字路口，红绿灯不断交换，不停闪烁。39路公交车按时到站，车上拥下来一大批人，每个人都行色匆匆，神情焦急地往前赶，他们有一个共同的方向：南城公安局。公安局里每天要处理很多案子，大到凶杀案，小到家长里短。

姜安在那一堆人中看到了范小萍和林强夫妇，经过无数个烈日炙烤过的黝黑淳朴的脸上有着浓厚的悲戚。范小萍面如死灰地朝前走着，林强在后面拎着一个麻布袋，那双不知道干过多少农活、长满厚茧的粗糙的手托着妻子背上的蛇皮袋，两人一同往前迈着脚步。

姜安忙朝他们挥挥手，出声叫住他们："林叔！范姨！"

林强和范小萍在农田里长大，接触到的人都是一把粗糙的嗓子，很少听到有人用这种甜美清澈的声音叫他们，听起来，好像是昨天在公安局碰到的那名小作家。

林强拍了拍范小萍的肩，示意她回头。

看到姜安，范小萍那双死寂的眼睛里才起了点波澜："姜作家，我和幺儿她爸正准备去里面找你呢。"

姜安亲切地挽住范小萍的胳膊，想从她背上把蛇皮袋拿过来帮她背。范小萍慌忙摆手："不行不行，你这小身板哪能背得动！这袋子里装的都是若若的书，可重了！"

姜安掂量了下，觉得还好，露出两颗小虎牙："没事的范姨，我帮你一起拎着。对了，你们吃早饭没？"

林强说："没有，打算回去再吃饭，城里一顿饭可贵了，抵得上我们一周的生活费了。"

姜安问："什么时候的车啊？"

"下午。"

"这么快？林若这边……"

说到林若，范小萍的眼泪流了出来，她这两天眼睛哭得又干又红，声音也哽咽起来："学校那边说若若是在校外自杀的，他们不担责。我按照你说的问若若的室友，她们都说和若若关系不太好，不了解若若，关于若若的事，她们也不清楚。"

林强叹了口气："不过我们找到了若若的另外一部手机，想着看看能不能给你们提供点线索，所以一大早就给你们送来了。"

姜安带着林强和范小萍进了一家包子店，朝老板说道："来两碗胡辣汤，四屉小笼包。"

林强忙拉住姜安的手："小姜，我们随便来俩馒头就行。"

范小萍从口袋里拿出一个手帕，手帕里包着零零散散的小票，都是一块、五块的。她的手放在一张五元的钞票上，犹豫了一下，最终咬咬牙从里面拿出两张五元钞票想要递给老板。

姜安拦下她的手，笑着说："范姨，我请客，你们就别跟我争了。"

范小萍看了林强一眼，收回了手："谢谢你，小姜。"

姜安扭头扫码付钱，不经意瞥见蒸笼旁边有一根管子正往外腾腾冒着热气，再回头瞧那热气腾腾的包子，不由得觉得有点好笑。

这年头，包子怎么也搞起氛围感了。

她坐下来，问起林强手机的事："林若平时回家用的是哪部手机？"

"就是之前扔在河边的那部。"林强说着从包里拿出另外一部手机，"这个是我们在她宿舍床单底下发现的。"

他把手机用一个透明的塑料袋包起来，大概是在公安局里看到警察这么处理物证，林强在拿起手机的时候格外小心翼翼："我找不到你们用的那种透明袋子，就找了一个干净的塑料袋，你说这上面会不会有害我们若若自杀的那个人的指纹什么的。"

姜安打开袋子看了一眼手机，某知名品牌的最新款，价值不菲。一个平常省吃俭用，连拿了奖学金都想着寄给家里的人却用着一万多块一台的手机。

姜安从包里摸出手套，想看看手机里的东西，发现手机被设置了面部解锁，没法打开，她只能暂时放弃窥探别人的秘密。

这时老板把早餐端来，姜安招呼林强和范小萍先吃早点，手机的事等会儿再说。

范小萍见姜安不动筷子，试探地问："小姜你怎么不吃？"

姜安说："我吃过早饭了。"

林强和范小萍平常在家里吃饭吃什么都是又快又急，眼下出了这事，两人都没什么胃口，竟也细嚼慢咽起来。

姜安看了看时间，见他们吃得差不多了，便开口说："林叔，你给我留个联系方式吧，到时候林若的案子要是查出来什么消息，我跟你们说一声。"

林强连连答应，报出一串号码。他把手机拿出来的时候，姜安注意到，那是一款陈旧的老人机，只有最基础的通讯功能。

吃完早饭，姜安想把他们带去公安局，范小萍却不愿意进去："算了吧，反正东西已经交给小姜了，我们还要赶回学校一趟把若若剩下的东西驮过来，来回得好几趟呢，回头别耽误了车程。"

姜安知道范小萍是不想再揭开那道伤疤，就没有多说，给两人叫了辆出租车，自己又折回公安局去了。

- 14 -

姜安在市局门口正好迎面碰到出来的傅晋寒和包子，她把林若的手机交给了傅晋寒，眼神定定地看他："你亲自送到技术科。"

外头风大，姜安的发丝有几缕黏在了睫毛上，遮住了一些视线，看不清傅晋寒的脸，只能听见他沉稳的声音："嗯。"

包子觉得两人之间的气氛有些说不上来的奇怪，他不知道该怎么形容，一直等到姜安坐车离开，他才恍然大悟地发现那种奇怪的感觉从何而来。姜安和他们老大说话的时候，他自个儿就像个局外人一样插不进去嘴，这两个人之间好像有一种天然的屏障。

包子忍不住想，这难道就是高智商才有的特殊磁场？还没等他想明白，脑门又被拍了下。傅晋寒冷冰冰的眼神扫向他："不去开车发什么呆？"

包子露出苦兮兮的表情："老大，别老打我脑袋，都把我拍笨了。"

傅晋寒揉了揉太阳穴，朝人挥挥手，示意他赶紧去开车。

阴风阵阵，南城一旦进入雨季，一周几乎要下四五天雨。这会儿天空又落下来几滴雨，姜安站在湖边，暗叹自己倒霉，怎么出来的时候就没带把伞呢？

荆西别墅园区建在南城北边的岛屿上，四面环水，整座岛仅通过一座桥与外界相连。姜安隔老远就看到湖中央偌大的停机坪，并排停了十几架私人直升机。

雨势渐大，她皱着眉观察周边地势和沿途的监控，发现这边设置的监控摄像头非常多，几乎每十米就有一个，看着不像是防贼，倒像是在监视。

园区外人根本就进不去，出租车还没到桥头就被禁止驶入，她徒步走到这里，又被湖边看守的门卫拦下。

姜安倒也不是非进去不可，就是想试探一下这里的管控到底严不严格，是所有人都能进去，还是只有视频中的女孩可以进。现在看来是后者。

姜安沿着湖边走了一圈，岛屿在湖中央，肉眼看去只能看到一幢幢精美的别墅，周围树木环绕，很难看清里面。

"应该带个望远镜。"姜安呢喃。

"来，用我这个，可视度3000米。"

耳畔突然传来的声音吓了姜安一跳，她回头看见一个穿着休闲、长相俊秀的青年笑吟吟地朝她递来一个望远镜。

姜安的目光在他身上游移片刻，确认自己没见过他："你是谁？"

青年笑起来很腼腆："你是局里新来的那个犯罪心理顾问吧？我叫江辰，是一名辅警。傅队让我来荆西别墅园区这边蹲点，看看有没有新情况，没想到在这儿碰到了你。"

姜安放下警惕，从他手里接过望远镜："谢谢。"

江辰脸上白白净净的，看上去很显小，但实际年龄比姜安大一些，说话时和姜安一样会露出虎牙，不同的是姜安是两颗，他只有一颗。

姜安的视线在他的虎牙上停留一瞬，随即拿起望远镜往湖中央看，她想看看里面有没有高尔夫球场，但这些树木太密了，完全瞧不见。

姜安颓然地把望远镜还给江辰："白跑一趟。"

江辰把望远镜装进包里："这里管理得很严格，要不是因为这片湖不是私人领域，估计咱们连湖边都到不了。"

姜安看向江辰："你怎么知道我是姜安？"

江辰笑着说："傅队给我发了你的照片，说你也在这儿，让我回来的时候把你捎带上。"

"傅晋寒？"姜安微诧，还想再问什么，这时接到了包子的电话："包子哥？对，我和江辰在一起。什么？我知道了，我们现在就回去！"

大概看出姜安脸色不对，江辰紧张地问："怎么了？出什么事了？"

江辰是傅晋寒叫过来的人，傅晋寒对他应该是信任的，所以姜安没隐瞒："包子哥说李湛案有突破了，让我们现在回去。"

江辰说："那快走吧，我的车就停在前面的路口。"

等两人赶回市局，大雨滂沱而下，姜安人小但步子迈得快，江辰在后面着急忙慌地给她撑伞，雨水淋湿了两人的肩膀。

局里的警察来来回回地走着，行色匆匆。姜安在大厅里看到正抱着文件往楼上走的杨乐，连忙叫住他："杨警官！"

杨乐一回头就看到姜安和江辰一道过来，连忙走过去："林若的案子赶紧先放一放吧，环城小区无头案的嫌疑人确定了，刚带回局里。"

姜安睁大眼睛："怎么突然就确定了？之前不是没一点消息吗？"

杨乐说："傅队和包子今早又沿着抛尸地走访了一圈，找到了国道附近的种树人，他说在28日夜里看到了凶手抛尸，指认出陈斯礼就是那个雨夜抛尸的凶手。"

姜安的表情异常精彩："陈斯礼？"

杨乐一边走一边说："是，人已经带来了，而且在他的车上找到了凶器。"

"什么凶器？"江辰问。

姜安眸色微凝："充电线。"

"对，这你也知道？"杨乐眼里闪过一丝诧异，随后就自顾自地解释，"充电线上有李湛的血迹和指纹，基本可以确定就是勒死李湛的那根。"

- 15 -

市局的气压一阵比一阵低，昨天才放走陈斯礼，今天他就以嫌疑人的身份再度进来。

姜安在审讯室里隔着单向玻璃看着里面的人，还是昨天那头张扬的粉色头发，衣服换了一身偏休闲的运动装，从细微的表情里能看出他的不耐和烦躁。她转头对杨乐说："我想见见指认陈斯礼的证人。"

杨乐看她一眼，点头同意了："你跟我来。"

会客室里，公安局局长王中天坐在主位上喝着茶，他的左侧坐着一个瘦瘦矮矮的老人，脸上布满皱纹，佝偻着背，低着头。

王中天那杯茶快喝完了，旁边有人恭恭敬敬地给他续上。这人倒完茶再看向那种树的老人时，表情又立刻正经严肃起来："王局问你话呢，还不赶紧说。"

王中天"哎"了一声，斥责道："对证人客气一点。"

"是是是，王局。"那人连忙换了态度，"28日夜里，你确定看到的人是陈斯礼吗？"

普通民众对公安局这种地方总有一种莫名的恐惧和敬畏，这里不光气氛庄严肃穆，还代表着正义和法则。这种恐惧和敬畏是从骨子里带出来的，就好像从小妈妈都会告诉你不吃饭就会被警察叔叔抓走一样。

"是他！他开车从我旁边的马路上经过，穿着黑衣服戴着黑帽子，但是我认识他那头粉色的头发，还有那双眼睛，肯定是他！"老人缩着脑袋，眼眶凹陷，眼白浑浊，视线总是时不时往左上角瞟。

姜安站在门口皱着眉观察，杨乐问："不进去？"

姜安这才伸手敲了敲门，会客室里的人齐齐转头朝门口看，王中天身边的人立即给他介绍："这位就是咱们局接替姜浅的新的犯罪心理顾问，姜安。"

杨乐侧着头小声说："这是王局。"

姜安点头微笑："王局。"

王中天笑容和蔼："你就是那位名震 A 市的姜安？年纪这么小就这么厉害，后生可畏啊。"

姜安说："王局过奖了。"

王中天问："你来这儿是？"

姜安看了一眼那位局促不安的老人："我想问这位老人家一些问题。"

王中天的目光在姜安身上不动声色地转了一圈："这案子现在牵扯甚广，上面很重视这起凶杀案，命令我们在两周之内必须破案。既然你是犯罪心理专家，那正好你来问，我旁听一下。"

姜安点头，随即看向那位老人："您确定那晚看到的人是粉色头发吗？粉色头发的人那么多，您怎么就能肯定那人是陈斯礼？换句话说，您是怎么认识陈斯礼的？"

老人家搓着膝盖："陈家在咱们市谁不认识啊！就咱们村头那宣传栏上还有陈家这小子的照片呢，粉色头发，错不了！"

他想起那天夜里突然下起了大雨，他沿着国道护栏扛着铁锹着急地往家里赶，雨水打在脸上冰冰凉凉的，眼前都是水雾。突然，很大的鸣笛声传来，有人不停按着喇叭，在雨夜里就像催命的钟一样。他赶忙加快步伐，忍不住朝旁边看了一眼，就是这一眼，他看到了一双在黑暗里比鬼还可怕的阴狠的眼睛，眼尾有颗红痣，他认识那颗痣，前不久才在宣传栏上看过。

王中天不紧不慢地喝了口茶："夜色那么黑，你看得清啊？"

老人说："看得清，他车里有灯，我跟他打了个照面。"

王中天把茶杯搁在一边，说："这你可得想清楚再说，万一要是指认错了人，可就涉嫌做伪证了。"

姜安抬头，不明白王局为什么要诱导问话。

老人果然开始支支吾吾起来:"我……我……"

姜安及时打断:"可以告诉我那天晚上的细节吗?"

老人立刻把那晚的情形又说了一遍,特别说了那颗红色的痣,姜安想起陈斯礼眼尾那颗一样的痣,沉默了片刻:"车牌号您还记得吗?"

老人摇摇头:"雨太大了,没看清。"

王中天说:"车牌没看清,你就能确定你看到的人是陈斯礼?"

老人磕磕巴巴地说:"我不是说了吗,我看到了那头粉色的头发和他的眼睛!哎呀,你们不信就算了,我这好心办坏事哩!我要走了,家里还有好多活没干呢。"

老人说着就要起身,王中天朝旁边的人使了个眼色,那人立马拦住了老人:"老人家,您还得跟我们做一下详细的笔录,等做完了您才能走。"

那人带着老人就要往外走,姜安突然出声叫住:"您是不是有眼疾?"

"对,有点青光眼。"老人看了一圈,有些生气,"你们到底是不相信我还是不敢得罪陈富啊?我女儿当年就是被陈家的人害死的,你们办案的时候也是这样,说我提供的证据不足,找各种借口。我是青光眼,但我看人绝对没问题,那晚的人就是陈斯礼那混球!"

他女儿下葬的时候那个混球就坐在车上,那天是白天,风很大,老人却看得清楚,陈斯礼眼睛下面有一颗和前几天夜里那人一样的红痣。

王中天站起身:"我们当然相信你,不过需要你再为我们做一下详细的笔录,具体的真相警方会查明。你放心,我们绝对不会放过任何一个坏人,如果真是陈斯礼,我们第一个抓他。"

老人的脸色这才缓和了,跟着王中天身边的人走了。

姜安站在原地沉思,等王中天跟她说话时,她才回过神来。

"这里是公安局,可不是你发呆的地方,打起精神来,抓紧时间破案!"

姜安说:"抱歉。"

等人都走光了,杨乐拍了拍姜安的肩膀:"我们也走吧,先去找傅队,看陈斯礼那边到底什么情况。"

"你去吧,我有点事。"姜安说完转身就走,杨乐在后面喊都喊不回来。

- 16 -

傅晋寒审完陈斯礼回到刑侦办,目光扫视一圈,没看到平常那抹纤细的身影,看了一眼正在忙碌的包子。

包子跟在傅晋寒身后多年，他一个眼神包子就能明白什么意思："姜安说她有点事，去一趟档案室。哎，老大，你平常没这么关心咱们啊，怎么姜安一不在你就——"

傅晋寒漫不经心地打断他："我有问什么吗？"

包子："……"确实没问，是他多余解释一遭。

午饭时间，傅晋寒一边看资料一边吃着盒饭，他的办公室靠窗，阴雨天一过，午后逐渐出了太阳，光芒从树影中斑驳地照进来，却没什么暖意。

有人敲了敲门，傅晋寒头都没抬，直到那人站在窗口遮挡了阳光，落下一片阴影，他才慢悠悠地掀开眼帘："有事？"

姜安拉了把椅子坐在他对面，黑色的眼珠透亮："会不会耽误你吃饭？"

傅晋寒挑起眉梢，不错，这次懂得先问一下，开始讲礼貌了。

他淡淡开口："陈斯礼坚持他那晚从会所出来后直接去了何丽家，睡到凌晨4点左右开车从环城小区出来，根本没有去过312国道附近，也没有时间去杀人抛尸。他提出那位老人指认他是为了打击报复，因为老人的女儿曾就任于株安，两年前在一次监督施工现场时被断掉的铁板砸中去世。当时负责善后的就是陈斯礼，他只给了老人十万块的抚恤金。"

这事当时还上过本地的电视台，不少媒体都报道过，但最终还是被压了下去。陈斯礼用一百万压下了各方带来的不良影响，却只肯给死者家属十万块的赔偿。

姜安想起老人在会客室里说的话，眉心皱起来，她打开手里的保温杯喝了一口："何丽说陈斯礼没有去过她家，那他消失的这几个小时去做了什么？杀人抛尸的话不太可能，陈家那么多车，他何必大费周章地去偷一辆呢？以陈斯礼的身份地位来说，想要一辆没上牌照的废车太容易了。陈斯礼是凶手的话，这条证据链显然太牵强，所以你们昨天才把他放了，但今天又出现一个目击证人，你不觉得很巧合吗？就像是幕后有人故意推动，非要拉陈斯礼或者陈家下水一样。"

傅晋寒夹菜的动作顿了顿，随后扒了一口饭，等咽下去之后才说："警方调查过这位老人的行踪，根据同村的种树人和他妻子的描述，那晚他确实在312国道附近，并且到家的时间点和碰见陈斯礼抛尸的时间点相符。"

"我观察过。老人或许没有说谎，但他有青光眼，夜视弱，看到的人不一定就是陈斯礼。"姜安看向傅晋寒的眼睛，她发现这人的睫毛非常长，跟扇子一样，"不过我只是提出我的疑问，他看到的到底是谁还需要你们去查。"

傅晋寒敲了敲桌子："你大中午不吃饭跑过来就是为了说这些？"

姜安眉毛一扬，把手中的档案袋递给他："当然不是，喏，你看看这个。"

傅晋寒眯了眯眼："谁带你去拿的这些卷宗？你的调令还没下来，目前并不是正式警员，没资格——"

姜安不耐烦地打断他："你话好多啊，傅大队长，我当然是去找的张局。"

傅晋寒："……"

他冷哼了声。

姜安才不管这些，把卷宗翻开，一页一页指出来："这些失踪的和离奇自杀的女孩都是大学生，农村出身，见识不多，单纯好骗，并且失踪前或死前都去过荆西别墅园区，轨迹重合。荆西别墅园区我今早去看过，管理森严，必须持有一张专门的 VIP 卡才能进入园区，否则方圆十里连只鸟都飞不进去。这些穷苦出身的女大学生是怎么能够进去的？不是每一次都那么凑巧有人开车去接的，我看过之前的监控录像，两周前林若一个人去过一次。"

傅晋寒说："你认为有专门的联络人，而这个联络人很有可能和死亡的李湛有关？"

"一起是大型卖淫案，一起是凶杀案，两起案件看上去毫无联系，但牵扯到同一个人——陈斯礼。"姜安说，"这个联络人对陈斯礼的私生活了如指掌，陈斯礼和那群狐朋狗友聚会也不避着他，或许不光是陈斯礼，就连陈斯礼的那群朋友也很信任他。"

傅晋寒环抱双臂，饶有兴趣地说："假设这人是这个卖淫团伙的联络人，那李湛很有可能就是他的手下，层层递进，为这群人挑选合适的'猎物'。他们是上流社会人士，相貌、学识、身材，甚至身体是否干净纯洁都是他们挑选猎物的要求，于是女大学生成了最好的选择。"

姜安接着说："这个人出身寒门但能力高、学识广，他是陈家的左膀右臂，陈家既信任他，也要控制他，所以他现在一定就在株安里任职，职位不会太高，不然容易引人注目，但也不会太低，最好是一个平常能接触到迫切想找到一份新工作的学生的部门，我想他应该是一名 HR（人事）。"

姜安和傅晋寒对视一眼，对那个谁都没有说出来的名字心照不宣。

姜安继续说："我查过荆西别墅园区的住户资料，齐昌义并不住在那儿，但他却能随意出入。而且齐昌义在陈斯礼手底下做事，李湛曾经是齐昌义的司机。他们是同乡，李湛十几岁就跟在齐昌义身边，对他很信任，知道自己老婆出轨了老板的老板，人在愤怒和极大的怨恨面前都会寻求安全感，这是本能，所以他会去找齐昌义，这个城市里他唯一的好大哥。"

傅晋寒盯着姜安的眼睛看了几秒，李幼微问他的莫名其妙的问题，张开口中的惩恶扬善，何丽说的家暴，案件的每一处细节都在证实姜安的猜测，但问题就在于——

傅晋寒敲了敲桌面："报复杀人不合理，张开和何丽没有杀人的动机和作案时间，到了下午3点，这两个人都会被放走。反而是陈斯礼，现在凶器、目击证人齐全，已经被认定为犯罪嫌疑人。"

姜安笑了，眼睛里有些轻蔑地调侃："傅队，你觉得这场雨会下多久？南城这片天，会有人主动把乌云拨开吗？"

傅晋寒站起身，慢条斯理地摸出一支烟用手指捻了捻："下周雨季就过了，有空多看看天气预报。"

姜安愣了愣，嘴角缓缓向上扬起来，拿起桌子上的卷宗跟在他后面："可以申请并案调查了吗？我早上路过二队，听到他们打算结案了。"

傅晋寒扭头看她："这就是你找了一上午卷宗的原因吗？"

姜安的嗓音有南方那种吴侬软语的甜，尤其是放轻声调的时候："哎，也不能这么说，我只是不想放过任何可能破案的细节。"

傅晋寒没有告诉她，想要并案调查还需要一个足够的理由和证据，去说服王中天那个老狐狸。不过这并不重要，他会处理好这些。

下午2点，老李和包子各带来一个消息。

医院的病历资料显示何丽的确在近几年的时间里有过治疗的记录，伤势也确认是人为殴打造成的瘀伤。

林若那部万元手机经过警方技术人员的恢复，找到了一通两周前林若和李湛的通话记录。

并案申请被卡在王中天那儿，傅晋寒和王中天在办公室里吵了两个多小时，最后张局也加入其中，两队人马开了个大会才把并案调查的申请通过。

姜安今天回自己家，不过她没有着急走，毫不客气地坐在傅晋寒的办公椅上抱着兔子保温杯两眼放空。

杨乐从她身边路过好几遭，终于忍不住询问："想什么呢，这么入神？"

姜安叹了口气："我在想，凶器都在哪儿呢？"

目前只找到一根充电线，还是在陈斯礼车上找到的，那根线上面除了死者李湛的指纹和血迹，到处都是陈斯礼的指纹，说明那就是他的充电线。

杨乐说："肯定在陈斯礼那儿啊，傅队不是带人去搜了吗，总不能杀完人就无故消失了？"

姜安看了看时间："这都快7点了，如果顺利早该回来了。"顿了顿，她问："你也觉得陈斯礼是凶手？"

杨乐扶了扶眼镜，憨憨地抓了抓脑袋："老实说，我感觉他这种二世祖坏事做尽，或许会杀人，但不会亲自动手，除非他本身就有反社会人格，以杀人为乐趣，但李湛的案件显然不是这样。"

姜安耸了耸肩："你看，连你也这么觉得。"

杨乐心想怎么感觉有被羞辱到呢？

他咳了一声："不管凶手是不是陈斯礼，凶器都是他的。"

姜安觉得眼前有什么东西一闪而过，是一段视频中晃动的画面，她骤然抬头："你刚刚说什么？"

杨乐不明所以地重复："我说不管凶手是不是陈斯礼，凶器都是他的。"

姜安眼神闪烁，凶器都是他的，家用切割机，高尔夫球杆。

家用切割机……

高尔夫球杆……

她慌忙拨出一个电话。那边傅晋寒正在陈家搜查，和陈富周旋，接电话的声音显得有点急躁："怎么？"

姜安紧紧握着手机："去荆西别墅园区，高尔夫球杆和切割机都在那儿！切割机是除草机改装的，放在草坪上那个人体高尔夫洞的附近！"

- 17 -

荆西别墅园区在南城是个特殊的存在，听说里面住着的人非富即贵，其中就有南城公安局一把手王中天的小舅子李大标。

搜查令没下来，傅晋寒带着人站在园区门口，园区的安保人员在里面站成一排严防死守。陈斯礼身份特殊，如今被指认成犯罪嫌疑人，警察进入园区是迟早的事，但这群人却死活不肯让路。

"傅队，咱都得按规矩办事是不是？你这搜查令没下来，我们就不能放你们进去。"说话的是园区的负责人，他穿得人模狗样，笑得脸上褶子都出来了。

傅晋寒轻飘飘地瞥他一眼，那位负责人被他的眼神吓出了些冷汗，咽了咽口水，笑容有些僵硬，伸手把傅晋寒拉到一边，开始攀关系："傅队，李队您认识吗？就是咱们市公安局王大局长的小舅子，你看咱都是一家人，要不今儿这搜查就算了？"

负责人话没有明说，点到即止。傅晋寒剑眉挑起，点了支烟递给他："李队我熟啊，之前还跟他一起出任务来着，怎么，他也住这儿？"

负责人以为这关系算攀起来了，放松了警惕，忙道："嗐！他不住这儿，就是经常来玩，要是傅队也感兴趣，到时候我跟老板他们说一声，随时欢迎啊！"

傅晋寒抬眸扫了一圈，偌大的湖景别墅，依山傍水，地段、环境、安保人员，都是顶尖的。头顶的太阳被高大的树木遮住，阴风从树林深处往外涌，显得阴森森的。

包子接了个电话神色凝重地往傅晋寒这边走，在他耳边低声说了几句。傅晋寒眼神一凛，直接把手机拿了过来，走到人少的地方朝电话里的那人冷声说："为什么不下搜查令？"

电话中，王中天说："你没有确凿的证据，仅凭一个小丫头的臆测就断定凶器在荆西别墅园区，这就是你作为警察的判断力吗？"

"陈斯礼现在是犯罪嫌疑人，荆西别墅园区有他名下的房子，我们来搜查，合理合法！"傅晋寒寸步不让。

两相对峙，王中天气道："你带着人赶紧给我回来！"

"恕难从命。"傅晋寒啪地挂断电话，把烟头扔到脚下，"进去，今天谁敢拦，谁就是防碍警务，都给我带回局里去。"

包子立即带人进去，负责人和一堆安保人员看拦不住，只能打电话找外援。

傅晋寒带人开始地毯式搜查，搜了整整两个小时，终于找到了用来分尸的切割机，以及一堆高尔夫球杆。

那头李大标被气得不轻，匆忙赶来把局长办公室门一关，嚷道："瞧瞧，这就是你手底下的人！A市过来的架子就是大，连你的话都能不听了，我看他这是想反了天！南城我们这帮人还坐在这儿呢，轮不到一个A市过来的毛头小子说话吧！"

王中天烦躁地抽着烟，等李大标发完牢骚，他这支烟也抽得差不多了："毛头小子？哼，他爹还没下台呢！行了，他要查就查吧，陈斯礼那小子给他八百个胆子他也不敢杀人，这案子查到最后随便让陈家找个人顶包就行了。"

"姐夫，我担心的是陈斯礼吗？现在荆西别墅园区被盯上了，万一……"

"闭嘴！"王中天怒目圆瞪，片刻后神情又放松下来，宽慰李大标，"他们现在查的是环城小区无头案，案子一破，我让局里结案，这事就翻篇了。"

李大标还是担心，但这么多年姐夫的话从来没错过，他犹豫几秒还是消停下来。

傍晚时分，傅晋寒带着人从荆西别墅园区回来，物证科在高尔夫球杆上提取到了死者李湛、陈斯礼和其他人的指纹，但切割机上却什么都没有，指纹被人擦拭得很干净。

姜安盯着大屏幕上的数据分析，杨乐没忍住问："你怎么知道凶器在那里？"

姜安拧开保温杯，一边喝一边说："色情网站视频。"

杨乐和包子互相看了一眼，迅速打开电脑登入网站，一帧帧地看。姜安见他们半天没找到，好心提醒："正数第六个视频，三分二十秒的时候。"

杨乐发现一帧画面中一筐高尔夫球杆里少了一根，是很容易被人忽视的细节。

包子由衷地竖起大拇指："姜安，你这记忆力和观察力真牛。"

姜安腼腆地露出两颗小虎牙。

杨乐说："可我还是想不通，为什么高尔夫球杆上有陈斯礼和死者的指纹，切割机上却那么干净？如果只是想要消灭证据，为什么只处理切割机上的却不处理球杆上的？"

姜安把兔子保温杯放在一边，软声开口："这很简单，因为陈斯礼平日里只能碰到球杆，碰不到用人才会用的改装过的除草机。"

包子率先反应过来："你是说那些指纹都是后来才有的？"

"嗯。"姜安点点头，"凶手是戴着手套击晕死者的，所以球杆上只有死者的指纹，当他杀完人后又找了机会把球杆放回了原位，这也是为什么视频中消失了一根球杆，但傅队带人去搜查凶器时，这根高尔夫球杆又奇迹般地出现在了那里。"

杨乐问："那我们只要知道是谁把这根球杆放回去的，就知道真正的凶手到底是谁了？"

姜安答道："理论上是这样。"

"对了，张开和何丽都放回去了？"姜安问。

"时间一到就放走了。"包子抓了抓乱糟糟的头发，"我怎么觉得这案情越来越扑朔迷离了呢。陈斯礼现在被咬死了是凶手，一起凶杀案，一起卖淫案，两个完全不相干的案子却被搅和在一起，张开身上疑点不少又没有作案时间和直接证据，只能把人放走。再这样下去，什么时候才能破案啊！"

姜安朝门外望了一眼，轻声问："傅队还在挨批呢？"

"对啊，从回来后就被王局叫到办公室去了，到现在都没放人。"包子说着啐了一口，"王中天早晚得下马！"

杨乐拉住他："包子，别胡说。"

包子"哼"了声，没再说话。

- 18 -

眼看天色不早，姜安没在公安局待下去，收拾东西回了自己的那间小屋。时隔两天再回来，公寓楼下安静了不少，那些记者连着几天蹲不到人只能暂时放弃，何况现在有更大的新闻等着他们，这帮人更无暇顾及姜安了。

警方在荆西别墅园区搜查的消息不知道被谁泄露了出去，现在网上舆论吵翻了天。一些看热闹不嫌事大的网友在线下组织起了探案小组，荆西别墅园区附近围了一堆人开直播博热度，安保人员赶走一堆又来一堆，最后调动了警力才把那帮人全弄走。

姜安一大早就在公安局门口碰到二队的人回来，二队队长边走边跟手底下的人吐槽："这都是一群什么垃圾啊，为了热度啥都干得出来，私人别墅区域也敢闯，真不怕惹出什么事来！"

姜安背着手凑上前，两只眼珠子瞪得圆圆的："二队长，出什么事啦？"

二队长正愁找不到人吐苦水，见有人问，他忙不迭地把早上的事说了一通，姜安听了半天才听明白。

如今外界到处都在传陈家仗势欺人，陈家小儿子又和最近的杀人案扯上了关系，之前陈家的那些黑料都被扒了出来。尽管陈家近些年做了不少慈善，但一个企业家能做到本市龙头的位置，背景就不可能太干净。有第一个人爆料，就有第二个、第三个，网友还自发写了一篇建议有关部门彻查株安有限公司的文章，被微博、朋友圈和各大公众号争相转发，一天的时间内就闹得沸沸扬扬。

上头派来调查组进驻南城，南城市公安局的压力不减反增。比起死了一个普通市民，显然涉及钱、权、恶势力的犯罪更能引起全国网民的关注。市局楼梯口的窗户关得死紧，一点风声都不敢泄露出去，张局和王局在会客室里应付上面来的调查组。在李湛死之前，大家谁都没有想到一起凶杀案会在社会上引起这么大的轰动。

姜安含着棒棒糖，等到了刑侦办，嘴里的糖被她咔嚓一下咬碎咽进了肚子里。今天的刑侦办格外安静，只有杨乐一个人坐在位子上。

姜安的目光扫视一圈，状似不经意地问："傅队呢？"

"和包子一起出任务了。"杨乐头也没抬。

姜安"哦"了一声，回到了自己的位子上，翻看案件卷宗。

案件已经逐渐明朗，只要查清荆西别墅园区的猫腻，杀死李湛的真凶自然也藏不了多深了。

另一边，因为调查组的突然介入，调查荆西别墅园区的卖淫案变得更加方便。

傅晋寒按着色情网站那条线找到了其他女大学生，根据她们的口供，李湛生前都曾和她们联络过，在李湛死后，联络人便换了。

审讯室内，这群女大学生被挨个儿问话，负责审讯的是包子和老李，姜安和傅晋寒坐在单向玻璃外看着屏幕里的审讯室实时画面。

包子问:"和李湛怎么认识的?"

"他负责接送我们,算是司机吧。不过也不是每次都是他接送,有时候也会有别的司机。"

老李问得很直白:"怎么走上这条路的?"

女学生烫着鬈发,眼影浮夸,浑身上下都是奢侈品,曾经为了改变命运辛苦读书,在大山里养出来的淳朴和坚毅早已在金钱和名利的摧残下变得破烂不堪,一丁点都找不到了。

听到警察的问话,那双晕染着粉色眼影的眼睛在眼角荡开了些弧度,勾出了轻慢和自嘲:"为了钱呗,我实习一个月才一千五百块钱,陪这群人玩玩游戏上个床,一晚上就有五六千,多划算的买卖。"

她把自己的身体当成商品,没有廉耻心和羞耻感,或者说也许有,只是在那张风尘的脸上很难看清。

姜安看着那张脸,缓缓说道:"她没有说实话。"

傅晋寒偏头看她一眼,对着耳麦低声说:"换个人审。"一共四五个人,轮流审总能审出一个讲真话的。

这场审讯进行了五个小时,终于在只言片语中拼凑出事实真相。

陈斯礼利用株安有限公司的名号在求职网上发布招聘信息,之后由齐昌义诓骗这帮新入职什么都不懂的女大学生去陪客户,趁机在酒里下药迷奸她们。事后利用录像视频威逼利诱,再给予金钱上的补偿,让她们一次又一次出卖自己的身体服务他们。

而荆西别墅园区实际上就是个淫窝,陈斯礼花重金买下那座岛,在岛上构建了一场浮华的酒色盛宴。原本这只是私底下见不得光的交易,在权力的保护伞下可以不为人知。但应朝和陈斯礼却想要追求刺激,他们找人创办了这个色情网站,把录制的视频全部上传到这个网站上,只给男性打码。他们不断欣赏自己的作品,享受刺激,最终将他们的罪行暴露在阳光之下。

这群大学生录完口供的当天,傅晋寒便带人查封了荆西别墅园区,在应朝的电脑里找到了未打码的原始视频文件,牵扯人数甚广。令人意外的是,陈富积极配合调查,在公安局里痛哭流涕,之后火速召开记者发布会,在发布会上表示对儿子陈斯礼的行为痛心疾首,并表明自己对这一切毫不知情,忏悔自己不配做一个父亲。

电视画面中,陈富老泪纵横地和陈斯礼划清界限,姜安嗤笑了声伸手关了电视。陈富想把自己择出去,不打算为了这个儿子断送自己的商业王国,那陈斯礼呢？他心甘情愿牺牲自己吗？

姜安坐在藤木椅子上晃来晃去，抬头看着天上的月亮。隔着一扇小窗，月亮被树影遮住了一半但依然明亮，月光莹润温和。

她忽然好奇起来。

- 19 -

陈斯礼一伙人因涉嫌聚众卖淫、迷奸少女等罪名被警方正式逮捕，因为牵涉人员太广，警方没有公布此次逮捕过程。

审讯陈斯礼成为至关重要的一个环节。

审讯室里只有一扇小铁窗，一点光线都透不进来，陈斯礼眼前只有一盏白炽灯，照得他眼睛酸疼。他没了之前吊儿郎当的样子，但坐姿依旧没正经到哪儿去，嘴角挂着笑，似乎仍然觉得自己会和之前很多次一样，来公安局坐坐，喝杯茶就能走人了。

傅晋寒冷淡地抬眸，指尖在桌上摊开的卷宗上点了点："作案过程，说说吧。"

在铁证面前，陈斯礼没有狡辩，他往后靠了靠，换了个舒服的姿势。"你们不是都查清楚了吗，还要我说什么？喏！"他努了努嘴说，"就和上面写的差不多。"

傅晋寒语气平淡，眼神却极具压迫感："问你什么就答什么。"

陈斯礼抿了抿唇，不耐烦地说："一开始我们只是贪玩，和那些大学生随便玩玩，没想怎么样，而且我们也给她们钱了，公平交易，这有什么问题？是她们自己不满足，又想要钱又想要名声，哪有这么好的事！"

老李见他还是一副不知悔改的无赖样子，心里堵着一股气，他有个女儿，今年刚上大一，他不敢想象要是自己的女儿遭遇这些，应该怎么对付这帮畜生。

老李加重了语气："是你下药迷奸！你是在犯法知道吗，陈斯礼?!"

陈斯礼老实地点头："知道了警官，但我现在什么都不想说，我要见我的律师。"

陈斯礼口中的律师就是他那私生子哥哥陈斯仪。陈斯仪的名号在南城律师界很响亮，以前陈斯礼犯事都是他把人给捞出去的。

陈斯仪是下午来的，陈斯礼坚持在他来之前一句话都不说。陈斯仪穿着一身西装，仪表堂堂，和警方打过招呼后便去了探视室。

陈斯礼向陈斯仪要烟，被陈斯仪一个眼神拒绝。陈斯礼嘴角挂着不正经的弧度，上挑的眼睛在看向陈斯仪时充满讥讽："怎么着，这次打算什么时候把我弄出去啊?"

陈斯仪没有立刻回答他,那双和陈斯礼相似的眼睛盯着他看了几秒才开口:"我会尽量为你争取减刑。"

陈斯礼眉头顿时皱起来,猛地捶了一下桌子,怒道:"你说什么?什么叫减刑?我不就是睡了几个女人,你就要让我坐牢?!"

陈斯仪瞥了一眼上方的监控,声音仍旧平静:"这件事现在闹得很大,有人利用舆论公开引导民众,调查组介入,想要全身而退不可能,你只能认罪伏法。"

他的语气太过公事公办,陈斯礼听到"认罪伏法"四个字彻底绷不住了,双眼怒红:"我要见爸爸,爸爸不会让我在牢里待着的!这件事肯定是你举报的对不对?陈斯仪,我早就知道你看我不爽,你想取代我在陈家的地位,所以找人构陷我是不是!"

陈斯仪面无表情地等他发完疯:"我只问你一个问题,李湛是不是你杀的?"

陈斯礼满腔怒火无处发泄,双手还铐着手铐,在这样炎热的夏天,他两天没洗澡,浑身一股汗酸味,和对面衣冠整洁的陈斯仪形成鲜明的对比。他压抑着嗓音,琥珀色的眼珠快要蹦出眼眶:"我再说一遍,我没杀那姓李的!"

陈斯仪看了他半晌:"我知道了。"说完就站起身,没再管疯狂暴怒的陈斯礼,径直离开。转身关门时,他对陈斯礼说:"爸爸让你谨言慎行。"

陈斯礼没想到会是这种结果,直到现在,他才有种自己真的是一个犯罪嫌疑人的感觉。他不知道应朝他们承认了多少,原本指望陈家把他捞出去,但看到陈斯仪的态度,这个罪他也必须得认了。

陈斯礼就像是泄了气的皮球,颓然地坐在椅子上,表情死寂。

再回审讯室时,陈斯礼老实很多,如实交代了犯罪过程,但始终坚称自己没有杀害李湛。

傅晋寒审人很有一套,陈斯礼快要被他问到精神崩溃了:"我说了我那晚喝醉了就在何丽家!我酒醒之后就开车回家了,根本就没见过李湛,我怎么杀他?!"

傅晋寒看了他一眼,站起身对老李说:"你接着审。"

傅晋寒刚出来就碰到迎面走来的包子。

两人对视一眼,包子说:"应朝一个人揽了,承认自己是主谋,陈斯礼只是从犯,而且不肯交出利用那些女大学生援交的对象名单,但根据那些女孩的说法,远不止我们现在抓到的这些人。"

无论包子怎么问,应朝始终不肯松口,他这才来找傅晋寒,想要看看陈斯礼这边的情况。

傅晋寒眸色微沉,没有说话。

姜安一直盯着玻璃里的陈斯礼，见他抓着头发情绪极度不稳定，她知道时候到了："我想进去和陈斯礼单独聊聊。"

"单独？"包子问。

姜安乖巧地点头："嗯，可以吗？"

傅晋寒盯着她的脸看了两秒，冷声说："不要诈供。"

姜安笑嘻嘻地说："放心，我学过这方面的知识。"

等姜安进去，包子眼皮跳了跳："她能问出来吗？"

傅晋寒不答反问："齐昌义抓到了吗？"

包子摇头："没，不知道去哪儿了，机场和车站我们的人都去查过，没有他的行程信息，畏罪潜逃不太可能。你说他为什么要跑？这也太奇怪了，大家都没跑，怎么就他一个人跑了？"

傅晋寒冷笑一声："做贼心虚。"

- 20 -

陈斯礼十指交握，粉色的头发因为没洗的缘故软趴趴地贴在头皮上，姜安进门的时候视线在那头颜色浮夸的头发上停驻了一秒，不过很快就收回了。

陈斯礼烟瘾犯了，双腿一直抖动，他恳求："能不能给我一支烟？"

老李皱起眉："这里是公安局，不是你家！"

姜安和老李对视一眼，坐在了原先傅晋寒坐着的椅子上。门一关，沉闷逼仄的屋子里一下子变得安静。

陈斯礼看向姜安，脸上勉强挂上一丝笑容："姜作家，又见面了。"

姜安单手撑着下巴瞧他，这样真诚又热烈的眼神陈斯礼已经很久没看到过了，他渐渐收起虚伪浪荡的笑容，眉目压下来，整个人显得非常局促和不自在。

就在陈斯礼忍不住要打破沉默时，姜安说话了："为什么不承认你杀了李湛？"

见她又提到李湛，陈斯礼体内的暴怒因子炸开了："我说了，我没杀他！你们是不是有病，找不到凶手就要一直往我身上推，是想找个替死鬼吗？"

姜安若有所思地点了点头："可是凶器是在你的荆西别墅园区找到的，而且上面还有你的指纹，现在的证据已经足够让警方把你移交给检察院了。何丽也说那天晚上没见过你，人证、物证、作案时间，你都具备了。"

陈斯礼做了个深呼吸，压着嗓音嘶吼："何丽跟她老公感情不和，一定是她杀了李湛，然后嫁祸给我！"

姜安摆了摆手:"她进不去你的荆西别墅园区,拿不到那些凶器。不管怎样,你现在是杀害李湛的嫌疑人,要不你就承认了吧。"

陈斯礼唰的一下站起来,眼神跟要吃人似的:"聚众淫乱还可以量刑,承认杀人就是死路一条,你当我傻吗?"

姜安扑哧一声笑出来,缓缓后仰:"详细说一遍你28日晚上去过哪里,做过什么,时间地点,越细致越好。"

"我已经说过了!"

"再说一遍。"姜安朝他甜甜地笑了下,不像是在审讯,倒像是普通朋友之间的聊天。

陈斯礼双拳紧握,克制半晌又坐回椅子上:"那天晚上我在会所喝酒,离开的时候应该是8点左右,会所里有监控,具体时间你们可以查。之后我就叫了一个代驾,让他送我去环城小区找何丽,但是我喝太多了头晕得很,进了她家之后她还给我煮了醒酒汤。我不知道她为什么说谎!"

陈斯礼说到这里似乎很生气,提起"何丽"两个字后槽牙都要咬断了:"然后我就在客厅睡着了,醒来的时候我看了一眼墙上的挂钟是4点15分,当天株安要举行董事会,我回家洗了个澡就匆忙赶去公司了。那天晚上自始至终我都没见过李湛,我怎么杀他?"

姜安问:"为什么不干脆在何丽家洗?"

陈斯礼眉心蹙起:"我有洁癖,何丽家的卫生间又小又破的,能洗吗?"

姜安打量了对方几秒,真看不出这人有什么洁癖可言,不过这不重要:"你嫌弃何丽家的卫生间,为什么不嫌弃她家的床呢?"

"嫌弃啊。"陈斯礼理所当然地说,"我跟她上过几次床,都是在酒店开的房,谁乐意去她家。"

姜安微微眯起眼:"那为什么那天晚上就不嫌弃了呢?"

陈斯礼顿了顿,心想:是啊,为什么那天晚上他就不嫌弃了,甚至还主动让代驾送自己去她家?有那么多女人,他为什么偏偏选了何丽?

陈斯礼的脑袋开始疼起来,不断回想自己漏掉了什么。

姜安:"是有人和你提起何丽了吗?他悄悄跟你说了什么?给了你什么暗示呢?"

说了什么?

陈斯礼完全没有印象,那天晚上他喝了很多,自己叫代驾还是有人提醒的,哪里记得那么多细节。

"谁那么了解你呢?是应朝吗?还是——"

"齐昌义！"陈斯礼猛地抬头，激动地说，"是齐昌义！我想起来了，他那天跟我一起去的会所，中途他起身去卫生间，身上掉下来一张照片，照片上是何丽！"

所以他那晚醉得不省人事的时候想起何丽那张照片，让代驾去了环城小区。

姜安问："齐昌义什么时候离开的？"

陈斯礼回答："上厕所之后就没回来过。"

姜安接着问："还记得代驾的长相吗？"

陈斯礼摇头："不记得了，他穿了一身黑，看不清楚，而且我本来就喝多了，脑子不清醒。"

一个可怕的念头在姜安脑海里迅速形成，就像飓风，越滚越大。

陈斯礼口中的代驾一开始傅晋寒他们就查过，在正规的代驾公司工作，从业两年，确实是个代驾，所以他们一开始才没有怀疑。但如果这个代驾中途换过人呢？如果陈斯礼没有撒谎，而是何丽撒谎呢？

姜安压抑住胸腔那股悸动，她缓缓地看向陈斯礼，说："我们做个交易吧。"

陈斯礼的目光中充满不信任："什么交易？"

姜安起身关了录像，审讯室外屏幕顿时一片漆黑。

包子一下子蹿起来："什么情况？姜安为什么要关了录像？我进去看看！"

这里可是公安局，不是能胡来的地方，要是被张局知道，他们又得挨骂。

包子脚还没迈出去，身体就被一只有力的臂膀拦住，他咽了口口水，问："老大，姜安这样做不合规矩，审讯室必须录像，这是——"

"我担着。"傅晋寒淡淡说道。

包子无话可说。

他们在外面足足等了四十多分钟，审讯室的门才发出咯吱一声。姜安推门走出来，隐约能听见里头陈斯礼歇斯底里地怒骂："姜安，你就是个魔鬼！"

门再度被关上，声音被隔绝在里面，姜安面色平静。

包子险些以为自己听错了，因为姜安这张脸怎么都和魔鬼沾不上边，他刚想问她在里面跟陈斯礼说了什么，姜安就先他一步开口。

"抓齐昌义，抓到他很多问题都能迎刃而解。"

傅晋寒不动声色地看了她一眼，淡淡地说："他跑了，警方现在正在找他。"

姜安说："他在何丽家。"

包子惊讶道："你怎么知道？"

姜安抬了抬眸，那双眼里有很多情绪，和傅晋寒的视线在空中撞上的那一秒，她能感觉到这个男人读懂了她眼睛里的东西。

这场仗，似乎有些难打。

傅晋寒没有犹豫，立刻走了出去，包子见状迅速跟上。

姜安回眸朝单向玻璃看了一眼，慢吞吞地拿起放在桌子上的兔子保温杯往外走。

环城小区因为这起凶杀案，最近房价跌得厉害，很多住户嫌不吉利，纷纷开始搬家，尤其是何丽家那栋楼。小区里穿着搬家公司工作服的人进进出出，隔着一条马路，吉普车车窗缓缓摇了下来，一只指骨分明的手悬在窗外，指尖夹着支烟，烟雾在手边徐徐盘旋。

忽地，那只手缩了回去，傅晋寒对着对讲机开口道："目标出现，所有人注意北45度方向。"

齐昌义大热天把自己裹得严严实实，殊不知越怕被人认出来就越容易引人注目，这样的装扮几乎刚出小区就被警方注意到了。他畏畏缩缩地沿着墙边走，双手抱臂，这是一种缺乏安全感、自我保护的姿势。突然间，他觉得身后有异动，但他不敢回头，拔腿就跑。

他在何丽家躲了一天，越待心里越慌，他知道警方早晚会找到何丽家，所以才想要转移地方，但没想到他们会这么快。好在这些年他常常锻炼，身体素质还行，跑起来并不慢。

傅晋寒眯起眼，给包子打了一个手势，包子立刻明白，两人分头行动。

身后的警察穷追不舍，齐昌义力气被掏空，仓皇间撞到了一个水果摊，上面摆放的水果撒了一地，水果摊老板的损失颇大，起身就要拉住弄倒他摊子的人，想跟他要赔偿。

齐昌义低咒一声，为了躲避警察，转身跑进了一条胡同，傅晋寒紧跟上前，包子在另外一边正好包抄过来。齐昌义被夹在中间，彻底困住，他见势头不妙，掏出一把水果刀，刀柄上还有干涸了的血迹。齐昌义毫无章法地挥着刀威胁道："别过来！都别过来！"

傅晋寒懒得跟他废话，三两步跑过去，齐昌义还没反应过来，手腕就被人用大力往下折，手中的刀掉在地上发出当啷一声响。

不过几秒钟的工夫，齐昌义就被制服，半跪在地上动弹不得。

包子从腰间取出手铐，走上前一把铐住齐昌义的手腕："跑啊，怎么不跑了？"

抓齐昌义对傅晋寒这种曾经在枪林弹雨中走过的人来说简直小菜一碟。傅晋寒把人带上车，直接开去了市局。

杨乐审完应朝后知道傅晋寒和包子带人去抓齐昌义的事，连忙跑去找姜安。杨乐是那种好奇心必须得到满足的人，而且有一个优点，就是不懂就问。

姜安正在接水，转身的时候看到杨乐，冷不丁被吓到："杨警官，你走路没声音的吗？"

杨乐后退两步，看到姜安用一次性杯子接水，不由得问道："你不是带了个保温杯吗？"

姜安没回答他这个问题，问他："找我有事？"

杨乐注意力又回到了先前的问题上："你怎么知道齐昌义在何丽家？陈斯礼跟你说的吗？"

齐昌义被抓，他拿着的那把刀经过痕检科鉴定，证实上面的血迹就是李湛的。那天晚上的代驾也被带到了市局，起初他并不承认自己中间下车换人，直到杨乐把汜河路路口便利店的监控摆在他面前——在当天的同一时间里，他去便利店买了包烟，正好被监控拍到。

刑侦办里，众人围在一起，纷纷好奇姜安是如何知道齐昌义会在何丽家这件事。姜安被围在正中间，求救似的朝傅晋寒投去一个眼神，后者轻勾起唇，视而不见。她在心里暗骂一声，面上微笑着说："陈斯礼告诉我的。"

"陈斯礼？"包子满眼疑惑，"那小子什么时候这么坦诚了？"

姜安耐心解释："李湛虽然帮陈斯礼接人，但是他们之间并不熟悉，按照张开的口供，李湛知道自己被戴绿帽子之后愤怒不已，扬言恨不得杀了何丽，你们不觉得奇怪吗？为什么只是杀了何丽，而不是杀了陈斯礼呢？正常人的想法应该都是对情夫深恶痛绝吧。原先我以为是因为李湛惧怕陈家的势力，但陈斯礼跟我说李湛就是个莽夫，目中无人，接送那些大学生的时候，经常和那群老板发生口角，但他很听齐昌义的话，被齐昌义骂过几次之后老实多了。"

姜安吸了吸鼻子："之前我和傅队一起去过何丽家，何丽对齐昌义下意识的称呼显得很亲昵，但他们却说彼此之间不熟。而且还有一点，李幼微房间里的《木偶人》是我的亲签版，和齐昌义办公室里的是同一批书，当时齐昌义说那书是陈斯礼买的，但我看过陈斯礼房间里搜出来的书，没有亲签，是正常发售的版本。"

当事实和言论相悖时，真相昭然若揭。

杨乐恍然大悟："所以，何丽不只出轨了陈斯礼，还有可能出轨了齐昌义？"

姜安说："不是可能，是一定。当李湛看到自己最信任的大哥和自己的妻子搞在一起的时候，他才会既愤怒又悲痛，在挣扎后选择退出，成全自己的好大哥和妻子。"

他那么相信齐昌义，为他做着违法乱纪的事，听他的话。或许对李湛来说，齐昌义已经不仅仅是他的老板，更是他背井离乡后唯一可以投靠和信任的兄弟，为了这份情谊，他宁愿自己头上戴绿帽。他准备好了离婚协议书，订好了下周飞往老家的机票，约了齐昌义打算摊牌，然而他没有想到这竟然是一场鸿门宴。"

下着暴雨的夜晚，雷电闪过的一瞬间，种树的老人看到的并不是眼角的红痣，而是凶手在杀红眼后沾上的死人血。

包子还是不理解："就因为被发现出轨，齐昌义就要痛下杀手？那可是跟了他十几年的兄弟。"

傅晋寒双腿没规矩地搭在桌沿，椅子因为他后仰的动作前面翘了起来。他漫不经心地说："因为恐惧。"

姜安点头："是的，恐惧。他做的所有违法的事李湛都知道，李湛对他忠心耿耿，他却为了一时的贪欢背叛了兄弟，心虚逐渐变成恐惧，恐惧逐渐沦为杀人的诱饵。他害怕李湛因为愤怒出卖他，把他们干的那些腌臢事都捅出来。为了让自己不生活在整日整夜的恐惧中，他只能杀了李湛，毕竟……"

姜安顿了顿，温声说："只有死人才不会开口乱说。"

办公室里只有空调的嗡嗡声，所有人都在这一刻沉默，直到有人敲门进来。

陈末手里拿着一份文件，见这群人脸上表情凝重，不由得好奇，问："这是怎么了？气氛搞得这么压抑。"

"陈医。"包子率先开口。

傅晋寒两腿一收，站起来："结果出来了？"

陈末把文件递过去："刀口和死者身上的伤口吻合，确定为凶器，但上面只有齐昌义一个人的指纹。"

姜安蹙眉："只有他一个人的？确定吗？"

陈末挑眉："你是在怀疑我的技术？"

"我不是这个意思。"姜安抿了抿唇，"当初不是说刀伤是女人刺的吗？怎么会只有齐昌义一个人的指纹？如果凶手为了抹去指纹擦拭凶器，那上面的血迹如何解释？"

陈末说："这很简单啊，比如她当时戴了手套。而且齐昌义的指纹不一定是作案时沾上去的，他和傅队扭打的时候不是拿着那把刀吗？"

"所以那把刀到底是谁的，齐昌义说了吗？"姜安问。

"说个屁！这人比陈斯礼还狡猾，一问三不知，压根不承认自己杀死李湛，要不是那个代驾出来指认他，他还在狡辩呢。"老李骂骂咧咧地走过来，看样子是刚审完齐昌义，他看向傅晋寒，接着说道，"齐昌义和代驾提前说好在汜河路路口停车换人，齐昌义从会所提前离场赶去说好的位置等待，等代驾开车到达约定地点，他们在监控的死角完成交换。之后齐昌义开着陈斯礼的车进入环城小区，环城小区里面没有监控，墙体矮，他完全可以翻墙出来躲避小区门口的监控。"

杨乐感到疑惑:"所以他大费周章地把陈斯礼的车开去环城小区就是为了诱导警方,让我们查到陈斯礼头上,好栽赃嫁祸给他?"

老李点头:"目前看来是这样,荆西别墅园区是陈斯礼的地盘,齐昌义可以随意进出,他完全可以把切割机和高尔夫球杆找机会放回原处,这也能解释为什么杀人的充电线会出现在陈斯礼的车上,齐昌义是唯一一个在事发之后接触过陈斯礼那辆车的人。"

姜安摸了摸下巴:"奇怪。"

"是挺奇怪的。"傅晋寒嗤了声,"一开始帮他隐瞒,却在这个时候出来指认。"

包子一个头两个大:"老大,这代驾会不会就是齐昌义的帮凶啊?"

傅晋寒啪的一下打在包子的后脑勺上,眉眼冷峻:"没事多吃点核桃,补补脑。"

包子心想:脑子笨怪他吗?真是的!

傅晋寒敲了敲桌子:"行了,不早了,下班吧,这几天大家一直都挺忙的,今晚早点回去休息。"

刑侦办连续一周熬夜加班,没睡过一天好觉。现在案件好不容易有点眉目了,大家都松了口气,确实能回家好好补个觉了。

等人走光之后,姜安才磨磨蹭蹭地拎着自己的保温杯从座位上站起来,一边走一边往那间亮着盏灯的隔间看,里面墙上是被灯光映出的高大人影。

她无聊地踢着墙角,确定里头那人还没打算出来,她只好别扭地挪动步伐,慢吞吞地走到隔间门口,轻手轻脚地敲了敲门:"你还不走?"

傅晋寒漫不经心地"嗯"了一声:"有事?"

姜安清了清嗓子,给自己做了一分钟心理建设,然后才开口:"有时间吗?请你吃顿晚饭,就当……就当是谢谢你之前收留我。"

傅晋寒嘴角懒洋洋地勾起,把东西搁在桌上,慢悠悠地站起身从姜安身边经过。

姜安望着那道颀长的背影,不知道他这是什么意思。

这时傅晋寒回头,似笑非笑地说:"不是要请我吃饭?"

"啊?噢!"姜安迈着小碎步快速跟了上去。

再次坐上这辆吉普车,姜安有种恍如隔世的错觉。毕竟前几次在车上和它的主人之间的交谈不算愉快,这一次两人显然和谐很多,不过还是一路无话。

姜安本就不爱与人交流,傅晋寒又是个冷情冷性的,车里只剩下沉默和尴尬。当然,尴尬的人可能只有姜安一个。中途姜安有几次想试着开口调节气氛,比如说一说陈斯礼的事,但抬眼看到傅晋寒那张冷冰冰的脸,她说话的欲望立即消失得无影无踪。

　　毁灭吧！姜安自暴自弃地想。

- 21 -

　　汜河路是这一片有名的小吃街，开在弄堂里，整条巷子都是各式各样的小吃。人声嘈杂，满巷子的烟火气。这个时间正是夜市人流量高峰期，下班后的年轻人多数会来这里逛一逛，人群一阵压着一阵。

　　傅晋寒在前面带路，他人高腿长走得快，姜安跟不上，好一会儿他才注意到身后的小姑娘已经和他隔了好些人了。

　　姜安戴着黑色的鸭舌帽，帽檐压得很低，看不清脸，只有脖子上挂着的那个兔子保温杯很显眼。傅晋寒站在原地瞧着她被人挤来挤去，无奈地叹了口气，三两步越过人群走过去，将人拉了过来。

　　姜安身体骤然失衡前倾，胳膊被人及时拉住，有人伸手扶住她帮她站稳。她抬眸，看到傅晋寒低着头正似笑非笑地盯着她。

　　"姜安，跟紧点。"他嗓音低沉，听起来很好听。

　　姜安暗自不满，明明是他走得太快，但不敢说出口，立马说道："我听说有家烧烤摊很好吃，等会儿我们就去吃那个吧。"

　　傅晋寒看着她，哼笑一声："那还不走？"

　　姜安还没来得及说什么，就感觉自己的后衣领被人拎起来了，她整个人被拽着往前走，不知道这人用了什么巧劲，拎着她的时候，姜安一点都不觉得勒。

　　烧烤摊在街尾，姜安找了张空桌拿纸巾擦干净椅子和桌子，她擦得很细致，动作小心又仔细。傅晋寒一边点菜一边看她，觉得这姑娘就差没给这餐桌消个毒了。

　　"你吃什么。"傅晋寒问。

　　姜安好不容易擦干净桌子，坐下来长呼一口气，又抽出一张纸巾擦了擦额头的细汗，闻言回道："我不挑食。"

　　傅晋寒比了一个"了解"的手势，又点了几样，合上菜单递给老板娘，走过来长腿一跨，大剌剌地坐在椅子上。他倒是没姜安那么讲究，但耐不住姜安勤快，擦的时候顺道把他那份也给擦干净了。

　　老板娘端过来一盘花生："烧烤还要等会儿，先吃点花生，不够再要。"

　　傅晋寒回道："成，谢谢婶。"

老板娘笑着离开。

姜安探着脑袋："你们认识啊？"

傅晋寒眼梢一挑："你又知道了？"

姜安努了努嘴："你拿菜单的动作很娴熟，一看就是常客，而且……喏，她给你的这盘花生明显比别桌的多，总不能是因为你长得帅吧。"

傅晋寒有点绷不住想笑，他弯腰凑近："我长得帅？"

傅晋寒长得帅这点是客观事实，姜安并不否认，老实巴交地说："挺帅的。"

"啧。"傅晋寒轻哂了声，身体坐直后修长的手指点了个方向，"看到前面的路口了吗？"

姜安顺着他那双筋骨分明的手看过去："氾河路路口，齐昌义就是在那里和代驾换人的。"

"嗯，路口的斜对面就是便利店。"傅晋寒说，"齐昌义那么谨慎的人，既然能和代驾沟通换人，说明他是信任这个代驾的，但是我们查了代驾的背景，他和齐昌义是在半个月前，也就是李湛死亡的前一周才开始联系的。"

傅晋寒点了支烟送进嘴里："张开那辆坏了的车里正好有工厂的防护服，修理厂老板事发后第三天才发现车辆丢失，代驾在做完亏心事后本应该避开有监控的地方低调离开，但他却选择明目张胆地进入便利店买烟，这起案子的巧合的确太多了。"

姜安沉默片刻："你说漏了一点。"

"嗯？"傅晋寒吐出一口烟，烟雾盘旋在他那棱角分明的下颌周围，显得他整个人有点不真切。

姜安的目光被那张过分帅气的脸吸引过去，头一回看愣了几秒。

半天没等到她说话，傅晋寒似有察觉，见小姑娘两颗黝黑的眼珠子直直地盯着自己，目光有点灸热。他轻皱起眉头，伸手敲了敲桌子："回神。"

姜安眼里闪过一丝光，格外专注地说："你知道吗？我以前写过一本小说，里面的男主角就是高颜值、高智商的凶手，我觉得你长得和我写的那个男主角很像欸！"

傅晋寒："……"

小姑娘眼里洋溢着细碎的光，傅晋寒看得出来那是因为激动和兴奋——统称猎奇心理。

他皮笑肉不笑地说："我是不是应该谢谢你觉得我像个凶手？"

姜安连忙摆手："那倒不用。"

姜安大概也觉得这不是一个能让人开心的夸赞，她清了清嗓子继续刚才的话题："你不觉得媒体好像每次都能刚好赶到现场吗？这次要不是因为大众舆论影响，调查组不一定会来南城，那陈斯礼的案子就没那么好查。"

傅晋寒捻了捻烟头："你是说有人在背后操纵？"

姜安耸耸肩："起码目前看起来确实是这样，我比较好奇的一点是，张开、修理厂老板、代驾，这群毫不相干的人怎么会这么凑巧地为齐昌义提供作案条件？如果背后有人操控，那这些人究竟和幕后的那个人是什么关系？"

这个问题暂时没有解释，姜安始终想不通这些人之间的关联。

老板娘端着一盘烧烤放在桌子上，笑着说："要啤酒吗？"

傅晋寒说："今晚不喝酒。"

老板娘看了一眼他对面坐着的女孩，大眼睛，翘鼻，长得很好看，和傅大队长怪般配的，她眼底笑容更盛："这还是他第一次带女孩来吃饭呢。"

"啊？"姜安看起来呆呆的。

傅晋寒掸了掸烟灰，眼尾透着笑意："婶，那边有人叫你。"

老板娘一回头，果然有客人叫她，她着急忙慌地"哎"了一声，招呼起另外一桌了。

姜安看着老板娘走远，回过头问："你没有交过女朋友吗？"

傅晋寒扬起眉梢，严重怀疑这姑娘是真呆还是假呆，模样看着呆萌，怎么说话做事这么直白？他拿起一串烤翅递给她："陈斯礼在审讯室跟你说了什么？"

姜安眼睛一下子变得黯淡，伸手接过烤翅："他跟我说了一个人。"

傅晋寒隐隐感觉到一丝不同寻常，像是知道答案一样："王中天吗？"

姜安诧异地抬眸："你怎么知道？"

王中天就是市局的老油条，傅晋寒这两年跟他打过不少交道，也暗自调查过一段时间，想要找到王中天违纪的证据，只可惜南城这张关系网织得太密，他一个外来人很难找到这张网的漏洞。

傅晋寒勾唇冷笑："王中天以为自己在南城能一手遮天，这几年去哪儿派头都大得很，他会和荆西别墅园区聚众卖淫案有关一点都不奇怪。钱权勾结在哪儿都不新鲜，陈家能明目张胆地做这些事，只能说明他们背后有人。南城就这么大点地方，这个人是谁太容易猜了。"

姜安咬了口鸡翅，外焦里嫩，烤得很香。她只来这里吃过一次，觉得味道不错，就带着傅晋寒来了，没想到他是这里的常客。

等把嘴里的肉咽下去，姜安才说话："陈斯礼和齐昌义把罪责都揽下了，口径统一，就连应朝也是，这几个人显然都不想让这件事牵扯到背后的利益，这案子呀，还有的查。"

傅晋寒嘴角扬起一抹轻蔑的笑："那就要看陈富舍不舍得真让他这个宝贝儿子蹲监狱了。"

姜安回想起陈富在记者招待会上痛哭反省自己不配当父亲的一幕，觉得有点滑稽，忍不住笑出声："表面戏做得越足，背后的动作就越大，提防着点呗。"

傅晋寒倒了杯饮料，喉结滑动，跟喝酒似的一口闷完："关了录像的四十分钟，你对陈斯礼做了什么？"

姜安拿烤蘑菇的动作一顿，心里咯噔了下："没……没什么啊，也就是给他催个眠而已……"她说话的声音越来越小，但傅晋寒天生耳力惊人，姜安的话一字不漏地传到他耳朵里。

傅晋寒往后一靠眯起双眼，明明还是之前那副漫不经心的姿态，但气势却截然不同，压迫感十足："在审讯室催眠，你知道这是违反规定的吗？"

姜安莫名心虚，她没打算告诉傅晋寒这事，前提是他不问，问了她只能说实话，因为她不擅长说谎。她眼神躲避，转过头去："我不是警察，不用遵守那些死规矩。"

傅晋寒目光冷冽："姜安，我们做每一件事都要在合法的前提下，不要以为自己是天才，就可以胡作非为。"

姜安手指紧了紧，耳垂微红，她知道这样做不对，但想要撬开陈斯礼的嘴，这是最快的办法。

只要知道答案，过程他们可以慢慢补上。

沉默半响，她才低声说："我知道了，下次不会了。"

"还有下次？"傅晋寒沉着脸，看起来很唬人，"再有下次你就可以离开南城公安局了。"

姜安觉得嘴里的烤蘑菇忽然就不香了。

两个人对坐无言，各自吃着手里的烤串。傅晋寒见她只吃鸡翅和蘑菇，便把面前那盘没动的鸡翅和蘑菇跟她那盘换了位置："怎么催眠的？"

姜安刚被训完，不是很想说话，咬着蘑菇不吭声。

傅晋寒道："说话。"

姜安不情不愿地开口："用眼睛。"催眠可以借助外力，也可以做一些心理暗示，当然也能用眼睛。

傅晋寒倒是听过这一类的催眠，但他对这种东西并不感兴趣，刚刚也只是一刹那的好奇心，没有再问下去。

姜安摘下鸭舌帽："陈斯礼小时候被绑架过一次，是陈斯仪救他出来的，正因为那样，陈富才肯把陈斯仪接回陈家养。陈富对陈斯礼这个儿子看得比陈斯仪重多了，他不会让陈斯礼坐牢的。陈斯仪今天说的那些不一定是陈富交代的，或许只是想击溃陈斯礼的心理防线。"

　　陈斯礼说了很多小时候的事，这些事是他内心极其害怕的东西，在他陷入小时候的令他感到强烈不安的记忆中时，姜安给他做了心理暗示。

　　陈斯礼在那起绑架案中提到了王中天，王中天正是负责那起绑架案的警员，那时候他还不是王局，只是派出所的一个小民警。

　　王中天和陈富私交匪浅，从陈斯礼恐惧不安时脱口而出的"王叔救我"就能看出来。陈斯礼太依赖王中天了，每一次犯事都有陈富给他兜底，王中天从中调和、帮他善后，他以为这次也一样，但是他不知道调查组的到来让王中天不敢再轻举妄动。

- 22 -

　　天色渐暗，街上的人却不见少，烧烤摊的客人越来越多。炎炎夏日，有三五好友聚在一起喝着酒，聊着家长里短，也有喝多了的年轻人聊起最近闹得沸沸扬扬的凶杀案和卖淫案，痛骂警方的无能和官商勾结。

　　那人越说越激动，旁边的人拉了他一把，交代他别乱说话，小心被人听到。年轻人的酒意被风吹散，清醒了不少，几人识趣地换了话题。

　　姜安吃完了，重新戴上鸭舌帽："我记得你说下周雨季就过了，天要转晴了是吧？"

　　傅晋寒眸色幽深，很淡地应了声："信我吗？"

　　姜安没有犹豫，露出甜甜的笑容："信。"

　　天上乌云集结，眼看着又是风雨欲来的架势，两人没继续在外面停留，傅晋寒把姜安送回家后就回了自己的那套公寓。

　　翌日一早。

　　"胡闹！"张局手往桌子上一拍，震出好大一声响，"简直胡闹！用催眠让犯罪嫌疑人开口，谁教你们这么做的？谁给你们权力这么做的？"

　　傅晋寒刚到市局就被张成叫到办公室，他关门的手一顿，转过身："张叔。"

　　傅晋寒叫得特别诚恳，不像之前一板一眼地叫"张局"，在张成听来，这就是打感情牌呢，想要他把这茬给放过去。

　　张成说："别套近乎！"

傅晋寒走到桌子前边，站得笔直，倒真像是来认错的："这次是我的问题，我愿意接受处分。"

张成气道："你的问题？这么急着把事情揽下来，是怕我去找那小丫头的麻烦？"

傅晋寒笑了笑："哪儿能呢，只不过她进去是我允许的，她现在也算是跟着我做事，出了问题我这个当队长的应该担着。"

"你担个屁！"张成平日里笑嘻嘻的，看起来很和蔼，生起气来眼神锋利得跟刀子一样，"调查组就在市局，你们在他们眼皮底下违规审讯嫌疑人，问起责来你拿什么担着，停职回家在床上睡一两个月？"

傅晋寒咂嘴："没这么严重吧。"

张成见他这模样气不打一处来，一拍桌子，声如洪钟："这事要不是我今天一早拦下来，你这会儿都已经被停职处分了！什么叫严重，真让你滚回家才叫严重吗？"

傅晋寒正了脸色，语气正经起来："这次麻烦您了，我保证以后不会再发生这种事。"

张成见他态度诚恳，气总算消了点，冷哼一声："问出什么来了？"

傅晋寒眉眼微凝，把王中天的事和张成说了。

张成听完，面色凝重，调查组这次来还有另外一个目的——查王中天。

一个月前有人写信举报王中天中饱私囊、行贿受贿、官商勾结。信中把王中天的罪状一条条列了出来，非常详细。这封信被匿名投到他这儿，他立刻就和上面汇报，这段时间也一直暗中调查王中天，刚稍有眉目就发生了环城小区凶杀案，查王中天的事便耽搁了下来。

张成沉默一会儿说："这事我会上报，这几天王中天那儿你找人盯着。"

傅晋寒应道："嗯。"

从张局办公室出来，傅晋寒原本打算去一趟痕检科，却在楼梯口碰到了姜安。姜安穿着一身黑，连头上戴的帽子都是黑色的，低着头蹲在墙角玩手指。

傅晋寒眉梢抬了抬，轻轻踢了下她："堵在这儿做什么？"

姜安闻声赶忙抬头，那双透亮的眼睛和男人的眼神撞上，她扶着墙起身，声音略低："张局没说什么吧？"

傅晋寒双手插在兜里，瞧见姜安忐忑心虚的眼神，那句"没事"卡在喉咙里，他咬了咬舌尖，低声说："记过处分，搞不好还要停职。"

"什么？"姜安顿时皱眉，"为什么会停职？之前我在 A 市——"

傅晋寒打断她："姜安，这里是南城。"

姜安沉默片刻后五官拧成一团，像是自暴自弃一般："对不起，我不知道这事会这么严重,我去和张局说,是我私自审讯,和你们没关系。"

姜安说完绕过傅晋寒往前走,傅晋寒在她身后懒洋洋地说:"逗你玩的。"

姜安身形一顿,她回头看向傅晋寒:"所以没停职?"

"嗯。"

"也没记过处分?"

"嗯。"

其实处分了,只是这么点处分对傅晋寒来说无关痛痒罢了。

姜安松了口气的同时又觉得傅晋寒这人有点毛病,停职这种事也是可以拿来开玩笑的吗?害她自责了一早上。不过总的来说没事就好,要是傅晋寒真被停职了,她良心上也过不去。经过这一遭,姜安往后是不敢再乱来了。

今天的雨又下了一天,直到下午都没停,姜安坐在傅晋寒的位子上看着窗外的麻雀发呆,高大粗壮的树上长着密密麻麻的叶子,形成了一个天然的避难所。

姜安忍不住想,这小麻雀不会被雷劈死吗?

不过这个问题她没有想太久,因为下班时间到了。

姜安收拾东西起身,直到出了市局都没看到傅晋寒的影子,准确来说,是从早上碰面之后就没看到过他了,她猜应该是张局跟他说了什么,或许是去查别的事了,比如王中天。

两天后,陈斯礼忽然翻供,谁都没想到会出现这样的情况。

- 23 -

刑侦办里,傅晋寒一张脸冷得跟冰块似的,像是谁欠了他八百万。包子和杨乐坐在旁边一脸严肃,几个人的情绪看起来都不太好。

姜安一进门就觉得气压很低,大热天的浑身发冷:"你们今天这么闲?"

空气有一瞬间的凝滞,杨乐缓慢地说道:"陈斯礼今早翻供了。"

姜安手扶门框的动作一顿:"翻供?"

杨乐推了推眼镜:"嗯,说那天是因为太害怕了才承认自己犯罪,自己只是参与,并不知情,以为那些女大学生都是兄弟的女朋友,关键是,应朝和齐昌义也帮陈斯礼撇清了关系。"

姜安眼皮跳了跳,觉得这案子真是一波三折:"齐昌义杀人都敢嫁祸给陈斯礼,这时候帮他脱罪?他疯了吗?!"

包子气得头发都竖起来了:"他们真是把公安局当成他们家了,想说什么就说什么，想翻供就翻供。陈斯礼还说我们诱供，简直就是在胡说八道！"

姜安咽了咽口水，面色有些不自然。

傅晋寒的眼神从她身上扫过，淡淡开口："审讯室审讯全程有监控录像，检察院那边会鉴别。陈斯礼为什么会突然翻供，这才是重点。"

姜安规规矩矩地坐下来，轻声问："这两天还有谁进过审讯室？"

傅晋寒说："张局和王中天。"

姜安立即道："那会不会是王中天……"话到嘴边又被她咽下，王中天的事除了她和傅晋寒，这里没有第三个人知道，如今调查王中天是暗中进行的，包子和杨乐知道得越少越好。

傅晋寒说："我看过审讯室的监控，他和张局一起去过一次，但没什么异常。"

姜安慢悠悠地吐出一口气，靠着椅子仰头看着天花板，陈斯礼突然翻供一定是收到了什么信息，不然以他的脑子是绝对想不到翻供的。

她坐直，说道："他翻供就翻供吧，既然敢翻供说明后面有人打算保他，咱们兵来将挡水来土掩就行了。"

包子瞠目结舌："姜安，你怎么和老大说的话一模一样啊！"

姜安："……"

傅晋寒剑眉一挑，抬手拍了包子一巴掌："就你话多。"

包子抱着头做假哭状，办公室的气氛一时轻松不少。

傅晋寒站起身："行了，散会。"

外面阴云密布，透过市局的窗户往外看，黑压压的一片，这雨要下不下的，弄得人心浮气躁。陈斯礼翻供这事在局里激起了一阵不小的波澜，审讯时的监控被一并移交给检察院，结果如何还要等检察院那边的通知。

傅晋寒今天又不在局里，早上开完会之后就不见了踪影，包子和老李也都瞧不见，整个刑侦办就杨乐和姜安两个人。

姜安点开自己写小说的连载网站，评论区很多读者留言催更，微信上更是收到李木然的连环轰炸。这几天她有意避着李木然，实在是怕他又催自己。李湛这案子没完，她的小说这时候发出去必然引起舆论，下册的内容起码要等这案子平息之后才能在网站上。但李木然显然不这么想，他在电话里各种套路都用上了，连骗带哄外加威逼利诱，说了好半天都劝不动姜安后急了："姜安，你就是个榆木脑袋！我说了这么多你是一个字都没听进去，你就听我的，趁着现在这起案件热度高，咱直接把小说下册一次性发表出去，到时候肯定大卖！"

姜安能理解李木然的商业思维，但她不能苟同："我们这时候出书，是给警方找麻烦，现在局里已经够乱的了。"

李木然说:"你是个作家,不是警察。"

姜安慢吞吞地"哦"了声:"忘了告诉你了,我现在是警方聘请的犯罪心理顾问。"

李木然沉默了片刻,语气有些天真的愚蠢:"犯罪心理顾问?你在诓我呢吧?"

姜安一本正经地回答:"没有,是真的,批示文件下周应该就到了。"

李木然:"……"

这次他沉默了足足一分钟:"你一个写小说的去做什么犯罪顾问?现在都流行跨职业了吗?"

姜安没解释,只是说:"小说的事推一推,等这案子过去吧。"

李木然见她这么坚持,便没再多说,只说和出版社是签了合同的,自己最多再帮她顶一阵子。

姜安道了声谢后就挂了电话,想了想又极不情愿地拨出另外一个电话。那边接得非常慢,等姜安打了第二个,对面才不慌不忙地接起来。

"哟,太阳打西边出来了,你居然会主动给我打电话?"

从小到大,姜安都觉得姜浅的语气很欠揍。

姜安后悔打这个电话了,现在挂也不是,不挂也不是。还没等她开口说话,姜浅的声音再度响起:"说吧,我亲爱的妹妹,有什么事需要求我啊?"

姜安默了默,说:"……能好好说话吗?"

姜浅"啧"了声。

姜安在电话里听到很大的风声,姜浅的声音夹在风声里,有种磨砂感,姜安问:"你回 A 市了?"

姜浅正在开车,闻言望了一眼车窗外沿途的风景,心情愉悦地深吸了一口新鲜空气:"没啊,请了假,来云城这边玩了,估计下个月再回 A 市复职。"

姜安顿了顿,没说话。

姜浅和姜安虽然彼此不对付,但对彼此非常了解。两人从小吵到大,一见面就掐架,互相看不惯,这次姜安难得这么安静,姜浅挑了挑眉梢:"到底什么事?"

姜安握着电话的指尖紧了紧:"我听张局说了,环城小区的案子你一直有关注,所以我想问问你对这起案件有什么看法?"

姜浅单手握着方向盘,姿势潇洒帅气,听到姜安的话后红唇轻勾:"你是想问我关于陈家的事吧?"

姜安被戳中心思,没有一点尴尬,坦然地说:"你不是喜欢和权贵来往吗?而且最爱八卦,这点豪门秘事我觉得你应该挺清楚的。"

姜浅笑问:"这就是你求人的态度?"

姜安立刻回道："我求你。"

姜浅被姜安这么理直气壮的求人方式弄得哑口无言，半晌她才哼道："我来南城才多久，陈家的事我知道得不多，不过我倒是听过一些关于陈斯仪的八卦。"

- 24 -

听筒里风声呼呼，姜浅的声音和风声一道传到姜安的耳朵里，她握紧电话目无焦距地盯着前方，许久才回过神，低头看了一眼电话，姜浅已经把电话挂了。姜安像是才反应过来一般，脑海里闪过很多画面，之前所有的疑问似乎被一根绳串联在了一起，她撑着桌角的手指微微颤抖。片刻后，她唰的一下站起来，动作很大，吸引了杨乐的注意。

他好奇道："姜顾问，你怎么了？"

姜安神情紧绷，走得很急，声音有些轻微地颤抖："快！去查何丽、张开、代驾，还有那个修车厂老板有没有什么直系亲戚死亡或者失踪的！"

杨乐虽然不解，但见她表情着急，忙起身跟上："怎么了？为什么要查这个？"

姜安来不及解释："我先去一趟档案室，你给傅队打个电话，通知他回一趟市局。"

杨乐加快了步伐："我跟你一起去吧。"

两人一道去了档案室，档案室的同事很快调出了这些人的户籍打印出来交给姜安，姜安匆匆说了声"谢谢"就和杨乐又一起回了刑侦办。

傅晋寒原本就在回市局的路上，接到杨乐打来的电话，提了一点车速，半小时后和包子、老李一起回了局里。

几人在外面出了一天任务，回来时满身大汗，傅晋寒的黑色上衣被汗液浸湿，露出轮廓分明的腹肌。姜安的目光轻飘飘地从他身上扫过，把手里的文件递给他："看看吧。"

傅晋抬眸看了一眼姜安，低下头翻阅手上的文件。包子和老李站在他后面一左一右探着头看。

文件里是多份个人档案。

张心，19岁，先锋村人，就读于南城大学，三年前自杀身亡。

凌苗苗，21岁，凌家村人，毕业于南城技术学院，六年前失踪。

何云，20岁，寿元人，高中辍学，在一家发廊当洗头小妹，十四年前离奇死亡。

孟晓雨，19岁，滨城人，就读于南城大学，半年前失踪。

赵若楠，22岁，海城人，文化程度低，在一家KTV坐台，二十五年前去世。

姜安神情凝重："张心，是张开的妹妹。凌苗苗，是修车厂老板的女儿。何云，是何丽的妹妹。孟晓雨，是代驾的女儿。文件上的这些人不是失踪就是死亡，而且都和本案的相关人员有亲属关系。"

她的话像是一记重锤，重重地砸在每个人的心脏上。

办公室太安静了，落针可闻。傅晋寒修长的手指停在最后一页上："她是谁？"

姜安看向旧照片上笑靥如花的女人，低声道："赵若楠，陈斯仪的生母。"

"什么?!"包子瞪大了眼睛，受到的惊吓不轻，"陈富那个儿子？那她岂不是陈富的老婆？"

傅晋寒缓慢地合上文件："二十五年前……"

"二十五年前。"姜安重复，"我查了资料，二十五年前正是陈富和现任妻子结婚的时间。如果我没有猜错的话，陈家这起卖淫案或许早在二十五年前就已经开始了。"

二十五年，是个太久远的数字，无论如何都很难和现在这一群人联系起来。

老李眼角的皱纹拧到了一起："可是李湛是齐昌义杀死的，齐昌义二十五年前不是还在读书吗？他的关系网我们查过，没有任何疑点。"

傅晋寒淡淡说道："齐昌义只是一枚棋子。"

姜安说："我还需要验证一件事。"

傅晋寒低眸看了她一眼，两人的想法在这一刻再度重合，不需要言语，只用一个眼神便能知道对方想要说什么，这是一种奇怪的默契。

傅晋寒低低地说了一声："去医院。"

姜安应了声："好。"

第一人民医院是南城最有名的医院，人们大病小病都喜欢往这里赶，所以医院大堂和走廊的位置上坐满了人。姜安小步跟在傅晋寒身后，她不常来医院，因为这个地方总是给她一种凄凉和无奈的感觉。

是生命的凄凉和无奈。

两人乘坐电梯上到12层，电梯门还未打开，不远处就已经传来阵阵哭声，姜安看了一眼，有人蹲在走廊上拿着检验单放声大哭，哭得撕心裂肺。

姜安看着那人有些晃神，三年前也有人在她面前这么哭过……

"发什么呆？"傅晋寒回头问。

姜安收回视线，嘴角扯了扯，转移话题："到了吗？"

傅晋寒眼神深邃："嗯。"

她不想说，他也没有多问。

因为提前通知过，医生早在办公室里等待，他上午会诊，下午这会儿没什么事，原本待在宿舍，接到警方通知就临时赶了过来。

办公室陈设非常简单，空间不大，就一张办公桌和几把座椅。姜安不客气地坐下，顺道拉了一下傅晋寒的胳膊，让他也坐。

傅晋寒眉梢微扬，没坐。

姜安撇撇嘴，捻了捻手指，心道：真硬。

医生把病历本递给他们："这是你们要的东西，还有什么需要我帮忙的吗？"

傅晋寒低头翻着病历："需要的话再找你，这份病历本我们先拿走了，有劳。"

医生忙说不客气，配合警方调查是他们身为公民的责任。

两个人速战速决，拿到病历本就离开了医院。

车上，姜安专注地研究着病历本，傅晋寒坐在驾驶位上侧头看她："安全带。"

他的声音有些痞气，偏又低沉入耳，听得姜安耳根发麻，鲜少有人知道姜安骨子里是个声音控。

姜安动作小心地把病历本搁在腿上，小腿并拢在一起，细长的手够了够安全带，慢吞吞地系好。

傅晋寒手搭在方向盘上，好整以暇地盯着她看。姜安被看得不太自在，忍不住说："我脸上有东西吗？"

傅晋寒薄唇轻勾："有。"

姜安吓了一跳，连忙摸脸："有什么？是哪里脏了吗？"

傅晋寒轻哂了声，发动了车子，吉普车发动机的声音很大，盖过了姜安的连声询问，直到傅晋寒把车窗摇上来，姜安还在追问。他长臂一伸，把她头顶上方自带的镜子扒拉下来，慢条斯理地说："自己找。"

姜安当真地认真找了起来，她对着镜子照了半天什么都没找到，终于意识到这人又是在逗她玩。她气得腮帮子微微鼓起，看上去像只河豚："你又诓我。"

傅晋寒眼角微微上扬，车身随着轰鸣声扬长而去。

- 25 -

何丽第三次来市局竟有些轻车熟路的感觉，她跟在一名小警察后面匀步往前走，脸上满是岁月的痕迹，或许是知道自己这次来是因为什么，她脸上没有前两次来时那种忐忑不安，面色平静。

审讯室里凉飕飕的，何丽拢了拢胳膊坐下来，看向对面的傅晋寒和姜安，笑了笑："这么快又见面了。"

姜安双手搭在桌上，也朝她笑笑："是啊，又见面了。"

傅晋寒懒得客套，单刀直入地问："上个月28日晚你到底去了哪里，做了什么？"

何丽的眼睛里一片死寂，像是没有感情的木偶："之前不是都交代过了吗？在家里，哪儿都没去。"

很多犯罪的人即便知道警方已经掌握了足够多的证据但还是抱有一线希望，绝不开口承认犯下的罪行，何丽也不例外。但她和那些人不一样的是，她不想逃脱惩罚，她只是觉得还没有到全盘交代的时候。

傅晋寒眼神冷淡，似乎早就知道对方会这么说："何云是你什么人？"

何丽瞳孔骤缩，猛地抬眼，这变化只是一瞬间，她很快又恢复平静，眼睛又低垂下去："我妹妹。"

傅晋寒并不给她逃避的机会："何云，20岁，十四年前去世，家属曾经报案。我们查过你妹妹当时的尸检报告，她身上多处虐待伤，致死原因是药物注射过量。当时你父母在市局门口拉横幅要求警方彻查真相，但在一周后却忽然带着你妹妹的尸体回了老家，再也没追究过你妹妹死亡的真相，对吗？"

何丽把手放下去按在大腿上，慢慢抬头："我当时在上大学，回来的时候我妈已经把我妹妹下葬了，我连她最后一面都没看到，知道的还没你们警察知道的多呢。"

啪的一下，有东西砸在地上，姜安不好意思地说："抱歉，我笔掉了。"她边说边弯腰去捡，目光不经意地从何丽藏在桌下的两条腿上扫过，诧异地说："你怎么在发抖？"

何丽双手按得更加用力，她勉强扯出一丝笑："任凭谁待在这个地方都会紧张吧？"

姜安点点头，钢笔在指尖旋转："可是你在诉说一件对自己有严重阴影的事时，表情害怕，身体反应却很正常，和现在截然相反。"

何丽从进来之后维持的平静被撕碎，她将手抽出来放在桌子边缘，双拳握得很紧："你到底想问什么？"

姜安说："李湛没有家暴你，对吧？"

何丽顿时皱起眉："你们这是什么意思？难道我会用医院的证明撒谎吗？"

姜安把病历本推过去："你每年的4月都会去医院验一次伤，可是你不觉得奇怪吗？你口中的李湛是喝醉了就会家暴的酒鬼，一个酒鬼怎么会每次都在固定的时间点打人呢？你计划得很完美，每年都会去一趟医院做伤情鉴定，但是这些从来都没有李湛的签字，每一次都是你独自一人去的医院。你说他打完你就后悔，每次都愧疚到给你买礼物当作补偿，但他这十几年来却一次都没陪你去过医院，是他不想，还是他根本就不知情呢？"

何丽面色紧了紧没有说话。

"你是大学生，会弹钢琴，还有洁癖，你这样的人怎么会选择李湛那样粗鲁、不讲究、喝酒、抽烟，在社会上鬼混，一到夏天就满身大汗，散发着酸臭味的人当老公呢？我想你一点都不爱他，嫁给他只不过是因为他是齐昌义身边的人，他负责接送那群女学生。"姜安黑亮的眼睛盯着何丽，"我想知道，这场复仇你计划了多久？"

何丽把指尖捏得泛白，死死地盯着姜安。

姜安轻声说："两年？三年？或许更早的十四年前？"

"之前我就觉得奇怪，为什么在杀死李湛的过程里有这么多人如此凑巧地给凶手提供了作案工具，而这些人和齐昌义一点关系都没有。后来我查了你们所有的家属关系，何云、张心、凌苗苗、孟晓雨，这些人你应该认识——"姜安说，"不，你应该知道她们吧？"

何丽的伪装被彻底揭开，她沉默半晌后笑了下，笑容有些苦涩："没想到你们连她们都查到了。"

姜安问："你和你妹妹关系很好吗？"

"她很乖，也很可爱，知道家里穷就辍学来我上大学的城市打工赚钱给我凑学费，我平常的生活费也是她每天给人洗头发赚来的。"何丽眼里的苦涩逐渐变成愤恨，"可是她却被一群人渣害死了！他们骗她喝酒却在酒里下药，为什么要下那么多的药！"

何丽说到这里似乎很痛苦，她捂住眼睛，肩膀耸动，陷入折磨了她十几年的不堪的回忆中。

姜安从口袋里拿出一包餐巾纸递给何丽，何丽缓了很久才平复情绪："谢谢。"

她深吸一口气，像是在自说自话："陈家在很多年前就提供女人给那些有钱有势的人玩乐换取利益，最开始的联络人是一位姓赵的，好像叫赵若楠。那时候陈富刚刚起家，他借钱开了一家KTV，名义上是KTV，实际上就是个风月场，赵若楠就是里面的坐台小姐，也是陈富的情人。

"陈富去洗头发的时候看上了我妹妹，让齐昌义想办法把人弄去他的KTV，我妹妹那时候什么都不懂，齐昌义总是去洗头，一来二去成了她的熟客，之后齐昌义就让她辞掉发廊的工作，去他那边干。"

何丽说到这里，眼角泛红，再度啜泣起来。当年何云给她打电话询问她的意见，她觉得发廊里动手动脚的老男人太多，加上工作不体面，KTV听上去就高档很多，所以赞成何云去那儿上班。

如果她当初没有答应，何云或许就不会惨死。这件事成了何丽十多年来心口拔不出的刺，在午夜梦回时，总是扎得她痛不欲生。何丽一直悔不当初，恨不得当年死的那个人是自己。

何丽情绪很不稳定，不断啜泣，姜安替她说了下去："何云在里面被迫变成了陪酒小妹，他们逼她喝酒，她不愿意，他们就在酒里下药，逼着她同意。后来某一次的药量下多了，何云……不幸地离开了这个世界。"

何丽的眼神既悲愤又凄凉，声音颤抖："是！他们为什么要下那么多药？害了人清白还不够，还要害人性命！我妹妹才20岁啊，一个女孩最美的年纪就这么死了，更可恶的是他们把她扔在了马路边，那是冬天啊，外面零下十几摄氏度，连一件裹体的衣物都没有，她得多冷？"

何丽鼻尖酸涩，大声骂道："所以这群人渣都该死！陈富该死，陈家的人该死，齐昌义、李湛，他们每个人都该死！"

傅晋寒沉声说："当时在她体内应该可以提取到DNA，为什么后来撤销报案？"

"因为他们给了我父母一大笔钱，是我父母这样只靠农田讨生活的人一辈子从没见过的数目。"何丽哭着哭着又笑了，喃喃地说，"太多了，多到让亲生父母放弃自己的孩子。"

何丽痛哭了一场，交代了所有的罪行，她花了十几年的时间去调查陈家，为了替妹妹报仇，她接近李湛，和他结婚，用他当跳板靠近齐昌义和陈斯礼，在何云死后，何丽走的每一步都在她的计划当中，她不敢有一丝懈怠。

婚后李湛对她其实并不差，但她从未拿他当丈夫看待过，在她眼里，李湛是施暴者，是罪犯，是害死她妹妹的真凶之一，和他在一起的每一天都令她觉得无比恶心！

何丽像是如释重负一般，如今坏人得到了应有的惩罚，她背负了十几年的愧疚、自责，以及仇恨，终于能够睡一个好觉了。

刑侦办里，杨乐做着总结汇报。

"案发当天，齐昌义提前从会所出来蹲点，在氾河路路口和代驾换人，车辆在 8 点 05 分进入小区，之后齐昌义从环城小区翻墙而出，提前埋伏在健身房到和李湛约好的相见地点的必经之路上，那段路没有监控，齐昌义戴上手套将李湛用高尔夫球杆打晕，之后把李湛转移到废弃厂房进行分尸。齐昌义穿上张开提前放在车里的防护服模仿小说的犯罪手法处理了尸体，之后把现场处理干净。

"另一个抛尸地点是死者居住的小区，因为小区内没有监控，何丽下来协助抛尸，她泄愤似的用刀刺了死者躯干十八次。两人合作抛尸后齐昌义离开现场，何丽回家。凌晨 4 点，监控拍到陈斯礼开车从小区出去，早上 8 点，何丽出小区。"

这是一场横跨二十多年的犯罪计划，一群受害者为了让死去的亡魂安息，不惜牺牲自己的自由和生命。

"车钥匙是修理厂老板故意丢在那里让齐昌义去偷的，修理厂老板也是故意第三天才报警说车丢了，时间、地点、作案工具，一起杀人案件居然牵连了这么多人。"包子怅然道，即便真相大白，他依旧觉得恍惚，大概是这起案件背后的真相更加令人心底发寒。

老李沉默着，一言不发。他不知道应该怎么评判这起案件，大家都是受害者，又都是施暴者，利用和被利用之间，没有人是无辜的。

夏日的热风从窗外灌进来，吹得人心里烦躁。包子抹了一把脸上的汗，叹了口气："你说他们这不是傻吗，明明可以报案，我们也可以去查的，为什么要用这么极端的方式？"

杨乐推了推眼镜，说出残忍的事实："他们都报过案。"

"什么？"

杨乐重复："他们事发后都报过警，但都被王局压下来了，我查了以前的档案记录，这些受害者撤销报案的文件上都有王局的签字。"

一时间没人说话。

包子终于忍不住爆了粗口，在他心里"警察"两个字何其重，这两个字代表的不仅仅是他们这群穿着警服的人，更是正义，是法律，是信仰，然而总有一些老鼠屎去坏了这一锅好粥！

姜安倒了杯水端给包子："喝点凉的降降火气。"

包子接过来一口喝完，还是觉得心里气得慌："我要去和张局打报告，王中天这样的人不能继续留在南城祸害人了，必须彻查！老大，你觉得呢？"

大家的视线都聚在了傅晋寒身上，他漫不经心地掀开眼皮，嗤笑道："等你去打报告，王中天早携款跑人了。"

包子龇牙抗议，办公室的气氛终于活跃了些。

傅晋寒将这起案件的陈述报告上交给调查组，引起了他们极大的重视，张局那边掌握了不少王中天之前犯罪的证据，加上二十五年前的事浮出水面，上面严令必须彻查此案，多年真相终于即将迎来大白的时刻。

王中天和其女婿被双规，陈家资金被法院冻结，株安有限公司所有与此案相关的人员全部落网，其中包括陈富，和陈富准备用来为陈斯礼脱罪的那名替死鬼——陈斯仪。

陈斯仪西装笔挺，穿着考究，即便坐在阴森的审讯室里，也能言笑晏晏、斯文有礼。

经过警方调查，他和这起案件并没有关系，他既没有参与性贿赂，也没有像陈斯礼那样乱七八糟的私生活，带他来公安局只是例行审问，回答完警方的问题后就能离开。

陈斯仪看向对面的两人，笑道："给你们讲个故事吧。"

说完也不管对方愿不愿意听，陈斯仪就开始自顾自地讲述，他的声音很清冽，和那些电台节目里的主持人有几分相似。

"女孩怀揣梦想来到大城市想要靠自己闯出一番天地，在这里她碰到了一生挚爱，为了他心甘情愿卖身，帮他寻找其他和她一样无辜的女孩做牺牲品。渐渐地，男人的事业越做越大，看上了有钱人家的小姐，开始嫌弃她，所以他要除掉这个知道他一切罪行的女人。"

陈斯仪整了整衣摆："可是怎么才能杀掉她又不被人发现呢？他想了很久，决定制造一个遭遇车祸意外身亡的假象。他做得很成功，当年没人查到他头上，但是女人还为他生了一个孩子，他就要结婚了，怎么能被别人发现自己有孩子呢！于是，他又找人把孩子扔到了福利院，再也没有管过孩子。"

"后来他另一个儿子被绑架，罪犯正好是被送进孤儿院的那个孩子的养父，那个孩子救了这个富家少爷，他也知道了救他这个儿子的孩子是他曾经的老相好生的孩子，时隔十多年居然见到了自己流落在外的私生子，你们说他会怎么做？"陈斯仪依旧温和地笑着，甚至还有心情调侃。

姜安低声说："勉为其难把他带回家养着，日后自己骄纵跋扈的儿子犯了事就有替罪羊了。"

陈斯仪的表情瞬间崩裂，他大笑出声："名震A市的天才少女果然不是浪得虚名，你确实很聪明。"

姜安听着陈斯仪夸张的笑声，忽然觉得隐藏在这副精致皮囊之下的灵魂有些可怜。

同样都是陈富的孩子，有人住高楼，有人在深沟；有人光万丈，有人一身锈。

姜安看着陈斯仪，问："你选择做律师是为了调查你母亲当年死亡的真相吗？"

陈斯仪眼神诧异，继而坦然承认："是。"

姜安问："市局的举报信是你递的吗？"

陈斯仪点头："是。"

傅晋寒皱眉道："何丽他们呢？"

陈斯仪轻声开口："他们跟我没关系，我只是想报复陈富，可没打算教唆杀人。"说完他又笑笑："我这应该算是为警方做好事了吧？帮你们除了社会的渣滓、毒瘤，不给我颁发个优秀市民奖什么的？"

陈斯仪淡淡地说着，仿佛陈家落网和他毫无关系，言语之间对陈富没有仇恨和愤怒，只有对陌生人的凉薄。

傅晋寒目光冷冽："你说何丽跟你没什么关系，那这是什么？"

陈斯仪看向傅晋寒递过来的东西，是那把在李湛死后插入其尸体的刀。陈斯仪眉宇间的那抹淡然立即消失，他眯起眼，上挑的眼睛显得刻薄："你给我看这个做什么？"

傅晋寒神色冷淡："这是何丽从家里带出来插进李湛尸体的那把刀，做工精致，一把两万块，还是纪念款，总共只生产了十把，其中一把刀的买主就是你。"

陈斯仪扯唇："你也说了一共十个人。"

傅晋寒环抱双臂，冷嗤道："是吗？那我想欣赏一下陈先生的那把刀。"

陈斯仪沉默两秒，随即身体后仰，淡笑道："送一把刀而已，不能送吗？按照你们的说法，卖刀的也有罪了。"

这个问题的答案没太大意义，像陈斯仪说的一样，他只是送出去一把刀，只是无意之间表现出对何丽感兴趣，让他那个一贯喜欢跟他作对的弟弟注意到何丽。至于后面事态的发展，和他没有关系。

南城连续下了一个多月的雨终于停了。雨季一过，和天气预报说的一样，接下来好几天都晴空万里，乌云彻底消散。

姜安闭着眼睛躺在摇椅上享受阳光的洗礼，离环城小区凶杀案告破和陈家落网已经过去将近一周，案件正在有序地进行中，该抓的一个都跑不了，可她的心里总是有种怅然若失的感觉。

她不知道怎么形容这种感觉，大概就是拨开了一团迷雾，但眼睛好像还是看不清路。

究竟是哪里不对？

姜安在摇椅上躺了很久，一阵风刮过，她骤然从椅子上坐起来，给傅晋寒打了个电话:"我要去见李幼微。"

- 27 -

小区门口,姜安老远就瞧见男人懒散地靠在车上,一条腿微微屈起,嘴里叼着一支烟,脱下警服的他浑身都是痞气。怕人等急,她小步跑起来,到了男人面前小口喘着气。

傅晋寒散漫地看她一眼,小姑娘的眼睛似乎永远都很亮,神采奕奕。他用手掐灭烟头,问:"找李幼微做什么?"

外面实在太热,姜安跑了两步,额头就沁满了细汗,她抽出纸巾随手一擦,说:"能上车再说吗?"

傅晋寒站直身体,伸手帮她开了车门。两人的身高差很大,他站在那儿遮住了姜安头顶的烈日,姜安又拿纸抹了一把脑门上的汗,弯腰上车,身后传来一声轻笑:"我这车的高度,你用不着弯腰。"

刚坐好准备系安全带的姜安:"……"

她回头瞪了傅晋寒一眼:"有没有人说过你很会惹人生气?"

傅晋寒眉梢微微挑了挑,转身上车,就在姜安以为他不会回答自己这个无聊的问题时,男人突然开口:"以前有个小孩也这么说过。"

姜安心下一跳,扭头看向开车的男人,不知道他这话是有心还是无意。

姜安看了一会儿,"哼"了声,坐直了身体说:"今天不是李湛下葬的日子吗?他们家就剩下一个13岁的孩子了,我想去看看。"

"去看看?"

"嗯。"顿了顿她又说,"这件事对李幼微的影响应该挺大的。"

傅晋寒沉默片刻后说:"父亲被母亲计划杀死这个打击对一个未成年人来说确实挺大。"

姜安闻言攥了攥手指,没有说话。

李幼微请了一段时间的假,因为母亲被刑事拘留,她把父亲的尸体从太平间带了回去,替父亲下葬的事情就落到了她一个孩子身上。

李湛的父母早就不在人世了,来参加葬礼的宾客很少,楼道里摆放的花圈只有零星几个。房门大开,李幼微戴着白花站在人群中间,捧着父亲的遗照,面对耳边那些假情假意的哭声一言不发。大家都像是在完成任务,每个人哭一哭,声情并茂地痛喊几声，再例行去安慰一下捧着遗照的孩子就结束了。

姜安和傅晋寒站在门口，等到人散得差不多了才进去。李幼微蹲在墙角，始终捧着父亲的遗照一句话都不说。

姜安走近，和李幼微一样在墙角蹲着，就这么陪着她。傅晋寒没有上前打扰，倚在门框上抽着烟。不知道过了多久，姜安的腿都麻了，李幼微还是那副表情，眼神没有一丝波动。姜安轻声问："怎么不哭？"

李幼微呆滞地说："哭不出来。"

姜安温声和她聊天："听说死去的人以后都会上天堂。"

李幼微摇摇头："不会的，爸爸不会的。"

姜安微诧，看向李幼微："为什么这么说？"

李幼微说："坏人是上不了天堂的。"

姜安顿了顿，低声安抚："爸爸对你好吗？"

李幼微停顿片刻才犹豫着点头。

姜安笑着摸了摸她的脑袋："那他就是一位好爸爸。"

每个人在有限的生命旅程里都扮演过不同的角色，李湛或许做尽了坏事，但是在对待妻儿时，他也许是一名合格的丈夫和父亲。

"可是妈妈说爸爸是坏人，张叔叔也这么说，所有人都这么说。"李幼微抬头看着姜安，虽然李幼微有着比同龄人更高的智商，但说到底还是个孩子，家里发生这么大的变故，她这些天来就像是漂在水面上的浮萍，再也找不到家了。

姜安微微眯眼，温声问："所有人？"

大概是实在笑不出来，李幼微嘴角动了动，露出一个比哭还难看的笑容："我知道你是谁。"

姜安疑惑道："嗯？"

李幼微说："你是写那本小说的作者，我见过你。"

姜安在脑海里搜索了一遍，确认自己没有见过李幼微，她不由得抬眸朝傅晋寒看去，后者朝她扬了扬下巴，示意她继续。

姜安是学心理学的，她知道怎样让人卸下心防、放松戒备，但李幼微的警惕性明显很高，而且自主意识非常强。姜安想要问的，李幼微似乎已经知道了。

果然，李幼微很快就说："是在哥哥的手机上。"

"哥哥？"姜安顿时蹙眉，"哪个哥哥？"

李幼微这时低下了头："不认识。"

姜安对情绪的察觉非常敏锐，她能感觉到李幼微情绪上的变化，谈及这位哥哥时，李幼微的面部表情放松很多，没有那么拘谨，但微表情又证明了她没有撒谎。

不熟，但信任？这是什么样的关系？和何丽有关吗？

姜安抿了抿唇，想和李幼微继续聊时，女孩已经不愿意再说了，姜安没有勉强，和她聊起了别的。

傅晋寒抽完一支烟，调整了姿势，目光扫过墙角的两人。客厅并不大，她们也没有刻意降低音量，他能清楚地听到她们在聊什么。傅晋寒曾经当过特种兵，对这种心理治疗不算陌生，几乎每一次出任务回来，队里都会派来一名心理医生，但在他看来这种心理辅助手段毫无用处，然而他没想到姜安会特意跑一趟给李幼微做心理疏导。

从李幼微家里出来，姜安走了很远之后回头，再度看了一眼那扇关闭的房门。

傅晋寒双手插兜："怎么？"

姜安摇摇头："株安表面风光，实际上是为一些有权有势的人提供性对象，而这些对象大多都是农村出来的大学生，因为她们单纯好骗。何云就是十四年前的那批受害者之一，这些人害死了她，也害了何丽的一生。何丽为了报仇嫁给了李湛，以此接近专门负责联络的齐昌义，她利用齐昌义自私多疑的弱点怂恿齐昌义杀害李湛，故意利用模仿小说杀人的噱头引起媒体关注——算了，可能是我想多了。"

她说了一长串后想到李幼微，皱起眉没再言语。

傅晋寒嗓音低沉："你是想说何丽隐藏了这么多年，心里只有复仇一个念头，为什么会为李湛生下女儿？又为什么之前有那么多机会不动手，而偏偏选择现在动手？"

姜安说："仇恨在她心里埋藏了十四年，但她除了是姐姐，还是一位母亲，她亲手谋划杀死女儿的父亲，心里难道没有一点动摇吗？"

傅晋寒目光微沉："契机。"

姜安很快接着说："对，一个契机，是什么样的契机让她坚定了要杀死李湛的决心？"

两人不知不觉中走到了十多天前李湛被抛尸的那块空地，姜安驻足，地上的白线若隐若现，李湛当晚的惨状仿佛又呈现在眼前。

她站在那具无头尸的侧面，慢慢弯下腰，半蹲在地上："有刀吗？"

傅晋寒拧眉，盯着她看了两秒后从口袋里掏出一把军刀递给她："这刀很锋利，悠着点。"

姜安没说话，她目光沉静，接过刀握在手里高高举起，随即迅速落下，反复重复一个动作并且越来越快。忽地，她停住了动作，倏然抬眸，朝围墙深处看去……

- 28 -

炎炎夏日,火伞高张,空气中散发着一股燥热。环城小区的物业一直以来不干实事,小区环境疏于管理,围墙深处的角落里积满了杂草落叶,连日来的阴雨天让围墙下边长出了一片深褐色的污垢。这里很偏,几乎没人会往这么偏僻的角落里走,小区里的清洁工为了省事也不会特意来清理这些犄角旮旯。

大树的枝干从围墙外延伸进来,遮住一大片烈阳,但挡不住雨水的渗入,地上还有些积水。姜安蹲在一小块积水前,纤细的手指在里面搅了搅,这个水洼很浅,姜安戳进去半根手指就到了头。

傅晋寒站在她旁边,看着蹲在地上那小小的一团,随后又把目光移到那一小块的水洼上,微微皱起了眉。

"像是脚印。"他言简意赅,蹲下身开始用手指测量,半晌后,他面色微沉,低声说,"两道。"

姜安戳进去的指尖冰凉,他们不约而同地想起李幼微曾经在案发当晚从学校回来过一趟。

他们的视线在空中相撞,傅晋寒沉声开口:"第一道略浅,是个女孩。第二道脚印和第一道脚印重合,但足迹略宽。"他抬眸看向姜安,"男人。"

再多的细节已经无法查证,如果不是因为这块是湿地,踩出了坑,这脚印早就被雨水冲刷消失,而两人心里都很清楚,这两道脚印什么都没办法证明,所有的一切都只能是他们的猜想,因为这脚印被多日来的雨水冲淡,留下的只有这一小块水洼。

夜深人静,大雨倾盆,齐昌义翻墙而入,他打开蛇皮袋拖出李湛的尸体,他的手上沾满了鲜血,看着被切割得血淋淋的脖子,他已经杀红了眼,面前这个没有脑袋的尸体不是他昔日的兄弟,而是手底下的亡魂。何丽匆忙赶来接应,大雨中她手握刀柄,像是泄愤一样一下一下地狠狠插入自己丈夫的尸体里,两个人在雨幕中比疯子还要可怕。

李幼微急匆匆地从学校回来,站在围墙的一角,就这么看着自己的妈妈残忍地用刀捅向自己的爸爸。她看到了血液喷溅在妈妈的脸上,闻到了浓稠的血腥味,甚至听到了刀尖插入胸膛又急速拔出带出来的瘆人的声响。

尽管那已经冰凉的尸首不全的身体看不到头部了,但她认了出来,那是她一起生活了十几年的父亲。

她在惊恐中不敢发出一点声音，有水珠滑入了嘴角，口腔里一阵咸腥味，连她自己都分不清是雨水还是泪水。她捂着嘴，死死咬住自己的牙齿，浑身僵直地看着这一幕，这一夜，她的家庭彻底破碎。

绝望和恐惧快要扯破她的喉咙，她多么想大声喊出来，可杀害自己父亲的人就是妈妈。张叔叔说爸爸是坏人，他该死，他害死了小姨，害死了张叔叔的妹妹，害了那么多的家庭。

所以，妈妈又做错了什么呢？如果她张口，那她连这世上剩下的唯一的亲人——她的妈妈也要失去了。

姜安胸口像是被一块巨石压住，她想赶紧出了这小区，她要喘一口气。但她最终忍下了这股冲动，扶着墙缓缓站直，回头狂奔。

傅晋寒见她忽然疯了一般往回跑，神色变了变，迅速跟了上去。

李幼微依旧坐在角落捧着遗照，面对去而复返的人，她勉强扯出一抹笑："姐姐怎么回来了？"

姜安跑到她面前，双手抱住她的胳膊："哥哥是谁？"

李幼微愣了下，慢慢摇头："不认识。"

"长相呢？"姜安尽量平稳自己的语气，眼前这个孩子已经足够可怜，姜安不忍心提起那些她不愿再回想的事。

可追寻真相的过程往往就是残忍而冷酷的。

李幼微还是摇摇头："雨下太大了，看不清。"

她只记得那个哥哥的声音伴随着嘈杂的雨声："你妈妈在惩罚坏人，不要怕。"

他的手机屏幕亮了一瞬，在雨中一闪而过，李幼微看到了手机里的那张照片。

是一名少女站在阳光下抱着奖杯意气风发的模样——后来李幼微知道，她叫姜安。

傅晋寒上前，他懒散时匪气十足，不苟言笑时周身又自带一股凛然正气，是能够让人信任和依靠的人民警察，他说："你母亲之前有什么异常的举动吗？"

李幼微避开他的眼睛，摇头。

傅晋寒问："如果能证明案发现场有第三人，或者你母亲曾经受人教唆，法律上可以减刑，你不想早点看到她吗？"

李幼微目光迟疑，过了好一会儿才说道："我妈妈喜欢写日记。"

日记在当今这个电子产品层出不穷的时代早已不再流行，但那些从流逝的时光中走过来的大部分人还保留着曾经的习惯，何丽就是其中一个。

李幼微口中的日记本后来在李家的天花板上面的隔层被找到，和它放在一起的还有一部老旧的手机，手机里只有一串公共电话亭的号码，再拨过去无人接听。

警方查遍公共电话亭附近的所有监控，却没发现一个可疑人物。李幼微口中的"哥哥"无从查证。

审讯室里，姜安第四次见到何丽。当何丽看到那本日记时，脸色顿时变了。

姜安说："你女儿告诉我们的。"

何丽的眼睛一直盯着那本日记，表情看起来像在质疑姜安这话的真实性。

姜安问："其实我很好奇，你既然那么恨李湛，为什么还会给他生一个女儿？"

何丽低头沉默良久："他很好，但我不能忘记仇恨。"女儿是她能给李湛唯一的补偿。

"你爱她吗？"

何丽抬头，眼神中有些疑惑："什么？"

姜安说："你爱李幼微吗？"

何丽眉头一下子皱起来，不愿意开口。

姜安看了她一眼，平静地说："你们杀害李湛的那晚，李幼微曾经回去过。"

何丽瞳孔骤然放大，双手死死攥着桌角，不相信地低吼："你胡说什么？那天晚上她在学校，我让张开送她回去——"

"是，张开送她回了学校。"姜安打断她，"但她后来又回去了。"

何丽浑身颤抖，死死盯着姜安，眼眸猩红。

姜安说："你知道她为什么回去吗？"

何丽剧烈地摇头，反复道："不可能的！不可能的！"

姜安知道何丽或许是猜到了什么，但她依旧面无表情地说出真相："因为她收到一条短信，短信内容是——妈妈做了你爱吃的鸡翅。"

姜安抬头看向她："有人故意诱导她回家，用的是你放在天花板隔层的旧手机。李幼微知道那是她妈妈的号码，所以才会急匆匆地跑回家。她没有去思考为什么妈妈会在半夜突然做饭，也没有去想为什么一贯对自己不理不睬的妈妈会做她最爱吃的鸡翅。她迫不及待地想要吃到妈妈特意为她做的鸡翅，迫不及待地想要回家见到妈妈，迫不及待地想要得到那少得可怜的母爱……"

姜安说的每一个字对何丽来说都是凌迟，她哭着恳求："别说了，别再说了！"

何丽的信仰崩塌了，她缓了很久才逐渐平复情绪："是一个交友网站，张开、代驾，还有那个修理厂老板，我们都是在这个网站认识的，他……他的网名叫 X，他说他也是陈家卖淫案的受害者，他把我们聚集到了一起，给我们制订了这个计划。一开始……一开始我没有想杀李湛，我想找到充足的证据检举陈家，可 X 说陈家在公安局有人，警方根本不管。"

她说到这里情绪激动很多，声音高亢："是啊，警方要是管，当年我妹妹就不会死得那么不明不白了！我要为我妹妹报仇只能按照你的小说杀人，X说只有这样才可以引起媒体关注，只有舆论施压，警方才会调查，所以我动手了。"

何丽抽泣起来，哭着低下头："他为什么要把微微带回去，为什么……"

何丽和盘托出，但她坚称自己没有见过X，只有网页上早已被清除痕迹的聊天记录，以及那串公共电话亭的号码，警方找人如同大海捞针。

外面高阳万丈，姜安站在市局门口，眯着眼睛伸手虚虚握住，阳光透过手指的缝隙照在她的脸上，热感明显。

傅晋寒斜靠在市局门口高耸而立的柱子上，抽烟看她。

包子从他们身后蹿出来，追着姜安问："何丽在日记里写了什么啊？"

姜安收回手，朝傅晋寒努了努嘴："你问他去。"

包子着急道："这不是问不出来才来找你嘛！老大那张嘴比砖头都严。"

姜安说："档案里不是有嘛，自己去看啊。"

包子答道："哎呀，我懒得去找张局申请。"

他们的声音随风飘散，越来越淡……

何丽在日记的最后一页写道：
2026年5月27日
我决定明天杀死李湛。
我终于能从痛苦和绝望中逃脱出来了，这一切都要感谢他。是他把我从深渊拉了出来，我终于明白了我活着的意义——复仇。
如果善良不能保护家人，那就让我成为恶人吧。

对深陷仇恨、迷茫痛苦的何丽来说，有个人突然站出来给她指了一条明路，让她坚定了内心的想法，坚定了报仇的信念，她把他当成神祇。

然而你以为他是你黑暗中的指路灯，其实他正在进行一场以你为作品的犯罪。

第二案

人祭

伏罪

PLEAD GUILTY

- 01 -

姜安的人事调动公文正式下达,她在刑侦办里有了属于自己的一角。搬东西这天,包子和杨乐都过来帮忙,没到晌午就安置得差不多了。

刑侦办的人打算给姜安办个入职欢迎会,地点就安排在氾河路的夜市里,用包子的话来说,都是糙人吃不惯洋味儿,夏天就应该烧烤配啤酒。

距离环城小区无头案已经过去一个多月了,这段时间局里没什么大案要案,他们这帮人过得还挺轻松的,所以一到点就吵着要下班去吃饭,傅晋寒开车带了一车人往氾河路去。

一到地方,包子就打开车门蹿了下去,朝老板娘大喊:"婶,和之前一样!就咱们每次来要的那几样。"

他们经常来这边吃,和老板娘很熟,老板在烤串,老板娘过来给他们端了几盘前菜,四周都是露天的桌椅,上面坐满了人。三五好友聚在一起撸着串儿畅谈人生,脸上都洋溢着轻松高兴的笑容。

姜安和每一次来的时候一样,拿纸巾仔仔细细地把椅子和桌面擦干净,老板娘送水过来恰巧瞧见,调侃道:"放心吧,我们这儿每桌客人吃完都会擦干净的,不脏。"

包子和老李都是粗人,没这么讲究,杨乐过得细致些,和姜安一样擦起了桌子。

傅晋寒眼里噙着淡笑:"小姑娘爱干净。"

老板娘把水放在桌上:"上次你和她来吃烧烤时我就觉得这孩子眼熟,原来是个作家,我儿子还是她的书迷呢。"

这句话可谓是一个深水炸弹,众人顿时惊诧起哄:"你俩什么时候搞到一起的?"

傅晋寒边拆餐具边说:"说话注意用词。"

包子咂了下嘴,换了个说法:"你们什么时候背着我们单独来吃饭了?"

姜安把擦干净的纸巾扔到旁边的垃圾桶里,干净白皙的手指将额前的碎发挽在耳后:"之前环城小区无头案,代驾和齐昌义在这个路口换车,我和傅队过来这边走访,正好饿了就一起吃了顿饭。"

提起环城小区无头案,大家脸上愉悦的神情都淡了点,因为那个神秘人 X 至今都没有一点线索,尽管案子本身已破,可真正意义上的始作俑者、站在上帝视角操控一切的人却消失不见了,要不是那一串公共电话亭的号码,大家都要怀疑这个人究竟是否存在。

姜安把保温杯搁在桌角,包子想要活跃气氛,便起了个话茬儿:"姜安,你怎么走哪儿都要带着这个兔子啊。"

他口中的兔子就是这个保温杯,因为杯盖上有两只长长的兔耳朵,杯身也绘着可爱形状的兔子。之前包子还问姜安要过这杯子的购物链接,想要给女朋友也买一个,结果东西没到货呢,他就和女朋友分手了,现在这兔子被放在包子的办公桌上接灰,毕竟他一个大男人实在不好意思用一个有粉色兔耳的杯子,这被同事看到还不得嘲笑他一天。

姜安咧开嘴笑笑:"因为它长得可爱。"

老李说:"包子那儿不是还有个同款吗?干脆卖给我得了,反正你跟女朋友也分手了,我带回去给我女儿用。"

包子摆摆手:"说什么卖啊,显得我多小气似的,送我大侄女了。"

烤串正好烤好,老板娘端着三大盘走过来。恰逢暑假,老板娘的儿子也在这儿,跟在他妈后面抱着一箱啤酒吭哧吭哧地跑来。

傅晋寒伸手在小孩头上揉了一把,拿过一串烤好的羊肉串递给他:"期末考试怎么样?"

男孩原本看见肉后很兴奋的脸顿时垮了下来:"傅叔叔,能不能别哪壶不开提哪壶呀?"这次期末考试他考砸了,没少挨他妈骂。

傅晋寒的大掌转到男孩肉嘟嘟的脸上,在上面捏了捏:"这次又是倒数第几?"

男孩低着头认真吃串,抽空回一句:"第一。"

"啧。"傅晋寒轻哂。

不远处传来老板娘的声音,男孩被叫走继续给下一桌送酒。

夏天的晚风徐徐吹来,这两天气温有所下降,连带着风里都多了些许凉意,吹在人脸上很舒服,姜安闭上眼享受这片刻的轻松,错过了男人略带笑意注视的目光。

老李的眼神在两人身上来回打量,胳膊肘碰了一下傅晋寒的手臂:"看什么呢,这么入迷?"

对上老李不怀好意的眼神,傅晋寒面不改色,沉着道:"看风。"

"风？"老李不能理解，"风还能看见？"

女孩乌黑的长发随着微风飘扬，被卷起一缕压在白净的脸颊上，尾端从挺翘秀气的鼻尖慢慢落下。傅晋寒缓缓收回目光，低笑一声，伸手抽出一张纸巾，单薄的纸巾被风吹起，不停地晃动，男人嗓音低沉道："这不就是。"

老李无语，要不说他就不爱跟文化人唠嗑呢。

自讨没趣后，老李索性转身和包子、杨乐一道喝起酒来。

包子已经有点醉了，起哄道："傅队来一起喝，咱好不容易过几天清闲日子，今晚必须不醉不归！那什么……姜安也来，喝多了让咱傅队送你回家。"

姜安倏地睁开眼，眼睛里充满疑惑："你为什么觉得我会喝醉？"

包子呆呆地抓了抓头发："我还以为你要问我为什么让傅队送你回家呢。"

杨乐推了推包子，小声说："你别乱点鸳鸯谱，小心等会儿老大揍你。"

包子打了个酒嗝，心说他这不是觉得老大都单身这么多年了，好不容易来个长得好看智商还高的女孩，配他老大不是正好。

姜安眨了眨眼睛，目光扫过桌子上堆着的酒瓶，伸手想要拿一瓶，然而胳膊被拦在半空，一道低沉的声音传来："他们喝多了胡闹，你不用管。"

姜安抬眸看着眼前突然放大的手臂，上面青筋微突，肌肉绷得很紧，线条异常好看，她吸了吸鼻子："我可以喝的。"

傅晋寒微微蹙眉，倒也没再阻止，本就是高兴的日子，既然她喜欢，他便没道理拦着。

耳边人声鼎沸，吹过来的风都带着一股烧烤味儿，姜安拎过一瓶酒，熟练地拿牙齿撬开，和她平常精致的生活习惯不同，她喝酒时很粗犷，对着瓶口直接往嘴里灌，细白修长的脖颈上下滑动。

包子、杨乐和老李看得目瞪口呆，傅晋寒也少见地露出一丝惊异的神情。

姜安一口气喝完一整瓶，豪迈地把空瓶子往桌子上一放："你们怎么都这么看我？"

包子连忙摇头，给姜安竖了个大拇指，以此表达自己内心的佩服。

傅晋寒的眼神里多了一丝不明的意味。

酒过三巡，大家都喝了不少，逐渐敞开心扉。包子和姜安碰杯，由衷道："没想到你这么能喝。"姜安明明长了一张滴酒不沾的脸，结果三瓶啤酒下肚居然脸都不带红一下的。

姜安腼腆地笑了笑，说的话却不谦虚："还行吧。"

包子问："你为什么会来南城啊？"其实他真正想问的是三年前的事。

按照姜安的资历和能力留在A市完全不是问题，怎么会突然在三年前来到南城这座小城市呢？

关于姜安的事，他们了解得并不多，只知道在三年前的一起城市爆炸案中，姜安救了一座城市，为此还受到了表彰。但她却在那起爆炸案后彻底消失，姜安这个名字如同一阵风在 A 市消散，再也寻不到踪迹。

姜安眼眸微垂，她的睫毛很长，遮住了眼底的情绪，抬头时，她又像之前一样淡淡笑道："心里有些疑惑，想要在这里找到答案。"

老李"嘿"了一声："答案？和三年前的城市爆炸案有关？"

杨乐扶了扶眼镜："这案子当初不是破了吗？媒体都在宣扬你救下了一座城市，好多人成了你的迷妹迷弟。"

姜安扯了扯嘴角，喃喃低语，声音在风中被吹散："没破。"

年少成名，意气风发，得天独厚。

这些是姜安曾经经常听到的词，后来的每一句夸赞都如同针直戳她的肺腑。

包子还想再追问下去，被傅晋寒冷声打断："去结账。"

包子"啊"了一声："还没吃完呢！"

傅晋寒掏出钱包扔给他："先去。"

"噢。"包子老老实实地站起来跑去结账。

老李和杨乐跟傅晋寒在一起处事久了，自然了解他的脾性，他们俩可不像包子那样神经大条，见有人不愿意他们旧事重提惹得姜安不开心，就识趣地绕过了这个话题。

几人又喝了一轮，包子结完账回来，桌子上不见了老李的身影，他好奇道："老李呢？"

杨乐说："你又不是不知道，嫂子给他设置了门禁时间，这不到点了嘛。"

包子坐下来看姜安又面无表情地喝了一瓶，顿时不服气，扬言一定要把姜安喝趴。他狠话刚放出来脑袋就惨遭一记重锤，包子憋屈地看向始作俑者："老大，你怎么又揍我？"

傅晋寒点了支烟："差不多行了，明天还上不上班了。"

包子不敢反驳傅晋寒的话，朝姜安看了一眼，眼神里充满了希冀，那意思再明显不过。

姜安干咳一声，心说你不敢我也不敢啊，这冷面阎罗谁敢招惹？

包子见姜安靠不住，气得直哼哧。

傅晋寒看了一眼腕表，说道："包子和杨乐就住在附近，我先送他们回去再送你。"

姜安对此没什么意见，她肚子胀胀的，捂嘴打了个饱嗝。

傅晋寒瞥向她,看了两秒又若无其事地收回目光,把醉得一塌糊涂的杨乐先扶上车,之后把车开到附近回来接她。

姜安走得笔直,目不斜视,直勾勾地盯着前面的路,看起来和平常没什么两样。但傅晋寒还是看出一点区别,比如小姑娘虽然脸不红,后颈却微微泛着点红,走路像是猫,一定要盯着一条线走,而且连她最爱的兔子保温杯都忘在了桌子上。

傅晋寒挑了挑眉梢,帮她把杯盖拧好,朝前方看了一眼,随即拎着杯子跟在她身后放慢了脚步,在对方直线走不直和自己较起劲来时上前将她扶正。

等上了车,姜安的直线强迫症才勉强消失。

包子起先看起来还很正常,一上了车,酒劲上来,他就开始耍酒疯了,一边痛哭一边大声唱着苦情歌。

"孤独万岁,失恋无罪!"

包子唱了一堆,姜安就听清楚这一句。她上车之后特别老实,一句话也不说,表情板正严肃,眼睛瞪得圆圆的,看上去很呆。

傅晋寒帮她系好安全带,抬头正好和那双圆润的眼睛对上,他下意识后仰,盯着那双眼睛多看了几秒。

姜安突然出声:"你看我做什么?"

傅晋寒觉得这问题似曾相识,他淡淡地收回目光,文不对题地夸赞:"你酒品不错。"

姜安顿时得意起来,眼睛笑起来弯弯的:"那当然了。"

傅晋寒嘴角勾了勾,转身上了驾驶位,把后座那两人送回家后他才开车绕路去送姜安。

小区楼下,姜安乖巧地站在路边:"谢谢你送我回家,还有谢谢你之前愿意收留我。"

傅晋寒坐在吉普车里,似笑非笑地说:"口头感谢?"

姜安疑惑:"啊?"

"一般感谢不都得送个礼什么的吗?"

姜安呆呆地"哦"了声,问:"你想要什么?"

傅晋寒嗤笑一声,不再逗她:"行了,赶紧回吧。"

于是姜安听话地转身上楼。

傅晋寒没有立即开车离开,直到某个楼层的灯光亮起时,他才踩了油门。

窗外月光皎洁,星星像是被过滤掉,找不到一点它的影子,屋内只开了一盏玄关灯,姜安条件反射地眯起眼,她不习惯夜里太亮的灯光。

她慢慢地走到玄关柜旁,从里面拿出油灯,点亮灯芯,片刻后拿着油灯缓缓朝卧室走去，她躺在床上，盯着墙面上油灯的倒影，恍惚间仿佛看到了三年前的光景。

姜安慌忙闭上眼睛，告诉自己不要去想、不要再想、不能再想，过去的已经过去，老师说可以重来的……

"一座城和一条烂命，你会怎么选？"

"你输了。"

眼前是熊熊燃烧的大火，穿着小丑服装的男人站在滔天火光里放肆又嚣张地大笑，他手上的人头鲜血淋漓，鲜艳的血和火焰融在了一起。

嘭的一声，响起一阵巨大的爆炸声，有人在爆炸声中哭泣。鲜血，大火，警笛，枪响，还有撕心裂肺的哭声……

姜安站在悬崖边上，抬头是烧得看不见天的火焰，低头是血液染红的深潭，她进退无路，在深潭的一片血红色中，她看到了那双怨恨的眼。

"丁零零……"

翌日一早，姜安在混沌中睁开眼睛，昨晚醉酒后的梦境被她压在心底深处，仿佛早已习惯。她和往常一样穿衣服、刷牙、洗脸……

搁在洗手台上的手机响了，是市局的电话，姜安接通后，包子急促而沉重的声音响起："姜安，有案子了。"

- 02 -

城南这一片的小区全都是典型的老破小，环境脏乱不堪，电瓶车横行霸道。姜安穿过逼仄的巷子，走进一栋居民楼里。

楼梯破旧得不成样子，墙面潮湿，墙壁上贴着各式各样的小广告，姜安粗略地扫了一眼，匆匆往楼上走。警戒线从一楼一直延伸到了三楼，每一层都有警察看守，以防楼里那些看热闹的房客出现破坏现场。姜安伸手摸了一下半掉不掉的墙皮，一碰就掉了，看来年份已久。

姜安从门口的同事手中拿过手套鞋套戴上，随后拉高警戒线钻了进去，包子和老李正在勘查现场，见她过来，老李朝她招手："来得还挺快。"

姜安四下看了一眼，房间内陈设简单，掉漆的家具，缺了条腿的凳子，还有擦得发白的沙发，阳台上挂着还未晾干的衣物……

房间虽然破旧，但看上去非常整洁，主人有很好的生活习惯。

包子在客厅提取物证，老李带姜安往里走。

姜安问："现场呢？"

老李唏嘘一声，提前给姜安打预防针："在卧室里，不过你可得做好心理准备，包子刚才来的时候差点被吓晕过去。"

姜安脚步停顿："吓晕？死亡现场很残忍吗？"

老李晦涩不明地摇了摇头："不是，你进去看了就知道了。"

姜安起初还不明白见惯了死亡现场的包子怎么会被吓晕过去，等她看到现场后，心脏顿时漏跳一拍。

门窗紧闭，屋内泛着阴森的红色灯光，刚走进去就从脚底蹿起一股寒意。卧室里挂满了红布，每块红布角下都悬着一个铃铛，床上躺着一名年轻的女性，周身被红烛围绕，脚上绑着两个类似秤砣的东西，她穿着一身白色的丧服却化着新娘妆，这种极端的对比让她看起来异常可怕。

而在她头顶上方的墙壁上钉了三根长钉，一根红绳绕过这三根长钉绑在了女人的脖子上，两侧各摆放了一个香炉，上面的香已经燃尽。整个现场布置得像是某种仪式。

姜安心中一沉，她跟着老师办过不少大案，但这样充满仪式感的处理现场的方式还是头一回见。

傅晋寒站在一旁环顾四周，陈末弯着腰正在给死者做初步尸检。

老李给姜安解释："今早7点楼下的邻居报的案，说楼上放了一整夜的歌，吵得他们不能睡觉，夫妻俩上来找人理论，敲了半天门都没人开，就报案了。一开始是辖区派出所的人过来，见敲门没人应就找人破门进去了，结果发现人已经死了。"

姜安蹙眉："歌？"

老李说："对，早上我们进门的时候还放着呢，后面自动停了，所以你来的时候没听见。"

姜安问："什么歌？"

老李说："只有旋律没有词，反正听着怪瘆人的。"

陈末双手抬着，一字一句道："死因初步判断是窒息。根据尸体的尸斑、尸温、尸僵来看，死亡时间应该在四十八小时之内。"

老李问："这现场布置得也太诡异了，搞得跟祭奠什么人一样，是自杀吗？"

陈末指了指尸体的脖子："完整环形印痕，深度基本均匀，结扣处有压痕，颜色较深；面部青紫肿胀，多处伴有血点——他杀。"

顿了顿，陈末继续说："另外，死者的阴部被凶手割走了。"

老李一震："阴部被割走？变态啊！"

陈末道："暂时就看出来这么多，具体的还得回去再验。"

姜安忽然开口："看看她的嘴巴。"

陈末闻言低头掰开女人的嘴巴，居然从里面抽出一道符文，他皱眉说道："黄色符文？这是什么意思？难不成真是封建迷信那一套？"

老李在一旁说："不会吧，封建迷信就要杀人啊？真够残忍的！"

陈末小心地把提取出来的物证放进证据袋里递给傅晋寒："看看。"

傅晋寒接过来拿在手里端详，片刻后低头看着探过来的毛茸茸的脑袋，眉梢一挑："你怎么知道她嘴里有东西？"

姜安盯着那道符文看了会儿，确定自己不认识之后，缩回脑袋说："我之前写过一本灵异悬疑小说，有了解过这方面。"

老李惊讶道："你懂得还挺多，那能看出什么吗？"

"整个死亡现场被精心布置过，像是在进行某种仪式，虽然我不知道这是什么仪式，但应该是和献祭、祭灵之类的有关。"姜安指了指死者脚上的秤砣，"这是坠魂砣，为了让死者永世不得超生。头上的那三根钉是锁魂钉，为了把死者的灵魂永远锁在这具身体里。不过为什么要摆这么多红烛，还有为什么穿着丧服、化上新娘妆就不太清楚了。"

"够狠的。"老李深吸一口气说道，"把人杀死连尸体都不放过也就算了，居然连灵魂都要控制。"

这时包子从外面进来，拿着刚到手的资料说道："查到了，死者叫翁静，23岁，是一名网红，平常就在家里做直播，很少出门，社会关系简单。父母早已去世，家里只有奶奶，刚把翁静死亡的消息通知了她，现在她正在赶来的路上。"

老李拍了包子一下："瞧瞧，姜安进来都面不改色的，你怎么反应那么大，平常没见你这么尿啊。"

包子翻了个白眼："你懂什么叫中式恐怖吗？恶魔张着血腥的嘴巴，你心情不好的时候可能看它一眼就走了，但如果午夜12点门铃响了，你打开门，门外放了一双绣花鞋——"

"打住。"老李及时阻止，"画面感太强，还是别说了。"

傅晋寒把物证袋递给一边的物证科同事："死者在哪个平台直播？"

包子回答："橘子TV，一款时下最火爆的短视频网站。死者在这个平台有二十几万粉丝，平常直播在线人数大概五六百人，每天固定晚上8点开始直播，一直播到凌晨3点。但从周一开始，她就再没直播过，视频也断更了。"

傅晋寒一边在房间内查看，一边漫不经心地"嗯"了声："说重点。"

包子沉默片刻后说："她在最后一次直播时曾经透露过自己的死亡。"

屋内众人一愣，姜安蹙眉问道："你是说她曾经在直播中说过自己会死？"

包子说："对，而且在直播时说的死亡情况和今天的现场一模一样。"

陈末整理了一下："也就是说，她知道自己会被杀死，并且知道自己即将面临的死亡过程？"

老李心里咯噔一下："这算什么？"

"预知死亡。"姜安说。

话音刚落，屋内忽然传来一阵惊悚阴森的音乐旋律，那台老式的留音机突然重新运作起来。

- 03 -

窗外风声飒飒，老旧的留声机正在播放着一段诡异的旋律，婉转悠长的音乐传到耳朵里却极其刺耳。屋内的警察不约而同地捂起耳朵，包子抱怨："这玩意儿听着是真吓人。"

傅晋寒扭头看了一眼留声机，走近后发现这只是一台仿造留声机样式的录音机，可以定时播放。他伸手把音乐关了，屋内的人这才大口喘气，这场景配上这背景音乐，要多瘆人有多瘆人。

傅晋寒拿过录音机放在手里端详片刻，将其放进了物证袋："回去先检查录音机里的磁带。"

包子不解地问："检查磁带干什么？"

傅晋寒给了他一个像是看智障一样的眼神："你到底怎么进公安局的？"

包子挠挠头："考了三次就考进来了啊。"

怕包子又挨训，姜安给他解释："通常来说，你们会觉得吓人是因为视觉恐惧和听觉恐惧，但在这么多人的情况下，这种心理恐惧会无限缩小，尤其你们都是警察，更不可能因为一段音乐就产生害怕的情绪。你们会觉得心里不舒服是因为这段音乐很可能有高频音段，让人听起来心慌刺耳，在这样一个场景下，你们把它当成了恐惧。"

在场的警察恍然大悟，他们傅队能听出来一点都不意外，但没想到姜安也知道，眼下对这个平常乖巧软萌的小姑娘又多了几分敬佩。大家从一开始对这个犯罪心理顾问抱着怀疑的态度，到环城小区无头案告破，逐渐接受了姜安——这个曾经在 A 市名噪一时又无端消失的少女。

外面传来一阵吵闹声，傅晋寒皱着眉走到窗前，掀开窗帘往外面看。楼底下围了一大堆人，看热闹的居多，大概是没想到这种破筒子楼里居然会发生凶案。他们纷纷抬头往楼上看，想要从那一扇窗户里窥得一些玄机，更有甚者当场拿出手机拍摄。

几名警察在外面维持秩序，大喊"不允许拍摄"，几番威慑之后人群中几个举着手机的人才恋恋不舍地放下手中的那个小方块。

在这样快节奏的生活里，大家能够获取信息、展示信息的唯一方法就是手中那一小块屏幕。今天吐槽上司，明天抱怨生活的残忍，后天和朋友分享遇到的趣事，情绪的高低起伏都被困在这块手掌大小的屏幕里。他们每天两点一线，热情逐渐被生活磨平，对生命也不再像从前那般敬畏。或许他们仍旧会唏嘘一条生命的消逝，但更多的是抱着猎奇心理拍下这个他们一辈子都很难见到的"大场面"，给朋友发微信：我楼上居然死人了，来了好多警察，而且这人还是个网红主播！然后很快，消息就被传播出去，媒体和某些蹭热度的网友蜂拥而至，对被害人家属造成二次伤害。

围观群众逐渐被遣散，傅晋寒放下窗帘，回头问："报案人呢？"

包子朝客厅外面指了指："刚叫上来，正在楼道接受询问呢。"

"你们继续在房间里搜查。"傅晋寒扯下手套，"姜安，跟我去见见报案人。"

姜安"哎"了一声连忙跟过去。

包子小声抱怨："以前老大身边都是我。"

老李揽住包子的肩膀："今非昔比，行了，咱俩继续干活吧。"

第一报案人叫孙鹏，30 岁，在一家证券公司上班，老婆叫钱秀丽，28 岁，在一家幼儿园当幼师。两人平常早出晚归，生活作息规律，大概是昨晚一夜没睡好，再加上今早看到这么诡异的死亡现场的缘故，孙鹏和钱秀丽眼睛底下挂着浓浓的黑眼圈，整个人看起来精神疲惫，眼里余悸未消。

"昨晚几点听到音乐声的？"傅晋寒问，"这声音不算大，我刚从楼下经过你们家的时候并没有听见，你们为什么会失眠一整晚？"

"我睡觉很浅的，警官！"孙鹏抓着老婆钱秀丽的手，语气颇为激动，"而且我有睡眠障碍，一点点声音都能把我吵醒，昨晚那音乐声听起来很恐怖，我更睡不着了！你是不知道我的公司离我有多远，我每天要赶公交还要换乘两班地铁再走十几分钟才能到，天不亮我就要起床，我晚上要是睡不好的话就会影响我的工作状态，影响工作状态就会影响我的收入，我们家可就靠我这点钱来——"

姜安眉头轻蹙，傅晋寒冷声打断："请说重点。"

孙鹏尴尬地"哦"了声，随即说道："昨晚10点多我就听到楼上有动静了，一开始是咚咚声，后来就是音乐声，老瘆人了，我还以为闹鬼了，问我媳妇，我媳妇说肯定又是楼上弄的！这小姑娘每天半夜都闹腾啊，搞得我们夫妻俩都精神衰弱了。"

傅晋寒问："每天半夜闹腾？"

钱秀丽说："对！她是搞直播的，天天搞到凌晨三四点，这老房子又不隔音，她声音稍微大点我们就听得一清二楚。你说长期这样我们能受得了吗？"

姜安低头思索片刻后问："平常她都会弄出哪些动静？"

孙鹏睡眠质量不好，和钱秀丽的心大不一样，每天晚上妻子睡着时，他还在因为楼上不断传来的噪音吵得睡不着觉，说话语气比钱秀丽多了些抱怨："有时候放那种鼓声特别大的歌，有时候蹦来蹦去，就这墙板，一到半夜就能感觉在晃。"

傅晋寒问道："既然这么吵，为什么之前没有你们的报案记录？"

钱秀丽叹了口气说："我们每次上去找她，她都会买点水果送给我们，说是在做直播效果，以后会尽量避免。小姑娘也不容易，平常就没见她怎么出门，偶尔因为噪音上去找她，几次都看到她在吃泡面，还是袋装的最便宜的那种。你说她自己吃泡面，还给我们买水果，我心里也过意不去，所以只要动静持续得不久我就劝我老公算了，昨晚的声音响了一夜，实在受不了才上去找她，谁能想到她会……"

姜安仔细观察着孙鹏和钱秀丽面部表情的变化，钱秀丽提起翁静去世时的伤心不是假的，她丈夫孙鹏就显得没心没肺多了："你就是心软，水果又给人送回去，送回去有什么用，每次还不是照样吵。"

钱秀丽制止她丈夫继续说下去："行了，人都没了，现在还说这些干什么！"

孙鹏这才不情不愿地闭了嘴。

姜安搓了搓手指，温声问道："有听到过铃铛声吗？"

孙鹏很快就回答："没有。"

"这么快就能确定？不需要再想想吗？"

孙鹏立即道："绝对没有，我可以肯定，我对声音很敏感，像铃铛声这样特殊音效的声音，我要是听过不可能不记得。"

钱秀丽也说："确实没听到铃铛声，只有音乐声。"

昨晚起了一夜的风，如果凶手打开窗户逃跑，那红布上的铃铛就会发出声音，可孙鹏和钱秀丽却声称没有听到铃铛声。

姜安观察过整间屋子的情况，窗户上都加了防盗窗，只有卧室那扇没有。她抬头看向楼道上方的监控，逃跑路线只能是从正门出来，或者是从卧室的窗户爬出去。

屋内痕检科的人还在仔细提取物证，姜安探头看了一眼里面的情况，又问了孙鹏和钱秀丽几个问题。一旁的傅晋寒转身看了眼门锁："没有强行破坏的痕迹。"

包子走过来："熟人作案？"

傅晋寒道："别急着下定论。"

姜安问得差不多了，让其他警员带着孙鹏和钱秀丽去一边休息，也加入讨论："熟人作案的可能性很大，不过这里有监控，要是有人打开这扇门，那楼道的摄像头应该能拍到。"

摄像头的方向正对着翁静家的大门，谁进谁出一目了然。

包子一拍大腿："那咱们把监控调出来不就行了。"

姜安摇头："说不好，总觉得没这么简单。"

傅晋寒又折回屋里，姜安看着他在屋子里绕了一圈，然后去了卫生间。房子面积不大，在装修的时候把有限的空间都尽可能分给了客厅，显得厨房和卫生间非常逼仄。光是傅晋寒一个人站在里面，就占据了一大半面积，姜安缩着身体跟进去，尽量往墙角靠。

傅晋寒打开水龙头的热水开关，试了一下水温，之后戴上手套翻翻找找，不放过每一个细节。姜安歪头看着他半蹲在地上观察卫生间的出水口："在找有没有凶手的痕迹？"

傅晋寒随口应了声，站起身又打开马桶旁边的垃圾桶，里面用过的纸巾堆成了一座小高山，主人还没来得及清理，傅晋寒眉心缓缓皱起："物证袋。"

姜安"哦"了一声，转头去客厅找物证科的同事要东西。

傅晋寒把从垃圾桶里找到的用过的避孕套放了进去："拿回局里化验，从数据库里比对一下DNA。"

姜安看他命令自己做事十分顺手的样子，撇了撇嘴把物证袋接了过来。

之后傅晋寒又把屋子翻了一遍，确定没有什么有效的线索后才摘下手套："我去一趟保安室，你们继续找。"

包子应道："收到！"

这片区域是老城区，旁边就是杂乱喧嚷的菜市场，鱼腥味和各种垃圾的臭味在大热天散发得尤其快，楼道里堆满了垃圾没人收拾。

傅晋寒穿过那片垃圾区域，找到了正在一旁凑热闹的小区保安。说是保安，其实就只是挂个名，物业每个月发一千五百块钱，其余一概不过问，工资太低，年轻人没人愿意干，所以小区里的老年业主就担了这个活，平常进进出出的人从来不登记也不盘点，有车进来，直接开大门。

这些老年业主当保安的唯一好处就是对这里居住的人都很熟悉，哪一户住了哪些人，邻里街坊彼此都很了解。

老大爷穿着保安服，拿着一把芭蕉扇不停地扇风："最近没什么陌生人进出，你别看我这儿不登记，其实每天进出的那些车牌照我都眼熟，要是真混进来一辆陌生车辆或者一个陌生人之类的，我肯定拦着啊！而且我们这是老小区，好多都是在这儿住了几十年的，互相打个照面就放进来了！"

傅晋寒从烟盒里抽出一支烟递给老大爷："那这边租户多吗？"

大爷乐滋滋地接过烟，平常抽烟老伴儿都管着，这回警察给他递烟，她总不能再说什么了吧！大爷把烟别在耳后："不多，咱们这小区又不大，一共也就五六栋楼，还是矮层，租出去的房子两只手都数得过来。现在这个没了的小姑娘搬来这儿也就不到一年的时间，不过这小姑娘性子挺孤僻的，平常也不见她出门，也就每周她拿快递的时候能在大门口见着她。"

傅晋寒问："为什么要一周，这边快递派送都定时定点的吗？"

大爷摇了摇芭蕉扇："当然不可能定点了，她快递都堆在门口超市驿站那儿，每回超市老板催她她都不来拿，只有周五晚上的时候会下来拿一趟。"

"每周都这样？"

"每周都这样。"

傅晋寒若有所思地点了点头："有看到她和什么人一起出现过吗，比如朋友什么的？"

大爷仔细回想了下，然后摇摇头："没有，这姑娘很少出门的，反正我是没见她和什么人一起出现过。"

说完大爷像是想起了什么，连忙改口道："不对，我想起来了，上周有个女孩来找过她，不过这个没了的姑娘没出来见她。"

傅晋寒问："能想起来大概样貌吗？"

大爷摇着他那把旧芭蕉扇说道："当时我正好回家吃饭，让我老伴儿帮我顶了会儿班，她回去跟我说的。这样，你等会儿，我喊我老伴儿过来，喏，她就在前面——老婆子！警察有事要问咱！"

大爷扯着嗓门使劲喊着，不远处有几位岁数大的阿姨聚在一起窃窃私语，大概是在谈论今天楼上这起诡异的案件。其中一位穿着花短袖花长裤的阿姨从人群中望了过来，一边往这边走一边念叨："哎呀老头子，你怎么不去看班又跑来这儿凑热闹，等会儿物业那小李又该说你了。"

大爷把老伴儿拉过来："警察同志要问你话嘞。"

大妈一眼就看到大爷耳朵上别着的那支烟，两眼一翻正欲发作，傅晋寒见情况不妙适时说道:"这烟是我给大爷的。"

大妈一听,原本唠叨的话被堵在嘴里,瞪了大爷一眼,转头看到傅晋寒那张脸的时候,眼睛顿时亮了:"小伙子挺帅啊,有女朋友吗?"

傅晋寒干咳一声,脸不红心不跳地说:"孩子都上幼儿园了。"

大妈高涨的兴致一下子落地。

傅晋寒问:"听大爷说上周有个女人来找过302的业主,你还记得她的长相吗?"

大妈说:"记得啊,打扮得可洋气了,人长得也漂亮,还特有礼貌。不过她在门口等了很久,302那姑娘也没出来,后来我看她好像还挺难过的,和我说了再见就离开了,谁能想到302那姑娘会……唉!"

傅晋寒说道:"那麻烦你跟我们去一趟公安局做一下画像分析。"

"不用这么麻烦。"姜安不知道什么时候从楼上下来站在傅晋寒身后,两人隔着几步远,她的声音清晰而温润。她走到大妈面前:"阿姨,您跟我说一下五官特征就好。"

大妈忙回想着那天女人的样貌,记不清的地方在姜安的引导下很快就想了起来。傅晋寒在一旁瞧着姜安的侧脸,男人站着的时候身姿挺拔,宛若松柏,气质却是懒散随性的,看人的时候眼角微微上挑,眼神意味不明。

等大妈和大爷离开后,傅晋寒幽幽问道:"你会画像?"

姜安很淡定地说:"以前和老师学过一些画像分析。"

傅晋寒用舌尖抵了抵腮帮,看着她的眼神十分耐人寻味,弄得姜安无端一阵心慌:"我会这个你觉得很奇怪吗?"

傅晋寒沉默片刻后挑了下眉梢:"还会什么?"

姜安耸耸肩:"人应该有一双能够发现美的眼睛以及每天保持求知欲。"

傅晋寒:"……"

"意思就是咱俩暂时还没有熟到互探底细的程度。"

傅晋寒:"……"

姜安很少见到傅晋寒会露出这样黑脸的表情,觉得很好玩,蔫儿坏地说:"傅队,市局办公室的椅子比较有亲和力,我平常坐在那儿经常和椅子聊天,要不你去问问它们?"

傅晋寒明白了,这是在报那晚椅子的仇呢,年纪不大,心眼挺小。

傅晋寒哂笑一声,没打算跟她计较:"先回市局把画像画出来,找人。"

- 04 -

下午3点，法医送来尸检报告，和陈末在现场得出的结论一样。

"没有性侵痕迹，身上未见明显伤痕，没有挣扎伤，阴部切割完整，从切割面来看，凶器是把利器，不过还得进一步确认。"

包子不理解："为什么要割走死者的私密部位？"

老李说："变态呗，还能因为啥。"

陈末也没见过这种情况，没有性侵被害人却割走对方的阴部，常人很难理解这样的做法，他把目光投向姜安，希望能从这位曾经被外界说"不当警察就是罪犯"的天才少女口中得到答案。

姜安正沉浸在自己的世界当中，一抬头，见众人的视线都聚集在自己身上，连忙说："别看我，我也不知道，我还没到这么变态的地步。"

傅晋寒勾了勾唇，片刻后调整站姿，问道："楼道监控调出来了吗？"

一直坐在电脑前低头敲键盘的杨乐适时开口："调出来了。"

监控录像调取的是最近一周的内容，着重检查了四十八小时内的录像，但一帧帧看过去，那扇门自始至终都没有打开过。也就是说，从上周翁静进行最后一场直播一直到今天早上警察破门而入之前，大门一直都是紧闭的状态，其间没有任何人进去，也没有任何人从里面出来。

"怪了。"老李连连摇头，"真是怪了。"

包子神经大条地说："这该不会是一场完美的密室杀人吧？"

密室杀人，是一种既没有第二者，又不是死者自杀，但凶手通过一系列手段，使被害人被杀的证据全部处于其所在的封闭空间内的杀人方法。这是一种最具代表性的"不可能犯罪"，是在表象和逻辑上都不可能发生的犯罪行为。

姜安说："这案子的被害人阴部被割走，窗户不是完全封死，算不上密室杀人。"

杨乐发出疑问："那凶手在杀完人布置完现场之后又是怎么离开的呢？卧室里的铃铛没响，楼道监控显示没人从大门出去，那总不能是练了缩骨功，从防盗窗的缝隙钻出去的吧？"

傅晋寒淡淡说道："如果那盘磁带证明有高频音段，就可以完美盖过因为风吹而晃动的铃铛声。"说完他看向姜安："画像画出来了吗？"

姜安从桌子上抽出一张纸："画是画出来了，就是有点意外。"

"意外什么？"包子调侃，"难不成咱们还见过啊。"

姜安把手中那张纸翻了个面，摆在众人眼前："眼熟吗？"

包子凑近了去看，眯眼回想，总觉得这画里的人看起来还真像是在哪儿见过一样，有种莫名其妙的熟悉感，可一时半会儿就是想不起来。

直到陈末说："这不是最近很火的那部家庭剧里的女三号吗？叫什么来着？"

"莫晚晚。"傅晋寒半眯着眼说道。他能记得这个名字和这张脸还得多亏自家妹妹傅珍珠成天跟他吐槽这部三观不正的家庭伦理剧，里面饰演勾引男主、破坏男女主夫妻感情的小三就是莫晚晚演的，被傅珍珠吐槽最多的角色就是这个小三。

当时傅珍珠的原话是："这个小三真的太恶心了！我要被气死了，全世界的小三都该去死啊！"

傅晋寒听了只觉得好笑，如此真情实感地看电视剧的人估计他妹妹是独一份。

姜安探究的眼神看过去，似乎没想到傅晋寒竟然也认得明星。

包子一拍脑门："我说怎么这么眼熟呢！我前女友之前天天看这剧。"

傅晋寒沉默片刻后说："联系莫晚晚的经纪公司，看一下她最近的行程，约个时间见面，最好在明晚之前。另外，物证科那边把资料送来以后直接拍照片传给我。"

"收到！"

傅晋寒看向杨乐："翁静那天的直播记录找到了吗？"

杨乐一直在闷头摆弄电脑："找到了，你们都来看下。"

"当天的直播记录被她删了，这段视频我还是在她黑超话里找到的。"他站起身用鼠标点了下，屏幕中的画面立即开始播放。

画面里，翁静穿了一身奇装异服，戴着粉色的假发，化着夸张的妆容正在表演才艺。所谓才艺就是做各种浮夸的动作扮丑博观众开心。

有人给她送礼物，她非常高兴地感谢，九十度鞠躬，然后继续扮丑。尽管那些给她打赏礼物的人是在嘲讽挖苦她，她依旧笑着感谢，甚至平静地读着那些骂她的评论。

姜安看着画面里那张妆容浮夸的脸："她不是真的开心。"

包子问："怎么这么多人骂她？这些评论好像全是骂她的，她不是有二十多万粉丝吗？而且这些送礼物的人也在骂她，骂她还给她送礼物是什么操作？"

杨乐解释道："他们打赏的都是几块钱的礼物，把ID改成侮辱她的话，这样她在感谢的时候就会念出他们的ID。"

包子忍不住骂了一声："这不等于网暴吗？"

杨乐说："翁静是通过蹭热度、扮丑获得流量的，发的视频也都是哗众取宠类的，导致不喜欢她的人越来越多，骂她的人也越来越多。而且她还经常和榜一私联，大家都觉得她一个女孩为了红、为了流量、为了钱无下限、不要脸。"

姜安问:"你怎么知道这么多?"

杨乐回答:"要想快速知道一个公众人物在网络上的情况,直接去她的黑超话就好了,这个翁静黑超话里有四万多粉丝,而且活跃度很高,每天都在骂她。"

傅晋寒目光沉沉地看他:"你是警察,了解一个被害人的情况难道是从黑粉嘴里吗?"

杨乐连忙摇头:"傅队,我当然知道了,我说的这些都是翁静在直播里亲口承认的,黑超话里有她说这些话的直播录屏。"

"把视频找出来发给我。"傅晋寒说。

画面里的视频还在播放,翁静在感谢了一长串的名单后,坐了下来,她拿出卸妆油慢慢卸妆,一边擦一边说话,没有了故意拔高音调的尖细的嗓音,她正常说话时声音很轻柔:"我还有一周的生命,很快我就要死了,被人杀死。他会先勒死我,再给我穿上白色的丧服。他会在我的房间里挂满铃铛,会用锁魂钉锁住我的灵魂,会用秤砣绑住我的双脚,会在我的身侧烧两炷高香。"

说到这里,翁静露出一抹浅笑:"他知道我喜欢红色,所以答应给我挂满红布为我送行。"

她说这些话的时候是在笑着的,但眼里隐隐含着泪光。她在一周前就预知了自己的死亡,没有选择报警寻求帮助,而是安静地躺在家里等死。

姜安无法想象一个人可以如此平静地面对死亡,更无法想象在一个可能即将消逝的生命面前,有些人依旧恶语相加。

"哈哈哈,我看这女人是又疯了吧,真是一天不搞点事都不行,是又害怕自己没流量所以制造话题吗?"

"一天到晚蹭热度,你怎么还不去死?"

"像个小丑一样的女人,谁杀了你谁就是在做好事,快点死吧!"

"赶紧去死啊!"

…………

满屏都是恶毒的诅咒,这些人口出恶语像是巴不得翁静马上去死。视频的最后,翁静安静地哼了一段旋律,空灵的嗓音像是把姜安他们带回了案发现场。

包子觉得脚底莫名蹿上一股凉意,他咽了咽口水:"老大,这调子是不是就是案发现场录音机里的那段曲子?"

傅晋寒皱着眉"嗯"了一声。

姜安问:"翁静口中的'他'是谁?"

傅晋寒眉头紧锁："查翁静的关系网。"

"知道了傅队。"杨乐说道。

南城的天气变化多端，下午太阳晒人，到了晚上就起风。晚上将近 7 点，市局里一阵接一阵的阴风灌进来，走廊空无一人，除了值班的警察，大多数人都下班了，只有刑侦办的人还忙得焦头烂额。

深夜 1 点，包子拿着资料从外面快步走进来："老大，物证科和痕检科的检验结果都出来了。痕检没有提取到有关凶手的任何足迹、指纹之类的信息，也就是说凶手清理过案发现场。"

这一点大家早就猜到，现场被特意布置过，留下指纹和足迹是不可能的事。

包子把资料递给傅晋寒："录音机里那段音频中间确实夹杂高频音段，另外，香炉里燃烧的香里除了榆树皮，还有一种成分——东莨菪碱，一般是从洋金花中提取的。"

杨乐说："洋金花？这花在南城可到处都是啊。"

"到处都是"的意思就是，很难通过这个找到源头。

傅晋寒目光微凝："花到处都有，但能把它制成香料的没几个。"

包子和杨乐都陷入沉默。

傅晋寒又问："精液 DNA 比对结果出来了吗？"

"没有，这个还需要时间。"包子说。

- 05 -

凌晨 2 点，傅晋寒从市局出来，径直上了车，边发动车边接电话。

电话那边的声音里全是抱怨："哥，你什么时候回家？你去南城都多久了，难道你打算一直在那个小城市待下去吗？"

傅晋寒薄唇轻勾："想我了？"隔着电话傅晋寒都能想象到自家妹妹撅嘴撒娇的模样。

傅珍珠说："想了，妈也想你了。"

傅晋寒顿了顿，声音不似平常那么冷："今年过年我请个年假回 A 市。"

傅珍珠一下子振奋起来："真的吗，哥？"

傅晋寒单手转动方向盘，低声笑了笑："哥什么时候骗过你？"

刚才还难过的傅珍珠一下子就高兴了："那我明天就跟妈说，妈肯定特开心。对了哥，听说你那儿有个主播被巫术杀死了？"

傅晋寒眉头轻皱，踩了刹车："你怎么知道有个主播死了？"

傅珍珠打开台灯翻了个身："网上都传遍了，好像是那个小区的业主发的视频，说得可玄乎了，什么厉鬼索命、巫术杀人，现在网上好多平台都在讨论这事呢，还上了热榜，你不知道？"

傅晋寒脸色沉了下来，他忙了一天，连水都没顾上喝，怎么可能知道？他训道："只是一起凶杀案，和巫术厉鬼没关系，别跟着瞎凑热闹。"

傅珍珠撇撇嘴："知道了哥。"

傅晋寒想到莫晚晚，便问道："莫晚晚你认识吗？"

傅珍珠听到莫晚晚的名字，语气顿时蔫了下来："好端端的，你提她干什么？"

傅晋寒言简意赅："认识还是不认识？"

傅珍珠也是混娱乐圈的，虽然只是个十八线小明星，但对一些圈内八卦多少了解得比外行人多："见过几次，不过不熟。我听说她这两天就在南城拍戏呢，她那部新剧好像有几个场景要在南城取景。"

红灯最后几秒不停闪烁，直至变成绿色。傅晋寒重新发动车子，傅珍珠又在耳边叨起来："你怎么突然问起她来了，该不会跟这案子有关系吧？"

傅晋寒把手机搁在支架上："不该问的别问，行了，我还有事，先挂了。"

说完他毫不留情地挂了电话，油门一踩，车身很快消失在夜色里，只留下一排汽车尾气。

皎月高悬，凉风吹过来，啪嗒一声，傅晋寒点了支烟，烟头在夜色中忽明忽暗。他抬头，恍惚间好像看到三楼案发现场的窗户上有人影闪过，他眯起眼，把烟塞进嘴里叼着，迅速跑上楼。

有些凶手在杀完人后会重新返回案发现场，尤其是像翁静案这种把案发现场布置得如此精细的杀人凶手。他们把死者当成自己的作品，把杀人当成乐趣。预谋杀人的凶手在事后返回案发现场的概率非常高。

傅晋寒胸腔擂鼓震鸣，小心翼翼地打开门，动作轻微，没发出一点声响。屋内光线很暗，但傅晋寒曾经是军人，受过训练，即便在黑暗里感官也能十分清晰。

他依靠窗外透进来的一点亮光，跨越障碍物，来到卧室门前，门并未关严，和门框之间余下一点缝隙，卧室里黑漆漆一片，但傅晋寒耳力惊人。

他听见了人的呼吸声。

墙上红色的布条摇摇欲坠，铃铛发出丁零当啷的声音，这间屋子几个小时之前还躺着一具尸体。耳边的呼吸声很浅，傅晋寒找准时机猛地推开门，对着一道黑影就压了上去，将人钳制在地上："不许动，警察！"

傅晋寒皱着眉逐渐发现不对劲，对方身形瘦小，就在他恍神的两秒间，一道熟悉的软糯声音响起，因为被抵着喉咙，嗓音里带了些哑："傅队，是我，姜安！"

傅晋寒的表情一时间变得难以言喻，他缓缓松开手，站起身打开灯，居高临下地看着躺在地上不断咳嗽的姜安。

姜安咳了好一会儿才从地上坐起来，她实在想不通一个人怎么能有这么大的力气，刚才那力道，她合理怀疑自己要是再晚一点自报家门就要被他勒死了。

傅晋寒的眉头拧成了一个"川"字，伸手把人从地上拉起来："你大半夜不在家里睡觉，跑来案发现场做什么？"

姜安没好气地说："你能来我就不能来吗？你懂不懂进门之前先敲门，知不知道人吓人是会吓死人的！"

傅晋寒有些头疼："你不怕？"

姜安拍拍屁股上的灰："我只相信真理，不相信鬼神。"

傅晋寒的眉头自始至终都没松开过："你来这儿做什么？"

姜安黑黝黝的眼睛直视着他："你来干什么我就是来干什么的。"

傅晋寒瞅了她一眼没说话，开始在卧室里到处查看。姜安刚才已经把这里全部看了一遍，和白天找到的物证一样，并没有什么被遗漏的细节。

等傅晋寒认真找完一圈后她才开口："你是不是在想，明明不是密室杀人，为什么监控没有拍到任何人进出这间房子？凶手到底是怎么进来的，又是怎么出去的？"

傅晋寒站在窗口探出半个身体朝上面看，嗓音在夜幕下显得更加低沉："世上没有完美的凶杀案，他只要杀了人，就一定会留下证据。"

姜安走过来，靠在墙上："唯一可以进来并逃走的地方只有这扇窗户，那盘磁带有问题，所以楼下夫妻俩没有听到铃铛声。那么问题来了，这里是三楼，底下是一片湿地，上面的草没有任何被碾压的痕迹。任何人从这么高的角度跳下去，先不说会不会缺胳膊少腿，这些草也该有被压的痕迹吧，可是没有。"

傅晋寒转过头，视线和姜安的视线在空中撞上，窗帘被拉开，两个人站在月光下，他们的身影被拉得很长，身后的红布被风吹得乱晃，震得铃铛声响不断。他们站在案发现场，气氛诡谲，虽然身处不同的方向，但眼中追求真相的固执却是一样的。

两人在沉默过后，傅晋寒给包子打去电话："查202和402的住户。"

凶手既然没有进出，那就还在这栋楼里。老城区的管道都在楼外，如果凶手从楼上或者楼下顺着管道爬进来，那就能完美地解释为什么监控没有拍到有人进出，地下的草没有被压过的痕迹。

傅晋寒挂了电话看向姜安："你每一次找凶手的时候都会来沉浸式体验吗？"

"啊？"姜安愣了愣，很快明白了他话里的意思，眼皮跳了跳，有点无语地说，"我只是想知道凶手在杀死被害人的那一刻心里想的是什么，只有知道杀人动机才能更快锁定嫌疑人。"

傅晋寒眼皮半掀："被害人没有丢失财物，身上没有性侵痕迹，凶手的目的既不是劫财也不是劫色。"

姜安说："但是垃圾桶里有用过的避孕套，说明死者至少在一周前和人有过亲密接触，这个人或许是破案的关键。"

"DNA 比对结果还没出来。"傅晋寒伸手把窗户关上，"太晚了，先回去，明天再查。"

姜安应道："嗯，你开车了吗？"

傅晋寒斜眼瞧她："怎么？"

姜安掸了掸身上的灰，说得很是理直气壮："搭个便车呗。"

傅晋寒似笑非笑地说："你怎么来的怎么回去。"

一个小姑娘深更半夜跑来案发现场，胆子真够大的，也不怕碰到凶手，不给她点苦头尝尝，她下次还敢这么干。傅晋寒一个多余的眼神都没给她，径直往外面走。

姜安跟在他后面一路出了小区，等到了车边，傅晋寒毫不留情地拍开她准备开门的手，她才知道这人是真没打算捎着她回去。

姜安来的时候是坐公交车来的，这个时间这个位置，别说是公交车了，就连出租车都很难打到。她难以置信地说："你该不会让我步行回去吧？"

凉风萧瑟，傅晋寒淡定地点了支烟，烟雾在指尖缭绕，眼底沁出几分不明显的笑意："再见。"

姜安生怕他真走了，着急忙慌地拉住他的胳膊："别走啊傅大队长！咱俩家虽然不住在一起，但是离得也不远，你也就多绕一段路——"

傅晋寒直接打断她："自己回。"

姜安眼看着傅晋寒关上车门，留一排汽车尾气给她吃，她在原地呆了三秒，气得跺脚："什么人啊，活该单身这么多年没女朋友！"

直到那辆吉普车消失在视线里，姜安才停止咒骂。她掏出手机想打车，结果等了七八分钟都没有司机接单，无奈之下，她只能跟个泄了气的皮球一样，耷拉着脑袋往前迈着小碎步。

隔着两条马路，傅晋寒坐在车里，侧身看着对面，搭在车窗外的手臂精瘦而修长，手背很宽，青筋微突，指骨分明，格外好看。

他不紧不慢地绕了个圈，返回刚才的路段，隔着一段距离，慢悠悠地沿着路边开。就这么慢速行驶了四十分钟，直到小姑娘进了小区，楼上那盏灯亮起，他才一脚油门踩下去，加速离开。

- 06 -

8月初，南城的大街小巷都散发着一股潮湿的闷热，不似北方的那股燥热，南方的热是让人说不清的湿热，在这种鬼天气稍微一动都能汗流浃背。市局里空调嗡嗡作响，杨乐一边走一边擦汗，他赶了个大早去了一趟物证科，把DNA比对结果取了过来，这会儿正往刑侦办赶。

刑侦办里，包子正在跟傅晋寒汇报202和402住户的情况："202的住户我们昨天见过，就是报案的那夫妻俩，两人都有工作，被害人死亡的时候两人正在上班，并不具备作案时间。而且他们家装了监控，我看过录像，当晚两人确实只出来过一趟，应该就是报案时说的，觉得楼上太吵上去敲门的那次。"

傅晋寒点点头："402呢？"

包子神色顿了顿，说："402的住户比较奇怪，他和翁静一样都是租户，而且这栋楼只有他们两个是租户，其他都是业主。他和翁静一样不喜欢出门，周围的街坊邻居都说很少见到他，我问过他们楼上701的业主，他说都不知道楼下住着这么个人，还以为是空房。"

傅晋寒皱了皱眉："关系网呢？"

包子说道："是孤儿，没有亲戚父母，社会关系也几乎没有，具体做什么的暂时还不清楚，回头我过去一趟。"

傅晋寒说："嗯，等会儿我跟你一起，老李跟杨乐呢？"

包子回答："杨乐去物证科了，老李去翁静的经纪公司，打算问一下翁静的情况。"

话音刚落，杨乐就急匆匆地从外面进来："老大，DNA比对结果出来了，叫屠刚，本市人，48岁，是翁静所在的那家公会的老板。"

傅晋寒低着眼，看不出眼底的情绪："让老李直接把人带回局里。包子，跟我去一趟凤阳小区。"

包子立刻答应："收到。"

两人刚走出市局，迎面就碰到了正打着哈欠走进来的姜安，她咬着豆浆的吸管，选择性忽略了傅晋寒，朝包子问道："你去哪儿？"

包子"嘻"了一声，说："去凤阳小区，见一下402的住户。"

姜安连忙把剩下的豆浆一口喝完："我也去！"

傅晋寒剑眉微挑，也没说什么，带着他们俩往停车的方向走。

包子在后面跟姜安聊天："今天怎么这么晚才来局里？"

姜安揉了揉困倦的眼睛："昨天有点事，睡得比较晚。"

昨晚她从凤阳小区走回家，走了将近一个小时，腿都要断了，到家再收拾收拾，躺上床的时候天都蒙蒙亮了，今早闹钟都没闹醒她，等她迷迷糊糊醒来，一看都快9点了，早饭都没来得及做就匆匆忙忙赶到市局，生怕错过什么案件细节。

说话间已经到了停车的地方，包子凑上去，稀奇地说："老大，你这车怎么贴了罚单啊？"

傅晋寒长臂一伸，把单子拿下来："昨晚违停了。"

包子嘿嘿一笑："没想到老大也会犯这种错误，回头一定得跟张局说。"

傅晋寒抽他脑袋："就会告状是吧。"

包子伸手捂着脑袋："老大，君子动口不动手啊！"

姜安在后面忍不住扬了扬嘴角，她以前总是一个人，老师说她永远活在自己的世界里，现在她听了老师的话试着走出来，发现好像人声鼎沸的世界也不错。

当然，如果面前这个人在头天晚上没扔下她一个人跑路就更好了。

凤阳小区原本就是老小区，这下出了凶案，还是和灵异鬼神沾边的，在这里居住的人又以老人居多，今天已经有不少业主打算搬走了。街坊邻居凑在一起抱怨个不停。

"怎么就出了这个事呢？本来我们这儿都被划成拆迁区了，这下好了，政府肯定给不了多少钱了！"

"我儿子让我赶紧搬走，说是这女娃娃死得不吉利，影响咱们家风水，他明天就要来接我哩。"

"张嫂，你说这叫个什么事啊，以后小区房价肯定得跌，得亏十几万呢！唉！"

"这女娃娃死得也可怜，哪个遭天谴的干的这事哟，以后还不得遭报应啊！"

…………

姜安他们一路走来听到不少业主围在楼下说昨天的案子，大家更关心的还是房价要跌，以及政府拆迁补偿金会不会因为死了一个人而减少。

昨天保安大叔的老伴儿也在其中，她一下子就认出了昨天见过的傅晋寒——他站在人群中实在是太过醒目，个高腿长，颜值还高，任谁都能一眼认出。

她把瓜子往口袋里一收，疾步走来："帅警官！你们怎么又来了？还是调查昨天的那个案子吗？"

傅晋寒捂嘴干咳一声："嗯，来看看，你们这里很多人都在搬家？"

大妈激动地说："可不嘛，大伙儿都商量着走呢，反正这地也被纳入拆迁区了，早晚都得走。"

"你和你老伴儿也走？"

"我们不走，我们都在这儿生活一辈子了，什么时候拆迁什么时候再走喽。"

大妈手里拿着东西，傅晋寒很自然地帮她接过来："听说402也是租户？"

大妈笑呵呵地说："是啊，不过这小伙子基本不出门，我老伴儿有几次晚上值班的时候碰到过他，和他打招呼他都不理人呢，之前我们社区活动的时候，那死了的女娃娃都来了，那小伙子也没来。"

这点和包子调查到的说法基本一样。傅晋寒又问了几个问题，包子和姜安老老实实地跟在后面。

姜安低声道："你们傅队是不是很招长辈喜欢？"

包子心道何止招长辈喜欢，他探着头四处看了一眼，神神秘秘地说："跟你说个事儿，你可千万别说是我告诉你的。"

姜安好奇道："什么事儿？"

包子说："之前我们办过一个案子，也是像今天这样走访，结果走访那大妈非要把她女儿介绍给傅队，都追到市局去了，闹了不小的动静。后来傅队碰到这种情况都说自己已婚生子。"

姜安悄悄地竖了个大拇指："还是你们傅队会玩。"

包子得意道："那是。"

- 07 -

402和302中间只有一面墙的距离，从管道上攀爬十分容易。姜安站在楼下朝上看，管道老旧，上面还有残余的锈迹，因为楼层建筑的问题，外露管道只有二楼到六楼有。而五楼无人居住，业主早已在两年前搬迁，六楼的业主是位独居的老太太。这就是傅晋寒会直接调查二楼和四楼住户的原因，只有这两层的住户具有作案的条件，也是包子为何为问701的业主的原因。

保安大叔的老伴儿将人带到楼下就走了，傅晋寒和包子先上了楼。姜安没有跟着进去，她站在管道口底下，始终抬着头往402的窗口看，直到包子从楼梯口的窗户探头朝下喊："姜安，你怎么还不上来？"姜安这才回神，匆忙应了一声转身朝楼里走。

路过302时，一排警戒线格外醒目，因为不能影响这里其他业主的生活，警戒线只封了楼道的一半，留下的空间够一个人行走。

姜安小心地侧着身往上走，终于到了402门口。

老式门都没有门铃，包子伸手敲门，敲了半天都没有人回应，他回头看向傅晋寒："老大，该不会人不在吧？"

傅晋寒面无波澜地说："接着敲。"

姜安说："按照邻居说的，他是一个不喜欢出门的人，那出了这档子事后，他就更不可能出去了，接着敲吧，人应该在家。"

事实果真像姜安说的一样，包子来回敲了两分多钟后，终于听到了保险栓拉开的声音。门里面传来一道很低的声音，像是没有开过光的断刃，长久以来被封存在刀柄中，带着点尘封的冷，语气中夹着疑惑询问："谁？"

包子说："警察办案，请配合。"

那人警惕性应该很高，始终没有露脸，躲在门后："我要看你的警察证。"

包子回头和傅晋寒对视："老大？"

傅晋寒伸手把包子拨到一边，从口袋里拿出自己的警察证："开门。"

门被打开一个小缝隙，那人终于伸出半个脑袋，等看清了警察证上的警号，他才缓缓拉开门："抱歉，我只是不能确定你们的身份。"

傅晋寒推门进去，环视了一眼四周，屋内窗帘都拉着，不透光，非常暗，要不是门开着，门外有光，这屋子在大白天也是漆黑一片。

那人伸手开了灯，自顾自转身往里走："不好意思，我不喜欢阳光，会影响我思考的能力，我个人比较喜欢封闭性的环境。"

包子非常不明白阳光和思考能力有什么关系，倒是觉得这人有点神神道道的。

灯打开，才看清楚青年的模样。他的头发像是长时间没有打理过，长度已经过肩，正值炎夏，他却穿着长袖长裤，脸上胡子拉碴，看上去不修边幅。

饶是姜安记忆力惊人，在见到他的第一面也只是觉得熟悉，如果不是他说了那句"不喜欢阳光，会影响我思考的能力"，姜安真没有把他和印象中的那个少年联系起来。

姜安盯着他的背影看了一会儿，她心跳的频率加快，用着试探的语气："师哥？"

青年的背影一僵，身体似乎在一瞬间挺直，姜安看到他搭在玄关柜子上细长的手指微微颤了颤。

包子诧异道："师哥？你们认识？"

傅晋寒也觉得奇怪，眼前这个青年很怪，是行事作风很怪，但他又莫名觉得有点熟悉，像是在哪儿见过，姜安一说话，他终于明白自己这感觉从何而来，在某种意义上，这两个人都是怪胎。

但姜安显然更合群一点。

姜安没有回应包子，而是攥紧了手指，再度问道："秦游师哥，是你吗？"

秦游情绪敛得很快，他回身："姜安，好久不见。"

姜安立即笑了，表情惊喜："师哥，真的是你！我还以为我看错了呢，你什么时候从国外回来的啊，怎么会来南城？"

秦游也没想到在自己辗转多地后特意挑选的一个地方，竟然还会遇到老熟人，尤其这人还是自己曾经的师妹。

两人当时一个被誉为百年难得一遇的才子，一个被誉为天才少女。如今时过境迁，两人都没了当年的意气风发，再见面，他们都沉淀了许多，谁都没有从前盛气凌人、不可一世的傲了。

秦游说："你都长这么高了。"

姜安："……"

她难得失语，姜安的身高是她一辈子的痛，秦游五年前出国，那时她才17岁，身高只有一米五五，现在能长到快一米六还要拜姜浅所赐，是她逼着自己喝了一个暑假的牛奶，这才把"海拔"稍微提上来一点。

姜安尴尬地笑笑，决定跳过这个话题："师哥，你回国我怎么都没听老师说过啊？"

"先坐。"秦游指了指沙发，外地遇故人，原本打算无视这三人的秦游给他们倒了杯水，"三年前回的国，我是自己回来的，老师不知道这事。"

姜安看了秦游一眼，没再继续深问下去，她能看出秦游并不想提及这件事："师哥是一直住在这边吗？"

"嗯，搬来南城之后一直住在这儿。"秦游看了一眼沙发上另外两个人，其中一个气场强大，身上的气质不像是这个小地方出身的人，秦游多看了两眼，"A市过来的？"

傅晋寒接过茶抿了一口："今天来是想问你点事。"

秦游扯扯嘴角："我知道，是关于楼下的吧，她死了，楼道监控没有拍到嫌疑人，整个房间只有卧室的窗户可以逃，但楼底下那块湿地却没有人跳下去的痕迹。所以你们觉得嫌疑人很有可能就是这栋楼的人，而管道只有二到六楼，五楼没有住户，六楼是个独居老人，二楼家里装了监控，你们应该排查过——就剩下我一个嫌疑人了。"

说到这里，秦游耸了耸肩："如果我是凶手，这样的逃亡路线太愚蠢，我不会这么做。"

这一瞬间，姜安仿佛又看到了从前的秦游：孤傲、冷漠、不可一世。

屋里的灯光一闪一闪的，秦游说了声"抱歉"，从储藏间搬了个梯子，旁若无人地站在上面修灯泡："这灯一直坏，不好意思，很快就好。"

傅晋寒像是没听到他刚才的一段话，淡淡说道："坏了这么久，没考虑换个新的？"

秦游说："懒得出去买。"

姜安看着秦游，总觉得这个人变了很多，自从秦游出国之后，和国内的同学就断了联系，只会偶尔在节日时给老师打个电话慰问，其余时间就跟人间蒸发一样。这次都回来这么久了，居然没人知道这个消息。她不禁有些好奇秦游在国外这几年到底发生了什么，只是好奇归好奇，秦游不愿意说，她也不打算问。

姜安记得秦游之前打辩论的时候说过一句话：要想窥探别人的秘密，唯一的方法就是自己先说真话。

三年前的事姜安至今不想提起，估计秦游亦是如此。况且秦游很聪明，要不然董老对他当年放弃国内求学机会选择出国深造的事，不会到现在都还耿耿于怀。

姜安面对自己的师哥，实在不知道怎么把眼前这人和最近那个割阴部的变态杀人犯联系在一块儿，况且她之前一直都很敬重这位师哥。她把求救的目光投向傅晋寒，指望他来打破眼下这个僵持的局面。

傅晋寒懒懒散散地扔给她一个眼神，直接问道："上周五晚上 8 点到这周一早上 7 点，这段时间你在做什么？"

头顶上不停闪烁的灯光终于恢复正常，秦游拍了拍手，从梯子上下来，把梯子搬回了储藏室，之后才出来回答："一直在家里，没有出去过。"

"连续三天都在家里？"傅晋寒皱了皱眉问。

秦游说："是，关于我不喜欢出门这件事，想必你们在来的路上已经问过周围邻居了。"

傅晋寒的声线一如既往地冷："我问你答。"

秦游停顿一秒，说："好的警官。"

傅晋寒问："和被害人翁静认识吗？"

秦游说："认识，不熟，毕竟是在一栋楼里，偶尔碰到过几次，她和我打过招呼。"

"最后一次见到翁静是什么时候？"

"上上个周五，她取快递上楼，我下楼扔垃圾，打了一个照面。"秦游对答如流，神情冷静。

傅晋寒的语气缓和下来："你每天不出门，靠什么解决自己的温饱问题？"

秦游短促地笑了声:"警察同志,你该不会不知道有外卖这个东西吧?"

傅晋寒神色淡淡的:"垃圾桶里堆了很多垃圾,却没有外卖餐盒,厨房的餐具摆放整齐,但明显有用过的痕迹,更何况这个时间你灶台上还开着小火炖东西不是吗?"

秦游的谎话被拆穿也没有一点慌乱的神色:"我每周都在网上下单生活上要用的东西送到家,如果需要我可以给你提供购买记录。"

傅晋寒说:"需要。"

秦游:"……"

姜安觉得这两人之间有点剑拔弩张,她视线漂移到窗外,看向对面那栋楼。她发现老城区这些楼间隔都不远,她能从窗帘的缝隙中看到对面阳台上的女人正在浇花,只可惜缝隙太小,她也只能看到一角。

"有不在场证明吗?"傅晋寒问。

秦游回答:"没有。家里只有我一个人,我也没有装监控,但是楼道的监控应该可以证明我这几天没有出去过。"

楼道的监控在来之前傅晋寒就已经查过了,的确没有拍到秦游的身影,但他这趟来想要知道的并不是秦游有没有出过门。

秦游喝了口茶,面无表情地说:"你们如果想要知道我有没有从管道上爬下去过其实很简单,管道上都是锈迹,如果我从这里爬下去,管道上应该有痕迹,你们直接从我这窗户外面看一眼就行了,没必要这么麻烦。"

姜安站起身,笑呵呵地说:"既然师哥都这么说了,那咱就看一眼。"

她一点都不客气地跑去窗户边拉开窗帘,动作丝毫不拖泥带水。秦游看她这一系列自然快速的动作抿了抿唇,他这个师妹还真是一如既往地……直接。

姜安伸着脑袋看了一圈,管道上锈迹斑斑,外壳蒙上了一层厚厚的灰,如果有人从这上面爬过,这些灰应该会被蹭掉,但是没有。她心里隐隐松了一口气,不是师哥就好。但显然案件又陷入了死胡同,不是这栋楼的人,那凶手到底是怎么逃出去的?姜安微微蹙着眉心,陷入思考。

傅晋寒看得比姜安仔细,修长的手指在窗台上抹了下,手指沾了一层薄薄的灰,看上去这扇窗的确很久没开过。

既然不是秦游,那他就没必要在这里继续浪费时间:"走吧。"

姜安呆呆地点头:"噢。"

三人和秦游道别,姜安把秦游的微信要了过来,大门关上之前,秦游皱了皱眉心,似乎想要开口说什么,但最终他只是皱着眉目送他们离开,然后慢慢关上大门。

- 08 -

老李刚从审讯室里面出来，抬头就看见傅晋寒和姜安表情严峻地从外面进来："傅队。"

傅晋寒从桌子上抽出两张纸巾扔给姜安："问得怎么样了？"

老李看着姜安自然地接过纸巾，不动声色地看了他们傅队一眼，心里竟然有种铁树终于要开花了的感觉，他的视线在两人身上来回游移了几秒："刚带来，我正准备出去喊杨乐过来跟我一起审呢。"

傅晋寒说："我跟你一起审。"

老李点头："成。"

两人转身一起进了审讯室，姜安找了个位置坐下来，仔细地擦着额头上的细汗，眼睛却一直盯着面前的单向玻璃，她把用完的纸巾扔进了垃圾桶，又伸手从桌子上找到耳麦给自己戴上。

审讯室里逼仄的空间能很好地制造紧张氛围，从而击溃被审讯者的心理防线。屠刚在这儿坐了半天，浑身都觉得冷，耐心早已被耗尽。他整个人显得很局促，不停地向门口张望，终于看到有人进来后他眉头一下子就皱起来："警察同志，翁静的死跟我没关系啊，你们为什么要把我带到这里来？我跟她完全不熟！"

屠刚急于撇清关系，他生怕自己和一起杀人案有联系，眼巴巴地看着傅晋寒和老李："你们不能没证据就乱抓人啊！"

傅晋寒伸手敲了敲桌子，示意他安静，随后坐在他面前的椅子上，老李在他旁边坐下。

低沉的声音响起："姓名？"

屠刚一身西服，身材很胖，坐在那里一眼就能看到大肚腩，而且也没有避开中年秃头的厄运。"屠刚。"

"年龄？"

"45岁。"

"家庭状况？"

"父母健在，还有老婆和两个孩子。"

"在哪里就业？"

"我自己开了个小公会，主要做直播这个行业，不过事业刚起步，目前只签约了二十多名主播——不是，这些你们不是可以查得到吗，为什么还要问？警察同志，如果你们找我来是要问关于翁静的事，那你们就直接问，我肯定知无不言，言无不尽！"

屠刚看起来很配合，但一直反复强调自己和翁静没关系。

姜安坐姿乖巧，安静地盯着里面看，随后耳麦里传来一道很低的声音，姜安下意识缩了下脑袋，像是被一股电流击中。她看着玻璃后一脸冷酷的男人，抬手揉了揉自己的耳朵。

傅晋寒眼神冷淡，屠刚本来还想说话，但被这眼神逼退，动了动嘴唇，没再吭声。

老李说："我们找你来是让你配合调查，没说你跟翁静的死有关系，你不用这么紧张。"

屠刚一听这话，顿时松了口气："好的警察同志，我一定配合。"

傅晋寒问："和翁静什么关系？"

屠刚说："她是我公会半年多前签约的一名主播，我跟她就是上司和下属的关系！"

"到底什么关系？"傅晋寒眼皮微掀，冷冷地看他。

屠刚抿唇，过了几秒他面露难堪："皮……皮肉关系。"

说完他很快补充："这事千万别让我老婆知道，我跟她就有过几次，没感情的，而且是她勾引我的！"

屠刚怕老婆这事之前老李在走访调查的时候就了解过，说白了这公会明面上是屠刚的，实际上钱都在他老婆那儿，这人就是个吃软饭的。可惜有些人吃软饭都吃不明白，依然出轨，过后还不敢让老婆知道。

老李最讨厌这种有老婆孩子还不老实的男人，在心里唾弃了一会儿屠刚。"具体几次，地点在哪儿？"

屠刚一时沉默，表情显然是不想透露太多。傅晋寒指节微屈，又敲了一下桌子，屠刚这才开口："每周一次，一般都在她家。"

傅晋寒微微拧眉，如果是一周一次，之前保安为什么没提过屠刚，只提了莫晚晚。他摸出手机给杨乐发了一条信息：查一下屠刚老婆名下的房产。

很快，杨乐就回复了：一共四处房产，一处在隔壁市，一处在市中心，一处在公会附近，还有一处在凤阳小区。

傅晋寒眉目冷淡地按灭屏幕，抬头看了一眼屠刚："你妻子知道她给孩子买的房子变成你和别的女人出轨的地方吗？"

屠刚明显一怔，大概是没想到自己的小秘密被人这么轻易地戳破，他那张满是横肉的脸红了大半。"我……我……求求你们别告诉我老婆！"他的声音近乎乞求，"这事要是被我老婆知道就完了，我们家就要散了啊，我两个孩子马上高考了，要是知道自己爸爸干出这事，那他们……"

老李嗤道："现在知道后悔了，出轨的时候怎么没想到你那两个马上高考的孩子。"

屠刚自知理亏，但心里仍旧怨恨，他和翁静不过就是玩玩，谁能想到这女人居然死了呢！

傅晋寒淡淡地说："最后一次和她见面是在什么时候？"

屠刚回答："上周三，那天本来是想让她去我家的，但她说她在家里都准备好了，让我过去，之后我就去了。"

"时间？"

"晚上6点，中间我们吃了顿饭，然后7点30分我就从她家里出来了。哦，对了，她还跟我请了几天假，说暂时不直播，想休息一段时间。因为那天她挺乖的，我就同意了。"屠刚搓着双手，"警察同志，那天之后我再也没去过凤阳小区，监控应该都能看到的，这女人的死和我真没关系啊！"

老李说："有没有关系不是你说了算，警方会调查。"

傅晋寒问："翁静有没有什么异常表现？"

屠刚想了一会儿说："没有，就是变得乖了一点，其他都挺正常的。"

"你们公会有没有什么人和她比较熟悉？"傅晋寒问。

"没有，这女人就是个闷葫芦，什么人都不爱接触，之前同公会的人想找她打PK（对决），她也拒绝了，她好像不喜欢跟人接触。"屠刚像是想起了什么，一拍大腿，"对了，她和一个粉丝挺熟的，那粉丝是她的死忠粉，她每天的收入基本就靠这个粉丝给她打赏，还给她单独开了会员。"

傅晋寒皱了皱眉："粉丝？"

- 09 -

"傅队！"杨乐抱着电脑走进刑侦办，"查到了，那粉丝叫廖婷，户籍地和翁静在一个地方，目前居住地显示是在邻市。"

从市局开车到邻市一共需要三个半小时，傅晋寒马不停蹄地一路开过去，路上连口水都没喝，终于在傍晚将近6点时赶到。

廖婷住在市中心有名的别墅区，傅晋寒事先已经找人联系过廖婷，但打了一路电话她都没接。傅晋寒站在铁门前面，别墅内一片漆黑，看上去像是无人居住。

傅晋寒给包子使了一个眼色，包子立刻领悟，打算上前按门铃，谁知手还没碰到，电话就响了。

包子回头："傅队，电话。"

傅晋寒皱了皱眉接起："什么事？"

姜安沉默一秒后说："你们现在在哪儿？"

傅晋寒看了一眼眼前这幢豪华气派的别墅。"在廖婷家里。"顿了顿，他说，"应该没人。"

姜安说："当然没人了，人在咱市局呢！"

包子见傅晋寒脸色不对，忙问："老大，怎么了？"

那边姜安解释道："人刚来，现在老李正在问话，她说她是来提供证据的，她知道是谁杀了翁静。"

傅晋寒目光微晃，不动声色地挂断电话："回南城。"

包子一脸不解："廖婷家不进去了？"虽然看上去家里像是没人，但这么老远赶过来不进去看看总感觉亏得慌。

傅晋寒瞳色很深："她在市局。"

包子脸上出现一抹愕然："你是说南城市局？"

"嗯。"

包子一脸怨气地上车："老大，要不我来开吧？"

傅晋寒扭头，眉梢微微上挑："你那个技术还是回家开碰碰车吧。"

包子："……"

他撇撇嘴不敢反驳，他其实驾驶证拿得挺早，但开车技术就是不咋地，亏得在南城这么多年对路况熟悉，这两年开车次数才勉强多了。

两人再度开车返回，傅晋寒来回开了七个多小时的车，半夜才抵达南城市局。他脸上露出几分疲倦之色，刚下车就瞧见了蹲在门口拿着手指画圈圈的小小身影。

车灯闪过，姜安下意识伸手挡脸，透过指缝看着逐渐走近的人，大概是知道自己蹲久了站起来会脚麻，她扶着墙慢吞吞地起来："廖婷已经回去了，因为不是嫌疑人，警方不能控制她。老李本来要帮她安排酒店，但她嫌局里给她安排的酒店档次不够，走了，说是明天一早再来一趟局里。"

傅晋寒盯着她被热风吹红的小脸，嗓音低沉："怎么不回家？"

姜安弯着腰揉了揉小腿，连她自己都没察觉语气里竟无意识地带了点撒娇的埋怨："还不是在等你嘛。"

"等我做什么？"

姜安懒洋洋地说："老李女儿今天放假回家，杨乐也有事先离开了，只好由我把廖婷的报案录像交给你了啊。"

傅晋寒沉眸："口供录像我可以自己去审讯室拿，或者明天再看也来得及，你等我做什么？"

姜安被他这话说得语塞，脑子终于转了过来。

对啊，这东西虽然重要，但傅晋寒自己也可以拿到，她为什么要特意等他回来呢？当时老李把录像交给她就走了，姜安没想别的，就一直在局里等了。

姜安蹙着眉心，似乎在纠结这个问题的答案，半晌她耸了耸肩："你话好多，到底要不要看？"

傅晋寒意味不明地看了她一眼："看。"

全程在柱子旁边充当背景板的包子心想：什么情况？

- 10 -

廖婷的话很简单，只说了自己和翁静是如何认识的，她在市局里坐了半天，一定要见到傅晋寒才肯说，任凭老李如何劝说她都不为所动。

傅晋寒看着屏幕里只有十几岁的小女孩，她坐在那里一直重复一句话："我要见傅晋寒。"

他把U盘搁进抽屉里，转身朝姜安道："走吧，我送你回家。"

姜安揉了揉惺忪的眼睛，困得打了个哈欠："包子怎么办？"

没等傅晋寒说话，包子就说："今天我值班，等会儿我把案子重新梳理一下，明天等廖婷来也好判断她话里的真假。"

姜安点点头："那好吧。"

她收拾好东西跟在傅晋寒身后小步离开，自然地走到驾驶位旁，想拉开车门，突然被人拦下，姜安迷茫地抬头："怎么啦？"

傅晋寒说："走错位了。"

姜安才反应过来："你开了这么久的车不累吗？我来开吧，不过如果你不喜欢别人碰你的方向盘，那我就——"

傅晋寒打断她："你会开车？"

姜安点点头，看上去有些呆："我有三年的驾龄。"

傅晋寒瞧她半晌，"啧"了声，绕到了副驾驶。

车上，姜安小心地调好座椅，问了几个基本问题，确认和自己平常开的车没什么区别后才放心踩油门。吉普车一路平稳驶过，等红灯的间隙，她忍不住侧眸看了看，却发现男人长睫微合，看上去就像是睡着了一样。

她眨了眨眼睛，绿灯亮起，姜安放慢了车速。

翌日，姜安特意赶了个大早去市局，生怕错过廖婷的供词，她前脚刚到局里，廖婷后脚就来了。姜安在门口远远地看到她，故意放慢脚步等她一起走，廖婷看了她一眼，冷哼了一声。

姜安莫名其妙地挨了一个白眼，在心里不断告诫自己千万别跟小孩儿计较，再抬眼时，脸上堆起亲和的笑容："我带你去见傅队。"

廖婷说："犯不着，我自己去找他。"

姜安："……"

她没再说什么，跟在廖婷后面去了刑侦办。办公室里就杨乐一个人，廖婷不客气地问："你们傅队呢？我要见他！你们到底还想不想知道是谁杀的翁静了！"

杨乐昨天是招待过廖婷的，对这位富二代的脾气一清二楚："傅队在法医那儿，我给他打个电话。"

姜安伸手拨了拨廖婷："能让一下吗？你挡着我的路了。"

廖婷不高兴地往后退了一步。

杨乐打完电话没多久傅晋寒就过来了，看到廖婷，冷淡地扔了一句："把人带到我办公室。"

廖婷见到傅晋寒心底有点发怵，但她一想到翁静的惨死，脸色立刻板正起来，推开想要过来领她走的杨乐，直接跟在傅晋寒后面进了那间只有一层隔板的简陋办公室。

傅晋寒拿出纸笔和警用录音笔："为什么一定要见到我才肯交代？"

廖婷抓紧了椅子两旁的扶手："因为我不相信别人，我知道你是Ａ市来的，你家里有背景、有能力，一定可以调查清楚翁静死亡的真相。"

傅晋寒拨弄着录音笔的指尖一顿，随即若无其事地按了开关键，目光扫向廖婷："你说你知道了谁杀的翁静？"

"对。"廖婷眼神坚定，"我有证据。"

傅晋寒问："什么证据。"

廖婷从包里拿出一台手机，点开上面小狗照片的头像，这头像傅晋寒一眼便看出来是翁静的微信头像，之前调查时看到过。

廖婷伸手指了指上面的聊天记录："翁静做主播没多久我就跟她认识了，我喜欢给她刷礼物，她怕我是未成年有一次劝我别刷了，后来我们互相加了微信，慢慢聊得多就熟悉了。她没有朋友，不管是网络上还是生活中，遇到什么事她都会跟我说的。"

廖婷说："从半个月前开始，她就一直跟我说那个屠刚——就是她公会的老板，她和屠刚……"

廖婷说到这里抿唇停顿了一会儿，似乎难以启齿："他们一直保持不正当关系，但是半个月前被屠刚老婆发现了，他老婆开始威胁翁静，翁静的死肯定就是屠刚老婆害的！"

傅晋寒来回翻看聊天记录，翁静的确从半个月前开始每天都在和廖婷说屠刚老婆威胁自己的事，言语中表达了自己的恐惧，但他没有问关于聊天记录的事，反而随口问了一句："开车来的？"

"开车来的。"廖婷下意识点头，紧接着又解释，"我今年18岁，已经成年了，有驾照。"

"18……"傅晋寒若有所思地敲了敲桌子，"你口中的证据不过是你的臆测，警方办案讲究的是实质性的证据，不是这些聊天记录。"

廖婷闻言顿时激动起来："这是杀人动机，不是臆测！屠刚老婆李文英威胁静静了，静静临死前一晚哭着给我打电话，说李文英让她从公司滚蛋，不然让她在南城混不下去！"

傅晋寒眸色平静："那她说要亲手杀了翁静吗？"

廖婷一下子失声，过了半天才不甘心地说："李文英是没有直接这么说，可是翁静死的时间为什么这么凑巧？！"

傅晋寒问："你跟翁静关系这么好，得知她被人杀害连夜开车赶来南城，为什么在知道翁静被威胁、情绪崩溃时没有过来帮助她呢？"

廖婷像是被击到了痛处，她猛地站起来，双手撑在桌子上，眼尾染上红："你以为我不想吗？我早就想来找她了，可她不愿意，她不愿意我来见她，她不愿意……"

说到最后，廖婷重复着"她不愿意"这句话，逐渐痛哭出声，得知翁静死亡时就开始积压在心里的悲愤此刻终于爆发出来。

- 11 -

世界上有这一类人，她们的爱情是灵魂与灵魂的契合，而不是性别和性别的拘束。在这样一个大数据和群众普遍思想被条条框框约束住的时代，大家对"同性恋"这个词并不陌生，却极少有人正大光明地说出来，大家默契地选择心照不宣，或者随着多数人的想法予以嘲笑讥讽。

廖婷14岁时就发现自己和别人不太一样，正值青春期，她和其他女同学关注的却不一样，当其他人围在一起夸赞哪个学长比较帅、打球动作很酷时，她只觉得聒噪和厌烦。后来渐渐地，她发现自己的视线经常会被女孩吸引，那是她第一次感觉到自己和别人的不同。

到了17岁叛逆期，她公然向父母"出柜"，和她想象的并不一样，她以为一向疼爱她的父母一定会包容并且理解自己，但她没想到父母痛心疾首，甚至在她屡教不改后将她扔给了保姆，这一年多来廖婷再也没看到过自己的爸爸和妈妈。她一度抑郁失眠，靠吃安眠药才能睡着，直到碰到了翁静。别人觉得翁静是在扮丑，是为了热度什么都做得出来的无下限的人，但她却觉得翁静本质上和自己是一类人，她们一样孤独，一样不被这个世界理解。她疯狂给翁静刷礼物，靠看翁静的直播睡觉，她本来没想和这个主播有什么联系，但翁静主动找到她并询问她是不是未成年，得知她不是之后，两个人慢慢联系多了起来。

廖婷无法自拔地喜欢上翁静，她和翁静提过很多次，想要来南城找翁静，但没有得到允许。直到翁静死亡，廖婷也没见到她一面。

傅晋寒问："你们是情人，为什么你能接受翁静和别人保持肉体关系？"

姜安不知道什么时候走了进来，余光看到手机界面里的聊天内容："她们不是情人关系。"

廖婷坐在椅子上，卸下伪装的面具，她的眼睛如同死灰一般没有一丝光彩，闻言她冷笑了下："我们确实不是，我是同性恋，翁静不是。所以我以朋友和粉丝的身份与她相处，我知道她是缺钱才会和那个秃头胖子在一起，我转钱给她，她不要，说她不能接受我的钱。"

廖婷低头苦笑，喃喃道："不能接受我的钱，但能接受那个秃头的。"

姜安动了动嘴唇，看着廖婷却不知道该说什么，耳边传来一道低沉冷淡的声音。

"因为你是她……"傅晋寒说到这里眉眼低了低，似乎在斟酌用词，"比较重要的人。"

廖婷痛苦地呜咽声停了一瞬，到底还是个孩子，她抬头时眼神懵懂："什么？"

姜安看了傅晋寒一眼，转头朝廖婷解释："因为你是她的朋友，所以她才要在你面前维护自己的自尊心。"

廖婷愣了愣，十八岁的女孩似懂非懂地望着姜安，直到她走出市局大门，也依旧不明白姜安那句话是什么意思。在她的眼里，翁静欠下的那些债务不过就是她一个月的零花钱，自己随手的施舍就能解决掉朋友的困境，不懂为什么朋友会如此坚决地拒绝她的好意。

刑侦办里，包子和老李出外勤回来，所有人坐在椅子上，看着杨乐打开电脑介绍目前警方掌握的信息："这是我们目前掌握的所有信息。死者翁静，23岁，高中辍学，直系亲属只有她奶奶钱碧华。她之前一直在老家临海市的一家餐厅做后厨清理工作，和后厨袁利因为感情纠葛在餐厅大闹一场被酒店辞退。"

包子问："什么感情纠葛？"

"袁利在老家本来就有个女朋友，结果这女朋友找上门，发现了他和翁静的事，三个人就吵起来了。"

"那袁利和翁静的死有关系吗？"

杨乐摇摇头："没关系，老李去查过，翁静死亡当天乃至一周前他一直都在临海市，没来过南城，根本没有作案时间。"

傅晋寒冷声道："接着说。"

杨乐继续说道："翁静和袁利闹僵后就来了南城，因为长相不错，加上现在直播行业很火，来钱快又没学历要求，她在一年多前开始接触主播行业，之后被屠刚的公会看中签下，翁静居住的房子就是屠刚为她安排的。"

杨乐指了指屏幕里的几张照片说道："翁静的社会关系非常简单，以下这几人是我们经过筛查后的可疑人选。屠刚——我们查过，目前嫌疑最大。廖婷——翁静的朋友和粉丝，没有作案动机和时间，排除。温蒂——翁静同公司的网红，唯一和翁静有过交集的主播，之前公会举办过一次活动，温蒂为了争冠军，引导粉丝攻击网暴过翁静。莫晚晚——艺人，除了一周前曾经主动找过翁静，在翁静的活动轨迹里并没有找到和莫晚晚重叠的地方，但经过我们调查，莫晚晚曾经也在圣光中学读书，和翁静很有可能是同学，目前正在南城后巷的一条古街拍戏，我们已经打电话联系过她，说晚点下工后有时间。最后一个，李文英——屠刚的老婆，廖婷说她知道了老公和翁静的事，几次三番威胁翁静，而且她非常迷信，她手底下几套房子在买之前都特意请过风水师，就连公会的选址也是根据风水师的建议定的。"

老李捶了一下桌子："翁静的死亡现场看上去就跟作法一样，该不会真和这个李文英有关系吧？按道理来说，一个女人发现自己老公出轨的确可能因为愤怒起杀心。"

傅晋寒站起身："我和姜安去找莫晚晚，老李和包子去一趟屠刚家，杨乐查一下翁静高中辍学的原因，包括同学关系、家庭住址。"

杨乐扶正眼镜："傅队，有必要查到她高中时代吗？"

傅晋寒踢他一脚："让你查就去查，哪儿这么多废话。"

杨乐笑嘻嘻地敬了个礼："收到，傅队！"

南城是座小城市，但同时也是一座具有历史意义的小城，有些地方还保留着以前的古色古香，风景秀丽，人文气息很重，其中南城古街是最具代表性的建筑，是江南六大古街之一。黑瓦白墙，流水绕人家，杨柳垂荫，处处入画，所以很多古装剧或者治愈系生活剧选景都会选在这里。

莫晚晚拍摄的地点其实离真正的古街还有一段距离，古街中心游客比较多，很多建筑都是后来修缮的，反而最东边的几堵瓦墙还保留着原始的味道。

东街围了一堆工作人员，导演拿着对讲机大喊了一声："女三号就位！"

莫晚晚连忙把手里的奶茶放到桌子上，在工作人员的帮忙下套上厚重的戏服，尽管后背都是汗，她也咬着牙坚持，一边笑一边说："辛苦你们了。"

工作人员朝她挥挥手："没事儿。"

天气太热了，一场戏拍下来，莫晚晚光是补妆就补了三次，她弯腰连声道歉，生怕因为自己的问题麻烦到剧组的化妆师。

傅晋寒的车就停在路边，因为提前打过招呼，所以剧组人员见到两人过来并没有询问，照常拍戏。莫晚晚那场戏拍完，姜安看着她谦虚地给所有剧组人员都道了声谢，姿态谦和有礼。助理在旁边帮莫晚晚举着电动小风扇，朝傅晋寒和姜安这个方向走来。

莫晚晚长得很漂亮，五官大气，是那种浓颜系美女，脸上还带着妆，在阳光下整张脸显得特别美。她拨弄了一下头发，朝傅晋寒伸手："你好，傅警官。"

傅晋寒回握："莫小姐。"

姜安个子不高，穿了一身黑，又戴了个鸭舌帽和口罩，整个人显得娇小，很容易让人忽视。莫晚晚转身之后惊呼一声，像是才看到她："你和傅警官是一起的吗？"

姜安一时默然，抿唇道："我们是一起的。"

莫晚晚不好意思地笑了笑："抱歉啊，刚刚没注意到你。你好，我是莫晚晚。"

姜安点点头："姜安。"

莫晚晚让助理将两人带到了休息室，剧组里原本只有男主角和女主角才有专属的休息室，但莫晚晚上部剧小火，算是有点知名度，换了一家经纪公司，待遇还不错，特意在剧组也给她安排了一间。

助理在莫晚晚的眼神示意下走了出去，顺手将门关上。

休息室里，莫晚晚招呼傅晋寒和姜安："先坐吧，有什么问题尽管问，我知道的都会说。"

姜安环视了一眼四周，坐在沙发上："你好像一点都不意外。"

莫晚晚苦笑了下："现在这事闹得沸沸扬扬，我昨天就知道了。"

傅晋寒问："你一周之前去找翁静做什么？"

莫晚晚顿了顿才说："你们怀疑她的死跟我有关系？"

傅晋寒说："你直接回答我们的问题就好。"

莫晚晚说："我们以前是高中同学，我拍戏空当刷短视频的时候偶然刷到了她，打听到她的住址后就想来找她叙叙旧，毕竟我们曾经同窗两年多。"

姜安问："你为什么不直接联系翁静，而是去跟别人打听她的住址？"

莫晚晚抬起手臂搭在梳妆台上："我尝试过联系她，但是没有回音，她的简介上有她公会的名称，我托人找到她的公会自然就得到了她的住址。"

傅晋寒的目光扫了她一下："你们只是高中同学，多年没有联系，在对方不愿意见你的情况下，你为什么这么执着？"

莫晚晚红唇轻勾，嘴角挂着淡淡的讥讽："你知道她为什么不愿意见我吗？"

莫晚晚的话就像是扔进湖水里的石子，敲打在姜安的心中，在里面激起一层涟漪。她隐约感觉接下来莫晚晚或许会说出什么令人很难想象的话，而这些话将很有可能改变他们一直以来对待翁静这起案件的看法。

姜安微微蹙了蹙眉，然后她听到莫晚晚说："翁静在高中的时候校园暴力过我，当时不止我一个，还有其他几个女孩。后来这事闹大了，她被校方勒令退学。她之所以不想见我，是因为她知道高中时候对我做的事有多过分，所以她没有脸见我。"

"校园暴力"这个词如同平地一声雷，翁静生前所有的生活迹象都在表明她是个内向、话少、孤僻的女孩，从心理学角度分析，翁静这种性格的人怎么看都不是施暴方。但莫晚晚的表情并不像是在说假话。

莫晚晚说："这件事在我们老家当初闹得动静挺大的，你们可以去查证我说的是不是真的。"

相比于姜安的震惊，傅晋寒依旧冷静地问："既然她对你做过不好的事，你作为一个受害者，为什么还要去见加害方？"

莫晚晚挽了一下秀发，淡笑道："下个月我要参加一档综艺，综艺名叫《和过去的自己和解》，一共六位嘉宾，综艺的主要内容就是找曾经在幼年或者少年时期受到过伤害的人，让他们和过去的自己和解，原谅曾经伤害过自己的人。我第一时间就想到了翁静，我想要邀请她和我一起去参加这档综艺，而且她不是缺钱吗，我想着正好也能资助一下她，毕竟这个综艺的演出费用挺高的。"

莫晚晚说得轻描淡写，言语动作一点都不像是曾经受过伤害并且无法释怀的人，她表现得太淡定了，淡定到让姜安怀疑起眼前这个人来。

傅晋寒说："你看起来并不痛苦。"

莫晚晚愣了下，继而眼角微微低垂，她生了一对狐狸眼，眼角微微低下时脸上那股傲气消失不见，看着有些委屈可怜："难道痛苦一定要表现出来吗？这件事已经过去很久了，我早就原谅翁静了，她那个时候也是年纪小，跟别人学坏了才那样做，我理解她，而且她都已经……"

莫晚晚叹了口气："不管怎么样，死者为大。翁静已经死了，我没有理由继续恨她，毕竟我们曾经也是同学，在一个教室里生活了两年。"

从片场出来，傅晋寒问姜安："从心理学角度分析，莫晚晚有没有撒谎？"

姜安拉开车门坐上去："从微表情来看，没有。一般人在回忆时眼球是在左下方的，但谎言不需要回忆，而且对方如果在撒谎她会一直观察你的表情，以判断你有没有相信她，她说话时动作也很放松，没有紧张的表现。"

傅晋寒发动车子，好整以暇地说："但是？"

"但是她在说的这件事是曾经自己青少年时期受到的创伤，从大数据分析来看，百分之九十曾经遭受过校园暴力的孩子即便加害者得到了惩罚，长大后也很少会有人对这段遭遇真正释怀。莫晚晚太淡定了，语气没有起伏，看上去倒是像真的原谅了翁静。"姜安皱了皱眉说，"不过也有可能她就是剩下的百分之十。"

"那你觉得我呢？"

姜安一怔，扭头问："什么？"

傅晋寒眼睛看向前方，面无表情地重复："那你觉得我是百分之九十还是剩下的百分之十？"

姜安没想到傅晋寒会跟自己探讨他的私人问题，从他的脸上看不出什么不寻常，就像是在聊家常一样。她"嗯"了一声，软声说："百分之九十。"

傅晋寒嗤笑一声，感兴趣地开口："看来我和普罗大众没什么区别。"

姜安揉了揉鼻子："不是，其实剩下的百分之十也不是原谅了，他们只是算了。算了吧，别和自己过不去了；算了吧，就当这事没发生过；算了吧，别再计较和仇恨了。可是你……你不会选择让自己忘记和放下，因为那不仅仅是你自己的仇恨，还有你战友的。"

傅晋寒握着方向盘的手掌微微攥紧，他忽然觉得和太过聪明的女孩讨论这件事，尤其在对方还是犯罪心理师的情况下，这个选择好像并不是很明智。

傅晋寒一路往反方向开，姜安扭来扭去，最后实在忍不住开口："我们不回去吗？"

傅晋寒说："去一趟翁静老家。"

姜安老老实实坐直，"哦"了一声。

临海市离南城不远，下午3点多姜安他们就到了，按照杨乐给的地址找到了之前翁静和莫晚晚就读的圣光中学。翁静没有父母，唯一的奶奶这会儿估计刚到南城市局，老李在接待。

傅晋寒只能从圣光中学之前的老师入手，他们先去了校长室调出了翁静的学生档案，找到了以前曾经教过她的班主任去了解情况。

班主任姓任，全名任全友，如今已经将近60岁，在这所学校任教了三十多年。像任全友这种资质的老教师，学校都会安排住宿，有专门的教师楼。任全友在几年前也分到了一套。

教师楼去年刚翻修过，看上去很新，就在学校后面，但姜安发现这段路看上去很近，走起来却很远，因为没有直达的大路，都是弯弯绕绕的小道，明明就在眼前，却要绕一个大圈才能到。

任全友端个茶杯等在门口，看样子刚下来，杯口冒着热气，姜安瞧着都觉得烫嘴，她跟在傅晋寒身后礼貌地打招呼："任老师。"

任全友苍老的脸上都是皱纹，大概是常年教书，身上透着一股文人的书卷气："你们好，跟我上楼吧，我们进去说。"

任全友妻子给他们倒了茶，又从厨房端了一盘糕点，姜安的注意力都被那盘糕点吸引，糕点制作得很精美，她忍不住问："是您自己做的吗？"

任全友妻子估计是没想到对方会主动和自己搭话，愣了一下，随即温柔地笑道："对，我比较喜欢做这些，孩子和老任也爱吃。"

姜安伸手拿了一块在眼前仔细端详，尝了一口，露出惊喜的表情："好吃。"

"好吃就行，你们聊，孩子还在卧室写作业，我得看着。"任全友妻子笑着说道，转身去了卧室。

傅晋寒和任全友在说翁静以前的事，谈话的空隙抬眼看了一下姜安这边，见桌上的糕点都快被她一个人吃完了，眉梢不由得往上一挑。

任全友捋了捋络腮胡，笑着说道："没想到姜警官也喜欢吃甜品，我女儿也特别爱吃甜的。"

姜安吃到好吃的就忍不住眯起眼："嗯，阿姨的手艺真好。对了任老师，您女儿现在多大了啊？这个点还在复习，学习应该很好吧。"

任全友谈到女儿时，满脸幸福和自豪："17岁了，我们这是老来得子，我跟她妈都把她惯坏了，不过这孩子懂事，学习成绩一直都是年级前十，没让我和她妈操过心。"

姜安点点头："那和当初的翁静差不多大，哎，孩子和孩子之间的差别居然这么大，您说翁静为什么会搞校园暴力呢？您当初就一点都没发现异样吗？"

任全友顿了下后说："这孩子家里就一个奶奶，缺少管教，她和外头那些小混混都学坏了，唉，要不然也不会做出那种事。"

"那种事？"傅晋寒问，"什么事？"

任全友似乎有所顾虑，喝了口茶后才缓缓开口："她不光带人欺负莫晚晚她们几个，当时和莫晚晚玩得最好的还有一个女孩叫付姿，她威胁付姿拍下了一些私密照片，对付姿进行虐打要钱。后来这事闹大了，付姿的家长找来，学校领导非常生气，就把翁静开除了。"

傅晋寒说："能详细说一下当年的经过吗？"

任全友说："这和翁静的死有关系吗？我看网上不是说她是被巫术害死的吗？"

姜安说："您还上网呢？"

"这年头咱们这些老头子也不能落伍不是。"任全友转头和傅晋寒说了当年的事情经过。

- 13 -

从任全友家里出来，姜安又跟着傅晋寒去了翁静曾经居住过的巷子，一圈打探下来，除了一些老人还记得当年这场校园暴力的事，年轻人几乎都表示对这件事不太清楚。

姜安站在巷尾，听着老奶奶叙述当年的暴力事件，言语中显得很夸张，比任全友形容的还要离奇残暴。翁静在这位老人口中，俨然就是整日只知道抽烟打架、不学无术的小混混。她伸手挡住烈阳，随后听到傅晋寒问："她从小就这样吗？"

老奶奶直摆手："不是啊，静静小时候还是挺乖的，她爸妈走得早，跟着奶奶住在咱们这儿，逢人就叫叔叔阿姨，人也怪礼貌的，自从上了高中，她整个人就变了。我们跟她说话她也不搭理，没事就在家里跟她奶奶吵架，隔三岔五逃学，要我看，就是跟外头那些流氓学坏了！"

傅晋寒和老奶奶道了声谢走到姜安身边，姜安扭头问他："现在去哪儿？"

傅晋寒说："去找当年那几个受害者。"

姜安"哦"了一声，问出心里的疑惑："你觉得这个和翁静的死有关系吗？"

傅晋寒拉开车门："不放过任何细节是警察的职责所在，翁静的死很蹊跷，她人际关系简单，能和她有牵扯的除了屠刚夫妇就是高中时期被她校园暴力过的几个同学,其中一名在她死前不久还去找过她,怎么?"他从口袋里摸出一盒烟,抽出一支点着,"身为犯罪心理师,你觉得这些无关紧要?"

姜安看着男人吊着眉梢的眼睛,这双眼生来就带着不羁,这样斜着眼看人的时候又充满了戏谑。她哼了声,扭过头不去看那双眼睛:"没有觉得无关紧要。"心想我只是在你身上像是看到了老师的影子。

后面一句话姜安没有说,傅晋寒也没有继续搭话。

当年被翁静校园暴力的人一共三位,莫晚晚之前已经调查过,剩下的两个都在临海本地,其中一个还住在老地方,开车也就二十多分钟。这个点是上班时间,但钱秒在家里当无业游民已经半年多了,钱秒妈开了一家麻将馆,就在楼下,平常钱秒没事的时候会帮她妈看会儿店。

这个点正是麻将馆的高峰时段,钱秒坐在吧台后面,双手捧着手机玩游戏,钱秒妈忙得不可开交,到处在给客人端茶送水,见自己忙成这样女儿都不伸把手,顿时气得不行:"钱秒!玩玩玩,一天到晚就知道玩游戏!赶紧去给6号桌倒茶。"

钱秒戴着耳机像是没听见一样,或者说听见了当没听见,照旧玩着游戏。钱秒妈深知女儿的德行,喊了几遍钱秒都没过来,就气得不喊了。

姜安推门进来时正好里面有几个大爷出来,差点碰了个正着,她下意识躲避,身侧突然多出一条手臂将她圈住,和那几个大爷隔开。头顶传来一道低沉的嗓音:"看路。"

姜安喉咙滚了下,心虚地"哦"了声。

她走进去才发现麻将馆并不大,桌子却很多,桌子之间的间距非常短,来这儿打麻将的都是大爷大妈,还有四五十岁的无业游民。有人站在板凳上嘴里叼着烟大喊"和了和了"。

傅晋寒走到吧台前:"钱秒?"

面前的人不为所动,依旧打着游戏。这时钱秒妈看到两个陌生人,以为是来打麻将的,忙赶过来招呼,傅晋寒直接亮出警察证:"有点事想找你女儿了解一下,谁是钱秒?"

钱秒妈愣住,担忧地问:"我女儿怎么了?她是不是又犯事了?"

姜安在一旁轻声说:"没,您别担心,就是正常了解情况。"

钱秒妈反复确认没事之后才松了口气,一转身就把钱秒的耳机和手机一并扯下来:"警察找你,别玩了!"

钱秒不耐烦地看过来:"找我干什么?我最近又没犯事。"

傅晋寒问:"翁静认识吗?"

钱秒怔了怔,忽然讥笑道:"哦,认识啊,我高中同学。"

"她死了。"姜安说。

钱秒的笑容僵在嘴角："什么？"

"她死了。"姜安重复。

钱秒只是愣了几秒，表情就恢复如常，耸了耸肩，无所谓地"哦"了声："死了就死了呗。"

姜安说："她不是你的同学吗，你好像一点都不伤心？"

钱秒笑了："你们都能找到我这儿，应该是知道了她高中的时候校园暴力的事了吧，如你们所见，我是受害者，她是加害者，我为什么要因为她的死伤心？"

姜安仔细观察着钱秒的神态，点了点头没有说话。

傅晋寒问了钱秒几个问题，他的问题犀利且一针见血，一刻钟的时间已经把该了解的都了解清楚了。从钱秒家的麻将馆出来，他开车带着姜安去了最后一站——付家。

付姿是曾经在这场校园暴力中受到最大伤害的人，她家里很有钱，所以翁静才会一直勒索她。他们找到付姿的时候，她正在花园里浇花，长发飘飘，白裙飘然，讲话也慢条斯理的，看上去是一个很温柔的人。和钱秒不同的是，付姿在听到翁静死讯的时候先是惊讶地捂住了嘴巴，之后表情哀伤地表示对老同学去世的惋惜，好像早就忘记了自己曾经受到的伤害。

等两人从付姿家里出来，夕阳渐渐落下，黄昏降临。

回南城的路上，姜安撑着下巴盯着开车的傅晋寒看，最后还是傅晋寒被盯得浑身不自在，忍不住伸手在她脑门上敲了下："看我做什么？"

姜安揉了揉被他敲过的位置："没什么，就是在想咱们跑这一趟除了验证了翁静曾经的确校园暴力过莫晚晚她们几人，好像什么线索也没找到。"

翁静是怎么死的？那道符文是什么意思？凶手为什么要把现场布置成献祭的模样？又为什么带走翁静的阴部？目前找到的证据太有限了，两天过去了，大家什么有用的线索都没发现。

傅晋寒沉了沉眸，淡淡说道："你学过心理画像，根据死者被害情况画不出凶手的大概模样吗？"

姜安皱眉道："你把我们这些画像师想得也太厉害了吧，虽然能根据死者尸体的情况呈现出初步的画像，但那是基于凶手在死者尸体上留下的具体痕迹。翁静的死亡现场过于灵异，而且凶手带走阴部和他布置死亡现场的手法完全相悖，我摸不清凶手当时的心理反应。"

"展开说说？"傅晋寒道。

姜安吸了口气说："死亡现场像是一种仪式，我查过资料，这是古法中提到的人祭,这样做的目的就是为了将所有的霉运带走,给自己降来好运。翁静独居,深居简出没有朋友,不容易吸引人注意,是非常好的献祭对象。而凶手能够躲避监控,没有在现场留下任何痕迹,说明计划已久,一般这种仪式不会破坏献祭对象的身体,但是凶手割走了翁静的阴部。"

傅晋寒说:"也许是他觉得这样做会更干净、更纯洁。"

姜安呼吸一顿:"你是说凶手觉得割走翁静的阴部,这样祭祀的'供品'就纯洁干净了?"

"只是猜测。"傅晋寒淡淡说道。

"不对。"姜安摇摇头,肩膀又颓了下来,"如果是这样,那凶手何必杀了翁静,他完全可以选择一个处女。"这也是她一直想不通的地方。

凶手既然准备已久,就说明他有足够的时间去挑选这个祭祀的"供品",没有道理选择翁静后特意割走她的阴部。

路上,老李打来电话,催促他们尽快回南城,说是翁静的案子有消息了。他们查到了屠刚老婆李文英手机里曾经有一通秘密电话,经调查,对方是一个专门做法事的,也就是之前帮李文英买房时看过风水的那位大师云和,这个号码是这位大师的私人号码。

老李带人找到这位大师,一查发现,这通电话正是在屠刚最后一次从翁静家里出来后打的。

晚上9点多,下班高峰期已过,吉普车行驶在南城市区,一路畅通,老李挂了电话后不久,傅晋寒和姜安就赶回了市局。

杨乐正好从楼下拿着文件下来,一看到傅晋寒立马走过来:"傅队,姜顾问,你们可算回来了。"

傅晋寒步伐迈得很快:"什么情况?"

杨乐跟在傅晋寒身侧,边走边汇报:"是这样,老李不是带人去找李文英吗,后来她没有不在场证明,说是那天没有出门,但不巧的是李文英小区监控那天正好坏了,就没法证明李文英在案发期间到底出没出去过。之后老李又在李文英家发现了李文英还有另外一部手机,在这部手机里查到了一通秘密电话,也就是跟那个风水大师联络的号码,并且在李文英和大师的聊天记录里发现了李文英想要杀害翁静的线索。"

"李文英人呢?"傅晋寒问。

杨乐说:"老李和包子刚把人带回来,估计这会儿进审讯室没多久。"

傅晋寒"嗯"了声,朝审讯室的方向走去,姜安和杨乐紧紧跟在后面。

审讯室里老李和包子正拿着笔记本打算进去,抬头就看到了他们队长以及身后的两个跟屁虫，老李说："我这刚准备进去呢，你就回来了，怎么着，你亲自审？"

傅晋寒说道："把那什么风水大师和李文英的微信聊天记录拿来我看看。"

"得嘞，老大。"包子说着就从文件袋里拿出手机递给傅晋寒。

姜安踮着脚凑过去被包子看到，他忍不住调侃道："放心，傅队肯定让你看，不然他手放那么低干什么。"

姜安这才注意到傅晋寒拿着手机的手位置是偏低的，而且稍微往她这边侧了点，嘴角不禁弯了弯。

聊天记录很多，李文英似乎很爱和这个大师聊天，大多数内容都是控诉自己老公出轨，询问大师有没有什么方法解决目前的困境。一直到最后几页，李文英的情绪明显变得激动起来，打字总是一长串一长串的，而且全都是感叹号结尾，足以证明她当时的心情有多愤慨。

姜安把目光停留在李文英打的最后一行字上面，抬眸看了看傅晋寒，对方正好把眼神递过来，姜安点了点屏幕："大师！我要翁静这个贱人去死！付出什么代价都可以！只要她死！你不是会巫术吗？能不能告诉我怎么才能让这个女人赶紧下地狱，永世不得超生！"

傅晋寒神色古怪地盯着姜安看，末了说道："你念出来就行，没必要连情绪语气都要模仿。"

姜安不好意思地摸了摸头："习惯了，抱歉。"

包子刚从惊讶中回过神来："你这什么习惯啊，太吓人了。"

老李："喀，模仿得挺像。"

- 14 -

"翁静的死跟我有什么关系？"李文英坐在椅子上，穿着一身职业套装，看上去精干强势，和微信上那个歇斯底里的女人一点都不像，连声音都是冷冷的，"是，我是动过杀她的心思，但我最终没动手啊，你们没有任何证据就把我传讯到这里来，符合法律规定吗？"

"我们带你来这里符合一切法律法规。"傅晋寒将李文英的手机打开，翻开聊天记录在桌子上推过去，"你因为老公出轨，认为翁静破坏了你的家庭，所以你怀恨在心，跟你一直交往的风水大师云和求助，想要利用左道旁门杀害翁静。"

李文英脸色陡然一变："不是！你胡说！我……"

傅晋寒没有理睬她，继续说道："在云和大师的帮助下，你，或者你雇人杀害了翁静，将死亡现场布置成祭祀的样子，对吗？"

李文英双手压在桌沿："这只是你们的推测，有证据吗？是，我是对翁静起了杀心，我也的确对她怀恨在心。但大师跟我说，爱恨不由心，嗔痴随风去，所以我想通了，我何必跟翁静计较，一个巴掌拍不响，屠刚才是那个罪魁祸首。我本来打算跟屠刚离婚，争夺孩子的抚养权，没想到突然出了这样的事，翁静的死跟我没关系，跟大师就更没关系了！你们趁早把他放了。"

姜安低声说："我们找大师来只是配合调查，并没有拘留他，谈话结束自然会放他走，你不用担心。"

李文英冷哼了声没说话。

傅晋寒的视线从李文英脸上收回，身体微微后仰："你什么时候知道屠刚和翁静在一起的？"

李文英抿唇片刻，说："早就知道了，我在屠刚手机里装了定位软件，他不知道。从他第一次去凤阳小区找翁静，我手机里就收到了定位信息。"

姜安说："你们的房子也在凤阳小区，也许他是去看新房呢？"

李文英的眼神里浮现一抹嘲讽："当初我买凤阳小区的房子他就不同意，说是老破小，周边还没学校，环境又乱又差，最主要的是没有升值空间，还扬言他绝对不会去那儿住。从我买下那房子开始，之后几年他一次都没去过，怎么可能那天晚上就去了呢？"

即便现在，李文英想起自己跟过去在寒风中等了一夜，第二天看到屠刚和翁静一起出小区时的模样，她依旧想把这两个人的脸给撕烂，看他们还敢不敢苟且。但那个时候她忍了下来，因为她想起了自己即将高考的孩子，原本以为自己的忍耐可以让男人迷途知返，没想到屠刚变本加厉，越来越肆无忌惮。没有哪个女人能一直忍受被老公背叛，再加上看到翁静的那张脸，她就更气了。

她犯了和所有老公出轨的女人一样的错误，永远把自己老公的出轨怪罪到第三者身上。可是她忘了，没有翁静还会有别的女人，苍蝇不叮无缝的蛋，后来她意识到了这一点，所以她放弃了报复翁静，决定和屠刚离婚。

傅晋寒翻阅着资料，沉声问："你从半个多月前就在转移资产，为什么？"

李文英满脸不屑："当然是为了让屠刚一分钱都得不到！我既然决定跟他离婚，就要让他净身出户，这些年家里的产业、金钱，都是我辛苦赚来的，那个猪头除了会在公司里打着老板的名号到处撩骚还会什么？"

傅晋寒问："既然半个月前你就已经决定离婚，又为什么会在这之后跟云和发这些想要杀害翁静的信息呢？"

李文英顿住，双眸黑沉，半晌才说："上周他去找翁静的那晚是我和他的结婚纪念日，那是我最后一次想要挽回我们的婚姻，想要再给他一次机会。我准备了烛光晚餐，做了他最爱吃的菜，甚至把儿子叫了回来，告诉他我们在家里等他，但他还是去找翁静了。我承认，那一刻我对这个女人的恨意达到了顶峰，所以才会说出那些不理智的话，但我发誓，经过云和大师的劝导我想通了，我没有杀害翁静，她的死真的跟我没关系！"

姜安想了想说："可你提供不了不在场证明，加上你微信里的这些言论，你现在是最大的犯罪嫌疑人。"

李文英握紧双拳："那天我在家里哪儿都没去，小区监控坏了难不成还是我的错吗？你们不能就这样定我的罪吧！如果是这样，我要请律师，我要告你们！"

傅晋寒合上资料："你不用激动，我们目前只是在了解情况，定罪讲究证据，没证据之前我们不会对你采取任何行动，现在也只是需要你配合调查。当然，如果你能想到什么细节，提供不在场证明，就能更快洗清自己的嫌疑。"

"细节……"李文英吸了一口气，突然睁大眼睛，"我想起来了，那天我给学校老师打过一个电话，询问我儿子在学校的情况，我们聊了很长时间，我用的是家里的座机。哦，还有，我还看了电视剧，手机里面有观看记录，这个可以算吗？"

姜安说道："当然可以。"

审讯室外的包子和杨乐对视一眼，立即去物证科拿了李文英另外一部手机，过了一会儿，两人对着耳麦说道："老大，刚问了学校老师，那天李文英的确用座机和她通过话，通话时长为一小时三十分钟。李文英手机的视频软件播放记录显示她追了一下午的剧。"

傅晋寒"嗯"了声，看向李文英："你可以走了。"

这通电话证明了在翁静死亡当天李文英确实待在家里，而凤阳小区的监控也并没有拍到李文英，这也排除了李文英提前踩点的情况。既然李文英这里没线索，那就要从云和那边入手了。

这次姜安没进去，她坐在外面的监控室，傅晋寒和包子一起审讯云和。

云和穿着一身道士服，即便坐在昏暗的审讯室里，他看上去也是平淡的，看到傅晋寒和包子一道走进来，他淡淡一笑："刚刚李警官已经审过了。"

傅晋寒拿出物证袋递过去："认识这道符吗？"

云和低眸看了一眼，笑着摇了摇头："这符画得连入门的水准都不够。"

"什么意思？"包子皱眉道。

云和说道："画这符的人应该根本不懂道法，照葫芦画瓢罢了，可能阅读过这方面的书，但并未深入了解，否则就不会把这符画颠倒了。"

傅晋寒问道："如果这道符画得正确，按你们的行话，这道符代表什么？"

云和解释道："这是禁灵符，让人死后的灵魂进入十八层炼狱，永世不得超生。"

"这么毒！"包子惊叹出声，随即想到现场的锁魂钉和秤砣，又觉得这道符不算什么了。

云和的目光扫过包子径直看向傅晋寒："傅队，关于我的不在场证明，相信那位姓李的警官已经跟你汇报过了，我只是一个风水师，对杀人下咒这种事不感兴趣，我每天晚上11点休息，不知道你们什么时候可以放人？"

傅晋寒站起身："放人。"

云和淡笑一声："谢谢。"

在傅晋寒拉开门的一瞬间，云和突然开口："方便让我看一下死亡现场吗？"

包子回头冷冷地道："这是公安机密，是你想看就能看的吗?!"

云和又问一遍："可以吗，傅队？"

傅晋寒沉默着看向云和，片刻后说："包子，去把死者档案拿过来。"

包子没想到傅晋寒居然真的要让这什么大师看："老大……"

"去。"傅晋寒言简意赅。

南城没有道观，更没有懂得法术的人，这位云和大师是李文英从A市花重金特意请过来的，让他看看死亡现场，说不定真能有什么意外收获。

没过五分钟，包子就拿着一份档案走进来，云和接过去端详了一会儿，摇了摇头："这是人祭。"

"人祭？"包子问。

云和说："以人为祭，献魂锁灵。这是一种恶毒的咒法，施咒者为了自己的官运、财运亨通献祭少女，以少女的肉身为引，点魂香一旦燃起，咒法便生效。"

包子接着问："你刚刚不是说那道符画得很假吗？那为什么凶手对布置死亡现场——不，对布置咒术现场又这么清楚？"

云和说："这我也不清楚，该说的我都说了，抱歉，我要走了。"

说完他便转身离开。

傅晋寒眯了眯眼："在警察的眼里，只有杀人犯。"

云和步伐一顿，没有回头："未必。"

包子望着云和离开的背影，讪讪道："什么叫未必啊，装啥高深呢。"

凌晨，刑侦办又开了一次小会，目前有嫌疑的人经过逐一排查，几乎全都没有作案时间，案件再度陷入僵局。

翌日一早，姜安还没睡醒，就接到了包子打来的电话。

电话里包子声音急切："姜安，你赶紧来市局帮忙，我们人手快不够了！"

姜安揉了揉惺忪的眼睛，还没从瞌睡中清醒过来："怎么了？"

包子说："之前不是查到翁静高中时校园暴力的事吗，莫晚晚联合几名受害者开了一场新闻发布会，哎哟，这一时半会儿说不清楚，总之你快点过来帮忙，傅队和老李今天出外勤去了，我和杨乐也得再去一趟案发现场。你赶紧来局里照看一下翁静的奶奶，老人家今天一早就赶到市局来了。"

包子说了一大串，姜安看着挂掉的电话，满脑子都是包子那句"莫晚晚联合几名受害者开了一场新闻发布会"。她的瞌睡一下子全醒了，急忙起来穿衣服洗漱，一边往楼下跑，一边在打车软件上打车。这个时间正好是上班早高峰，很难叫到车，就在姜安纠结要不要干脆找一辆共享单车时，面前忽然停下一辆摩托车，她以为是路人没太在意，没想到对方摘下头盔后竟然主动和自己打了招呼："你好啊，姜顾问。"

姜安记性很好，一眼就认出了这人是之前那位辅警，叫江辰："江辰，你怎么在这里？"

江辰整理了一下头发，笑着说："我就住在你前面的小区，包子给我打电话说今天局里人手不够让我去帮个忙，我这不就骑车准备过去，没想到这么巧碰到你。"

姜安拎着包："那可以顺道载我一下吗？我正好也要去市局。"

"行啊。"江辰爽快地同意，从后箱拿出一个头盔递给她，"来，上车。"

姜安接住头盔仔细戴好，她不像姜浅活得那么肆意，一直以来循规蹈矩，就连摩托车也没怎么坐过，所以她格外小心翼翼，生怕江辰速度太快不小心就把自己甩出去了，好在江辰骑得并不快，一路平稳地到达市局门口。

包子和杨乐忙得不可开交，翁静的奶奶钱老太在会客室，张局正在里面亲自招待，江辰一边走一边跟她搭话："郊区有几个农民工没讨到工钱开始闹事，这会儿二队的人都去那儿了，咱南城市局本来就人手不够，辖区内的派出所又少，大事小事都得管，要不然包子也不至于急成这样。"

姜安问："为什么不招人？"

"嘁！"江辰说，"警员都是要考进来的，每年就选拔出那么点苗子，都分给省公安了。咱这儿工资低，待遇也比不上其他市，往这儿考的人挺少的。"

"那你怎么会来这儿？"

"啊？"

"那你怎么会来这儿？"

江辰没有回答这个问题，因为到会客室了，张局见到两人忙不迭招手："小姜，阿辰，来来来，你们跟这阿姨说一下情况，我还有事先走了。"

钱老太一把抓住张局的胳膊："你是领导，我要跟你谈！你把我的囡囡还给我！"

张局"哎哟"一声："老姐姐啊，我这边事多着呢，有什么问题你直接跟他俩说，他们会帮你解决的。"

"不行！我要我家囡囡，你们把我的囡囡弄哪儿去了？！"钱老太情绪激动，眼睛浑浊，里面布满了红血丝，显然已经好几晚都没睡好了。

老人和张局争执不下，江辰只能上手阻拦。局里一堆事等着处理，一个副局长把时间耗在这儿确实不行。好在老人被江辰哄住，没再纠缠张局，张局才得以解脱。

老人家头发花白，年事已高，腿脚都站不稳了，仍旧坚持坐了几个小时的大巴车从临海赶来，只是昨天就应该到了，不知道为什么今天才赶来公安局。

姜安问了才知道，原来她是徒步从山里走来，一路转车，中间坐错了好几辆车才到这里。

江辰给钱老太倒了杯水："奶奶，您喝点水。"

钱老太连声道谢，心中依旧记挂着自己孙女的事："小同志，你知道我的囡囡在哪里吗？我想见见她。"

翁静的尸体陈列在解剖室里，江辰怕老人看到孙女的尸体受刺激，担忧地问："奶奶，您孙女已经死了，尸体在我们的解剖室，暂时先——"

江辰话还没说完，老人的眼角就落下泪水，她哭得泣不成声："我知道，我知道的，你们的女同志在电话里都跟我说了，但我就想见见我孙女，她爹妈死得早，她是我从小一手拉扯大的，我要见她的，要见她的！"

大概是太过伤心，老人说的话颠三倒四，只一味地说自己一定要见到孙女。

江辰抬头看向姜安，想要询问她的意见。姜安看着老人满是皱纹的脸，说："好，我带您去。"

江辰本意是想要老人再缓一会儿，等情绪稳定后带她过去，但姜安这么说了，他便没再说话，和姜安一起把人带到了解剖室。

到了解剖室门口，姜安停住脚步，江辰问：“你不一起进去？”

姜安摇摇头：“不了，我在外面等。”

江辰只好独自带老人进去。

因为案子没破，翁静的尸体还得再放几天，老人出来时两只眼都哭红了，人因为体力不支，受到的刺激太大，差点晕过去。

江辰好不容易把老人安顿好，喘着气坐在走廊的长椅上。姜安走过来递给他一瓶水：“钱老太呢？”

江辰说：“张局安排人把她送到附近的宾馆暂时先住下了，老太太一个人从老家过来，举目无亲的，现在孙女死了，往后家里就剩下她一个人了。”

姜安在他身边坐下，语气很轻：“你很有耐心。”

江辰挠了挠头：“还行吧，我性子慢，对待什么事都挺有耐心的。”

姜安看着窗外的烈阳：“你怎么会选择当辅警？你看上去挺年轻的，要是做别的工作，工资应该更高些吧。”

江辰低头盯着地板，似乎是在思考：“因为有趣。”

“有趣？”姜安有点讶异。

江辰笑道：“怎么，对我这个答案很惊讶？”

姜安点点头：“有点，一般人在面对这种问题时答案都离不开理想、正义、热爱这三个词，很少会有人觉得当警察是因为有趣。”

江辰说：“破案的过程很有趣不是吗？”

这点姜安倒是挺认同的：“你说得对。”

“那么姜顾问为什么会选择当一名犯罪心理顾问呢？”

姜安看了看时间，估算着包子和杨乐这会儿差不多该回来了，便站起身，走了两步才回头俏皮地笑了笑：“因为理想、正义和热爱。”

江辰一愣，随后跟着笑起来：“看来姜顾问也不能免俗。”

姜安道：“或许是吧。”

- 16 -

刑侦办里就姜安一个人，大家都为了尽早查出翁静案的凶手而忙碌，偌大的办公室里姜安独自坐在工位上，拿手机看莫晚晚几人开的发布会回放。

昨日还在临海市的付姿和钱秒今天一早就出现在南城的影视基地，和莫晚晚一起召开新闻发布会。

姜安点开微博才发现，原来昨天半夜就开始有众多营销号在带节奏，说凤阳小区的死者曾经是校园霸凌的加害者，放了好几张图，有理有据，而因为受害者是艺人和当地的富二代，噱头太大，导致舆论立刻发酵。一般艺人危机公关最重要的时间就是黄金八小时，所以今天一早，莫晚晚就叫上以前的同学付姿和钱秒召开新闻发布会，正式解释这件事，时间把握得恰到好处。

姜安看着屏幕里的三个女孩，眉头蹙得很深。

"翁静曾经的确霸凌过我们，我和付姿、钱秒在青春期受到过很大的伤害，只是已经过去很久了，而且逝者已矣，我们愿意原谅翁静曾经带给我们的伤害，希望她以后可以在天堂做个温柔快乐的人。"莫晚晚声音柔和，眼神真挚而坦然，似乎真的已经放下了从前的伤痛，原谅了让她痛苦很多年的加害者。

台下记者提问不断，莫晚晚之后很少再开口，只是默默流泪，似乎对加害者的死亡，她也感到惋惜。付姿一直在回答记者的问题。钱秒没见过什么大场面，头一回看到这么多记者举着摄像机对着自己，有些发怵，有几次想要说话，都被莫晚晚默不作声地拦下，一直到发布会快结束，钱秒才诉说起自己高中时期的噩梦，声称当初因为翁静导致自己整宿整宿地睡不着觉。

加害者曾经深深地伤害了她们，如今她们却能大度地释怀，原谅加害者。

姜安看了一眼底下的评论，清一色在骂翁静，说她死有余辜，对莫晚晚、钱秒和付姿三人表达同情怜悯，以及赞叹她们居然这么宽容大度。

事件到了晚上发酵得更厉害，有网友扒出了付姿的家境，得知她是有钱人家的大小姐后，加上付姿善良、大度的人设和漂亮的形象，在评论区被网友疯狂追捧，在网络流量的助力下，莫晚晚三人的热度颇高。

姜安皱着眉一路翻着评论，如今这事闹这么大，无疑是在给专案组破案增加难度，和之前李湛那个案子一样，警方这边刚接到案件开始调查，媒体那边已经开始大肆宣扬，在这个快捷的信息时代，警方想拦都拦不住。

"看什么呢，这么入神？"包子刚从外面回来，就看到姜安一直盯着手机看，还一脸沉重的模样，不由得好奇问道。

姜安抬头才发现是包子回来了，她探了探脑袋，往包子身后望了过去。

包子注意到她的目光，说道："别看了，傅队还没回呢。"

姜安问："这么忙的吗？"

"现在这事闹得厉害，上面要求咱们一周内必须破案，你说能不忙嘛！"包子一边喝水一边说道，"我这还是临时回来一趟，等会儿还要去接老李的班，盯着屠刚和李文英夫妇，虽说他们被解除了嫌疑，但目前根据翁静生前活动范围来看，只有这夫妇俩是最可疑的，盯一阵看看能不能盯出什么来。"

姜安若有所思地点点头："为什么凤阳小区死了人会被媒体爆出去？"

包子"嘁"了一声："我们都查过了，第一个发布视频的人就是凤阳小区的住户，之后因为这案子比较猎奇，引起很多网友关注，一开始这群闲得慌的网友也就是探讨一下案情，后来有个营销号起了头，案子越传越诡异，还说警方不作为。这才过去三天啊，我们要怎么作为？能查的都查了，可大家都有完美的不在场证明，所有嫌疑人最后都没嫌疑，关键是案发现场还没有凶手的痕迹，你说我们要怎么查，这不跟大海捞针一样吗？"

包子一想到这起案件就头痛，现在舆论愈演愈烈，再这样下去破不了案，跟上面没办法交代，回头他们老大又得挨训。

姜安深吸了口气，觉得包子说得也挺对，这起案件的证据比环城小区无头案的证据还要少，几乎没有发现凶手的存在。不过此时，姜安更关心另外一件事："你知道廖婷住哪儿吗？"

包子说："知道啊，就咱们局三里开外那家最豪华的酒店，叫什么来着？哦，丽景酒店。你突然问她干什么？"

姜安说："没什么，就是想多了解一下翁静，她不是翁静最好的朋友吗？"

包子想起那天廖婷刚来局里时歇斯底里的模样，对"同性恋"这个词，他做警察这么久并不陌生，只是那个刚成年的小姑娘如此认真地说出自己和翁静的关系时，他还是有点意外，包子指了指脑袋："我总觉得那姑娘有点妄想症。"

"啊？"

包子解释："她后来跟你们见面的时候不是说她喜欢翁静，但翁静只把她当朋友吗？"

"是啊。"

"但她那天刚来局里的时候说翁静是她的爱人。"

"什么？"

包子回忆了一遍那天的场景，说道："她把翁静称为爱人，还说自己是她的女朋友。当时她的样子有点疯，我问她要不要看一眼翁静，她又说不要，总之就是有点自相矛盾吧。"

姜安猛地站起来："你那天怎么不说？"

包子愣住："我以为这不重要啊。"

姜安说："我有事先走了。"

包子见她说完就走，有些莫名其妙，想要叫住她问问情况，但姜安走得飞快，他嘴角抽了抽："平时慢得跟乌龟似的，怎么这会儿跟打了鸡血一样……"

- 17 -

丽景酒店在本市一共开了三家店,算得上南城最豪华的酒店了。

姜安站在酒店大堂,想要询问廖婷的房间号,工作人员却不肯透露给她。她想要直接联系廖婷,才发现自己还没有廖婷的联系方式,无奈之下,她重新打给包子,结果包子也不知道,她只好给傅晋寒拨去电话。

那边接得不算太慢,声音一如既往地低沉浑厚:"怎么了?"

姜安问:"你有廖婷的联系方式吗?"

傅晋寒虽然不知道她这时候要廖婷的联系方式干什么,但还是很快报给她一串数字。

姜安打小儿记忆力惊人,傅晋寒口述一遍后她便记住了。

那头的男人还没挂电话,姜安以为他有事要说,就安静地等着。傅晋寒那边的杂音很大,听得出来他正在跟谁说话,他不挂电话姜安也就没着急挂,虽然就连姜安自己都搞不清这是什么心理。

过了好一会儿,手机那边才安静下来。

"还有事?"

傅晋寒的嗓音透过手机传声筒变得比平常更加沉稳一些,姜安不自在地揉了揉耳朵:"没有了。"

傅晋寒哑然,没问她没事怎么不挂电话,沉默了会儿说:"你在哪儿?"

姜安看了一眼大堂上方的几个大字:"在丽景酒店。"

"找廖婷?"

"嗯。"

"好。"

姜安正欲开口,耳边已经传来嘟嘟的声音,她看了一眼手机,对面已经先一步挂了电话。她有些无语,又觉得刚刚自己多少有点问题,明明问完号码就可以挂电话了,还非要一直等着。

她发泄似的把手机扔进背包里,一秒之后又拿出来按下刚才背的那串号码,得到准确的房间号后,姜安立即往电梯里走去。电梯门再度打开时,姜安看到了廖婷,她在看到廖婷的瞬间几乎是下意识地蹙起了秀眉。

廖婷的状态太差了。

廖婷蹲在墙角,一只手拿着烟,衣着单薄,南城的天气虽热,但今天降了些温,到了晚上还是有些许凉意。廖婷的黑眼圈很重,头发散乱,双目无神,整个人瘦了一圈，窗外的月光照在她脸上，将她的脸色照得惨白，看上去就跟丢了魂一样。

翁静去世的时候，她的状态还没差到这个地步呢。姜安有些担忧地走过去，伸手想将人扶起来，但廖婷不为所动，仍旧执着地望着窗外，默不作声地抽烟。姜安见她这样，只好待在旁边静静地等她把这支烟抽完。

直到廖婷手里的烟灭了，她才终于动了动，像是刚看到旁边有人一样："你来啦。"

姜安点点头，问她："你还好吗？"

廖婷笑了笑："我有什么不好的，走吧，进去说。"

姜安便跟着她进了屋，五星级酒店确实不一般，无论是空间还是装修，又大又气派，廖婷住的还是个套房，比姜安那个小窝不知道大了多少倍。

姜安简单扫了一圈，视线重新落到廖婷身上，对方坐在沙发上朝她扯了扯嘴角："这么晚过来，是有什么事要问吧，你叫姜……"

"姜安。"

"哦，姜安，你有话就直说吧。"

姜安在她对面坐下："你和翁静到底是什么关系？"

廖婷奇怪地看了她一眼："我那天不是说了吗，我喜欢翁静但是她拒绝了我。"

姜安说："可是你那天来局里的时候称呼她为爱人。"

"哦，那天我太激动了，我很爱翁静，她说她的灵魂跟我契合，在我的认知里灵魂契合就是灵魂伴侣，我早就把她当成我的女朋友了。当然，翁静是不是这么想的我就不知道了。"

姜安问："为什么不去见翁静的尸体？"

廖婷眼底浮现痛苦的神色，她掩面哭泣道："我不敢……我害怕看到她死亡时的模样，她说过，希望我永远记得她最美好的样子……"

姜安在这泣不成声的话里捕捉到一条信息："她什么时候这么说的？"

廖婷抽噎道："她死之前的半个多月吧，那天她刚下播，我和她打视频，她在卸妆，我就说她素颜的样子真好看，翁静说希望我永远记得她这个模样。"

她知道翁静也很讨厌扮丑，但是只有扮丑才能获得流量，有流量才会有人看，才会有人给她打赏礼物，所以两个人总是会在她卸妆的时候打一会儿视频聊一聊。翁静出事的前几天还很正常地和自己打视频，没有任何异常，如果廖婷知道那是自己和翁静的最后一通视频，她那天一定不会跟翁静生气。

廖婷的眼泪渐渐抑制不住，她像是陷入了绝望的深渊，痛苦地抓着自己的头发，企图通过这样的方式惩罚自己："你不知道……你不知道前几天我还因为她不要我的钱生她的气,我说她就活该一辈子给人当小三。本来我们约好要冬天一起去滑雪的,没机会了,再也没机会了!都是我的错,我不该跟她生气!全是我的错!"

姜安不太擅长安慰别人,见廖婷哭得伤心,犹豫片刻还是抬手拍了拍她的肩膀,无声地安慰着她。过了好几分钟,廖婷的情绪终于缓了过来,她抽出纸巾给自己擦了擦眼泪:"你想问什么?"

姜安说:"翁静以前和你说过她高中时期的事吗?"

廖婷擦拭的动作一顿,苦笑着说:"你是想问她高中霸凌那件事吧?"

姜安点点头。

廖婷手指揉搓着纸巾,慢慢说道:"莫晚晚她们几个人在撒谎,她们就是在吃人血馒头。"

"什么意思?"姜安皱眉问。

廖婷冷笑一声:"我虽然不知道当年事情的具体经过,但翁静和我说过,她辍学是因为被同学欺负了,而不是欺负同学,是付姿的爸爸利用人脉把她赶出圣光中学的,根本就不是莫晚晚她们几个说的那样!"

姜安说:"可是我们去翁静曾经的学校调查过,所有人的口供和莫晚晚她们说的是一样的。"

廖婷一把甩开姜安的手,瞪向她:"你和莫晚晚她们也一样,都是唯利是图的小人,都只会欺负翁静!"

姜安仍旧盯着她看:"如果你不想翁静死后还要受到伤害,就要告诉我们实情。你是翁静最好的朋友,难道你要让她就这么不明不白地死去吗?你要相信我,相信警方。"

廖婷面色涨得通红,眼神犹豫挣扎,姜安耐心十足,她知道廖婷一定会松口。

果然,廖婷很快就又哭出声,这次哭了很久。

"校园暴力的事我曾经也打听过,我知道翁静很早就辍学了,出于好奇问过她原因,但她从来都不说,根本不愿意提起这件事,所以这件事我真的不太清楚。但翁静临死之前我们最后一次视频吵了起来,吵架的原因不是那个屠刚,而是翁静告诉我她有喜欢的人了。"

"她喜欢她楼上的一名心理医生,她说他是她见过最美好的人,温柔、谦逊,关键是他还和翁静一样喜欢独居,不喜欢和人相处,他就像一束光照进了翁静黑暗的人生里。"廖婷的表情很难看,似笑非笑,"他是光,那陪了她那么久的我是什么?我为了她付出那么多,每天都想象着和她在一起以后的生活,想象她是我的爱人,可她居然爱上了别人,我受不了,就跟她吵了一架。"

"她觉得自己不干净，都不敢妄想和那个心理医生在一起。"廖婷换了个姿势，痛苦地说着，"她认识那个心理医生之前挺正常的，遇到不开心的事都会跟我说。自从认识那个心理医生后，她就跟变了个人一样，神神道道的，尤其是她说自己参加了那个心理医生的实验之后，看上去是变得开心很多，可我就是感觉她和以前不一样了。"

姜安终于开口："哪里不一样？"

廖婷摇头，她说不出来，这只是一种直觉，无法用言语去描述，也没有事实依据。

姜安深吸一口气，缓缓问道："那个心理医生姓秦？"

"对，"廖婷说，"叫秦游。"

姜安沉默了。

廖婷又自顾自地说起莫晚晚、付姿和钱秒，情绪很激动，薄薄的纸巾被她狠狠揉成一团，看上去非常愤怒。姜安敏锐地察觉出廖婷的精神状况很不好："你打算什么时候回家？"

廖婷扯扯嘴角："不知道，也许是等真凶被抓到的那天吧。"

姜安顿了顿，说："快了。"

从廖婷的房间出来后，姜安便像个提线木偶一般往前走着，脑子里一直回想那天在秦游家里时的场景。

当时秦游说的是"认识""不熟""偶尔碰到"，对实验的事只字未提。

师兄为什么要撒谎？姜安不知不觉间已经走到了酒店门外，就在她刚拿出手机叫车时，耳畔忽然传来一声轻笑。

"你怎么总是喜欢在晚上乱跑？"

姜安握着手机的手指僵了下，缓缓抬头。

傅晋寒黑衣长裤懒散地靠在车头，手中燃着一支烟，面容憔悴，看向她的目光却十分温和。

晚风月下，他就这么站在那儿。

姜安的心莫名躁动起来。

- 18 -

傅晋寒把手头上的事忙完就开车过来了，在酒店楼下站了十几分钟。姜安出来的时候表情呆滞，两只手握着手机不知道在看什么，听到他叫她的时候，傅晋寒看到她的眼睛亮了。他忍不住勾唇，幅度很小："发什么愣？"

姜安像是刚反应过来，慌忙地把手机放回包里，小跑着过去："你怎么来啦？"

傅晋寒看了一眼只到他胸口的姜安，鬼使神差地伸手在她脑门上戳了下："顺路。"

姜安撇撇嘴，就知道他不会这么好心地特意过来接自己。她绕过男人，自觉地拉开门坐到了副驾驶。

傅晋寒挑了挑眉，转过身上车。

姜安怕冷不怕热，坐在车上感觉不到风吹，她觉得自己的脑袋都清醒很多，想起今晚廖婷说的话，兀自皱了皱眉。

傅晋寒虽然对心理学研究没什么兴趣，但对人的微表情也算敏感，之前在部队执行任务时，那群凶犯最擅长伪装，观察那群凶犯的微表情是他们的基本技能。

所以姜安一皱眉，他便猜到了一些："廖婷说什么了？"

姜安不知从何说起，一面是自己的师兄，一面是傅晋寒，她既不愿意相信自己的师兄和这起案件有牵连，也不想对傅晋寒隐瞒案件细节。

傅晋寒见她沉默，淡淡地问了句："和秦游有关？"

姜安一愣，惊讶地看向他："你怎么知道？"

前面是红绿灯岔路口，傅晋寒踩了刹车，扭头看了姜安一眼："我们今天刚查到的信息，秦游在做一项实验，提交上去的实验对象名单上有翁静的名字。"

姜安一瞬间有些语塞，她在纠结说不说的时候，人家居然都已经知道了，这叫个什么事啊！姜安有些懊恼地搓着手指："秦师兄那天没有告诉我们这些。"

傅晋寒说："嗯，所以明天得请你的师兄来一趟公安局。"

姜安"啊"了一声，随即低下头："哦。"

车辆在道路之间穿梭，隔绝了外界的声音，男人低沉的嗓音听得格外清晰："姜安，要不要跟我回一趟公安局看一眼尸体？"

姜安顿了下，指尖微微颤抖，半晌才勉强一笑："不了吧，之前在现场的时候已经看过了，而且翁静的尸体陈医不是都解剖鉴定完了吗？死者身上的证据都写在档案里了。"

傅晋寒放慢了车速，似乎是在给她思考的时间，说出来的话却生硬无情："如果你只有这点水平，那我们公安局不需要再多一个拖油瓶。"

姜安倏地抬头："你什么意思？"

傅晋寒说："意思就是，案子我们可以自己查，如果你证明不了你身为一名犯罪心理师的作用，那你可以回队里打离职报告了。"

姜安几乎以为自己听错了，她实在想不出来前一刻还开车来接她的人，怎么这会儿就又变成了那个冷酷无情的傅大队长，两个人的关系好像在短短的几分钟内又回到了原点。

傅晋寒并不急于听到她的答案，依旧慢条斯理地开着车。他并不相信犯罪心理师的那一系列推测出来的东西，他办案讲究实证，姜安去或不去对他来说没什么差别，只是傅晋寒一想到白天秦游说的话，眉目黯了几分，不管姜安的意愿，径自掉转车头。

- 19 -

市局门口，姜安坐在车里，傅晋寒从车上下来绕到她身边，车门被他拉开，男人立场坚定。

姜安迟迟不愿意下车，她大可以和从前一样，躲在自己的乌龟壳里，一缩就是三年，逃避现实，不去回想曾经的错误，自欺欺人地告诉自己以前的事都过去了，不用再介怀。可如今真的站到这里，看着傅晋寒的眼神，她竟然说不出那句"大不了就不干了"。沉默良久，她终于动了动嘴唇："就算是心理侧写，也会有判断失误的时候。"

傅晋寒左手撑在车顶，弯下腰和姜安对视："我相信你。"

姜安怔了一瞬，傅晋寒瞳色很深，姜安在那双眼睛里看到了自己，这一刻耳边的风声止住，周遭只能听见自己强烈跳动的心跳声。

这个心跳频率很不正常，姜安的心脏在她至今的生命里从未如此激烈地跳动过，她下意识地抬手捂住心脏的位置，眼睛一眨不眨地盯着傅晋寒看。

傅晋寒见她看自己看得出神，眉梢微微上挑，嘴角勾着懒散的笑："走吧。"

姜安缓慢地挪动屁股，在他的注视中下车，等到了解剖室门口，她才突然意识到自己身为一个心理师，居然这么轻易地被一个男人的眼神蛊惑了。

她心里不太想承认这个事实，但身体的反应却很诚实。姜安小幅度地甩了甩头，想要把这种陌生的异样感从脑袋里甩出去。

翁静的尸体安静地躺在停尸柜里，傅晋寒在上面输入一串密码，随后把尸体拉了出来，尸体已经被解剖又缝合过，姜安看过尸检报告，对每一处都记忆犹新。

姜安看着翁静的尸体，慢慢开口："我以前判断失误过，因为那个失误死了一个人，她本来可以不用死，是我的狂妄自大害死了她。"

姜安陷入了回忆，早就烂在肚子里的记忆时隔多年重新提起，好像也没有那么难以启齿。她的神情淡漠，可眼底深处却蕴藏着一丝悲伤和痛苦，她藏得很谨慎，竭尽全力让自己起码在表面上看起来很平静。

傅晋寒在白天的时候就已经知道了真相，但他并没有说，只是充当一名安静的听众。

姜安深吸一口气，没有再说下去，她强扯出一抹看似轻松的笑，对傅晋寒说道："傅队，我要开始了。"

傅晋寒揉了一把她毛茸茸的脑袋："嗯。"

姜安慢慢掀开那层白色的布，眼神骤然变得犀利，和第一次在死亡现场看到翁静时的目光截然不同，此刻的她更像是和翁静融为一体，她开始仔细观察起来。

"一般来说，凶手在死者身上留下的痕迹越多就越方便我们进行侧写，但翁静身上只有一条勒痕和丢失的阴部。之前我们就说过这个问题，凶手既然是在进行一场仪式，那他为什么要割去献祭者的身体部位让其变得不完整，说明这起案件压根就和那些巫蛊之术没有关系，犯罪现场的布置和那张照葫芦画瓢的符咒，很有可能只是凶手打的幌子。"

姜安的视线停留在翁静脖子上那条细细的勒痕上："或者我们可以分开考虑。"

"什么意思？"傅晋寒环抱双臂，皱了皱眉。

姜安说："杀人案件通常分为激情杀人、无差别杀人、预谋杀人。翁静这起案子显然属于最后一种，凶手在布置现场时连铃铛都是对称的。"

傅晋寒接道："极端的完美主义者。"

"对。"姜安点头，"这样一个追求完美的人会允许他的'作品'不完美吗？杀害翁静的人和割走翁静阴部的人很有可能不是同一个。"

这是一个偏离他们现在调查方向的猜想，却是姜安从翁静尸体上得到的结论。

姜安接着说道："割走死者身体部位的杀人手法已经属于变态杀人的范畴，这和死亡现场是相悖的，或许我们应该先从谁在翁静死亡之后潜入了翁静家里，将其阴部割走这个角度入手。"

傅晋寒说："阴部切割完整，陈医说是用的利器，但并未在犯罪现场找到凶器，我们之前排查了那栋楼的所有住户，也没有发现凶器。"

"楼道监控并没有拍到凶手进出，翁静的房间里并没有跳窗的痕迹，所以能避开摄像头的只有那层楼的上下住户。我看过水管，上面锈迹斑斑，没有攀爬的痕迹，秦游家里咱们也去查探过，没有翻窗的痕迹。"

傅晋寒思考了一会儿，眉眼微抬："还有一家我们没查。"

"那个独居老人。"姜安说道。

傅晋寒单手摩挲下巴："不对，就算如你所说，凶手是两个人，那第一个凶手又是怎么进去的呢？在他布置完现场之后怎么逃出去？监控一样没有拍到他。"

姜安的目光从翁静的脸上移开，低声道："我需要查清楚一些事。"

傅晋寒看了看她，没有问她为什么，只是说："你从死者身上看到了什么？"

姜安沉默良久，才说："悲观，绝望，死寂。"

傅晋寒大概知道她想要验证什么了，这个案子看起来离奇，但处处透着破绽，没有人进出房门，所有的谜题都在那栋楼里。

姜安缩了缩脖子："不早了，我想回去休息了。"

傅晋寒长腿一迈："走，我送你。"

8月的夜晚，晚风一吹，压在心里的那股燥热便消散很多。晚上姜安躺在床上，拿手机刷着短视频。互联网时代大家都沉迷于这些短小的视频内容，因为大脑疲于接收外界信息，大家对社会的认知都来自这些几十秒的小视频，而这些内容正在无形之中改变着你的三观。

莫晚晚、付姿和钱秒在开着直播连线，几人说着高中时候的糗事，带着大家一起回忆青春，屏幕下方的评论是清一色的"小姐姐好善良好美"，更有甚者称呼付姿为大小姐，各种吹捧的话占满了那一小块手机屏幕。

莫晚晚一夜之间涨了五十多万粉丝，付姿和钱秒也在短短不到两天的时间迅速涨粉，尤其是付姿，粉丝量上涨比例是其他两人的两倍。对于翁静，大家却恶语相加，在没有了解事情全貌的情况下，仅凭一场新闻发布会就人云亦云。

姜安叹了口气，她总觉得校园霸凌这件事有隐情，不然廖婷不会说出那样的话。

翌日清晨，姜安起了个大早，打算赶在傅晋寒之前见秦游一面。

等她到凤阳小区门口时，正好看到老李开车从里面出来，车窗一开，露出老李那张微笑的脸："姜安，你怎么来了？"

姜安顿了顿，表情一言难尽地说："李叔，您这么早？"

老李点点头："是啊，傅队让我早点来，说是时间紧迫。你也知道，上面就留给我们一周时间办案，我们可不得抓紧点嘛。"

姜安沉默了一瞬，不用猜她都知道秦游现在估计就坐在后座呢。

老李见她不说话，又热情地问："你来这儿干什么？"

姜安说："没事，我随便逛逛。"

这个借口也太拙劣了，得逛多久才能逛到这儿。老李也不戳破："要不要坐我的车去公安局？"

姜安当然不会拒绝，迅速上了车。

果不其然，秦游坐在里面。

姜安露出小虎牙："秦师兄，好巧，你也在这儿啊？"

秦游本来闭着眼，听到声音慢悠悠地睁开眼瞥向她："来找我有事？"

姜安并不隐瞒："嗯，是有点，不过既然你都坐上警车了，一会儿到了局里再说吧。"

秦游"嗯"了一声，又闭上眼睛。

姜安本来还想说点什么调节气氛，见对方闭上眼，只好关了话匣子。

市局离凤阳小区不算远，姜安躺着假寐的工夫，老李已经开到了地方。秦游跟在老李身后进去，姜安去了一趟刑侦办找杨乐。

杨乐正在整理档案，见到姜安不免讶异："你今天怎么来这么早？"

"起得早来得就早。"姜安随口解释道，"你去查一下翁静生前有没有买过什么保险。"

杨乐扶了扶眼镜，不解道："为什么突然要查这个？是有什么新发现吗？"

姜安来不及解释太多，她赶时间去找秦游："你先查，查到了告诉我。"

杨乐应道："行。"

姜安说了声"谢谢"，转头就往审讯室里跑。

傅晋寒和包子在里头问话，老李戴着耳麦站在外面，见到姜安过来，忙朝她招手："来得正好，刚开始问。"

姜安走过去戴上耳麦，传声筒里声音清晰。

傅晋寒问："你在做的是什么实验？"

秦游说："普通实验而已，资料我都已经报备过，每一项实验的数据都有档案记录，我这是合理合法的。"

傅晋寒翻着资料，上面是他们刚查到的实验信息："人类情绪顶点实验，为什么要做这个？"

秦游一顿，随即淡淡一笑："我们学心理学的也属于医生的范畴，只不过医生治愈的是人的身体，而我们，治愈的是人的心灵。这二者并无差别，我也只是想做一些造福人类的好事罢了。"

"好事？"傅晋寒眯起眼，"你的好事就是拿活人做实验，来验证自己的理论吗？"

秦游面色凝了一瞬，很快恢复如常："参与实验的人大多有心理疾病，他们既是我的实验对象，也是我的病人，我并不觉得这二者有什么冲突，或者你觉得翁静的死是因为参与了我的实验吗？"

傅晋寒的话题拐得猝不及防："我们上次问你的时候，你说和被害人不熟，现在她又成了你的病人和实验对象，为什么要对警方隐瞒信息？"

秦游微微皱眉:"我们在实验之前都会和病人签订合同,我无权透露他们的隐私。"况且之前他的确有想过要不要说,只是因为眼前这个男人与生俱来的那股傲慢让他不爽,他想要看看这位傅大队长到底什么时候能查到这上面。

出乎他的意料,速度挺快。

秦游身体微微后仰,姿态放松:"就算你们是警察,我也有权保持沉默。"

傅晋寒语气冷淡:"配合警方调查是你作为公民的义务。"

秦游十指交叉,看向傅晋寒:"翁静患有严重的抑郁症,有自残倾向,但并未实施,因为她是一名主播,担心被网友议论。另外,我并没有撒谎,我和翁静的确不熟,因为她只在我这里做过四次心理治疗,从最后两次治疗的脑电波反应来看,她的情绪稳定了很多,这证明我的实验理论是正确的。"

傅晋寒对他那套理论毫无兴趣,他只想知道翁静为什么会抑郁:"她怎么找上你的?"

"她看到了我在网上发布的邀请患者参与实验的消息,主动找上我的。"当时得知翁静竟然就住在他楼下时,他也有点意外。

秦游继续说道:"她很配合治疗,并且有意愿想要治好自己的病,如果她没有被杀害,我想最多一年,她就可以通过我研究的那套实验理论恢复健康。"

傅晋寒打量着秦游,耳畔传来姜安轻软而迫切的声音:"傅队,问他知不知道翁静曾经参与校园霸凌的事!"

傅晋寒骨节分明的手指轻点桌面,淡淡说道:"翁静的抑郁症和她高中时期发生的事有关吗?"

秦游一向两耳不闻窗外事,他心里只有他的研究,自然不知道网上发生的那些事,听到傅晋寒这么问,他皱眉道:"你怎么知道?"

他最不能接受的就是有人不经过他的同意,把他的实验成果偷出去,就算是警察也不行。

包子明显感觉到秦游情绪的转变,他插了一句嘴:"你的实验我们只是了解了大概情况,具体数据都在你的电脑里,我们暂时没动,但前提是你老实交代,否则我们完全可以调查你所有的物品。"

秦游眉头皱得更深。某种意义上,他和姜安是同类人,天资聪颖,不识人情世故,脑袋一根筋,生活在自己的世界里,在大多数情况下非常排外,他甚至比姜安更加固执。

傅晋寒看了秦游一眼,把手机递到他面前。

屏幕上播放的正是莫晚晚三人在发布会上说校园霸凌的事。

秦游脸色变了变,看完之后推开手机:"她们在撒谎。"

包子忙问："撒谎？"

"是的，"秦游说，"真正被校园霸凌的人是翁静。"

- 20 -

秦游的话就像是一个重磅炸弹，直接炸得所有人都说不出话来。

姜安抓着耳麦："可是上次我们去翁静的老家调查过，为什么所有人的口径都那么统一？"

"上次我们去临海市调查过，翁静以前的老师、同学和邻居，所有人的口供都是翁静霸凌了莫晚晚、付姿和钱秒。"傅晋寒道，"学校当年的处罚文书我也看过，没有问题。"

秦游凛了眉眼："你是觉得我的实验数据有问题？"

傅晋寒对答如流："我没这么说，我只是说出我们目前掌握的信息。"

秦游的目光停顿两秒，然后说："我的病人不会对我说谎，翁静一直以来都有心理创伤，并且伴随非常严重的抑郁症，我在催眠的过程中发现造成翁静心理创伤的源头就是其高中时期被校园霸凌的事。"

包子说："你的意思是翁静才是那个被霸凌者，莫晚晚、付姿、钱秒三个人是霸凌她的罪魁祸首，但因为付姿家里的权势，翁静被迫承担罪名惨遭退学？"

"可以这样理解。"秦游说，"翁静的片段式记忆有她被霸凌的场景，具体情况我在这里不做详细的叙述。如果你们去她老家调查过，那就应该知道实情，只不过身份置换了而已。"

耳麦里传来的声音让姜安呼吸一窒，她想起了那天校长、班主任和那些邻居说的话。

"翁静拿烟头烫付姿的胳膊，逼钱秒吃厕所里的排泄物，逼她们脱衣服拍下照片和视频威胁她们……"

而这些只是身份置换了。

姜安是学心理学的，自然知道人在催眠状态下不可能撒谎，如果翁静没有撒谎，那撒谎的人就只能是莫晚晚、付姿、钱秒三人。

那当年学校的老师呢，校长和她们的班主任难道都不知道实情吗？还是说知道实情却选择了帮真正的坏人掩盖。姜安想起那天莫晚晚几人在发布会上堂而皇之的发言，心中不由得发出冷笑。

老李缓缓放下耳麦，咬牙道："真是一群畜生！"

姜安双唇微启："你说得对。"

门外杨乐快步走了进来："姜安，你说得没错，翁静的确在两个月前购置了一份保险！"

老李走过去接过文件翻看："意外险？受益人钱碧华。"他抬起头和姜安对视。

姜安说："翁静的奶奶。"

这一瞬间，所有的谜团似乎都找到了一个支点，它们逐渐朝着一个方向并拢，真相也越来越清晰明朗。可站在审讯室外的三人，都无法相信他们苦苦寻找的变态杀人犯竟然会是这样的答案。空气像是都凝固了，一时间没人说话，大家都默契地沉默。

最终姜安合上文件，慢慢开口："我有事出去一趟，等会儿傅队出来你们把这个文件交给傅队。"

杨乐问："去找钱老太？"

"嗯。"

姜安走得很快，钱老太还住在附近的酒店，准备今天回老家。

有时候我们追寻的不是犯人，而是每一个案件背后的真相。即便事隔经年，也不代表犯了错误的人可以逃脱惩罚。

钱老太住宿的地方是警方安排的，就在市局对面隔着一条街的酒店，姜安步行十分钟就到了。她刚进酒店大堂就看到廖婷正搀扶着钱老太往外走，三人在门口打了个照面。

廖婷先出声："安安姐？你怎么来这儿了？"自从上次姜安安慰她之后，她对姜安的态度好了很多。

姜安走得急，微喘着气："我来找钱奶奶，你们打算去哪儿？"

廖婷说："去公安局，奶奶想把翁静的尸体带回家。"

姜安抿了抿唇："案件还没结案。"

廖婷短促地笑了声，半是玩笑半是讥讽道："我们不指望警察了，反正和当初校园霸凌的事一样，报了警也没用，真凶还是逃脱了。"

姜安觉得廖婷这话听着奇怪，但也没有多想，眼下她有更重要的事要调查："最多五天，我们就能查明真相，你和奶奶别着急。我来找你们是想问问关于翁静高中时期的情况。"

钱老太一直低着头，头顶的发早就白了，状态疲惫，大概是孙女逝世的打击太大了，她的精神状态看起来很不好。"我现在就想把我的囡囡带回家，你们那个停尸房太阴森太冷了，我的囡囡会害怕。"

姜安蹙了蹙眉，不知道为什么才一天的时间，廖婷和钱老太的态度转变会这么大,她看了一眼廖婷,觉得问题应该出在她身上:"廖婷,你应该相信警察。"

"相信警察?"廖婷情绪激动,"我就是因为太相信你们了才会从外地赶过来,可你们做了什么?到现在凶手都没找到,还任由莫晚晚那几个人渣在网上肆意诋毁翁静!我今天早上看到新闻了,莫晚晚居然因为翁静的死亡获得了流量,因为这些流量她接到了广告,甚至发微博感谢翁静,感谢一个曾经被她们伤害过的死人?!这三个人连畜生都不如!"

廖婷说的新闻姜安还不知情,她今天一早赶来市局,压根没时间看手机,听着廖婷的话她大概猜出了事情的全貌。

可现在她只能暂时安抚廖婷和钱老太,她真诚地看着他们:"如果你们现在把翁静的尸体带回去,那就真的要让她白白死去,曾经她遭受的冤枉和伤害再也无法昭雪,这是你们想看到的吗?"

廖婷沉默了,钱老太眼角湿润,她看向廖婷:"婷婷,要不还是听这个姑娘的吧,我不想我的囡囡就这么不明不白地死了。"

廖婷安慰了钱老太一会儿,然后看向姜安:"你说的,五天,如果五天之后依然找不到真相,我们要求带着翁静的尸体回家。"

"好。"姜安郑重承诺,"我答应你。"

酒店房间里,廖婷给姜安和钱老太倒了杯水,钱老太精神不太好,一直垂着肩膀:"小姜同志,你来找我是想问什么?只要是我知道的我一定会如实回答你,我只求你们一件事,一定要找到害死我家静静的凶手!"

"您放心,真相会浮出水面的。"姜安问道,"翁静买了一份保险您知道吗?"

钱老太点头。"知道,静静买的时候就跟我说了,她说这个是给我治病的保险,有了它我的医药费就不用愁了。"她神色有些急切,"怎么了?是这个保险有问题吗?静静买的时候我就跟她说了别买、别买,现在骗子可多了。"

姜安摇摇头,示意钱老太不用担心。

钱老太这个样子应该是不知道保险的内容,翁静可能只是提了一下,没有说明是意外险。她看了一眼廖婷,对方的样子也不像是知道。

姜安略一思忖,说道:"她是什么时候跟您说买保险的?"

钱老太年纪大了记性不好,想了很久才说:"两个多月前,她回了一趟老家,特意跟我说了这件事,还让我收好那个牛皮纸袋。"

姜安顿了顿,两个多月前……

翁静是两个多月前买的保险,在秦游那儿的诊疗记录也是从两个多月前开始的。之前她一直在做直播,即便被网友羞辱也依旧坚强地活着,那中间发生了什么,让她的心理产生了一个这么大的转变?

姜安又问廖婷："翁静跟你提过这件事吗？"

廖婷回答："没有……"

翁静确实没跟她说过这件事，她也是今天听到姜安说才知道。廖婷不是钱老太，她自然知道普通人不会随随便便去买一份保险，那翁静为什么会突然买这么一份保险，受益人还填的是她奶奶的名字？

廖婷心里渐渐萌生了一种不好的猜测，只是还未等她想明白就把这个想法压制在心底，她摇头呢喃："不会的，不会的，她不会的！"

姜安伸手按在廖婷的肩膀上："别着急，事情还没定论。"

这话让廖婷找回了理智，对上钱老太忐忑怀疑的眼神，廖婷只能扯出一抹笑："没事的，奶奶。"

钱老太这才放下心来。

姜安继续问道："翁静高中时期为什么会被退学，您知道吗？"

孙女退学这件事是钱老太一辈子的痛，她掩面伤心道："学校说是她霸凌同学，情节严重，就把她给开除了，可明明我孙女身上都是伤疤啊！她被退学那天哭了一夜，我心疼啊，我就去找学校，想让他们查清楚。我了解我孙女，她是绝对不会欺负同学的！可学校的门卫连大门都不让我进，还说要是我再继续胡搅蛮缠，就让我们祖孙俩在临海市待不下去。我们就是普通人，哪里斗得过他们，我只能委屈我孙女了，唉！"

如果当年她拼了老命让学校还静静一个清白，也许她就不会辍学，会考上好的大学，不用再做直播，受人侮辱，被人唾骂。也许静静会有一个光明的未来，一切都会改变，她的静静现在也不会躺在那个冰冷的停尸房里。

老人把这一切的原因都归咎在自己身上，觉得是因为自己没本事、穷，才会把孙女害成现在这个样子。

她哭得泣不成声，廖婷就这么抱着她，眼泪无声地落下。

- 21 -

从酒店出来，姜安回了市局。傅晋寒进来的时候，她正在用电脑整理资料。姜安抬头看到他，问："秦师兄走了吗？"

傅晋寒说："他没有作案动机，也没有作案嫌疑，当然走了。"

秦游的实验傅晋寒不敢苟同，但秦游既然交代清楚了，警方自然没有再继续扣着他的道理。

"哦。"姜安继续埋头整理。

包子捧着杯子进来倒水，看到两个人一个站着一个坐着都不讲话，不由得好奇道："姜安，你忙什么呢？"

姜安头都没抬："在查圣光中学。"

"啊？"包子愣了下，继而反应过来，"校园霸凌？"

姜安"嗯"了声："对，这种事在以前的校园论坛或者贴吧应该会有记录，全校那么多学生，总会有人坚持真相。"

包子觉得她这个行为无异于大海捞针，且不说这件事都过去好些年了，就算翁静真的是被冤枉的，真正霸凌的人另有其人，当年那些人偷梁换柱瞒得那么紧，怎么还会留下证据让你去找。他喝了口水，想劝姜安别白费力气，话还没说出口就被傅晋寒一个眼神扫到，乖乖闭上嘴巴。

包子一连闷了几大口水来缓解自己刚刚受到的惊吓："咳……那什么，对了，你是怎么知道翁静给她奶奶买过一份保险的？"

姜安说："翁静奶奶一直卧病在床，你们之前查翁静的账户每个月都有一笔固定支出，都是打在同一个医院的账户上。从这点上来看，翁静把奶奶看得很重要，她为了奶奶忍辱负重地赚钱，不惜用身体作为代价，她在离世之前怎么会放心她奶奶一个人留在世上呢？所以肯定会有另外的方案让她放心地离开这个世界，除了保险，我也想不到别的了。"

包子还是疑惑："可翁静不是被人杀害的吗？她怎么知道自己会——"

包子的话音陡然停住，他忽然想起来在翁静死亡一周前曾经直播预告了自己的死亡，她在直播里说的每一句话都在她的死亡现场应验了。

如果翁静提前一周就知道了自己会死，那会不会可能提前一个月，甚至提前两个月就知道了？或者说得再直白一点，她知道自己会死，是因为她才是那个杀死自己的凶手？包子不敢再想下去，只觉得这个猜测实在是太诡谲了，他看向姜安，咽了咽口水："那你找到什么了吗？"

姜安摇头："暂时还没有。"

傅晋寒斜靠在桌子上："我跟包子去一趟凤阳小区。"

姜安知道他是要去查什么，便随口应了一声。

傅晋寒看了她一眼便拎着包子的后衣领往外走，只有包子想不通，他们家老大什么时候办案还要跟人报备了？不对劲，很不对劲！

等到走出去后，包子挣脱开傅晋寒的手臂，忍不住问道："老大，你和姜安在搞对象吗？"

傅晋寒漫不经心地瞥了他一眼。

包子干咳一声:"一般来说,只有男女朋友才会跟对方报备自己的行踪吧,以前我办案子的时候,为了防止我女朋友查岗——不是,防止她担心,就会跟她说我去哪儿干什么了。"

傅晋寒微挑眉梢,给了包子一个眼神:"看来你挺闲的,还有空分析领导的心思,要不给你安排点事做?我看二队最近挺缺人的。"

"……别了吧老大,您就当我没说,二队一天到晚处理的都是家长里短的事儿,除了扯皮就是扯皮,我恐惧!"包子说着捂起了心脏,装模作样地说,"老大,我也是看你单身多年,这不是替你着急嘛。"

傅晋寒冷哼了声,包子识趣地闭上嘴巴。

凤阳小区自从发生命案后环境安静了很多,原先的菜市场也在整修搬迁,少了吆喝声反而显得有些孤寂。这次他们敲响了六楼那个独居老人的门。

老人耳背,敲了很久门都没人开,傅晋寒耐心十足,依旧不紧不慢地敲着门。

包子忍不住道:"会不会没人在家啊?"

就在他们以为这趟白跑了的时候,面前的防盗门有了动静。

老人推着轮椅,戴着老视镜,隔着防盗铁门问:"你们是谁啊?"

傅晋寒亮出自己的警察证,老人这才把门打开。

包子小声说道:"这是位老太太,还坐着轮椅,没有作案条件啊,老大。"

傅晋寒环视一周,屋子干净整洁,看上去有定期打扫。

老人控制轮椅往前挪动,包子在后面笑着套近乎:"奶奶,您这轮椅还挺先进啊,居然还是电动的。"

老人语气骄傲:"我大孙子给我买的,说是这种电动的方便。"

傅晋寒顺势说道:"您和您孙子感情很好。"

老人一说到孙子就打开了话匣子:"我这大孙子可孝顺了,他爸都没他对我好哩。哎,你们来找我这个老太婆,是因为楼下死了的那丫头的事吗?我大孙子今天早上还打电话跟我说这事,说那丫头死得太诡异,不吉利,让我搬过去跟他一起住。哎呀,我一个老太婆哪里在意这些哟,懒得再搬走了,搬来搬去的多麻烦呀。"

年纪大了的人就喜欢自顾自地说话,包子急忙打断了她:"奶奶,您这屋子一直就您一个人住吗?"

老人说:"是啊,就我一个人,不过我大孙子有时候在周末会过来陪陪我。"

傅晋寒道:"我能参观一下吗?"

老人摆摆手:"看吧看吧,我一个老太婆也没什么隐私,况且配合调查本来就是我们这些公民应该做的嘛!"

包子笑道:"奶奶您觉悟还挺高。"

老人得意道:"那可不。"

包子坐下来和老人唠嗑。

傅晋寒往他们这边看了一眼,随后在整个屋子里溜达了一圈,走到次卧窗口的位置,他探腰往下看。

老居民楼有一点不好的就是楼层普遍较低,这样显得空间很小,一户挨着一户。傅晋寒站着的位置在翁静卧室窗户的位置上方,他食指在窗沿上刮了一下,很干净,一点灰尘都没有,看样子最近被打扫过。

傅晋寒回头看向次卧的床,床单有股清新的洗衣液香味,因为没人睡过,味道也就一直保留着,他鼻子虽然没有姜安的灵,但清洗痕迹一眼就能看出来。

等傅晋寒再次去客厅,包子已经和老人聊得热火朝天了,见到傅晋寒出来,包子用眼神示意,大概意思是没看出来有什么问题。毕竟一个独居老人,还是个腿脚不便、行动需要借助轮椅的老人,无论从哪一方面看都不符合作案的条件。

傅晋寒走过去在老人身边坐下,像是普通的唠家常:"您孙子每周都来陪您吗?"

老人说:"也不是,有空就来呀!"

"您这屋子打扫得这么干净,床单也定期清洗,我看您屋子里的窗户什么的都擦得很干净,看来您孙子对您是真的很好,我对我爸妈都做不到这么细心。"

听到有人夸自家孙子,老人显然很高兴:"可不嘛!我孙子打小儿就黏我,而且还爱干净,他每周都过来帮我整理,这周来了两次呢。他说最近南城阴雨天刚过,被褥什么的都要清洗一遍,趁着太阳烈拿出来多晒晒杀菌,我那窗户都是他擦的呢!"

"来了两次?"傅晋寒装作无意般地问道,"是专门来帮您洗被子的吗?"

老人摇摇头:"不是,上周他来过一次。哦,就是楼下那姑娘死了的那天,第二天他帮我把被子什么的洗干净,昨天过来帮我收好铺好了。"

包子皱眉道:"您是说翁——您楼下邻居死亡那天,您孙子在您家里?"

他语气迫切,老人顿时起了一点防备,眼睛隔着老视镜打量着眼前的两名警察,过了会儿板起了脸:"我说警察同志,你们该不会怀疑我孙子是杀人凶手吧?我可告诉你们别乱冤枉好人,我孙子那天晚上一直在房间里睡觉,哪儿都没去!"

傅晋寒把眼睛瞪了过去,包子意识到自己说错了话,摸了摸鼻子没再吭声。

傅晋寒把视线从包子身上收回来,露出他一贯用来哄长辈的笑容:"奶奶,我们就是了解一下情况,没有怀疑您孙子,您别误会。"

老人对这个帅哥印象好些,但也不想再跟他们多说,在她眼里,谁诋毁她孙子，谁就是坏人，警察也不行。她冷着脸把两人轰走，门啪的一声被甩上，发出巨大的声响。

包子尴尬地挠了挠头，讪讪道："老大……"

傅晋寒转身就走："打电话给杨乐，让他把这位老人的家庭关系调出来，把她孙子的个人资料发我微信。"

包子说："收到，老大！"

傅晋寒上车踩下油门，眉头紧紧锁住。假设翁静是自杀，那她也不可能在已经死亡的情况下割走自己的阴部。如果像姜安说的那样，一共两个凶手，那位老人的孙子又为什么会去割走一个死人的阴部？难不成是有什么变态的嗜好吗？

包子紧紧抓着安全带，看到傅晋寒脸色不好，他一句话都不敢多说，在心里默默祈祷老大别因为自己刚才犯的错误生气。

- 22 -

吉普车停在马路边，烈阳晒着车顶，包子热得满头大汗，他苦哈哈地说："老大，开下空调呗？虽然现在市里提倡节能减排，但咱也不能顶着大太阳干活，身体吃不消啊！"

傅晋寒正在看杨乐发来的文件，眼睛没离开手机："自己开。"

包子"哎"了一声，连忙开了车里的空调，冷风吹出来的一瞬间，包子觉得整个人都活了过来："老大，我们现在去哪儿？"

傅晋寒按灭屏幕，一踩油门："去找柳书意。"

"柳书意？"包子反应过来，"那个孙子？不是，那个老人的孙子？"

"嗯。"

楼上的老人注视着小区楼下的动静，直到车子驶离小区，她掏出手机给孙子打了一个电话。

"喂，书意，是奶奶啊！奶奶跟你说，刚刚有两名警察找上门了，一直问你的情况，奶奶把他们都赶出去了……好好好，奶奶知道了，会注意身体的……"电话断了线，老人又看了一眼窗外刚才停车的位置，随后才推着轮椅离开阳台。

阳光炙烤着大地，南城早晚温差非常大，午后更是热得跟个火笼一样，包子咬着汉堡查看手机里杨乐发来的地址，确认了两遍无误后，朝刚停完车的傅晋寒挥手喊道："老大，就是这儿。"

柳书意居住的小区离环城小区很远，一个在市中心的老街区，一个在新开发的工业园。柳书意在工业园里上班，住的是公司分配的宿舍，宿舍一公里外就是他上班的地方。

杨乐发来的资料上说柳书意是科研人员，刚毕业就拿到了南城知名科研园区的录取通知，算是前途无量。包子看着资料上面的员工证件照，那个戴着眼镜、文文静静的男生和割走翁静阴部的变态嫌疑人完全联系不到一起去，但根据目前掌握的信息来看，柳书意的确有很大的作案嫌疑。

傅晋寒抬头看向眼前的高楼大厦，因为是工业园，周围商铺并不多，显得很空旷，他问包子："哪栋楼？"

包子说："3栋3002。"

傅晋寒大步流星地往里走，包子紧跟其后。

这个点是午休时间，所以傅晋寒和包子先去了他的宿舍，但跑空了，同宿舍的人说柳书意今天中午值班。他们又找去了柳书意上班的地方，然而前台告知他们柳书意刚刚请假了，不在公司。

包子和前台道完谢看向傅晋寒："老大，人不在这里。"

傅晋寒拧了拧眉心："估计跑了。"

两人并肩离开办公大楼，包子问："不在公司，不在宿舍，他能去哪儿？"

傅晋寒直接上车："回凤阳小区。"

包子跟上车，不解道："我们不是刚从那儿来吗？"

傅晋寒来不及跟他解释，开车直奔凤阳小区。

下午烈日当头，老人正在厨房煮饭，因为行动不便，不小心把锅盖打翻了，动静很大。老人懊恼地看着地上的垃圾，想要弯腰收拾，谁知道不小心从轮椅上摔了下来，她痛得低呼，想要打电话，可身体却动不了，老人无助地趴在地上。

"奶奶！"突然一声惊呼，老人眼睛顿时一亮，朝声音的源头望了过去。

柳书意放下东西慌忙跑到厨房，将老人从地上背起来就往楼下跑，一边走一边拨打急救电话。

垂垂老矣的身体趴在年轻有力的背上，老人伸手给孙子擦了擦脸颊上的汗，心疼地说："书意，你怎么回来了，今天不是不休息吗？"

柳书意的脚步没有停顿，他虽然瘦弱，但是力气很大，背着老人也走得很快："我回来拿点东西，奶奶你怎么会摔了？"

"我想煮点饭吃，谁知道碰翻了锅盖，打扫的时候不小心从轮椅上摔下来了。"

老人问,"你拿什么?奶奶没事,你先忙你的去。"

柳书意低头看着路面没有说话。

不远处传来车声,柳书意以为是救护车来了,抬头却愣在原地,过了两秒又好似猜到了什么,表情恢复如常。他看着车上下来的两人,赶在他们前面开口:"我奶奶受伤了,我能先送她去医院吗?"

包子看向傅晋寒,后者轻声道:"救护车已经到门口了,我们需要你跟我们走一趟。"

救护车及时赶来,柳书意把老人放在担架上。

老人似乎意识到了不对劲,躺在担架上一个劲地催促:"书意,发生什么事了?为什么那两个警察又来了?"

柳书意安慰道:"奶奶您别担心,就是例行询问吧。"

老人心里有些慌,急道:"奶奶不去医院了,你不是回来拿东西吗?你赶紧回去拿,拿完去上班!"

柳书意按住她的手:"真的没事,您先去医院,等他们问完了我就去医院找您。"

老人一颗不安的心才算放下来些。

等到救护车开走,柳书意才平静地说:"翁静是我杀的。"

- 23 -

审讯室里,柳书意戴着手铐坐在椅子上,眼神平静没有波澜。

"上周五晚上8点,我用床单系成绳子翻窗进入翁静的卧室,趁她睡着,用提前制作好的香料把她迷晕,之后用充电线勒死了她,怕你们查到我,所以我打扫了现场,伪装成巫术杀人……"

柳书意详细地说完了自己的犯罪过程,全程都很镇定。

傅晋寒用笔尖敲着桌面:"为什么杀她?"

柳书意顿了顿,说:"杀人还需要理由吗?想杀就杀了。"

傅晋寒看着柳书意,表情冷淡:"你是觉得自己聪明,还是觉得警察好骗?"

柳书意抬头:"我说的都是事实,如果你们觉得我没杀人把我放了,那我也没什么意见。"

电话铃声突然响起,傅晋寒走出审讯室接起来。

包子说:"老大,找到了,柳书意睡觉的床下面有个保险柜,我找专业的人过来把它打开了，发现里面装了一个容器，翁静尸体缺失的部位用福尔马林在里面泡着。"

傅晋寒"嗯"了一声挂断电话，姜安正好从外面进来，她看了一眼玻璃后面。柳书意坐在那儿，老李坐在他对面还在盘问："柳书意怎么说？"

傅晋寒说："他咬死是自己杀的翁静，犯罪过程和陈末给出的尸检报告一样，包子刚才在他家里也搜到了翁静缺失的阴部。"

姜安蹙着眉道："翁静不是他杀的，他为什么要承认自己杀人？"

傅晋寒挑眉："我又不是心理医生，我怎么知道？"

姜安说："心理医生也不是万能的。"

傅晋寒勾勾嘴角："在网上找到什么信息了吗？"

姜安来找他就是为了说这事的，只是刚才看到柳书意后忘了这茬，她把手机递给傅晋寒："看这个帖子，当年圣光中学校园论坛有学生匿名发的，后来帖子被学校清理了，但里面有段视频流出来了，我找技术部门恢复了一下，现在这个视频的清晰度够完整地看出当年校园霸凌的受害者到底是谁。"

傅晋寒点开，这是一个从加害者的角度拍摄的视频，映入眼帘的是一个女孩伸手努力遮挡着镜头，声嘶力竭地哭着。

她的哭声和痛苦是这群加害者的兴奋剂，她哭的声音越大，那群人笑的声音就越大。

视频里一共露出了三张脸，翁静、莫晚晚和钱秒。显然，负责拍摄的应该是没露面的付姿。

傅晋寒望向她："明知道这些和翁静的死没有关系，为什么还要费心思去找？"

姜安面露疲惫，她为了找这些东西，眼睛一直盯着，一刻都没放松过："这件事已经过去很多年了，定不了她们三个人的罪，但是可以证明翁静的清白，她们可能不会受到法律的制裁，但逃不过道德的谴责。"

正义或许会迟到，但绝对不会缺席。

傅晋寒眸色幽深，意味深长地看了姜安一眼。

姜安被他盯得浑身不自在，吸了吸鼻子慢吞吞地说："现在柳书意坚称自己是凶手，我觉得理由应该很简单。"

傅晋寒问："怎么说？"

"假设翁静是为了保险选择自杀，那让一个男人心甘情愿地为一个女人坐牢，甚至冒着被判死刑的风险也要守护住她最后的心愿，你觉得会是因为什么？"

傅晋寒眯了眯眼，立即转身朝审讯室走去。

老李见他进来，小幅度地摇了摇头，意思是没有突破。

傅晋寒按着老李的肩膀坐下来，单刀直入："你奶奶今年多大了？"

柳书意不知道傅晋寒为什么突然问这个，皱着眉说："82。"

"82……"傅晋寒点点头，"你有没有想过如果你被判死刑了，你奶奶会怎么样？当她知道自己一直引以为傲的孙子是个杀人凶手时，她能不能受得住这个打击？"

柳书意眼底浮现一抹痛苦，表情似有松动，但仍旧坚持自己原来的说法："我奶奶还有我爸妈，他们会照顾好她。傅队，你不用再说了，翁静的确是我杀的，你们为什么不相信？"

傅晋寒看着柳书意，沉声开口："翁静买过一份保险，如果判定翁静为意外死亡，将获得一笔很大的赔偿。"他一边说一边观察柳书意的表情："本来这笔赔偿金可以打给她的奶奶，不过有点可惜，翁静用来买保险的钱是通过非法渠道获取的，她的钱都是屠刚给的。"

柳书意嗤笑道："傅队长，你是不是以为我不懂法？就算是屠刚给的钱，但保险只要签字了就算生效。"

傅晋寒说："保险的确生效，但问题是这笔钱属于屠刚的婚后财产，屠刚的老婆打算提起上诉要回这笔钱，也就是说，赔偿金一到账，就要拿出三分之二赔给李文英。"

柳书意的脸色一下子变了，眼底迸发出阴狠："不可能，李文英凭什么要回这笔钱？！翁静陪她老公睡那么多次，你以为是翁静愿意的吗？！要不是屠刚逼迫她，她奶奶需要这笔钱，她怎么可能牺牲自己的身体去陪屠刚那个人渣，就是因为屠刚，她才会觉得自己身体不干净，才会在死前想要把身体最脏的部位割掉，她想要干净地离开这个世界！她连尸体都不能完整地入土，李文英凭什么还要走她的钱！"

傅晋寒眯着眼说："所以是翁静自己想要割下阴部的是吗？"

柳书意痛苦地捂着头，他知道事情到这一步再隐瞒下去也没用了，更何况他还有年迈的奶奶，他陷入痛苦的挣扎中。

直到他再次听到了敲桌子的声音才抬起头，这次他没再隐藏自己眼底的那份哀伤："她是自杀的，但她不是为了骗取保险。买保险是因为她怕自己死了之后她奶奶的生活没有保障了，她是真的活不下去了……"

柳书意把头埋在双臂中："我每个周末会过来帮奶奶打扫屋子，陪奶奶住两天。一年前我认识了翁静，她不喜欢出门，总是躲在家里。后来我知道她是个主播，工作累的时候我会点开她的直播间看一看，她身上有股苍凉又孤单的感觉，她明明是在笑，可我知道她应该很痛苦。"

"我越来越关注她，想更了解她，偶尔会做一点好吃的便当送给她。"柳书意苦笑一声，"为了让她接受，我送了一栋楼的便当。"

老李没想到眼前这位瘦削的男人居然这么痴情："之后呢？"

柳书意说："之后我们慢慢熟络，我知道她喜欢上了楼上的心理医生，那段时间我明显感觉到她心情变好了，我为她感到高兴。但两个月前，她又变回了之前的翁静，甚至更加严重，我给她发信息她再也没回过。后来我得知那个心理医生在做一项实验，我想他应该能帮帮翁静，我就把他的实验的邀请函发给了翁静。翁静治疗过后状态看起来又好了一点。

"直到她主动联系我，我才知道她从来没有好过，治疗过程中那些痛苦的片段式记忆让她重新想起曾经那些黑暗的时光，她病得越来越重了。我打算去找秦游，她不让我去，她说和秦游的实验没有关系，她是心坏了。她说她活不下去了，求我帮帮她，我曾经也得过抑郁症，我理解她的痛苦，有时候死了比活着简单多了，我答应了她。"

翁静不想让他背上罪名，所以选择自杀，她求他的只有一件事，在她死后把她最脏的地方割掉，她想要干干净净地离开。

那个录音带是她亲手播放的，铃铛和满屋子红色的布条也是她亲自挂上去的，她给自己绑上了秤砣，在墙上钉上钉子，她连投胎转世都不想了。

翁静厌恶这个世界的一切，但她仍然向往做一个新娘，所以她给自己化上了新娘妆，穿上了给自己准备的丧服，她私心地给自己举办了一场葬礼。

事情到这里水落石出，傅晋寒和老李从审讯室出来，朝姜安看了过去。

姜安取下耳麦，即便早有预料，但当真相摆在面前时，还是觉得难以接受。翁静想用自己的死亡换取奶奶安享晚年，可惜她连生前最后一个愿望都无法再实现。

外面天色灰暗，凉风乍起，傅晋寒说："两个疑点。"

老李愣了下："不是已经查清楚了吗？怎么还有疑点？"

姜安径直看向傅晋寒："第一点，翁静为什么两个月前突然改变了主意。第二点，当初陈医给的尸检报告上伤口的呈现方式为他杀。"

老李惊道："难道柳书意又在撒谎?!"

- 24 -

夜色黑沉，空气稀薄，气氛压抑。姜安站在凤阳小区门口，看着这片年月已久的房子。政府已经下了通知，小区的拆迁计划提上了日程，再过半年这边就要被拆除，小区里的人搬走了不少，就剩下一些一直在这里住着的老人还没搬迁。不知因为是晚上，还是什么其他缘故，这次来小区内比之前来的几趟要安静许多。

南方的8月即便是在晚上也依旧炎热，好在晚上有凉风，姜安爬上楼梯已经有些气喘吁吁。她靠在窗口的位置，任由微风吹拂着面颊，这样可以消散一些热意。等气喘匀了，她才抬头看了一眼大门紧闭的房屋，拿出钥匙插进锁芯里转动，听到咔嚓一声响，她伸手轻轻推开了门。

由于这个房子是第一案发现场，所以警方要求房间一直保持原来的状态。姜安开了灯，经过客厅走到卧室。卧室窗子关得严实，多日来保持密闭，再加上犯罪现场也仍旧保持原样，姜安一走进去便感到阵阵阴森，额头上的汗不知何时已经凉了。

她没开卧室的灯，借着窗外那一点点亮光走到了铃铛下方——正对着床中间。

柳书意没有撒谎，只是缠在这桩案子里的谜团还需要理清楚。姜安想不通，种种证据都指向翁静自杀，可她是如何做到的呢？

正常人自杀一般都会选择上吊、服毒、跳楼，或者干脆一点，割破自己的大动脉。即便她要做成他杀的模样，她是怎么做到从后面勒死自己的呢？就在她出神的时候，门外响起了动静，傅晋寒刚在外面停好车上来："怎么不开灯？"

姜安说："黑暗方便思考。"

傅晋寒一时不知道该说什么："……谬论。"话是这么说，但他也没开灯。

傅晋寒见她盯着对面那堵墙出神，问道："为什么觉得在黑暗中方便思考？"

姜安说："习惯了。"

"嗯？"

姜安慢吞吞地解释："小时候我们家里条件不太好，我爸酗酒，我妈跟他离婚后独自抚养我和姐姐，但是我们租的房子只有一张学习桌，那张学习桌姐姐在用，所以我养成了在黑暗中听着她读书的声音默背思考的习惯。"

傅晋寒侧过头看她，姜安的身体被隐在黑暗中，透过她的声音，傅晋寒好像看到了小时候缩在墙角的她。

他想，怪不得她总喜欢蹲在墙角。

"看来大多数人小时候的经历都差不多。"傅晋寒的嗓音一贯慵懒。

姜安扭头："啊？你小时候家里也很穷？"她看着也不像啊。

傅晋寒斜着眼瞧她："可不，我跟我妹也共用一盏灯，两根线，我俩一人一小时换着用。"

那盏灯是他爸的朋友从国外淘回来的古董，是20世纪那种手拉灯，这种稀奇玩意儿自然吸引了当年还在上小学的傅晋寒以及上幼儿园的傅珍珠的注意。两个人为了抢那盏灯一人拉着一根线，死活不愿意放手，最后还是他爸一声令下，两人才偃旗息鼓。

事是这么个事，只不过傅晋寒没说那么明白，小姑娘心思敏感，得哄着。

姜安微微蹙了蹙眉："一盏灯，还有两根线？"

"嗯。"傅晋寒见她好奇，便耐着性子解释，"绕着灯芯转一圈，固定在开关位置，这样两边同时拉，灯自然就亮了，不过——"

傅晋寒的话音戛然而止，他倏地看向姜安，两人的视线撞上，几乎在同一时间看向墙上那三根锁魂钉。

啪的一下，傅晋寒伸手将灯打开，卧室里骤然亮如白昼。

姜安快速几步走到床边，转头问傅晋寒："有充电线吗？"

傅晋寒从口袋里拿出一根递给她，姜安接过来将线绕在那三根钉子上，一圈绕下来，线垂下来的长度正好足够容纳一颗头颅。

姜安的心脏怦怦直跳，她盯着那三根钉子无法言语。

这个长度意味着翁静随时可以停止死亡的过程，整个死亡过程中她只要产生一丁点对死亡的恐惧，她都可以伸手解开这根线，拯救自己。可她没有，她就这么任由那根线慢慢收紧，勒死自己。

姜安实在难以想象，在整个过程中，翁静遭受的是怎样的痛苦，在死亡到来的那一刻，她心里到底在想些什么，是觉得自己终于解脱了吗？

姜安身体微微颤抖，脚步有些虚浮，傅晋寒及时伸手扶住她的手臂，将人拉起来。

姜安声音颤抖："我以为她是用了什么方法从后面勒住自己，防止自己中途忍受不了，放弃自杀的念头，可我没想到竟然就是这简单的方法。她把线绕在那三根钉上绑死，再用剩余的长度绑住自己的脖子，慢慢躺下去，随着她躺下去的动作线开始往里转慢慢收紧，制造出从后面被人勒死的假象。"

姜安紧紧抓住傅晋寒的手腕，抬头凝视他："自杀的人都不会给自己留后悔的时间，可翁静不是，她在用死亡惩罚自己。"

窗外月亮高挂，柔和的光芒照亮了整片天空，却照不进人的内心。

傅晋寒走在前面，姜安紧紧跟在他身后，低着头没有说话。一直等到坐进了车里，她的精神才稍稍恢复了一点。晚上9点的南城，街上人来人往，姜安余光瞥见傅晋寒没有上车，双手搭在窗沿，趴在车窗上看他："不走吗？"

傅晋寒扬了扬手中的烟："我去抽支烟，等几分钟。"

"哦。"姜安又把脑袋缩回去，埋在衣领中。

这一套动作让她看起来像只仓鼠，傅晋寒的嘴角无意识地勾了勾。

姜安默默地在车里玩着手指，翁静的案子基本已经查清楚了，明天公安部门应该就会发出相应的通报。

姜安正思索着，车窗玻璃被敲了敲，她扭头就看到高大的男人站在窗边，眼里勾着笑意，他背着灯光，阴影笼罩住了姜安。

傅晋寒见她没什么反应，抬手又叩响了玻璃，那扇窗户这才缓缓摇了下来。

"拿着。"傅晋寒把奶茶递到她手上，这才上了车。

姜安愣了愣：“不是去抽烟吗？"她嗅觉灵敏，他的身上好像没有烟味。

傅晋寒眼皮微掀："顺道买的。"

姜安捧着奶茶，吸管已经被插好了，她抿了一口，眼角沁了点淡淡的笑："谢谢。"

奶茶的温热冲散了她心里那点微微的不适感。

傅晋寒车速开得不快，姜安一杯奶茶很快见底，她嘬了嘬吸管，又晃了晃杯子，确定没了之后默默叹了口气。

"怎么？"傅晋寒问。

姜安说："越喝越渴。"

傅晋寒："……"

到了地方，姜安下车，和傅晋寒挥手："谢谢你送我回来。"

傅晋寒潇洒地告别："明天见。"

姜安动了动嘴唇，想说什么又顿住，看着车辆消失不见，她才小声喃喃："真不争气，不就是说一句要不要上来喝杯茶嘛，这都说不出来！"她踢了踢路边的小石子，像是在埋怨自己，等发泄够了，才转身上了楼。

姜安租住的是公寓楼，物业比不了小区，所以一到天黑总会有野猫叫个不停，今晚却格外安静。姜安进屋之后往窗户外看了看，发现平常野猫爱待的那簇草丛中多了一个人造的小屋，是用纸箱子搭的，上面歪歪扭扭地写着"家"的拼音。最爱叫唤的那只小黄猫缩在纸箱里睡得正熟。

姜安笑了笑，怪不得小猫不叫了，原来是有家了。她抬头看向远方的建筑，即使这座城市冰冷而漠然，也总有人怀揣着爱温暖它。

姜安垂眸看了一眼手中空了还没扔的奶茶杯，眼角弯了弯。

隔日，警方公布了凤阳小区翁静案的调查全过程，中间还披露了翁静自杀的原因。消息一出，一石激起千层浪。

莫晚晚拍戏的地点被记者围得水泄不通，她让助理穿上她的衣服伪装成自己引开那群记者才得以逃脱，然后去了距离拍摄地点不远的酒店。

付姿和钱秒正在收拾东西，瞧见她进来，上去给了她一个拥抱："哎呀大明星，真难得，你居然有空来看我们。"

莫晚晚一把甩开她们，把帽子围巾取下来："你们看新闻没有！警方发了一条视频，是我们虐待翁静的录像！现在那群记者一直追着我！"

钱秒看了一眼付姿，没敢吭声，付姿穿着白色纱裙，转过身去继续收拾东西："看到了，事情过去这么多年，法律又不能拿我们怎样。至于那些舆论，对我们这些普通人又没什么影响，只不过对你这种公众人物有点影响而已。"

自从警方公布翁静的死因是因为校园霸凌导致重度抑郁而选择自杀之后，一个上午的时间，莫晚晚的手机就被打"炸"了，经纪人的辱骂，广告商和各个影视合约的索赔。从此在这个圈子里等待她的只有被封杀的未来和数以亿计的赔偿金。

莫晚晚连网都不敢上，现在那些网友的口水就能淹死她。

她此刻再也保持不了平日的镇定，她猛地上前抓住付姿的衣领："当初是你起的头，你说翁静腿长碍你的眼，你要毁了那双腿！我和钱秒都是按照你说的做，是你让钱秒拿烟头烫她，是你让我抓了她的衣服，翁静的那些照片也是你拍下来在学校散布的，凭什么现在就我一个人承担后果！"

付姿的表情冷下来，伸手拍了拍莫晚晚的脸："你有证据吗？没证据就别乱说。再说了，要不是你为了出名去找她拍什么综艺，她好好地活了这么多年，说不定还不会自杀呢，别什么脏水都往我身上泼。你让我和钱秒来跟你开发布会，让我们开通账号跟你开直播圈钱，搞得我们现在私信里全是被骂的，手机号也泄露出去了，我跟钱秒只能关机。这笔账我还没找你算，你怎么有脸来找我？"

付姿本来就不缺钱，她只是虚荣，享受这种被崇拜的万众瞩目的感觉，但现在这些不仅没有了，还让自己遭受了一场网暴，她恨不得杀了莫晚晚的心都有。

钱秒小声道："莫晚晚，校园霸凌这种事，过段时间大家就都忘了，要不你跟我们回老家吧。"

莫晚晚啪的一下甩了钱秒一个耳光，目眦欲裂地喊："我打拼了这么多年才混到现在这个地位，都被你这个蠢货给毁了！我当时让你把视频删了，你为什么没删?！"

钱秒被打得气急："付姿，我们走，别理这个疯子！"

付姿的确懒得搭理莫晚晚，她锁好行李箱，拉着钱秒就往外走。

"你们不能走！"莫晚晚上前拦住她们，声音颤抖，带着哭腔，"姿姿，你帮帮我好不好？你就跟当年一样，让你爸花钱把这些新闻压下来，找几个替死鬼，救救我行不行？我好不容易才走到今天，真的不能被封杀！"

付姿不耐烦地甩开她的手："莫晚晚，你有完没完？"

莫晚晚死死盯着她："明明你才是始作俑者！"

付姿冷笑一声："对啊，我才是始作俑者，那又怎么样？谁让你没有一个好爸呢！你呀，天生就是臭水沟里的一条蛆虫，当年要不是我可怜你带你玩，那挨打的就不是翁静而是你了。"

她扭头看向钱秒，扑哧一声笑了出来："钱秒，你说她可笑不可笑，还说什么好不容易走到今天？她的'好不容易'就是潜规则吧，现在在这里跟我说什么不容易？简直就是笑话，哈哈——啊！"

付姿陡然倒了下去，她捂着脑袋，痛苦地蜷缩成一团，眼睛死死盯着面前的女人："你……你敢……"

钱秒低头看见倒在血泊里的付姿，惊愕地叫出声："莫晚晚！你杀……杀人了！叫救护车，叫救护车……"

莫晚晚拎着酒瓶，脸色苍白，目光呆滞地站在那儿看着付姿，在钱秒拨出120的一瞬间，她猛地上前把钱秒的手机抢了过来："别打，不准打！"

钱秒觉得她疯了。

门外的服务员捂着嘴巴惊恐地看着这一幕，慌乱地跑出去报了警。

傅晋寒接到出警电话后，顿时皱眉。

姜安看了他一眼："怎么了？"

傅晋寒直接往门口跑："天意酒店发生了一起故意杀人案。"

"什么？"这下不光是姜安，包子和杨乐都被吓了一跳，这翁静案刚结束，怎么又发生一起案件？

"天意酒店？那不是莫晚晚住的地方吗？付姿和钱秒是不是也住在那儿？"姜安边走边问。

傅晋寒说："报案人说现场有三个人，很有可能是她们。"

包子不敢耽搁，迅速跟了上去："乐子，你留在局里做汇报，我跟过去看看。"

傅晋寒他们到的时候救护车已经到了，付姿被紧急抬上担架，莫晚晚被人铐着手铐架出来，眼神惊惧，口中不断呢喃："不准报警，不能报警……"

傅晋寒看了她一眼，问旁边的警员："钱秒呢？"

警员说："还在房间里，估计被吓得不轻，你们要不要去看看？"

傅晋寒和姜安一道去了现场，地上的血泊还在，进门就能闻到一股浓重的血腥味，服务员和钱秒蹲在一边，看样子两个人都被吓到了。

傅晋寒皱着眉问："现场什么情况？"

警员回答："傅队，报警的是那个服务员，她说在外面打扫时听到这里面有人吵架，门没关严，她透过门缝看到了莫晚晚拿酒瓶砸人，还拦着钱秒不让钱秒叫救护车。"

傅晋寒戴上鞋套和手套，拿起地上的酒瓶查看一番，这瓶酒是英国进口的红酒，酒瓶质地厚重，用力砸下来人不被砸死也得被砸个半伤了。

两小时后，市局。

钱秒刚录完口供，傅晋寒和包子从审讯室里出来，杨乐挂了电话上前说："医院来通知了，付姿目前已经脱离生命危险转到重症监护病房，现在生命体征平稳，但那一酒瓶子是照着后脑勺砸过去的，伤到大脑了。医生说就算之后没有生命危险，但醒过来的可能性估计很小，付姿有很大概率将成为植物人，她爸妈已经从临海市往这里赶了。"

包子"呵"了一声："还真是恶有恶报，没想到她们仨先狗咬狗了，这下付姿成了植物人，莫晚晚杀人未遂判不少年，钱秒我看被吓得也神志不清。"

姜安摸着杯子上的兔子耳朵，说："我想进去问钱秒几个问题。"

包子笑道："你可别又给人催眠。"

姜安："……"

傅晋寒瞥了她一眼："别胡来。"

姜安抿了抿唇，她的可信度有这么低吗？她再三保证自己绝对不会催眠后才被允许和钱秒单独见面。

傅晋寒坐在审讯室外的椅子上盯着里面的动静。

姜安拉开椅子坐下来，钱秒散着头发，大概因为目睹了一场血腥事件，她的情绪到现在还不稳定。

"钱秒。"姜安喊道。

钱秒没有反应，一直咬着手指甲，这是一种极度焦虑的表现。姜安收回视线，看向她，再次开口："你两个月前找过翁静吗？"

听到翁静的名字，钱秒终于有了点反应，她咬着指甲抬头："什么？"

姜安又重复了一遍问题："两个月前，大概6月的时候，你见过翁静吗？"

钱秒摇摇头："没……没有，以前的事是我做错了，她都已经死了，能不能不要再提了？"要不是因为翁静，她和莫晚晚、付姿也不会弄成现在这样！

姜安说："你当年没有删完视频，是想继续伤害翁静还是可怜她？"

钱秒咬手指的动作一僵，眼泪顺着眼角无声地滑落下来，她伸手粗鲁地一擦，挤出一丝笑来："我只是忘记了而已。"

姜安看着她，说："看来是可怜。"

钱秒倏地抬头，没有出声，时间一分一秒地过去，她们无声地僵持着。

姜安一向很有耐心，她只是一直盯着钱秒。

良久，钱秒又开始咬指甲，频率越来越快："没有，我一直在临海，没有去找过她。"

"莫晚晚和付姿呢？"

"莫晚晚我不清楚，但是付姿肯定没有，我和付姿都在临海，我们经常见面，没有听说她来南城找翁静的事，而且都过去这么多年了，要不是你们来找我们，我们早就把翁静这个人忘了。"

姜安点点头，跳过了这个话题，朝钱秒说道："你应该澄清。"

"什么？"钱秒停下咬手指的动作，眼神中充满疑惑。

姜安柔声说着："你们当年霸凌翁静，事后颠倒黑白冤枉她，付姿的父亲利用自己的人脉勾结学校，迫使翁静退学，你不觉得这事应该有个交代吗？"

门外的包子听着耳麦里的声音，感慨道："姜安居然试图跟这种人讲道理。"

傅晋寒嘴角微微勾起，盯着画面里的女孩："她不是在讲道理。"

包子疑惑："啊？"

"她是在通知。"

外面阳光炙热，审讯室里阴森寒凉。钱秒就像是听到了什么笑话一样，夸张地笑出声，甚至把眼泪都笑出来："不好意思，你说什么？"

姜安耐心地重复了一遍："我说你们当年霸凌翁静，事后颠倒黑白冤枉她，付姿的父亲利用自己的人脉勾结学校，迫使翁静退学，你不觉得这事应该有个交代吗？"

钱秒捶桌大笑："姜安，你是叫姜安吧？你知道你在说什么吗？你让我去澄清当年的事，说自己是个欺负同学的加害者，难道你打算让学校为当年的事付出代价吗？"

"不应该吗？"姜安反问，"做错了事就应该承认错误。"

钱秒的笑容慢慢收敛，半响，她开口道："我为什么要做这些？"

姜安说："你听过因果轮回吗？"

"什么？"

"莫晚晚和付姿都付出了应有的代价，只有你没有，所以你应该做点什么去赎罪，不然早晚都会轮到你。"

钱秒："……"

姜安继续说道:"你们霸凌的事警方已经通报过,当年的视频也曝光了,大家都知道你们才是作恶的凶手,你回去指证学校和付姿父亲当年钱权交易的事,或许还能改变你以后的路。网络现在如此发达,你真以为自己不像莫晚晚一样是个公众人物就没什么影响了吗?我告诉你,不会,网友很快就会扒出你的背景,得知你没有受到惩罚的网友会大批拥入你妈妈的麻将馆,不出一周,麻将馆就会因此倒闭,而你,也会一直遭受别人的唾骂。因为莫晚晚和付姿,一个坐牢,一个成了植物人,只有你没事,只有你还活在公众的视野里。"

这是姜安第一次说这么长的一串话,但她始终心平气和。

钱秒再次咬起指甲,这是她的习惯,当她感到不安和害怕时就会咬自己的指甲。半晌,她埋头笑了起来,只是笑着笑着就哭了。

- 26 -

一周后,钱秒回了临海市,向当地教育局举报圣光中学的校长和班主任以权谋私,与当地首富付全官商勾结。

姜安刷着新闻热点,看到临海市公安局发布的调查声明,嘴角微微上扬。

傅晋寒拎着一袋冰棍儿走进来发给组员们:"这段时间辛苦了,允许你们休两天假。"

包子长叹一声:"不是吧老大,才两天啊?"

傅晋寒一脸痞笑:"就这还得轮休。"

杨乐说:"我听老大的。"

老李笑道:"就你小子会奉承。"

傅晋寒把冰激凌放在姜安桌子上,斜眼瞥到她手机屏幕中的内容:"还在关注?"

"嗯。"姜安拿起冰激凌,发现自己的和别人的不一样,她仔细看了一眼,发现是某牌子中最贵的那款。

包子眼尖,也发现了:"哇!老大,你不公平,为什么姜安吃十八块钱的冰激凌,我们就一人一根盐水冰棍儿?你这是区别对待,我要投诉你!"

老李把包子拉出去:"怪不得你没女朋友。"

包子:"……"

"那什么,我去上厕所。"杨乐干咳一声,找了个借口也跑了。

气氛有些尴尬,姜安咳嗽一声:"那什么,你——"

"晚上有空吗？"

姜安愣了愣："啊？"

傅晋寒说："我妹今晚从 A 市过来，说让我带她到周边玩玩，你不是对南城大街小巷都比较熟吗？想请你帮个忙。"

姜安在脑海里整理了两秒才慢吞吞地"哦"了一声，说不清心底是什么感觉，好像有点失望，她还没摸清原因时，这种感觉就已经消散了。她舀了一勺冰激凌送进嘴里，冰冰凉凉的，带着甜味，姜安拿起来看了一眼口味，发现是草莓味的，她还挺喜欢。"那你把我的联系方式给她，正好最近没案子，我不用天天待在公安局。"

傅晋寒发现姜安吃到好吃的东西时眼睛会眯起来，弯弯的，像个月牙，怪好看的。看了一会儿，他说："不用，今晚 6 点的飞机，你跟我一起去接她。"

姜安又舀了一口，吃得很高兴："那也行。"说完之后她觉得好像哪里怪怪的，咬着勺子不确定地问："我跟你一起去接吗？"

"嗯。"傅晋寒斜靠在桌上，长腿交叠，嗓音低沉，"现在 5 点，你收拾收拾，我在停车场等你。"

姜安连忙舀了几勺冰激凌塞进嘴里，吃得太急，牙床都被冰酸了。

傅晋寒皱了皱眉，伸手握住她的手腕，把她试图往嘴里继续塞冰激凌的手拉了出来："笨不笨，哪有一下子全塞嘴里的。"

姜安被冰得倒吸一口凉气，她缓了好一会儿才说："怕你等得急。"

傅晋寒心脏猛地缩了下，漆黑的眼睛盯着姜安，声音微哑："不急，我等你吃完。"

他没提前离开，站在那儿一直等到姜安吃完冰激凌才带着人往外走。

坐在车上，姜安仔细地扣好安全带，南城的机场建在郊区，就算这会儿开车赶过去，路上也得一个多小时。她吃完就犯困，强撑着眼皮努力不让自己睡着。

傅晋寒注意到了她打架的眼皮，调高了车内的冷气："睡吧，到地方喊你。"

姜安这才放弃挣扎，缓缓入眠。

到了机场，傅晋寒停好车给傅珍珠打电话，怕吵着姜安睡觉，特意下了车才说话。

傅珍珠在那边早就等不及了："哥，我给你打两个电话了，你怎么现在才回我！"

傅晋寒看了一眼车内熟睡的姜安："我在机场 A3 出口这边，你自己来找我。"

傅珍珠一脸问号："不是，哥，你说什么呢？你来接我啊，我自己怎么过去？"

"别废话，我有事，自己来。"傅晋寒说完就把电话挂了，顺手给傅珍珠发了一个定位，随后靠在车窗上取出一支烟点着。

傅珍珠赶到的时候，傅晋寒正好抽完第二支。她大老远就瞧见自家哥哥一副大佬姿态靠在车边，手里夹着支烟，见她过来，才把烟熄灭。

傅珍珠双手拖着行李箱飞奔过来后把箱子扔在一边，高兴地给了傅晋寒一个大大的拥抱："哥！我想死你了！"

傅晋寒宠溺地拍了拍她的肩："怎么突然想来南城了？"

傅珍珠抱住傅晋寒的胳膊撒娇："正好休息两天，想着来南城看看你，咱们都多久没见啦。"

傅晋寒打开后备箱，把傅珍珠的行李箱放进去，随后给她拉开后座的门："上车。"

傅珍珠摇头："不要，我以前不都坐副驾驶的吗？为什么把我往后面赶，难不成你副驾驶有主了？"

"嗯。"傅晋寒轻描淡写地应了一声。

傅珍珠直接愣住，好半天才反应过来："不是吧哥，真有啊？不行，我要看看是谁敢跟我抢副驾驶的位置。"她说着就要拉开副驾驶的车门，被傅晋寒一把拦下："她睡着了，别吵她。"

傅珍珠眯起眼，总算觉出点不对劲来，她环抱双臂，不怀好意地把傅晋寒从上到下打量了一遍："哥，我猜一下，这车上坐的该不会是个姑娘吧？"

傅晋寒瞥了她一眼："你走不走？"

"走啊！"傅珍珠迫不及待地上了后座，她倒是要看看这位让她单身快三十年的老哥开窍的女人是何等人物。

她探着脑袋往前看，被傅晋寒伸手推开："坐好。"

傅珍珠才不会听她哥的，趁着傅晋寒上车的空当，直接把头伸到了前面，终于看清了女孩的脸。她眉头忽地一皱，有点开心又有点不确定地问："姜安姐姐？"

也许是感到了陌生的气息传来，姜安终于悠悠转醒，她揉了揉眼睛，还没有发现后座多了个人。

傅晋寒扭头看了她一眼："醒了？"

姜安乖巧地点点头："嗯，到机场了吗？"

傅珍珠拍了一下姜安的肩，语气有些兴奋："姜安姐姐，你还记得我吗？我是傅珍珠啊，从小总喜欢跟在你屁股后面让你带我玩！"

突如其来的声音把姜安吓了一跳，她只是睡了一觉，没想到傅晋寒已经接到妹妹了，想到人家都上车了，自己居然还在睡觉，她顿时有些不好意思起来。

傅珍珠见她没说话，还以为她把自己忘了，连忙解释："小时候我们是邻居，我被狗咬你还帮我把狗赶走了，你不记得了吗？"

姜安当然记得，只是她没想到事隔经年，就连傅晋寒都不记得自己了，当时只有糯米团子大小的傅珍珠会记得。

姜安小心翼翼地看了一眼傅晋寒，男人在开车，似乎并没有注意到她们。她撇撇嘴，脑袋又扭回去，朝傅珍珠笑了笑："我记得你，好久不见，珍珠。"

傅珍珠一向自来熟，热情地拉住姜安的手就开始跟她絮叨小时候的事。其实她们之间的回忆并不多，姜安当时是借住，只在那里待了两年半而已，再加上还要上学，和傅珍珠相处的时间并不多。好在傅珍珠天生不怕生，一路说着笑着居然也聊到了目的地。

餐厅是姜安选的，她说："这里是南城有名的本帮菜，你好不容易来一次，正好尝一尝本地的特色。"

傅珍珠连连点头。

这家餐厅在本地挺出名的，但傅晋寒一直忙着破案，压根就没来过这儿。他看了一眼餐厅里面，装修得很雅致，环境也挺安静，看上去的确像是姜安会喜欢的地方。他看向前方的两个人，傅珍珠挽着姜安的手，一副自来熟的样子，和她聊着小时候的事，姜安眼角眉梢都挂着笑意，看上去心情不错。

傅晋寒眉梢微挑，淡淡一笑，跟了过去。

姜安对这里比较熟，她点了几道特色菜后把餐单递给傅珍珠："你看你喜欢吃什么。"

傅珍珠接过餐单认真看了起来，她是地地道道的北方人，口味偏重，南方的菜品都是甜口多，她挑了好一会儿才找到看起来合口味的菜。

姜安吃饭的时候很少说话，傅珍珠不一样，她是个话痨，拉着姜安说个不停。傅晋寒伸手敲了敲她的脑袋："你还吃不吃了？"

傅珍珠撇撇嘴，小声嘟囔着："你不就是觉得我吵着姜安姐了嘛，哼。"

她的声音有点小，姜安没听清，下意识地问："你说什么？"

傅珍珠变脸的速度异常熟练，笑嘻嘻地说："没没没，我说这菜可好吃了，还是姜安姐会挑地方，这要是我哥，指不定就带我去哪个大排档了。"

傅晋寒说："大排档不好吃吗？"

傅珍珠看起来认真地回味了下："还行，不过没姜安姐介绍的这家好吃。"

姜安笑了笑："其实也有好吃的大排档，就是你哥这人比较粗糙，不太在意生活质量，对吃也没什么要求。"

傅珍珠相当认同地点头："是吧，我也这么觉得。"

"吃你的饭。"傅晋寒"啧"了声道。

傅珍珠"哼"了声，终于安静了会儿，认真吃起饭来。

吃完饭后，傅晋寒先把姜安送回家，傅珍珠不舍地拉住她的胳膊："姜安姐，那明天见？"

"明天见。"姜安说道。

目送着吉普车消失在视野中，姜安才慢吞吞地转身上楼。

她的公寓面积很小，姜安喜欢这样狭窄的空间，安静，没人叨扰，但是今晚她突然觉得，有傅珍珠这样吵闹的人一直在耳边说着有趣的事，好像也挺不错的。想到这里，她又不禁想起了傅晋寒。傅珍珠都记得自己，那他还记得吗？

姜安意识到自己居然开始在意这个问题了，兀自失笑，都这么多年了，不记得也挺正常的吧。

窗外微风拂过，姜安看了一眼桌前的日历。9月马上到了，炎热的夏季就要过去了。

翌日清早，姜安特意定了一个闹钟，怕自己迟到，起床洗漱后就赶到和傅珍珠约定的地方，只是她没想到傅晋寒也来了。

看着眼前高大的男人，她有些意外地问："你今天不在市局？"

傅晋寒把手里的伞递给她遮阳："翁静案的汇报工作包子和杨乐在做，今天我轮休。"

傅珍珠走在前面催促："快点啊，一会儿更热。"

姜安和傅晋寒并排走着，她昨晚看了一些南城的旅游景点，想着今天带傅珍珠去体验一下，结果傅珍珠只对她提到的鬼屋感兴趣。

按照傅珍珠的话来说，古城什么时候看都行，但鬼屋必须马上去，好不容易凑齐三个人，她平时想玩都没人陪。

姜安自然同意了。

南城的游乐园挺大，陪着傅珍珠玩了两个项目后才到达鬼屋，和他们一起进去的还有另外一对情侣。傅珍珠谨慎地抓着傅晋寒和姜安的胳膊，她走在最中间，一开始还好，通道足够大，能容纳三个人并行。但很快通道就变得狭窄，傅珍珠只得走在前面，她还顺道拉了那对陌生的情侣一起玩，推着他们往前走。

傅珍珠存着其他心思，回头看了一眼身后的傅晋寒和姜安，里面很黑，只能依稀看到两个人影。她像是受到惊吓一般突然尖叫一声，把那对情侣挤到了另外一个岔路。两拨人就这么走散了。

姜安听到傅珍珠的叫声，以为她被吓到了，迈步想追，手腕却突然被一道温热的手掌拉住，她的心脏骤然停顿一秒，低眸看向自己被圈住的手。

通道里很黑，只能听见男人沉稳好听的声音。

"我怕鬼。"

傅晋寒脸不红心不跳地说出这三个字，姜安一度以为自己听错了，直到掌心被握得出了细汗，她才不确定地开口问："你……怕鬼？"

傅晋寒一副理所当然的口吻："嗯，怕。"

姜安想要抽出的手只好又放了回去，慢慢回握住他的，两人掌心贴得紧密，面上却都不动声色，并排往里走着。

姜安的心跳快得厉害，她怀疑自己再这样牵下去就要猝死了，但她又担心傅晋寒是真的怕鬼，一直都不敢把手抽出来。

两人并排走了一会儿，一路上遇到的NPC（非玩家角色）越来越多，姜安见过的尸体有些惨状比这些NPC的装扮严重多了，而且她是无神论者，面对突然蹦出来的厉鬼NPC们，她内心毫无波澜，甚至有点想笑。

原本以为就这样一直走出去就好了，没想到身后突然多出来几个人，大概是新进来的，一直在大声喊着。后面有NPC追着他们，这几个人恐慌地逃窜着，其中一个人从后面径直蹿过来，眼看着就要撞上姜安。

傅晋寒眉头微不可见地拧了下，掌心用力，将人一把拉了过来，他天生手长脚长，一只手臂就足以将姜安安全地圈在怀里。

姜安的脸颊贴在傅晋寒的胸口，她个子小小的，整个人都被他圈住，几人的叫喊声越来越远，在这样狭窄安静的空间里，姜安甚至能听到傅晋寒的心跳声。她的脸一下子就红了，仓皇退出他的怀抱，欲盖弥彰地笑笑："那个……谢谢你。"

傅晋寒手指捻了捻，指尖上还留有一丝余温，他眼睛黯了黯，嘴角微微扬起："走吧。"

"好。"姜安连带着耳垂都红了，她是一个喝酒都不怎么上脸的人，居然因为一个拥抱就脸红，姜安在心里忍不住唾弃自己怎么就这点出息。

经过这个小插曲，两个人的手没再牵着，但傅晋寒始终站在她右侧靠后一些的位置，像是在保护她。

总算走到了尽头，姜安呼吸到新鲜空气，终于暗自松了一口气，傅珍珠早就出来了，捧着个雪糕在出口等他们。

见他们出来，傅珍珠连忙咬着雪糕凑上去："喏，姜安姐，这个给你的。"

姜安接过来，刚才在密室里的尴尬还未完全消散，她不太敢抬头正视傅晋寒。

傅珍珠嘿嘿一笑："姜安姐，你脸怎么红了？是不是在里面和哪个NPC发生艳遇了？"

"啊？"姜安一愣，"他们都穿着道具服，脸都看不清。"

傅珍珠凑近，笑得更加放肆："那就是跟我哥咯？"

姜安耳朵一麻，脸上原本快降下去的温度又上来了，她怕傅晋寒看出端倪，连忙找了个借口说去上洗手间先溜了。

傅珍珠"啧"了一声，拍拍她哥的肩膀："哥，你行不行啊？"

傅晋寒挑眉看她："少整事。"

傅珍珠哼道："别以为我看不出来你喜欢她，小时候你不就对姜安姐有意思嘛，不然你为什么总是提前一小时出门，等到姜安姐去上学，你就跟在她后面。"

傅晋寒伸手拎起傅珍珠的耳朵："不该说的别说，懂？"

傅珍珠捂着耳朵叫唤："哥，你要谋杀亲妹妹啊！"

瞧见姜安从洗手间出来，傅晋寒这才松开手。

傅珍珠疼得眼泪都快出来了，瞪了她哥一眼又去找姜安了。

游乐园里有人举着相机拍照，傅珍珠来了兴趣，一左一右拉着傅晋寒和姜安就往拍照的那里走，排了几分钟的队，总算轮到他们。

工作人员笑着问："你们要拍合照吗？"

傅珍珠说："嗯，合照。"

工作人员指挥他们站好，傅珍珠挎着两人的胳膊笑得很开心，姜安被她感染，也露出两颗小虎牙。

咔嚓一声，工作人员把印出来的照片递给他们："今天是园区十周年纪念日，我们的情侣合照有优惠哟，后面游玩的项目可以打五折，你们两个小情侣要不要单独拍一张啊？"

工作人员的视线越过傅珍珠看向姜安和傅晋寒，姜安愣了愣，尴尬地想拒绝："我们不是——"

工作人员热情地打断她的话："哎哟，这位姑娘和帅哥长得这么像，一看就是帅哥的妹妹，你是她嫂子吧，合照一张有优惠的，这便宜不占白不占啊。"

姜安脸腾的一下红了，慌忙摆手："你误会了，我们不是——"

"你说对了，她就是我嫂子。"傅珍珠低声说："半价优惠呢，姜安姐，你就跟我哥合照一张呗，我哥长得这么帅，不吃亏。"

姜安："可……可是……"

"别可是了，来嘛。"傅珍珠走到工作人员旁边，剩下姜安和傅晋寒两个人站在那里。

姜安抬眸："其实咱也不差这个钱，要不你——"

"拍吧。"

姜安呆呆地说："啊？"

傅晋寒伸手虚虚揽过她的肩膀，动作自然无比，看起来真像是一对恋人。只有姜安知道，他的手绅士地放在后面，并没有真的碰到自己。

工作人员看着镜头下的两个人，不满意地说："再靠近一点。"

傅珍珠跟着凑热闹："姜安姐，你再往我哥那边去一点嘛！"

姜安不自在地挪了挪，正好贴向傅晋寒虚握的手，她吓得抬起头看向傅晋寒，对方正好垂眸看她。

照片在这一刻定格。

工作人员把照片递给他们时还不忘夸赞："你们可是我今天拍过最好看的一对了。"

姜安的心跳又不可抑制地加快了，她在心里默默想着，今天心跳频率异常跳动四次，回去要喝点养生茶了。

傅珍珠和工作人员眨了眨眼，一副计谋得逞的模样。

她拉起姜安继续往前走着，傅晋寒单手拿着照片看了一眼，说："可以再打印一张吗？"

"行。"工作人员爽快地答应下来。

- 27 -

姜安陪着傅珍珠玩了一天，回到家后筋疲力尽地躺在床上，她以往一年的运动量都没今天一天的多。就在姜安准备去洗漱的时候，接到了编辑李木然的电话。她心下一跳，最近一段时间她都忙着局里的事，早就把自己的小说忘得一干二净了。

姜安心虚地接起电话："喂？"

"你还好意思跟我'喂'？"李木然气急败坏的声音通过手机传来。

姜安吓得连忙把手机挪远了些："你怎么这么生气？"

李木然"呵呵"一笑："姜安，我不催你，你就不知道急是吧，当初你说等环城小区无头案平息之后再发表《木偶人》下册，你自己看看这都过去多久了，几个月了，你下册的消息呢？结局什么时候写完？"

李木然提起这件事气就不打一处来，他顶着领导的压力去留给作者时间，结果姜安倒好，整天埋在公安局里不动笔了。

姜安摸了摸鼻子，小声说："您别置气嘛，我这两天抽空就把结局写出来，下个月一定能给全稿。"

"别跟我扯什么下个月，月底是最后期限，你赶紧给我写，写不完你上册的稿费也别想要了。"

姜安："……"

望着被挂断的电话，姜安一个头两个大，只好翻身下床打开笔记本电脑开始撰写下册的结局，好在之前就已经完成得差不多了，熬个夜，应该差不多能交稿。她一直写到第二天早上5点，整整一夜都没合眼，检查一遍确认无误后把稿子发给了李木然。

李木然直接手机上回了个问号，说："我让你快点，也没让你熬夜去写吧。"

姜安回复："没关系，都是打工人应该做的。"

李木然被噎住："……阴阳怪气是吧？"

姜安说："呀，被你看出来啦？"

李木然："……"

姜安关上手机，伸了个懒腰，爬到床上补眠。她这一觉睡到了下午3点，还是傅珍珠的电话把她吵醒的，姜安迷糊了几秒才想起来自己答应傅珍珠今天下午她走的时候去送她。

姜安强撑着困意起床，洗了把脸之后精神才稍好一点，她没有车，拿了四个硬币打算坐公交车去机场。

下楼的时候她却愣住了。

傅晋寒的车子停在楼下，见到姜安出来嘀了一声喇叭，傅珍珠的脑袋探了出来，朝姜安挥手："姜安姐，快上车。"

姜安有些意外："我还以为你们会直接去机场。"

傅珍珠说："当然是先来接你啦！"

车子一路疾驰，送别傅珍珠后，姜安和傅晋寒往回开，到岔路口时，姜安说："我想去一趟凤阳小区。"

"找秦游？"傅晋寒看了她一眼，看上去像是早已预料到。

姜安点点头："嗯，我还是想去问他要一下翁静的治疗视频。"

"你是觉得翁静突然之间的转变有点奇怪？"傅晋寒问。

"嗯，翁静坚持了这么久，从校园霸凌到网络暴力，她都坚持下来了，并且在和廖婷的聊天记录里可以看出来她虽然抑郁症严重，出现自残的倾向，但她始终没有决定走向死亡，她需要一个契机，一个能够让她放弃她最爱的奶奶，选择死亡的契机。"

傅晋寒想了一下，说道："会不会是她奶奶的治疗费用不够了，所以她为了她奶奶去买了份保险，再制造自己被害身亡的假象？"

"不会。"姜安说，"你不觉得很奇怪吗？只有警方证实她是被害身亡，保险公司才会理赔，她就那么确定我们查不出真相吗？与其安排这么复杂的环节，还不如直接伪装成失足死亡简单。"

傅晋寒也不知有没有被说服，但他还是掉转了方向。

这是姜安第二次敲响秦游的房门，这一次秦游很快开门，像是预料到他们会来一样，他脸上没有任何惊讶的表情。

姜安说："师哥，很抱歉再次打扰到你。"

秦游倒了两杯茶递给他们："坐吧，我知道你们来找我是想要什么东西。"

他转身去屋内拿出一张U盘："这是翁静在我这里治疗的过程记录，原则上来说我不应该把这些东西给你们，但我想你或许会需要它。"

秦游沉默两秒，继续说："就当是我这个师哥补给师妹的毕业礼物。"

姜安将U盘握在手里，垂眸说道："谢谢师哥。"

"不用谢。"秦游看了一眼姜安，随即将视线转到傅晋寒身上："你和十二年前日落黄昏连环杀人案的被害人是什么关系？"

傅晋寒的脸色倏地沉下来，望向秦游的眼神深不见底："没想到秦专家对杀人案也这么关心。"

秦游说："只是好奇而已。"

夏季正在悄然落幕，屋子里只有烛台散发出的隐隐灯光，昏黄色的光芒让一切看起来都不太真实。

姜安把U盘插进笔记本电脑，里面一共有四个录像，时间显示从6月27日开始。

6月27日——环城小区无头案正式结案的日子。

翁静躺在冰冷的催眠专用沙发上，秦游坐在一旁引导，这是心理学常用的方式，以此进入患者的内心世界，从而找出真正的病症。

这种催眠实验姜安看过很多次，过程没有什么特别的，只是秦游采用的刺激疗法，会让患者在催眠的过程中感到强烈的不安、紧张和压抑。

视频还在播放着，姜安起身拿过兔子保温杯，小口小口地抿着。烛火被窗台的风吹得摇晃，姜安忽然顿住，一种毛骨悚然的感觉席卷全身。

她听到了一个陌生又熟悉的名字。

"X。"

第三案

消失的孩子

伏罪

PLEAD GUILTY

- 01 -

11月20日,市局接到一起报案,8岁的陈小宇在思佳贵族小学失踪,陈小宇的父亲陈飞拿着孩子失踪前写下的字条来到公安局,坚持认为陈小宇的失踪和其老师李友德有关。

下午3点,包子从外面回到刑侦办,他拿着杯子接完水就往嘴里灌。

杨乐说:"你该不会是一天都没喝水了吧?"

包子粗糙地擦了下嘴:"可不嘛,这找了一下午了,愣是一点消息都没找到。"

"学校不是有监控吗?"杨乐问。

包子摇头:"监控拍到他消失在楼梯口,之后就没了,老大他们现在还在学校呢。"

"那你怎么回来了?"杨乐不解地问。

包子说:"我回局里找领导调人,活生生的孩子就这么消失了不得找啊,失踪时间越长孩子就越危险。我回来让张局多派点人,陈小宇所在的学校后面有一片竹林,傅队让我带人去把那边搜寻一遍。"

杨乐说:"行,你去吧,我还在调路口的监控,帮不上你了。"

包子道:"成,我先走了。"

思佳贵族小学。

"都是瞎写的,我平常虽然严厉,但是从来不会打骂学生,如果你们不相信可以询问其他学生家长,或者直接问我的学生们。"

老李做着笔录:"最后一次见到陈小宇是在什么时候?"

李友德说:"前天上午吧,我在走廊上碰到他,当时他们班正在上体育课,我就问他怎么不好好上课,他说他肚子不舒服,回宿舍休息一会儿,我就让他去了。"

傅晋寒将视线从学校广场收回来:"学生两天没有上课,你身为老师就没觉得奇怪吗?为什么没有立即通知学生家长?"

李友德沉默了几秒，叹了口气："陈小宇这孩子调皮，经常逃课去玩。我前天下午没看到他，还以为他赖在宿舍睡觉，第二天见他还没来上课，就去了他的宿舍，发现没人，就通知他家长了。"

"8岁的孩子经常逃课去玩，你们学校不管的吗？"老李问。

李友德说："起初也管，但是我们给陈小宇的父亲陈飞打电话，他很少接，也基本不过来，久而久之，我们也就随陈小宇去了。毕竟管理孩子这方面也是需要家长配合的，家长都不配合，学校也不能对学生强行看管。"

老李又问了几句便让李友德回去上课了，然后和傅晋寒并排往楼下走："陈小宇最后消失的地方就在学生宿舍的二楼，我看过地况，宿舍后面二里路外就是竹林，孩子要是真在那里面，消失了两天八成是——"

傅晋寒打断他："陈小宇目前只是失踪，不要轻易下结论，附近的网吧、饭馆、酒店都排查过了吗？"

老李道："查了，这片管得挺严的，未成年人哪儿都进不去，附近三公里内都排查过了，没有陈小宇的影子。"

傅晋寒"嗯"了声："包子到了吗？"

"到了，五十多个同事正在竹林进行地毯式搜索，那边有消息就会通知我们。"

"别等通知了，现在过去。"

晚上9点，傅晋寒他们还在竹林里面搜寻。

"这竹子怎么长这么密？"包子脚步踉跄了下，差点被竹子绊倒。

老李在他旁边三米多远的地方拿着手电筒找："当心点儿，不要人没找到再给自己摔了。"

"知道了老李。"包子一边回话一边找，双脚又被什么东西绊了下，手电筒正好照在地面上。包子眯着眼，看清地上的东西后瞳孔陡然放大："找到了！在这儿！"

- 02 -

晚上10点05分，法医和痕检科的人赶到现场搜集证据。警戒线拉在了离陈小宇的尸体十米远的地方，傅晋寒穿着鞋套站在一边观察四周的情况。

"孩子身上多处软组织挫伤，生前有被虐待的痕迹，死亡原因是脾脏破裂。"陈末站起身说，"孩子的肛门部位撕裂伤严重，生前曾经被人多次侵犯过。"

在场的刑警全都愣在原地，包子愤怒地朝地上啐了一口唾沫："这李友德就是个人渣！"

傅晋寒的语气冷冷的:"陈小宇留下的字条呢?"

"在局里。"包子说,"陈飞说字条是孩子夹在书本里被他发现的,写的是:爸爸,我好疼,我被李老师打得很疼,你能救救我吗?"

包子下午刚看过字条的内容,所以记得很清楚,字条中间有两个字不会写,还用的是拼音。

现场勘查得差不多了,傅晋寒交代道:"包子,你负责通知被害人家属,顺道去把学校监控的内存卡送到技检那边,检查一下有没有人为删除或者破坏的痕迹。老李,你带人走访调查学校所有的老师和同学,找出在陈小宇死前曾经见过他的人。"

"收到。"

"收到。"

陈小宇的死亡给思佳小学笼罩了一层阴影,老李带人排查了整整一天,终于找出前天和陈小宇见过面的六个人,其中有两个老师、四个学生。

学校会客室里,傅晋寒让六个人坐成一圈,分别开始说明。第一个说话的是宿管老师:"前天上午10点左右,我看到陈小宇回宿舍,他满头都是汗,捂着肚子,很不舒服的样子。我问他要不要去看校医,他摇了摇头就走了,我担心他出事去他宿舍找他,但是敲了半天门都没有反应,我就想下楼拿钥匙开门进去看看。"

傅晋寒问:"之后呢?为什么没去?"

宿管说:"因为他出来了啊,我下楼拿完钥匙上去找他,迎面又碰到他了,陈小宇坚持说自己没事我才走的。"

老李比对着记录,在一旁低声道:"监控的确拍到她折返回来了。"

"嗯。"傅晋寒又看向其他几个同学。

他们是在体育课结束后碰到的陈小宇,那时正是下课时间,一般不到午休时间,孩子们不会回宿舍,所以都是在路上看到的陈小宇。

傅晋寒拿笔在本子上写下10点、10点05分、10点13分。

最后李友德说:"我是在10点左右看到小宇的,具体时间记不清了,大概是体育课结束前十五分钟。"

老李说:"那就是9点55分。"

李友德点点头:"差不多。"

"之后呢,你去了哪儿?"傅晋寒问。

李友德回答:"之后我就回办公室了,因为我接下来要连上两节课,得提前备课。"

"中午呢？"

"中午我会辅导学生作业，一般都在我的宿舍里。"

老李给傅晋寒打了个手势，意思是情况属实。

一番盘问下来，大家似乎都没有作案嫌疑，但陈小宇身上伤痕累累，明显为他杀，而思佳小学不允许外人进入，凶手一定就在这所学校里。

傅晋寒的指尖在桌子上轻点，半响后说："情况我们了解了，各位先回吧，有需要我们会再来找你们。"他站起身带人离开了会客室，因为学校里发生了学生离奇身亡的事，不少家长都找了过来，要求学校放假一周，给孩子调整心态，否则在这样的环境里待着，他们很怕孩子的心理出问题。

傅晋寒出来的时候，校长正在另外一间会客室和家长们周旋。他往里看了一眼，转头问："陈小宇具体的死亡时间出来了吗？"

"还没，陈医说下午出来。"老李说道。

傅晋寒说："先回局里。"

下午1点，法医尸检结果出来了，陈小宇的死亡时间为11月18日上午11点30分到下午4点30分。而陈小宇从宿舍楼道监控中消失的时间是11月18日上午11点05分，他最后被同学看到的时间是11月18日上午10点13分。

陈末说："陈小宇身上有严重的虐待伤，肛门撕裂，目前基本排除了学生作案的可能。另外，还有一个重大发现，在陈小宇的胃黏膜上发现了食物残渣，经过化验发现是前一天中午的食物。"

傅晋寒思索片刻后说道："也就是说陈小宇从前一天中午吃完饭后，当天晚上和第二天早上都没有进食？"

"对。"陈末说，"包子已经去学校问食堂阿姨17日中午准备的什么菜了，如果饭菜不是食堂的，那很有可能就是犯罪嫌疑人家里的。"

傅晋寒问："你刚说肛门撕裂，陈小宇身上应该有凶手留下的精液吧，有没有查出DNA？"

"没有，凶手用了其他作案工具，不是自己……"陈末后面的话没有说下去，但大家都听明白了。

傅晋寒直起身："重点排查李友德。"

老李道："派人盯着呢，但我问过班里参加补习的那几个小朋友，陈小宇死亡的时间段，李友德确实在宿舍里给这几个小朋友补习语文。"

陈末皱了皱眉："如果李友德不具备作案时间，那陈飞送来的那个字条又是怎么回事？"

现在陈小宇死了，那张字条就等于是陈小宇的遗言。

"陈飞呢?"傅晋寒问。

老李说:"看完陈小宇的尸体后就去学校门口拉横幅了,现在这事都闹上新闻了。陈飞找来媒体,说学校包庇李友德,坚称李友德是残害自己儿子的凶手。现在学校那边又报警,让我们去处理,你说这要我们怎么处理?人家孩子在学校里死得那么惨,作为校方不应该给个交代吗?要我说,这种什么私立的贵族学校就是一个坑。唉,陈飞家里省吃俭用才把儿子送到一个他们觉得好的学校,现在儿子死了,他们夫妻俩心里过得去才怪。"

傅晋寒皱了皱眉:"你去把陈飞带来,就说他儿子的尸检结果出来了,警方有话要问他。"

老李说:"行,我马上去。"

陈飞一听到自己儿子的尸检结果出来了,立刻就跟着老李赶来了公安局,自从儿子失踪,他这两天过得浑浑噩噩,晚上做梦的时候总能梦到儿子哭着跟他喊疼。

他们都是从外地来这儿打工的,在这里落户不容易,夫妻俩宁愿苦着自己也要把儿子送到好学校去读书,没想到却因为这个决定害死了自己的儿子,这让他们怎么能不伤心!

会客室里,陈飞脸上都是胡子青楂,黑眼圈严重,看上去像是好几天都没休息好,他一见到傅晋寒就抓住他的胳膊:"傅队长,杀我儿子的凶手就是李友德,你们为什么还不去抓他?"

老李干咳一声,给他解释:"抓人需要证据,我们目前只有你儿子生前留下来的那张求救字条,暂时还没掌握其他证据,而且李友德有不在场证明,现在无法抓捕他。不过你放心,我们一定会找到杀害你儿子的凶手。"

陈飞怒道:"我儿子浑身都是伤,他临死前的遗言还不够吗?!李友德就是个人渣,你们为什么不去抓他?!"

傅晋寒看了一眼自己被紧握着的手臂,沉声说道:"如果你想要尽快抓住杀死你儿子的凶手,就配合我们的调查。"

陈飞发泄完总算冷静下来,他恍恍惚惚地坐下来,垂着脑袋说:"对不起,我刚刚太激动了。"

傅晋寒薄唇微抿:"我理解你的丧子之痛,但是作为警察,我们办任何案件都要讲究证据,如果凶手真的是李友德,法律不会放过他。"

陈飞像是被安慰到了,他深吸了一口气:"你们想问什么尽管问,我一定如实回答。"

"好。"老李问,"陈小宇最后一次回家是什么时候?"

陈飞说:"上周五,他们学校每周五晚上放假,周日下午他再返校。"

"那陈小宇最近这段时间有没有什么异常举动?或者说,和平常不一样的地方?"

"没有,他很乖的,学习上从来不需要我跟他妈操心,上周回来他说想吃他妈做的糖醋排骨,他妈就特意在他走的那天做给他吃,他当时还挺高兴的。"

老李说:"你再仔细想想,孩子有没有表现出厌学之类的情绪?"

陈飞陷入回忆,半晌他突然抬头:"有,他很久之前会开玩笑问我跟他妈,是不是一定要好好读书才是好儿子,如果不读书是不是就不是乖孩子了。"

"你是怎么说的?"

"我还能怎么说,现在这社会,孩子哪能不读书啊,我把他教训了一顿,后来他就没再提过了。"陈飞捂住脸,痛哭出声,"也许那个时候他就受欺负了,是我这个当爸爸的没有看出问题,都怪我……小宇,都怪爸爸,是爸爸害死你的!"

老李抬头看向傅晋寒,傅晋寒示意他先不要说话,一直等到陈飞情绪平静下来之后,傅晋寒才开口:"陈小宇每周都会回家,你和你妻子难道一直都没有发现他身上的伤吗?"

陈末尸检报告上说那些伤很多都是旧伤,而陈飞作为陈小宇的父亲,竟然一次都没发现过儿子的伤势,未免太过奇怪。

提起这个,陈飞既伤心又羞愧地埋下头,他说:"一开始……一开始发现了,我以为……以为是他和同学打架弄的,我把他骂了……骂了一顿。"

"……"老李沉了沉气,问,"那后来呢?总不能他每一次受伤都是和同学打架打的吧?"

陈飞说:"我和他妈整天都在上班,孩子都8岁了,生活已经能自理了,我们没有什么时间照料孩子。他每周就回家待两天,有时候我跟他妈还都不在家,就发现了那一次……"

傅晋寒接着问:"那次大概是什么时候?"

陈飞说:"三个月前。对了,那个时候小宇身上还没那么多伤,只有胳膊和背上有一点,所以我才会以为是他和同学打架伤到的。"

傅晋寒问:"陈小宇平常有跟你提过和哪个同学玩得比较好吗?或者他有没有提起过哪位老师,比如李友德?"

陈飞摇摇头说:"没有,小宇比较内向,平常就不怎么说话,他也没提过有什么玩得好的同学。"

"李友德呢?"

"没有。"提起李友德,陈飞的情绪再次激动起来,"虽然他没提,但是他留的字条上面写得清清楚楚，就是李友德虐待我的孩子！他是小宇的班主任，只有他才能一直接触孩子！"

老李宽慰他："你先别激动，你再仔细回忆回忆，他一次都没提过学校的李老师吗？"

陈飞还是坚持说道："除了那张字条，没听小宇提起过他。"

傅晋寒站起身："谢谢配合，今天的问话就到这里，后续有什么消息我们会联系你。"

陈飞说："求求你们了，一定要抓住李友德！"

面对陈飞的固执，老李只能先暂时稳住他的情绪，把人送走。回来时，他和包子正好碰上。

包子进门就找傅晋寒："老大，问过学校食堂阿姨了，17日中午食堂用的食材是青菜、西红柿、土豆、鸡翅、虾，还有冬瓜，和陈小宇胃部提取的食物残渣不一致。"

老李说："那也就是说，17日中午陈小宇并没有在学校食堂吃饭？"

"对，思佳是贵族小学，学生出行管理严格，不允许学生去外面吃饭，陈小宇没有在食堂吃，那他是在哪儿吃的饭？"

傅晋寒微微皱眉："问过李友德当天中午吃的什么了吗？"

包子抓抓脑袋："问了啊，说是在食堂吃的，而且好几个学生都证实了。"

"17日的监控呢？"傅晋寒问道，"没拍到陈小宇的身影吗？"

包子说："学校17日中午停电了，监控没有运行。"

"怪了。"老李说，"这陈小宇难不成还会自己做饭？"

傅晋寒沉默了一瞬，道："你们继续排查学校的人，一定要问清楚陈小宇消失当天，有没有在学校后边竹林附近看到什么可疑的人。"

包子答道："知道了老大。"

傅晋寒交代完后便从市局开车去了思佳小学。

学校门口乱成一片，陈小宇的家人拉着横幅跪在学校门前哭，他的妈妈抱着陈小宇的遗像一言不发，双目呆滞，眼泪已经哭干了。

傅晋寒从车上下来，绕开人群进了学校。

尽管家长们联合要求学校放假，但校长还是坚持让学生们上课。

警队的人还在学校挨个儿问话，看到傅晋寒立即打招呼："傅队，您过来了。"

"嗯。"傅晋寒问，"有什么进展吗？"

警员摇摇头："那片竹林在学校后门的位置，比较偏僻，大家很少过来。离得近的只有一栋实验楼和一栋男生宿舍楼，那个时间是上课时间，跟宿管阿姨确认过，当天只有三四个生病的学生在宿舍里休息，实验楼里当时有两个班的学生在上课，我正打算去问呢。"

"那你们继续。"

"收到，傅队。"

- 03 -

傅晋寒先去了陈小宇的宿舍楼，按照陈小宇消失前的路线走，边走边调整手腕上的军表。直到走到陈小宇消失的窗口时，他倏然停住，转头看向楼道的窗户外面。

"傅队，好久不见啊。"

楼下，姜安站在竹林前面的小道上，站姿乖巧，双手背在身后，正笑着和傅晋寒打招呼。

傅晋寒看了她两秒，转身下楼。

姜安看他出来，朝他挥了挥手："这儿。"

傅晋寒双手插兜："你的休假不是到月底才结束吗？"

姜安努了努嘴："都发生命案了，我这假哪能休得安生。"

傅晋寒勾了勾唇："有什么发现？"

姜安在来的路上已经让杨乐把这起案子目前掌握的情况都发给她了，也看过尸检报告。她想了想说："我沿着陈小宇消失的路线走了一遍，从宿舍楼直接去后面那片竹林的话只有我们现在走的这一条路，需要步行十分钟，但是这一路都有监控——喏，看到没？"

姜安指了指不远处的实验楼。"那儿门口有三个监控都是正对着这条路的，如果陈小宇直接从宿舍楼去竹林，就肯定会被拍到。"她顿了顿，"但如果去教室或者教师宿舍楼就不一样了。"

傅晋寒停住脚步："嗯？"

姜安说："陈小宇住的那栋宿舍楼楼道口有一个监控死角，从那个监控死角到教学楼的那段路是拍不到的。"

"继续。"

"其实我们可以用排除法。"

"怎么说？"

"我去找校长看过学校在职老师名单，李友德确实嫌疑最大。"姜安说，"只有老师的身份才能让陈小宇从心里产生畏惧，而这个人还要是陈小宇熟悉的人。"

"嗯。"傅晋寒表示认同，"但现在有一个问题。"

姜安说："我知道，李友德有不在场证明嘛。"

"在陈小宇死亡当天，李友德全程都有不在场证明。"傅晋寒说道，"目前我们还没有掌握更进一步的证据，仅靠一张字条无法将李友德当作犯罪嫌疑人进行拘捕审讯。"

姜安问："笔迹鉴定结果还没出来？"

傅晋寒走在她身侧："没这么快，等结果出来了，能证实字条确实是陈小宇留下来的，那倒可以对李友德进行传唤了。"

他侧眸看了她一眼："听说江辰去了你的签售会？"

姜安不知道话题怎么突然跳到了这儿，不过她还是如实说道："是啊，他还买了三本呢，包子、老李和杨乐他们也去了。"

姜安其实想问，为什么你没去，但是忍住了。

"那天是我战友的忌日，没有去你的签售会，抱歉。"

姜安一怔，抬头看向身侧的男人："……是那个送你军表的战友吗？"

她没想到是这个原因。

傅晋寒淡淡地"嗯"了声。

姜安裹紧外套，避免寒风吹进来，和傅晋寒并排走着，她想问他十二年前的凶杀案和他的战友有没有关系，但现在不是问这个的时候，眼下有更重要的事等着他们去处理。

两人走到教师宿舍楼，傅晋寒找来教导主任："麻烦带我们去一下李友德的宿舍。"

教导主任有些为难地说："这……李老师现在正在上课，我带你们私自进去有点不合适吧？回头被李老师知道了……"教导主任一脸不太放心的表情。

"出了问题我们负责。"傅晋寒说。

教导主任听他这么说没再推辞："那你们跟我来。"

老师都是单人间，李友德的宿舍在一楼最里面的拐角处，是一栋楼内位置最差的房间。

姜安问："住在这里面不会觉得潮湿吗？"

教导主任拿钥匙开门："肯定有点啊，而且南城这地方本来就阴雨天多，有时候地板还会回潮，当时分宿舍的时候没有老师愿意住这儿，还是李老师主动提出愿意住这个房间。李老师这人平常挺好的，和同事也合得来，学生们也都很喜欢他，像陈小宇那个情况很可能是孩子撒谎搞恶作剧呢。"

姜安看向他："在您眼中，是孩子喜欢撒谎还是大人喜欢伪装？"

教导主任面露尴尬："我不是这个意思，我只是觉得李老师这人挺不错的，耐心温柔，你要说是他把孩子虐待成那样，总觉得有点不太可能。"

姜安推开门走进去，语气淡淡的："没什么是不可能的，没准下一个就轮到你了。"

教导主任："……"

姜安回头，微笑地说："开个玩笑，别紧张。"

教导主任眼皮跳了跳："同志，这个笑话可一点都不好笑。"

傅晋寒嘴角微勾，清了清嗓子问："李友德每天都住在宿舍吗？"

教导主任说："那倒不是，李老师有个老母亲在家里，基本每周学生放假他也就开车回家了，然后周日下午再回来。"

傅晋寒翻了翻书架上的一堆书："那也就是说他每周五晚上回家，周日晚上再赶来学校，其他时间都是在校内吃住？"

"对，基本上是这样。"教导主任回道。

姜安看向傅晋寒手里的书："看来这位李老师很喜欢文学。"

教导主任接过话茬儿："是的，李老师每个月还会参加市内的文学交流会呢。"

"文学交流会？"傅晋寒皱眉问。

教导主任说："就是几个作家协会的人约在一起交流一些文学上的东西，按照李老师的话说，就是找能够和他一样同频共振的人。"

姜安吸了吸鼻子："李老师还挺讲究。"

傅晋寒回头看向教导主任："你知道他们约在哪个地方，都有哪些人吗？"

教导主任说："这我不太清楚，但是我知道他们有一个群，每天会在群里分享经验什么的。"

傅晋寒把书放了回去，转身去了厨房。厨房里面打扫得很干净，各种厨具、调味料一应俱全，看来李友德经常在这里面做饭。

姜安站在门口，"咦"了一声，说："怎么还有烤箱？"

傅晋寒回头，用眼神询问。

姜安解释说："家常菜很少用到烤箱，烤箱一般用来制作甜品，看来李友德不光喜欢文学，还热爱生活。"

现下除了陈小宇留下的那张可疑字条，没有任何证据指向李友德。不管是和李友德一起工作的同事，还是他班里的学生，几乎都说他为人很好，没有暴力倾向，平常也不会体罚学生，更没有什么变态的行径和嗜好。

从李友德的宿舍里出来，傅晋寒和姜安一起回了刑侦大队。

深夜1点，张局召集刑侦办所有人开了一个小会。

"杨乐，你把目前掌握的信息再汇报一下。"张局交代道。

杨乐立即抱着电脑站起来，开始介绍："11月20日，我们接到报案，思佳贵族小学的一名学生陈小宇失踪，报案人是陈小宇的父亲陈飞，陈飞找到一张陈小宇生前留下的字条，内容是：爸爸，我好疼，我被李老师打得很疼，你能救救我吗？其中'救救'两个字用的是拼音。

"我们看过学校外的路段监控，没有发现陈小宇。陈小宇从11点05分在宿舍二楼监控死角消失后就再也没出现在任何地方。11月20日晚上9点35分在学校后面的竹林里发现了陈小宇的尸体，死因为遭受虐待导致脾脏破裂而死，凶器暂未找到。"

老李补充道："目前重点怀疑的对象是陈小宇的班主任李友德，经过多次排查询问，他有充分的不在场证明，并且在校内口碑良好，无犯罪记录。"

张局面色凝重："这次的案件影响十分恶劣，孩子才8岁，就遭受这样的虐待和侮辱，我们必须尽快查出真相，给家属一个交代。晋寒，陈小宇的笔迹鉴定结果出来了吗？"

傅晋寒说："要等到明天早上8点。"

张局捶了下桌子："真够慢的，你们还有什么要补充说明吗？"

包子说："我觉得还是要加大在竹林的搜索力度，凶器很有可能被凶手扔在那儿，找到凶器就能多一点证据。另外，得派人盯着李友德。"

老李也说道："其他老师也得一个一个调查，咱们不能只做有罪推论。"

张局问傅晋寒："晋寒呢，你有什么想说的吗？"

傅晋寒嗓音低沉："明天早上8点笔迹鉴定结果出来，只要证实是陈小宇写下的，直接逮捕李友德。"

张局点了点头："目前我们掌握的证据太少了，只有陈小宇留下来的那张字条，就算那张字条是陈小宇写的，如果我们没有其他证据证明凶手是李友德，那也只能眼睁睁地把人放走，所以我们现在的首要任务是找到凶器。"

姜安举了举手："那个……我有话要说。"

张局看向她："你说。"

姜安指了指大屏幕上放大的陈小宇尸体："虐待儿童一般有四种情况，身体虐待、精神虐待、性虐待和疏忽照料。陈小宇的情况明显是身体虐待和性虐待，这两种类型的施虐者通常心理都不太正常，陈小宇的肛门撕裂伤是其他外力因素导致的，凶手并没有实际侵犯他，是因为身体有问题，还是单纯地享受施虐的过程，而非追求性满足，这一点很重要。"

她拧开兔子保温杯喝了一口，继续说道："凶手在虐待儿童的过程中获得兴奋和满足，而世上百分之八十有暴力倾向的人都是因为原生家庭的影响，我们的调查重点应该放在原生家庭不幸福的老师上面，不光局限在李友德身上，其他老师也要一起调查。"

张局说道："姜安说得对，这是一起虐童案件，我们要特殊对待，今天的会就到这里，各位辛苦。"

张局走后，傅晋寒思考片刻后说："包子，你去查一下学校的个人档案，教师入职一般都会做体检，把他们的体检报告带回来。"

包子立即应道："成，明天一早我就去思佳小学。"

姜安说："李叔，你明天去查一下李友德以前带过的班级里，还有没有别的学生出现过这样的情况，不一定严重到虐待，像普通的体罚、辱骂之类的也算。变态也需要一个发展过程，他不会一开始就这么残忍，应该是慢慢演变成现在这样的。"

老李说："好。"

傅晋寒从椅子上站起来："行了，今天就到这儿，大家先回去好好休息休息，明天一早起来干活。"

姜安黑着眼圈，把东西收拾好，准备先回去睡一觉，这段时间她总是睡不好。

她刚起身，就被一个高大的身影挡住，男人嗓音慵懒："走吧，我送你。"

姜安的耳垂红了红，低头说了句"好"。

算起来她和傅晋寒也有段时间没有见面了，自从她上个月开始休假，两个人除了偶尔在微信上发一句问候，基本没什么联系。

姜安时隔一个多月再次坐上吉普车，居然有种恍如隔世的感觉，好像上一次坐傅晋寒的车已经是很久之前的事了。

车里暖气足，刚出发没几分钟，姜安的困意袭来，原本还想跟傅晋寒交流一下案情，没想到直接在他车上睡着了。等到姜安睡醒时，车内空空荡荡，她揉了揉眼睛，懊恼地转过头找傅晋寒。

男人就站在车外，靠着车窗抽烟，见她醒了，用手把烟掐灭："醒了？"

姜安点了点头，刚睡醒的声音有点沙哑："嗯，什么时候到的，你怎么都没叫我？"

傅晋寒帮她开了车门："刚到。"

"骗人。"姜安小声嘟囔着，"从市局到我家只需要半个小时，现在都过了快一个小时了。"

傅晋寒看着她头顶的发旋，没忍住上手揉了揉。

嗯，触感和想象的一样好。

姜安愣了愣，从车上下来："干什么揉我脑袋？"

傅晋寒说："因为可爱。"

姜安的脸腾地红了，她支支吾吾地说了再见，转身就往楼上跑。

傅晋寒嘴角微微扬起，上车离开。

- 04 -

第二天早上8点10分，陈小宇的笔迹鉴定结果出来了，证实字条就是陈小宇写下的。警方立即对李友德进行逮捕。

审讯室里，李友德表情无奈："难道你们凭一张字条就把我当成杀死小宇的凶手吗？这也太荒唐了。"

这场审讯由老李主审，包子记录。审讯长达一个小时，但李友德始终坚称自己没有杀害陈小宇，也坚决否认自己对陈小宇有过虐待行为。

老李从审讯室出来，摇了摇头："他咬得太死了，一个字都不肯多说。"

傅晋寒拍了拍老李的肩："不着急，先磨着他，我和姜安去一趟李友德家，你们先审着，有任何消息通知我。"

老李说："好。"

傅晋寒出去的时候，姜安正拢着围巾站在门口等他。两人到李家时，9点刚过，正好碰到李友德母亲从菜市场买菜回来。

一看到警察，李友德母亲立刻快步从他们身边走过，傅晋寒开口叫她，她却把门一关，还好傅晋寒腿伸得快，堵住了门："请配合警方调查。"

李友德母亲这才把门打开，但态度依旧不好："我儿子不是杀人凶手，我没什么好说的。"她背过身到厨房把蔬菜放下，看上去一个字都不想多说。

姜安说："你要想证明你儿子是无辜的，那就更应该和我们聊一下你儿子了，我相信在任何一位母亲的心里，自己的孩子都是最善良最优秀的存在。"

这番话终于让李友德母亲稍稍动容，她洗干净手从厨房出来："你们想问什么？"

傅晋寒说："李友德最后一次回家是什么时候？"

"上周五晚上，他每周都会回来，周日下午再回学校。"李友德母亲说，"我儿子从小到大成绩都是班级第一，毕业之后就开始当老师，他平常待人温和，怎么可能去杀人？那个陈飞完全就是在污蔑我儿子！我已经找律师打算起诉他了。"

"起诉？"

"对，他影响了我儿子的名声，侵犯了他的名誉权，冤枉我儿子杀人，我当然要起诉他。现在他还印了传单到处说我儿子杀了他儿子，这简直就是胡说八道！"李友德母亲表情很愤怒。

姜安问："李老师大学时读的就是师范学校吗？"

李友德母亲答道："是啊，现在老师这份工作吃香，而且还有编制。"

傅晋寒继续问："李老师以前在公立学校教过书吗？"

"教过，"李友德母亲面露自豪，"在市里数一数二的小学，我儿子可是一毕业就直招进去了。"

姜安笑了笑："看来您是个很成功的母亲，李老师应该打小儿就很听您的话吧。"

"这孩子从小到大就乖，当然，作为母亲，我对他稍稍有点严厉，但哪个当父母的不想孩子好呢？好在这孩子也争气，成绩一直都没掉下来过，为了他，我付出再多再辛苦都是愿意的。"

傅晋寒问："那后来怎么去了思佳，是因为私立小学待遇比较好吗？"

提到思佳，李友德母亲的脸色变了变，声音又冷了下来："不想做就不做了，哪有那么多原因。"

姜安和傅晋寒对视一眼，随即转过视线温声道："李老师这么优秀应该获得过不少奖状吧？"

李友德母亲颇为得意地说："他房间里满墙都是奖状，从小获得一张我就给他贴一张，以此来激励他继续优秀下去。"

姜安露出羡慕的眼神："我从小就倒数第一，一直都很羡慕成绩好的孩子，我可以参观一下李老师的奖状吗？"

"可以。"

姜安跟着李友德母亲进到李友德房间，一眼望过去，当真如李友德母亲所说，满墙都是奖状，贴得满满当当，甚至连天花板上都有，姜安看到的第一感觉竟然有些瘆人。

试想一下，你每天晚上闭上眼之前，和每天早上睁开眼之后，入目的就是一张张奖状，日复一日，年复一年。姜安光是想想就觉得脚底发寒。

她在李友德房间里巡视一圈，只觉得这个房间属于主人的东西太少了，除了满墙的奖状，给人的感觉就是空旷。要不是李友德母亲说他每周都会回来住两天，姜安简直要怀疑这个房间久无人住。

从李家出来，姜安边上车边说："李友德母亲是典型的自己没读过什么书、没什么本事，把希望寄托在孩子身上望子成龙的母亲，而且平常应该对李友德施压很重。李友德房间里放了好几本关于食谱方面的书，但是很破，而且有胶带粘贴的痕迹。他宿舍里有烤箱，还有很多漂亮的厨具，他应该很喜欢烹饪。"

傅晋寒拉开车门坐进去："有什么问题吗？"

姜安系好安全带，转过头说："他喜欢烹饪，却选择当老师，那几本食谱书是十几年前出版的，被撕碎了，他还是小心珍藏起来。李友德是单亲家庭，那些书应该就是他妈妈撕的。他宿舍里的个人物品很多，家里却寥寥无几，除了床单被罩和读书时期的一些东西，基本上就没别的了。"

顿了顿，姜安说："他和他妈妈的关系应该不好。"

傅晋寒说："但他每周都会回去一趟。"

"每周回去也不代表什么，也有可能是完成任务，就像你每天都会打卡上班一样。回家，就是李友德的任务。"

傅晋寒沉默片刻后说："先回公安局。"

"好。"

市局。

傅晋寒和姜安一道去了审讯室，老李和包子还在里面审问，傅晋寒拿起耳麦直接说："先暂停十分钟。"

不久后，老李和包子从审讯室出来。

傅晋寒问："问到什么了没有？"

老李摇了摇头："他咬死了自己那天什么都没干，而且有学生给他做不在场证明，我们手上没有更多的证据指证他，暂时没有新的进展。"

包子说："这人警惕性挺高的，一直不上套，你说会不会真的不是他干的啊？"

傅晋寒对包子说："你去竹林那边协助二队找凶器，李友德这边我和老李来审。"

"好。"

十分钟后，傅晋寒和老李再次进去。李友德看上去有些意外："怎么换人了？"

傅晋寒在椅子上坐下来，语气淡淡的："他去竹林找凶器了，换我来问。"

李友德点点头："该说的我都说了，我不知道你们还想问什么。陈小宇死的时候，我一直都在辅导学生作业，那些学生都可以为我证明，我根本就没有时间作案，这一点你们警察应该调查得很清楚了吧？"

傅晋寒盯着他："是吗？"

傅晋寒虽没有多说什么，但李友德能明显感觉到眼前这名警察的气场和刚才审讯他的那名警察完全不一样。

李友德沉默了一会儿，说道："当然是了。"

傅晋寒给老李使了一个眼色，示意他准备记录，随后看向李友德："11月18日一整天你都在做什么？"

李友德无奈地说："我说了很多遍了，我在辅导其他几个孩子的作业，然后就去上课了。"

"把你11月18日当天从早上睁眼到晚上睡觉之间做的所有事都仔细交代一遍。"

"什么？"李友德以为自己听错了。

傅晋寒冷冷地说："需要我再重复一遍吗？"

"……不用了警官。"李友德开始回忆，"学校有早操，早上6点闹钟响了我就起来洗漱，然后做了早餐，吃完早餐后大概7点，我去了操场集合……"

18日距离现在只过去了两天，李友德说得很详细。

傅晋寒听完点点头："那19日呢？"

李友德皱眉："19日也要说？"

傅晋寒说："不光19日，等会儿你还得说16日、17日、20日。"

李友德盯着傅晋寒看了两秒，表情不悦："我想喝水。"

傅晋寒点头答应："可以，老李，去给他倒杯水。"

一杯水喝完，李友德才继续说起来，等他说完，傅晋寒又说道："现在再说一遍18日发生的事。"

李友德深吸一口气："你们是不是在耍我，我刚刚不是都说过了吗？我到底要说多少遍？"

"请配合调查。"傅晋寒语气冷淡，不容拒绝。

李友德只好继续重复18日的事，他说到一半时，傅晋寒打断了他："等等，你刚刚说上午11点40分放学后，你就直接回了宿舍？"

"有什么问题吗？"李友德揉搓了下手指。

傅晋寒说："你第一遍说的是11点40分放学后你先去食堂吃了午饭，然后才回的宿舍，为什么两遍的答案不一样，你在隐瞒什么？"

李友德被他突然逼问的态度弄得心慌，他稳了稳心神说道："这都过去好几天了，我记不住一些东西不是很正常吗？"

"是吗？那你怎么把16日和17日做的事记得那么清楚？"

李友德心烦意乱："这不是很正常吗？难道我必须记住每天发生的事吗？抱歉，我记性没这么好。"

傅晋寒看了他一眼，眯着眼道："18日中午你让陈小宇从监控死角去了教师宿舍楼提前在那里等你，而你放学后直接回了宿舍，你对陈小宇施暴不是一次两次了，你和往常一样对他进行施暴，但没想到这次他居然死了，你很慌张，你——"

"停！"李友德冷笑一声，"你在编故事吗，傅大队长？"

傅晋寒挑了挑眉，方才压迫的气场骤然消失："别紧张，就是跟你探讨一下作案细节。"

李友德并不上当："我不是杀人犯，你跟我讨论有什么用，你们有时间在这里审问我，不如赶紧去抓真正的凶手。"

审讯室外，姜安观察着李友德的一举一动，这个人的心理防备太重，很难打破他的防线。姜安微微合上眼睑，现下他们最要紧的是找到凶器，按照陈末说的，陈小宇死于脾脏破裂，而凶手并没有直接侵犯陈小宇。

椭圆的、长度能穿破脾脏的物体，会是什么呢？她正想着，杨乐推门进来："傅队还没审完？"

"没，怎么了？"姜安回头。

杨乐扶了扶眼镜："他让我去查李友德的家庭背景，这不查到了，寻思给他送过来嘛。要不等会儿他出来你给他吧，我那边还有点事，得先去忙。"

姜安伸手接过："行。"

姜安翻开资料，微微皱了皱眉。

上面显示李友德的父亲正在服刑期，姜安继续翻下去，瞳孔骤然一缩，她急忙对着耳麦说道："李友德父母离婚是因为家庭暴力，李友德的父亲曾经把他母亲打成二级伤，起诉离婚之后他父亲因为抢劫坐牢，或许可以从这个方向去击破李友德的防线。"

傅晋寒眉眼微动，看向李友德："说一下你的家庭关系。"

李友德回答："我妈跟我。"

"你父亲呢？"

李友德脸色变了变："我是单亲家庭。"

傅晋寒点了点头："你父亲是叫李建军吧，现在正在江宁市监狱二区服刑是吗？"

李友德唰的一下攥紧了拳头："他早就跟我妈离婚了！我没有父亲！"

傅晋寒不慌不忙，像是在跟他闲聊："你身上流着李建军的血，一个抢劫犯、暴力狂的血。他以前打你和你妈妈的时候喜欢用什么？手边有什么就用什么吗？扫帚？皮带？啤酒瓶？擀面杖？——"

"够了！"李友德面色苍白，他咬着牙说，"你们想说什么？想说我跟他一样喜欢施暴？想凭借他的犯罪记录给我定罪吗？"

傅晋寒说："当然不会，只是随便聊聊，别这么激动。"

姜安脑袋有些疼，李友德童年被家暴的经历，包括后来他母亲对他强烈的控制欲，在这样的环境下很容易发展成心理变态，学校那么多人查下来，李友德是犯罪嫌疑最大的一个。

凶手近在眼前，却没有证据指证他，甚至他还有充分的不在场证明。这个案件就像是绳子打上了死结，找不到突破口。

审讯室的门开了，傅晋寒和老李从里面出来，姜安睁开眼睛。

傅晋寒直截了当地说："去一趟思佳小学。"

他没点名字，等人走远了，姜安才后知后觉地明白他说的是自己，匆忙放下耳麦跟了上去。

好不容易追到傅晋寒，她气喘吁吁地问："问到了？"刚刚走了会儿神，没注意到里面的动静。

傅晋寒目光沉沉，低声道："到了才知道。"

- 05 -

吉普车停在学校门口，前门被堵得一塌糊涂，姜安和傅晋寒只能从学校后门进去。他们先去找了教导主任拿钥匙，再次进到李友德的宿舍，姜安进门后莫名有种阴森的感觉。

傅晋寒直接去了厨房，姜安见他四处翻找，不由得问道："怎么了？你在找什么？"

傅晋寒边找边答："擀面杖。"

"擀面杖？"姜安疑惑了一秒，继而像是想到什么，视线迅速在厨房一扫而过，李友德的厨房用品一应俱全，但唯独少了一样东西。

他喜欢烹饪，厨房的案板上却没有可以擀面团的器具。姜安忽然想起陈末说陈小宇肛门有严重撕裂伤，凶器是椭圆形、长的……

姜安瞳孔骤然一缩，有种头皮发麻的感觉，她难以想象李友德用擀面杖侵犯陈小宇时，陈小宇该有多么痛苦。

姜安深吸一口气："找到了吗？"这一刻她竟然希望傅晋寒跟她说找到了。

然而事情总是事与愿违，傅晋寒翻找半天后转身摇了摇头，随即给包子打电话："凶器很有可能是擀面杖，你们注意搜寻。"

包子也愣住了："擀面杖？老大你没开玩笑吧？"

傅晋寒冷声说："你看我像是在开玩笑吗？赶紧找。"

包子连声说道:"知道了,我马上通知下去。"

11月23日早上10点,在竹林里发现凶器。

下午3点,痕检科送来鉴定结果,证实擀面杖上面有陈小宇的DNA,但没有检测出李友德的DNA。凶手很谨慎,犯罪时戴着手套,没有留下任何线索。

警方决定再次审问李友德。

"为什么你家里少了一根擀面杖,而且凑巧凶器就是这个,你敢说这和你没关系?"老李厉声问道。

李友德缓缓笑了:"警察同志,咱们没证据的话可不要乱说,你要有证据证明那擀面杖是我的,就不会这么问我了。我想你们应该是找到了凶器,但是无法证实东西是谁的吧?"

老李说:"请你解释一下,你家里为什么少了一根擀面杖,而别的老师那儿没有?"

李友德十指交叉:"可能是坏了被扔了,可能是不小心丢了,也有可能是借给谁了,时间太久了我忘了。"

老李和包子走出审讯室,包子看着傅晋寒说:"我看从李友德这儿是什么都问不出来了。"

傅晋寒眉眼压得很低:"那几个给李友德做不在场证明的学生都仔细问过了吗?"

"问了。"包子颓然道,"问了好几遍了,都说那天中午李友德在宿舍里给他们几个辅导作业。你说他们都是一群半大的小孩,一般来说也不会撒谎,会不会他们说的是真的?这起案子真和李友德没关系?"

"要是跟李友德没关系,那陈小宇为什么会留下那张字条?"姜安摇着头说,这是她唯一想不通的地方。

包子叹了口气:"只能慢慢审了。"

"杨乐呢?"傅晋寒问。

包子说:"不知道啊,今天一天都没看到他。"

说曹操曹操到,杨乐从外面气喘吁吁地跑进来:"傅队,新发现!"

傅晋寒问:"去哪儿了,跑这么喘?"

杨乐没等气喘匀就说:"你不是让我去查李友德之前工作的那所公立学校吗,我走访了一天,结果你猜怎么着?!"

"说。"

"李友德之所以从公立学校转去了私立,是因为有家长跟学校投诉,说孩子自从转到他的班,就突然变得不爱说话,身上还总是能见到瘀青,家长怀疑是李友德打的,但是调取监控又没证据,只能作罢。不过家长闹了好几天,学校迫于压力只能让李友德暂停工作,之后李友德就主动递交了辞呈,从公立学校去了思佳小学。"杨乐解释道。

包子"嘁"了一声:"这算什么新发现啊,又是没根没据的事。"

杨乐粗喘一口气说:"关键是,不止一个学生出现这样的情况,从李友德带班开始,每年都会出现几个问题学生,但是之前的家长比较好说话,孩子身上出现伤痕都以为是和同学打架打的,或者以为是孩子自己摔的。"

包子震惊道:"自己孩子身上都出现瘀青了,家长还以为是孩子自己摔的或者和同学打架打的吗?这些家长心也太大了吧。"

姜安沉默一瞬后说:"如果老师平常在家长和孩子面前就是一副谦和耐心的君子形象,而自己的孩子又是个调皮的,当出现这种问题时,家长自然是不会主动怀疑老师的,尤其是在没有证据的前提下,因为他们的孩子还要在这所学校念书。"

杨乐说:"这样来看,李友德的犯罪嫌疑很大了啊。"

包子不想再等下去:"我和老李继续去审,争取把他的嘴巴撬开,手底下这么多学生都出了问题,难不成他还能全说成是巧合吗?"

傅晋寒沉声道:"擀面杖只是他用来侵犯陈小宇的器具,陈小宇身体上那些殴打伤很多都是旧伤,接下来主要还是继续找物证,只要能证明陈小宇身体上的伤和李友德有关系,也可以当作证据。"

"收到。"

天气逐渐转冷,姜安套了件厚外套,裹着围巾往外走。快12月了,北方都下雪了,南城连雪的影子都见不着,气温却比下了雪的北方还要冷些。

姜安从市局回到家时,已经8点多了,她不喜欢开灯,习惯性地点燃一根蜡烛放在茶几上,微弱的烛光照亮了桌面,上面堆积了很多东西,摊开的本子上画着满页的符号——X。

她休了一个多月的假回了A市,就是为了请教老师三年前的城市爆炸案。当年因为她的自负害死了一个人,三年来她为了找到真凶从A市追到了南城。

三年的时间里,他在南城销声匿迹。

姜安坐到沙发上,眼睛盯着烛台。十二年前的日落黄昏连环杀人案,三年前的城市爆炸案,再到最近南城发生的几起案件中出现的这个X,这些究竟是巧合,还是同一个凶手?太多的疑问聚集在姜安的脑袋里,而她就像是漂在水面上的浮萍，周围一片空旷，迟迟找不到落脚点。

- 06 -

翌日清早，姜安和往常一样在楼下坐公交车去市局。她今天起得晚了些，正好是上班高峰期，公交车里面人挤人，她个子小，被两边的大哥挤成了夹心饼干。

突然，司机一个急刹，姜安的身体顿时不受控制地往前方倒了过去，这时，有人从右侧一把拉住了她。

姜安站稳后慢半拍地转过头和对方道谢："谢谢——江辰？你怎么也坐这班车？"

江辰戴着鸭舌帽，脸上还戴了个口罩和黑框眼镜，有些意外地说："我穿成这样你都能认出我？"

姜安点点头："你的眼角有颗痣。"

姜安天生记性比较好，见过的人不管过了多久都能认出来，而且江辰眼角那颗痣很显眼，比一般人眼角的泪痣要大一些。

江辰扒拉下口罩，笑着说："你这是往市局赶？"

姜安"嗯"了声："你怎么也坐公交了，没骑你的摩托车吗？"

江辰"嗐"了一声："摩托车前两天坏了，在修车厂修着呢，我都坐一周公交了，只不过前几次没碰到你，你每天好像去得比较早。"

姜安不好意思地笑笑："今天睡过头了。"

"前方到站南城市公安局。"

随着公交车上的广播响起，姜安和江辰一道下了车。

从拥挤的公交车上下来，姜安感觉呼吸都顺畅了不少："听说陈小宇案件的凶器最后是你找到的？"

江辰把帽子摘下来，伸手拨了拨头发。"别提了，搜寻了两天才找到，半截都被埋在土里了，一开始我们都没注意，还以为就是竹林里的木棍，结果傅队打电话过来说凶器很有可能是擀面杖，我才想起来之前插在土里的那根木棍。要是我再细心一点早早注意到，前天下午就该找到了，也不至于浪费这么多警力——对了，"江辰岔开话题，"李友德承认犯罪了吗？"

姜安拍了拍身上沾到的灰："凶器上面没有发现李友德的指纹，他现在咬死不认，只能继续审了。"

江辰皱了皱眉："可是我听包子说，查到李友德带过的班里有好几个学生都被虐打过，他有前科，而且他家里就这么巧丢了一根擀面杖？"

江辰是辅警，不算正式警员，之前能去竹林搜寻也是因为警力不够，把一些辅警叫过去帮忙了，所以一些案件细节姜安不好直接和江辰讨论，只说还在调查中。

两人走进市局大门前，姜安忽然回头："你说小孩子会撒谎吗？"

江辰一怔，然后笑道："这个世上只有死人不会撒谎。"

姜安愣了下。

江辰说："这是陈法医的口头禅，我觉得挺有道理的。你知道，像我们这样的辅警有时候会被安排处理各种繁杂琐事，其中最多的就是家庭矛盾。那些小孩个个看起来天真无邪，但有时候也会撒谎，比如问他们：'爸爸今天打妈妈了吗？'孩子就说没有，但如果没有，那妈妈身上的伤是从哪里来的呢？所以孩子也未必善良，他们大多比较听大人的话，尤其是他们本身就害怕的人。孩子很容易受到蛊惑，也很容易被恐吓。"

姜安若有所思："所以即将死去的陈小宇不会说谎。"

江辰笑着说："相信真相马上就会水落石出。"

"嗯，一定。"

姜安转身往外走，江辰好奇道："你怎么刚来就打算走？"

姜安说："去找说谎的人。"

江辰看着她："那祝你顺利。"

"谢谢。"

姜安转身打了一辆出租车去了思佳小学，只是她没想到，居然会在这里碰到傅晋寒。她进去的时候，老师告诉她市局来了个警察，已经把之前那几个学生叫到一起了，她往操场上一看，远远便看到了站在一堆学生面前身高腿长的那个男人。

姜安快步下楼，往操场的方向跑，跑到他面前时气都喘不匀了，姜安扶着篮球架缓了几分钟才抬头看向傅晋寒："问出什么了吗？"

傅晋寒眉心深拧："和之前一样。"

姜安直起身，走到那几个小孩面前，弯下腰露出两个甜甜的酒窝："小朋友，你们想不想吃炸鸡啊？"

小孩们最爱吃这些快餐食品，但一般家长都不让吃，而且思佳小学不让学生外出，他们平常很少吃到这些。

一听到"炸鸡"两个字，孩子们的眼睛都放光了，但还是犹犹豫豫地没有说话。有两个孩子互相看了一眼，然后其中一个小声说道："想吃。"

姜安笑笑："那跟姐姐一起，姐姐带你们去吃好不好？"

"好！"一群小朋友立刻应声。

姜安便带着几个小学生一起往校门外不远处的炸鸡店走，傅晋寒慢条斯理地跟在后面。

过马路时姜安拉起他们的小手，等到绿灯亮了和他们牵着手一起走过去。炸鸡店就在马路对面，姜安让孩子们自己点餐，然后看向身后的傅晋寒："傅队，还愣着干什么，付钱啊。"

傅晋寒眉梢一挑，直接把钱包递给她。

姜安"嘿嘿"一笑，打开钱包从里面掏出两张百元大钞，跟服务员买完单后又把钱包还给傅晋寒。

这个时间店里没什么人，空位很多，姜安带着孩子们去了角落的一桌，方便谈话，傅晋寒坐在了他们的斜对角。

孩子们吃到了炸鸡很高兴："谢谢姐姐，你真好！"

姜安摸了摸说话的短发孩子的脑袋："你们经常来这儿吃吗？"

短发男孩摇了摇头："爸妈不让我吃这些快餐，李老师也不让，说不卫生。"

"李老师？"姜安说，"看来他很关心你们。"

男孩不说话了，低着头咬着炸鸡。

姜安温声问："姐姐请你们吃了炸鸡，可以请你们回答姐姐几个问题吗？"

孩子们连忙说道："当然可以了，姐姐。"

"对啊，姐姐你尽管问。"

姜安凑近他们，笑容亲和："你们觉得陈小宇这个同学怎么样？"

有个胖胖的男孩说："他不喜欢跟我们玩，而且他也不爱说话，总是一个人独来独往的，以前下课我还找他说过话，不过他不搭理我，我就不找他了。"

另一个女孩犹豫了下，小声问："姐姐，陈小宇是不是死了？我听我爸妈说，他是被打死的是吗？"

姜安捏了捏小女孩的脸蛋："嗯，他只是去了天堂，变成了天上的一颗星星陪伴你们。"

"星星？"

"嗯，星星。"姜安说，"那天中午是你们几个一起去李老师宿舍的吗？"

几个小孩互相看了看，点点头："嗯，下课我们就去了，李老师每天都会辅导我们作业。"

"哦——"姜安把尾音拖长，"那你们那天中午是在李老师家里吃的饭吗？"

回答姜安的是一片沉默。

姜安注意到其中有个个子矮一点的男孩一直都没有说话，朝他看了看："可以告诉姐姐吗?"

小男孩轻轻抬起头,黝黑的眼睛盯着姜安:"那天中午我们没有在李老师家里吃饭。"

"你别瞎说!我们明明一起在李老师家里吃的午饭,我们还在那儿做了练习册,还有——"

"徐舟舟,你现在不告诉警察姐姐,以后你也会变得跟陈小宇一样的!"小男孩执拗地喊道。

那个叫徐舟舟的男孩一下子就不说话了,另外两个女孩都低下了头。

小胖子猛吸了一口可乐,咽下嘴里的炸鸡,然后说:"是李老师教我们这么说的,他说如果我们不按照他说的做,就会像打陈小宇那样打我们。姐姐,我们不是故意撒谎的。李老师说,是因为陈小宇不听话才会打他,但是我们也不知道陈小宇为什么会死掉,那天我们几个只是去教师楼玩,在窗户上看到了李老师拿皮带打陈小宇。"

有一个孩子开口说了真话,后面的孩子便不再隐瞒,纷纷开了口。

"李老师经常叫陈小宇单独出去,好几次上课陈小宇都不在,我中午回宿舍睡觉的时候就看到陈小宇趴在床上,我问他怎么了他也不说。"

"李老师说我们要是不听他的话,就会像打陈小宇那样打我们。"

"陈小宇身上总是有很多伤,我跟他住在一起,有时候半夜也会听到他哭,他很害怕李老师,那些伤都是去李老师家补习回来后出现的。"

"对了,陈小宇还总是喊屁股痛。"

…………

- 07 -

今日起了大风,寒风刺骨,快进入12月了,南城今年冬天的第一场雪就这么突然地来了。

市局门前的两棵大树上落了一层薄雪,不一会儿就化了。

姜安和傅晋寒一前一后进了市局,现下人证物证俱在,李友德唯一的不在场证明也没有了,案件基本告破。

这次破案的速度很快,刑侦大队里个个看起来都很兴奋。

李友德母亲跟跄跄地来到市局,在局里大吵大闹,坚称自己的儿子不可能杀人。李友德被带去审讯室的时候,和母亲擦肩而过。

李友德母亲一看到李友德就跟疯了似的冲过来:"友德,你快告诉他们,你没有杀人!你怎么可能杀人,你从小就是个优秀的孩子,不可能干这种事!"

她说完又冲过来抓住傅晋寒的胳膊,疾言厉色:"我儿子从小就是我的骄傲,你们抓错人了!我警告你们,我会提起上诉,我要去省公安厅举报你们!"

面对母亲的声嘶力竭,李友德眼神冷漠地看着这一切。

李友德母亲见儿子不说话,精神更加崩溃,她死死抓住儿子的胳膊,任凭身后的警察再怎么拉都不松手,她双眼狠狠地瞪着李友德:"我为了你跟你爸爸离婚,我吃了这么多年的苦都是为了谁?好好的公立学校你不教,非要跑去私立!你知不知道妈妈为你牺牲了多少,我一双手到冬天都是冻疮,就是因为为了供你读书在菜市场杀鱼,我——"

"别再说这些话了!"李友德死死盯着他母亲,"这些话我听了几十年早就听腻了!我告诉你,陈小宇就是我杀的,要不是你,我也不会变成这样!都是因为你,我才会坐牢!全都是你的错!"

李友德母亲面对儿子突然歇斯底里的样子往后退了两步,满脸的不敢置信,说话的声音都开始颤抖:"你……你说什么?我含辛茹苦地把你养大,供你成才,你……你这个不孝子!"

"对,我就是不孝子。"李友德说,"从小我做什么你都要管着我,只要我一不顺你的意,你就告诉我,你为了我有多辛苦,要不是因为我你不会跟那个混蛋离婚,不会在菜市场杀鱼,不会冬天满手冻疮。妈,那个混蛋都要把你打死了,你不是为了我,你是为了你自己,为了你自己的私心!你把我喜欢的书撕掉的那一幕我到现在都记得,我变成现在这样都是你的功劳!我打陈小宇怎么了?你小时候不也这么打过我吗?我不过就是把你在我身上做的那些事用在了陈小宇身上而已,要说错也是你做错了!"

李友德母亲浑身颤抖,险些站不稳,她一脸痛心地看着自己引以为傲的儿子,这个她付出一切、付出生活的全部养活起来的儿子却在公安局里痛恨地指责她。

李友德母亲一口气没有喘上来,骤然倒了下去,一旁的警员慌忙把她扶起来,李友德看着这一幕,突然大笑起来。押着他的警察立刻把人拉走,走廊里还回荡着李友德癫狂的笑声。

审讯室里,傅晋寒和包子坐在李友德对面,现在所有的证据都指向他,李友德再也没了之前的嚣张气焰,他始终低着头一言不发,好像刚才在走廊里发疯的人不是他一样,这个人又恢复到了以前冷静的模样。

傅晋寒问:"为什么选择陈小宇?"

李友德沉默一瞬，慢慢抬起头："因为他内向、不爱说话，成绩也差，这样的孩子好掌控。他父母没权没势，每天都在外面打工，家长会也不来，典型的没文化的家长。他们不会相信孩子说的话，只会一味认为老师说的都是对的，比那些有钱的孩子家长好打发。"

他说得很平静，就像是在叙述一件无关痛痒的事。

"之前几次你只是虐打他，为什么这次会选择杀害陈小宇？"

李友德深吸了一口气，慢慢笑了："那天我心情不好，下手重了点，谁知道他这么不经搞，居然就死了。我也不想啊，我没想过杀人，不过死了就死了吧，反正他活着也是受罪，还不如死了呢。死了就不用被我这样的人折磨了，这不是挺好的吗？"

"变态！"包子怒道。

李友德靠在椅背上，双手交叉："不过你们确实有点本事，居然能把擀面杖找到。"

"怎么？"傅晋寒冷声道。

李友德说："我把它和一堆垃圾扔在了学校的垃圾桶里，学校会定期清理垃圾，有卡车把垃圾拉到垃圾场里烧掉，我扔的那天正好是学校清理垃圾的时间。垃圾场有几千平方米，你们居然能在那么多垃圾里找到一根擀面杖，耗费了不少警力吧。"

傅晋寒双眼顿时眯起："你说你把擀面杖和垃圾一起扔在垃圾桶里？"

李友德皱了皱眉："难道你们不是在那儿找到的？"

包子唰的一下起身："你不是扔在竹——"

他话还没说完就被傅晋寒按了回去："后续笔录我们会找别的警员跟进，你跟他们交代就好。"

傅晋寒说完便把包子拉了出去。

包子惊道："老大，那擀面杖咱们不是在竹林里找到的吗？为什么李友德会说他扔在了垃圾桶里？这到底什么情况！"

傅晋寒沉默半晌，沉声说："把江辰叫来。"

包子说："好。"

姜安正好进来，见两人神色异样，不由得问道："怎么了？"

包子看了里面的李友德一眼，又看了看姜安："李友德说他把凶器扔在了学校的垃圾桶里，而学校当天晚些时候就派卡车把垃圾清到十几公里外的垃圾场了。"

姜安蹙起眉："凶器不是在竹林里找到的吗？怎么又扯上垃圾场了？"

包子一拍大腿："可不是吗，所以我说这事听着怪啊，要是李友德把凶器扔在

235

垃圾桶里,那怎么会突然出现在竹林被我们找到?谁把它放在那里的?"

傅晋寒说:"你先去找江辰过来。"

包子说:"行,我先去了。"

姜安目光微凝,看向傅晋寒:"李友德是故意这么说的吗?"

傅晋寒说:"不排除这种可能,先问一下江辰再做定论。"

江辰今天就在市局,这段时间局里一直很忙,人手不够,江辰便留在这里帮忙。今天他还是第一次进传说中的刑侦大队,不由得好奇地左看右看。

"我还是头回来这儿呢,没想到刑侦大队长这样。"江辰笑着走进来。

包子朝他挥挥手:"你先别参观了,赶紧过来,傅队找你有事。"

江辰听说有事便加快了脚步:"傅队人呢?"

包子说:"在隔间,你自己进去找他,我那边还得继续去审李友德,先走了。"

江辰连忙去了隔间,傅晋寒正在整理李友德案件的资料,见他进来,直接说:"坐。"

江辰坐在他对面,看见姜安也在:"这是怎么了?我没犯法吧?"

姜安给他倒了杯水:"没有,喝水。"

江辰松了一口气:"突然把我叫来,我还以为出什么事了呢。"

傅晋寒问:"凶器你是在哪里找到的?"

江辰说:"竹林啊,就在地里插着呢。"

"插着?"姜安问。

江辰回忆了一下,用手给他们比画:"就是这样,竖着插进去一半。一开始我还以为就是根木棍,路过两次我都没注意,傅队打电话给包子说擀面杖,我才想起来这根木棍。"

傅晋寒又问:"你看到它的时候它就这么插在地上吗?上面的泥土多不多?"

江辰想了下说:"不多,就是插在上面的。"

姜安又问了一遍:"你确定你是在竹林找到的凶器对吗?"

江辰肯定地说:"那当然了,当时跟我一组的还有三个人呢,他们都看到了。"

"行。"傅晋寒点点头,"没事了,你先回去吧。"

江辰没忍住好奇,问:"傅队,是不是又出了什么问题?你怎么突然问起这个了?"

傅晋寒道:"没什么,就是再确认一下案件细节。"

江辰"哦"了一声,走了。

姜安目光犹疑:"李友德没有必要在这个时候还撒谎,但江辰他们几个确实是在竹林发现的凶器,那么凶器到底是被谁运过去的?对方为什么要这么做?是学校的老师吗？有人看到李友德虐待陈小宇，所以趁李友德不注意，把凶器拿去了发现尸体的竹林？"

傅晋寒沉了沉眸，这个问题找不到答案，他们那天看了那么久的监控都没发现可疑的人，而凶器被扔在垃圾桶里仅仅是李友德的一面之词，根本无从查证。

窗外大雪纷飞，有雪花飘进了房间，姜安打了一个冷战，把窗户关严后从包里拿出一个小本子："我想给你看个东西。"

傅晋寒抬眸："什么？"

姜安把本子翻开，指尖停留在那个"X"上："还记得这个 X 吗？"

傅晋寒怎么会忘："环城小区无头案最后出现的可疑人物。"

"对，凤阳小区翁静案我也发现了这个名字。"姜安低声说。

傅晋寒眉心深拧。

姜安继续道："秦游给我的翁静的治疗录像中，翁静被催眠时无意识地叫出了这个名字，两起案件都出现了这个人。还有，两起案件的致死凶器都是一样的——手机充电线。我看过，是同一个品牌，每次案件发生时，媒体总是先我们一步知道，然后在网上闹得沸沸扬扬，背后像是总有人在操控。"

姜安抬眸看向傅晋寒："你觉得这是巧合吗？"

"那第三起呢？"傅晋寒问。

姜安摇头："第三起倒是没有出现 X，但是出现了一个莫名其妙把凶器转移到抛尸现场的人，我并不觉得李友德在撒谎，X 在这三起案件中都起到了推动作用。"

傅晋寒皱起眉："如果 X 起到了推动作用，可在陈小宇案中他并没有出现，把凶器转移到竹林的人是 X 这个猜测，只是你的主观推断，并没有实质性的证据。"

姜安翻开另一页指给他看："你知道在心理学上有个现象叫——算了，跟你说你也不懂。"

傅晋寒："……"

姜安清了清嗓子："我觉得李友德身上还能找到突破点，最好是继续审一下，如果他确实不知道 X，那就当是我多想了。"

傅晋寒挑眉道："你怎么就确定他会说。"

姜安说："因为 X 行事很高调，他所有的行为都在挑衅警方，如果我们找不到他，他才是着急的那个。"

傅晋寒淡淡说道："你是不是又想说让你去审。"

姜安："……"他怎么知道的！

傅晋寒瞥她一眼："这次不行。"

姜安立刻道："为什么这次不行？这个X很有可能和三年前的城市爆炸案有关，我——"

她话说到一半戛然而止。

傅晋寒双眼倏地眯起："三年前的城市爆炸案？"

姜安在心里骂了自己一句，她这个嘴巴早晚出事。她扭过头装作没听见。

傅晋寒并不打算就这么放过她，从椅子上起身。他个子很高，姜安得抬头才能看到他的脸，两人这时候的距离很近，她本来就站在桌子旁边，男人一站起身，她就感觉到一股巨大的压迫感。

姜安想往后退两步却不小心碰到后方的椅子，随着椅子摩擦地面的声音，她身子一歪，脚步跟跄了一下，眼看就要跟地面来个亲密接触。

姜安惊慌地闭上眼，腰身突然被人搂住，她整个人被拉了回来，跌入了一个温热坚硬的怀抱，她的脸颊顿时涨红了。

傅晋寒常年锻炼，又是特种兵出身，胸肌结实，方才力道大了些，姜安的眼泪都快被砸出来了。不过比起疼痛，两个人这么暧昧的姿势才更叫姜安心慌，她心跳快得厉害。

傅晋寒喉结滚了一下，声音沙哑："还没抱够？"

"啊？"姜安一愣，反应过来后慌忙松开他，像是避瘟神一样退后好几步。

傅晋寒眉眼弯了弯，嘴角勾起一抹轻佻的笑："怎么，就这么怕我？"

姜安连忙摇头："不是，我没有。"

傅晋寒"啧"了一声，说："行了，不逗你了。审讯李友德的事你就别操心了。"

"可是——"姜安急道。

傅晋寒打断她："没有可是。"

姜安一点都不喜欢他这独断专行的样子，动了动嘴唇，还想说些什么。

傅晋寒先她一步直截了当地说："为什么认为X和三年前的城市爆炸案有关？"

姜安沉默片刻："我不审问李友德了，你问出结果告诉我就行，我还有事先走了。"她说完一秒都不多停留，直接出去了。

傅晋寒在后面看她跑得比小鸡还快，不由得失笑，他拿出手机拨了一个电话。

"爸。"

傅老爷子听到傅晋寒的声音冷笑了一声："真难得，居然还知道给我打电话，我只当你把我这个爹给忘了呢！"

"……"傅晋寒抿了抿唇，"爸，是您不让我联系您。"

这话不说还好，傅老爷子一听这话满肚子都是火："我让你别给家里打电话你就真的不打？我让你别去南城怎么没见你那么听话呢?!"

当初傅老爷子把儿子赶出家门，说了气话，没想到傅晋寒居然真的两年没有回家，偶尔给他妈打个电话自己还得在一边偷着听。傅老爷子每回想起这件事，心里就堵着一口气上不来。

傅晋寒安静地等傅老爷子把气都撒完了才开口："有件事想求您。"

傅老爷子阴阳怪气地说："无事不登三宝殿。我当今天太阳打西边儿出来了呢，搞了半天是有求于我。"

"爸。"傅晋寒头疼地揉了揉眉心，"您能听我说完吗？"

"说吧，什么事。"

傅晋寒道："您能帮我从Ａ市公安局里调一份案件资料吗？"

"你自己向上级请示不就行了，这点事还要来求我，我看起来这么闲吗？"傅老爷子没好气地说。

傅晋寒说："我想调的是Ａ市重大刑事案件——三年前的那起城市爆炸案的资料。"这份案件资料目前是机密文件，严禁外传。傅晋寒但凡能和Ａ市那边申请都不会跟傅老爷子开这个口。

傅老爷子声音陡然冷下来："你说什么？"

傅晋寒低声重复："我说，我想要您帮我调一下三年前Ａ市发生的重大刑事案件——城市爆炸案的资料。"

"不可能。"傅老爷子毫不犹豫地拒绝，"你无缘无故查那案子干什么，吃饱了没事干吗？"

傅晋寒说："我怀疑这起案件和十二年前的日落黄昏连环杀人案是同一个凶手。"

傅老爷子皱眉："十二年前？"

"是，他现在应该出现在南城了。"傅晋寒沉默片刻后说，"您知道我来南城为了什么。"

傅老爷子闻言顿了顿，叹了口气："都过去十几年了，你怎么就这么执着。那案子要是能破当年就破了！"

"我这条命是林沐救的，他临死前我答应过他会把杀死他姐姐的真凶找出来，我不能言而无信。"

傅老爷子对傅晋寒的固执感到无奈："你小时候就一根筋，怎么这么大岁数了还是这样！我告诉你，我不可能帮你调取当年城市爆炸案的资料，你要有本事就自己调去！"

傅晋寒不满父亲的态度："爸，我是警察。警察不会放过任何一个凶手，不管是过去了三年还是十二年，我一定能抓住他！"

"你抓他，你拿什么抓？"傅老爷子说，"当年调动了多少警力，两省联动都没抓到的凶手，现在凭你一个人就想把人给抓了？"

"不光是我，还有南城市刑侦大队所有人。"傅晋寒低声说道，"您难道不想抓住当年的凶手吗？"

傅老爷子顿了下："可已经过去十二年了。"

傅晋寒说："就算再过去一个十二年，我们也要还被害人一个真相。"

傅老爷子沉默了一瞬，气得把电话挂了。

- 08 -

李友德原本即将被移交给市人民法院，检察官将对他提起诉讼，傅晋寒向上级申请推迟了一天。

时隔几日再次碰面，李友德早没了之前的得体，整个人透着一股死气，像是泄了气的皮球。

他看了看走进来的傅晋寒，嘴角一扯："该交代的我不都交代了吗，怎么还要审问我，难不成我又犯了什么罪吗？"

傅晋寒说："日常提审而已，别紧张。"

李友德坐直身体，双拳紧握，面容憔悴，很显然这些天他过得并不好，自己还要一而再，再而三地被审，他的情绪早就绷不住了："你们到底想干什么?!我什么都说了，还要来问我，我不就弄死了个孩子吗？我又不是故意的，我怎么知道他会死！"

傅晋寒看着他，施暴者永远不会忏悔自己犯过的错误，他们的悔悟痛哭只是面对即将到来的法律审判而感到害怕担忧。

这些人实在可笑，残忍且没有人性，他们没有道德感，没有做人的底线，一次又一次地去伤害别人，但当这些伤害落到自己头上时，他们又开始感到恐惧。

不怕杀人，却怕死，不可笑吗？

傅晋寒冷冷地看着抱头大喊的李友德，眼底满是讥讽："你之前没有对其他的学生下这么重的手，为什么对陈小宇不一样？"

李友德抓着头发喊："我之前不是说过了吗？我没想杀了他，谁知道他那么不经搞，你到底要问到什么时候？"

傅晋寒敲敲桌子："冷静点，这里是公安局，不是你撒泼的地方。"

"你究竟想问什么?"

傅晋寒:"认识 X 吗?"

傅晋寒并不拐弯抹角,姜安说得对,这个 X 如果真在幕后操控,他行事如此高调乖张,那必然不会安安静静地只待在幕后,所以傅晋寒不认为李友德会说谎。

李友德果然皱了皱眉:"你怎么会知道他?"

"看来认识。"傅晋寒语气冷淡,"你老老实实回答问题,不要提问。"

"……"李友德冷笑一声,"不认识。"

傅晋寒不疾不徐地说:"你知道我们为什么会在竹林里发现你的作案工具吗?"

李友德顿时看向他。

傅晋寒嘴角勾起一抹弧度,一字一句地说:"你觉得会是谁把你扔到垃圾桶里的东西转移到了抛尸地点呢?"

李友德僵住,他的脑海里骤然浮现了那人残忍冰冷的话语。

"你破坏了游戏规则,上帝会惩罚你。"

李友德忽然觉得耳鸣,像是被什么尖锐的东西刺破了耳膜,直到两分钟后才恢复正常。他盯着傅晋寒:"是他。"

"什么?"傅晋寒问。

李友德大口喘着粗气:"是他,是他选的陈小宇。"

"他是谁?"

"X,他是 X!"李友德按着胸口,"我从公立学校辞职后在家待业了一段时间,每天听那个女人的唠叨,我都要烦死了,我想把她杀了!"

李友德咽了咽口水,痛苦地闭上眼。"我原来想要动手的对象是我母亲,后来有人跟我说——"他试着模仿那人的语气,"杀人有什么意思,你不是喜欢虐童吗,不如我们玩个游戏吧。"

"他是怎么联系你的?"傅晋寒问。

李友德回答:"我没见过他,我们唯一的联系方式就是通过公共电话,而且都是他联系我,我没有他的联系方式。"

"记得号码吗?"

李友德靠在椅背上,笑了一声,说:"我查过,没有归属地和 IP 地址,你们别想找到他了。"

"号码?"傅晋寒冷冷地说。

李友德沉默几秒后报出了一串数字。

这个号码如李友德说的一样,砸进人海里连个浪花都看不见,技术部门压根追踪不到 IP 地址,也查不到号码归属地。

这起案件和环城小区无头案出现了共同点，警方高度重视，一连追查数月，但没有查到一点有关 X 的线索，这个人就像人间蒸发了一样，或者说他好像从来就不存在，除了两根同样的充电线和凶手口中出现的一个名字——不，甚至不能叫名字，那只是一个代号。

"这个 X 到底是谁？既然故意招惹警方，又为什么不暴露行踪？这算什么，是挑衅吗？"包子气得使劲咬了一口鸭腿。

今天刑侦大队聚餐，包子、老李、杨乐都在，几个人查这个 X 查了一个多月毫无线索，心里都憋着一股火。

老李说："呵，早晚把人抓了，到时候看他还怎么嘚瑟。"

姜安见老李酒杯空了，给他重新倒满："李叔说得对，肯定能抓住。"

杨乐不胜酒力，喝了两杯啤酒就上脸了，晕晕乎乎地说："他为什么要跟公安局作对？是为了报复，还是想引起警方的注意？他这样……这样的目的是什么？"

"就是啊，目的是什么？"包子说道，"操控别人杀人，这人不就是个变态吗？"

傅晋寒淡淡地说："今晚是聚餐，有什么明天再说。"

老李叹了口气："这不是一直找不着人，心烦嘛。眼看着都要过年了，你说要是在过年期间再——呸呸呸，当我没说！"

"老李，大过年的你说这个，晦气不晦气。"包子"嘿"了声，跟老李碰杯，"行了，咱喝杯酒，就当那话没说过。"

老李把酒杯举起来："行行行，来喝，今晚喝个痛快。"

酒过三巡，大家都喝醉了，姜安还是面不改色，其实她喝酒不太上脸，最多脸颊微微发红。

她甚至能井井有条地跟着傅晋寒一起找车，把老李他们送回去。

就剩下他们两个人时，姜安问："你呢，你怎么回去？"

傅晋寒有些好笑地说："你不担心你自己，还来担心我？"

姜安看着他："我没醉。"

傅晋寒说："我送你回家。"

姜安重复："我没醉。"

傅晋寒由着她："嗯，你没醉，我送你回家。"

"好。"

第四案

雪人藏尸

伏罪

PLEAD GUILTY

- 01 -

夜里，姜安长睫微颤，猛然惊醒。她大口喘着粗气，眼角湿润，脸颊潮红。

又是这个梦……

她胳膊一伸，啪的一下，灯应声而开。

窗外夜色深沉，空旷的房间内，电视机里在为即将到来的新年预热发出的嘈杂欢庆的声音给这房间增添了几分人气。

姜安没去看电视机上那一年比一年无聊的节目，她窝在沙发上刷手机，朋友圈已经被新年倒计时和阖家团圆的照片刷屏了。随着电视里两个主持人一句喜庆的"新年快乐"，一声清脆的钟响象征着新年的到来。

同时，爆竹声连绵不断，姜安下意识地往窗外看了过去，数朵绚丽的烟花跃上了夜空。

手机上"叮咚"的消息通知声接连不断地响起，是朋友同事发来的新年祝福。姜安看着窗户外的烟花夜景，眉目弯弯，低声自言了句："新年快乐。"

姜安将那些祝福一一回复，之后把联系人列表拉到下面，把目光停在了傅晋寒静悄悄的没有动静的头像上，她犹豫了一下，还是点开了对话框。

姜安刚打出了"新年快乐"四个字，正要按下发送键，像是心有灵犀般，一个语音通话突兀地弹出来，占满了整个屏幕。

时机太过凑巧，姜安还以为是自己误触了语音通话，她手忙脚乱了两秒后就迅速反应过来是傅晋寒打过来的。

姜安接起了电话，一个磁性微哑的男声从电话中传出："姜安，新年快乐。"

"嗯，新年快乐呀。"姜安嘴角微扬回了声祝福，她敏锐地注意到了傅晋寒的背景声里除了放烟花的声音，还有些喧闹的人声，结合若有若无的风声，她马上问，"你是在外面吗？"

"真聪明，你说对了。"傅晋寒轻笑了一声，"看下面。"

姜安一时没反应过来，下意识地低了头："下面是地板啊，怎么了？"

似乎是被姜安的反应逗笑了，傅晋寒的语气中带了几分宠溺的无奈："是让你看窗外的下面。"

姜安隐隐猜到了什么，走到窗边的这一路，脸上是自己都没察觉的灿烂笑意。她打开了窗户，料峭寒风吹进了暖气十足的室内，但不知是因为在暖气房内待得太久了，还是因为看见了楼下的那个人，姜安不仅不觉得冷，反而脸上和耳根热得厉害。

傅晋寒倚靠在一辆黑色摩托车上，他此时也正好抬头，看见了姜安，扬了扬手上正显示通话界面的手机屏幕。

姜安挥了挥手，盯着楼下的傅晋寒，笑着对着手机说道："你除夕夜过来，应该不会只是为了跟我当面说新年快乐吧？"

傅晋寒抬头望向楼上的姜安，向手机那头的人发出了邀请："想出去兜兜风吗？"

姜安仗着距离远，傅晋寒看不清自己的表情，脸上愉悦的笑容丝毫不加掩饰，但她的语气装作苦恼纠结："啊，可是这么晚了，我要睡了，熬夜可不好……"

"这是要拒绝我的意思吗？"傅晋寒的声音听起来有些失望。

听着傅晋寒失落的语气，姜安没忍住笑出了声，她知道傅晋寒是在陪她玩，他清楚自己肯定是会接受这个邀约的。

双方心照不宣地演着戏，暧昧的气氛在两部电话之间流转。

姜安也不掩饰自己的态度了，笑吟吟道："如果我说是呢？"

"那我就只能一个人伤心地度过这个寂寞的除夕夜了。"傅晋寒装出来的委屈中若有若无地透出无法遮掩的野性的痞气，让人感觉像是只凶猛的大狼狗正强行伪装成一只容易受伤的小奶狗，等待时机随时准备把人霸道地叼进自己的窝里。

姜安扑哧一声笑开，她玩够了，就说道："我可不是那种狠心的人，等我，我马上下去。"

"好。"傅晋寒毫不意外地回应。

姜安简单收拾了下，就下了楼，走到傅晋寒面前。

傅晋寒身后的黑色摩托车几乎融入了黑夜，与主人挺拔的身姿相得益彰。

姜安并不打算细问，只是啧啧称奇地观摩了一下这辆"钢铁野兽"："所以，就是要骑这辆摩托车去兜风吗？"

傅晋寒还是事先询问了下："你坐过吗？"

"没怎么坐过。"姜安拿起摩托车上的其中一个头盔，笑得肆意，"不过如果是跟你，我十分愿意尝试。"因为情绪高涨，所以姜安并没有发觉自己无意间说了句撩人的情话。

"喀喀喀……"傅晋寒却像是被姜安这句话打了个措手不及，他本身并不是容易被这种情话影响的人。有很多人对他用过精心设计的撩人手段，傅晋寒也都是波澜不惊地一笑而过。但是姜安随意说出的话，却无比轻易地撩动了他的心弦，不过好歹是经历过大场面、心理素质极强的人，傅晋寒马上调整好状态。

姜安还在疑惑他这是突然怎么了，傅晋寒低声笑道："这是我的荣幸。"

姜安被傅晋寒这副淡定的伪装欺骗了过去，没再把他那转瞬即逝的失态放心上，低头研究这个头盔怎么戴，自然也就错过了傅晋寒难得一见的红透了的耳根。

姜安坐上摩托车后座时，傅晋寒嘱咐了声："搂紧我。"

姜安毫不犹豫地就搂上了傅晋寒的劲腰，隔着厚厚的衣服，仍旧能感受到傅晋寒常年锻炼造就的精壮结实的身躯，姜安感觉自己似乎能感受到他的腹肌，于是双臂不由得又搂得更紧了点。

傅晋寒感受到女孩柔软的身躯紧紧地贴着自己后背，身体微不可察地僵硬了一瞬，他低沉的声音透过头盔，有些闷闷的，无法听出他的情绪："倒也……不用搂这么紧……"

姜安眉头微挑，在她听起来，这话说得像是她故意想占便宜吃他豆腐似的。

姜安非但不放松，反而更搂紧了几分："这可是你说的让我搂住你，我是怕到时候把我给摔下去了，不会这点力气就压疼你了吧？"

傅晋寒无奈地笑了声，就随便她了。随着一声咆哮般的轰鸣声，摩托车犹如黑色闪电风驰电掣般驶到了马路上。

除夕夜，马路上只有这辆黑色摩托车疾驰出了一道黑色残影。姜安能清晰地感受到狂风呼啸着从身旁刮过，这辆摩托车一如姜安所想的那样，顶配的性能足以配得上它桀骜野性的主人。

破风而行的黑色摩托车像是在与风赛跑，而风远远落后于他们。这种与自然竞赛的感觉无疑使人肾上腺素飙升。

风声呼啸，话语散落在风里，但这种环境下也不需要言语的交流，旁边是落后的寒风，飙升的激情从两人身体紧贴的地方翻涌了起来，心脏似乎都要跳出胸膛。姜安搂着傅晋寒的双臂更紧了几分，却不是因为害怕，她并不对此感到畏惧。

时间的流速在此时也无法得知了，不知道过去了多久，车速才慢了下来，姜安终于看清了目的地周围的景色，这里是南城的濒海。

咸湿的海风扑面而来，海浪一波接一波卷来。姜安从摩托车上下来，站在了这片沙滩上。

"感觉怎么样？"傅晋寒向姜安询问她的感受。

与仍旧冷静的傅晋寒不同，姜安一时还无法让自己的心跳冷静下来。她深呼吸了几下，脸上是无法遮掩的兴奋，她竖起了大拇指："太刺激了，我觉得自己已经爱上这项运动了！"

姜安兴致勃勃地接着说："我以后有时间也想学！"

傅晋寒嘴角勾起，他伸手替姜安理了下她凌乱的头发："到时候我可以教你。"

"好啊。"姜安已经缓过来了，但那种兴奋的刺激感始终在心尖萦绕不散，她望向傅晋寒那双如夜般深沉的眼睛，盈盈笑道，"那需要多少学费呢？"

傅晋寒理顺姜安的头发，手指轻轻地滑过了姜安的脸颊，他眸中泛起星点笑意，说道："教你还用什么学费。"

姜安点点头，转移了话题："不过，这大晚上的，我们来海边做什么呀？"

傅晋寒顺着她的话茬儿回答："马上就是日出了，等看完日出，我们去旁边的古镇。"

姜安看了下时间，发现还真是，她没想到时间竟然过得这么快，或许是因为在摩托车上一直处于紧张刺激的状态，又或许是因为与身旁人一起度过的时间本就流逝得很快。

她和傅晋寒一起坐在了地上，用摩托车为他们挡风。姜安与傅晋寒肩膀相贴，她浅笑着与傅晋寒聊起了摩托车，渐渐地又从摩托车聊到了天南海北，两人的爱好契合，似乎有聊不完的话。

在轻缓治愈的海浪声中，姜安逐渐放松了下来，有了些许困意，不自觉地就越发靠近傅晋寒，几乎半个身子窝进了他怀中。

傅晋寒看出来了她的困倦，体贴道："你可以靠着我的肩膀养会儿神，等日出了我喊你。"

姜安预计还有几十分钟就日出了，现在睡没必要，不过她没拒绝傅晋寒的提议，头枕在了他的肩上，看着海岸线。

时间在此刻已经毫无意义了，伴随着海浪声，偶尔响过几声清脆的鸟鸣，姜安恍惚间觉得似乎能够就这么一直在这里坐到天荒地老。

就在姜安上下眼皮即将开始打架的时候，她看到一片霞光出现在海岸线上的天空中。

"啊！"姜安此时提起了神，"是日出……"

暖橙的霞光映亮了海岸线上的那片天空，艳色的太阳从海岸线缓缓冒出。这片美景倒也不辜负他们的等待。

姜安不由得坐直了身体，看着那绝美的景色感叹道："好美啊。"

傅晋寒微微侧首，看着姜安恬静的侧颜。

晨曦照映在她的脸庞上，女孩白皙的肌肤泛着如玉般的光泽，周身散发出的柔和气质让人不由得就静下了心，将目光凝聚在她的身上。

傅晋寒垂眸，轻声赞了一声："对啊，的确很美。"

- 02 -

这是姜安第一次和一个男人看日出，往常她也来过南城的海边，只是那时都是自己一个人，有时兴致来了就会在附近的民宿留宿一晚，欣赏一下海边的日出。但她今天和傅晋寒一起来，感觉却不一样，具体哪里不太一样，姜安也说不出一二，只是觉得能和他一起看日出很开心。

新年伊始，南城的海边晚上会有篝火晚会，海边的镇子一到晚上，便挂满了一排红色的灯笼，乍看过去，很有氛围感。姜安原本以为和傅晋寒看完日出就会回去，没想到两人居然留到了晚上。

傅晋寒带她去了海边的一个院落，这里有很多年轻人，其中大多数是从外地来这边旅居的，大家围在一起谈着各自的经历。

姜安挨着傅晋寒坐下，旁边就是一个年轻的女孩。姜安一向观察力惊人，从两人在这边坐下来开始，她就注意到这个女孩一直往他们的方向看，女孩的视线越过自己盯着傅晋寒的脸。

在女孩第六次想要扒开自己凑过来时，姜安礼貌地问了一句："要我让一下吗？"

女孩的眼睛立刻亮了起来，激动地说："真的可以换个位子吗？谢谢你。"

姜安道："没事。"说完便要起身，但人还没站起来，手腕就被一股大力握住，耳边传来熟悉的嗓音。

"抱歉，我比较喜欢和我女朋友坐在一起。"

"啊……对不起对不起，我不知道你们是情侣，我继续坐在我这个位子吧。"

姜安像是被什么定住了一样，耳朵嗡嗡响个不停，有一瞬间她以为自己出现幻听了。她微微侧眸，对上了一双黝黑深沉的眼，对方嘴角勾起一抹淡淡的弧度："还不坐下？"

姜安揉着微红的耳垂慢慢坐回原位，低声问："你刚叫我什么？"

傅晋寒看着她坐下："女朋友。"

"……我不是。"姜安小声地说着，心跳却不受控制地加快，像是被羽毛挠了一下，微微泛着痒意。

"嗯。"傅晋寒说，"我不喜欢和陌生人坐在一起，所以暂时拿你当了一下挡箭牌，别介意。"

姜安扑腾的一颗心刹那间冷静了，脸上浮起淡淡的失落感，她"哦"了一声，目光盯着燃烧的篝火，没再看傅晋寒。那一瞬间自作多情的想法让她十分尴尬，尽管对方压根不知道。刨去尴尬，随之而来的还有一丝失落，姜安撑着下巴看着火焰，正出神时，她又听见了傅晋寒的声音。

"我还没开始追你，所以你不算是女朋友。"

姜安顿时愣住，扭头看向傅晋寒："啊？"

她的表情看上去实在呆萌，傅晋寒觉得很有趣，笑着揉了揉她的脑袋："没什么，以后再说吧。"

对傅晋寒来说，姜安的年纪实在是小，两人之间差了好几岁，他已经阅过千帆，而姜安正值最好的年华，她还有很多条路可以走，可以去冒险、去尝试。

傅晋目光沉沉，盯着姜安的眼神就像大灰狼盯着小白兔。

篝火晚会开始，大家准备玩会儿游戏，耳边一片喧闹，但姜安的脑子里却一直萦绕着傅晋寒刚刚说的话。有人叫到她时，她还在发呆，一整个不在状态："什么？"

那个年轻的男孩又重复了一遍："酒瓶转向你了，快想想大冒险还是真心话吧！"

姜安实在没反应过来还有这茬，她以为只要跟着大家热闹一会儿就好："那什么……我可以不参加吗？"这种游戏不适合她这种社恐人士参加。

"不行，咱们来都来了，当然要参加啦，而且前面的人都接受惩罚了，到你这儿跳过对其他人不公平呀。"

姜安脸上一百个不情愿，但一堆人都在看着自己，她只好说："那就大冒险吧。"

傅晋寒侧眸看她："勇气可嘉。"

这群人玩得有多开，这小姑娘难道看不见吗？居然还敢选大冒险。

姜安却不以为意，比起真心话，她觉得大冒险简单多了。然而姜安很快就被打脸了，只听那个年轻的男孩说："那就亲吻在场的其中一位男士吧！"

大家一阵起哄，听到大冒险的内容个个都激动起来，要知道刚才大冒险最大的惩罚才是打电话给死对头告白，这下玩得也太大了点！但是大冒险玩的就是刺激感，大家纷纷期待地看向了姜安。

姜安："……"

"快点呀，你不是想要赖吧？"人群中有人笑着说，"实在不行你喝杯酒也行。"

姜安一听能喝酒，表情顿时放松下来，已经准备好接受惩罚了，在场的人除

249

了傅晋寒，她一个也不熟，这个大冒险简直就是搬起石头砸自己的脚。

"那我喝酒。"她端起杯子，刚打算一饮而尽，就被人拦下来。傅晋寒接过她手里的杯子："这是烈酒，不适合你。"

他说完就把酒喝了，姜安盯着他滚动的喉结，突然觉得口干舌燥得很。眼前的篝火不断闪烁，男人仰头时的下颌线线条完美，喉结性感撩人。

不知是夜色使然还是气氛烘托，姜安突然拉下傅晋寒拿着酒杯的手腕，凑上去亲了他脸颊一下，蜻蜓点水，一触即离。但还是让两人都愣住了，一个诧异于她的动作，一个羞愤于自己的冲动。

旁边的人不断起哄，傅晋寒却觉得周遭安静得很，他喉结滚了滚，低头看着脸颊红成一片的姜安："你……"

姜安心跳如擂鼓，低着头不敢直视傅晋寒，匆匆找了借口："你不是不让喝酒吗？反正就是一个大冒险而已，你别介意。"

傅晋寒怔了一瞬，随即低声笑了，敢情她这种时候还会拿自己的话噎他呢。

他刚想说话，口袋里的手机就响了，他只好先接电话。

"怎么？"

"老大，你在哪儿呢？"

包子语气沉重，傅晋寒皱起眉，问："出什么事了？"

包子说："刚刚有人报案，江岸区那边在雪人里面发现了一具被分解的尸体。"

傅晋寒脸色顿时一变，挂断电话匆匆穿上外套。

姜安抬头："怎么了？"

傅晋寒没说话，和她对视一眼，姜安立即就明白一定是发生命案了，连忙起身。

- 03 -

除夕夜刚过，昨天夜里刚下过一场大雪，街上白茫茫一片，大街小巷挂满了红灯笼，那一抹红成了天地间唯一鲜亮的颜色。

警察的警戒线拦不住街坊邻居好奇八卦的欲望，他们在警戒线外围成里外三圈。江岸区算是南城的老城区，就在护城河的中间地段，这里的房子大部分是回迁房，里面住着的大多数是南城本地人，他们不算多么富有但也谈不上穷，大家的穿着都很随意，讲的话也是南城本地的方言。

傅晋寒开车带着姜安从海边赶过来时，痕检科和法医已经进场了，两人戴上手套鞋套,拉开警戒线走了进去。

"情况怎么样了?"傅晋寒一边往里走一边问。

包子满脸严肃地介绍着现场的情况:"今天早上几个孩子去旁边的小卖部买烟花,看到小卖部旁边的巷子里堆着个雪人,有孩子玩心上来就踹了一脚,结果发现有红色的血从雪人里面渗了出来,有个胆大的上前扒拉了一下,发现了部分人体组织。几个孩子吓得不轻,找来大人,然后大人报了警。"

傅晋寒站在已经被破坏得一塌糊涂的现场,眉头蹙得极深,片刻后蹲下,捻了捻地上被深一脚浅一脚的鞋印染脏的雪。

现场已经没什么有价值的线索了,满地都是附近居民的脚印,现场早就被彻底地破坏了,再加上昨夜本就下了一场大雪,掩盖了所有犯罪痕迹。

傅晋寒抬头看去,雪人的脑袋歪斜地倒在雪地上,用来当作眼睛的纽扣只剩下一颗还镶嵌在上面,地上的脑袋和立在那里的肥嘟嘟的身体都逐渐被血浸染。

雪人成了"血人"。

雪人有一米多高,陈末和痕检科的人正一点点地把尸体从雪人肚子里往外掏,血腥味蔓延开来。围观群众胆子小的早就跑了,剩下胆子大的还站在警戒线前边抻着脑袋看。外面围着的这群人从早上发现尸体后一直待到警察过来,其间人来了一拨又一拨,人数只增不减,现场乱糟糟的脚印基本是他们留下的。

傅晋寒站起身往外扫了一圈:"报案人呢?"

包子指了一个方向:"就那儿,姜安后面那棵树,那几个孩子都躲在那儿呢,他们算是第一拨目击者,雪人脑袋是被那个个子最高的男孩踢下来的,也是他最先去找大人过来的。"

傅晋寒朝那边招了招手,那几个探着头的孩子立刻把脑袋缩了回去,他把手套摘了,拉开警戒线往树的方向走过去。

姜安就站在那棵树旁边,她刚才一进去就知道现场被破坏得一干二净,便直接转身出去了,这会儿看到傅晋寒走过来,便道:"那几个孩子吓蒙了,问不出什么,他们是今天一早来买烟花放,看到堆在巷子里的雪人就踢了一脚,没想到踢出个案子来。"

傅晋寒点点头,看了看缩在树后的几个孩子,朝其中一个招了招手,那个个子高的男孩胆子大,瞅了一眼同伴就过来了:"警察叔叔。"

傅晋寒看了一眼他身上穿的衣服:"喜欢打篮球?"

小男孩的眼睛一下瞪圆了:"对!警察叔叔你也喜欢吗?"

"挺喜欢的,喏,跟你一样,我也喜欢詹姆斯。"

听到詹姆斯的名字,小男孩一下子激动了:"我超爱他的!以后我打算考体校，不过我爸妈不同意，他们觉得还是好好学习比较好。"

傅晋寒眉梢微动："树后面的是你的同伴吗？也是打篮球的？"

"嗯，我们几个住在一个小区，也是一个学校的，放假的时候经常约着一起打篮球。"

"是在前面的篮球场吗？"

小卖部对面隔着一条马路就是广场，广场北边造了一个篮球场，看起来挺破。

"是，就在前边那个篮球场。"小男孩说道。

傅晋寒又问："这雪是昨晚才下的，我看前面几天天气挺好的，你们没约着一起打球？"

"约了！我们昨天晚上还打了呢。"

"打到几点？"

小男孩又变得拘谨起来："我也忘了，大概八九点吧，后面因为下雪了，我们就回去了，而且太晚了回去会挨骂，我们不敢再玩了。"

"八九点……"傅晋寒话锋一转，"那你们打篮球的时候有碰到什么可疑的人或者听到什么动静吗？"

小男孩挠了挠头："我们打篮球的时候都比较专注，而且隔着一条街，真的听不到什么，但是我记得我们走的时候，这个巷子里是没有雪人的！"

傅晋寒双眸微微眯起："天那么黑，你是怎么看清楚的？你们回家不是不走这条路吗？"

小男孩愣了愣："你怎么知道我不走这条路的？"

巷子里脚印杂乱，但都聚集在雪人周围，再往前就只有两三排鞋印，而这群孩子加在一块起码得有四五双鞋印。不过傅晋寒没有解释这些，只是又问了一遍刚才的问题。

小男孩这时才回答："我们走的时候那个小卖部还开着，有灯，我拿衣服的时候往那边看了一眼，没有看到雪人。这一点我很确定，我的视力很好。"

傅晋寒岔开话题："今天早上谁踢的第一脚？"

"是小刚，就是我弟弟，他脚欠，把雪人脑袋踢歪了，然后我们看到有红色渗出来，我还以为是红墨水之类的东西。但是我闻到味道了，很腥，觉得有点不对劲，我就跟着踢了一脚，然后雪人脑袋就掉下来了，从里面滚出来了一个手掌！"

说到这里的时候，小男孩明显开始后怕，他缩了缩脖子、咽了一下口水才继续说："然后我就被吓得一屁股坐在雪地上了，之后我让小刚去找人，那个小卖部老板出来了，是他报的警。"

"行，情况我都了解了。"傅晋寒把手伸向姜安，姜安愣了下，然后缓缓从包里拿出一张纸巾放在他手掌心。

傅晋寒把纸巾递给小男孩："脸上沾了东西，擦擦。"

小男孩接过来连声道谢，忙擦着脸。

- 04 -

老城区都有个特色，就是在街头巷尾有很多杂乱的店铺，而且一般都不会在门外设置监控，案发现场附近只有一家二十四小时便利店在门口装了一个摄像头。

傅晋寒去便利店要来监控视频，发现这家便利店的监控只能照到对面的篮球场，也就是说，雪人所在的巷子正好是监控死角。道路两头的监控是虚设，便利店的监控有死角，傅晋寒扫了一圈，往男孩们口中的小卖部走了过去，姜安紧随其后。

小卖部老板坐在一边脸色难看地抽着烟，瞧见有人进来忙把烟扔到地上用力蹀了几脚把烟头踩灭了："不好意思，烟瘾犯了。"

小卖部老板是个光头，看上去五大三粗，露出来的脖子上还有文身，但言行却显得唯唯诺诺，一点都对不起他这个霸气的文身。

姜安一看就知道这是开店怕人找碴儿，故意文身装模作样的。

她在小卖部里四处看了一眼，果然没看到监控："你们这边都不装监控，就不怕进来小偷？"

小卖部老板"嘻"了一声，说："咱这边做的都是街坊邻居的生意，大家赊账都是常有的事，哪来的小偷。再说了，就算真有小偷，装了监控报警也没用啊。前阵子隔壁的便利店不就有人拿了东西没付钱，跑出去一溜烟不见了，警察过来也就是走个过场，这都十天半个月了也没抓着那小偷，便利店老板怎么催都没用。"

姜安清了清嗓子，提示老板他们就是警察。

小卖部老板突然反应过来自己在警察面前抱怨警察，连忙赔笑："对不起对不起……我不是那个意思，我就是觉得装监控没什么用，不想花那个钱，而且谁能知道会出这事啊！"

提起这个，小卖部老板就连声叹气，自家巷子旁边出了杀人案，这多晦气啊，以后自个儿这小卖部还怎么开下去？光是待在这里他都觉得瘆得慌。

姜安看见没监控，便不想在这里浪费时间，她看向傅晋寒："我去看一眼尸体。"

"嗯。"傅晋寒转过头看了一眼小卖部老板，问，"昨天晚上几点关门的？"

小卖部老板说："10点。"

"记得这么清楚？"

"肯定的，我每天晚上10点准时关门。"

"刮风下雨呢？"

"我家就住在这巷子里，走几步路就到了，就算刮风下雨也影响不了什么，所以我一般都是晚上10点关门，昨天晚上也一样。"

傅晋寒若有所思："那昨天晚上关门之前看到过这个雪人吗？"

小卖部老板尴尬地说："这我真没注意，我走的是另外一条巷子，我在门口关门也瞧不见那个雪人的位置。"

傅晋寒走到门口，往外看了一眼，小卖部的门口确实看不到隔壁的巷子里面。

"听到什么可疑的动静了吗？比如路人的说话声，或者脚步声，再或者是堆雪人时踩雪的声音。"傅晋寒问。

小卖部老板回想了下，说："没有，我这屋子里面门一关还是挺隔音的，我晚上关门的时候也没听到什么动静。"

傅晋寒的眉眼压了压，没动静也就是说凶手很可能晚上10点之前还没过来。但凶手若想掩盖自己的痕迹就必须在凌晨2点前布置完现场，因为大雪是昨夜凌晨2点停的，巷子尾的那两三排脚印是后来才覆盖上去的。

他走出小卖部，对包子招了招手："排查走访进行得怎么样了？"

包子说："这一片比较乱，住的不是老人就是小孩，一到夜里，基本家家户户都关店了，而且除了篮球场那边，其他路口连路灯都没有，平时也没什么外人过来，我跟老李挨家挨户问过，都说昨晚没听到什么动静，也没看到什么可疑的人。"

尸体被装车，法医和痕检科的人跟车先走了，傅晋寒自己在附近又走了一圈，下午的时候被一通电话叫回了公安局。

陈末正在公布尸检报告："刘强，男性，48岁，强子假发店老板。经过尸检，可以初步推断被害人的死亡时间为一周之前，也就是1月8日到10日这两天，由于尸体经过冷冻处理，我们暂时无法判断具体的死亡时间。咱们发现雪人的巷子并不是第一案发现场，凶手将被害人杀死之后分尸，尸体经过长时间冷冻，才被带到第二案发现场伪装成雪人进行抛尸。"

包子忍不住问："一般凶手分尸之后都是找不同的地方抛尸，为什么这个凶手要这么麻烦，又是分尸又是冷冻，最后还要伪装成雪人？"

"形式主义。"姜安说。

陈末点头："姜安说得对，这是常见的形式主义，也就是说凶手分尸并不是为了抛尸，冷冻尸体也只是为了方便携带和重新组装。雪人应该是凶手的一种执念，所以他才会把尸体伪装成雪人。"

傅晋寒坐在窗边，修长的手指一下一下地敲着桌面，袖子被卷了起来，露出线条匀称的手臂，眉目深深压着，没人看得出他在想什么。

陈末看了他一眼又去看姜安，后者的眼睛一直盯着前者，但是眼中却没有焦点，他在心里摇了摇头，这两位大神他实在是琢磨不透。他移动鼠标，点开图片："我们已经对尸体进行初步缝合，直接死因是窒息。另外，尸体上除了分尸切割的痕迹，我们没有在其他部位发现挫伤痕迹，也就是说，凶手是一击毙命。"

姜安忽然蹙眉："凶器呢？"

陈末沉默片刻后说："是一根充电线。"

空气有一瞬间的凝滞。

包子开口道："怎么又是充电线？这大半年来咱们接的重大刑事案件，被害人几乎都是窒息死亡，凶器都是充电线，这些凶手是串通好的吗？都故意用同样的凶器作案？"

环城小区无头案和凤阳小区翁静案被害人的死亡原因都是窒息，而凶器同样都是充电线，这次发生的雪人藏尸案作案工具还是一根充电线。接连发生的三起案件的细节实在太过巧合，很难不让人往一起想。

包子率先提出疑问，杨乐推了推眼镜跟着说道："这确实有点巧合了，而且我观察过前两起案件的充电线品牌，发现都是同一个品牌的。"

张局立即皱眉："你这是什么意思？"这个猜测太过大胆，一旦被证实，那就不是一起简单的凶杀案了。

傅晋寒敲桌子的动作一顿，说："暂时还没有更多的证据，我们的重心还是要放在刘强这起案件上。"

张局点点头："晋寒说得对，不管这几起案件之间有没有关联，我们现在都应该把重心放在刘强的案件上，尽快把凶手找出来。"

姜安深吸了口气："刘强的社会关系呢？"

杨乐说："他的社会关系网并不复杂，在江岸区有一家开了二十年的假发店，平常就在店里，来往的都是附近的邻居，距离他的假发店所在的那条巷子没多远就是一家医院，所以他店里的顾客基本是因为化疗剃光头发的病人。他家里一共四口人，母亲和妻子健在，但儿子刘文文前不久跳楼自杀了。"

"等等。"姜安打断他，"你刚刚说刘文文跳楼自杀了？为什么？"

杨乐摇摇头："这个还没来得及查，目前我们掌握的信息就只有这些，具体的还得再进一步调查。"

"也就是说，凶手杀人分尸只是为了能把尸块更好地装进雪人里。"老李皱眉道，"这凶手是对堆雪人有什么执念吗？"

傅晋寒揉了揉眉心："尸块上面有找到不属于被害人的指纹和 DNA 吗？"

"没有。"陈末回答得干脆利落，"除了一道勒痕，其他的什么都没有找到，凶手很谨慎，应该在冷冻前仔细处理过尸体表面。"

"毛发、指甲都找了？"傅晋寒问。

"找了。"

傅晋寒向后靠："现场被严重破坏，尸体上没有留下任何凶手的痕迹，抛尸现场周边的监控是坏的，唯一有监控的便利店也拍不到巷子，所以我们现在没有关于凶手的任何指向性信息，对吗？"

会议室陷入一片沉默，大家心里都清楚，没有在现场留下物证的案子有多难查。

傅晋寒又问："通知刘强家属了吗？"

"通知过了，估计这会儿正在辨认尸体。"

傅晋寒起身："先去找刘强家属问问情况。"

- 05 -

停尸房在六楼，傅晋寒过去的时候刘强的家人刚从里面出来，两个女人抱在一起哭个不停。傅晋寒没立即过去，站在楼梯口抽完一支烟，等两人情绪稳定后才踱步过去。

刘强母亲刘老太已经年逾七十，但精神面貌还是很好，只是面相尖酸刻薄，看上去就是那种不好招惹的人。刘强妻子严美华则与之相反，一直扶着婆婆，一副唯唯诺诺的模样，才 40 多岁，鬓角的头发都已经白了，双手粗糙，一看就经常在家里做活儿。

傅晋寒还没走近，就看见刘老太面色不善地甩开儿媳的手："就是因为你在外面结识了不三不四的人，才给我们阿强招来这么大的祸事！当初他娶你的时候我就说你这个人命硬克夫，他不听，现在好了，孙子死了，儿子也死了！我这是造了什么孽啊！"

刘强母亲一边哭一边骂，刘强妻子被骂得一声不吭，但听婆婆提起刘文文时，情绪有了波动："妈，文文会跳楼还不都是你们逼的，不然我儿子会死吗？"

刘老太一听更激动了，气得站起来骂儿媳："你这个赔钱货还好意思说，要不是你拦着，不让文文去治病，文文也不会变得不男不女的！"

"妈！"刘强妻子严美华也站了起来，哭着说，"文文都死了，你为什么还要侮辱他？！"

"别吵了，这里是公安局。我知道你们现在很伤心，但是要吵架请回家吵架。"旁边的警员劝道。

两人气冲冲地坐下时，傅晋寒刚好走到她们面前："你们好，我是负责刘强案件的警察，想要跟你们了解一下刘强的情况。"

两人闻言，抬起头看到傅晋寒。刘老太还在啜泣，她无法相信自己的孙子和儿子就这么接连离开人世，她这个白发人送黑发人，心里到底有些承受不住。严美华情绪稍微稳定一些，眉宇间透着悲伤和哀愁，但没有刘老太那么激动："你好，我能问一句我丈夫是怎么死的吗？他平常没有跟人结仇，为什么会有人要杀他？"

傅晋寒说："这个我们正在调查，有情况会第一时间通知你们。"

刘老太一把抓住傅晋寒的胳膊："警察同志，你可一定要给我们这些老百姓做主啊！我儿子平常安分守己，从来不做违法乱纪的事，为什么会被人杀害？还死得……死得这么惨！我儿子命太苦了，都是因为这个女人我儿子才会死，你们把这个婆娘抓起来吧！是她害死了我的孙子和儿子，全都是因为她！"

刘老太不停地诉着苦，恨不得警方立即给严美华铐上手铐，在她眼里，就是因为算命的曾经说严美华命硬克夫，才会导致自家的不幸。

傅晋寒给旁边的警员使了一个眼色，那人立刻会意，把刘老太拉开，劝着她坐下。

"换个地方聊吧。"傅晋寒看向严美华。

严美华局促不安地点了点头。

两人一起拐进了楼梯里间，严美华自始至终低着头，两只手不安地绞在一起。她逆来顺受惯了，从她嫁到刘家那一天开始就一直被刘老太打压，她在家里就像是一个隐形人，每天除了做家务还是做家务，就连自己的儿子刘文文死之前也在责怪她。

严美华刚经历了失去儿子的痛苦，现在又要经历丧夫的痛苦，她感觉眼前的路一片漆黑，所有的岔路口都被堵死了。她低着头一言不发，等待面前的男人问话。连她自己都开始怀疑，自己是不是真的因为命太硬，才会丧夫又丧子。

傅晋寒不疾不徐地开了窗户，窗外还是白茫茫一片，严美华抬头看着窗外，终于开口："警察同志，你想问什么就问吧。"

傅晋寒说："你还有个儿子？"

严美华心头刺痛了下，缓慢地点头："嗯，他叫刘文文，不过前不久已经离开人世了。"

"是自杀？"

"是……"

"学习压力太大了吗？还是……"

严美华抬起头："这个和我丈夫的死没什么关系吧？"

"目前看是没什么关系。"傅晋寒笑了笑，露出整齐的牙齿，看上去身上那股凌厉的气息散了很多，"只是刚听到你们在争吵时提到了刘文文，就顺口问问，你别紧张。对了，刘强是什么时候消失的？"

严美华说："上周六吧，他说要出去一趟，之后就没再回来了。"

"那他好几天不回家，你们都没想着给他打个电话联系一下吗？"

"没，他经常不回家，我以为和以前一样，所以没管。"严美华顿了顿，"而且他也不喜欢我问他，如果我问多了惹得他不高兴的话，他回来会骂我。"

对于丈夫隔三岔五不回家的事，严美华一直不太关心，对她来说，丈夫不回家，婆婆还能少找点碴儿、少告点状，她也不用看到刘强那张脸就想到儿子刘文文而伤心，所以她希望刘强多在外面待几天，只是没想到刘强这次会死。

傅晋寒看了一眼严美华："以前？"

"他经常出去赌钱，之前会在我们家经营的假发店里面赌，后来被人举报了，假发店也被勒令整改，他就索性把店关了，跑到别的牌友家里去赌。一去就是好几天，文文死了以后他变本加厉，一周基本只会回家一趟。所以他这次拿钱离开，我以为他和以前一样又去赌钱了，就没有找他。"严美华解释着。

"这样啊……"傅晋寒问，"他一般都跟谁赌钱，你知道吗？"

严美华说："知道，就是和他认识的牌友，我有其中一个人的联系方式，你要吗？"

"谢谢。"傅晋寒把号码存在手机里，"你们平常有结过什么仇家吗？"

这次严美华很肯定地摇头："绝对没有，刘强虽然爱赌，但是一直都是窝里横的脾气，在外面尿得很，不会乱发火，输了钱也只会回家里发泄。而且文文没出事之前，他一直都是在店里赌的，是文文出事之后，他在假发店赌博被人给举报了才去的牌友家里。这么多年来，我们夫妻两个一直守着假发店，做的都是街坊邻居和那些病人的生意，从来没和别人发生过争吵，更别提和谁结仇了。"

傅晋寒收起手机："行，我知道了，有新进展会第一时间通知你们。"

严美华点点头："辛苦你们了。"

"不辛苦，破案是我们警察的职责。"傅晋寒淡淡说道。

回到刑侦办后，傅晋寒让老李去找严美华给的那串手机号码的主人，刚交代完，姜安就过来了。她捧着兔子保温杯，娇俏的鼻尖上沁出一层薄汗，眼珠子黑黑的，仿佛能将人吸进去："我知道刘文文为什么自杀了。"

傅晋寒伸手，动作自然地刮去了她鼻尖上的细汗，指腹捻了捻："为什么自杀？"

姜安说："因为他有异装癖，他在家里穿女孩的衣服，模仿女孩的动作，被家里人当成精神病送去了精神病院治疗，刘文文康复出院后的第二周就跳楼自杀了。"

包子走进来正好听见："不是都康复了吗，他为什么还要自杀？"

姜安说："刘文文根本没有真的康复，他临死前留了一封遗书，说自己从未原谅这个世界，也没有原谅他的父母。他之所以选择死亡，是因为他要在另外一个世界找寻自己，既然这个世界容纳不了一个小小的他，那他就选择放弃这个世界。"

傅晋寒眉梢微挑："你是想说刘文文之所以会自杀，绝大多数原因是他的家人？"

"对。"姜安点头。

包子不解地问："可是这跟咱们这起案子有什么关系？刘文文自杀了，总不能是他的鬼魂把他老爹的命给索了还分尸的吧。"

傅晋寒踹了包子的小腿一脚："白跟了我两年。"

包子揉着腿，假哭道："老大，我说得难道不对吗？"

姜安见包子惨兮兮的模样不由得轻笑出声。

包子气愤地控诉："姜安，你也跟在老大后面笑我是吧！"

傅晋寒清了清嗓子："刘强没有仇人，社会关系简单，唯一的兴趣爱好就是赌钱，那他为什么会突然被杀害分尸？一般情况下随机挑选被害人的凶手少之又少，分尸的就更少，凶手大部分都和被害人之间有过交集，而刘文文死后不久，刘强就被杀了，这二者之间难保不会有什么联系。"

包子这才恍然大悟："那老大，我们现在去查刘文文的关系网？"

"暂时不用。"傅晋寒说，"目前这只是一个猜测，我们的调查方向主要还是针对刘强本身。刘文文才十几岁，能跟他有交集的无非就是同学老师，大多数是同龄人，很难对一个壮汉下手。"

包子说："行，那我继续在附近走访看看。"

"嗯。"

他们目前没有充足的信息，只能通过不断排查走访来获取更多的有效信息。

傅晋寒又道："一个人能在杀人之后分尸冷冻，再把尸块转移到巷子里，他必须有宽敞的作案地点和一辆车。作案地点暂且不提，车的话……"

"车的话，自行车和电瓶车肯定不行。"姜安接过话，"刘强有一百八十多斤，这两种交通工具根本不方便运输，背着这么大包的东西骑在街上也很容易引人注目。私家车就更不可能了，那边都是小巷子，车根本开不进来，只能停在路口。那么多尸块，一次性根本背不动，他得来回跑几趟，就算是在深夜，动静太大也会有被人发现的风险，所以只有可能是——"

"三轮车？"包子睁大眼睛问。

傅晋寒看了他一眼："你还不算蠢得太厉害。"

包子"嘿嘿"笑了两声："我上午走访的时候看过，那一片区域三轮车和电瓶车最多，你们不是都说了不可能是电瓶车嘛，那就只有可能是小三轮呗。"

傅晋寒的眼神扫向他："知道还不去查？"

包子哽了下："得，我这就去！"

包子是行动派，说走就走的类型，转眼屋子里就剩下姜安和傅晋寒。姜安抬起眼睛，小声说："你查刘强的方向，我去查刘文文吧，我总觉得这案子好像和刘文文有点关系。"

"又是直觉？"傅晋寒似笑非笑地问。

"是第六感。"

傅晋寒若有所思地点了点头："姑且相信一下姜小姐的第六感。"

姜安抿唇笑了："保证不让傅队失望。"

傅晋寒宠溺地揉了揉她的脑袋："干活吧。"

刑侦大队连续在案发现场周围排查了两天，终于在城郊找到一辆废弃的三轮车。下午的时候，队里又开了一次会。

杨乐向大家做报告："这是包子在城郊找到的废弃三轮车，没上牌照，也找不到主人，那段是山路，没有监控设备。不过我们在把手上提取到两枚完整的指纹和半枚指纹，目前送到了物证科正在进行比对，晚上8点应该能出结果。"

这已经算是不小的进展了，给整个刑侦大队打了一针兴奋剂。

傅晋寒问："严美华给的那串号码联系到人了吗？"

老李说："找到了，我还问了其他几个经常和刘强打牌的人，都说刘强上周六根本就没去打牌，他们也好几天没看到他人了。"

张局说："所以刘强上周六从家里出去之后不久，很有可能就已经遇害了？"

包子道:"上周六不就是 8 日?这和陈末说的死亡日期不是就对上了吗?!"

老李:"如果刘强上周六就遇害了,那距离抛尸一共有四天,杀人分尸可不是一项简单的工程,得需要陈放尸体的工作台吧,还要有切割机之类的,这么大的动静难道周围都没人听见?据我所知,南城的废弃工厂这种地方咱们之前排查李湛那起案子的时候就已经捋过一遍了,基本没有符合分尸条件的地方。"

"那他总不能在家里分尸吧?"

"现在首要任务是搞清楚作案路线,以及找到第一案发现场。"张局直接下了命令。

这起案子掌握的线索实在太少,寻找凶手无异于大海捞针,现在刑侦大队唯一能指望的,就是晚上 8 点那份指纹比对结果。

- 06 -

距离雪人藏尸的巷子三条街外,就是南城市有名的精神病院。这所精神病院之所以有名,是因为它也是南城唯一一家精神病院,而且实行全封闭式管理,非常严格,病人进去后基本没有逃出来的可能,除非病情痊愈,或者家人主动来接出去。

医院院墙盖了有三米多高,周围全是参天大树,姜安隔着一条马路站在医院对面,压根看不到院子里的景象。

这两天时间里,她先是去了刘文文之前的学校,又去找了和刘文文关系不错的几个同学询问,得到的结果都是刘强很疼爱自己的这个儿子,每次的家长会都准时参加,也没有因为打牌耽误过儿子的事,而且刘文文的零用钱也是几个孩子中最多的。

姜安还去过刘文文家里,严美华也承认了刘强平日里对刘文文很好,他和刘老太的坏脾气都只撒在严美华一个人身上,对家里这个三代单传的儿子,不管是刘老太还是刘强,都是捧在手心里,溺爱到极致。

如果刘强对刘文文不错,那为什么会把刘文文直接送去精神病院?难道就因为儿子喜欢穿女装?姜安觉得一切的源头还得从这家精神病院入手。

前两天刚下过雪,路面上的积雪有些还没化,姜安踩着雪往精神病院门口走去,和保安说明来意,又去找了医院的负责人,才联系到刘文文的主治医师。

袁成江一身白大褂,正在病房里和病人聊天,病床上坐着的女人被逗得呵呵直笑,姜安站在门口没打扰,等袁成江走出来才笑着跟他打招呼:"你好,我是姜安,市刑侦大队的。"

袁成江愣了下,把姜安上下打量了一遍:"警察?"

"犯罪心理顾问。"姜安说。

袁成江微笑着伸手:"半个同行。"

姜安礼貌回握:"有些问题想跟你了解一下。"

袁成江看了一眼病房里面:"可以,不过得等我半个小时,我还有一床病人要查。"

姜安点头表示理解。

袁成江露出一个歉意的笑,又转身去了另外一个病房。他很准时,说半个小时就半个小时,一分钟都没迟到。

袁成江拿着病历记录,笑道:"是不是觉得这些人都挺正常的?"

姜安在病房前观察了一段时间,确实看不出他们和普通人的区别,但她本身也是研究心理学的,所以比常人更了解这些:"其实他们也只是精神世界和我们不太一样而已,在他们眼里,或许我们才是精神病人。"

袁成江听到这个观点,笑道:"你这话我之前也听过。"

"哦?也有人这么跟你说过?"

"嗯,是一个叫刘文文的病人。"袁成江一边走一边解释,"他是个异装癖患者,其实异装癖只能算是个人爱好,并不能称有这种爱好的人为精神病人。只是他的家人认为他有病,硬是送来精神病院了。"

姜安脚步一顿。

袁成江察觉后面没了脚步声,回头问:"怎么了?"

姜安回神,摇了摇头:"没什么,就是听到你说刘文文这个名字有点意外。"

袁成江"哦"了一声:"是吗?你这次过来不就是为了他吗?"

姜安问:"你怎么知道?"

袁成江推开办公室的门:"本市发生的雪人藏尸案被害人不是刘强吗?媒体都跟踪报道了,在这个当口儿,一个市局里的犯罪心理顾问来我们医院,想必只能是因为刘强的儿子刘文文吧。"

姜安跟着走进去,办公室的陈列干净整洁,窗口摆满了多肉植物,一些实用的小物件也随处可见,看得出来袁成江是一个热爱生活的人。"确实是想跟你了解一下刘文文。"

袁成江不解道:"可刘文文父亲被杀,和刘文文应该没什么关系吧?他已经去世了。"

姜安说:"家人的情况也在我们警方的调查范围内,希望理解。"

袁成江点头:"好的,那你想知道什么尽管问。"

姜安坐下来:"刘文文经过你们医院的治疗不是康复了吗?为什么在回家的第二周会选择自杀呢?"

袁成江握笔的动作顿了下,叹息一声道:"他骗过了我们所有人,包括我这个医生。"

"什么意思?"

袁成江在后排的档案架子上翻出一本病历递过去:"这是刘文文的治疗记录,最后两次治疗结果都显示他的心理健康程度已经趋于正常指标,当然,刘文文本身也没有什么心理疾病,只是患有性别认知障碍,也就是说在他的精神世界里他认为自己是个女孩,所以不管是行为举止还是穿衣风格都偏向女性化,他在偷穿妈妈裙子被家里人发现后就被送来了精神病院。"

说到这里,袁成江喝了一口水才继续说下去:"当时是他父母一起送他过来的,我们经过评估之后觉得刘文文没有精神方面的疾病,单纯的性别认知障碍只需要稍加引导或者看一下心理医生就行,没必要送到精神病院来,但他父亲坚称自己儿子得了精神病,还说了一些难听的话……"

袁成江回忆起那天刘强说的话,只觉得不堪入耳,而刘文文自始至终哭着求他父亲带他离开,但是刘强视而不见。

姜安问:"后来你们医院就收治了他?"

"是的。"袁成江苦笑道,"这是院长的决定,我也没办法,当时我是刘文文的主治医师,治疗期间也和他父亲谈了几次,但对方意志坚定,没有要把儿子接回去的想法。"

"刘文文在这里住了多久?"

袁成江说:"大半年吧。"

姜安翻开刘文文的治疗记录,上面每一项指标都写得很详细,的确和袁成江说的一样,刘文文除了性别认知障碍,其他方面都表现得很正常。但在最后一个月的时候,刘文文像是突然意识到自己是个男生了,性别认知障碍像是突然不存在了一样。

袁成江见她在看最后一个月的记录,便道:"刘文文治好了以后,我们联系了刘强,刘强见自己儿子恢复正常了很高兴,没多久就把刘文文接回去了。"

"在您看来,刘文文和他父亲的关系怎么样?"姜安抬眸。

袁成江摇了摇头:"并不算好,刘文文送来的时候身上有很多瘀青,像是被打的,我想打他的人应该就是他的父亲。"

姜安想到严美华说刘强和刘老太对这个三代单传的孩子很好,平常也不克扣零花钱,老师也说刘强每次家长会都会去,在学校里表现得和刘文文关系也挺好,不由得皱了皱眉:"有照片吗?"

袁成江说:"没照片,不过我们有入院视频。"

"可以看看吗?"

"当然可以。"

袁成江找到刘文文入院当天的录像放给姜安看:"他身上的这些伤还挺明显的,因为面积很大,有一些还是旧伤,一看就是长期被虐待的,反正在我看来,刘强和刘文文的父子关系应该算不上太好。"

"能把这个视频发给我吗?"

"这个……"

"我会和院长说清楚情况,你不用担心泄露患者隐私,这个视频除了警方绝对不会被其他人看到。"

袁成江这才答应:"好。"

"谢谢。"姜安拿到视频后起身,走到门口时回头,"我还有一个问题。"

袁成江笑笑:"什么?"

姜安说:"刘文文最后一个月为什么突然会转变想法,明明上一次治疗还没有任何好转,仅仅只是为了出院吗?"

袁成江微笑道:"这个我不清楚,我是医生,不是病人肚子里的蛔虫。我也只能根据刘文文表现出来的情况分析,我承认我的判断错误,导致刘文文死亡的惨剧发生,也许当时我不应该放他回家,让他留在精神病院对他而言才是最好的结果。"

"一个没有精神疾病的人即使留在精神病院也不会快乐。"姜安看向袁成江,"这所医院的围墙太高了,和监狱一样。"

袁成江没有说话。

姜安笑了笑:"很感谢你的配合,我先走了,有事再联系。"

- 07 -

姜安从精神病院出来后就给傅晋寒打了一通电话,把和袁成江对话的内容简单复述了一遍,又把视频传了过去,之后打车回到公安局。

晚上8点,指纹比对结果终于出来,却让所有人吃了一惊。

"陈医,你把刚刚的话再说一遍?"老李开始怀疑自己的耳朵。

陈末说:"指纹是刘文文的。"

整个刑侦办陷入一种诡异的沉默。

傅晋寒沉默片刻:"两枚都是?"

"对。"陈末点头,"根据比对结果来看,那个半枚的指纹也是刘文文的。"

包子低咒一声:"这也太离谱了吧!刘文文不是早就自杀了吗?他的指纹为什么会出现在抛尸的作案工具上面?借尸还魂都没这么离谱!"

一个死人,身体都被烧成一把灰了,指纹却出现在用来抛尸父亲的三轮车上。

窗外有寒风吹进来,所有人脚底下都泛起了凉意。

姜安说:"这是件好事。"

包子咽了咽口水,看向她,表情一言难尽:"姜安,一个死人的指纹对咱们来说根本就没用,你确定这是一件好事?"

"一个死人的指纹为什么会出现在三轮车上呢?刘文文平常应该不会接触到三轮车,那辆三轮车本来就是废弃的,刘文文更加不可能接触到了,那他的指纹只能是凶手弄上去的。"

"所以?"杨乐扶着眼镜问。

姜安低声说:"所以,凶手杀害刘强一定和刘文文有关,并且刘文文的指纹是他故意留在案发现场的——那么谨慎的人,特意选择雪天抛尸,不露痕迹,在被害人身上一点指向性信息都没留下。那么他会大意到不擦拭三轮车上的指纹吗?"

陈末皱了皱眉:"你的意思是,凶手故意把刘文文的指纹印在了三轮车上让我们发现?"

"嗯。"姜安点头,"目前我觉得这个可能性最大,他可能是想引导我们什么,或许和刘文文的死因有关。但可以肯定的是,凶手一定认识刘文文,并且和他关系匪浅,不然不会绕这么大一个圈子,用这么残忍的方式去为刘文文复仇。"

傅晋寒沉声问:"复仇?"

姜安看向男人狭长的眼睛:"是,复仇。凶手认为刘文文的死和刘强有关,他觉得是刘强害死了刘文文。"这也能合理地解释凶手为什么会刻意地把刘文文的指纹放在用来抛尸的三轮车上。

傅晋寒眸色微沉:"如果你说的是正确的,那刘文文和凶手会是什么关系?同学?老师?还是刘文文私下认识的朋友?"

姜安道:"不管是谁,他既然能有刘文文的指纹,那就说明在刘文文生前他有很多的机会接近刘文文。"

"等等……"包子被说蒙了,"可是一个死人的指纹,是怎么弄到三轮车上的?"

众人顿时用看傻子一样的眼神看他，包子撇撇嘴觉得很无辜："我就是不太明白。"

陈末抿唇笑了下，给他做了个示范。

他拿起透明胶带在包子手指上粘了一圈，然后再将胶带粘在白色的 A4 纸上，原本干净洁白的纸上顿时出现了一个明显的指纹。

包子都看呆了，发愣地盯着自己的手："这么简单？"

"不然呢？"陈末说，"当然凶手用的应该不是透明胶带，但一定是能采集指纹的工具。"

虽然就连三轮车上的指纹这个线索都是凶手故意留下的，但案件总算有了点进展，傅晋寒让老李和包子把调查重点放在刘文文生前的社会关系网上。

刑侦办其他人也没闲着，都快凌晨了大家还在工作。将近凌晨 2 点的时候，姜安还趴在桌上看刘文文的同学的档案，连傅晋寒什么时候走过来的都不知道。

男人屈指在她面前敲了敲，嗓音清冽："走了。"

姜安从电脑前抬起来脑袋，突然看到傅晋寒的脸，她不由得愣了下。灯光下男人五官俊朗，下颌线清晰流畅，她一直都知道傅晋寒长得不错，但今晚看到后心跳还是不可抑制地加快速度。

傅晋寒见她发愣，笑着看她："发什么呆呢？"

姜安尴尬地摸了摸鼻子，生怕自己那点小心思被傅晋寒发现："没，就是在想案子。"

"行了，别想了。"傅晋寒直起身，"不早了，先回去休息。"

姜安呆呆地点点头："好。"

傅晋寒把小姑娘领到车上，细心地给她系好安全带，男人凑近时，姜安缩着脑袋往后仰，漆黑的瞳孔倏然变大。

见她跟小兔子一样的反应，傅晋寒不由得觉得好笑："你躲什么？怕我吃了你？"

"不是。"姜安怕他误会，赶紧摇头，"就是……有点害羞。"

傅晋寒大概没想到她会这么说，眉梢挑了挑："这样就害羞了，那以后怎么办？"

"啊？"姜安愣住，"以……以后？"不是吧，进展这么快的吗？她还没准备好想以后呢！

一瞬间，姜安脑子里冒出来一串奇怪的念头，心脏跳得比兔子还快。她直直地盯着傅晋寒看，把傅晋寒给看乐了，他伸手弹了一下姜安的脑门，不再逗她，退后把车门关上了。

等他绕过车身坐上了驾驶位,姜安的脑袋还在发蒙,半天才迟钝地反应过来男人刚刚是在逗自己玩,有些气恼:"你就是故意的对不对?"

傅晋寒勾唇:"嗯?"

姜安见他这副表情就知道他是成心的了,她"哼"了声转过头看向窗外。

她不搭理自己,傅晋寒有的是办法让她开口:"刘文文的同学那边你去了吗?"

一提到案子,姜安果然扭过头来看他:"去了,但是没什么结果,那些人的资料档案我都看过,还有他们父母的,都没什么疑点,基本可以排除是同学作案的可能性。"

前面红灯亮起,傅晋寒踩了刹车:"刘强一百八十斤,学生作案的可能性确实很小。"

姜安说:"是的,而且这些同学都没发现刘文文平常和谁交集比较多,他在学校也没什么朋友,大家虽然不知道他爱穿女装,但对一个沉默寡言的学生确实也不太关注。"

更何况,刘文文自从被他爸送到精神病院之后就从学校办了休学,出院后也没回学校,一直到自杀之前基本和学校断了联系,所以同学这条线基本没什么用。

红绿灯变换,傅晋寒脚踩油门,车子重新启动:"刘文文自杀前几个月接触最多的人是谁?"

姜安蹙了蹙眉,一张温和清隽的脸突然在她的脑海里一闪而过,她陡然抬头:"袁成江。"

"嗯,明天我也去见见这个传说中的精神科医生。"傅晋寒淡淡说道。

姜安说:"好。"

姜安到家洗完澡后就缩在沙发上调换着电视频道,最近上映的剧都没什么好看的,她只好随便调了一个台就把遥控器扔到了一边。

这是一个气象台录播节目,正在循环播放着后几日的天气情况。

"明天开始,我市即将迎来又一次降雪,最高气温 5 摄氏度,最低气温零下 15 摄氏度,吹 2 到 3 级西北风。这已经是我市进入冬季以来的第六次降雪,请大家出行注意安全,随时留意路况信息,天气预报祝您开心每一天。"

姜安双臂抱着膝盖,望向窗外,明天又要下雪了吗?

下雪……

姜安突然一愣,眼神剧变,她立即拿出手机打给傅晋寒。

傅晋寒刚到家,正拿钥匙开门,淡笑调侃:"怎么不睡?需要哄睡服务?"

如果放在平时,姜安一定会因为这句话而脸红心跳,可她现在根本没有调侃的心情:"你们派人保护刘强的母亲了吗?"

傅晋寒闻言皱眉:"没有,怎么了?"

一般来说,如果不是涉及仇杀的案件,没有被害人家属要求,警方是不会主动保护被害人家属的。

仇杀……

傅晋寒脸色顿时一沉:"明天什么天气?"

姜安沉默一瞬:"下雪。"

傅晋寒啪的一下挂断电话,穿上刚脱下的军靴,一边走一边打电话到公安局:"叫上所有值班的人立刻去刘家!"

傅晋寒赶到刘家的时候,刘家的灯还亮着,看起来没什么异常,他站在楼下松了口气,缓缓点燃一支烟。

两名值班警察气喘吁吁地骑着小电瓶赶来:"傅队,出什么事了?"

傅晋寒吐出一口烟:"没事,你们先回吧,今晚我在这儿守着,电瓶车留下,你俩打车回去。"

小警察说:"啊?傅队,你该不会要在这里守一夜吧?要不我们来守吧,你回公安局还能睡一觉。"

傅晋寒刚想说不用,抽烟的动作一顿,忽然抬头,紧接着他低咒了一声,掐灭了烟,迅速朝楼梯口跑了过去。现在都大半夜了,刘家怎么可能连厨房的灯都开着!

他跑得飞快,后面两名小警察不知道怎么回事,对视一眼后急忙跟了上去。

傅晋寒站在刘家的门口,一直拍着门,里面一点响动都没有。他心里一沉,猛地拿脚踹门,两三脚就把木门给踹出一个洞。

傅晋寒从破了的门里钻进去,屋子里安静得一点声音都没有,显得有些诡异。他喊着刘老太和严美华的名字,无人回应。

两名小警察跟着钻了进来,其中一人被这阵仗吓到了:"傅队,这大半夜破门而入是违法的啊,回头又要被张局批评了。"

傅晋寒没空搭理他,径直往里走,屋内所有的灯都开着,亮如白昼,却无人在家,房间里异常安静。

傅晋寒深吸一口气,对身后两名警员说:"回局里找人过来,刘老太和严美华很有可能被绑架了,我们必须连夜搜查。"

听到"绑架"两个字,两名涉世未深的小警察吓了一跳,口齿打战地说:"绑……绑架?"

傅晋寒见两个人还待着不动,厉声道:"还不赶紧去!"

"知……知道了傅队，我们现在就去找人。"

傅晋寒在屋子里转了一圈，屋子里面干净整洁，不像是有人闯入的样子，但如果是严美华和刘老太主动出的门，为什么不关灯？

两个人又是什么时候出的事？

搜查队调取了小区附近的监控，发现这两个人那天从公安局出来后压根就没有回过家。

没回家那是去了哪里？傅晋寒看着一条条监控视频，沉声说了一句："查一下刘文文去过的那家精神病院附近。"

凌晨4点，傅晋寒带着包子去了精神病院找到今晚值班的袁成江。

袁成江头一回见到这么大的阵仗，愣了一下才问："傅队，你们这是……？"

傅晋寒往他的值班休息室里扫了一眼，里面地方很小，没办法藏人，但不排除把人藏在了其他地方。他冷声道："刘强的母亲和妻子消失了，她们最后一次被监控拍到是在你们精神病院门口，你出去接的她们，所以想来跟你了解一下情况。"

袁成江松开拉着门的手，侧身让他们进来："抱歉，我这里地方小，站不下你们那么多人。"

包子站在门外，傅晋寒一个人走进袁成江的休息室查看。

袁成江说："刘文文有个东西落在我这里，我打电话让她们来取，出于礼貌，我到门口接了她们一下。"

傅晋寒目光凌厉："什么东西？"

"一支笔，不是什么重要的物件，就是觉得文文已经离开人世了，他的东西应该交给他的家人。"

"那为什么你接完她们，她们就消失了？"包子站在门口质问道。

袁成江说："这我就不清楚了，我把笔给她们之后开导了她们一下，顺便说了说刘文文之前的事，她们一个丧儿丧孙，一个丧夫丧子，都是可怜人，我想着能帮点就帮点吧。"说完怕他们不相信自己，又说，"我们医院也装了监控，如果你们不放心可以查一下，而且我这几天一直在医院，别的地方哪儿都没去。"

傅晋寒看了他一眼，也不知是信了还是没信："带我去你的诊疗室看看。"

袁成江点点头，走在前面把一行人带去了自己平常给病人看诊的房间。房间内陈设简单，一目了然，没有刘老太和严美华的踪迹。

包子连犄角旮旯都翻看看了看，确实什么都没有，朝傅晋寒摇了摇头。

傅晋寒收回视线，看向袁成江："抱歉，打扰了。"

袁成江笑笑："没事，你们也不容易，不过我可以多嘴问一句吗？"

"什么？"

"都这么晚了，你们怎么知道刘老太和严美华是失踪，而不是去了别的地方，比如去了亲戚家里呢？我觉得你们警方不用这么草木皆兵吧。"袁成江的眼神看起来很不解。

傅晋寒看了他一眼，转身离开，没有回答他这个问题。

刘老太和严美华最后出现的地点就是医院，既然在袁成江这里找不到，那就只能把整个医院翻一遍。

天空已经微微亮，警队的人分成三批，把精神病院内的每个楼层全部筛查了一遍，连厕所都没放过，然而还是没有找到一点线索，刘老太和严美华仿佛从医院里凭空蒸发了一样。

- 08 -

随着时间的流逝，警队所有人都陷入了焦虑。人找不到，雪已经下了，如果今晚再找不到，刘老太和严美华很有可能会和刘强一样被分尸，然后被藏在雪人里面。然而他们最终还是收到了噩耗，有人报案，在城西一家便利店门口发现了一个藏着尸体的雪人。

刑侦大队立即赶了过去，被害人正是刘文文的奶奶刘老太。法医和痕检科的人进场采集证据，傅晋寒站在一边始终沉默。

陈末收拾好站起身："和上起案件作案手法一样，被害人的死因也是窒息，分尸手法一样，基本可以确定这是起连环杀人案。"

凶手要报复他们，却不一起杀死他们，反而像是存了心要折磨他们一样，一个个地解决他们，现在刘老太的尸体已经被找到，可严美华的还没有。

按照凶手的作案规律，严美华很有可能会死在下一个雪天。现在严美华下落不明，警方只能暂时安排二队负责寻找严美华，一队继续负责侦破案件。

市局里空气中都透着压抑，张局在大会上怒骂道："南城就这么大，找个人怎么就这么难找！严美华最后消失的地点是医院，那就把医院给我翻过来找！"

老李道："我们就差把医院拆了，能找的地方都找了，根本就没有严美华的踪迹，我们的人跟踪袁成江到现在，他每天除了吃饭睡觉就是在医院里面上班，没有一点异样。"

杨乐沉思后说："会不会是他们去了医院的死角，出了医院后监控没拍到？"

姜安摇头："不会，因为医院附近的其他道路监控也没拍到，那地方就那么大，刘老太和严美华总不可能一直往监控死角的位置走。"

众人脸色阴沉，心想不能再死人了。

傅晋寒沉声说："继续找，重点放在以精神病院为中心的三公里范围内。"

"是，傅队！"

傅晋寒问："天气预报说下一次下雪是什么时候？"

姜安说："下周一。"

"我们还有四天的时间，必须把人找到！"傅晋寒声音冷洌。

开完会，大家出去继续找人。姜安站在市局门口，看着一地还未融掉的积雪，打车去了精神病院。

对她的到来，袁成江像是一点都不意外，绅士地帮她倒了杯水："又见面了，姜安——我可以这样叫你吗？"

"可以。"姜安说。

袁成江把水递给她："其实我没毕业之前也想学犯罪心理，不过后来发生了点意外，我就还是选择当了一名普通的精神科医生。"

"那还挺可惜的，不然我们就有可能是同事了。"姜安语气轻松，像是朋友之间闲聊，好奇道，"什么意外啊？"

袁成江说："我心理评估出了点问题，没办法考警察证。"

"心理评估？"

"嗯。"袁成江笑笑，"不是什么大问题，就是那时候心情不太好，比较焦虑，不光是犯罪心理学不了，差点连现在这个工作都给丢了。"

"哦，原来是这样。"姜安点点头，"都说医者不能自医，心理医生生病了还是得去找别的医生帮忙治疗呢，你当时找的谁？"

袁成江顿了顿，说："没找，一点小问题，随着时间慢慢好了。对了，你今天来找我还是为了刘家的事吗？"

姜安摇头："不是。"

袁成江有些惊讶："这两天天天有警察往我这里跑，我还以为你跟他们一样，也觉得是我绑架了严美华跟刘奶奶呢。"

姜安诧异道："怎么会呢？你长得这么帅，一看就不是杀人犯啊。"

"哈哈哈——"袁成江爽朗地笑了几声，"没想到你是以貌取人的人。"

姜安腼腆地笑笑："我只是觉得像袁医生这样有绅士风度的人不会去干犯法的事。"

袁成江说："当然不会。那你来找我是……？"

姜安说："我对刘文文挺好奇的，他当时是用什么方法骗了你这个专业的精神科医生，能让你这个拿遍荣誉奖项的医学博士上当？"

袁成江神色黯了黯："一个人真的想要骗过你的时候，他会有一万种方法。"

"哦？"

袁成江低头笑了笑："刘文文平常很乖，总是一个人坐在窗边。他刚来的时候浑身都是伤，就躺在病床上盯着窗户外面看，也不跟别人说话，只是哭，不过他连哭都不会哭出声音，后来我问他为什么，他说怕哭声会打扰到别人。"

就是这样一个小心翼翼生活的孩子，却死在了最好的少年时。

袁成江叹了口气。"他只是喜欢穿裙子，这并不是什么大错，可他的父亲却认为这是耻辱，觉得自己生了个变态。"他轻蔑地笑了下，"他自己是个赌鬼，整日家暴妻子，差点把儿子给打死，这样的人渣竟然不觉得自己是耻辱而觉得乖巧懂事的儿子是耻辱，你觉得可不可笑，姜顾问？"

姜安看向袁成江的脸："你还没说刘文文是怎么骗你的。"

袁成江一愣，然后道："他本来就没病，不用装正常人，一个正常人本就不应该在精神病院里待着。"

"可他出院两周后自杀了，一个已经产生自杀倾向的人，你身为一名心理医生难道没看出来他的问题吗？"

袁成江眼眶微涩，苦笑道："他跟我说出去会好好生活……"他的声音有些低，"我以为他会重新热爱生活的……"

姜安看着他没有出声，她发现袁成江握着茶杯的手微微颤抖，颤抖的幅度很小，不仔细观察很难发现，但姜安天生观察力惊人。她把视线从袁成江手上收回，说："可惜了，刘文文没有等到下雪天。"

袁成江怔了怔，抬眸："你怎么知道刘文文喜欢雪？"

姜安微微一笑："很少有人会不喜欢雪吧。"

袁成江放下茶杯："你说得也是。"

姜安喝了一口茶："袁医生有女朋友吗？"

袁成江皱了皱眉，大概是觉得这个问题有些冒犯："这也在你们警方的调查范围内吗？"

姜安忙道："你别误会，我就是觉得你长得挺帅，蛮合眼缘，所以想问问你有没有女朋友。如果没有的话，我们俩后续可以多了解了解对方嘛。"

袁成江扯了扯唇："这案子还没破，没想到姜顾问先急着找男朋友了。"

姜安歪头："你不会生气了吧？我只是随口一说，你别往心里去。这案子其实查不查都一样，刘文文是刘家的人逼死的，如果他们多理解一点刘文文，或许刘文文就不会自杀了。其实凶手杀害的都不是好人，他们也算是死有余辜吧。"

她模样天真，好像是真的觉得刘强和刘老太死得活该一样。

袁成江深深地看了她一眼，淡笑道："没想到姜顾问会这么想，他们虽然不是什么好人，但人现在死了，警方总要查清真相，这难道不是你们的责任吗？我怎么觉得姜顾问好像不希望破案一样。"

姜安摆摆手："怎么会不希望，只是觉得没那么急切吧，刘文文挺可怜的，所以刘强和刘老太死得也不冤枉。某种程度上，这个凶手也算是替天行道了。"

"是吗？"袁成江笑笑，看不出情绪，"也许吧。不过我暂时没有找女朋友的打算，抱歉。"

姜安微笑着表示理解："那看来就是没女朋友了，我还有机会。"

袁成江皱着眉，虽没有明说，但脸上已经因为姜安无礼的话表现出不高兴了："姜顾问还有别的要问吗？没有的话，我还有其他的事要做，恕不奉陪了。"

姜安连忙起身："不好意思，打扰你了。那我先走了，再见。"

"不送。"

姜安从医院出来，直接给傅晋寒打电话："袁成江有很大的嫌疑，他喜欢刘文文。"

"……"傅晋寒沉默几秒，"刘文文是未成年。"

姜安一边上车一边说："我说得不清楚，袁成江对刘文文应该是一种很复杂的感情，不一定是喜欢，也有可能是怜悯、心疼、可怜，总之，我在他身上嗅到了让我兴奋的味道。"

"兴奋？"

"是，只有杀人犯会让我分泌肾上腺素。"

"……"傅晋寒道，"你怎么知道的？"

姜安说："刘文文喜欢雪，袁成江在祭奠他。"

用害死他的罪魁祸首祭奠他。

傅晋寒揉了揉眉心："但我们已经搜查过袁成江的住所和其他房产，甚至精神病院都被搜了好几遍了，没有发现任何严美华留下的痕迹。如果他是凶手，他会把人藏在哪儿？又能藏在哪儿？"

姜安也没想明白这点，只能低声说："我不知道。"

傅晋寒吸了一口烟："我再找两个人盯着他，你先回来。"

"嗯，我已经在回来的路上了。"姜安说。

傅晋寒"嗯"了声，把电话挂断，在手机上查询袁成江的信息，这种高学历、高成就的精英人士，会为了一个病人去杀人吗？

傅晋寒手指一直往下翻，看着袁成江的简历介绍。突然，傅晋寒的指尖在滑过屏幕某处时停住，他看向最底下那一行的亲属关系处。

父亲——袁松，建筑师，代表作品：方海大厦，融金乐园，时代广场，南城市精神病院……

傅晋寒立即叫住包子："把精神病院当年的建筑图纸找过来。"

包子不解："老大，你这时候要那玩意儿干什么？我们找严美华人手都不够了，找谁去啊。"

傅晋寒压着声音："你去！"

包子见他脸色阴沉，咽了咽口水："我去我去，我现在就去。"

他跑得飞快，建筑图纸并不是什么机密文件，回局里找人调一下就行。

图纸这种东西包子看不懂，他研究了半天都没研究明白，完全想不通老大为什么要让他去找这个。

为了节省时间，他直接把图纸拍了张照片发给傅晋寒。

傅晋寒把图纸放大从头看到尾，神色一暗，掐了烟，径直拉开车门坐进去："老李，上车。"

老李正捧着矿泉水喝，听到声音跑过来坐上车："啥情况？怎么突然不找了？难道你有消息了？"

"嗯。"傅晋寒应了一声，一脚踩向油门，"袁成江的诊疗室里还藏着一个房间。"

"什么？"老李震惊道，"还藏着一个房间？"

"精神病院是他父亲建造的，在袁成江的诊疗室那个位置还藏了一间休息室，从外面是看不出来的，因为建在两个楼梯中间。"

"……"

- 09 -

车子在精神病院门口停下，傅晋寒和老李径直朝里面走去。

精神病院人流量大，老李在前面推开人群，和傅晋寒一起急匆匆地往袁成江诊疗室跑。他们赶到的时候，诊疗室内空无一人，袁成江并不在里面。

老李看向傅晋寒："这房子里真有间密室？"

傅晋寒冷声说："找。"

之前就搜过这里，根本没有发现可疑的地方，按照图纸上面的构造，那个隐藏的房间在楼梯口衔接处，那就是在袁成江工作台的正后方。傅晋寒和老李挪开工作台，有人听到动静忙走进来阻止："你们这是干什么？这儿是袁医生的诊疗室，你们不能动他的东西！"

傅晋寒冷冰冰的目光扫过去："袁成江呢？"

"你们找袁医生有事吗？他和姜小姐谈完后就出去了。"护士说，"你们是要找什么东西吗？要不然还是等袁医生回来再找吧。"

老李直接拿出自己的警察证："警察办案，麻烦你帮我们联系一下袁成江。"

他们穿的是便服，护士一开始没认出来，现在发现是警察，连忙说："好……好的，我知道了，我现在就给他打电话。"她一边说一边把号码拨出去。

傅晋寒站在白墙前面，目光凌厉。

老李问："傅队，怎么说？直接破开？"

"破。"傅晋寒言简意赅。

两人一起抬脚猛地朝那堵墙踹了过去，砰的一声，墙面轰然倒塌，屋外的阳光透过破洞照射进去，傅晋寒和老李看清了里面的陈设。

"啊！"身后的护士突然尖叫一声，手机摔在了地上，面色惊恐。

老李看了里面一眼，沉默两秒后给同事打去电话。

"第一案发现场找到了，赶紧带人过来。"

傅晋寒从口袋里拿出手套鞋套戴上，一步一步往里走。

这是一间只有二十平方米左右的储藏室，没有窗户，空气沉闷，墙面一侧是各种分尸工具，中间摆放了一张手术台，上面躺着一个女人，正是严美华。

严美华四肢都被绳子捆住，躺在手术台上奄奄一息，傅晋寒朝外喊："老李，叫救护车！"

老李"哎"了一声，连忙又拨了120。

傅晋寒把严美华身上的绳子解开，将人抱到了外面，急救车很快就到了，严美华被送了上去。

痕检科的人紧接着到达，进场搜集证据。

傅晋寒把目光扫向墙面，上面还有斑驳的血迹没有清洗干净，地上和手术台上都被认真清理过，储藏室里放置了几大瓶空气清新剂，把血腥味冲淡了，再隔着一堵墙，人站在外面根本闻不到味道。

切骨机放在角落，被擦拭得很干净，很难想象这样一间陈列整洁的房间里曾经发生过杀人分尸案。

现场物证搜集得差不多，医院打来电话说严美华已经醒了，傅晋寒和老李一起去了医院。

严美华躺在床上，眼神空洞，身体不安地蜷缩着，大概是还没从恐惧中抽离出来。

病房门外，医生摘下口罩："她就是太饿了，所以晕了过去，估计挺久没进食了，刚刚我们给她打了葡萄糖，护士又给她吃了几块面包、喝了水，现在状态已经好多了。"

老李问："身体上还有其他伤害吗？"

医生摇摇头："我们进行了全身检查，没发现别的受伤部位。"

"好，谢谢医生。"老李说道。

医生走后，傅晋寒推门进去，严美华听到动静，吓得大叫起来："别杀我，文文不是我害的！不是我！"

她激烈的条件反射引得两人注意，傅晋寒走过去："你现在已经没事了，这里是医院。"

严美华缩着脑袋，眼神一点一点地往他们这个方向挪，看到傅晋寒后她哇的一声哭了出来。

傅晋寒没说话，等她哭完了停下来，他才开口："是袁成江绑架的你吗？"

严美华情绪稳定下来，可一想到这几天的遭遇，还有婆婆的死状，她就忍不住啜泣，心里又怕又恨："是……是他，他杀了刘强，杀了我婆婆，还想杀我！"

傅晋寒看了严美华一眼，袁成江的储藏室里放了一个冷冻柜，当初对待刘强就是提前把人杀死然后放到冷冻柜里，如果他真的想杀严美华，不会让她活到现在。

"请你仔细跟我说一下这几天的情况。"傅晋寒说。

严美华怯怯地缩起肩膀："那天……那天袁医——袁成江打电话给我婆婆，说文文的笔落在他那里了，想把文文的遗物交给我们，我婆婆一听立马就要去拿回文文的东西，我们就去了袁成江的医院。他就在医院门口那棵老槐树下等我们，拿完笔我想催我婆婆走，可我婆婆拉着袁成江不停地哭，说都是我害死了文文，是我害死了刘强。"

刘老太生性自私，她恨这个儿媳，所以恨不得全世界都把严美华看成杀人犯，到处宣扬她这个恶媳妇有多坏。

严美华一闭上眼，就能看到血，满地的血铺在她的眼前，婆婆临死前瞪大的眼珠、断掉的手脚，还有满屋子的血腥味充斥着她的鼻腔。

她哭着说："袁成江把我们带到了槐树后面的小道，说要和我们聊聊文文以前的事。我们太想文文，就同意了，跟着他从小道进了医院。他带我们去后院，那里有道门，我看他把门给拧开了，我和婆婆太相信他了，跟着他一直走，然后就到了那个房间……"

"后院的门？"傅晋寒皱眉问。

严美华点头："是，那里能通到袁成江的诊疗室。"

老李做笔录的手一顿："这袁松到底是在建精神病院还是在建暗道？"

"后来呢？"傅晋寒问。

"后来他就把我们关在那里，我们手脚都被捆住了，不能动，也叫不出来，然后他就……就用一根手机充电线把我婆婆勒死后，把她放在手术台上，用那个机器把她的脑袋和手脚，还有……还有……"

严美华说着说着忍不住开始恶心，只要想到那个血腥残忍的场面，她整个胃里都在翻涌。

傅晋寒递给她一瓶水。

"对……对不起。"严美华漱了漱口，捂着嘴抽噎道，"你们救出了我，那袁成江是不是已经抓到了？"

对上她满是希冀的眼神，傅晋寒沉声道："警方正在竭力寻找，你不用担心。"

"什么？还没找到他？他说了会杀了我的，下一次雪天就是我的死期！"严美华疯狂地摇着头，"他会杀了我的，会杀我的！"

老李急忙道："我们已经派人保护你的安全，他伤害不了你。"

"有人保护我？"

"是，你这几天在医院好好休养，我们的人就在外面。"傅晋寒说。

严美华终于稍稍放下心来，心里没那么恐惧了："我知道了，谢谢，请你们一定要保护我，那个袁成江他就不是个正常人！"

傅晋寒点头答应，和严美华了解完全部情况后，他没多在医院耽搁，直接开车回了市局。

袁成江现在是在逃嫌疑人，警方实施全面抓捕，但一天过去了，没有一点消息，袁成江就跟人间蒸发了一样。

傅晋寒靠在车门上抽着烟，徐徐吐出一圈青雾："车子还在，他能跑去哪儿？"

包子说："会不会精神病院还有别的暗道，他躲那里面去了？"

傅晋寒摇摇头："我看过图纸，只有那一间储藏室。袁家你们去了吗？"

老李说："去过了，没人。房子是空的，我们为了防止还有地下室储藏室什么的，每个角落都看了，确实是空的。"

傅晋寒凝眸："袁成江这事闹这么大，儿子成了杀人犯，当父亲的一趟公安局都没来过。"

姜安穿着厚重的羽绒服从局里小跑出来，手上端着一袋子热饮，分给每一个人："南城就这么大，袁成江再躲也躲不了两天了。"

傅晋寒眉目微沉："他为什么会在这个时候跑？"

姜安抬眸："怎么了？"

老李和包子也不解地看向傅晋寒，不明白他这话里的意思是什么。

傅晋寒用手掐灭了烟："你给我打完电话我就找包子要了图纸赶过去，前后不超过一个小时，他是怎么知道我们要过去的？"

老李说："会不会是姜安跟他谈话的时候让他有所察觉了？"

姜安抿了抿唇："不对。"

包子问："什么不对？"

姜安说："我跟他对话的时候，他没有表现出任何异常，除非他在心理学方面的造诣在我之上，这样或许能瞒过我的眼睛，但显然他没有。"

老李干咳一声："我说姜安哪，这种时候咱就不要王婆卖瓜，自卖自夸了。"

"……我是在陈述事实，他不可能提前知道，我走的时候还听见他和护士确认了两小时后的会诊，如果他当时已经知道了，完全没必要多此一举。"

"那他到底是怎么知道的？"包子忍不住问，袁成江跑得实在太及时了，前后就一个小时的时间，几乎是姜安一走，没过五分钟，他立马出了医院，然后就杳无踪迹了。不管是道路监控还是其他建筑监控，没一个拍到袁成江的身影，在如今这样的互联网信息时代，除非是个死人，否则就一定会留下存在过的痕迹。

傅晋寒嗓音低沉："当时在现场搜查的还有哪些人？"

包子回忆了下，报了几个名字。

傅晋寒说："一个个去问，看看有没有谁泄露消息出去。"

老李微微惊讶道："你怀疑有内奸？"

"只是调查一下，没证据的事暂时不能轻易下结论。"傅晋寒冷声道。

姜安忽然开口："包子哥，你当时去局里查精神病院建筑图纸的时候，还有谁在？"

包子还没反应过来："就调查科两个同事啊。"

傅晋寒拉开车门："先去一趟袁家。姜安，上车。"

"哦。"姜安听话地坐进去。

老李和包子吃了一嘴汽车尾气。

包子看着车辆消失的方向，呆呆地挠挠头："我刚差点就上车了。"

老李瞥他一眼："知道你女朋友为什么跟你分手吗？"

包子说："为什么？我问她半天原因她都不愿意跟我说。"

"因为你是直男。"

"……"

- 10 -

袁松家坐落在本市有名的富人区，他本身不是南城人，但因为妻子是南城人，才会在功成名就之后依了妻子回到南城定居。袁家的别墅很大，满院子的花草，还有假山假水，庭院布置得非常好看，用人从里面出来隔着铁门问："请问你们找谁？"

傅晋寒说："袁松。"

"你们是？"

"警察。"

用人道："稍等，我去和袁先生、袁太太说一声。"

十分钟后，用人才从里面再次出来，给他们开了门："我带你们进去吧，袁先生在客厅。"

姜安一路走过去，第一印象就是这个院子的主人应该很享受生活。

小道并不长，傅晋寒和姜安走了大概两分钟就到了客厅，袁松拿着水壶正在浇花，他的太太就站在旁边。

"哎呀，你别浇这么多，一会儿浇死了怎么办？"

袁松笑道："这些花每天都是我照料的，浇多少水难不成你比我清楚？"

用人适时道："先生，太太，傅警官和姜顾问来了。"

袁松把水壶放下，揽着袁太太一起走过来。

傅晋寒说："袁先生，我们过来是想了解一下关于袁成江的事。"

"先坐吧，晓晓，给客人沏茶。"

名为晓晓的用人应了声，就去了茶室。

袁松问："这儿警方之前不是搜查过了吗？成江不在我这儿，怎么现在又过来了？"

傅晋寒把手上的图纸递给他："是这样的，我们想请你看一样东西。"

袁松看了一眼便说："这图纸有什么问题吗？"

袁成江逃跑之后，老李带人来袁家别墅搜过一遍，但案件具体细节并未披露，图纸的事袁松还不知道情况。

傅晋寒解释："你当初设计精神病院的时候，为什么要在楼梯口连接处设计一个暗道通向医院外面，而且里面还藏着一个私密的储藏间呢？"

袁松摊开图纸："我想你们应该误会了，这个位置原先并不是暗道，而是一条小路，只不过后来被精神病院的人自己封了，封路的原因是经常有病人从这条小路逃出医院，改造这条路的时候院方和政府报备过，你们可以自己去查一下。另外，这间储藏室本身是个仓库，这个设计并不违规。至于袁成江用它来做什么，我想和我没什么关系吧？"

他叙述得很平静，袁松的太太一直在旁边搂着他的胳膊，补充道："是我们没教好孩子，让他做了这些违法乱纪的事，但图纸这件事的确和我老公没关系的。"

姜安看向这对夫妻，他们谈起袁成江的时候情绪稳定平静，丝毫看不出来对儿子成了在逃杀人犯的震惊和痛苦。袁松的太太比起儿子反而好像更怕自己的老公被怀疑。

这对夫妻也太奇怪了，袁成江难不成不是亲生的吗？

她问道："按照你们对袁成江的了解，他有没有什么外界不知道的喜欢去的地方，这个地方对他来说可能比较有安全感，你们可以回忆一下他小时候都比较喜欢去哪儿。"

袁松说："其实你们来问我们无异于浪费时间，成江已经五年没回家了。他小时候我们也没带过他，他3岁的时候我和芝芝就去国外了，等他上大学我们回来定居，孩子也跟我们不亲近了。这孩子从小读的就是寄宿学校，我们也只能通过老师去了解他的成长近况，所以……"

话未说尽，但傅晋寒和姜安已经明白了他的意思。

生而不养，养而不教。

袁松的夫人秦芝说："我和袁松从小受国外文化熏陶，我们不愿让孩子束缚住我们的人生。国内有多少父母为了孩子殚精竭虑，我不喜欢那样的人生。孩子有他自己该走的路，至于走成什么样子，那都是他自己的命数。这个世界上的所有人都是独立的个体，我们把他生下来，给了他生命，把选择的权利交给他自己，如今他杀了人、做了错事也是他自己的选择出了问题。"

姜安眼皮跳了跳，她不是不了解国外的一些育儿理念，但像袁松和秦芝这样奇葩的还是头一回见。

把孩子生下来不养不教，这不是自私吗？他们这么追求独立的个体，那完全可以选择不生孩子。

她有点生气，袁成江过去几十年都没犯过罪，也没有不良记录，或者说他的性格中有残暴的杀戮因子，但他一直都克制得很好，刘文文打破了这个平衡。

对于袁松夫妇的教育理念，姜安不敢苟同，但也不会多说什么。不管是童年的不幸还是其他的原因，都不能成为袁成江杀人犯罪的理由。

以袁松、秦芝和袁成江的关系来说，警方继续耗在他们这里，的确是在浪费时间。这夫妻俩对袁成江的了解，基本可以说是陌生人。

傅晋寒站起身："抱歉，打扰了。"

姜安不死心地问："袁成江小时候有没有做过精神检测？"

袁松神情冷下来："这个和你们查案有关系吗？"

"当然有。"姜安说，"我们必须足够了解凶手，才能推测出他最有可能藏身在哪里。"

秦芝表情有些慌，她拉住袁松的手。

袁松拍了拍她，安抚好她的情绪后，转头朝姜安道："你是不是觉得我们生而不教太自私？"

姜安没说话，算是默认。

袁松苦笑了声："那如果他生下来就是个杀人犯呢？"

这一句质问如同重石砸在姜安的心上，不光是她，傅晋寒闻言也皱起了眉。

袁松说："成江3岁的时候，他虐杀了我和芝芝养的猫，埋在我们当时住的房子后院里。我和芝芝吓了一跳，他以前也爱和小动物玩，虽然那些小动物总是隔一段时间就死了，但我们并没有想太多，以为都是我们没养好。可是那天，芝芝亲眼看到他把猫的尸体埋在了后院那棵树旁边。"

秦芝把头埋在袁松的肩膀上，小声啜泣起来。

袁松继续道："芝芝当时问他在做什么，他扭过头来，手上拿着一把小刀，上面的血还在往下滴。"

袁松闭了闭眼，他早就对这个儿子没什么感情了，语气还算平静："但是后来他又表现得像不知道这件事，我觉得不对劲，带他去做了精神检查，结果是成江患有双重人格。"

双重人格属于多重人格，意味着一个人拥有两个完全独立的人格，原人格是主人格，衍生人格是亚人格，这种病是一种癔症性的分离性心理障碍。双重人格患者在相同时刻存在两种思维方式，一种思维的决策和运转不受另一种的干扰和影响，两个人格完全独立运行。

主人格一般可以主导副人格，靠吃药控制和心理疏导都能减少副人格出现的概率，但当患者受到某种刺激后，也会有副人格暂时顶替主人格出现的现象。

刘文文的自杀对袁成江来说是致命的打击，他对刘文文的情感并不纯粹，或许是通过刘文文看到了以前的自己，也或许是因为别的。但毫无疑问，刘文文的自杀让他多年来藏在内心深处的副人格觉醒了，副人格接替了主人格，帮刘文文复仇。但一般这种情况下，副人格出现的时间不会太长。

姜安蹙眉，如果杀人时的袁成江是副人格，那在精神病院接受警方调查的是主人格还是副人格呢？如果是主人格，自己并未刺激到他，他为什么会突然逃跑？还是说，袁成江的副人格已经主导了主人格？

姜安陷入沉思，片刻后抬头问："你们说的之前那所房子也在南城吗？"

袁松点点头："在，那房子是我岳父的老房子，不过自从我们搬走，已经很多年没人住过了，现在估计已经废弃了。我们夫妻俩这么多年一直在国外，没时间回去打理。"

傅晋寒道："方便给一下地址吗？"

袁松夫妇对视一眼，把地址报了出来。

傅晋寒和姜安从袁家出来就开车往那个地址的方向去，到达那里的时候已经是晚上了。如袁松所说，这儿已经荒废了，屋子外面全是杂草，院子里的草长得比腿还高，房子很大，但里面乌漆墨黑一片。

姜安忍不住道："这里面能住人吗？"

傅晋寒说："进去看看。"

"嗯。"

两个人一前一后往里走，姜安拿着手机的手电筒照着，傅晋寒在前面拨开杂草，方便姜安往里走，怕那些草扎到她，傅晋寒特意将草都踩在了脚下。

屋子里黑漆漆的，大门虚掩着。姜安一下子屏住呼吸，她看向傅晋寒，小声说："门是开着的。"

傅晋寒朝里看了一眼，随后道："站在这里等我。"

姜安听话地点头，不想进去给他添麻烦。

傅晋寒推开门往里走，姜安拿着手电筒尽量给他照路，他们来之前已经给局里打过电话，估计再过五分钟包子他们就该到了。

屋子里面空空荡荡的，傅晋寒的脚步声越来越远，姜安不停地看院子大门的方向，心里祈祷着包子他们快点赶来。几分钟后，大门外传来警笛声。

包子带人立马朝里面赶了过来，看到姜安问："老大呢？"

"在里面。"姜安说。

包子推开门，招呼人直接走了进去，姜安见人多，便跟在了他们后面。

军用手电筒亮度高，十几盏灯打下来，把屋子照得瓦亮，傅晋寒就站在客厅中间。

包子刚准备喊他，余光突然看见了那块白墙，骤然愣住。墙上贴满了照片，照片里全都是刘文文，其中有些是刘文文和袁成江的合照，触目惊心。

包子结巴着开口："这……这什么情况？"

傅晋寒摘下手套："人跑了，但可以肯定他之前在这里生活过，地上还有烟头,应该刚走没多久,不会超过一个小时。"

包子脸色沉下来:"……怎么又来晚一步!"

傅晋寒说:"让痕检科的人进来,剩下的人分成两拨,分别沿东西路线去找,他应该还没跑远。"

"是,傅队。"

警方沿途找了将近二十个小时,在东路找到了轮胎的痕迹,但跟到国道时轮胎印便消失了,袁成江动作很快。傅晋寒和队里申请了道路实时监控以及道路拦截,凡是发现可疑车辆都必须拦下查探,今天的南城注定不平静。

次日下午5点,有人报案,说发现了一辆可疑车辆,没有牌照,警方迅速赶了过去。这里是一个荒废很久的工厂,车辆就停在工厂里面。姜安远远地便看到了黑色的轿车。

傅晋寒问旁边接线的警员:"报警的人是谁?"

警员说:"是公共号码,没有归属地。"

傅晋寒皱了皱眉:"没有归属地?"

"对,报案人只说在这里发现了一辆没牌照的废弃车。我们根据号码没找到报案人的信息。"

傅晋寒眸色微沉,荒郊野岭,四周荒无人烟,谁会突然跑到这里来发现一辆废车。他心中生起一股不祥的预感,一步步朝车的方向走去。车门半开着,很容易就能看到里面的景象。当傅晋寒看清楚里面的情况时,呼吸倏然一窒。

姜安走在他后面,见他不动了,不由得问道:"怎么了,车里有什么东西吗?你——"

姜安的话戛然而止,她心脏怦怦直跳,浑身僵住,连呼吸都变得艰难。

"该不会是车里有什么雪人吧?"包子和老李都走了过来,当他们望向车里时,眼里都出现了不可置信的神色。

所有人的眼睛都盯着那辆车,空气在这一瞬间凝滞。

悦耳的音乐声响起。

"祝你生日快乐,祝你生日快乐,祝你生日快乐……"

- 11 -

夕阳渐渐落下,晚霞染红了天,下面一线薄雾映出地上的惨寂,温柔的晚风推不动暮云，野径的头埋入荒林老鸦绕树的悲啼声。

今日没有下雪，是一个很好的黄昏天。

八音盒上的芭蕾舞女随着音乐声转动，婴儿啼哭般的声音在唱着："祝你生日快乐，祝你生日快乐，祝你生日快乐……"

孤寂悲鸣的生日快乐歌缭绕在废弃的荒野。

车窗开着，一阵风吹来，将一张 A4 纸吹落在了地上，姜安颤着手捡起。

这是一幅肖像画。

袁成江的肖像画。

而肖像画的主人此刻躺在车后座，安静地闭着眼，一只手垂着。手腕上的血早已干涸，血迹凝固成团，车里猩红一片，血液渗透到地面，成了这些杂草的养分。

傅晋寒站在原地死死盯着八音盒，一动不动。

姜安无法用言语形容此刻的心情，十三年，整整十三年了。

那个人终于出现了。

其他人都被这番情景震慑住，面面相觑说不出话。

此时他们心里都明白，十三年前的噩梦在今天重新运转了。

日落黄昏、八音盒、肖像画，这些无一不代表着"他"回来了。

晚上 9 点，刑侦办的人开了一次大会。

在座的每个人脸色都不好，张局沉声说："十三年前的日落黄昏连环杀人案，大家应该都没忘记吧。"

这群警察里有年纪大点的亲身经历过那起连环杀人案，有年纪小点的近几年才开始当警察，但无论是谁，对这起十三年前的连环杀人案都不陌生。

因为这起案件曾经轰动全国，至今悬而未破，是南城所有警察的心结。

张局见没人说话，便继续说道："该罪犯在三年内一共作案八起，被害人均为年龄在 18 岁到 35 岁之间的女性，且尸体都少了一个部位，每位被害人的死亡现场都会放置一个木质八音盒——就是我们在袁成江死亡现场见到的那种木质八音盒，八音盒播放的歌曲就是生日快乐歌，以及一幅被害人的肖像画。现在，十三年后的今天，凶手再次作案，无论如何，我们一定要将这个凶犯抓住！接下来，你们还有什么疑问可以直接问。"

老李道："现在袁成江这起案件的死亡现场和十三年前几乎一模一样，我们是不是可以直接申请并案调查，把十三年前的案子重新翻出来？"

张局道："我今天找你们开这个会，目的就是这个，十三年前我们错过了凶手,这一次,我们坚决不能错过。我已经和上级请示过了,申请把袁成江的案子和十三年前的日落黄昏连环杀人案并案调查,上面已经通过了。"

"凶手之前的目标一直都是女性,为什么这次会改变自己的目标群体?一般这种杀人犯不是都是偏执狂吗,怎么就突然改变了呢?难道说这十三年的时间里,发生了什么导致他改变了作案习惯?"包子说完转头看向姜安,似乎在向她寻找一个答案。

姜安抿了抿唇,说道:"这起案件和十三年前的日落黄昏连环杀人案还是有几点不同的,第一点,凶手的目标从女性转换成男性,正常情况下连环杀人案的凶手的作案手法、作案目标、作案现场都会高度统一,而十三年前的案子恰好证明了这一点。凶手复刻了八起犯罪现场,没有一丝一毫的区别,至于为什么改变作案目标杀害袁成江,这点还需要继续调查。

"第二点,作案手法。袁成江是在昏迷的状态下被割破手腕慢慢放血而死,而十三年前的被害人是被用黑色塑料袋套头窒息而死,而且这些被害人有一个共同点——案发当天穿了红色连衣裙。这一点说明凶手很可能是随机挑选身穿红色连衣裙的目标作案。而袁成江是我们正在追捕的逃犯,他之前躲在长满野草的老房子里,我们去看过,房子里面有他的生活痕迹,外面都在追查他,他不可能会突然从安全区离开,说明很有可能是被凶手引诱出去或者是被凶手迷晕后带走——这是有目的性的作案。

"第三点,袁成江身体完好,十三年前的被害人身体全部少了一个部位。"

姜安一口气说了一大串,嘴巴有点干,抱起兔耳朵保温杯喝了好大一口水,才把嗓子里那股干燥感压了下去。

张局皱眉道:"你的意思是说这两起案件并不是同一个人做的?可袁成江死亡现场的那些东西和十三年前一模一样,这总不能是巧合吧,难不成有人模仿犯罪?"

姜安放下杯子,摇了摇头:"我只是提出疑点,肖像画我看过,和十三年前的一样,是同一个人画的。八音盒也是同一个厂家,这个厂家我曾经查过,六年前就倒闭了。"

张局听得有点绕,不由自主地看向一直沉默不语的傅晋寒:"晋寒,你倒是说说话啊!这么重要的案件你怎么一声不吭?"

傅晋寒屈指,不停地捻着指腹,面色沉冷:"一个人会在过去很多年后改变自己的个人习惯吗?"

在场的人都愣了愣,没听明白这话的意思。

姜安想了一会儿,说:"不会,他或许会因为这么多年警方没有抓到他而变得更加狂妄嚣张，故意用其他的犯罪来挑衅警方，但是杀人的手法和习惯一定不会变。"

顿了顿，姜安说："因为尸体是他内心深处的诉求，是他引以为傲的作品。"

办公室里一阵沉默。

片刻后，包子说："人都是会变的吧？"

姜安抬眸："人会变，但杀人犯不会。"

又是集体沉默。

杨乐扶了扶眼镜："你怎么这么确定？毕竟都十三年了，凶手一直都没出现过，或许他……"

"他出现过。"姜安忽然开口，闭了闭眼，"四年前……四年前他曾经出现过。"

"什么？"包子惊讶道，"四年前也发生过恶性杀人案？是在南城吗？我们怎么都没听说？"

姜安深吸一口气，嗓音微颤，那些困扰了她四年的梦魇像是又出现在了眼前："在 A 市。"

- 12 -

一周前，傅晋寒收到傅老爷子发来的一份秘密文件，里面详细介绍了四年前城市爆炸案的所有细节。

四年前 A 市发生一起重大刑事案件，有人在京川大桥底下安装了炸弹，并公然挑衅警方。姜安和她的老师董老一起参与了这起城市爆炸案，尽管最后她正确推理出了藏炸药的地点，警方及时赶到疏散了群众，没有造成实际伤亡。但凶手却给姜安出了一个选择题，救人还是抓捕凶手。

姜安选择了救人，因此给了凶手机会去杀害他真正想要杀害的人。尽管大家都安慰姜安做得对，拯救了一个城市，毕竟一个人和一群人相比，这个选择题显然并不困难。

但是姜安知道自己输了，她如果再谨慎一点、仔细一点，完全可以规避这个选择题，是她的年少轻狂、自负，导致她疏漏了一个关键点，死了一个无辜的人。

姜安接受不了这样的结果，申请退学，从此隐身南城。她选择南城的另外一个原因是那起爆炸案凶手的杀人手法和十二年前南城日落黄昏连环杀人案一模一样，残忍的杀害方式，猥亵但不性侵，死者身边放着一幅用铅笔勾勒的肖像画和一个木质八音盒，八音盒播放着生日快乐歌。

凶手像是刻意挑衅姜安，挑衅正义和公安。

如今，四年前的事情再度重演，唯一发生的变化是凶手的作案细节和之前有所不同。

"所以，四年前的城市爆炸案凶手和十三年前的日落黄昏连环杀人案真凶有关？"老李眉头紧锁，出声问道。

"是。"姜安深吸一口气道，"四年前老师为了保护我，和领导请示将这起城市爆炸案作为S级别加密，除了当时涉案的警务人员，没人知道具体细节。"

傅晋寒站起身："张局，申请并案调查吧。"

张局看了一眼姜安，她情绪很不稳定，始终低头沉默，握着杯子的手指微微打战，或许她自己也很难去面对四年前的事，但身为警察，面对困难时无法退缩，只能迎难而上。

张局最终道："现在开始，十三年前的日落黄昏连环杀人案、四年前的城市爆炸案、2月5日袁成江案实行并案调查。"

并案调查意味着将之前的案子全部翻出来重新梳理，同时也代表着曾经那些恶将被重新放在烈日下炙烤。

刑侦办的所有人都陷入了从未有过的忙碌。

姜安抱着茶杯坐在窗边看雪，南方鲜少下雪，但今年老天好像格外照拂，雪连着下了好几日了，屋檐树枝上的白雪在夜里被灯光照得有些发黄。

她看得入神，未注意到有人靠近，直到那人在她桌子旁边敲了敲，她才突然回过神来，回头望向傅晋寒："怎么啦？"

傅晋寒拉过一把椅子在她面前坐下："想什么呢？"

姜安说："在想四年前的事。"

傅晋寒顿了顿："想知道我手上这个表是谁送的吗？"

姜安愣了愣，才问："战友的吗？"

傅晋寒眸色沉了沉："嗯，他是我的战友，叫林沐，我们一起训练，一起作战。林沐的姐姐林烟就是南城人，班长曾经带我们来南城出任务，那时候我们刚入队不久，算是一次基础训练吧。当时正好是在林沐的家乡，我们训练完后就借住在林沐家里，林烟很照顾我们这群新兵蛋子，在她眼里我们不是兵，是孩子。"

傅晋寒缓缓抽出一支烟，没点，只是低头把玩着，嗓音低哑："后来我们训练完离开没几天，林烟就死了，死于十三年前那个变态杀人犯之手。"

姜安怔住，倒吸一口凉气，她之前猜到傅晋寒会出现在南城或多或少和十三年前日落黄昏连环杀人案有点关系，但她没想到会是因为他战友的姐姐死在了那起惨无人道的连环杀人案中。怪不得他离开 A 市，选择来南城这个小地方任职。

"那林沐呢？"姜安问。

傅晋寒说："死了，在一场维和任务中被一个非洲人射杀，没救回来。"

他语气很平静，但姜安听到了声音里的一丝颤抖。姜安抬手握住他的掌心，想要安抚他。

傅晋寒反手用力握住姜安的手："林沐唯一的愿望就是将杀害他姐姐林烟的凶手绳之以法。"

他在解释他为什么会来南城。

姜安俯身抱住他，一下一下顺着他的背："天网恢恢，疏而不漏，凶手不会得意太久的。"

"嗯。"傅晋寒哑声说，"这次袁成江的案子就是一个突破口，我们让他逃了十三年，这次一定不会放过他。"

姜安说："袁成江的案子还是有很多疑点，一个变态连环杀人案的犯罪者，他有固定的思维模式，不会贸然改变自己的作案手法，而且你不觉得很奇怪吗，南城这几起案子几乎都是同一种凶器，而所有案件中都出现了同一个第三人，这个第三人是谁？是他吗？"

傅晋寒松开怀抱："暂时还不确定，我已经让老李和杨乐去调查所有案件中牵扯到的这些人的行踪轨迹，一旦有重合点，那就着重排查，我就不信一个一个找过去，还能找不到人。"

姜安点了点头，这个调查方向是没问题的，如果几起案件有牵连，凶手一定接触过案件里的人，既然接触过，就一定会留下痕迹，只要找到这几起案件中同时出现的人就很容易顺着这个点继续查下去。

姜安想了想，说道："这种表演型人格的人一定会返回现场欣赏他的作品，只要按这个方向查，肯定能找出来。"

说话间，傅晋寒的手机响了。

他看了一眼接起来："老李，有什么进展吗？"

老李说："杨乐在 1240 段监控视频里找到了一个人，他的行动轨迹覆盖了所有案件发生的地点，嫌疑非常大，你和姜安赶紧过来。"

"马上就去。"

姜安问："怎么了？"

傅晋寒说："找到了。"

姜安立即明白他说的是什么意思，赶忙起身跟着他离开。

刑侦办里，杨乐把电脑屏幕投屏到大屏幕上："洛白，29岁，钢琴教师，社会关系简单，无父无母，也没什么仇家。"

杨乐指了指屏幕："这里，还记得这个便利店吗？李湛案换车的地方，当时在便利店前台付款的这个戴帽子男人就是洛白。"

傅晋寒沉眸："其他的呢？"

杨乐继续用鼠标切换画面："这儿，翁静案案发当日，他就在人群里，还是那个黑色的帽子。"

这是一张密密麻麻的群像照片，俯拍的角度，一个戴着黑色棒球帽的男人远远地站在后面静静观察着，他的视线正对着翁静的房间。

"还有这里，看到了吗？这是李友德每周都会去市里参加的交流会，而这个交流会的成员里就有洛白。"杨乐一字一句说着。

"那袁成江呢？"包子问。

杨乐摇摇头："比较奇怪的一点就是，我们在其他三起案件中搜寻到了洛白的身影，但是袁成江案却没有，不过也可能是我们找的时候忽略了一些东西。我打算和二队的同事们再找一遍。"

老李道："他能在这么多起案件中出现，一定不是巧合！"

"那咱们现在还不赶紧去找洛白，戳在这里干什么？回头人跑了，哭都来不及！"包子一拍桌子，急忙看向傅晋寒，"老大，怎么说？"

傅晋寒起身："他现在人在哪儿？"

杨乐说："就在南城。"

"包子、姜安跟我一起去找洛白，其他人继续搜查袁成江死亡当天的沿途路线。老李，你带人去把十三年前和四年前两起案子所有相关人员再次找来公安局问话。"傅晋寒说完便大步朝外走。

姜安和包子急忙跟上去，等他们一起到了洛白居住的地方，姜安骤然愣住。

这不是她住的小区吗？洛白住在这里？

包子也认出来了，他挠了挠脑袋："姜安，这不是你住的小区吗？"

大概是没想到自己这四年来居然跟嫌疑人住在同一个小区，姜安愣了好一会儿才掩下内心的震惊，她咽了咽唾沫，说："确实是……我住的小区。"

傅晋寒皱了皱眉，看了姜安一眼，低声说："只是嫌疑人，暂时还没确定。"

姜安怔了怔，知道他这是在告诉自己别怕，朝他点了点头。

包子看着两人的互动，觉得自己像是个局外人，他捂唇干咳一声："老大，上去吗？"

"上去。"傅晋寒简短地说道。

一行人往楼上走。

姜安在南城这四年深居简出，就算是出去也都是自己一个人，很少和邻居接触，和楼上楼下这些邻居的关系也仅限于每天在电梯里或者小区楼下碰见点个头，所以对于洛白和自己住在同一个小区、同一栋楼这件事，她心底说不上来什么感觉，只知道自己对这个人毫无印象。

姜安从小记忆力就好，对见过一面有过交流的人也很难忘记对方的长相，而她既然对洛白一点印象都没有，极有可能是自己在这里居住的四年间从未碰见过他。

在姜安思考时，他们已经到了洛白家门口，包子正打算抬手敲门，木门就被人从里面打开了。隔着一扇防盗门，青年抬起头，容貌俊逸，穿着一身休闲的家居服，气质干净清冽，和"杀人犯"三个字简直一点关系都搭不上。

青年的声音听起来温文尔雅："请问你们是？"

傅晋寒出示了证件："警察，有些事情想和你了解一下。"

青年点点头，将防盗门打开。

洛白请他们坐下，之后又给几人倒了杯水。

"谢谢，不用。"傅晋寒将水搁在茶几上，拿出一张照片问洛白，"这个人你认识吗？"

洛白看了一眼，眸色动了动，随即摇摇头："不认识。"

傅晋寒没说话，又拿出一张照片："这个人呢？"

洛白点点头："认识，他是我们交流会的成员，不过他不是已经被抓了吗？你们来找我是……"

包子道："你怎么知道他被抓了？"

洛白看向包子："我们是一个交流会的，关于他的事其他成员一直在说，圈子就这么大，想不知道也难。"

傅晋寒再次拿出一张照片："那这两个人呢？"

洛白再次摇头："不认识。"

李湛、翁静、袁成江，洛白都说不认识他们，只承认自己认识李友德。

姜安坐在一旁一直悄悄打量着洛白，从微表情分析，洛白并没有说谎，但也不能排除他善于伪装。

傅晋寒收起照片，状似无意地问了一句："你怎么知道我们到了？"

洛白温和地笑了笑:"可能是和学音乐有关吧,我从小对声音就比较敏感,你们上楼时有脚步声,虽然隔着门,但我还是可以听见一点。"

傅晋寒说:"万一我们是去别人家呢?"

"不会。"洛白说,"你们的脚步停在了我的门口。"

傅晋寒没再就这个问题继续问下去,洛白看上去始终沉着淡定,回答没有任何疏漏:"可以解释一下为什么会出现在案发地点附近吗?"

洛白愣了愣:"什么?"

傅晋寒看了一眼包子,包子立刻把袋子里的照片一张一张拿出来,摆在洛白面前的桌子上。每张照片上面都用黑色签字笔备注了时间。

包子指着上面的时间说道:"这张是案发当日你在环城小区附近的便利店买东西;这张是在翁静死亡的小区里,你正站在人群里观望;还有这张,你和李友德在交流会的照片。请你解释一下,你为什么会出现在这些地方?"

洛白低头看向那些照片,脸上露出疑惑的表情:"李友德跟我一直在同一个交流会,认识不是很正常吗?至于另外两个人,我确实不认识,时间太久,我自己都记不清我去了哪里做了什么了,只是买个东西、凑个热闹,应该不至于因为这些就把我定义成嫌疑人吧。"

傅晋寒沉眸看向他:"买东西,凑热闹?"

"不然呢?"洛白反问,"环城小区跟这边就隔了一条马路,或许我那天晚上是刚跑完步经过那儿,或者下班吃饭经过那儿,买点东西难道不正常吗?至于我为什么会出现在凤阳小区,我姑姑住在那里,那天我应该是去拜访她,恰好碰到了你们办案。仅仅因为这些巧合,你们就能定我的罪吗?如果是这样,那你们警察办案未免也太草率了些。"

包子见洛白反倒教育起了警察,顿时气道:"你——"

包子话没说完就被傅晋寒按下,后者面无表情,淡淡说道:"我们是例行调查,正常走访,你有任何意见都可以投诉举报,我的警号稍后走访完毕会告知你。现在你只需要配合我们,回答问题。"

洛白抿了抿唇:"稍等,我给我姑姑打个电话。"

电话很快就接通了,洛白将手机开了免提,放在桌子上。

"姑姑。"

"小白?怎么了?是有事吗?"

洛白说:"您还记得我之前去凤阳小区给您带的冬虫夏草吗?"

"记得啊。"女人问,"怎么突然问这个了?"

洛白平静地说:"我是几月几日去的,您还记得吗?"

女人想了想说:"具体日子我记不清了,不过那天咱们这儿有个女孩死了,你当时不是还在楼下吗?"

"好的,有时间再去看您,我还有事,先挂了。"洛白看向傅晋寒,"可以了吗?"

傅晋寒站起身:"多谢配合,我的警号是——"

洛白打断他:"不用了,这是我作为公民的义务。刚刚是我情绪激动了,抱歉,不过换作谁无缘无故被冤枉心里应该都不会淡定。"

"例行走访,正常询问。你为什么会觉得我们是在怀疑你呢?"姜安突然开口,洛白给她的印象沉稳礼貌,看起来并不像是会因为这种事就喜怒形于色的人。

洛白笑了笑:"姜小姐,我只是不喜欢被质疑的感觉,你不用多心。"

- 14 -

从洛白家里出来,傅晋寒一行人又去了一趟凤阳小区,找到了洛白电话里的那位姑姑,和电话里说的一样,洛白当天确实来过她家做客。这下所有的巧合都有了解释,洛白从一号嫌疑人直接变成了与本案毫不相干的人物。

包子重重地叹了口气,望向傅晋寒:"老大,唯一的线索又断了,咱们现在怎么办啊?"

傅晋寒眉头紧锁,尽管他并不太相信洛白是无辜的,但目前的确没有更多的证据指向洛白,只能暂且作罢:"这段时间找人盯着他的一举一动,一旦有什么异样立刻联系我。"

包子点头道:"行。"

目前也只能从洛白身上下手了,毕竟一千多段监控视频画面里,只有他一个人的行踪轨迹和之前那些案件高度重合。

姜安看向遥遥无尽的天空:"傅晋寒,我觉得我们弄错了一件事,模糊了重点。"

傅晋寒拉开车门的手顿住:"你认为袁成江这起案件和十三年前的凶手没有关系?"

"不是。"姜安摇摇头,"虽然不排除是模仿作案,可是把画画得这么像的还是少数,除非这个人从小就跟着凶手学画,否则怎么可能做到一模一样。我只是想说,也许我们应该把袁成江的案子单独拎出来查,暂时先不要把它和十三年前的案子挂钩。"

姜安的意思傅晋寒能明白，她是想让警方暂时不要把注意力放在十三年前的案子上，不然很容易模糊重点。日落黄昏连环杀人案已经过去了十三年，当年能够收集到的证据实在有限，一些有价值的线索过了这么多年早就没有用处了，而袁成江案不一样，凶手刚进行犯罪，如今的侦查技术和十三年前早就不能一概而论，与其把这些案子都联系起来找线索浪费警力，不如直接顺着袁成江这起案子去查，反而可以节省时间。

傅晋寒点头："先回局里，看一下老李那边有没有新的线索。"

姜安道："好。"

三人一起又折回了市局，老李他们还没回来，姜安去了物证科，要来那幅肖像画，坐在窗边盯着看了一下午。

包子出去两趟回来，见她还在看，不由得问道："你这都看了好几个小时了，看出什么不一样了吗？"

姜安没有吭声，把那幅画慢慢抬起来正对着阳光，光线将纸张照得透明，姜安眼睛盯着每一笔的笔触，忽然站起身来："我找到了！"

包子被她吓了一跳："找到什么了？"

姜安神情激动："这幅画的笔锋没有之前重，下笔很轻，说明画这幅画的人手腕的力量不够。"

虽然只有一点点的区别，但这足以证明出现在袁成江现场的这幅肖像画和十三年前的那些不是出自同一个人。

包子压根就没听明白，他接过姜安手中用透明袋子装好的两幅画进行对比，端详了好几分钟也没看出个所以然："这不是一模一样的吗？"

只不过就是一张颜色旧了很多，能看出年份，而另外一张还很新。

姜安的手指着那张肖像画上的五官："看到了吗？这里，这根勾线的力度不一样，下笔比十几年前的那幅轻。"

她这么一指，包子还真看出来点区别，其实这么点细节用肉眼很难发现，必须得对着阳光一点一点观察才能看清楚，尤其姜安说的地方还是在笔锋末尾的位置，就连笔迹鉴定专家都不一定看得出来。

一个人要想模仿另一个人的笔迹很容易，每年几千份笔迹鉴定中就会出现十几份鉴定失误，这种造假者一般称之为高水平模仿者，而袁成江死亡现场的这幅画和十三年前的那些画的画法几乎一模一样。

整幅画也就只有五官最后勾线时的笔锋稍轻一点，而这点细微的差别几乎可以不计入其中，但破案最不能忽视的往往就是这些很小的细节。

同一时间，傅晋寒在袁家当年居住的那栋别墅里，带人进行地毯式搜索，他们清了所有的杂草，终于在角落里找到了一枚女士服装的纽扣。

这是很重要的发现，傅晋寒带着物证回局里时，迎面碰上了气喘吁吁来找他的姜安。

姜安差点刹不住车，整个人眼看着要撞上去，傅晋寒不躲不避把人接住。

姜安急忙道："肖像画不一样，笔锋比之前的轻，我让技术部门重新鉴定了一遍，证实确实和十三年前的画有些出入，不是出自同一个人的手笔。"

傅晋寒皱了皱眉："我在袁家那幢废弃的别墅里找到了一枚女士服装的纽扣。"

姜安愣了一下："什么？女士服装的纽扣？"

她脑袋迅速转动起来，笔锋较轻，手腕的力量不够，女士纽扣。如果把这些联系在一起的话，那……

姜安猛地抬头："杀死袁成江的是个女人？"

傅晋寒说道："目前看来确实有这个可能。"

"纽扣呢？我能看看吗？"

傅晋寒朝后面的同事看了一眼，那人立即将手里的物证袋递了过来。

姜安接过来看了看，蹙眉道："这纽扣有点特别，像是定制的。"

"定制？"傅晋寒问。

姜安点点头："我也就是猜测，这个纽扣看上去和外面那些常见的纽扣款式不太一样。"

"如果是定制的，找起来倒是容易很多。"

姜安说："袁成江当时正在逃亡，连他爸妈都不知道他在哪儿，凶手为什么会知道？要么是一直跟踪他，要么就是两个人认识并且一直有联系。"

姜安说的这点也正是傅晋寒猜测的。

- 15 -

警方调查了整整两天，走访了六十多个人，最终将目标锁定在一名叫孟星辰的瑜伽老师身上。

孟星辰曾经是袁成江的病人，两年前痊愈出院后一直和袁成江保持联系，偶尔还会一起出来吃顿饭，关系匪浅。

警方找到孟星辰的时候，孟星辰正在某机构给学生上课，见到警察，她面上非常镇定，平静地跟警方去了局里。

审讯室里，傅晋寒和姜安坐在孟星辰对面。

孟星辰长得很漂亮，身上有股江南女子自带的温婉气质，从外形上看，一点都不像个杀人凶手。还没等傅晋寒开口询问，她就已经率先开口承认了自己的罪行："袁成江是我杀的。"

说出这句话时，孟星辰面色平静，看不出一点情绪上的波澜，仿佛在和朋友讨论今天的天气如何。

姜安心里颇为讶异，她以为孟星辰起码会狡辩一下，没想到她承认得这么坦荡。

孟星辰继续道："我和他一直有联系，他很相信我，因为我是他第一个认为治好了的病人，他用我的病例讲了很多堂课，还获得了奖项。所以他后来经常为我安排复查，确认我的病情没有复发，就连杀完人出逃的时候，也不忘记问我。"

孟星辰诡异地笑了下："当时我问他在哪儿，他直接就跟我说了，还让我不要告诉警方，他说他杀了人，再也不是那个心理医生了，他是个罪犯，是杀人凶手——总之，他那天晚上情绪很崩溃，我说我想去看他，他同意了。然后我就过去了，后来就像你们看到的那样，我去了别墅，把他骗到了车上，我告诉他待在别墅一定会被警察顺藤摸瓜找到，我帮他安排去别的地方，他信了。"

孟星辰耸了耸肩："后来就是你们看到的那样了，我把他迷晕之后割破他的手腕，让他慢慢流血而死。"

傅晋寒眸色微沉，问："为什么杀害袁成江？"

孟星辰低了低眸，依旧面无表情："没有理由，就是想杀。"

傅晋寒皱了皱眉，孟星辰交代了详细的犯罪过程，却不告知杀人动机，无差别杀人只会发生在有反社会人格的人身上，但孟星辰显然不是。

姜安撑着下巴仔细观察孟星辰说话时的反应，忽然问："既然决定模仿十三年前日落黄昏连环杀人案的作案手法，为什么不模仿得彻底一些，还要留一些漏洞？"

孟星辰看上去才二十多岁，十三年前她还是个十几岁的孩子，无论如何也和那起杀人案挂不上钩，既然十三年前不是她，那十三年后的孟星辰就是模仿作案，通常选择模仿作案的人无外乎两种心理。

第一，模糊警方视线，试图将犯下的罪行嫁祸给之前的凶手。

第二，崇拜心理，日落黄昏连环杀人案的凶手出逃十三年也未被警方找到，而一些有犯罪倾向的人就会将他看作"神"，继而想通过模仿作案来表达自己对"神"的敬意。

无论是哪一种，都只会复刻犯罪手法，不会有任何改动。这两种情况姜安之前跟着老师办案时都碰到过，但孟星辰看上去不属于其中的任何一种。

孟星辰沉默了一会儿，才说："不是漏洞。"

"那是什么？"姜安问。

孟星辰说："我只是觉得或许他不会喜欢别人复刻他的作案手法。"

姜安蹙了蹙眉，这是什么观点？怕那个"他"不喜欢，所以在作案手法上改动了一下？听着怎么这么奇怪？

姜安压下心中的疑惑，看了一眼傅晋寒，发现对方始终面色沉郁。她其实能猜到傅晋寒的想法，如果袁成江的案子是孟星辰做的，这起案件就会被定义成模仿作案，和十三年前日落黄昏连环杀人案没有牵扯，那之前好不容易争取的并案调查的机会就没有了。

旧案重查本身就困难重重，失去一个机会不知道下一个机会还要等多久。

傅晋寒身体微微后仰，抬眸看向孟星辰："没有杀人动机的模仿犯罪，孟星辰，你是觉得警察好糊弄吗？"

孟星辰抿了抿唇："为什么杀人一定需要理由？"

"这很简单，你怎么不杀张三不杀李四，偏偏去杀已经是嫌疑人，一旦被警方抓获之后就会被判死刑的袁成江呢？一个必死的人你还要亲自动手，这点你不觉得很奇怪吗？"

孟星辰沉默着不说话。

傅晋寒继续说道："认识洛白吗？"

姜安一怔，大概没想到他会在这个时候突然提起洛白的名字，随即转头去看孟星辰，对方瞳孔微微收缩，眉心轻拧，但表情很快就放松下来："不认识。"

孟星辰在撒谎，她这个反应可一点都不像不认识洛白。

洛白……

姜安忽然说："孟星辰，你和洛白的眼睛长得还挺像的，都是丹凤眼。"

这种眼型的人其实现实当中很多，其中大多数人自带独特的文艺气息。两个人一个是瑜伽教师，一个是钢琴教师，他们身上的确有这种文艺特质。

孟星辰脸色骤然剧变，双手按压在桌子上，沉着脸说："我说了，我不认识洛白！"

姜安笑了笑："我只是说你们长得像，没说你们认识啊，你情绪不用这么激动。"

孟星辰像是刚反应过来自己的失态，她缓缓收回手，表情又恢复到之前的镇定："我只是不喜欢别人说我和其他人长得像。"

姜安"哦"了一声："那就不说了，还是说回案子吧，为什么杀害袁成江？"

孟星辰皱眉："我不是说了嘛，没有原因，就是想杀。"

"那为什么又要去模仿杀人呢？"

孟星辰这次没回答得那么快，而是过了会儿才出声："我不想让你们找到我。"

姜安忽然轻笑出声。

她这声笑在孟星辰看来就是挑衅，她有些生气地问："你笑什么？你们警方办案都是这么不正经的吗？"

姜安说："抱歉啊，我只是觉得你说话太有意思了，你不觉得你每句话都是相悖的吗？既然你不想我们找到你，又为什么故意在现场留下纽扣呢？"

孟星辰听姜安说完这话一愣，她手指紧了紧，神色凝重地看向姜安："你是怎么知道的？"

姜安淡淡说道："你说袁成江很信任你，自愿跟你上车，而你又是在车上把他迷晕的，既然你们俩没有发生过激烈摩擦，那你的纽扣为什么会跑到杂草丛生的角落里，你不觉得把扣子扔在那儿太刻意了吗？"

孟星辰双手紧握，十指不断地揉搓，神情很不对劲，整个人陷入焦虑紧张的状态。

姜安皱了皱眉，问她："你之前到袁成江那边治疗什么病？"

孟星辰的声音突然变得很低："狂躁症。"

姜安："……"

傅晋寒站起身："今天就到这儿。"

从审讯室出来，姜安还在想刚才孟星辰的反应，一个极端焦虑狂躁的患者，真的有能力去杀死一个人吗？这个过程中任何一步没有按照她预设的计划发展的话，她的狂躁症随时都有可能发作。更重要的是，孟星辰的精神病如果被证实没有治好，她很有可能会逃脱法律的制裁。

老李摘下耳麦："傅队，她的病不是说在袁成江那儿治好了吗，怎么还会突然犯病？"

傅晋寒沉眸道："刘文文也说自己在袁成江那儿治好了，两周后以自杀这种极端的方式结束了生命。"

"……"老李有些无语，"敢情这袁成江是个庸医啊！"怎么从他这里出去的病人还是会接着犯病呢？这也叫治好了？

姜安说："孟星辰很有可能认识X。"

提到X，审讯室外陷入沉默。这个名字从一开始就贯穿了所有案件，几乎每一个案件后面都是他在操控，但对方却一点踪迹都没有留下，警方根本无从寻找。

老李沉默片刻后问："你们说这个X会不会是洛白？"

刚才他在外面一直盯着孟星辰，对方是在姜安提到"洛白"这个名字之后才开始情绪不稳定的，她明显就是认识洛白啊。

这个人每次都那么巧合地出现在案发现场附近，天底下哪有这么多凑巧的事。

傅晋寒问："包子那边盯得怎么样了？"

老李摇摇头："没进展，这个洛白整天大门不出二门不迈的，三天过去了也没见他下楼，怕他夜里出去，包子带着江辰在小区门口守了他两夜，也没见人出去。"

姜安诧异道："他难道不用吃饭的吗？"

老李道："所有穿着外卖衣服的人都被我们拦下来问了，没有一个外卖是送到洛白家里去的，反正这三天他没叫外卖，也没出门，估计是家里有存货吧，谁知道呢。"

提起洛白，老李就一阵头痛，这个人就跟铜墙铁壁一样找不到一点漏洞，行为也没一点异样，完全找不到突破口。

傅晋寒冷声道："接着盯，盯到他出门为止。"

"行。"老李看向姜安，"小姜今天怎么话少了，审完孟星辰难道没什么想说的吗？"

姜安回神，吸了吸鼻子："我还是觉得孟星辰眉眼和洛白长得有点像。"

老李笑了："洛白才32，这孟星辰都25了，你总不能怀疑孟星辰是洛白亲生的吧，这世界上长得像的人多了去了，况且我瞅着他们俩一点也不像，不就都长了一双丹凤眼嘛，咱们陈法医，不也是丹凤眼。"

姜安若有所思地点了点头："那可能就是我想多了吧。"

她倒不是觉得孟星辰和洛白一定有什么亲属关系，就是看到孟星辰时心里有种说不出来的异样，就像是……就像是不知道在哪儿见过她似的。

姜安甩了甩头，觉得自己可能想多了。

晚上，包子从外面回来，一进门就灌了一大口水。

杨乐没忍住调侃："你怎么这时候回来了，洛白那边呢？谁盯着？"

包子说："小慕跟江辰在那儿呢，我回来洗个澡，我都看了两夜了，再不洗澡我人都要臭了。"

"不至于吧，这是冬天，又不是夏天，哪儿那么夸张啊。"

包子摆了摆手："老大他们呢？"

杨乐道："去走访孟星辰的街坊邻居、同事和学生家长去了，这会儿差不多该回来了吧。"

刑侦办里开了空调，热气往外冒，包子把外套脱了："洛白那儿我看是找不到什么线索了,这人每天不出门,我们也不能进他家里去盯,这样下去不是个事啊。"

杨乐说:"就听老大的吧,他让你盯,你就盯呗,而且我觉得老大让你盯着肯定有老大的理由。"

包子也是这么认为的,所以他才连着盯了两夜,这会儿小慕去接班他才敢回来:"老大说没说什么时候回来?"

杨乐摇摇头:"不清楚,不过都一下午了,估计快回了。"

他话音刚落,姜安跟傅晋寒就出现在了门口。

包子问道:"老大,查出什么线索没?"

傅晋寒沉默着扫视了一圈,冷声道:"孟星辰曾经居住在南城茶石村。"

这句话就像是一个惊天大雷炸在所有人的心口。老李缓缓解释:"我们走访了近几年所有与孟星辰有过接触的人,其中一名学生家长和她是同学,据她所说,孟星辰以前是茶石村人,她是在初二那年转学到南城市里的,举家搬迁。而那一年,正好是十三年前日落黄昏连环杀人案凶手频繁作案的一年。"他深吸一口气,"不光如此,自从孟家搬走之后,日落黄昏连环杀人案的凶手也跟着销声匿迹了,再也没有作过案。"

"什么意思?"包子倒吸一口凉气,"难道孟星辰和十三年前日落黄昏连环杀人案真的有关系?"

姜安说:"孟家搬家的时间实在太过诡异,正好是当年最后一起案件发生的时间,半个月没到,孟家就举家搬来了南城市区,这么多年再也没有回去过。"

所有人都沉默了。

姜安缓缓道:"如果孟星辰不是杀人凶手,那她很有可能是当年的受害者。"

"……"

可孟星辰如果是当年的受害者,她又怎么会在十三年后变成一个杀人犯?这中间到底发生了什么?在所有案件中频繁出现的X又是谁呢?

天空笼罩着阴霾,大雪似乎再次将至。有太多谜题围绕着南城市局,所有人的心里仿佛被盖上一层乌云,不知道什么时候才能散去。

第五案

日落黄昏

伏罪

PLEAD GUILTY

- 01 -

2014年夏。

这个小村落近日都被烈日笼罩,村口都没什么人。一个小女孩和同伴一起走在空空荡荡的街上,她们刚放学,走到岔路口两个小伙伴拥抱后分开。

同伴提醒她:"我妈说最近那个杀人恶魔就喜欢抓穿裙子的女孩,你明天别穿裙子了,万一被那个杀人恶魔盯上了可怎么办?"

女孩不以为意,她的爸爸就是警察,身为警察的女儿,她可不会怕一个杀人犯。女孩虽然年纪小,但很有勇气,她的梦想是将来和父亲一样当一名警察。她笑容天真地说:"我爸说了,他们很快就能抓住那个人了,咱们不用害怕。"

同伴胆子小,嗫嚅地说着"妈妈不让"之类的话,在岔路口和女孩道别。

女孩背着书包往家里走,今天这条路和以前好像不太一样,街头多了一个年轻的小哥哥,他面前摆了一个画架,小女孩虽然不懂画画但也觉得面前这人画得很好看。她忍不住停下脚步在后面偷看,那个人忽然回头了,朝她笑了笑:"你身上的红裙很好看,要我帮你画一幅画吗?"

女孩羞涩地摇了摇头:"谢谢,不过我得回家了。"她爸爸还等着她回家吃饭呢。

年轻人没勉强她,转过身继续画画。

女孩第二天又走了这条路,她看到年轻人还在这里,这次她鼓起勇气走过去,央求年轻人给她画一幅画,年轻人答应了,便让女孩坐好。

夏天多阵雨,这幅画还没画完就下起了大雨,女孩再一次折返回家。

隔天傍晚,她穿着她最心爱的红裙,和年轻人约定好了去河边接着画那幅没画完的画。

"孟星辰?"有人在后面叫她,女孩回头看了一眼,是自己的老师林烟。

林烟拿着伞走过来:"天要下雨了,你怎么还没回家?"

孟星辰攥着书包的肩带:"老师,我在等人呢。"

林烟温柔地说:"等朋友吗?要不要老师陪你一起等?"

孟星辰摇摇头："不用了老师，您先回去吧。"

学校里人早就走空了，风雨欲来，街上一个行人都没有，最近南城那个连环杀人案闹得人心惶惶，林烟有些不放心她："老师还是陪你一起等吧，如果再过十五分钟人没来，咱们就回家，好吗？"

看这个天，最多还有十几分钟，大雨就要来了。

孟星辰想起那位年轻人的话，礼貌拒绝了："林老师，你不用担心我，我马上就走了。"

林烟见她一直拒绝便没再坚持，天色渐晚，她在外面晒的被子还得在下雨前收回来。她抬头看了一眼阴沉沉的天空，想到那个杀人犯喜欢在黄昏时作案，今天是个下雨天，应该不会出来，便稍稍放了点心，又交代了孟星辰几句便走了。

林烟回家之后把被子收进去，坐在家里批改学生的作业，心里却总是有种隐隐的不安感，就像有什么事要发生一样。林烟打开电视收看接下来一周的天气预报，看到明天的天气预报是晴天，又想到了在雨中等人的孟星辰，她顿时慌了，赶紧撑伞往外走。然而她在学校附近找了一圈都没发现孟星辰的身影，只好冒雨往她回家的方向找。

雨下得越来越大，林烟浑身都湿透了，但仍然没有放弃寻找自己的学生，终于在再一次拐入一个巷口时，她听到呜咽的声音。林烟的心提到了嗓子眼，她把伞收起来当作武器，透过墙缝，她看到孟星辰手被捆住倒在地上。

林烟害怕极了，但她还是鼓起勇气快速从另外一条巷子绕过去，拿着伞抵在男人面前："你是谁，为什么要绑架我的学生？"

雨水砸在地面噼啪作响，年轻人戴着鸭舌帽，看不清脸，林烟不管不顾地上前想要把孟星辰拉过来，孟星辰看到了林烟仿佛看到了救世主，她大声喊叫，想要逃离年轻人的控制。但她怎么挣脱得了呢，她整个人被拖到后面，林烟差一点就能够到她了。

林烟冲了上去，拿伞敲打那人，在大雨中和他扭打成了一团。

孟星辰趁乱挣扎着站起来，看到林烟被砸倒在地的身影，她惊吓地后退，那人并未急着抓她，而是站在原地用黑色塑料袋套在林烟的脑袋上，狠狠扎紧，林烟痛苦地挣扎着，双腿逐渐僵直。

孟星辰尖叫了一声，仓皇地跑开，再也没有回头看一眼因为救她倒地而亡的老师。

年轻人嘴角露出一抹嘲讽的弧度，似乎并没有要追人的想法，把林烟的尸体拖走了。

大雨倾盆，孟星辰一路跌跌撞撞，脸颊上的水渍分不清是泪水还是雨水。

林烟的尸体在村子的一片芦苇地里被发现，死状惨烈，身体到处都是凌虐伤，阴部缺失，双手和双脚被一种特殊的绳结系法绑住，八音盒里的生日快乐歌就像是夺命的曲，一幅肖像画被石子压住和她的人一样躺在荒凉的野地里。

孟星辰的眼泪流了下来，她双手捂着脸，看起来很痛苦："我想要救她的，我只是太害怕了……"

姜安和傅晋寒坐在她对面，看着女孩抱头痛哭，似乎将压抑在心底多年的痛苦一次性发泄了出来。"那天我回去了，我想回去救林老师，可是没有了……那里没有人了，我找不到林老师，我报警了，警察过了很久才来，没用了……什么用都没了，来得太晚了，林老师已经死了。"

孟星辰自顾自说着，这些回忆折磨了她将近十三年，这十三年她如同行尸走肉般活着，午夜梦回时，总是能看见林烟最后绝望的、悲惨的脸。

孟星辰患了重度精神疾病，有时候一觉醒来她都不知道自己身在何处，恍惚间以为自己回到了十三年前，回到了那个充斥着痛苦的下午。

那天之后，她父母带着她离开了那个村子，来到市里定居，希望她能够忘记那些不好的事情。可孟星辰怎么能忘记呢？那是一条代替她死去的活生生的性命，那是她的老师，是为了保护她，宁愿自己去死的老师。

- 02 -

孟星辰对十三年前的事并没有隐瞒，把自己知道的，以及那天的经过全部告诉了警方。

姜安抽出一张纸巾递给她，孟星辰愣了下，然后说了一声"谢谢"。

傅晋寒眉头紧皱，当年林烟成为日落黄昏连环杀人案的最后一个被害人，所有人都知道她死在恶魔的手里，却没人知道她是为了保护自己的学生而死的。

因为当年孟星辰什么都没说，面对警方的审问，她表现得一概不知，而她的父母也不配合，导致警方在她这里没有收获一点线索，间接让这起十三年前的恶性杀人案成了悬案。

"当年为什么不说实话？"傅晋寒的声音冷得骇人。

孟星辰僵了僵，手指绞在一起："我害怕，当年我才十几岁，我什么都不知道，我得了PTSD（创伤后应激障碍），连凶手的样貌都忘了，我能怎么说，又能说什么？告诉大家我见过凶手，但是我不记得了，我不记得他是怎么杀死林烟的，我也不记得他长什么样子了，我指认不出来吗？"

孟星辰越说情绪越崩溃，甚至有些歇斯底里："你们不是我，不知道我遭遇了什么，我也想救林老师，可是我能怎么办呢？"

姜安见她精神高度紧张，趁机问："你现在不是已经想起来了吗？他会画画，你跟他见过面，他穿了什么衣服？眼睛是丹凤眼吗？"

孟星辰猛地摇头："不知道，我真的不记得了，我已经把我能说的全都说了，你们不要再逼我了。当年的事是我对不起林老师，我每天都在忏悔，我——"

傅晋寒打断她："你每天都在忏悔，然后你杀了人。这就是你如何表达对她的愧疚吗？"

孟星辰猛然僵住，双目空洞呆滞，眼睛一眨不眨，像是失了灵魂的玩偶，半天过去她的眼睛才缓缓恢复焦距："杀人……是，我杀了人……我杀了袁成江。"

她忽然笑起来，眼底布满了血丝："你知道什么，我杀袁成江是因为他该死！他杀了那么多人，我帮你们把他杀了还不好吗？"

"你为什么杀他？"姜安问。

"我说了，没有原因。"

姜安看了她几秒，随后拉起傅晋寒："今天就到这儿吧。"

两人从审讯室出来，老李迎上去，不解地问："不接着问了？她好不容易情绪到达临界点，不趁着这个时候多问点什么出来吗？"

傅晋寒沉声道："假的。"

老李愣住："假的？什么假的？"

姜安说："她的情绪是假的。"

老李怔住了，他完全想不到在里面声嘶力竭、痛哭流涕地忏悔的人，说出口的那些话竟然是假象。他深吸一口气："那我们现在怎么办？"

傅晋寒眉心深拧："孟星辰这边不愿意说真话，只能从别的方面入手了。"

"别的方面？"老李皱眉道，"是指哪儿？"

姜安说："或许我们应该去一趟茶石村。既然 X 不是杀死袁成江的凶手，那根据之前的惯例，每起案件背后的主导者都是这个 X 的话，袁成江案会不会也是这样呢？像这种穷凶极恶的杀人犯一般同时具有强迫症和心理洁癖，他为什么可以允许孟星辰模仿他曾经的作案——"

"等等等等。"老李打断道，"你的意思是这个 X 就是十二年前……不是，已经过完年了，十三年前，你是说他是十三年前日落黄昏连环杀人案的凶手？"

姜安点点头："目前看来，确实如此。"

四年前，他就是这么挑衅自己的。如今她来了南城，他又在南城布起了棋局，害死了这么多人。这样的感觉太过熟悉，就和四年前那起城市爆炸案一样。姜安一直都很相信自己的直觉，这是一种对凶手和案件与生俱来的敏感。

如果证实X就是当年的那个人，而警方若是没能及时将人抓捕归案的话，南城很有可能将再次掀起一阵腥风血雨。

姜安心里隐隐生起一股不安感，他们必须尽快找到这个X。她看向身边的男人："去吗？"要想摸清十几年前的案子，就必须回到案件发生的地方，将一切重建。

傅晋寒说："去。"

老李忙问："那孟星辰这边呢？"

傅晋寒沉眸："她不愿意说实话，你们就从她父母身上着手，总有一个人会说出真相。"

"行，你和姜安放心去，这边就交给我们，有什么新进展，到时候我第一时间通知你们。"老李说着又叹了口气，用十分不理解的语气说，"傅队，她是真的忘了凶手的样貌吗？"

PTSD他当然知道，这种创伤后应激障碍不少人都会有，但孟星辰怎么看都不像是这种症状。

姜安沉默片刻后说："PTSD是一个人经历、目睹或遭遇一个或多个涉及自身或他人的实际死亡，或者受到死亡的威胁，或者经历严重的受伤，或者躯体完整性受到威胁后，导致的个体延迟出现和持续存在的精神障碍。PTSD的核心症状有创伤性再体验症状、回避和麻木类症状、警觉性增高症状三种。

"回避和麻木类症状主要表现为患者长期或持续性地极力回避与创伤经历有关的事件或情境，拒绝参加有关的活动，回避创伤发生的地点或与创伤有关的人或事，有些患者甚至出现选择性遗忘，不能回忆起与创伤有关的事件细节。警觉性增高症状主要表现为过度警觉、惊跳反应增强，可能伴有注意力不集中、激惹性增高以及焦虑情绪。有些患者还可表现出滥用成瘾物质、攻击性行为、自伤或自杀行为等。"

顿了顿，她说："孟星辰的症状更像是这两种症状的综合，时间一久，连她自己都忘记了当年的事到底是真实发生的，还是她记忆出现了问题幻想出来的。所以她的情绪才会那么反复无常，不过有一点可以证实，她的忏悔一定是假的。"

连事情的真相都不记得的人，又怎么可能真心忏悔呢？

姜安忽然想到了什么，朝老李道："李叔，你去查一下孟星辰的病史，看一下她都服用了哪些精神类的药物。另外，查一下她曾经有没有接受过催眠治疗。"

老李说："行，查到了我给你打电话。"

傅晋寒补充道："让包子继续盯着洛白，一举一动都给我盯死。审问孟星辰的时候可以适当提一下洛白观察她的反应，把笔录报告发给我。"

老李点头："好。"

姜安临走之前和傅晋寒一起去看了一眼袁成江的尸体。她在里面待了一个多小时，傅晋寒陪了一个多小时。出来时，傅晋寒问她："看出什么了吗？"

姜安看着面前的石板路，低声问："老师说这个世界上只有死人才不会撒谎，他会用'自己'告诉你，他为什么会死去，又是谁杀的他。"

傅晋寒"嗯"了一声，表示自己在听。

姜安继续说道："袁成江真的不知道孟星辰是来杀他的吗？这几天我一直在想一件事，那天在医院跟我聊天的到底是袁成江的主人格还是副人格。如果是副人格，我想不到那天能够刺激到他体内副人格出现的契机是什么。拥有双重人格的精神病患者本质上是可以控制自己的人格的，尤其是像袁成江这样聪明的人，他的主人格是可以控制副人格的。"

傅晋寒低声问："你是觉得那天跟你说话的人是主人格，包括在他逃跑的那几天其实都是袁成江本人吗？"

"对。"姜安说，"那具尸体告诉我，他知道自己即将面临死亡，并且……他决定付出生命。"

傅晋寒皱了皱眉："既然决定送死，又何必潜逃呢？"

姜安说："这也正是我疑惑的一点，他到底为什么心甘情愿地被孟星辰杀死，他这样做的理由是什么？"

姜安看着那具尸体想了很久也没有得出结论。

傅晋寒停住脚步，垂眸看她："也许在他眼里，孟星辰和刘文文是一类人。他能为了刘文文去杀人，也能为了孟星辰去送死。"

姜安："……"

傅晋寒解释："这是一种救世心理。"

姜安瞬间明白，孟星辰和刘文文都是袁成江的病人，而他并没有治好他们，反而让他们病得越来越严重。他在愧疚，也在赎罪。或许从来没有什么人格分裂，两个人格都是袁成江自己。

- 03 -

车子在暗夜中快速行驶着，从南城市中心到茶石村的距离不过两个小时，但这两个小时却改变了孟星辰的一生。

姜安坐在车上透过窗户看外面的天空，南方的冬夜里鲜少能看得见星星，车子已经在路上开了一个多小时，她依然在想孟星辰的事。

茶石村并不大，十三年过去，这里已经变了很多，光是看表面很难想象这里曾经发生过一起震惊全国的恶性凶杀案。姜安从车上下来，没注意脚下竟有个坑，身子一歪，差点和地面来了个亲密接触，腰上有热度传来，她愣了一下。

傅晋寒掌心贴在她的腰上，将人扶正之后便把手收回去了："认真看路。"

"哦。"

傅晋寒让姜安先走，自己拿着手电筒在后面给她照路。

姜安走得小心翼翼，生怕又踩到一个坑。傅晋寒离她并不远，大概是怕她摔倒，一直在后面护着。

茶石村虽然是个村子，但是近几年在政府的扶持下，经济发展得还可以，村子里建了两家快捷酒店，不算大，都是村子里的人自己经营的，傅晋寒和姜安就近找了一家临时住下来。然而姜安没想到这酒店会漏水，她是硬生生被水给滴醒的。

姜安衣服都湿透了，连带着被子全都湿了，地上形成一个水坑，地面看上去竟然像是倾斜的。姜安赶紧联系酒店前台，但是前台告诉她已经没有空房间了，只能等到第二天修理。

姜安有些无语，她需要一个安静的环境休息。这滴水声不断，她今晚还怎么睡。姜安只好去找住在她隔壁的傅晋寒。

姜安敲响了傅晋寒的房门，傅晋寒开门，看到外面可怜兮兮的小姑娘时愣了一下："怎么了？"

姜安向他解释了自己的情况，傅晋寒很快就明白了，淡声道："你睡这间。"

"那你呢？"姜安下意识问。

傅晋寒说："我去找酒店前台修一下，你先睡吧。"

姜安有些不放心："能修好吗？"

"能。"

姜安点了点头："好。"

和傅晋寒换了房间后，滴水声停了，姜安睡得踏实了很多。

第二天，姜安起了一个大早，打算去叫傅晋寒，结果她刚出去就看到自己的房间大门敞开，已经快水漫金山了。她心口一跳，急忙往里走，抬眼便看到傅晋寒躺在酒店的沙发上。男人个子很高，整个人缩在那里，长腿憋屈地搭在沙发下面，一看就知道他是保持这种姿势睡了一夜。

傅晋寒听觉灵敏，姜安一进门他就醒了，只是腿有点麻，所以一时没动。

姜安走过去蹲在他旁边："不是说能修好吗？"

傅晋寒撑着沙发坐起来，揉了揉眉心，困倦地说："是墙板问题，只能换。"

姜安蹙起眉："那你怎么不说？"

傅晋寒道："我以前当兵的时候还在野地上睡过，这算什么。"

男人脸上没什么表情，姜安心里却一揪一揪地疼，她伸手想把他拉起来："要不要去那个房间再睡会儿？"

傅晋寒穿上鞋："不用，咱们时间紧迫。"

姜安没再说什么，他们现在的确时间紧迫，没有一分一秒可以多耽搁。

- 04 -

日落黄昏连环杀人案即便过去这么多年，但由于其案件性质极其恶劣，一经提起，村民依然是闻风色变。当年凶手跨越多个地区作案，茶石村是他最后一次作案的地方。警方多次调查搜寻都没有找到有关凶手的痕迹，他为何在茶石村案后突然收手？

姜安和傅晋寒找到了林烟的姑妈，老人第一眼见到傅晋寒就认出他了。

"你……你是小傅？"姑妈惊讶又愕然地问。

傅晋寒伸手将姑妈手上的重物接了过来："没想到您还记得我。"

姑妈憨厚地笑了一声，邀请两个人进屋坐："那一批军娃子就你长得最出挑，想不记得都难嘞。"

她其实才50多岁，但背影佝偻，头发苍白，看上去像是个行将就木的老人。姑妈给他们倒了水，拉着傅晋寒絮絮叨叨地说着以前的事，林家如今就剩下她一个，林烟的父母早已去世，林烟和弟弟又都遭遇了不测，她一个人住在这屋子里，无依无靠。

傅晋寒安静地听她说完，时不时出声回应一句。

姜安坐在他们旁边，没有打扰。

姑妈说了一圈，终于说到了林烟，她知道傅晋寒如今是名警察，便忍不住问："当年那个凶手，抓到了吗？"答案她其实是知道的，只是不敢承认，如果这案子破了，警方找到了凶手，又怎么会不通知她这唯一的家属呢？

只是时过境迁，即便过去这么多年，她仍然抱着希望，这也是她坚持努力生活的原因。她是林家最后活着的人了，必须得等到那一天，不然下了黄泉，她怎么去见侄女啊！

傅晋寒沉默片刻后说："我们这趟过来就是为了找出当年的凶手。"

姑妈眼眶都红了："这是……是还没找到吗？"

傅晋寒沉声道："会找到的。"

姑妈强忍着泪不断点头："对、对，会找到的，一定会抓到那个人渣的！"

傅晋寒问："当年的事你还记得多少，可以再跟我们说说吗？"

姑妈擦了擦眼角："当初我知道的都和警察说了，林烟是为了救人才没的，杀她的是一个画家，我们村子里没人见过那个画家，只有孟星辰见过。"

姜安微微蹙眉："他在村子里写生，这么大个村子那么多人难道没一个人见过吗？"

"没有。"姑妈很肯定地说，"他写生的地方在一条河边，平常都是背对着路口，我们只知道一个年轻人在村口画画，但我们都是粗人，不懂艺术这种东西，所以没人对他感兴趣，我们连忙农活的时间都不够了，哪儿有空去看人画画呢？"

"那他出现在那里几天，你还记得吗？"

"记得，一周吧。"姑妈哽咽着说，"当时谁都没想到那个小伙子竟然会是杀人狂魔……"

姜安眸色微凝，一个突然出现在村里的人，却没有引起村里任何人的关注，这真的符合常理吗？

姜安看了傅晋寒一眼，在对方眼底看到了和自己一样的疑惑，来之前他们已经把当年的案卷全部查了一遍，和林烟姑妈所说的情况基本没有差别，按照当年最后一起案件中孟星辰的口供来看，这个人应该是先挑中合适的人选，然后再实施犯罪。

那么在这之前，他是通过什么选中孟星辰的呢，或者说他曾经在哪儿见过她？

十三年前的事如今已经过去太久了，很多事都无法再查证，从姑妈家里出来，姜安和傅晋寒又去了其他村民那儿，一圈下来，并没有什么新的线索，他们只能准备折回南城市区。

寒风呼啸而过，姜安站在车窗边，注视着村口唯一的一条河，孟星辰曾经在这个河边碰到了恶魔，也让林烟死在了这个恶魔手里。

树梢在风中乱晃，有一片落叶飘落在了地上，姜安盯着地上的那片落叶出神，耳边是傅晋寒叫她上车的声音，这一瞬间，所有关于案子的细节在她眼前一闪而过，她在迅速地提炼信息。天空中又飘下来一片枯黄的枝叶，姜安视线在那片落叶上停留了几秒，骤然抬眸："孟星辰还有个朋友。"

傅晋寒眉头皱起："朋友？"

他微微眯眼，和姜安的目光在空中相撞，两个人此刻在想着的都是同一件事。

傅晋寒立刻关上车门，朝姜安道："走。"

姜安快步跟在他身后，两个人停在一间砖瓦房前，傅晋寒抬起手敲门，里面很快就有人来开门。

"谁啊？"开门的是一位老人，头发花白，满脸都是皱纹，正打量着突然出现在家门口的两人。

傅晋寒喉结滚了滚："请问，这是顾若家吗？"

老人疑惑了几秒还是点头："是啊，你们找我孙女有什么事吗？"

姜安轻声说："奶奶，我们是警察，找您孙女是想问一下当年的事。"

提及当年，老人的脸色一下子就变了，眼神中多了些恐惧，她磕磕巴巴地说："你……你们找我孙女做什么？我孙女什么都不知道。"

姜安温和地笑了笑："奶奶，我们还没说当年的什么事呢。"

老人沉默了半晌，才将人放进来，叹了口气说："你们问不出什么的，我孙女已经疯了。"

姜安和傅晋寒皆是一怔。

"疯了？"

老人上了楼，一边走一边说："是，十三年前就疯了，我们问过她关于那件事的问题，她什么都不知道。"

姜安问："那您孙女现在是在哪里？"

老人拿出钥匙，将最里面的一间房门打开："在这里。"

这是一道上了锁的房间，位置却是家里最好的，屋里阳光很充足，干净整洁，女孩坐在床边两眼无神，恍惚地盯着书桌发呆。有人进来，她也没有反应，像是活在自己的世界里。

姜安看了她几秒，问老人："她是得了什么病？你们去检查过吗？"

老人摇摇头："A市的大医院都去了，没用，吃药都没用。自从林老师死了之后，她就变成这样了，要我说最该死的人是孟星辰啊！要不是她，林烟怎么会死，我家孩子又怎么会变成这样呢?!"

姜安一顿："奶奶，孟星辰在当年也是受害者，我们应该谴责凶手，不应该去怪她的。"

老人痛心疾首："可我孙女也是无辜的啊，林烟一死，我孙女就疯了，孟星辰也跑了，我们只是想弄清楚我孙女疯了的真相而已，怎么就这么难！"

傅晋寒沉声道："我在此向您保证，警方一定会给当年所有被害人家属一个交代，但在此之前，我希望您能详细跟我说一下您孙女的情况。"

老人抹了抹眼泪，看着床边坐着的女孩说道："林老师去世之后，小若就有点不正常了，她变得不爱说话，以前我们只要一提到她最好的朋友孟星辰，她都会很高兴地和我们聊起来，可林烟死的那天晚上，我只是做饭的时候顺嘴说了一句'星辰受了那么大刺激也不知道怎么样了'，小若突然就把桌子给掀了，大发了一通脾气。我当时没觉得她是病了，就以为她是受刺激了，还把她骂了一顿，但是后来她一直都这样，不能提起孟星辰，也不能提起林烟，谁提她都会发疯。"

老人叹了口气道："而且后来她每天晚上都会做噩梦，半夜经常哭醒，我这才意识到她可能生病了，就把她带到医院检查。医生说孩子精神有问题，很有可能是精神分裂，她妈就被人说是精神病，自杀死的，我也没想到精神病也会遗传啊。医生说遗传的概率很小，孩子应该是受到了什么刺激才会变成这样。警察同志，你们说小若能受什么刺激呢？肯定是和孟星辰还有林老师有关，我带着她去A市看病的时候想去找孟星辰问问当年到底怎么回事，我孙女为什么会突然疯掉，可孟家闭门不纳，我去找了好几回，都没人给我开门。"

"你是说，顾若是在林烟死后才变成这样的，而且不能在她面前提起孟星辰和林烟是吗？"姜安问。

老人点点头："是，只要不提，基本不会发病，只会像现在这样坐在床上发呆。"

傅晋寒沉默了一会儿，看向老人："可以让我们跟她单独聊一会儿吗？"

老人还是有些不放心："你们别……别刺激她。"

姜安笑了笑："您放心，我是心理医生。"

老人愣了愣，答应下来："好。"

- 05 -

老人退出去将门关上，姜安轻手轻脚往里面走，傅晋寒没往里进，环抱着双臂靠在门口，安静地看着姜安的背影。

姜安拉了一把椅子坐在女孩边上，顾若还是没有反应，眼睛盯着书桌连眨眼的频率都没有改变。姜安试图跟她说话："你是叫顾若吗？"

顾若还是没有说话，但眼珠子动了动。

姜安很有耐心，刚刚和顾若聊天是在告诉她身边有陌生人靠近，如果一直追问，反而会造成对方的抗拒心理。她等了大概一分钟才继续开口："你好，我叫姜安。"

这次顾若的反应比之前强烈一点，她慢慢转过头看向姜安，露出了一抹傻笑。

姜安盯着顾若的眼睛看，觉得很奇怪，按照顾若奶奶的说法，顾若一开始只是脾气暴躁，在提到孟星辰和林烟时才会情绪不正常、发疯。那她是怎么一步步变成现在这样的？是因为每天晚上重复的噩梦吗？

姜安见顾若只是傻笑但不说话，便继续道："你想出去吗？"

顾若嘴巴张了张，呜咽了两声，表情变得急切起来，她双手猛地拉住姜安的胳膊，不断摇头："不……不……不能……"

她嘴里反复说着"不"，姜安眯了眯眼，温声说："你不想出去对不对？是因为外面太危险了吗？"

顾若连连点头，还是在重复那一句话。

姜安回头，朝傅晋寒道："她一直待在这个房间里是因为这里让她有安全感。"

傅晋寒眸色微深，顾若的反应他看在眼里，自然能明白姜安话里的意思。顾若为什么会怕成这样，会不会她知道什么关于十三年前日落黄昏连环杀人案的真相？

姜安抿了抿唇，伸手不断安抚顾若的后背："我们不出去，你不用害怕，我听你奶奶说，你以前很喜欢穿红色的裙子？"

顾若情绪渐渐稳定，她又傻呵呵地笑了，摇摇头，不停摆手："我不喜欢，是我的朋友喜欢。"

顾若情绪稳定的时候说话还算正常，也不口吃，可以正常交流，只要不刺激到她就好。

姜安点点头："你喜欢你的朋友吗？"

顾若发呆了几秒钟，忽然哭了起来，没有情绪爆发，就是无声地落泪，她没有回答这个问题。

"你想去找她吗？"

顾若的哭声戛然而止，眼底流露出恐惧，她害怕地往后缩，不停地摇头，显然这个问题刺激到她了。

姜安急忙用心理暗示安抚她的情绪。

顾若渐渐平静下来，姜安用纸巾擦了擦她的眼泪，没有继续说孟星辰，而是说到了林烟："你知道林——"

她话还没说完，就被顾若尖叫着打断，顾若挥舞着手臂开始轰他们离开，情绪越发崩溃。

姜安一愣，她并没有提出林烟的名字，顾若的反应这么怎么大？

姜安之前虽然是学犯罪心理，但心理学方面的理论知识基本是贯通的，姜安从进到这间屋子开始就在观察顾若，她的生活习惯并没有被打乱，这说明她并不经常发病，或者说她可能只是受到刺激导致精神错乱。一个人在极度恐慌中，精神是高度集中的，科学研究表明，有一部分人在受到刺激之后会将现实和梦境颠倒不分，在梦里重复那件让他感到恐惧的事。

那对顾若来说，让她感到恐惧而不愿意面对、选择逃避的事又是什么？

顾若发病的时机和十三年前的作案时间基本吻合，姜安几乎肯定她是知道什么的，当年她和孟星辰是最好的朋友，她们形影不离，在孟星辰和那名年轻的画家相约写生时，顾若当时又在哪里？

据顾若奶奶说，她是在案发现场和顾若一起回的家，回家之后顾若就不说话了，顾若的奶奶为什么会在案发现场碰到顾若呢？这说明顾若当时并不在家，林烟离开学校的时候，孟星辰说了她在等人，她在等谁？在等凶手还是在等……顾若？

他们之前都陷入了一个误区，那就是以为孟星辰口中等的人其实是凶手，但如果是别人呢，比如顾若。

当年那起凶杀案里，顾若扮演了一个什么角色？

帮凶？受害者？旁观者？

究竟是哪一个身份会让顾若在看到林烟的尸体后，直接被吓到精神错乱？

不对……

顾若不是在看到林烟尸体后精神错乱的，而是因为她本来就在案发现场！

姜安心头一震，一股寒意从脚底蹿起，手臂上起了鸡皮疙瘩，在看向顾若嘴角的傻笑时，她吓得往后退了一步。

红裙子是孟星辰喜欢穿的衣服，也是日落黄昏连环杀人案的凶手挑选被害人的一个必要条件，顾若在提起红裙子和朋友时，没有明显的不对劲，那她为什么对"孟星辰"三个字那么敏感呢？无数个疑问交织在姜安的脑海里，她心里如同一团乱麻，再看向顾若的眼神变得冷了些，她在想，这个人是真的精神错乱了，还是装的呢？

姜安眸色沉了沉，和顾若的视线对上，她在那双眼里看到了空洞，以及……笑意。

她眯着眼睛，随手从书桌上拿起一支笔："顾若，看见这支笔了吗？"

傅晋寒微微挑眉，并未上前阻止。

姜安用笔在顾若眼前晃了晃："听我的口令，我倒数三个数，你将感到困意，想要睡觉，头脑很昏沉，找了个暖洋洋的地方躺下来。3，2，1……"

顾若应声躺下，眼睛慢慢闭上。

姜安按了一下圆珠笔，笔尖冒了出来，她缓缓开口："顾若，你前面有一扇门,你的手正放在门锁上,你想要将门打开。听我说,你慢慢打开了门,走了进去。现在,告诉我你在哪里,顾若。"

顾若额头沁出一些细汗:"在……在巷子里。"

"好,你往里走了两步,透过墙缝,你看到了什么?"

"看到了……看到了林老师……林老师,还有星辰,星辰也在。"

"你仔细看看,还有谁在吗?"

"还有……还有……还有一个男人。"顾若满头都是汗,整个人陷入极度的恐惧当中,她双眼紧闭,嘴里不停说着,"有人要杀林老师,有人要杀她!那个男人要杀林老师!"

姜安面色微沉,眼神透着冷意,她缓缓收起手中的圆珠笔,冷声开口:"顾若,别装了。"

顾若浑身一僵,但仍旧闭着眼睛,似乎在等姜安催眠结束的指令。

姜安站起身,居高临下地盯着床上躺着的女孩,声线清冷:"我刚刚根本就没有对你进行催眠,你为什么要假装被我催眠了呢?顾若,你到底在隐藏什么,又或者说你装疯这么多年,究竟是为了隐瞒真相,还是为了揭露真相?"

顾若身体微颤,眼角滑落一滴泪,她最终慢慢睁开了眼睛,望向姜安:"你什么时候看出来的?"

姜安说:"你奶奶在门口说你听到林烟和孟星辰的名字就会情绪不稳定,但她说这句话的时候已经提起这两个名字,你并没有反应。直到你奶奶离开,我走到你面前开始试图提到林烟时,你才反应剧烈,一个精神错乱、意识恍惚的人常年草木皆兵,怎么可能会这么淡定?"

顾若慢慢坐起来,嘴角扯出一抹苦笑:"我装了十几年,连心理医生都瞒了过去,没想到会被你看出来。"

姜安问:"你奶奶带你去南城找的心理医生是袁成江吗?"

顾若一怔,随后缓缓点了点头:"是他。"

"为什么?"姜安低声开口,"为什么要和孟星辰一起杀死他?"

顾若猛地抬头:"你连这个也猜出来了?"

姜安垂眸看她,没有说话。

顾若手指捏着床单,她装了十几年的疯子,在这一刻终于能做回正常人,心里不知是喜还是悲,她慢慢说道:"当年真正的旁观者是袁成江,星辰被那个人迷晕带走的时候,袁成江就在不远处。"

"袁成江怎么会出现在那里?"傅晋寒皱眉问。

顾若道:"他有个远房亲戚在我们这儿,当初他爸妈抛下他离开,过了一段时

315

间,好像是因为他市区里的姑妈不愿意再养他,就把他送到这边,当时袁成江一直在寄宿学校读书,后来在这里待了一个月就回寄宿学校了。"

"然后呢?"姜安问。

顾若抿了抿唇,继续说道:"那个人当时不仅带走了孟星辰,还有我。林老师救了我们两个,星辰让我去报警,她去找人。当年我们都没有手机,只能去找大人,可回来的时候已经来不及了,林老师死了,星辰也不见了。她放弃了林老师,她太害怕了,不敢再回去。"

说到这里,顾若深深吸了一口气:"后来孟星辰就搬家了,我去找过她,想问她当年为什么出尔反尔、见死不救。星辰说没用,我们一走,林老师就被他杀死了,当时就算叫人来也没用。我知道的就只有这些,至于袁成江,他的死是一个意外,我们本来没想杀他,是他自己联系我们,故意提起十三年前的事刺激星辰,我的病是装的,但是星辰是真的生病了。"

"那凶手的长相呢?当时如果你跟孟星辰指认,这个案子就不会十三年了都没破。"姜安语气沉重地问。

顾若沉默了很久才开口:"不是我们不想说,是我们不记得了。"

"不记得?"傅晋寒看向顾若。

顾若低下头:"那个人戴着口罩和帽子,看不清脸,只能看到一双眼睛,当时我们那么害怕,怎么凭借一双眼睛认出嫌疑人?"

傅晋寒冷声说:"不是认不出,而是害怕不敢认吧。"

顾若手指攥紧,没有说话。傅晋寒说得确实没错,当年她和孟星辰实在太怕了,她们也才十几岁,从来没经历过这种事,林烟就死在她们眼前,她到现在都忘不了林老师最后看向她们的那双绝望的眼睛。

当年因为她们的胆小,放过了一个穷凶极恶的杀人犯,如今她们自己的双手又染上了鲜血。顾若午夜梦回时看到林烟,心里一日比一日愧疚,一日比一日不安,她想结束这样的生活,她宁可坐牢,也不想再陪孟星辰继续这样下去了。

顾若说:"我知道你们心里是怎么想我的,当年是我们懦弱,可是我真的不记得那人的长相,他没有露过脸。"

"那他的眼睛你还记得吗?"姜安盯着顾若,问道。

顾若犹豫了会儿,说:"记得。"

姜安闻言,从书桌上抽出一支笔和一个本子,看了顾若一眼:"按照你的记忆描述一下。"

顾若点点头,慢慢说道:"他的眼睛是丹凤眼,眼尾有点上挑,内双,没有眼袋,瞳仁很黑。还有……还有……还有他的睫毛也很长,眼神很可怕!"

笔尖在纸上落下最后一笔，姜安将画缓缓翻过来："是这样吗？"

顾若瞳孔骤缩，身体不可控制地往后退，眼里流露出惊恐和抗拒的神色，她颤抖着声音说："是……就是这双眼睛！是他！"

姜安握住顾若的手臂，安抚她的情绪，回头和傅晋寒对视一眼。

- 06 -

从顾若家里出来，姜安和傅晋寒便连夜赶回市区。

顾若有协同孟星辰作案的嫌疑，被警方带走。孟星辰那边，老李打电话来说没有新的发现，而同一时间，警方对洛白有新的发现。

包子把一张放大的照片摆在桌面上，指给刑侦大队的一众人看："知道这是谁吗？"

杨乐推推眼镜，皱眉道："孟星辰的妈妈？怎么跟孟星辰长得这么像。"

老李摇头："孟星辰妈妈我见过，不长这样啊。"

孟星辰其实更像她父亲一些，照片中的人很明显是一位女性。

傅晋寒一巴掌拍在包子头上："有话赶紧说，都什么时候了还有心思卖关子。"

包子揉了揉脑袋，赶紧道："这是洛白的母亲。"

姜安微诧："洛白的母亲？"

"对。"包子说，"我盯了洛白好几天都没发现什么异常。这小子压根就不出门，结果就在昨天，他出门了，我跟江辰一直跟在他后面，发现他去了一块墓地，这张照片就是墓碑上面的照片。"

包子回忆起当时的情景，他们一直等到洛白离开之后才走到墓碑前查看，发现刻字落款是洛白，而墓碑照片中的女人和孟星辰实在太过相像。

"所以，洛白母亲为什么会和孟星辰这么像，这两个人有什么联系？"老李问。

"我查过两个人的家庭成员，她们没有任何亲属关系，就是单纯长得像，我再给你们看个东西。"包子把一沓资料摆在众人面前，"这些全都是十三年前日落黄昏连环杀人案的被害人，你们没发现什么不对吗？"

老李看了又看，没看出什么头绪来，只能摇头。

傅晋寒伸手将照片重新摆放，把洛白母亲那张照片放在被害人照片的中间。

姜安一愣，她知道包子为什么觉得奇怪了。

包子继续道："我对比了一下午，当年这些被害人的共同特征不光是爱穿红裙子，她们其实还有一个共同点，就是五官，她们的五官和我在墓碑前拍下来的这张照片中的女人非常像。"

他一字一句道："秦莉，日落黄昏连环杀人案第一位被害人，耳垂有颗痣，位置和洛白母亲耳垂上那颗痣的位置一样。蓝月，日落黄昏连环杀人案第二位被害人，鼻子和洛白母亲相似。张可可，日落黄昏连环杀人案第三位被害人，相似点在嘴唇。还有……"

他一个一个解释，把每一张照片的相似之处说了出来。

姜安缓缓指向最后一张照片："孟星辰，日落黄昏连环杀人案最后一起案件的当事人，但被其老师救下，侥幸从凶手手中逃脱，眼睛和洛白母亲一样都是丹凤眼。"

她之前看孟星辰就觉得她似曾相识，像是在哪儿见过，后来看到洛白，觉得这两个人太像了，原来一切都有迹可循。

傅晋寒的指尖在这些照片上敲了敲，最后停在孟星辰的照片上："凶手当年为什么会突然停止作案？"

"不是因为孟星辰和顾若看到他了吗？"老李道。

"不。"姜安说，"他曾经公然挑衅警察，绝不会因此就放弃作案，一定有别的原因。"

"什么原因？"杨乐不解地问。

"极端的变态杀人犯有一定的强迫症和洁癖，他们做事有自己的一套体系，这也是为什么不管国内还是国外，连环杀人案凶手的作案手法基本一样。日落黄昏连环杀人案的凶手挑选的目标都是和洛白母亲长相相似的，而最后一次让目标孟星辰逃脱，错杀林烟，他觉得破坏了自己的杀人模式，如果继续作案将毫无意义。"

包子愣了好一会儿慢吞吞地低声骂了一句："变态啊。"

刑侦办陷入一阵诡异的沉默，包子最终还是忍不住开口问："假设现在真凶就是洛白，那他为什么会以与自己母亲有相似特征的被害人为目标？他所挑选的被害人都爱穿红色裙子，难道他的母亲也爱穿红色裙子？"

姜安看着桌子上的几张照片，缓缓说道："一般来说，变态杀人犯如果不是天生的反社会人格，那多半和他童年的经历有关，他如此执着于自己的母亲，我想应该是后者。"

"后者？"老李问。

"嗯。"姜安点头，"变态杀人犯往往都有可怕的童年阴影，这些经历使得他们比常人更加残忍、嗜血，以及对社会充满了恶意。几乎所有的变态连环杀人犯，究其原因，总能在他的童年经历中发现蛛丝马迹。我想……我们应该调查一下洛白曾经的家庭情况。"

老李点头："我这就去查，有消息通知你们。"

翌日下午，老李便带来了关于洛白母亲的消息。

老李把资料递给傅晋寒："洛可可，洛白母亲，在洛白8岁的时候和他父亲离婚，之后洛白母亲带走洛白，此后和洛白父亲再无联络。"

"家庭成员关系呢？"傅晋寒翻了一页资料问。

老李道："洛白继父前年就去世了，和洛白母亲没有孩子，我查了洛白从小到大的生活轨迹，除了学习和工作中必要性的出差，没什么异常。而且我上午去了一趟他跟母亲以前居住的地方，根据我的走访，左邻右舍都说他继父和他母亲对他很好，也没有听见过他们家里有孩子的哭声之类的，一家三口经常出去游玩。我打电话问洛白学校的老师，他们也说洛白和继父的关系不错，以前开家长会都是他继父过去。"

杨乐不解地问："那就是没有姜安说的童年不幸导致的暴力倾向啊。"

傅晋寒合上文件，看向老李："洛白近五年的行踪轨迹里有去A市的记录吗？"

老李琢磨了下说："还真有，听说是因为工作调动，在A市那边待了一年多。"

他说着把目光投向了姜安，谁都知道四年前在A市发生了什么，而四年前爆炸案的策划者就是十三年前震惊全国的南城特大连环杀人案的凶手，如果证实这个凶手就是现在的X，假设这个X就是洛白，洛白目前就在警方的监控中。一旦发现证据，立刻就能将其逮捕，最起码能保证不会再有人死了。

姜安蹙了蹙眉："那他生父呢？没有他生父的消息吗？"

老李"嗐"了一声，说："他生父在大牢里呢，无期徒刑。"

"牢里？"杨乐惊诧道。

老李解释："是的，牢里。我查过了，当年洛可可跟他离婚就是因为他酗酒家暴，两个人离婚后，这个酒鬼在喝醉的时候把邻居捅死了，被警方抓了。他非说自己有精神病，想要以此来逃脱死刑，虽然最后好像没有判定，但他还是逃脱死刑了，判了个无期。"

"那洛白变成这样会不会是和他的醉鬼父亲有关系？不然从洛可可身上完全看不出问题啊。"杨乐说道。

傅晋寒沉声说："不可能，凶手的心理往往就映射在被害人身上，他挑选的目标都是女性，而且执着于和自己母亲长得相像的人，心里对他的母亲一定深恶痛绝。"

姜安点点头："通过所有被害人来看，他不会是因为自己的父亲才走上这条道路，如果凶手真的是洛白，那洛可可身上一定还有我们没有查到的地方。"

傅晋寒说："老李，你继续从洛可可身上入手。杨乐，打电话给包子，直接把洛白带到公安局问话。"

他话音刚落，手机铃声便突兀地响起，傅晋寒皱眉接起，那头传来包子焦急的声音："老大，洛白不见了！我把人跟丢了！"

- 07 -

傅晋寒带人赶到洛家后，屋子里空空荡荡，没有一个人，但奇怪的是，洛白的衣物和钱财并没有少，行李箱也都在。傅晋寒在屋里扫了一圈，看向自责的包子："怎么跟丢的？"

包子说道："昨天夜里我在小区门口守着，有点困就睡着了，半夜醒了之后看到洛白房间里有灯光就没多想，但洛白家一直到今天白天，厨房里的那盏灯还在开着，我觉得不对劲就上门去查看。在外面喊了半天没人开门，就找房东来开锁，进去后发现屋子里没人。"

厨房正对着包子车停着的方向，所以洛白如果利用厨房的灯来迷惑包子，包子一时没发现也正常。

傅晋寒摘下手套，去了楼下物业管理处，找人调监控。监控显示洛白是在夜里11点多出的小区大门，那段时间包子正好在睡觉。

傅晋寒从监控室往外走："让杨乐去调附近所有路口的监控。"

"知道了，老大。"包子现在懊恼得要死，都盯着人好几天了，怎么睡了一觉就给睡出岔子了，前些天不是白忙活了吗？他怕被骂，不敢抬头看傅晋寒，跟在他后面脑袋耷拉着，就跟蔫儿了的小鸡似的。

傅晋寒回头看他一眼，挑眉道："行了，垂头丧气的做什么，赶紧把人找到。"

包子赶紧点头："我马上就去附近二十四小时便利店调取店内监控，看有没有拍到洛白。"

"嗯。"傅晋寒淡淡应了一声。

傅晋寒走到另外一处，直接给杨乐打电话："把环城十字路口的监控调出来给我。"

"好，马上发你手机。"

杨乐效率很高，没过几分钟就把环城十字路口的监控调出来发给了傅晋寒，警方很快锁定了一辆车的车牌号，里面戴着鸭舌帽的男人和洛白很像。

傅晋寒立即打电话给交管分局让他们在路口拦截这辆车。

此时的市局里，姜安还在档案室找洛白的家属档案，旁边的同事不解地问："怎么还在找啊？之前你们队里那个谁，不是已经把他的资料给调出来了吗？"

姜安没抬头："再看一下有没有疏漏的地方。"

同事笑道："行，那你慢慢查。"

姜安在档案室反复查询了一个多小时才离开，这里确实没什么发现，还是要从孟星辰入手。她又去了一趟审讯室，这次没有记录员，只有她一个人进去。她再三跟张局保证不会动用非法手段后，张局才同意她单人审讯孟星辰。

孟星辰比先前憔悴很多，其间她父母来看过她一次，并且请了律师，如果证实她的精神疾病没有治愈，那她很有可能不用面临刑事处罚。

姜安坐到孟星辰对面，看了她一眼，直接道："洛白消失了。"

她说的不是跑了、逃走，而是直接说他消失了。

孟星辰骤然抬头。"你说什么？洛——"她话音戛然而止，又低下头，"我不认识他。"

姜安觉得孟星辰的态度很有意思，她淡淡说道："不认识？"

"你确定你跟洛白不认识吗？"姜安看着孟星辰，"我不知道你到底为什么要隐瞒这些，但我想林烟因为救你而丢了性命，这应该是她做得最不值得的一件事。"她说完便起身，转身朝审讯室门口走。

孟星辰双拳收紧，忽然出声："风华园。"

"什么？"姜安回头。

孟星辰深吸一口气："风华园，他应该是去了那儿，每次他去找那个人的时候都会去那儿。"

姜安立即给傅晋寒发消息：去风华园，孟星辰说洛白有可能会去这里。

她发完消息收起手机，再度看向孟星辰："那个人是谁？"

孟星辰颓然地松了肩膀，不再是防备紧绷的状态。有些话一旦起了头，再说下去好像也没那么难了。

"X。"

姜安一顿，眼神变了变："X？"

"嗯。"孟星辰点了点头，"我不是不告诉你们，而是我真的不知道X是谁，我该交代的都交代了，当年我也确实没有看清他的长相，我也确实得了PTSD。我的心理出现了问题，一度想要自杀，袁成江是个庸医，他只会用他自以为是的救赎来粉饰他学术上的不精，刘文文的死袁成江难道没有责任吗？我并不觉得杀了他有什么错。"

孟星辰像是陷入回忆，又像是在自言自语："是洛白拯救了我，如果不是他，我早就死了，他是个好人。你们现在查的案子跟他没有关系，如果他是当年的凶手，我怎么会认不出来他呢？"

姜安打断她："你说你忘了凶手的模样。"

孟星辰抬起眼："我是忘了，但本能反应没忘。"

姜安问："你和洛白怎么认识的？"

孟星辰说："在医院的楼顶，当时我试图从楼上跳下去，是他救了我。"

姜安忽然想到一个问题："你杀害袁成江的事，洛白知道吗？"

孟星辰摇摇头："不知道，是X让我去杀的。"

"你说什么？"姜安瞳孔骤缩，"你说是X让你杀的袁成江？"

孟星辰牵了牵唇，笑容有些苦涩："也不算吧，我动了这个心思，X鼓励了我，他和洛白一样，是我的救世主。"

姜安盯着孟星辰的脸，久久没有出声，她该如何告诉这个姑娘，X很有可能就是十三年前日落黄昏连环杀人案的幕后真凶，是杀死林烟的罪魁祸首。

林烟牺牲了生命从恶魔手里救下她，却没想到她被恶魔培养成了二代恶魔，成了恶魔手里那把杀人的刀。姜安缓缓呼出一口气，目不转睛地看向孟星辰："虽然事实很残忍，但我不得不告诉你一个警方目前掌握的事实。"

孟星辰皱起眉，不知道对方是什么意思。

姜安继续说道："X，很有可能就是十三年前日落黄昏连环杀人案的凶手，四年前A市的城市爆炸案也是他一手策划的，你所谓的救世主，是杀害真正救了你一条命的林烟的凶手。"

孟星辰瞳孔放大，眸底满是震惊，身体不自觉后仰，像是在逃避什么，反复说着："不可能，不可能……你在胡说，X怎么可能会是杀害林老师的人！"

姜安盯着孟星辰的脸面无表情："南城近一年发生的每起凶杀案都有X的身影，你觉得这是巧合吗？他在向警方宣战，在挑衅警方，而你，在助纣为虐。"

孟星辰就跟受了刺激一样，猛地尖叫起来，一声比一声尖厉，声音响彻审讯室。

姜安耐心十足，等她叫完了继续说道："你欠林烟一条命，唯一能弥补的方式就是把你所知道的全部告诉警方。"

姜安盯着她缓缓出声："X不是你的救世主，林烟才是。"

孟星辰终于承受不住，痛哭出声："为什么……为什么会这样……"

外面刚下了一场雪，不算大，但路面仍旧有一层薄薄的积雪。

姜安边往外走，边给傅晋寒打电话："孟星辰全部交代了，她和洛白相识是意外，但是这几年她一直跟X有联系，她和X是在一个网站上认识的，是何丽之前说的那个网站，杀害袁成江也是X教唆的。她能肯定洛白不是X，她说十三年前的那个男人眼角有颗痣，但是洛白没有。另外，他们的声音也不一样，但是洛白应该和这个X认识，因为他经常会去风华园找X。"

她一口气说完没有停歇："但有一点，孟星辰和顾若两个人的说法有区别，顾若给的那幅画像里并没有提到凶手眼角的那颗痣。"

傅晋寒正在驱车前往风华园的路上，听她说完眉心拧起："会不会是时间太久，两个人的记忆错乱了？"

姜安摇摇头，继而想到傅晋寒看不到，便又开口说话："我现在正打算再和顾若对一下口供，你们找到人给我打电话，我这边有消息了再通知你。"

"嗯。"傅晋寒挂断电话，转头问包子，"路口排查得怎么样了。"

包子答道："整个南城市区通往高速和国道的路口全部被封锁了，人一定还在市里，等杨乐把风华园的监控调出来就知道具体位置了。"

说着，杨乐那边发过来信息，包子看完立即道："3栋，508室！"

- 08 -

傅晋寒和包子立即往楼里跑，电梯显示故障中，傅晋寒没有丝毫犹豫直接拐到旁边的楼梯，不知怎么，他有种不祥的预感，他每往上跑一层这种感觉就越明显。

包子紧随其后，然而两个人的脚步不约而同地在五楼楼梯口停了下来。

"祝你生日快乐，祝你生日快乐，祝你生日快乐，祝你生日快乐……"稚嫩的童声在唱着生日快乐歌，伴随着八音盒的音乐声，穿透了整个走廊。

傅晋寒心里陡然一沉，和包子对视一眼，两人一左一右跑过去，508的房门虚掩着，这一层似乎没有其他住户，音乐声响了这么久也没有人前来查看。傅晋寒面色沉重地推开门，侧身进去，屋内空空如也，没有声音。窗户开着，他立即跑到窗口看，却没有看到任何可疑的现象。

"老大！"包子惊诧的声音从卧室里传来。傅晋寒知道他们来晚了一步，他转身往卧室的方向走，面色愈加沉郁。

男人躺在床上，身边放了一幅肖像画和一个八音盒，八音盒上的小人正在转圈,稚嫩的童声从里面传出来。

"祝你生日快乐,祝你生日快乐,祝你生日快乐,祝你生日快乐……"

男人的头上套着一个黑色塑料袋,杀人手法和十三年前如出一辙。

包子看着眼前这一切,张大了嘴巴:"他……他回来了。"

时隔十三年,策划了四年前那场城市爆炸案后这个人再次在南城作案了。

傅晋寒的眉头压得很低,他随手拿了一块布包着自己的手,将黑色塑料袋解开,缓缓从尸体头上取下来。当露出男人的嘴唇时,傅晋寒闭了闭眼,整颗心沉了下去。他知道,所有的线索再次断了。

塑料袋被取下来后,包子发出一声惊呼:"洛白?怎么会是他!"

傅晋寒沉声道:"通知队里,发现尸体,让痕检科和法医尽快过来。"

包子不敢耽搁,尽管心里疑虑重重,他还是第一时间打出电话,通知市局那边。

陈末他们很快就到了,进场进行初步尸检。傅晋寒站在外面走廊,眸底看不清思绪。

老李从楼梯口出来:"找过物业了,这一层就住了508这一户,所以音乐声响的时候没人注意到。"

傅晋寒把目光望向走廊的窗外,冷声说:"户主呢?"

老李啐了一口,道:"问过了,户主在国外,这栋房子是洛白以朋友的名义租的,电话号码我要来了,要联系吗?"

"直接带来公安局。"傅晋寒面无表情地说。

老李点点头,又叹了口气:"之前那么多证据指向洛白,我还以为尘封了十三年的案子就要破了,能看到点曙光了,结果现在嫌疑人被杀了,你说这叫个什么事啊!"

傅晋寒嘴唇紧抿:"调取洛白的DNA信息和市内所有记录在册的DNA进行比对。"

老李愣了下,没明白这是什么意思:"比对DNA?"

傅晋寒道:"洛白和凶手认识,而且关系匪浅,我怀疑两个人有直系亲属关系。"

老李背脊僵直,立刻说道:"我这就去。"

老李刚走,陈末从屋子里走出来。

傅晋寒问:"怎么样?"

陈末说:"死亡时间在两小时内,窒息死亡,体内被注射过肌肉松弛剂,手腕和脚腕都有勒痕,应该是先被人绑起来,然后被注射了肌松剂,之后被杀的。"

"身体部位呢？哪里没有了？"傅晋寒问。

陈末摇摇头："没有，身体完整。"

这个答案更加证实了傅晋寒心里的想法，他点点头道："痕检科的人要是发现什么线索直接联系我，我去物业调一下监控。"

陈末道："行。"

傅晋寒下楼之后直接去了物业管理处。

"麻烦再往后倒一下，就是这里，停。"傅晋寒走到电脑前，"能放大吗？"

"可以。"管理员把视频中暂停的画面放大，"这样可以吗？"

这个已经放大到最大程度了，傅晋寒看着屏幕里的画面，终于忍不住骂了一声。

视频中的男人一身黑衣，裹得很严实，全程没有抬头，一直低着头，面部戴着口罩，头上扣着一顶鸭舌帽，根本捕捉不到正脸。

傅晋寒的声音冷了几分："你们物业随便什么人都让进来吗？"

管理员摸了摸鼻子，被这警察的气势镇住，支支吾吾道："有卡就可以。"有卡就可以，而这个卡根本就不是实名制，持卡人是洛白，而洛白将卡给了凶手，所以凶手可以随意进出。

傅晋寒冷着脸出去，现在案子中唯一有希望的突破口没了，一切仿佛回到了原点。

十三年前，凶手在作案时从没留下过痕迹，傅晋寒毫不怀疑，这次痕检科也不会找到什么有用的信息。

然而事情比傅晋寒想象的还要恶劣。

凶手不光没有留下任何作案痕迹，甚至近半个月来所有的小区监控都没有拍到他的脸，所有的邻居都说不知道508室住过人。

- 09 -

傅晋寒开着车一言不发，包子和老李坐在里面满脸沉重。

洛白死了，线索断了，他们难道还要再等下一个十三年吗？还等得起吗？

回到局里，傅晋寒直接去找杨乐要洛白的DNA比对信息。

杨乐正好弄完，他把档案放在桌子上翻开："傅队让我查的DNA信息有结果了，我特意调取了洛白出生地那边的人口资料，发现他还有个弟弟，叫洛琛，但登记状态是已死亡。我打电话给那边的公安局，那边回复说洛白的确有个双胞胎弟弟，但自从洛白母亲和父亲离婚后，孩子就已经死了。"

"是死了还是失踪了？"姜安捧着杯子，细声细语地问。

杨乐说："确定死了，户口登记显示的是死亡，村民也说是得病死了。"

老李抓了一把头发："如果没有当地部门开的死亡证明，一般情况下派出所是没有办法进行销户的。"

"不一定。"姜安和傅晋寒同时开口。

姜安看了一眼傅晋寒，示意他先说。

"按照时间线推算，已经过去了将近二十年，二十年前的村子里，想要办一个死亡证明不会需要这么多的证件，只需要去和村支书报备一下，基本就能办下来。"

老李沉思了下，说："洛白父亲当初判的是无期徒刑吧？"

包子说："对，无期。"

"那去监狱找一下他不就完事了吗？"老李一拍大腿，"自己儿子去没去世，他这个当爸的总该清楚吧。"

傅晋寒也是这么想的，他沉声道："老李跟包子，你们去一趟。"

"行。"

老李没敢耽搁，和包子直接就去了南城市第一监狱。

月上梢头，姜安从资料室出来，拿了几沓厚厚的资料往刑侦办走。夜里的市局长廊安静得只能听到走路的声音，如今十三年前逃脱在外的凶手重新作案，整个市局的人都不敢放松，生怕第二天醒后又传来死讯，就像十三年前那样。

外面不知何时飘起了细雨，天空黑压压的一片，压抑得让人喘不过气。姜安缓缓呼出一口气，开门走进刑侦办，抬眼便看到男人高大的身躯伫立在一块偌大的调查墙前。她有些惊诧："我还以为你回去了呢。"

傅晋寒神情凝重，目光始终聚在眼前的调查墙上："你怎么没走？"

姜安叹了口气，把刚从资料室搬过来的一沓厚重的资料放在桌子上："我看时间还早，就想着再看一下之前的案子，你不是也没走嘛。"

傅晋寒撑着下巴用笔在墙上画着一些线，姜安看着他一会儿添上一张照片，一会儿又在某个名字上打了个"×"。

她不由得走上前认真端详起来："找出什么线索来了吗？"

傅晋寒道："暂时没有。"

姜安在他身后拉了把椅子坐下，开始翻阅资料，这上面有些文件已经很陈旧了，是十三年前的卷宗。她注意力非常集中，不敢错过卷宗上的任何一个字，就连傅晋寒是什么时候离开的她都没注意。等姜安反应过来时，刑侦办里空空荡荡的，窗口不知何时开了个口，阴风一阵阵刮进来，姜安莫名感觉瘆得慌，她走过去想把窗户关起来，结果低头就看到一个脑袋，吓得差点叫出声。

江辰不好意思地摸了摸头："对不起啊，是不是吓到你了。"

姜安拍着胸口给自己顺了顺气，惊魂未定地说："你大晚上戳在这后面做什么？"

江辰憨憨地说："我是看都这么晚了，局里都没人了，怎么刑侦办的灯还亮着呢，结果刚到，你就出现了，我也吓了一跳。"

姜安这个视角有些居高临下，借着光线，她能很清晰地看清江辰的五官，双眼皮，眉毛很浓，鼻子也算挺，长得很清秀。

姜安忽然说了一句："你的眼睛还挺好看。"

江辰不知道她怎么会突然说起这个，愣了一下，然后笑着说："很多人这样说，对了，你还不回去吗？"

姜安低头看了看时间："再等会儿吧，我把剩下的卷宗看完。"

江辰没再说什么，晃了晃手中的手电筒："行，那我先回，你也早点回去吧，就算着急办案也不能不顾身体啊。这还下着雨呢，你等会儿回去小心点。"

姜安点点头："好的，谢谢。"

江辰朝她挥挥手，晃着手电筒走了。

姜安重新把窗户关好，身后传来一道低沉性感的声音。

"跟谁说话呢？"

姜安回头就看到傅晋寒拎着两份盒饭进来，男人身上半湿，看上去刚淋了雨："和江辰。"

"江辰？"傅晋寒眉头皱了皱，"这么晚了他怎么还在市局？"

姜安摇摇头："不清楚，应该是有什么事吧。"

傅晋寒没再问，而是说道："过来吃饭。"

"哦。"姜安乖巧地应了声，慢吞吞地走了过去。

傅晋寒的盒饭是在市局路口的摊子上买的，晚上12点收摊，他正好赶上最后一份。

姜安挑食，来回扒拉了几下没什么胃口，试探性地说："可以不吃吗？"

傅晋寒看她一眼，把她盒饭里的葱姜蒜挑干净，然后说："吃吧。"

姜安动了动筷子，这才愉快地吃起饭来。

"卷宗看得怎么样了？"傅晋寒问。

姜安摇摇头："没什么进展，和之前了解的差不多。"

想了想，她又问："你说一个人真的能在作案之后，像个正常人一样生活十几年吗？"

傅晋寒反问："你觉得世界上有完美犯罪吗？"

姜安立刻道："当然没有，世界上绝对不可能存在完美犯罪，如果有，那个人只能是我。"

傅晋寒薄唇紧抿，他突然庆幸这个女孩选择了当警察，而不是当一名罪犯。他了解姜安，她这样说并不是自恋，而是在陈述事实。

不过姜安说完好像自觉这话太过自大，竟有些不好意思起来："其实这个世界上像我一样智商高的人还是挺多的。"

傅晋寒看了她一眼，突然问："你测过智商？"

姜安点点头："当然了。"

傅晋寒挑眉："多少。"

姜安嚼了一口米饭，说："180吧。"

傅晋寒："……"

他默了默说："确实挺高。"

姜安吃饭很慢，傅晋寒吃完的时候，她才细嚼慢咽地吃了一小半，并不着急："我老师说智商太高有时候也不是一件好事。"

傅晋寒站起身："为什么这么说？"

姜安想了想，说道："比如我记忆力很好，但很多东西是我不想记住的，可是没有办法忘掉，有点类似于超忆症吧，时间久了之后，其实也挺烦的。毕竟快乐的生活应该是简简单单的，不过我还是很庆幸，因为这有助于我破案。"

姜安继续说："好比这些卷宗，只要我看完，基本就在我的脑子里了。如果有什么线索，我会立马从脑海里调取出对应的资料来佐证我的推论。"

傅晋寒听说过超忆症，说是有些人天生就能记住一切发生过的事，以及一切看到的事物，好的、不好的都会记得。他抬眸看向姜安，眸色漆黑幽深，很难看出里面盛着的情绪："四年前的城市爆炸案……"

他想问姜安，你是不是无法忘记那天的大火以及周围人的惨叫，这四年来你是不是很痛苦，但他最终还是没有问出口，话说到一半，突然发现问这些并没有意义。

痛苦吗？这是一定的，而解决痛苦的唯一方法就是尽快破案。

某些方面，姜安和自己一样，都被曾经的记忆困扰，而困扰着他们的，是同一个凶手，只不过中间跨越了九年之久。这种时候，傅晋寒不得不承认文字和语言都是匮乏的，它们除了能给予暂时的安慰之外什么也不能改变。

姜安显然一直都是这么认为的,所以她从来没有过问十三年前的事。

傅晋寒将吃完的饭盒扔进垃圾桶,再度站在调查墙旁边,把所有被害人死亡现场照片重新做了一次排列。

姜安一边看着血腥的照片,一边嚼着米饭,突然就觉得手里的白米饭不香了,吃不下但又不想浪费,只能小口小口地吃着。

傅晋寒突然转过身,指着其中一张照片:"这个人是你四年前城市爆炸案的被害人?"

姜安抬头看了一眼,点头:"是她,当时……"

对上傅晋寒深邃的目光,姜安深吸一口气说:"当时他给我两个选择,找到炸弹,去拆除炸弹,还是找到被害人,去解救被害人。当时的我太年轻自负了,我以为我能够控制好时间。"

说到这里,姜安的声音有些沉重:"我算错了时间,导致了被害人的死亡,四年前,是我错了。"

那个打击对姜安来说是致命的,所以她辞去了在A市的工作,从老师身边离开,来到了南城。她始终觉得那个人会再次出现,当第一次听见X时,她就在猜测会不会是他出现了。

傅晋寒不知道什么时候走到姜安身侧,宽厚的手掌拍了拍姜安的背,动作很轻,却让姜安莫名感到安心。

她低声道:"当时他不光还原了十三年前的作案手法,他还放了火。"

直至今天,她闭上双眼,仍能想到四年前那一幕。漫天的大火,凄厉的尖叫,响彻耳边的警笛声。这些记忆日复一日地在姜安的脑海里反复播放,在每一个失眠的夜晚折磨着她。

"过去的事已经过去,不要让梦魇折磨自己。"

姜安失神时,耳边突然传来一道沉稳的声音,像是古井深处荡开的一抹水波,在她的心口漾起了一点涟漪。姜安缓缓抬眸,对上傅晋寒深邃的目光,缓慢而郑重地点了点头:"好。"

傅晋寒等她吃完,将东西收了收:"走吧,送你回家。"

姜安愣了下,意外地说:"不继续查了?"

傅晋寒低笑一声:"都凌晨了,还查什么,先回去休息,明天再说吧。"

姜安在某些时候是一个很被动的人,尤其在傅晋寒面前,这种被动更加明显,她对案件有自我主张,并不太认同别人的说法,但在生活里,她很多时候是可以随波逐流、不问缘由的。就比如现在,傅晋寒说回去,她也就顺从地站起身了,剩下的一份卷宗白天再看也来得及。她乖巧地跟在傅晋寒身后,坐上他那辆吉普车。

深冬，夜里冷风呼啸着，姜安缩着肩膀把车窗摇上去，哈着气说："好冷，今年的冬天怎么这么长？"

好像雪也比以前下得多，洁白的雪覆盖着天地，像是要遮盖什么似的。

傅晋寒伸手打开汽车暖风，声音在夜里更显得低沉："再长的季节也会过去的。"

姜安一怔，半晌点了点头。季节再长，总有过去的一天，阳春三月迟早会到来。

这段路程并不长，两个人少见地沉默，临到下车时，姜安慢吞吞地解开安全带，在傅晋寒的注视下，身体突然往前倾，把毛茸茸的脑袋伸了过去。

她的头发又直又长，发质细软，手感非常不错。傅晋寒眉梢轻挑，声音有种好听的颗粒感："怎么？"

姜安说："免费的。"

"嗯？"

"给你摸。"姜安抬起眼，漆黑的眼珠子很亮。

傅晋寒心口一跳，宽大的掌心缓缓抬起，离姜安脑袋还有一厘米的时候顿了下，随即落了下去，在上面狠狠揉了两圈，客观评价："手感不错。"

姜安哼道："这是特殊的安慰，只有傅大队长专享哟。"

傅晋寒饶有兴致地盯着她看了一眼，嘴角慢悠悠地勾起一抹弧度："姜安。"

"在呢。"姜安说。

傅晋寒说："等这个案子破了，要不要考虑做我的女朋友？"

姜安脸一红，被这突然的告白弄得措手不及，虽然两人一直没有捅破，但彼此其实心知肚明。上次傅晋寒说要追自己，姜安还暗暗期待了一场，后面出了这事，他们都没心思再想这些儿女情长的事，满心都扑在了案子上。

傅晋寒继续道："不用急着给我答案，你有拒绝的权利，我等你。"

他选择今天，只是觉得这样的夜晚，挺适合表白的，所以就说了。只是他似乎没考虑到姜安的心情，或许这个时候不应该提，所以他很快自圆其说。

姜安点点头："好。"

这是回答他之前那个问题。

傅晋寒的眼神一下子变得幽深，掌心的力度突然大了些。

姜安脖子往后一缩，迅速开门下车，趴在窗口笑着说："傅大队长，希望早点破案。"

傅晋寒低笑道："好。"

翌日一早，老李就赶到市局，外面风大，他嘴唇都被冻得干裂。杨乐急忙给他端来一杯热水，老李匆匆喝完说："洛琛没死，被送去了福利院。"

"福利院？"傅晋寒皱眉。

老李道："对，当年洛琛母亲离婚后只带走了哥哥洛白，把弟弟洛琛留给了酗酒暴力的父亲，之后洛琛父亲坐牢，孩子下落不明，村子里的人以为他死了就办了证明。根据他父亲所说，他之前就给孩子联系好了福利院，但我去查过，根本没有这孩子入住福利院的记录，洛琛不知所终。"

二十年来一点消息都没有，也难怪村里的人会觉得这孩子已经死了。傅晋寒的指尖有节奏地敲击桌面，沉声道："哪家福利院？"

老李说："城南爱心福利院。我刚从那儿回来，院长说二十年前福利院刚成立不久，只有几个孩子，而这几个孩子没有一个姓洛。"

傅晋寒沉默片刻说："洛刚还有没有别的异常的表现？"

老李回忆了下探监室的场景："他说他坐这么多年牢都是被这孩子害的，还说这孩子就是个天生坏种，要不是这孩子，他也不会离婚，让我们一定要抓住他把他枪毙。"

洛刚说这些话的时候非常激动，看上去对自己只有几岁的儿子恨之入骨，但所有报告上都显示是他酗酒家暴，洛白母亲才跟他离婚带走洛白的。

老李只当这个粗暴的男人是在发泄内心的怨恨，便没有特意提这个事。

姜安撑着下巴："如果这样就说得通了。"

"什么？"老李跟杨乐一脸不解。

姜安走到调查墙前，指尖指向每一个被害人的照片："弟弟恨母亲和父亲离婚带走了哥哥，放弃了他。母亲是他埋在心底最深处的恨的根源，这些恨随着时间在他心底生根发芽。所以他每一次挑选的被害人都和母亲有相似的地方，也和母亲一样喜欢穿红色的裙子。"

"那他为什么又要杀了哥哥？"杨乐问，"难道是因为他同时怨恨这两个人？可是这些年他并没有找和洛白相似的人下手，也没有对男性动手啊，就连袁成江，也是他借孟星辰之手杀害的。他为什么会突然杀了洛白？"

怎么看都觉得这个决定非常突然。

傅晋寒说："或许洛白知道自己的弟弟就是凶手，那天晚上他打算去和弟弟谈判，没想到谈判失败，反遭灭口。"

姜安认同了这个说法:"是,这是目前唯一能说得通的解释,只是我们现在得搞清楚,这个弟弟是谁?一个人只要活着,就不会一点生活痕迹都没有。"

"去城南爱心福利院看看。"傅晋寒说完就走。

姜安自觉地跟在后面。

身后的杨乐刚往前迈开一步就被老李一把拉了回来:"你去干什么,走,跟我去被害人小区走访一圈。"

"……好。"

城南爱心福利院从成立到现在已经二十多年,二十多年过去,这座福利院从起初破破烂烂到现在设施齐全,还有专业的老师在这边辅导孩子学习。

傅晋寒和姜安找到院长,对方似乎有些意外:"不是都问过了吗?"

傅晋寒说:"有些细节我希望再跟您了解一下。"

院长头发花白,他半辈子的生命都奉献给了这个福利院,最大的愿望就是看到孩子们都能好好地被领养,他扶了扶老视镜,带着姜安和傅晋寒去了办公室。

办公室十分简陋,只有一张办公桌和在旁边陈列的几把椅子,院长搬了两把椅子过去,让傅晋寒和姜安坐下:"那名警察走之后,我还特意查了福利院过去的救助档案,确实没有接过一个姓洛的小孩。"

姜安环视一周,慢吞吞地坐下来,傅晋寒人高马大的,戳在门口像个门神,她伸手拉了他一下,男人低头看了一眼,顺势坐在她旁边。

傅晋寒问:"您可以把2002年至2006年的收养记录给我看看吗?"

院长说:"当然可以。"说着他便搬了把椅子,打算踩在椅子上给警方拿档案。

傅晋寒见状起身,上前扶了一把:"我来吧,您告诉我在哪儿就行。"

院长点点头说:"第三排第四列,那个蓝色的文件夹就是。"

傅晋寒视线扫过去,看到了那个陈旧的文件夹,他伸手将资料拿了下来。

院长指给他看:"这一本是从千禧年开始的,一直到2006年,收养的那些孩子信息都在这儿了。"

傅晋寒问:"可以带走吗?"

院长说:"可以。"

傅晋寒和姜安又问了院长一些问题便离开了,穿过长廊的时候,孩子们围在一起正在唱歌,似乎是哪个孩子的生日,几个孩子鼓着掌在唱生日快乐歌。

姜安的脚步不自觉停下来,望着院子里的孩子们。这些孩子大多都是被遗弃或者走失的,当直系亲属不愿意抚养他们时,他们就只能被放到福利院来,尽管福利院如今的教育设施配备齐全,但天底下没有一个孩子不渴望父爱母爱。

姜安以前在福利院做过一段时间的义工,这里的百分之九十的孩子都希望可以重新拥有一个家。

"怎么了？"傅晋寒回头问。

姜安说："我在想，你说凶手为什么会放这首歌呢？他在祝谁生日快乐？自己吗？还是在祭奠死者？"

傅晋寒许久没有出声。这个答案还是未知的，歌声像是凶手刻意举办的一种仪式，而这种仪式的目的他们尚不清楚。

孩子们的歌声停了下来，闹哄哄地围在福利院管理员身边，想要分一块蛋糕。姜安视线缓缓收回来，耳朵有一瞬间的嗡鸣，过往的案件如同幻灯片一般在她脑海里一幕幕回放，她的呼吸有些急促。

傅晋寒察觉到她的异样，伸手扶住她的手臂："姜安？"

姜安忽然抬眸，眼底有光闪过："我知道了，我知道了，我知道了！"

傅晋寒一怔："你知道什么了？"

姜安抓住傅晋寒的手腕，眼睛紧紧盯着他："那个八音盒，播放生日快乐歌的八音盒，它的声音和这个不一样！"

"什么？"傅晋寒双眸一沉，"不一样？"

姜安："对，不一样，我放给你听。"

她说着点开手机找到音乐软件里的生日快乐歌，点开。

"祝你生日快乐，祝你生日快乐，祝你生日快乐……"

姜安瞪大了眼睛："听出区别了吗？死亡现场的八音盒是凶手录制的，不是网络音源！"

- 11 -

南城市公安局的上空，被一层层乌云笼罩着。姜安匆匆下车，一路狂奔进市局，耳边反复回荡着那首生日快乐歌，她急切地需要去证实自己的想法。姜安直奔到物证科，从同事手里接过所有曾经出现在死亡现场的八音盒。警方之前就调查过这些八音盒的来源，查到是一家早已停工的老厂生产的，这款八音盒在市面上早就不流通了。

傅晋寒紧跟其后，站在姜安旁边。

这款八音盒并不是旋转式开关，而是按键式开关，只要按下按钮，电池有电的情况下可以一直播放音乐，这也是为什么每次警方赶到之前，音乐从没停止过的原因。姜安缓缓按下八音盒的开关。

"祝你生日快乐，祝你生日快乐，祝你生日快乐，祝你生日快乐……"

熟悉的音乐声在空旷的房间里响起，明明是快乐稚嫩的童声，却因为出现在凶案现场被赋予了残忍色彩，听起来有种惊悚的感觉。姜安仔细地听着，她将那些陈旧的、沾了血渍的、泛黄的八音盒一个接一个按下按钮，八音盒里的芭蕾舞者伫立在小小的木盒上，优雅地旋转着。

严格意义上说，生日快乐歌和旋转的芭蕾舞者并不搭配，但这首歌的歌声和舞者却奇迹般地融合。姜安仔细辨别着这些声音，似乎有一些很细枝末节的差别，就好像老式留声机发出的声音，带着点劣质的喇叭感，没有任何一种音源会是以这种嘈杂的背景作为录制条件。直到八音盒里传来一声很小的惨叫，伴随着歌曲的结束，姜安终于确定了自己的想法。她拿起手表计时，开始一段一段分析。

"纸笔。"

傅晋寒眉梢上挑，虽然不知道她要做什么，但还是找出一张干净的A4纸和钢笔递给她。

姜安从第一个八音盒开始记录，纸上逐渐出现一连串数字。

傅晋寒看着她写在纸上的数字："这是什么？"

姜安说："凶手把被害人死亡时的惨叫声录入了歌声里，这是每一次惨叫声出现的时间。"

傅晋寒沉默片刻，他拿起一个八音盒放在耳边，反复听了四五遍才听出来姜安说的那声惨叫，声音太小，和童声混合在一起，还有嘈杂的背景音乐，很难去分辨出这里面还掺杂着别的声音。

他深深地看了姜安一眼，随后将目光转移到她手中写着一连串数字的纸上。

20，06，12，28。

傅晋寒双眸微眯，立即翻开从福利院带回来的收养档案。中间这一页的资料上贴着一张旧证件照片，上面是一个戴着帽子的小男孩，他的眼睛被厚厚的刘海遮住，露出来的一点眼睛里没有任何情绪。

傅晋寒说："找到了。"

姜安放下纸笔，看着资料上的档案："被送到福利院的那一天应该是他觉得自己重获新生的日子，他以此纪念这个日子。"

傅晋寒没有多说，立即开车带姜安再次回了福利院。

院长见他们折返，还有些意外："这是？"

姜安等不及了，她把档案从傅晋寒手里抢过来，翻开那一页："这是谁？您还有印象吗？"

院长从桌上拿起眼镜戴上，仔细看了一会儿："记得，这孩子当时来的时候身上都是伤，像是被人打的。"

姜安目光灼灼："他叫什么名字？谁把他送来的？"

院长摇摇头："他没有名字，后来是我们福利院给他取了一个名字，叫木头。当时是他自己来的福利院，我们那天开门他就站在那儿了，那时候这孩子一句话都不肯说，只知道吃饭睡觉，我还以为他是个哑巴，直到有一次他被院子里其他大点的孩子打哭求饶后，我们才知道他原来是会说话的。"

姜安愣了愣："您说，他是自己来的福利院？"

院长点头："对的。"

傅晋寒问："那他什么时候离开的福利院？"

院长道："第二年冬天吧，有一家人领养了他，不过后来我听说他好像过得……不是很好。"

傅晋寒接着问："您有那家人的联系方式吗？"

院长说："有，但已经过了很多年了，这个号码对方不一定还在用了。"

"没事。"傅晋寒道。

院长又找出记事本，翻了很久才翻出一串号码："就是这个，你看，我还写了名字呢，这家人姓江。"

傅晋寒记下号码："谢谢。"

此时院长终于忍不住询问："请问，是这孩子发生什么事了吗？"

傅晋寒沉默一瞬后，道："目前警方还在调查中。"

院长叹了口气，没再说话。

从福利院出来，傅晋寒和姜安坐上车，姜安捏着那串号码，紧张地看着傅晋寒。后者一如既往地沉稳淡定，指尖在屏幕上点了几下，电话便拨了出去。出乎他们意料，居然很快就通了。

"你好，我是江辰，请问你是哪位？"

熟悉的声音几乎穿透姜安的耳膜，她怔在原地好一会儿，傅晋寒也少见地沉默。

过了几秒钟，对方似乎因为一直没有等到回应，打算挂了电话。

傅晋寒及时出声："江辰？"

那边明显一顿，带有疑惑的口吻："傅队？"

市局刑侦办。

姜安傅晋寒坐在桌子一边，江辰坐在另外一边，空气有几分诡谲的压抑。

江辰摸了摸鼻子："这号码是我爸的，我爸妈很早就过世了，为了纪念他们，我就一直在用这个号码，没舍得注销。不过我平常都是用另外一个号，我爸这个手机号基本没电话进来，今天忽然接到电话，我还挺意外的，没想到是你们。"

姜安双手捏着兔子保温杯，眉心微微蹙着，一时竟不知道问什么。

傅晋寒看了江辰一眼，问："你和你父母有血缘关系吗？"

江辰一怔，有些好笑地说："傅队，您说的这叫什么话？那是我爸妈，能跟我没血缘关系吗？"

这个问题实在突兀，江辰试探性地问："你们是查到什么线索了吗？跟这串号码有关？"

姜安点了点头："你父母是不是曾经领养过一个孩子，在城南爱心福利院？"

江辰顿时瞪大眼："这你们也知道？"

傅晋寒看向他，江辰立马坐正："我爸妈的确曾经在城南爱心福利院领养过一个孩子，但是他已经去世了。"

"去世？"傅晋寒眉心拧起。

江辰说道："十三年前吧，他和我父母去登山，三个人一起出的意外，掉到山下，尸体都被动物啃食没了，就剩下三副骨架。"

姜安问："你的意思是，这个人十三年前就和你父母一起掉进深山去世了？"

江辰点头："是的，怎么了吗？"

姜安沉默了，如果洛琛十三年前就已经死亡，八音盒里为什么会出现那些被害人惨叫的声音对应的那一串数字？难道这一切只是巧合吗？还是自己推测错误？姜安一时之间只觉得有无数根绳索将自己捆住，每次一有点什么线索，当事人不是死亡就是被杀，线索永远是断的，没法再沿着这条线查下去。她缓缓拧开瓶盖，仰头灌了一大口水。

傅晋寒敲了敲桌子，很有节奏感，声音就像他平常说话一样低沉。傅晋寒似乎是在斟酌，又似乎只是象征性地观察着江辰，半晌，他说："我们怀疑你父母当年领养的孩子就是洛白的弟弟。"

江辰愣了下："什么？洛白的弟弟？可是他如果是洛白的弟弟，也在十三年前就已经死了啊。"

傅晋寒道："暂时先这样吧，也可能是我们弄错了。"

他没了再往下聊的意思，江辰还想问什么也没能开口，只得一步三回头地离开了。

姜安想不通，为什么他们找到的所有线索都断了？

傅晋寒给杨乐打电话，让他把江辰父母和洛琛的家庭关系、生前资料以及死亡报告全部调出来。

杨乐办事效率很高，两个小时以后就回了电话："傅队，查过了，和江辰说的一样。洛琛2006年被城南爱心福利院收养，2007年被江辰父母领养，十三年前，也就是日落黄昏连环杀人案发生的那一年，洛琛和父母去爬山，结果三人违反了规定，私自攀爬封禁区域，导致掉下深山，无人生还。"

傅晋寒开的免提，杨乐说的话姜安自然也能听见。

头一回，她生出了些沮丧的情绪，靠在沙发上，闭着眼睛，不知道在想什么。

能让洛白毫不设防地去赴约，又能和凶手背景如此契合的只有洛琛。可他已经死了，早在十三年前就死了。姜安有一种深深的无力感，她站起身，和傅晋寒请假："我想回去休息。"她现在需要一个充足的睡眠，来补充她那些死去的脑细胞。

傅晋寒看她一眼："嗯，好好睡一觉，黑眼圈比熊猫都重了。"

姜安乖巧答应。

回去的路上，姜安坐在车里走马观花地看着车窗外南城的风景，思绪早已飘远。

到家后，姜安洗漱完躺在床上，破天荒地给姜浅拨了一个电话。铃声响了很久，在姜安失去耐心的前一秒，对方才慢悠悠地接起。

"哟，这不是我那个妹妹吗？怎么想起来给我打电话了，太阳打西边儿出来了？"

接受完姜浅一如既往的嘲讽，姜安慢慢开口："你在Ａ市？"

姜浅挑眉："不然呢？难道你以为我能一直休假到处玩吗？"

姜安默了默，半天没出声。

姜浅不耐烦地问她："你这种人无事不登三宝殿，打电话给我干什么？"

"……老师还好吗？"

姜浅哼道："好得很，最近和师娘正在国外度假呢，他现在退了位，日子过得挺清闲的。"

"哦。"姜安又不知道说什么了。

最后还是姜浅主动找话："听说十三年前的案子重新被挖出来了？"

"你怎么知道？"

姜浅摆弄着自己的秀发，哼笑一声："姜安，不是只有你一个人在公安局工作，十三年前的连环杀人案闹得那么大，早就传到 A 市来了。"

"哦。"

姜浅最烦的就是对方这副半死不活的模样，她打小儿就和姜安不对付，一大原因就是不管自己跟姜安说什么，这小孩总是"哦""嗯""啊"的，极其没趣。但不管怎么说，她也是自己的妹妹，姜浅再烦也得忍着："碰到什么难题了，跟姐说说。"

姜安抿了抿唇，沉默半天，最终叹了口气，开始跟她说案子。

姜浅一边听一边漫不经心地打着游戏，等姜安说完了，她才关了游戏调侃道："你以前不是一个很自我的人吗，觉得天底下的人就你最聪明，谁都比不上你，也不愿意听别人的意见，怎么现在想起来跟我说这些了？"

姜安再次沉默："你不愿意聊就算了，我挂了。"

"你挂一个试试。"姜浅威胁道，"不是我说你，怎么这么多年过去了，这脾气还是这么差，我看你对你们队长倒是挺顺从的，你就双标吧。"

姜安深吸一口气："姜浅！你能不能认真点！"

姜浅哈哈笑了两声，正了脸色："你不觉得很奇怪吗？每一个案件中都有这个 X 的存在，而这个 X 十有八九就是十三年前日落黄昏案的凶手，他在之前那几起案件中一直都藏在幕后，恨不得把事情闹得越大越好，每一次媒体都比你们先知道情况，他为什么要这么做？"

姜安缓缓道："挑衅警方。"

"不，你错了，姜安。"姜浅抬眸望向窗外，"他是在挑衅你。"

- 13 -

狂风吹得枝头的树叶簌簌作响，外面天寒地冻，建筑隐没在层层的乌云中，只剩道路边的老旧路灯发出不稳定的亮光，时明时暗。姜安走到窗口，低头看着那一排排昏黄的路灯，姜浅的话在耳边一遍遍回放。

"他是在挑衅你。"

"从四年前那起爆炸案开始。"

"姜安，或许他就在你身边。"

"因为猎人是不会舍得离自己的猎物太远的。"

一字一句，印在姜安的大脑里，她感觉耳朵有一阵嗡鸣声，风声止住了一瞬，好在恢复得很快，一秒钟过后又恢复正常。

在揣摩人性这方面，姜浅其实要比她优秀得多，这和两人的生活环境以及习惯有着脱不开的关系。姜安自小就不爱说话，很多时候她都是沉浸在自己的世界中。姜浅不一样，她打小儿就懂得怎么讨好大人，怎么在最坏的环境中给自己创造最优的条件，更加能看到别人内心最阴暗的一面。

姜安破案喜欢推测凶手犯罪时的心理反应，而姜浅则是揣摩凶手为什么要这么做，她比姜安更能想象人性的底线。

那起城市爆炸案，姜安一直以为是一次有预谋的犯罪，但她没想到主角有可能是自己。四年前，那是她最意气风发的时候，年纪轻轻跟在董老后面破获无数大案，被誉为天才少女，声名大噪。也正是在她最得意忘形的时候，出了那起城市爆炸案。姜安判断失误，导致了那场本不该发生的悲剧，当时在火海里时，对讲机中传来的机械声反复出现在她的梦里。

他说："姜安，你输了，原来天才少女，不过如此。"

姜安在很长时间刻意回避这一句话，它在梦里出现了太多次，多到她认为这是她自己的臆想，可姜浅的话提醒了自己，这不是臆想，这是现实。

从四年前开始，他就在跟她下一盘棋，棋局的两边是警察和罪犯。

有冷风从窗沿的缝隙中钻进来，姜安被冻得身体不自觉抖了下，喃喃自语："猎人不会离猎物太远，所以……你是谁呢？"

姜安抬眸看向天空，黑压压一片，有种沉重的压抑，但没关系，晴天总会来的。

谁开局并不重要，重要的是谁完成了比赛。

姜安望着昏暗的天空，冷冷地勾了勾嘴角，那双黑黝黝的眼睛在夜色中显得格外明亮。不知站了多久，直到天空彻底暗下来，她才缓缓走到床上躺下。她需要睡一个好觉，来应对明天的恶战。

人命不是棋盘，她会跑完这个赛道，但绝不会陪一个罪犯下一场以生死定输赢的棋。

- 14 -

翌日，姜安起了个大早，她得去找傅晋寒问清楚当年洛琛意外身故的情况，所有证据都指向一个死人，这太蹊跷了。她找了一圈都没找到傅晋寒，一问才知道他跟包子一起去了洛琛意外身故的地方。姜安又去找江辰，问老李要到了江辰居住的地址，打了辆车就过去了。

听到敲门声的时候，江辰刚醒，他只是个辅警，一般来说只要傅晋寒不给他下达命令，他的时间都是空闲的。看到姜安过来，他好像有点意外："姜顾问？你怎么来了。"

姜安微笑道："你好像看到我很惊讶？"

"为什么这么说？"

姜安"嗯"了下："因为你主要在'姜顾问'三个字上表达了疑惑，而不是在后面那句'怎么来了'上。"

江辰一愣，继而笑了笑："姜顾问不愧是学心理的。"

姜安没在这个问题上继续说下去，而是问："我可以进去吗？"

江辰往里一让："当然可以。"

姜安从他身上经过，闻到了很淡的沐浴露的香味，她忽然偏头："你刚洗完澡？"

江辰摸了摸后脑勺："是啊，刚起来洗完澡，就听到敲门声了，你找我有事吗？"

姜安没有回答他这个问题，而是问道："你的沐浴露是什么牌子啊？"

江辰随口道："我也不知道，别人送的。"

"哦。"姜安这才点了点头，又说，"找你没什么事，就是突然想起来一点问题，想问问你。"她一边往里走一边观察周围，江辰家没什么特别奇怪的地方，就像一个普通宅男的家。

江辰跟在她后面，转身去厨房冲了两杯美式咖啡。

姜安见他递咖啡过来，忙道："谢谢，不过我不爱喝咖啡，怕苦。"

江辰在沙发上坐下来，喝了一口咖啡："没想到你居然会怕苦。"

姜安道："这很奇怪吗？大多数人都怕苦的。"

江辰勾了勾唇，语气轻缓："我以为你应该很喜欢喝这种能够刺激大脑的东西。"

姜安摇摇头："比起咖啡，我比较爱喝茶。"

江辰笑着说："下次我也试试。"

凛冽的寒风席卷大地，一棵棵老树疯狂地摇曳，尖锐的呼啸声不绝于耳。即便关着窗户，姜安仍然能清楚地听见外面鬼哭狼嚎一般的风声，她抬头看了一眼窗外，江辰住的是个老小区，隔音很一般，她坐在这儿甚至能听到楼下小孩的哭声。

姜安听着他说"下次我也试试",转过了脸:"你爸妈领养洛琛的时候,你应该还很小吧?"

江辰说:"我和洛琛一样大,我妈妈当年生我的时候吃了不少苦,我小时候身体不好,经常进医院。我妈……我妈听了算命的话说是找一个和我八字相合的男孩,可以冲掉我身上的病气。所以就从福利院领养了一个和我生辰一样的孩子回来,没想到从那以后我真的不生病了,我爸还说洛琛是我们一家的福星,他一来我们家,我的病就好了。"

姜安想了想,问:"你跟你哥的关系好吗?"

江辰刚洗完澡,头发还是湿的,他起身用毛巾擦了擦头发,然后才坐下:"不太好。我妈第一年的时候对我哥很好,但血缘嘛,你也知道的,爸妈还是偏心了,对我哥的态度就……"

他话并没有说完,但姜安已经明白洛琛或许自从江辰病好以后,日子就不太好过。

"其实你哥这一生应该很辛苦吧。"姜安忽然说。

江辰明显一愣,看了姜安一眼,笑了笑:"怎么这么说?"

姜安道:"没有,只是觉得有一个酒鬼父亲,母亲离婚后选择带走自己的哥哥而抛弃了自己,之后被酒鬼父亲虐待,好不容易等父亲进了监狱摆脱了父亲,几经辗转自己去了福利院,以为遇到了好心人领养自己,谁知道养父母领养自己只是为了给亲儿子冲病气,而自己,永远都是不被选择的那一个。我想这样的人生,换成谁都会很辛苦。"

江辰笑了笑:"你看,洛琛不幸的一生三言两语就能被概括了。"

姜安看了看江辰:"那一天你父母为什么会跟你哥一起去爬山,没带你吗?"

江辰靠在沙发上,姿态看起来还算放松:"我不喜欢爬山,我爸妈一向都很尊重我的意见,我说不去他们自然也不会强迫我。我哥这个人比较听话,爸妈叫他去他一定会去的。"

姜安点了点头。"原来是这样,对了,你看一下这个。"她将那幅只有眼睛的画像摆在茶几上,抬眸看向江辰,"这双眼睛你熟悉吗?"

江辰弯下腰仔细看了两秒:"这不是我哥吗?"

姜安说:"我还以为你会说洛白呢,公安局里很多同事都觉得这双眼睛像洛白。"

江辰却摇头。"不一样,虽然都是丹凤眼,但我哥的眼尾更长,你看——"他指了指画纸,"这双眼睛眼尾就很长。"

姜安没说话。

江辰又问:"这是嫌疑人的眼睛吗?"

姜安没有正面回答他这个问题,而是说:"但是你哥几年前就已经死了,这双眼睛的主人找不到了。"

江辰似乎很诧异:"那这不是说明我哥不是凶手吗?为什么你们还这么执着于我哥身上?"

姜安的声音淡淡的:"是啊,你说一个已经死去的人该怎么作案呢?"

江辰叹了口气:"要是那天我没有半路肚子疼,包子哥也没有睡觉就好了。"

"哪天?"

"洛白被害那天,我中午吃火锅拉肚子了,晚上坚持不住就回去了,我也没想到包子哥会睡着。如果当时我们两个都在,轮班看守的话,也许洛白不会在咱们眼皮子底下走丢,也就不会死了。"江辰看上去很愧疚,大概是对洛白的死过意不去。

"这事不怪你们。"姜安起身,"我可以拍一张你用的沐浴露的照片吗?味道挺好闻的,我也想买一瓶同款。"

江辰抓了抓脸:"可这是男士沐浴露啊。"

姜安说道:"我不是打算追咱们傅队嘛,买来送给他当礼物。"

江辰立即了然,带着姜安去了浴室,站在浴室门口不好意思地说:"有点乱,我平常的衣服都是堆积一周才洗,你别介意。"

姜安视线随意地在脏衣篓里瞟了一眼:"辅警的工作也忙,堆积一周洗省时还省力。"她拿起手机拍了一张沐浴露的照片,便转身往外走,没多作停留。

江辰将她送到门口,笑着说:"再见,姜安。"

姜安回眸:"'再见'一般有两层意思,你希望我们之间是哪一种?"

江辰怔了怔,他忽然笑了,露出一口大白牙:"我给你讲个故事吧。"

姜安站在门口,身后就是楼梯:"可我不太喜欢听故事。"

江辰却像是没听到姜安的话,自顾自开口:"你知道动物世界有一种规则,叫优胜劣汰。自然生存环境恶劣时母亲会抛弃那个弱小的孩子,以此确保强壮的那个能够活下去。为了保证这个'优',动物会排斥、杀死,甚至有时会吃掉它们的幼崽。"

"你想要讲的故事是什么?"姜安听见自己问。

江辰说:"小羊被母羊抛弃,它很辛苦地想要活着,追上母羊,但母羊早就带着更强壮的幼崽离它远去,小羊逐渐认清现实,放慢了脚步。它费尽千辛万苦,找到了另外一队羊群,企图融入进去,虽然遭遇了伙伴们的排斥,但没关系,小羊只想活着。后来小羊认了一对强壮的夫妻当作父母,以为自己终于遇到了救赎,却没想到只是进了另外一个深渊。小羊被肆意地践踏、殴打，被剥开羊皮，喝干骨血，最后还要被丢弃扔掉。"

姜安轻抬眼眸，静静地望着他："虎狼只为了生存才杀人，人却可以不为什么就杀人。"

"怎么会呢？"江辰似乎很惊异，"当我们把不幸追根溯源时就会发现，一切不幸的源头都是那只母羊。有人生来就在深沟，有人落地就处高楼。"

太阳从楼道的窗口折射进来，照在地面上，将姜安的影子拖曳得很长，她看向江辰，对方站在门后，藏在阴暗潮湿的角落里。

江辰笑着说："就像现在，这个太阳只能照得到你，而我就在距离你半米之外，它已经吝啬得不肯往后多照一点了。"

姜安望向他的眼神平静而淡漠："在所有动物中，人类是唯一会因为快感而施虐的动物。但人类的所有行为都被规范在法治下，这是宪法存在的意义。同样，人民需要正义。而人民可以是超市的收银员，可以是学生，可以是摊贩的阿姨，也可以是那些因为遭受无端恶意而报复其他人的所有受害者。"

她缓缓道："小羊反扑母羊或许是无奈，但小羊反扑无辜的同伴，那就是恶。"

"姜安，你真的很有意思。"江辰勾了勾唇，"不过看来这个故事并不能打动你。"

姜安的目光锁定他，瞳色漆黑，瞳仁清澈明亮，直直地盯着江辰的眼睛。半响，姜安微微一笑："我说了我不喜欢听故事。"

- 15 -

刑侦办里，姜安趴在桌子上正端详着面前的两瓶沐浴露。她伸手挤出一点放在掌心，仔细嗅着这个味道。

老李从一旁经过，好奇道："姜安，你闻什么呢？"

姜安抬起头，又嗅了一下："没，就是一款沐浴露。"

老李听她这么说，也弯下腰凑过来闻了下："你别说，这个还挺好闻的，哪儿买的？我给我女儿也买一个，她就喜欢这些香喷喷的东西。"

姜安说："这是男士沐浴露。"

老李一愣："这玩意儿还分男士女士的？"

"分啊。"姜安说。

老李像是忽然想到了什么，挤了下眉道："你这该不会是给傅队买的吧？"

姜安脸一热，慌忙摆手："不是不是，我就是去江辰家里看到这个，觉得挺香的，顺路就买了两瓶回来。"

老李哈哈一笑："我就这么一说，瞧你紧张的，我那边还有事，先去忙了。"

"好的……"姜安摸了摸鼻子，耷拉着脑袋，总感觉自己闹了个乌龙。她正神游的时候，脑袋被人轻揉了下，姜安吓得一个激灵立刻坐得笔直。

耳边传来低笑声，像大提琴一般低沉，尾音勾着笑意，像是一根羽毛在她耳边轻挠。姜安不光觉得耳朵有些发麻，连心脏处都透着一股密密麻麻的痒意。她抬眸，正好对上傅晋寒垂下来的眼睛："你怎么回来了？"

傅晋寒搬了把椅子坐在她对面，修长的手指拨了拨桌子上的两瓶沐浴露："你买男士沐浴露做什么？"

姜安想到自己掰扯的借口，抠着手指小声说："买回去自己用。"

"啧。"男人轻哂一声，"我还以为你买来送我的呢。"

姜安耳垂攀上一抹红，清了清嗓子，声音越来越小："你要是喜欢，也……也可以送你。"

傅晋寒看了她一眼，小姑娘脑袋都快垂到桌子底下了，不由得轻笑道："你去江辰那儿了？"

"嗯。"姜安终于舍得把头抬起来，"去问了他一些问题，然后他跟我讲了一个故事。"

傅晋寒挑眉道："什么故事？"

姜安便把江辰讲的小羊的故事说给傅晋寒听，末了，问道："你觉得他是什么意思？"

傅晋寒淡淡说道："他是在说洛琛还是在说他自己？"

姜安抿了抿唇："他很奇怪，我问他用的什么牌子的沐浴露，怎么这么香，他说不知道，别人送的。但是在我提出要买同款时，他却知道这是男款。"

"嗯？"

姜安抬眸："连牌子都不关注的人，怎么会知道这是男款还是女款呢？他在回避这个问题。"

傅晋寒的指尖敲了敲桌面，他在思考的时候习惯做这个动作："有两种可能，送他的人告诉过他，或者他不想提起这个人。"

不想提起——

他不想提起谁？

一阵风吹来，沐浴露的香味飘进了姜安的鼻尖，她终于记起了这个味道为什么会有些熟悉。

她曾经在袁成江死亡现场的肖像画上，闻到过这种香味！

姜安瞳孔倏然放大，猛地起身："我要见孟星辰！"

案件还没结束，孟星辰依旧被看押在刑侦大队里。孟星辰被带到审讯室，她看上去瘦了很多，但精神还可以。

姜安没等她坐下就问："你用的沐浴露是什么品牌的？"

"什么？"孟星辰愣了下，大概没想到对方会突然问这个问题。

姜安咽了咽口水，再次询问："你之前用的沐浴露，是什么品牌的？"

孟星辰看了她一眼，然后说："一个外国牌子，中文名翻译过来叫天使之翼。"

"谁送给你的?！"

孟星辰微微蹙眉："这和案件有什么关系吗？我为什么要回答你这么无聊的问题？"

姜安重复问："孟星辰，回答我，谁送给你的？"

孟星辰的脸色冷了冷，没什么表情地说："洛白。"

姜安的指尖微微泛白，继续问道："他是什么时候买给你的，你还记得吗？"

孟星辰沉默了几秒后说："半个月前。"

姜安猛然起身："谢谢。"

她说完就走，孟星辰望向她的背影狠狠皱了皱眉。

姜安出了审讯室，看向傅晋寒："找购买记录，洛白的购买记录。"

姜安脸上的表情太过凝重，傅晋寒猜出她应该找到什么线索了，沉声说道："地址？"

"这几条街只有一家有卖这款沐浴露，我刚刚才从那儿回来。"姜安边走边说，"我之所以第一时间没想起来在哪里闻过，是因为这款沐浴露应该是男女款，味道相近却不完全一样，女款的味道应该偏淡一点。我那天在袁成江死亡现场那张用来画肖像画的纸上闻到过，那张画是孟星辰画的，所以纸上才会沾上沐浴露的味道。"

- 16 -

在一家美妆产品连锁店门前，车还没停稳，姜安就匆匆开门下车，险些摔倒也没有在意。傅晋寒微微皱了皱眉，出声让她慢点。

姜安随口应了声"好"，就冲进店里，她双手搭在柜台上，咽了咽口水说："你好，我想查一下你们半个月前的销售记录。"

两名收银员对视一眼，其中一名说："抱歉，我们没有这个权利给您提供。"

姜安急道："我有用处，帮一下忙可以吗？"

"不可以呢，不好意思。"店员微笑着说。

"可——"

姜安话没说完就被人沉声打断。

"警察，请配合调查。"傅晋寒出示了警察证。

店员脸色一变，看了眼面前高大的男人，改口道："我们只是收银，确实没这个权利，你们稍等，我去叫店长过来。"

店长很快就来了，得知两人是警察后，连忙说道："半个月之前的销售记录是吗？请问是要全部的吗？那可能会有点多。"

姜安摇头："不用全部，只要天使之翼这款沐浴露半个月之前的销售记录就可以。"

"好的，请稍等。"

几分钟后，店长将平板电脑上的销售记录递了过去："那天我们只卖出去六瓶。这款沐浴露价格比较高，其实很少会有人买，都是一些老顾客。"

傅晋寒问："你还记得他们长什么样子吗？"

店长回忆了下："有一对夫妻，买了男女款，还有个女孩买了两瓶女款，还有……哦，好像还有个男士也买了两瓶，长相的话，我记不太清了。"

傅晋寒递过去一张照片："那名男士是他吗？"

店长仔细看了看，又把照片递给一旁的收银员看："你们也瞧瞧，是他吗？"

"是他！"其中一个说道，"我记得他，那天已经很晚了，我们店都打算关门了，他就没进去逛，直接让我男女款各拿了一瓶结账。"

姜安低声问："你确定吗？"

"确定。"店员点点头，又指了指最后一排的销售记录，"你看，晚上 9 点多开的单，两瓶。"

"有监控吗？"傅晋寒抬眸扫了一圈，将照片又装回钱夹里。

店长说："有，我给你们调。"

店长调出监控记录，从中果然看到了洛白，如那名店员说的一样，洛白并没有进去，只是安静地在门口等待，直到店员将两瓶沐浴露包装好递给他，他才转身离开。

傅晋寒用手机将监控里的画面拍摄下来："他经常来吗？"

店员想了想，说："没有，也不算经常吧，只是他每次来都只买这一个产品。"

"每次都是两瓶？"

店员回答:"不是,之前都是一瓶,就上次来一次性买了两瓶。"

走出店门,冷风灌进胸口,姜安却感觉不到冷,她低声对傅晋寒说:"洛白把其中一瓶女士的送给了孟星辰,把男士的送给了江辰。"

孟星辰既是日落黄昏连环杀人案的受害者,又是杀死袁成江的凶手。而洛白又是洛琛的哥哥,江辰的父母是洛琛的养父母。世界上没有绝对巧合的事情,这几个人之间有千丝万缕的关系,中间横跨了几十年。所以洛白那瓶男士沐浴露一定是送给江辰的。

如果是这样,那江辰究竟是谁?十三年前的连环杀人案会跟他有关系吗?抑或说他就是那个在幕后操纵一切的X?可是理由呢?他为什么要这么做?所有证据指向的嫌疑人洛琛已经死亡,江辰和案件扯不上一点关系,他为什么要去杀害洛白?动机呢?

姜安站在马路边缓缓闭上眼睛,任由寒风狠狠刮着自己的脸和身体,太多谜团围绕在她的脑海里,就像一个死结,怎么找都找不到解开的方法。

耳边呼啸声渐小,刺骨的寒风也不再凶猛,她缓缓睁开眼,高大的身影遮住了她的视线,身高差距太大,即便抬头,姜安从这个角度也只能看到男人的下巴。耳畔彻底听不见风声,只剩下男人低沉性感的嗓音。

"姜安,冷风吹久了是会感冒的。"

姜安吸了吸鼻子,小声说:"我知道。"

傅晋寒又好气又好笑地看着她:"知道还站在这里闭着眼睛神游?"

姜安反驳:"我在思考。"

傅晋寒伸手拎起她的后衣领,跟拎小鸡仔似的把人拎进了副驾:"坐车里慢慢思考。"

姜安摸着鼻子没反抗,等傅晋寒也坐进来后她才再度开口:"能不能和张局申请对江辰二十四小时监察?"

傅晋寒踩油门的动作停了下来,转头看向她:"证据呢?"

"什么?"

"没有指向性证据,我们是没有办法监察公民的。"傅晋寒耐心地给她解释,"你说江辰家里的那瓶沐浴露是洛白送的,证据呢?没有直接证据,怎么判定就是洛白送的,江辰连杀人动机都没有,找不到一点作为嫌疑人的证据。我们除了合法传唤,其他的什么都不能做。除非有线索表明这件事和他有关系,警方才能申请对嫌疑人进行二十四小时监察。"

姜安沉默了,她忽然发现傅晋寒说得对。这一切都只是她的猜测推理,没有一点实际性证据,除非江辰亲口承认东西就是洛白送的。否则死无对证,没人能证明。动机，江辰的作案动机是什么呢？为这个领养的哥哥鸣不平，替他复仇吗？可是十三年前孟星辰见到的人是洛琛，那双眼睛和江辰的眼睛没有一点相似。姜安再次闭上眼，她不知道怎么回答傅晋寒那些话，索性沉默着不说话。

死人是怎么再次作案的呢？姜安深吸一口气，只觉得脑子一团乱麻，找不到任何一个突破口。只有直觉，直觉告诉自己，江辰一定和这起案件有关系。他不是在跟自己讲故事，他是在试探自己的态度。

耳边又响起姜浅的话。

"从四年前那起爆炸案开始。"

"姜安，或许他就在你身边。"

"因为猎人是不会舍得离自己的猎物太远的。"

猎人……

猎物……

凶手到底想从她这里得到什么？

四年前的城市爆炸案，她还有没有错过什么细节？

傅晋寒车速开得很慢，小姑娘的呼吸声逐渐均匀，看样子像是睡着了。

这几天公安局所有人都处在高度紧张的状态中，一边查案，一边还要顶着来自上面的压力，休息时间越来越少。这会儿姜安睡着，傅晋寒有意开得比往常慢了很多，想让她多睡会儿。

- 17 -

姜安做了一个梦，她又梦到了那场大火，绵延不绝，火光滔天。爆炸声震耳欲聋，烈火浓烟冲天而上，空气中弥漫着令人窒息的刺鼻气味。现场乱成一团，有人从里面出来，有人从外面进去。一声比一声凄厉的尖叫声划破耳膜，哭喊声响成一片。

姜安像一个置身事外的人，她站在火里，看到了一张戴着小丑面具的脸。她觉得脚心发烫，脚下是炽烈的火焰，浑身都是被灼烧的痛意，面前就是悬崖。这个梦她做过无数次，纠缠了她整整四年，每一次自己都会在跌落悬崖的一瞬间醒来。

这次也一样。姜安被大火包围，她听到了女人的啼哭声，听到了对方痛哭着质问自己为什么不救她。姜安忍受着火焰的灼烧，在被逼近悬崖时，她没有像以前一样跳下去，而是遏制着内心深处的抵触和恐惧，努力朝前迈了一步。

耳边啼哭声逐渐变大，女人的尖叫声痛苦而尖锐，姜安险些要缩回来，她不断告诫自己不要退后，要往前，要揭开大火深处那张和火焰一样红的小丑面具。

她究竟漏掉了什么呢？姜安想要打开面前的那扇门，可火舌蔓延在她的手上，她本能地缩回了手，可很快，又再次伸了过去，坚定地握住门锁。

啪嗒一声，门开了。姜安终于看清楚里面的一切，这是作案的现场。

地上躺着的女人不再尖叫，彻底没了声音。小丑抬起头，隔着浓浓的火焰，笑着看向她："姜安，你输了。"

姜安喉咙嘶哑，身体被烧得体无完肤，她听见自己嘶哑的声音："你为什么要这么做?!"

小丑露出不解的神情："我是在拯救她啊，你看她多么痛苦，死了就不会痛苦了。"

姜安大喊着："不是，你这是谋杀，是犯罪，是不可饶恕。"可她发现自己什么声音都发不出来，她低头，发现自己的双腿快要被烧没了。巨大的恐慌袭来，她再次被推到了悬崖边上。

"姜安！"

姜安猛然惊醒，额头满是冷汗，明明是寒冷的冬季，她却如同置身火窖一般。

傅晋寒又叫了她几声，把人晃醒："做噩梦了?"

姜安还沉浸在梦境中，分不清虚实，慢半拍地转头去看傅晋寒的脸，男人的五官逐渐清晰，姜安终于彻底从梦中回到现实。她捂着胸口喘气，眼尾濡湿，沾着泪渍，艰难地开口："我梦到了四年前那起爆炸案。"

傅晋寒盯着她看了两秒，伸手缓缓拍着她的背，像是安抚："没事了，都过去了。"

姜安眼角滑下一滴泪，使劲摇头："没有……没有过去，凶手还没抓到，就没有过去。"

傅晋寒目光沉沉地看着姜安，他们都清楚地知道，凶手没有抓到，案子永远都不会过去。于是他沉默几秒后开口："会抓到的。"

好像得到了承诺和保证一般，姜安揪着的心终于松懈，压在内心深处的痛楚也终于能够窥得天日，获得一丝喘息的空间。她低声说："我总觉得我漏掉了什么，四年前那起爆炸案之后，我总是做梦，每一天都做噩梦，梦里反复回忆着那起爆炸案，到最后，连我自己都不知道，哪些是真，哪些是假。"

姜安痛苦地抱着头，想要将梦里那些场景重新构建出一个新的案件，从里面找出不同。可她头太痛了，好像马上就要爆炸了。身上忽然感受到一阵热度，有人轻柔地抱住了她。姜安后脊一僵，肩膀微微发抖，再也克制不住地哭出声来。

四年前，姜安也才不到20岁，亲眼看着被害人在自己面前死去，而她本来可以不用死……

没有人知道姜安后来有多么痛苦，每一个因为噩梦醒来的夜晚，她都能听见被害人最后的惨叫声。姜安经常失眠，她在爆炸案发生后长达一年的时间里晚上不敢睡觉，生怕自己又听到那些绝望而凄厉的惨叫声。她将这种情绪压抑了整整四年多，没有因为崩溃而哭过一次，因为姜安认为自己不配，她不配将这种情绪宣泄出来，她应该带着这些痛苦的记忆去忏悔自己曾经的过错。可就这样一个简单却温暖的怀抱就压垮了姜安几年来筑起的围墙。

姜安即便是哭，也哭得小心翼翼，努力不让自己的泪水弄脏傅晋寒的衣领。

傅晋寒一下一下地拍着她的背，直到姜安哭完，自己从他怀里逃开。他才低笑一声："哭好了？"

姜安吸了吸鼻子，声音还带着哭腔："哭好了。"

傅晋寒点点头："那回局里办事吧。"

姜安后知后觉地开始不好意思，慢吞吞地下车，在看到对方胸前被自己哭湿的痕迹后，脸腾地红了："要不我给你转个干洗费吧……"

傅晋寒有些好笑道："哭都哭了，现在后悔了？"

"没……"姜安跟在他身后，气势渐弱。

两人一起回到局里，傅晋寒去忙别的事了，姜安坐在刑侦办里又开始盯着桌子上的两瓶沐浴露看。

老李从外面进来，见她还在看，不由得道："你这都看了一天了，看出什么花来了吗？"

姜安叹了口气："看出来了，但是没用。"

"怎么没用？"老李从办公桌上拿起一个小本子，封面画了很多卡通画。

姜安注意力被吸引过去："李叔，这是什么？"

"嗐！"老李说，"我女儿的作文本，早上出门的时候走得急，这本子夹在资料里面被我带来了，孩子这会儿在家里哭着要呢。这不，我寻思给她送回去。"

"作文本？"姜安凑近了些，"我还以为是画本呢。"

"不是。"老李把本子递过去，翻开给她看，"孩子平常喜欢画画写作什么的，都在这一个本子上。"

姜安随意地看了一眼："写得还挺好，而且没有错别字呢。"

老李笑笑："现在幼儿园老师就教认字和拼音了，孩子妈平常在家里也会教孩子认字，你以为像咱们那会儿啊，一定得上一年级才开始学拼音。"

姜安眸色一顿，神色骤然一变："李叔，您刚刚说什么？"

老李以为她没听清，便又重复了一遍："我说现在幼儿园老师就教认字和拼音了，而且孩子妈在家里也教，一些简单的字孩子一般是能写出来的。"

姜安倏地僵住。

是啊，一些简单的字是可以写出来的。

- 18 -

办公室里落针可闻，姜安猛地起身，连带着身后的椅子倒在地上，发出巨大的声响。老李被她这个举动弄得愣住，脸上莫名其妙，弯腰把椅子扶起来："这是怎么了？脸色这么差？"

姜安霎时额头布满细汗，竭力让自己的语气表现得平静："李叔，带我去物证科，我要去物证科！"

老李愣了下，然后道："走。"

姜安几乎是飞奔着过去的，她让物证科的同事把陈小宇的遗书拿了出来。

老李不明所以："这事都过去这么久了，怎么突然找这个？"

"陈小宇留下的遗书里并没有什么困难的字，但中间有两个字用的是拼音，这不正常。"姜安一边说一边小心翼翼地打开字条。

——爸爸，我好疼，我被李老师打得很疼，你能 jiu jiu 我吗？

姜安的手在颤抖。

老李还没来得及开口，就见面前的小姑娘疯子一般冲了出去。怕她出事，老李只能跟在后面追。

姜安走到马路边拦下一辆出租车，老李赶到时，出租车刚好开走。

"师傅，麻烦快一点。"姜安催促。

"好嘞。"

车子最后停在了环城小区，姜安付完钱下车就跑，司机找零的手搁在半空，有些讶然："现在的年轻人体能都这么好的吗？"

尽管姜安就住在环城小区对面，但自从结案后，她很少再走这条路。她一踏进小区，那股陌生的紧张感再次袭来。她瞥向李湛曾经倒下的位置，可没有时间让她继续看下去，她一路冲到了李幼微家里。

李幼微父亲被杀，母亲坐牢，如今家里就剩下她一个人。李幼微被亲戚接走，这栋房子后来以便宜的租金租给了一对年轻情侣。

姜安气喘吁吁地敲门，没敲几下门就开了。

开门的是个女孩："你谁啊？"

姜安喘着气："警察，我想问一下你们什么时候搬过来的？"

女孩看了她的证件，才放下心："搬过来好几个月了，怎么了吗？"

姜安心骤然一沉，仍不放弃："那你们搬进来的时候有看到一本书吗？是一本悬疑小说，书名叫《木偶人》。"

女孩摇摇头："我们搬进来的时候，前面这户人家东西都搬空了。"

姜安扶着门框的手指微微收紧，再三确认："你确定没有书之类的东西吗？"

"没有。"

"请你仔细想想。"

女孩见她脸色苍白，大冬天跑出了一身汗，抿了抿唇说："当时那个孩子只留下了一个小箱子，我放在杂物间了，要不你找一下看看有没有你要的东西。"

姜安擦了擦汗，连声道谢。

女孩侧身让她进来，又去杂物间把那个箱子搬了出来。"这箱子当时我男朋友说要扔了，不过我看着整理得挺好的，也有可能是前户主忘记拿了，就让我男朋友先留着了。"女孩说，"说不定哪天户主就回来要这些东西了呢。你慢慢找吧，我去晾衣服。"

姜安诚恳地说："谢谢。"

女孩耸了耸肩，表示不用客气。

姜安打开箱盖，里面堆的东西很多，有一些小玩具，还有很多合照。

李幼微把这些带有一家三口记忆的东西全部封存在了这个箱子里。她一样一样翻开，终于在箱底找到了《木偶人》这本书。姜安肩膀微微颤动，以一种极快的速度翻到最后一页，目光停留在结尾的批注上面。

——你好，姜安。

一股寒意从姜安的脚底蹿了上来，蔓延至全身，她盯着那句批注一动不动。

几个月前她曾经在李幼微的卧室里翻过这本书，当时她以为这是李幼微写的批注，那句问候是书迷对作者的问候。

姜安深深吸了一口气，和女孩告别后将书带走，刚出小区便拨通了一串号码。

"接下来你什么都别说，听我说完。"姜安压低声音，"我在李幼微家里发现了我的书，上面有很多批注，在结尾处写的是'你好，姜安'。陈小宇临死前写下的遗言——不，求救字条里的拼音很有可能是后来加上去的。"

她屏住呼吸问："你相信我吗？"

那边沉默一瞬，然后很快回答："需要我做什么？"

姜安握紧手机："立刻去找江辰，把他盯住。我现在就回局里做笔迹鉴定，一旦证实，你马上带人进行抓捕。"

这一次他们必须先发制人，绝不能再让人从眼皮底下逃脱。

傅晋寒说："好。"

姜安紧绷的神经稍稍松懈，闷声说："谢谢。"

谢谢你可以相信我。

- 19 -

等待的时间是漫长的，姜安坐立不安，不断在走廊徘徊，她实在等不住了，直接推门进去："结果出来了吗？"

笔迹鉴定师抬头："是同一个人。书，字条里的拼音，以及江辰入职时的申请书，字迹鉴定一致。"

姜安深深吸了口气，立即拨出傅晋寒的号码："你在哪儿？"

"商场。"傅晋寒站在二楼，俯视下面，一楼商场大厅的场地用来给孩子建造临时的玩乐地点，底下一片欢声笑语。他的眼神始终盯在角落里正在抓娃娃的男人身上。

突然，男人放下了手里的抓夹，开始往人群中走去。傅晋寒微微皱眉，悄无声息地下楼跟上去。

姜安有些颤抖地握着手机："笔迹鉴定结果出来了，结果一致。"

而此时，商场里尖叫声不断，小孩的哭声不断刺激着人的耳膜，还有保安的警告声，一时间乱作一团。最中央的位置，一名五六岁的孩子正在被人挟持。

傅晋寒挂断电话，身形如电，动作迅疾，冲过人群跑到最前面。今天不算出警，他并没有带手枪，此刻也只能站在外围，没有靠近。

"江辰，放下孩子。"傅晋寒视线紧逼，声音沉着冷静。

孩子母亲手脚发软跪趴在地上，不断哭着恳求对方放过自己的孩子。孩子被吓得大哭，稚嫩的脸上写满了恐惧，他的脖子被人用刀架着，稍稍一动，刀就能划破颈动脉。

商场内人流涌动，见到有人挟持人质，大家纷纷往外跑。江辰抬头看了看天花板，似乎很不耐烦的模样，他朝傅晋寒微微一笑："傅队，没想到我们会以这种方式见面。"

傅晋寒还算冷静，目光始终在孩子身上："小朋友，不要乱动。"

孩子依旧在哭，但好歹听话地没再挣扎乱动。

江辰"啧"了一声:"早知道我应该绑个女人,起码不会这么吵。"

傅晋寒眯了眯眼:"江辰,你明年就可以参加考试,有升迁的机会,可以正式成为一名警察,为什么要突然绑架一个孩子?你这样做,是在自毁前程。"

"哈哈哈……"江辰突然大笑起来,抖动的肩膀让他的刀尖离孩子的脖颈又近了一点,"傅晋寒,都到这一步就别装了,你盯了我几天以为我不知道吗?我早就发现了。其实我今天没打算动手的,但我看到你接了个电话,你的表情变了啊傅队,是不是姜安查到什么了?"

江辰反侦查能力很强,这得益于他悲惨的童年,曾经他需要靠脚步声去判断对方离自己还有多远的距离。

江辰缓缓收敛笑容:"傅队,我很想知道,姜顾问是通过什么找到我的?"

"我求求你了,放过我的孩子吧!他才5岁!"孩子母亲泣不成声,反复哀求。

商场里人群已经疏散完了,有人报警,外面响起一片警笛声。

车还没停稳,姜安就下了车,跟跄了好几步才站稳,商场外面聚集了很多人,警车开不进去,只能停在路口。姜安几步冲进人群,抓住先到的老李:"里面现在什么情况?"

包子也赶来了:"老李,现在怎么回事啊,我听说傅队也在里面?"

老李道:"江辰绑架了一个孩子,现在商场门被江辰威胁锁了起来,我们也不知道里面是什么情况。"

在这种极端情况下,姜安反而慢慢镇定下来,她摇头:"不对。"

包子急忙问:"什么不对?"

"他的目标一直都是女性,一个具有偏执型人格障碍和反社会障碍的连环杀人犯是不可能轻易改变自己的目标的,他一定另有所图。"姜安低声说着。

这一刻,姜安内心的不安达到了顶点,江辰到底想做什么?

他的目标,究竟是谁?

耳边传来包子急切询问的声音:"说是有刀架着孩子脖子,傅队和孩子母亲都在里面呢!"

姜安猛然一顿。

"他的目标是傅晋寒!"她颤抖着大喊。

"什么?"众人错愕时,商场大门突然开了。

女人抱着孩子哭着从里面慢慢走出来,眼睛里还有惊恐余存。老李连忙让人上前将那对母子拉了出来,其他人冲了进去。然而商场里面空无一人,只有一根针管躺在地上。

包子和老李面面相觑,谁都不知道这几分钟的时间里究竟发生了什么事。老李立刻说:"所有人分成八队,从八个出口分别去追!"

赶过来的姜安扑在地上想要捡起那根针管,被老李用手拦下:"这是物证,得带回去化验。"

姜安抬头问:"傅晋寒呢?傅晋寒人呢?"

老李说:"已经去追了,才几分钟应该走不远。"

姜安又转身去找那对母子,心底的恐慌在这一刻被无限放大,情绪有些失控:"可以告诉我里面刚刚发生了什么吗?"

孩子哭个不停,母亲啜泣几声后说:"那个警察,他……他说可以交换人质,然后那个劫匪同意了,就……就扔给了他一个针管,让那个警察自己给自己注射。后来那个警察给自己扎了一针,就倒在了地上,劫匪松开我儿子,朝警察的方向去了,我就趁机过去带着我的孩子从里面出来了。"

"钥匙呢,大门不是锁上了吗?"

"那个警察说……说把钥匙先给我,才会注射。所以我先拿到了钥匙,他才打的针,对……对不起,我太害怕了,我只想我儿子能平安……"母亲紧紧抱着孩子,心里生出一丝愧疚,警察救了她的孩子,可她却因为害怕抱着孩子跑了,如果当时她从后面反击,或许有机会……

姜安指尖泛白,缓缓收紧,看了这对母子一眼,缓缓开口:"不用抱歉,你就算反击也没有胜算,只会激怒劫匪,你做得很好。"

"真……真的吗?"

"嗯。"

姜安不再多言,扶着车身站起来,朝商场望去。

- 20 -

警方找遍了所有出口,在商场周围找了几圈,都没有找到任何有关傅晋寒和江辰的行踪,只能先回公安局调取商场里面和周围路口的监控。

姜安站在大屏幕前,眼神紧紧盯着监控里的画面。

她看着傅晋寒将针剂注射进自己的身体里,看着他缓缓倒下,看着他被江辰从后门带走,然后消失在监控盲区。

姜安沉默少顷,随即无比冷静地开口:"给我看后门路口街道的监控。"

前后不过几分钟时间,江辰一定事先准备好了作案工具,不可能是他之前经常骑的摩托车,一定是辆新车,很有可能是套牌车,而且他应该准备了很多套牌,不然没办法一直躲避警方的追踪。

新车，套牌，价格低廉。

姜安眼睛眨也不眨地看着监控里来来往往的车辆，忽然开口："停！"

杨乐立刻按下鼠标："怎么了？"

姜安说："把画面放大。"

杨乐便把画面拖到最大，抓拍得实在模糊，驾驶人的脸根本看不清。这是一辆五菱宏光，姜安把车牌号记下来，让包子去查是不是套牌车。如果证实这辆车是套牌车，起码车型能确定，可以缩小后面的查找范围。

包子很快就打电话过来，说确实是辆套牌车。在那个时间点出现的，只有这一辆可疑车辆。

警方立即按照这个线索去找，然而犹如大海捞针，对方准备了很多套牌，很难找到行驶轨迹，而且对方很聪明，非常熟悉路况，几乎知晓全市所有的监控盲区，而这辆车型实在太常见。

一连两天，没有找到任何有效线索。刑侦办所有人都陷入了焦急压抑的状态中。大家的话都变得少了，只知道一个劲地找、查，哪怕没有线索、没有消息。

包子这两天带着人开车跑遍了全市，没敢遗漏一处地方。杨乐一天二十四小时里有十八个小时是在盯路口的监控。老李走访了所有认识江辰的人。就连张局一天都要来四五趟刑侦办，看看有没有进展。

傅晋寒被劫持，对方还是个穷凶极恶的连环杀人犯，如今他生死不明，大家谁都不敢放松，恨不得把南城翻个遍。

晚上11点，包子从外面回来，裹挟着寒风，眼下一片青灰，显然是熬了几个大夜："杨乐呢，还是没找到车的消息吗？"

话音刚落，杨乐就回来了："没，我来倒杯热水马上就回去盯。"

老李砰的一下捶桌："这都三天了，怎么会一点消息都没！南城就这么点大，江辰到底能躲在哪儿！"

包子眉头紧皱："我一直想不通，江辰怎么会是十三年前的连环案凶手，他看上去一点都不像，他说他的梦想是当一名警察，为什么突然就变成穷凶极恶的杀人犯了？"

老李怒道："都这个时候了，你还在想他为什么变成杀人犯，当务之急，是先把队长找到！"

压抑了几天，一点线索都没有，谁心里都不舒服，这会儿这根紧绷的神经被挑起来，包子也控制不住发了火："我这几天不是一直在找吗?!我只是想分析江辰，弄清楚他到底会躲在什么地方。"

老李没好气地说:"你跟江辰称兄道弟这么久,连他是个杀人犯都不知道,亏你还是个警察。"

包子被戳中了伤疤,顿时闷声不再说话,脸色很难看。他和江辰关系一直不错,办案时,有事没事就会找江辰帮忙,甚至在江辰说想做一名正式警员时,他还特意陪江辰喝酒,鼓励了他一番,而自己真心对待的这个人居然就是他们一直在找的凶手。

包子一边找一边责怪自己作为一名警察为什么看不出嫌疑人,为什么轻易相信一个凶手。他和江辰待在一起那么久,明明有那么多次机会可以抓江辰……

杨乐劝道:"都什么时候了,傅队现在下落不明,你们还有心思吵架!"

姜安靠在窗前,坐在傅晋寒的位置上,看着窗外的寒月,感受着凛冽的北风吹在脸上的刺骨痛意。

耳边争吵声不断,她没有任何表情,神情始终冷淡。在包子和老李终于停下时,她缓缓转过椅子,面朝着他们:"别找了。"

"什么?"老李以为自己听错了。

姜安重复:"我说别找了。"

包子一下子就怒了:"姜安,你凭什么说不找了!老大平常对你最好,他现在失踪,你竟然让我们别找了!你不愿意找可以不找,但别拦着我们找!"

杨乐皱起眉:"姜安,这种时候你怎么能泄气呢?"

老李深深地看了姜安一眼,沉住气问:"是有什么原因吗?"

姜安看了一眼窗外,半边脸隐没在黑暗中,缓缓开口:"等他找我。"

- 21 -

"等他找我。"姜安说。

空气沉寂一秒,老李问:"什么意思?"

杨乐和包子不明所以地看着她,大家都在等待一个解释。

姜安沉默良久,这一幕她太熟悉了,四年前也是如此,她慢慢开口:"还记得四年前 A 市的城市爆炸案吗?"

老李立即说道:"当然记得,这个案子不还是你和董老破的吗?"

姜安说:"江辰想要故技重演,和我再赌一次。"

她这话让在场的三人心头一震。四年前制造爆炸案的凶手在 A 市著名的京川大桥下安装炸药,同时绑架了一名女性。当时凶手给了姜安两个选择,救一座城还是救一个人。最终姜安找到了炸药和那名受害者被绑架的位置，可警方终究晚了一步，到达现场时，只剩下滔天的大火和躺在地上悄无声息已经死亡的女人。而凶手，早就不知所终。

姜安勾起一抹冷笑："他的目标是我。"

老李、包子和杨乐面面相觑："所以，他是想跟四年前一样，逼着你做选择？"

姜安望向窗外，声音有些缥缈："如果我没有猜错的话，当年在深山里死亡的根本就不是洛琛，而是洛琛的养父母一家，洛琛李代桃僵，利用这次事故，和真正的'江辰'换了身份。我想，他应该还整过容，所以那双眼睛才会和孟星辰见过的不一样。"

"你说当年死的是江辰？"老李震惊道。这件事太匪夷所思，却又是如今最合理的解释。

只有在当年那场事故中死亡的是江辰，一切的线索才能说得通。

姜安继续说道："他是一个高智商犯罪分子，反侦查能力很强，同时又是反社会人格，内心扭曲，善于伪装，极度自负。他认为自己是天才，是拯救者，任何人都不能挑衅他的地位。十三年前那起震惊全国的连环杀人案是他的杰作，他觉得这是他最满意的作品，没有人能够侦破它。可我的名字横空出世，他开始关注我，试探我，挑衅我。"

说这些话的时候，姜安自始至终都没什么表情："所以他制造了四年前那起城市爆炸案，宣告了他的胜利。四年后，他以我写的小说为引，开始了新一轮的棋局。傅晋寒是他最后一步棋，他要在这场博弈中再一次赢下我。"

"他为什么非得跟你过不去？"包子忍不住问。

姜安用指尖拨弄着保温杯上的兔耳朵："因为我的出现让他内心的邪恶再度蠢蠢欲动，于是他策划了四年前的城市爆炸案。因为他必须证明这个所谓的天才少女根本不值一提，让所有人都知道他才是那个天才，但他又享受这种博弈的感觉，这样能够满足他极大的自负。"

姜安想起了江辰曾经说的那个故事："童年时期他被酒鬼父亲家暴，母亲不堪受辱终于决定离开，却只带走了哥哥。为了活下去，他只能举报自己的父亲，父亲坐牢后他辗转去了福利院，之后被好心人领养，以为逃离魔窟，没想到又进了另外一个炼狱。他被继母虐待，甚至有可能是性虐待，长期的虐待导致洛琛内心逐渐扭曲。他在日复一日的虐待中越来越恨自己的母亲，恨她当初为什么没带走自己，但他又是爱母亲的，这种极端的爱恨交织导致了他的变态心理，内心的犯罪因子不断跳动。

"他喜欢在日落时描摹少女的脸，当他画完最后一笔，看着画像达到性高潮后就会残忍地杀死少女。他会留下这些少女身体的某个部位作为纪念，而且这些少女都喜欢穿他母亲爱穿的红裙。"

最后，姜安说："我还没有想到。"

"想到什么？"老李问。

姜安抬起眼，语气沉重："这次他会以什么作为另一个筹码让我选择。"

包子脸色一变："他不会又安排什么炸药吧?!"

老李闻言眉眼顿时冷下来："难不成他还想炸了南城吗？"

姜安却摇头："不会，同一个选择题他不会出第二次。江辰——不，应该说是洛琛，他一直以来都在挑女性下手，这次却绑架了傅队，不符合他一贯的作案逻辑，所以一定有别的绑架对象。"

老李神情激愤："还有别的人?!"

"那咱们现在到底应该怎么做？"包子捶桌道，"难道就这样一直被动地等吗？"

姜安双手微微收紧，低声说："找失踪人口。"

"失踪人口？"

"对，找最近南城的失踪人口，女性，年龄范围在13岁到35岁之间。"姜安说，"找找看吧，目前我只能想到这个了。"

杨乐点头："好，我马上就去查。"

夜深人静，姜安坐在傅晋寒的位子上翻阅当年江辰一家事故的案件资料。

不知看了多久，姜安揉着酸痛的眼皮，她想不明白，洛琛这么多年挑选的被害人一直都是女性，和他的母亲都有相似之处，那为什么又要杀害洛白？

洛白应该知道江辰就是自己的弟弟，所以才会去见他，给他送礼物。江辰之前一直没对洛白动手，怎么突然就起了杀心呢？姜安在这些疑问中产生困意，趴在桌子上假寐，梦中又出现了那场熊熊大火，燃烧着姜安的理智。

姜安骤然睁开双眼，看了看钟表上的时间，竟然才过去十五分钟。

她的神经太紧绷了，姜安疲惫地想。

翌日一早，杨乐便找到姜安，手里拿着一堆档案："找到了！你猜得没错，南城近一个月的失踪人口一共有五个人，其中还有一名未成年学生。"

姜安接过文件，一页页翻看。她一夜未眠，眼下一片青灰，脸色苍白，毫无血色。

杨乐见她憔悴的模样，劝她："你先去休息休息，睡一会儿，有什么消息我立马给你打电话。"

姜安低声说："没事。"

杨乐知道她的性格，便没再劝，叹了口气说："包子和老李已经带着分队的人去查这些失踪人口了，如果是同一个人干的，只要找到这五名失踪人口的轨迹重合点，就能大致排查出江辰的活动范围，到时候找起来要比咱们现在容易得多。"

"嗯。"

这一天的时间对刑侦办的人来说，感觉既稍纵即逝又无比漫长。稍纵即逝是因为他们什么都没查到，漫长同样是因为他们什么都没查到。

月上梢头，寒风簌簌。市局灯火通明，宛若白昼，晚上将近10点，走廊里来回穿梭的人影不断，姜安站在刑侦办后面的白墙前边，办公室大门敞开。姜安从这个角度正好能够看到来往的人群。

她学着傅晋寒的模样从烟盒里抽出一支烟，咬在嘴里，用打火机点燃，吸气的瞬间猛地被呛到，她蹲在墙边，呛得眼泪都流了出来。

手机铃声响起，是一串陌生号码，姜安慌忙擦去眼泪。

耳边传来熟悉而轻佻的声音。

"姜安，好久不见。"

- 22 -

姜安一动未动，浑身的血液仿佛停止流动，握着手机的双手不自觉收紧，好像过了很久，又好像只过去几秒，她听到了自己的声音："你想做什么？"

江辰低笑了声，笑声短促，充满挑衅的意味："看北45度的方向。"

姜安转头看向窗外，刑侦办在二楼，这个方向可以很轻松地看见位于市中心广场上最大的那块LED显示屏。屏幕中正在播放着明星的代言广告。突然间画面抖动闪烁了几下，巨大的显示屏中出现了一抹黑色的身影，对方正弯腰摆弄镜头，右手拿着手机像是正在跟谁打电话。

片刻后，他坐在了镜头前面。

"姜安，时隔四年，我们再玩一次游戏怎么样？"

广场的空地上聚集着大片的人群，四周人头攒动，伴随着清脆的说笑声。显示屏的声音非常大，一瞬间吸引了很多人的注意，群众纷纷开始寻找声音的源头，当看到屏幕中的画面时，大家不约而同地止步，以为这又是一场猎奇活动。

画面再次闪烁，黑衣人站起身将镜头掉转了一个方向，很快大家便看到了一个三米高的水箱，而令人感到惊悚的是，竟然有人被绑在水箱里面，他的四肢被铁链固定住，无法动弹，衣衫被血色染红，脑袋低垂看不清脸。

很快，黑衣人再次出现，看向镜头。

姜安汗毛立起，死死盯着那块巨大的显示屏，在看到男人被捆住手脚锁在透明水箱里那一刻，浑身的力气似乎都被抽干了，她再也克制不住情绪，几天来伪装出的冷静全部瓦解，近乎悲鸣地喊了一声："傅晋寒！"

"姜顾问，别这么激动，对身体不好。"江辰笑着说，他用指尖抵着水箱边沿，走得缓慢，像是在欣赏一件艺术品，"你知道吗？其实我很羡慕你，明明我们拥有一样的高智商，可命运却截然不同。你有爱你的家人，有认真教你的老师，甚至还有傅大队长的喜欢。

"你知道四年前我在新闻上看到他们是怎么夸你的吗？天之骄子，意气风发，千年一遇的警界奇才。别人都叫你天才少女，可是姜安，天才只能有一个啊。"

江辰低声细语，他的声音传到姜安的耳朵里，姜安只感觉像无数只老鼠从阴沟里爬上来啃咬她的身体，令她感到恶寒。

"那天我给你讲了一个故事，你却连几分钟时间都不愿意分出来，你这样的人，根本就不配当一名警察！"江辰的语气突然变得凶狠。

"所以这就是你杀死养父母一家取而代之的理由吗？"姜安冷漠地说，"我查过当年事故时的档案资料，在他们胃里发现了蛋糕残留，那两天江家没有人过生日，所以我想他们应该是在为你庆祝吧？庆祝你在七年前的这天来到了他们家里，成为江家的一分子。江辰——不，我现在应该称呼你为洛琛，你的养父母对你其实很好吧？"

洛琛身形倏地僵住。

姜安对着话筒迅速说道："你的养父母根本就没有虐待过你，相反，他们对你还算不错，但你不满足，你觉得江辰分走了他们对你的爱，你嫉妒他们一家三口为什么可以这么圆满幸福，而你却要跟你的母亲分离。你怨恨你的母亲当初只带走了洛白，但你却绝口不提你小时候试图把洛白推下水的事！"

"洛琛，你就是一个天生邪恶的人，不要把不幸的童年当作借口！你幻想你的养父母对你不好，为自己的凶残找理由，残忍地杀害了他们。"姜安长呼一口气，"故事说着说着连你自己都信了是吗？"

洛琛缓缓抬起头，五官被小丑面具遮住，唯有一双眼睛直视镜头，似乎是很浅地笑了下："姜安，你真的很聪明，就算你说的这些是真的又怎么样呢？你心爱的傅队在我这里，我们之间的赌局还没结束，四年前你输了，四年后，你觉得你自己是重蹈覆辙，还是能在这局棋盘里，赢我一子呢？"

他伸手按下一个开关，笑道："现在，我们的游戏才正式开始。"

水箱顶层有一根管道，源源不断的泥沙正在朝里倾灌，流动速度不算很快，就像是沙漏里的沙子，正在倒计时。而计时的结束，是傅晋寒生命的结束。

姜安面色骤然紧绷，就像有无数只手在撕扯她的神经："洛琛！"

劝诫一个杀人犯是最没必要的事情，他们不会因为你的几句话而动摇那颗想杀人的心，罪犯的本质就是凶残且毫无人性的。姜安嘴唇颤抖，一个字都说不出来。

耳侧风声呼啸，洛琛轻嘘了一声："一共五人，你每找到一个，我就会按下加速按钮。也就是说，每当你救下一名人质，就意味着你的傅队距离死亡更近一分。姜安，我真的很好奇，你的选择会和四年前一样吗？"

他低声笑着，笑声就像毒蛇爬行留下的蜿蜒轨迹："别慌，你还有十二个小时的时间。"

"嘟嘟嘟嘟……"

电话断了，大屏幕中的画面却还在继续。泥沙缓慢地顺着管道流进水箱，水箱旁边摆放着一只巨型沙漏。

洛琛将沙漏倒放，消失在镜头里。

人群早已乱成一片，议论声、惊呼声此起彼伏。

这是一场杀人直播。

- 23 -

老李、包子和杨乐冲了进来，他们手上拿着一份失踪名单，神情愤怒焦急，很明显他们也看到了那场依然在进行的"杀人游戏"。

四周只余风声，在场的四人眼睛死死盯着窗外远处的大屏幕，没人出声。最终姜安开口："失踪名单给我。"

包子肩膀颤抖，激动地说："老大怎么办？老大怎么办?！"

救下一个人就意味着加速傅晋寒的死亡，他们到底应该怎么做！包子痛苦地捂脸，杨乐站在原地不知所措，眼下这份名单就像是烫手的山芋，灼痛他的皮肤，让他拿也不是、放也不是。

姜安重复一遍："把失踪名单给我。"

杨乐还是没动。

老李深吸一口气，用力说道："杨乐，给她。"

"李叔……"

"给她！"

包子猛地站起来："难道我们就要眼睁睁地看着老大死吗?!"

老李一把揪住包子的衣领："包子，别忘了你是一名警察！"

包子咬住嘴唇，眼眶湿润，他狠狠抹了一把脸，别过头不再说话。

杨乐走上前把失踪名单递给姜安："都能找回来吗？"

姜安接过文件，抬眸看他一眼，笑容苍白："我可是天才，当然能了。"

她这话像是一剂定心剂，杨乐忽然就没那么害怕了。

姜安翻开资料，半个月内一共失踪五人。

严桦，盐城人，26岁，餐厅服务员，单身，社会关系简单，失踪当天穿着红色连衣裙，父母在老家盐城。

周苒苒，南城人，23岁，餐厅服务员，单身，社会关系简单，和严桦住在同一宿舍，失踪当天穿着红色连衣裙，父母双亡，和亲戚鲜少往来。

秦子沐，南城人，29岁，护士，社会关系简单，失踪当天穿着红色连衣裙。

张颜，A市人，20岁，学生，社会关系简单，失踪当天穿着红色连衣裙。

李幼微……

姜安骤然抬眸："为什么会有李幼微?!"

杨乐说："我查到的时候也很惊讶，没想到会在这份失踪名单上看到李幼微——"

他话还没说完，外面大屏幕的画面倏然变换，巨大的屏幕被分成六块，和傅晋寒一样，其他五人手脚被捆住放在水箱里，管道里有泥沙正往里灌。

而李幼微的明显流得比别人的快，泥沙已经淹没了她的小腿。

姜安双拳紧握，指甲陷进肉里，她却感觉不到一点疼痛。救谁不是由她决定的，而是由洛琛决定。每个人的水箱中泥沙灌入的速度都不一样，这些速度决定了姜安找人的顺序。她没有多余的时间浪费了，她必须在两个小时内找到李幼微，否则李幼微就会被这些泥沙活埋。

姜安指尖微颤，盯着大屏幕。屏幕里的画面是一个个封闭的密室，四周空旷，没有任何指向性信息，很难找到具体位置。但对方开着镜头直播，只要破译对方的IP地址，就能定位到具体地点。

张局召开大会，所有人聚在会议厅里，两名计算机专业毕业的警员正在竭力破获视频的IP地址。

办公室电话响个不停，不断有市民打电话过来，市局门口聚集了一大批媒体记者，大家似乎都对这起骇人听闻的案件高度关注，这无疑是在给警方施加压力。

张局表情严肃："这人简直太猖狂了！我们必须全力以赴，尽快把所有人质找到，包括傅队！六个人一个都不能少！"

"是，张局！"

所有人异口同声地喊。

姜安站在窗口，一言不发。

洛琛为什么会绑架李幼微，他不是已经完成环城小区凶杀案了吗，为什么还会对李幼微下手？他到底有什么目的，或者说，他绑架李幼微是出于什么心理呢？

姜安闭上眼睛，指尖频繁敲着桌面，这是傅晋寒在思考时的习惯。

如果我是洛琛，我会把李幼微藏在哪儿……

"福利院！"姜安猛地睁开眼，"去城南爱心福利院！快！"

所有人都愣住了，老李最先反应过来，立即喊道："一队的人跟我走！"

姜安仿若自言自语般："他绑架李幼微是因为他认为李幼微和他一样，李幼微的父母死在他做的棋局里，他甚至带着李幼微亲眼观看她母亲是如何愤怒地把刀刺向自己父亲，他要把李幼微变成和他一样的人，所以城南爱心福利院是最好的选择，因为那是他走向罪恶的起源地！"

警方找到李幼微的时候，泥沙已经淹没了她的胸口，大屏幕中出现了老李的脸，他举起手愤怒地摔碎镜头，画面闪烁几下之后彻底消失。

还剩下五幅画面。

李幼微被紧急送往医院，老李让其他两名警员跟了过去，自己又折回市局。

姜安始终紧盯着那块巨大的 LED 显示屏，很快，铃声响起。

姜安没有立刻接起，直到坐在电脑前的同事给她打了个"好"的手势，她才按下绿色通话键。

"比我预想的要快。"洛琛说，"不过，我得按下加速按钮了。"

电话啪的一下被挂断。

紧接着，屏幕中就多出了一个黑色身影，对方朝镜头做了一个微笑的手势，随即按下了水箱旁边的红色按钮。泥沙灌入的速度明显加快，而里面被绑着的人依然昏迷不醒，没有意识。姜安的心一下子被揪紧，她的神情是前所未有的平静，但是双手却在无人窥探的角落微微颤抖，她把眼睛闭上又再度缓缓睁开。

周苒苒会在哪里？

如果洛琛认为罪恶的开始是他进入城南爱心福利院，那……

"追踪到严桦的位置了！"有警察大喊，"在茶石村！"

张局立刻指挥警员前往救助。

姜安神色微顿，如果是按照这个顺序，那周苒苒应该是在——

她忽然说不出话了。

因为她发现这个游戏其实很简单，对方根本不是想和她下棋，而是想通过这盘棋局折磨她的心志、左右她的选择，要让她无论选择哪个选项，余生都活在痛苦的绝望和无尽的悔恨中。

- 24 -

或许是因为大雪即将来临，整座城市笼罩在风眼之下，广场里聚集了大批群众，大家一边观察着大屏幕一边拿着手机不停在网上发表自己的评论。市局门口被围得水泄不通，最后张局下了命令，才将那群媒体记者劝离。

姜安最终还是做出选择。

警方顺着她给的线索去了洛白被杀的小区，成功解救出周苒苒，与此同时，严桦也被送去医院。

此时已经过去四个小时，姜安看着大屏幕里关着傅晋寒的水箱，泥沙灌入的速度越来越快，已经淹没他的膝盖，而泥沙一旦没过胸膛，人随时可能窒息而亡。

洛琛给了她十二个小时，但她根本没有那么多时间了。

"怎么样，姜安？"张局在旁边问她，"剩下的两名人质能推测出具体位置吗？"

姜安没有立刻回答，而是沉默了一会儿才说："傅队的位置还没追踪到吗？"

张局无奈地摇头："IP地址破获不了，位置无法确认。"

姜安移开目光："那就再等等吧。"

傅晋寒水箱里的那些泥沙不能再加速了，她需要争取更多的时间。

张局沉默地望向她，明白她在等什么，警察的命也是命，这个选择不光是姜安要去做，他们整个市局都得做。可时间有限，两个小时过去了，张颜水箱里的泥沙已经快淹没胸口，张局看情况不对，想要来催，刚走到姜安身边，就看她神情冷静地开口："在我家里。"

"什么？"张局愣住。

姜安重复一遍："张颜，在我家里。"

其实从一开始，她就认出了张颜的位置，只是她的水箱泥沙灌入的速度没有其他几人的快，所以姜安一直没说。

洛琛把张颜安排在她家里无非就是想要看她怎么选择。

等待的时间是漫长的，铃声再次响起。这次姜安主动先说话："四年前你制造爆炸案时，杀人手法还和十三年前一样，怎么现在突然改变风格了。"

一秒后，洛琛开口："因为我找到了比杀人更能让我兴奋的事。"

姜安听到他在自己耳边的低笑声，只感觉浑身发麻。四年前的噩梦纠缠她到现在，如今难道又要将这个噩梦延续下去吗？

姜安颓然地倒在地上，目光始终没有从远处的画面中移开。洛琛恶魔般的笑声还在她耳边回荡，姜安脑袋一阵眩晕，过度思考让她筋疲力尽。

沙漏里的流沙只剩下了四分之一，洛琛给的十二个小时已经过去九个小时，秦子沐也快没有时间了。

姜安蹲在角落里，眼神流露出痛苦。

傅晋寒到底在哪儿？

从城南爱心福利院，到茶石村，再到杀死洛白的地方，这一切都是按照洛琛的生命轨迹布置的，那傅晋寒处在哪个节点？

"起源地……"姜安猛然抬头，"罪恶的起源地不是城南爱心福利院，是他的家！"

张局闻言立即问道："最开始的家？是洛琛的出生地还是他养父母的家？"

姜安肩膀颤抖着，眼珠黝黑："都不是，是他母亲的家，是他母亲带走洛白后在南城安顿的家！所以他才会选择在南城作案，这么多年一直潜伏在南城，从未离开过。"

包子立刻说道："那我们还愣着干什么，赶紧走啊！去救傅队！"

姜安一刻也不敢耽搁，看着张局说："秦子沐的泥沙会在两小时后灌满，你在一小时十五分钟后去袁成江那幢破别墅救人。"

张局连忙应下："行，我知道了，你们放心，这样，让二队的人跟你们一起过去。"

安排妥当之后，姜安坐在车里，双手不停绞动，试图缓解内心的焦灼感。

包子负责开车，杨乐坐在副驾驶，回头问："你怎么知道秦子沐会在袁家废弃的那幢别墅里？会不会弄错？"

"不会。"姜安肯定地说，"因为那是他培养的二代恶魔诞生地。"

林烟用生命从恶魔手上救下孟星辰，没想到她却被恶魔培养成了二代恶魔，成了恶魔手里那把杀人的刀。

孟星辰在某种意义上也算是洛琛的作品。

杨乐又问："那傅队呢？如果傅队不在那儿怎么办？我们这一来一回会不会更加耽误救援时间？"

包子捶了一下方向盘："我们还有别的办法吗？如果张局那边追踪到位置，市局也会有人去，我们既然跟着姜安来了，就相信她一次。"

杨乐不再说话，包子说得对，既然来了，那就应该相信队友。

"之前我就一直感觉奇怪。"姜安缓缓开口,"为什么洛琛杀人会挑选南城这个地方,仅仅是因为当年的南城警力严重不足吗?刚刚我想明白了,他这么多年不肯离开,是因为他的母亲生活在这里,他监控了他母亲整整十几年,每当恨意滋生,他就会挑一个和自己母亲长得像的被害人下手。而他之所以中间有九年不再作案,我想并不是因为他害怕警方的调查——毕竟如果他真的怕被警方追查就不会在时隔九年之后故意制造一起城市爆炸案来引起警方关注。"

"那是因为什么?"

"因为他的母亲在十三年前死了。"

母亲死后,洛琛无法再从杀人这件事上获得快感,所以他选择停止了这场残忍的杀戮。但姜安的出现,激发了他体内的嗜血因子,他开始转移仇恨目标,企图从她这里获得报复的快感。而洛白应该是发现了弟弟就是十三年前那起连环杀人案的凶手,他认出了洛琛,所以才会冒死去找他谈判。而谈判的内容是什么,无人知晓。

或许是劝弟弟自首,或许是想帮他。可显然最终两人没谈拢,洛白被杀了。

姜安打开窗户,深深吸了一口气,才缓解了那股窒息感。

警方开车快要赶到洛白和母亲离开后居住的厂房宿舍时,杨乐突然尖叫了一声,拉回了姜安的思绪。

姜安察觉出不对劲,急忙问:"怎么了?"

"傅队醒了!"杨乐慌忙地把平板电脑递给后座的姜安,"他在挣脱绳索!"

姜安在看到男人挣扎的那一刻,压抑了几天的情绪终于溃不成军,眼泪蓄满了眼眶,想要出声却发现喉咙一片涩哑,发不出一丁点声音。她的手指忍不住抚摸屏幕,似乎这样就能碰到他了。

水箱中的泥沙已经到男人的腰际,导致他下半身完全不能动,画面里的男人只能试图挣脱手上的绳索,姜安的眼神紧紧锁定他,半点也不敢挪。

"还有多久?"

包子说:"本来十分钟就可以,但这边早就废弃了,道路不通,都是小路,得绕路,前两天下过大雪,水洼里结冰不好开,估计还要二十多分钟。"

姜安心急如焚,二十分钟后张局就会带人去救下秦子沐,一旦救下秦子沐,那就意味着傅晋寒那边泥沙灌入的速度又翻了倍,现在都到腰了,如果到胸部,后果不堪设想。

她急道:"包子哥,再快点。"

包子也急,他已经尽力开到最快了,可车速再快就要打滑,他一咬牙,索性不管不顾了,一脚踩向油门,一路歪歪斜斜地开着。

姜安的手机铃声又响了,她猛地一个激灵,看到是张局后,长舒了一口气:"张局。"

"我们已经到秦子沐这边了。"

姜安捏紧手机:"再等等。"

张局叹了口气:"再等下去我怕秦子沐坚持不住了,万一秦子沐出了什么事,到时候……"

"五分钟。"姜安近乎祈求地说,"就五分钟,五分钟后您再救她,我算好了时间的,五分钟后再救,秦子沐不会有生命危险。"

四年前,姜安说过同样的话,但那一次,她判断失误了。

张局沉默半响,最终道:"好,等五分钟。"

电话挂断,姜安又问了一遍:"还有多久到?"

"到了!"包子一个急刹,停在一座废弃的厂房宿舍前,姜安刚准备下车,余光瞥见平板,神色突变。

洛琛站在镜头前,朝她微微一笑:"姜安,你是不是以为找到这儿就能救下他了?"洛琛大笑几声,嘴角的弧度一点点收敛,他扬了扬手中的控制器:"这场博弈,输的仍旧是你。"

紧接着,耳边传来轰隆一声,巨大的火焰从面前的厂房宿舍喷射而出,烈火浓烟冲天而上,热浪冲到姜安脸上,她却忘记躲避。包子一把拉住姜安,将人往后扯。

空气中弥漫着令人窒息的刺鼻味道,包子松开姜安,疯了般往里冲:"老大!"

杨乐手疾眼快地抱住包子的腰,现场大火冲天,进去就是死。

姜安愣怔地看着面前烟雾弥漫、火焰凶猛的厂房宿舍,整个人像是失去了思考能力,双目呆滞,手臂控制不住地颤抖。

"傅……"姜安喉咙干涩,突然回过神来,心口猛然一窒,撕心裂肺地喊出声,"傅晋寒!"

她不顾一切地往里冲,仿佛感觉不到火舌灼烧皮肤的刺痛感。四年前的噩梦再次袭来,姜安哭得声嘶力竭,在头顶烧断的横梁倒下来的一瞬,她被包子拦腰抱住,及时躲开。

消防队很快赶来灭火,姜安看着身边一个个人影经过,空洞地睁着双眼,泪水不断涌出,心脏像被一双无形的手捏住,窒息得厉害,终于承受不住晕了过去。

- 25 -

姜安再次醒来时，人已经躺在了医院的病床上。姜安睁开双眸，入目便是白色的天花板，她迷茫地眨了眨眼睛，那一瞬间，所有的记忆仿佛开了闸般全部涌进她的脑海。

姜安头痛欲裂，她强忍着身体的不适，一把将手背上的针头拔掉，翻身下床，却因为体力不支摔了个跟头。

杨乐恰巧进来，见她摔在地上慌忙走上前将人扶起来："你身体还没恢复，别乱动啊。"

"傅晋寒呢？"姜安抓住杨乐的胳膊，像是抓住救命的稻草一样，"傅晋寒呢？他人呢？！"

杨乐顿了几秒，无法直视那双充满期盼又隐隐压抑着害怕的眼睛，最终低声说："你晕倒之后，我们在厂房宿舍里搜到了被炸毁的残肢，经过DNA比对，证实是洛琛的。案子破了，姜安，洛琛死了，围绕着南城十几年的迷雾终于散开了。"

姜安双眸泛红，用力地说："杨乐，我在问你，傅晋寒呢？！"

杨乐说："傅队是特种兵出身，应对爆炸有经验，爆炸时，他将自己扎进了泥沙里，那个水箱反而救了他一命。"

姜安紧绷的神经骤然放松下来，口中呢喃："没事就好，没事就好……"

杨乐张了张嘴，似乎是想说什么，但最终什么也没说。

姜安撑着身体从地上站起来："傅队人呢？在手术还是？"

杨乐眼里晦涩难明，半晌，他说："姜安，你已经昏迷三天了，傅队也早就从手术室出来了。"

姜安微怔，自己居然昏迷了这么久吗？

不过傅晋寒没事就好，此时她还没有察觉出不对，只是说："我想去见傅队，他在哪个病房？"

杨乐顿了顿，说："还在ICU（重症监护室），傅队全身多发性骨折，而且爆炸时冲击到了大脑，他……他现在……"

姜安心里咯噔一下，颤着声问："他怎么了？"

杨乐深吸一口气道："他可能永远也醒不过来了。"

姜安愣在原地，她皱了皱眉，用了一些时间消化杨乐说的话。

她有些想不通，为什么每一个字她都能认得，可组合在一起就听不懂了呢？

在杨乐的搀扶下，姜安去了傅晋寒的病房，她站在楼梯口，看到了很多人，其中有两个人她认识，是傅晋寒的父母。

她缩在墙后，竟生不出一丝勇气靠近，脑海里不断回放着杨乐说的话。

"医生说傅队由于长时间脑缺氧，又因为爆炸时大脑受到损伤，醒过来的概率只有百分之一，也就是说，傅队即便保住了一条命，以后也只能是躺在床上的植物人了。"

植物人……

姜安心痛到无法呼吸，戳在那儿一动不动，杨乐站在一旁不敢说话。

还是上楼的傅珍珠先看到了她，朝姜安奔了过去，一把抱住姜安，把头埋在她肩膀开始哭泣："安安姐，医生说我哥要变成植物人了，怎么办啊！他该怎么办……"

姜安浑身僵硬，她缓缓抬手回抱傅珍珠，眼泪顺着眼角滑落下来。

姜安最终也没有过去，她默默回到病房，躺在床上，闭上眼，无声地落泪。

脸上传来一阵温度，有人帮她擦去了脸上的泪水，姜安倏地睁开眼，在看到是姜浅的时候，眼睛又缓缓闭上。

姜浅指尖微顿："别哭了。"

姜安没有说话。

姜浅搬过椅子坐在一边，拿了一个苹果开始削："跟我回 A 市吧。"

姜安还是不出声。

姜浅说："南城的案子已经破了，你的心结也解开了，傅晋寒听说等情况稳定下来后，他家里就会把人转去 A 市的军区医院，那里医疗水平更先进，难不成你要一个人留在南城吗？"

"嗯。"

姜浅削水果的动作一顿，眼睛微抬："这么快就答应了？一点都不像你，以前我让你往东你就往西，总喜欢跟我对着干，我还——"

"你出去吧，我想一个人静静。"姜安说。

"好。"姜浅三两下削完苹果，起身出去，还贴心地帮她关上了门。

姜安每天都会去傅晋寒病房好几次，但每一次都是偷偷地看，直到傅晋寒从 ICU 出来，挂着 A 市车牌的车来了好几辆，姜安才有了明确的意识——傅晋寒被转去 A 市了，在军区医院，她以后看不到他了。

傅晋寒离开后的几天，姜安也正式递交了从南城调去 A 市的申请，有董老在中间帮忙，姜安的调令申请通过得非常顺利。但等到调令下来的时候，也已经过去快一个月了。

临行前，姜安请包子、老李和杨乐一起吃了顿饭。春雪消融，寒风不再刺骨，迷雾消散。

"3月了。"老李说，"春天来了，这个漫长的冬天终于过去了。"

姜安举起酒杯："敬春天。"

几人相视一笑："敬春天！"

"你回 A 市了，要是看到老大，替我们向他问好。"包子喝了一大口酒，却觉得今晚这酒苦得厉害。

姜安摩挲酒杯，挤出一抹笑："好。"

四个人喝到很晚，老李这才惊觉原来姜安很能喝酒，几杯白酒下肚，她脸色都不带变的。

即将分别，大家都没那么多顾虑了，只想喝个痛快。傅晋寒变成植物人这件事就像一块巨石压在所有人心上，让他们时时刻刻只要想起就喘不过气来。

一夜酒醉，姜安睡到了次日下午，她晚上 8 点的飞机，距离起飞还有不到四个小时。姜安忍着宿醉的头痛，急忙起来收拾东西。其实也没什么好收拾的，之前姜浅离开时，已经帮她把大部分行李拖走了，现在只剩下一些衣物和书籍。

姜安很快就收拾好了，甚至还有时间给自己做了一顿晚饭。她拖着行李箱走到客厅时，还能在地上看到当初水箱压出来的痕迹，姜安心脏一阵抽痛，她捂住胸口大口地喘着气，努力转移自己的注意力。过了很久，她才缓过劲来，拎起行李箱走了出去，看了一眼居住了四年的房间，伸手将门关上。

姜安不喜欢离别，所以没让包子他们来送机，起飞前，她抬眸最后看了一眼这座城市，头顶阳光炽烈，昨日的夕阳余晖在天亮之后又变成灼热的太阳。

原来——

日落之后不是黄昏，而是新一天的朝阳。

"请各位乘客打开身侧的遮光板。"

空姐的声音响起，姜安伸手将遮光板打开，随即把目光落在手中的档案袋上。

这是一份横跨了十几年的犯罪档案。

因为这起案件性质极其恶劣，档案被要求带去 A 市当作案例讲解。

姜安缓缓拆开档案袋，将其他两份整合到一起，却在翻到最后一页的时候陡然停住。

——经过调查，洛琛无整容史。

姜安面色苍白，整个人战栗着，额头沁出豆大的冷汗，似乎有什么东西在脑海里频频闪过。

"他的眼睛是丹凤眼，眼尾有点上挑，内双，没有眼袋，瞳仁很黑，还有……还有……还有他的睫毛也很长，眼神很可怕！"

"那个男人眼角有颗痣……"

"这种表演型人格的人一定会返回现场欣赏他的作品……"

"杨乐在1240段监控视频里找到了一个人，他的行动轨迹覆盖了所有案件发生的地点……"

姜安猛然抬头。

当年顾若看到的那个人——

是洛白！

洛琛杀死洛白并不是因为谈崩了，而是因为这是他们计划中的一环！

以死作饵，来完成他们最后一幅作品。

所以，无论是十三年前还是十三年后，真凶一直都不止一个！

番外

伏罪
PLEAD GUILTY

- 01 -

两年后。

闹钟丁零零响个不停,主人却没有要关掉的意思。

"姜安!你给我开门!"震耳欲聋的拍门声终于把姜安从睡梦中吵醒。

她伸了个懒腰,揉了揉惺忪的睡眼,穿着拖鞋去开门:"姜浅,今天是周末,你有完没完?"

姜浅一身吊带红裙,波浪般的长发披在肩膀,五官艳丽夺目,踩着高跟鞋三两步走到姜安面前,一把将人拉起来:"我昨天给你发的信息你没看见吗?这都几点了你还在睡觉,马上就迟到了!"

姜安不耐烦地挣脱她的控制,语气懒懒散散的:"我不去。"

姜浅蹙眉:"你为什么不去?"

姜安边倒水边说:"你能不能不要一天到晚给我安排这些联谊,我说了我没兴趣。"

姜浅一副恨铁不成钢的模样:"联谊怎么了?你也不小了,到现在一个男朋友都没谈过,成天两点一线,你哪儿来的机会接触男人,我不帮你联谊,你后半生都得孤寡。"

"那就孤寡呗。"姜安无所谓地说。

姜浅气道:"你就犟吧,别以为我不知道你为什么不谈对象,不就是因为那个姓傅的吗?!"

姜安喝水的动作一顿,随即放下水杯,眼神冷了些:"你知道就好。"

姜浅冷笑两声:"傅晋寒要是一辈子不醒,难不成你还要等他一辈子吗?"

姜安走到沙发上坐下,打开电脑,翻看同事发过来的最新的案件资料:"我的事不用你操心,你把你自己管好就行了。"

姜浅掐着腰,气极反笑:"你以为我愿意管你?算我倒霉,投胎成你姐,我告诉你,赶紧换衣服跟我走。"

"不去。"姜安毫不留情地拒绝,随后皱起眉,"你过来看看这个案子。"

姜浅气还没消，但对这个从小就叛逆的妹妹没什么办法，猛灌了两杯水后走到姜安身边坐下，一边看案件资料一边冷嘲热讽："哟，还有我们警界小天才解决不了的案子啊。"

姜安实在懒得理她，指了指电脑屏幕："看这里。"

姜浅眉头缓缓拧起："灭门案？这么凶残吗？"

姜安"嗯"了声："我们去现场看过，凶手留下的物证挺多的，而且在第二天就投案自首了，但我总觉得这事有点蹊跷。"

姜浅看了一眼姜安手指的位置，那是一张一家五口死亡现场的照片："位置不对。"

姜安立即接道："对，我也是这么认为，你看，两位老人的死亡位置是在厨房，孩子的死亡位置在次卧，丈夫的死亡位置在书房，妻子的死亡位置在客厅。客厅和厨房是互通的，按照死亡顺序，凶手先在厨房杀害老人后去了书房杀死丈夫，之后去次卧杀死孩子，最后回到客厅杀死妻子。"

姜浅眯了眯眼："正常人的逻辑应该是先杀死最有战斗力的，也就是丈夫，其次是两位老人。即便凶手选择先杀死老人也不应该跳过客厅里的女主人。"

"是。"姜安说，"凶手已经投案自首，是他们的邻居，男性，奇怪的是，我们查到凶手和被害人妻子经常有书信往来。"

姜浅挑眉："这都什么年代了还写信？而且两家人是邻居，为什么要写信？"

姜安耸了耸肩："我哪儿知道？"

姜浅站起身："你们不如查一查这家的女主人有没有被家暴之类的，写信这种方式一般都是为了寻找一个灵魂寄托。结了婚的女人需要在别人身上找灵魂寄托，要么是男人出轨，要么是男人家暴。"

姜安："……"

姜安沉默几秒后，去卧室换了衣服出来："送我去公安局吧。"

姜浅没好气地说："我是你的司机吗？"

"反正你也没事。"

姜浅无语，最终还是把姜安送去了公安局。

到公安局后，姜安按照姜浅说的方向去调查，果然找到了线索。

三天不到，案子就破了。案件侦破后姜安向领导请了两天的假期。

炎炎夏日，即便是清晨，阳光也烈得晒人。姜安穿着白色连衣裙，站在傅家门口忐忑地敲响了门。

开门的人是傅珍珠，一见是姜安，脸上立即笑开了："安安姐，你来啦！"

姜安不好意思地笑笑："嗯，伯父伯母在家吗？"

"在。"傅珍珠把她拉进来，"你快进来啊，我爸妈都等你半天了。"

姜安"啊"了一声："我……我路上有点堵车。"

傅珍珠摆摆手："没事儿。"

傅家两位长辈看到姜安也挺高兴，拉着姜安说了一会儿话。他们话题总是绕不开傅晋寒，距离爆炸已经过去两年了，他还是没有醒过来。

姜安是在一年前得知傅晋寒已经出院在家休养的，后来通过傅珍珠，和傅家来往密切了很多。今天是傅晋寒的生日，姜安一大早就赶来了，陪着二老聊了一会儿，姜安便去楼上找傅晋寒了。

由于这两年无法自主进食，全靠输营养液，男人看上去瘦了许多，脸部轮廓显得更加深邃，五官如刀削般冷硬。

姜安熟练地搬了把椅子，撑着下巴和过去一年间一样，对着沉睡的傅晋寒说话。

"前段时间老师回公安局做了一次案例讲解，老师都七十多了依然宝刀不老，还是很厉害，听他的课受益很多。你以前不是总说破案要讲实证吗？还说什么推理不靠谱，你要是听了我老师的课就不会这么说了。

"伯父和伯母最近头发白了好多，傅珍珠也谈恋爱了。包子前天给我发信息说升职了，现在他成了南城刑侦一队的队长。可惜老李退休了，不过老李年纪也大了，退休了也挺好的。哦，对了，还有杨乐，杨乐现在可以独当一面了，和以前比变了很多，我打算下周休假时回南城和他们聚一聚。"

她说话时话题跳得很快，像是想到什么说什么。念叨完家长里短之后又照例说起了案子的事："你知道吗，最近局里接了起灭门惨案。一家五口都死了，一开始都以为凶手是他们的邻居，没想到其实是这一家的女主人，后来邻居帮忙处理现场，在女主人的请求下杀死了她。很离奇是不是？"

姜安扒拉着手指，轻轻叹了一口气："傅晋寒，你到底什么时候醒呢？我等得好累啊，我姐每周都要给我安排联谊，我真的很烦。队长，你醒了我就不用去了。"

她双手合十："所以，你快点醒好不好？"

姜安闭着眼，没有看到男人微微颤动的食指。她在房间里待了很久，一直到傅珍珠上楼叫她，她站起身，帮傅晋寒掖好被角，调好空调的温度，才放心离开。

合上门的一刹那，姜安听到了一道沙哑、遥远的声音。

"姜安。"

男人低笑了声，像是隔了千山万水："你把我吵醒了。"

姜安的心脏瞬间震如锣鼓。

- 02 -

傅晋寒醒来这件事让两年来布满阴霾的傅家再次照进阳光。

复健的日子极其辛苦，姜安为此请了一个长假，专门陪着傅晋寒每天做复健，好在他身体底子原本就很好，两个月后就已经恢复如前。

傅家的花园里，傅晋寒正在按照医生给的方法做训练，姜安坐在花园的秋千椅上晃来晃去。炎热的夏天已经过去，如今秋高气爽，姜安惬意地眯着眼睛，感慨道："这么多年了，你家居然还没变，这个秋千椅我记得以前就放在这个位置吧？"

傅晋寒动作一顿，低笑道："怎么还和小时候一样，这么爱荡秋千。"

姜安原本眯着的眼睛倏然睁开，一眨不眨地盯着傅晋寒看："你记得小时候的事？"

傅晋寒哑然，脸上划过一抹心虚，掩饰性地干咳一声："你刚刚不是说有点冷吗，不如我们回去？"

姜安却不打算放过他："所以你一直都记得是吧！"

傅晋寒自知躲不过去，无奈地耸了耸肩："嗯，一直记得。"

姜安立刻从秋千上起身，眼珠子瞪得圆圆的："那为什么第一次见面还对我那样？你明明认识我还装不认识，不仅装模作样地问我姓名，你还用手铐铐我。"

傅晋寒走到她面前，他个高腿长，将太阳完全挡住："你深更半夜偷偷摸摸翻墙头，我不应该铐你？"

"……"当她没说。

姜安"哼"了一声转头就走，脚步还没迈开就被人拎着后衣领往后一拉，紧接着她的双腿便悬空，被人拦腰抱起。

她惊得低呼一声："你你你……你干什么？"

傅晋寒说："别乱动。"

姜安的脸颊泛起一抹红晕，支支吾吾地没再挣扎。

傅晋寒把人抱到一处阴凉地儿坐下，姜安重获自由，视线乱飘，就是不去看傅晋寒。

"对了，包子、杨乐和李叔说这周末过来。"

"嗯。"傅晋寒应了声，"局里最近不忙？"

姜安说："应该不忙吧，自从那起……那起案子侦破后，两年多来，南城没发生过大案。"

"挺好。"傅晋寒说。

没有案子就代表没有人受到伤害。

包子他们来 A 市时，是傅晋寒和姜安亲自去接的。杨乐一看到傅晋寒，激动地上去把人抱住，包子更是夸张，一个大老爷们差点硬生生掉出几滴眼泪。

三人把傅晋寒团团围住："老大，两年多了，你终于醒了！"

老李说："本来上个月就打算来的，包子和杨乐没批假，就拖了一个月。"

傅晋寒笑道："行了，别煽情了，走吧，先去吃饭。"

包子听到"吃饭"两个字，立即变脸："快点，都快饿死了。"

姜安在前面给他们带路，充当导航。

饭店订在傅晋寒以前常去的那家，是本市有名的中餐厅。他们订了个独立的包厢，几个人时隔两年不见，席间有很多话要说。

都是警察，话题绕来绕去离不开案子，吃到一半，大家都有些喝多了。包子醉醺醺地抓着傅晋寒的胳膊不放："老大，你知道我有多想你吗？我还向上面提交调职报告了，就想来 A 市继续跟你，但是被拒了。"

傅晋寒摩挲着酒杯，眼里盛着笑意："行了，你现在在南城大小也是个队长了，都升职了，别一天到晚瞎折腾。"

杨乐问："傅队，你和姜顾问……还回来吗？"

傅晋寒看了一眼姜安，似笑非笑地说："这话你得直接问姜安。"

姜安心脏猛地一跳，偷偷瞥向傅晋寒，发现对方同样在看着自己，耳根顿时一热："问我做什么？"

傅晋寒眼底意味不明，没再往下说。

酒足饭饱，傅晋寒找车把包子、老李和杨乐他们送去提前订好的酒店。姜安探着脑袋目送车辆远去，回头望向傅晋寒："走吧，傅大队长。"

月色皎洁，微风拂面。傅晋寒的声音被晚风裹挟而来："姜安。"

"嗯？"突然被点名，姜安愣了一下。

男人眸底笑意盈盈，他的声音低沉又轻缓，仿佛在诉说一个隐藏多年的秘密，其中蛰伏的感情不足为外人道，却又诚挚而深情。

"要不要做我的女朋友？"

姜安胸腔里那颗心脏跳得无比欢快，像是要炸开了花。感觉时间过了很久，又好似只有一秒钟。

傅晋寒朝她靠近一步："姜安，接下来我打算吻你，你有十秒钟的时间拒绝我。"

他动作并不急切，反而很慢，一步一步朝姜安走近，然后慢慢弯下腰，目光从她的眼睛流连至唇瓣。

温热的呼吸悉数喷洒在姜安的脖颈间，她清晰地听见了自己的心跳声。

扣在她后脑勺的手掌微微发力，唇瓣相贴，湿热的触感传来。

姜安指尖微颤，但没有躲开。

© 中南博集天卷文化传媒有限公司。本书版权受法律保护。未经权利人许可，任何人不得以任何方式使用本书包括正文、插图、封面、版式等任何部分内容，违者将受到法律制裁。

图书在版编目（CIP）数据

伏罪 / 渡十鸦著. -- 长沙：湖南文艺出版社，2024.4
ISBN 978-7-5726-1696-9

Ⅰ. ①伏… Ⅱ. ①渡… Ⅲ. ①推理小说－中国－当代 Ⅳ. ① I247.5

中国国家版本馆 CIP 数据核字（2024）第 051571 号

上架建议：畅销·悬疑

FUZUI
伏罪

著　　者：渡十鸦
出 版 人：陈新文
责任编辑：吕苗莉
监　　制：邢越超
策划编辑：郭妙霞
特约编辑：王玉晴
营销支持：周　茜
装帧设计：梁秋晨
插图绘制：一条鱼
内文排版：百朗文化
出　　版：湖南文艺出版社
　　　　　（长沙市雨花区东二环一段 508 号　邮编：410014）
网　　址：www.hnwy.net
印　　刷：河北鹏润印刷有限公司
经　　销：新华书店
开　　本：680 mm × 955 mm　1/16
字　　数：457 千字
印　　张：24
版　　次：2024 年 4 月第 1 版
印　　次：2024 年 4 月第 1 次印刷
书　　号：ISBN 978-7-5726-1696-9
定　　价：54.00 元

若有质量问题，请致电质量监督电话：010-59096394
团购电话：010-59320018